中央民族大学自主科研计划项目（0910KYQN35）资助

中央民族大学中国语言文学校级重点培育学科建设经费资助

中央高校基本科研业务费专项资金资助
(supported by the Fundamental Research Funds for
the Central Universities)

齐己诗集校注

王秀林　著

QIJI
SHIJI JIAOZHU

中国社会科学出版社

图书在版编目（CIP）数据

齐己诗集校注/王秀林著．—北京：中国社会科学出版社，2011.8
ISBN 978-7-5161-0137-7

Ⅰ．①齐…　Ⅱ．①王…　Ⅲ．①唐诗—注释　Ⅳ．①I222.742

中国版本图书馆 CIP 数据核字（2011）第 188501 号

责任编辑　张　林（mslxx123@sina.com）
特约编辑　郑成花
责任校对　王兰馨
封面设计　杨　蕾
技术编辑　戴　宽

出版发行　中国社会科学出版社
社　　址　北京鼓楼西大街甲 158 号　　邮　编　100720
电　　话　010－84029450（邮购）
网　　址　http://www.csspw.cn
经　　销　新华书店
印　　刷　北京君升印刷有限公司　　装　订　广增装订厂
版　　次　2011 年 8 月第 1 版　　印　次　2011 年 8 月第 1 次印刷
开　　本　710×1000　1/16
印　　张　42
字　　数　689 千字
定　　价　89.00 元

前　言

　　纪晓岚曾在《四库全书总目》中说："唐释能诗者众，其最著者莫过皎然、齐己、贯休。然皎然稍弱，贯休稍粗，要当以齐己为第一人。"谭宗亦在其《近体秋阳》中说："释齐己诗，蹑迹云边，落想天外，烟火绝尽，服食自如……其余如《剑客》、《原上》等篇，此岂可与区区缁品同日语者？"齐己才高思远，无所不通，在世之时就诗名远播，乃至被人戏称为"诗囊"。齐己诗被称为"齐己体"。时人张迥拜齐己为"一字师"，僧宗渊"于荆楚间尝师学于齐己之体"。宋、明代皆曾有人仿其诗韵，足见其人其诗之魅力。

一

　　齐己（864—938），俗姓胡，名得生，潭州长沙县（今湖南长沙）人。自号衡岳沙门。本佃户子，幼颖悟，与儿童牧牛，常以竹枝画牛背为诗，后于大沩山同庆寺出家。《五代史补》卷三《僧齐己》曰："长沙有大沩同庆寺，僧多而地广，佃户仅千余家。齐己则佃户胡氏之子也。七岁，与诸童子为寺司牧牛，然天性颖悟，于风雅之道日有所得，往往以竹枝画牛背为篇什，众僧奇之，且欲壮其山门，遂劝令出家。"《宋高僧传》卷三十《齐己传》云："释齐己……幼而捐俗于大沩山寺，聪敏逸伦，纳圆品法，习学律仪，而性耽吟咏，气调清淡。"同庆寺乃沩仰宗的发源地，是沩仰宗创始人灵祐（771—853）的栖息地，他"元和末，随缘长沙，因过大沩山，遂欲栖止。山与郡郭，十舍而遥，复无人烟，比为兽窟。乃杂猿猱之间，橡栗充食。浃旬，有山民见之，群信共营梵宇。时襄阳连率李景让统摄湘潭，愿预良缘，乃奏请山门号同庆寺"（《宋高僧传》卷一一《灵祐传》）。灵祐住山凡四十年，大扬宗风，世称沩山灵祐。齐己幼为同庆寺僧时，当与沩仰宗另一创始人仰山慧寂〔807—883〕禅师结识。慧寂乃灵祐著名弟子，唐僖宗时迁江西大仰山，大振沩山之法道，是为沩仰宗。二人都曾于同庆寺学法，故诸传云齐己与慧寂为同门。后慧寂移住豫章（今江西南昌）观音院，齐己曾往依之，总辖庶务，并著有《粥疏》，曰："粥名良药，佛所赞扬。义冠三檀，功标十利。更祈英哲，各遂愿心。既备清晨，永资白业。"此疏曾刊于石，宋经建炎兵火，无复存焉。

　　齐己于同庆寺学法参禅之余，亦游学四方，"有禅客自德山来，述其理趣，己不觉神游寥廓之场，乃躬往礼讯，既发解悟，都亡朕迹矣。如是药山、鹿门、护国，凡百禅林，孰不参请"（《宋高僧传》卷三十《齐己传》）。曾到石霜山（位于今湖南浏阳）参访石霜庆诸禅师（807—888），与著名诗僧贯休、玄泰成为同门。

　　后寓居长沙道林寺约十年。广明乱后，齐己曾游居洪州、庐山。后又云游江东一带。在江苏，他到过金陵（今南京），游过栖霞寺（位于南京市东北栖霞山中峰西麓）、蒋山（蒋山即钟山，在南京市东北）等地；去过镇江，登过金山寺；也曾到过扬州，还与人结"吟月社"。在浙江，他到过严陵钓台，游观过钱塘等地。

　　昭宗乾宁年间，齐己返回湘中。乾宁四年（897），有诗寄唐禀，赞其《贞观新书》"声价满皇都"。又与诗僧尚颜、虚中一起写诗寄赠时隐居华山的司空图。昭宗光化二年（899）前后，曾至长安与郑谷游，二人多有诗作往还。其间，齐己还游览了华山。后复返湘。昭宗天复元年（901），齐己有诗赠曹松及第。天复二年（902）春天，有诗赠谪居黔中的贯休。后游衡阳、耒阳。

　　末帝天祐二年（905），郑谷已退居江西宜春，齐己携诗往谒，有《早梅》诗曰："前村深雪里，昨夜数枝开。"谷笑谓曰："数枝非早，不若一枝则佳。"齐己矍然，不觉兼三衣叩地膜拜。自是士林以谷为齐己一字之师。自末帝天祐二年（905）至后梁开平二年（908）间，两人相互切磋诗句，还与黄损等共定今体诗格，一曰葫芦，一曰辘轳，一曰进退。后梁太祖开平三年（909），郑谷卒于宜春仰山草堂，时齐己在湘中，有诗哭之。

后梁太祖开平四年（910），齐己在湘中，仍居长沙道林寺，八月十五日及九月九日各有诗伤国事。后梁太祖乾化二年（912），贯休于蜀中去世，己有《闻贯休下世》诗伤悼。其间，齐己与马楚幕府中沈彬、廖匡图、徐东野等人来往较密，徐东野尤为佩服齐己。《五代史补》卷三载："时湖南幕府中能诗者有如徐东野、廖凝、刘昭禹之徒，莫不声名藉甚，而徐东野尤好轻忽，虽王公不避也。每见齐己，必悚然不敢以众人待之。尝谓同列曰：'我辈所作皆拘于一途，非所谓通方之士。若齐己才高思远，无所不通，殆难及矣。'论者以徐东野为知言。东野亦常赠之曰：'我唐有僧号齐己，未出家时宰相器。爱见梦中逢五丁，毁形自学五生理。骨瘦神清风一襟，松老霜天鹤病深。一言悟得生死海，芙蓉吐出琉璃心。闷见唐风雅容缺，敲破冰天飞白雪。清塞清江却有灵，遗魂泣对荒郊月。格何古，天公未生谁知主，混沌凿开鸡子黄，散作纯风如胆苦。意何新，织女星机挑白云，真宰夜来调暖律，声声吹出嫩青春。调何雅，涧底孤松秋雨洒，嫦娥月里学步虚，桂风吹落玉山下。语何奇，血溅乾坤龙战时，祖龙跨海日方出，一鞭风雨万山飞。己公己公道如此，浩浩寰中如独自。一簟松风冷如冰，长伴巢由伸脚睡。'其为名士推重如此。"齐己居道林寺时，僧乾康来访，齐己知其为人，使谓曰："我师门仞，非诗人不游。大德来非诗人耶？请为一绝，以代门刺。"乾康献诗曰："隔岸红尘忙似火，当轩青嶂冷入冰。烹茶童子休相问，报道门前是衲僧。"齐己大喜，日与款接。乾康有《经方干旧居》诗，中云"镜湖中有月，处士后无人。荻笋抽高节，鲈鱼跃老鳞"，尤为齐己所称。临别之时，己以诗送之。

后梁末帝贞明元年（915），齐己自是年起移居庐山东林寺。时僧修睦为庐山僧正，齐己寓居庐山或即依之。其间，二人酬唱频繁。齐己在庐山居住六年，对之有深厚的感情。晚年寓居荆渚，常有诗作念之。

后梁末帝龙德元年（921）秋，齐己离庐山归湖湘，将游蜀，途经荆州，为高季兴遮留，命为僧正，居龙兴寺。自是年起直至去世，齐己一直居此。恒居常郁郁不乐，其《渚宫莫问诗一十五首》序云："予以辛巳岁，蒙主人命居龙安寺。察其疏鄙，免以趋奉，爰降手翰，曰：'盖知心不在常礼也。'予不觉欣然而作，顾谓形影曰：'尔本青山一衲，白石孤禅，今王侯构室安之，给俸食之，使之乐然，万事都外，游息自得，则云泉猿鸟，不必为狎。其放纵若是，夫何系乎？'自是龙门墙仞，历稔不复瞻觊，况他家哉？因创莫问之题，凡一十五篇，皆以莫问为首焉。"懒谒王侯，放逸自乐，不拘形骸。吟咏之余，复以琴棋自娱。《宋高僧传》卷三十本传云其："栖约自安，破纳拥身，枲麻缠膝。爱乐山水，懒谒王侯，至有'未曾将一字，容易谒诸侯'句。"《宣和书谱》卷一一一云："然操行自高，未始妄谒侯门以冀知遇，人颇称之。"《唐才子传》卷九《齐己传》云："性放逸，不滞土木形骸，颇任琴樽之好。"其间，与荆南幕府梁震、孙光宪等；蜀地欧阳彬、僧可准等；后唐秦王府官高辇等诗歌酬赠极为频繁。

后晋高祖天福二年（937）冬或次年春，齐己"俄惊迁化"。门人西文收集其诗作八百一十篇，编为《白莲集》十卷，好友孙光宪为之作序。

二

齐己于戒律之外，颇好吟咏，而且"少小即怀风雅情"，"生来苦章句"。诗歌，几乎是他生命的主题，以至"万事皆可了，有诗门最深"，"余生终此道，万事尽浮云"，"余生消息外，只合听诗魔"。诗歌更是他的第二生命："死也何忧恼，生而有咏歌"，"下世无遗恨，传家有大诗"，"无惭孤圣代，赋咏有诗歌"。其作诗尚苦吟，他曾自云"还怜我有冥搜癖"，而且"冥搜从少小"，以至于"白昼劳形夜断魂"，"苦吟耽睡起"，"觅句如探虎"。以此，齐己自少年就诗名远扬，乃至被人戏称作"诗囊"。

关于齐己诗歌数量，他曾自言"一千首出悲哀外，五十年销雪月中"（《吟兴自述》），可见其诗作有千余首之多。按，齐己有《孙支使来借诗集，因有谢》，栖蟾亦有《读齐己上人集》（"想得吟成夜，文星照楚天"），则齐己在世时当曾编辑过自己诗作。随着诗作增多，齐己又欲重新编集，但"师平生诗稿，未遑删汰，俄惊迁化。门人西文并以所集见授，因得编就八百一十篇，勒成一十卷，题曰《白莲集》"（孙光宪《白莲集序》），其门人西文编其集为《白莲集》，好友孙光宪为之作序。

按其诗集今存。《崇文总目》卷五录《白莲集》十卷，《白莲外编》十卷，《诗格》一卷，并云齐己撰。《白莲外编》不知所出，今不存。《宋绍兴秘书省续编到四库阙书目》云《白莲集》三十卷、《僧齐己诗》一卷。《直斋书录解题》卷一九仅录《白莲集》十卷。《通志》录《白莲集》十卷，又《外编》十卷。《宋史》录《僧齐己集》十卷，又《白莲华编外集》十卷。《文献通考》录《白莲集》一卷。《补五代史艺文志》录《僧齐己集》十卷、《莲社集》一卷、《白莲编外集》十卷（案李调元《全五代诗》作《白莲集》十一卷）。今存《四部丛刊》初编本《白莲集》系上海涵芬楼影印明钞本《白莲集》，作十卷。《文津阁四库全书》亦作十卷。《全唐诗》据此分为十卷，收录于卷八三八至卷八四七中。《全唐诗补编·续拾》卷五〇补三首，断句四，重录六首二句。《全唐文》卷九二一存其文二篇。

己集除《白莲集》已见著录外，另有《风骚旨格》一卷，今存，附录在《白莲集》后。又，《宋史·艺文志》、《唐才子传》等皆载齐己《玄机分明要览》一卷，惜已佚。另，齐己曾与郑谷、黄损等共定《今体诗格》，今存于后人论述片段中。宋人黄朝英《靖康缃素杂记》补辑一八"进退格"条载："郑谷与僧齐己、黄损等共定今体诗格云：'凡诗用韵有数格：一曰葫芦，一曰辘轳，一曰进退。葫芦韵者，先二后四；辘轳韵者，双出双入；进退韵者，一进一退。失此则缪矣。'"清吴任臣《十国春秋》卷六二《黄损传》云："损常与都官员外郎郑谷、僧齐己定近体诗诸格，为湖海骚人所宗。"

齐己多才多艺，不仅能诗善诗，亦工书。《宣和书谱》卷一一《行书五》载齐己书翰"传布四方，人以其诗并传，迄今多有存者。……笔迹洒落，得行字法，望之知其非寻常释子所书也。……今御府所藏九，行书：《拟嵇康绝交书》、《谢人惠笔诗》、《怀楚人诗》、《渚宫书怀等诗》、《送冰禅姪诗》、《寄冰禅德诗》、《冰禅帖》。正书：《庐岳诗》、《寄明上人诗》"。能画。齐己《寄上荆渚，因梦庐岳，乃图壁赋诗》、《题画鹭鸶兼简孙郎中》等皆云自己能画。又其《假山并序》载："假山者，盖怀匡庐有作也。往岁尝居东郭，因梦觉，遂图于壁，迄于十秋，而攒青叠碧于痁痳间，宛若扪萝挽树而昇彼绝顶。今所作做像一面，故不尽万壑千岩神仙鬼怪之宅，聊得解怀。既而功就，乃激幽抱，而作是诗，终于一百八十言尔。"亦能琴、棋。

三

本校勘以《四部丛刊》初编集部（商务印书馆，1919 年至 1922 年）所收十卷《白莲集》，即上海涵芬楼影印明钞本为底本，以下列诸本参校：

甲本：《白莲集》十卷，清·彭定求等编，《全唐诗》卷八三八至八四七，中华书局，1960 年第一版，2003 年 7 月北京第七次印刷。

乙本：《白莲集》十卷，《文津阁四库全书》第三六二册，商务印书馆影印刻本。

丙本：《白莲集》十卷，明·毛晋辑，《唐三高僧诗集》，毛氏汲古阁，明（1368—1644）刻本。

丁本：《齐己诗》十一卷，明·胡震亨辑，《唐音统签》第十三册，故宫珍本丛刊第六〇七册，海南出版社，2000 年。

戊本：《唐齐己诗集》一卷，清·江标辑，《唐人五十家小集》，清光绪二十一年（1895）元和江氏灵鹣阁据南宋陈道人本湖南使院景刊。

己本：《唐齐己诗集》一卷，明·朱警辑，《唐百家诗·晚唐四十二家》，明嘉靖十九年（1540）刻本。

庚本：《唐僧弘秀集》卷七，宋·李龏辑，见《文津阁四库全书》第四五三册。

辛本：《古今禅藻集》，明·释正勉、性通辑，见《禅门逸书初编》第一册，明复法师主编，台湾明文书局，1981 年。

本书中的校勘，凡是异体字、俗体字，一律改为通用的简体字；缺字用□表示；脱字、漏字，参照诸本酌情补之，补字用〔〕表示；别字、误字，改为正字，并用（）括之。

注释部分，刊以小字，以与正文区别。

各篇若有前人评语，或记载有关掌故，皆作为"汇评"附于该篇之末，以备研究者参考。

　　底本《四部丛刊》初编本卷首录有总目录，此与各卷所录具体诗作诗题前后不一，现参酌诸本校改。

　　全书参照诸本，比较异同，共录得齐己诗歌十卷，八一五首，残句八。

白莲集序

荆南节度副使朝议郎检校秘书少监试御史
中丞赐紫金鱼袋孙光宪撰

风雅之道,孔圣之删备矣;美刺之说,卜商之序明矣。降自屈宋,逮乎齐梁,穷诗源流,权衡辞义,曲尽商榷,则成格言,其惟刘氏之《文心》乎?后之品评,不复过此。有唐御宇,诗律尤精。列姓字,掇英秀,不啻十数家。惟丹阳殷璠,优劣升黜,咸当其分。性之深于诗者,谓其不诬。顾我何人,敢议臧否?苟成美有阙,得非交游之罪邪?禅师齐己,本胡氏子,实长沙人。家迹汩,慕大禅伯,入顿门落髮,拥毳游方,宴坐宿念,未忘存□□□。师趣尚孤洁,词韵清润。平淡而意远,冷峭而□□□□□□□□□□□。郑谷郎中与师□□□□□□。"敲门谁访□,□客即□师。应是逢新雪,高吟得好诗。格清无俗字,思苦有苍髭。讽味都忘倦,抛琴复舍棋。"其为诗家流之之称许也如此。晚岁将之岷峨,假途渚宫,太师南平王筑净室以居之,舍净财以供之,虽出入朱门而不移素履。议者以唐末诗僧,惟贯休禅师骨气混成,境意卓异,殆难俦敌。至于皎然、灵一,将已禅者并驱于风骚之途,不近不远也。江之南,汉之北,缁儒业缘情者,靡不希其声彩,自非雅道昭著,安得享兹大名!鄙以旅宦荆台,最承款狎。较风人之情致,赜大士之旨归。周旋十年,互见阃域。师平生诗藁,未遑删汰,俄惊迁化,门人西文并以所集见授,因得编就八百一十篇,勒成一十卷,题曰《白莲集》。盖以久栖东林,不忘胜事。余既缮写,归于庐岳,附远大师文集之末。□□□□□递为辉光,其佳句全篇或偶对,开卷辄得,无烦指摘。濡毫梗概,良深悲慕。天福三年戊戌三月一日序。

【校勘】

"榷"，乙本作"确"，《全唐文》作"搉"，"搉"同"榷"，"榷"通"确"。

"性之"，《全唐文》作"世之"。

"流之"，《全唐文》作"者流"。

"唐末"，《全唐文》作"唐来"。

"将已"，《全唐文》作"将与"。

目　录

卷　一

夏日草堂作[1]

沙泉带草堂，纸帐卷空床。静是真消息，吟非俗肺肠。园林坐青影，梅杏嚼红香。谁住原西寺，钟声送夕阳。

【校勘】

"青"，甲、乙、丙、丁、戊、己、庚、辛本作"清"。

【注释】

[1] 草堂：谓齐己于荆州龙兴寺内的居所，堂中悬挂着大历十才子图。齐己《灯》："幽光耿耿草堂空，窗隔飞蛾恨不通。……云藏水国城台里，雨闭松门殿塔中。"《闻雁》："何处人惊起，飞来过草堂。……万里念随阳。"《谢人惠〈十才子图〉》："丹青妙写十才人，玉峭冰棱姑射神。……犹得知音与图画，草堂闲挂似相亲。"苏辙《栾城集》卷四十《再言张颉状》："……臣又访闻颉昔知荆南，所为贪虐……勒部下……以修唐僧齐己草堂为名，令颉乡僧居止其中，此一事系私罪。……"此诗当作于齐己晚年居荆州期间（921—938）。

【汇评】

李庆甲《瀛奎律髓汇评》卷四七：方回："僧齐己《夏日草堂作》……此齐己自赋草堂中事也。洪觉范取此八句，赋为八诗，以其句句有味故耶？此诗为僧徒所重，其来久矣，实亦清丽。"纪昀："未见清丽。"冯班："次联妙，不看《风骚旨格》定应不解。"

寄镜湖方干处士[1]

贺监旧山川[2]，空来近百年。闻君与琴鹤，终日在渔船[3]。岛露深秋石，湖澄半夜天。云门几回去，题遍好林泉[4]。

【校勘】

甲本诗题作"寄镜湖方干处士（一作寄方干处士鉴湖旧居）"。

"露"，辛本作"路"。

"澄"，辛本作"灯"。

【注释】

[1] 镜湖：在今浙江绍兴。《通典》卷一八二《州郡》载："会稽，汉旧县。禹葬会稽，即此地也。有会稽山、禹穴、镜湖、若耶溪、雷门。"又云："顺帝永和五年，马臻为太守，创立镜湖。在会稽、山阴两县界，筑塘蓄水，水高丈余，田又高海丈余。若水少则洩湖灌田，如水多则闭湖洩田中水入海，所以无凶年。其隄塘，周回三百一十里，都溉田九千余顷。《会稽记》云：'创湖之始，多淹冢宅，有千余人怨诉臻，遂被刑于市。及遣使按履，总不见人籍，皆是先死亡者。'"《元和郡县图志》卷二六［江南道二］越州会稽县云："镜湖，后汉永和五年太守马臻创立，在会稽、山阴两县界筑塘蓄水，水高丈余。"《嘉泰会稽志》卷十［湖］会稽县载："镜湖在县东二里，故南湖也，一名长湖，又名大湖。……王逸少有云：'山阴路上行，如在镜中游。'镜湖之名以此。《舆地志》：'山阴南湖，萦带郊郭，白水翠岩，互相映发，若镜若图。'任昉《述异记》云：'轩辕氏铸镜湖边，因得名。或又云，黄帝获宝镜于此也。'"方干（809—888?）：字雄飞，睦州清溪（今浙江淳安）人。按，方干于宣宗时举进士，有司奏其缺唇，不可与科名，他遂愤而遁居会稽，渔于镜湖。懿宗咸通时，再举进士，仍不得志，遂归，渔樵于稽山鉴水间，行吟醉卧以自娱。据《唐才子传》卷七载，方干"大中中，举进士不第，隐居镜湖中"，故上诗当作于"大中中"之后。处士：谓有德才而隐居不愿做官的人。《汉书·异姓诸侯王表第一》："秦既称帝，患周之败，以为起于处士横议。"注云："处士谓不官于朝而居家者也。"

[2] 贺监：即贺知章。按，《旧唐书》卷一九〇《贺知章》本传载："俄迁太子宾客、银青光禄大夫兼正授秘书监。"贺知章曾被授秘书监，故世称"贺监"、"贺秘监"。《唐才子传》卷三《贺知章》载："知章，字季真，会稽人。……晚年尤加纵诞，无复礼度，自号'四明狂客'，又称'秘书外监'，遨游里巷。……天宝三年，因病，梦游帝居，及寤，表请为道士，求还乡里，即舍住宅为千秋观，上许之。诏赐镜湖剡溪一曲，以给渔樵。"正因贺知章曾渔樵于镜湖，故诗中云"贺监旧山川"。

[3] "闻君"二句：按，《唐才子传》卷七《方干》云："大中中，（方干）举进士不第，隐居镜湖中，湖北有茅斋，湖西有松岛，每风清月明，携稚子邻叟，轻棹往返，甚惬素心。所住水木幽闲，一草一花，俱能留客。家贫，蓄古琴，行吟醉卧以自娱。"

[4] "云门"二句："云门"即云门山，位于今浙江绍兴县南十八公里。又称东山。山中有云门寺，为东晋安帝时所建。《方舆胜览》卷六[浙东路·绍兴府]："云门寺，在会稽南三十里，为州之伟观。昔王子敬居此，有五色祥云，诏建寺，号云门。"又《唐才子传》卷七《方干》云："隐居镜湖中。……浙中凡有园林名胜，辄造主人，留题几遍。"

【汇评】

《唐诗归》：钟云：合作三事说，便奇（"闻君"下三句）。

《唐诗矩》：全篇直叙格。……起法浑峭而响，在晚唐亦不多得。……只将贺监抬出，在山川上长价，方处士之人品不言而自见，笔意高人十倍。

《唐诗别裁集》：方处士呼之欲出（"闻君"句下）。（以上俱见陈伯海《唐诗汇评》第三一一八页）

送人归吴[1]

此说归耕钓[2]，迢迢向海涯。春寒游子路，村晚主人家。□□□□□，□山绿过茶。重寻旧邻里，菱藕正开花。

【校勘】

"此"，甲、丁本作"比"。

"□□□□□，□山绿过茶"：《全唐诗补编·续拾》卷五十据影印文渊阁《四库全书》本《白莲集》卷一补录为"野岸纷垂柳，深山绿过茶"。

【注释】

[1] 吴：按，《通典》卷一八二《州郡》载："吴郡七县：吴、长洲、常熟、嘉兴、海盐、华亭、昆山。"又云："吴，汉旧县。有太湖、洞庭山，《左传》吴师伐越，败之于夫椒，即太湖中椒山。有松江、太伯祠，后汉桓帝时，太守麋豹所建，后至晋内史虞潭改理焉。阖闾墓即虎丘寺，要离墓在今县西，梁鸿墓在要离墓之北。"据此可知"吴"乃"吴郡"七县之一，大致范围包括今天的太湖、杭州一带区域。

[2] 耕钓：本指从事农业和渔业活动，后借指隐居。《后汉书》卷八三《隐逸传》载："严光字子陵，一名遵，会稽余姚人也。少有高名，与光武同游学。及光武即位，乃变名姓，隐身不见。帝思其贤，乃令以物色访之。后齐国上言：'有一男子，披羊裘钓泽中。'帝疑其光，乃备安车玄𬖕，遣使聘之。三反而后至。……除为谏议大夫，不屈，乃耕于富春山，后人名其钓处为严陵濑焉。"今浙江桐庐仍有严子陵钓台。以此，后世之诗文多用"耕钓"代指隐居。如孟浩然《题张野人园庐》："与君园庐并，微尚颇亦同。耕钓方自逸，壶觞趣不空。"黄滔《代郑郎中上静恭卢相启》："当今士号如林，朝称不乏，足得廓其公选，择以良才。而某己怀耕钓之心，近闭云林之迹。设令漏网，未曰遗贤。是何特达开怀，周旋轸念。青山在目，方将鱼鸟以同归。鸿渥连天，忽历烟霞而曲被。"

〔赠〕仰〔上人〕[1]

避地依真境[2]，安闲似旧溪。干戈百里外，泉石乱峰西。草瑞香难歇，松灵盖尽低。寻应报休马[3]，瓶锡向南携[4]。

【校勘】

底本诗题作"仰"，甲本诗题作"赠仰上人（一本题缺只一仰字）"，乙、丁本诗题作"赠仰上人"，丙本作"□□□仰"，据甲、乙、丁本补。

【注释】

[1] 仰：按，甲、乙、丁本题作"赠仰上人"，据之补。上人：即上

德之人，是对智德兼备而可为众僧及众人师者之高僧的尊称。《释氏要览》卷一载："《摩诃般若经》云：'何名上人？佛言若菩萨一心行阿耨菩提，心不散乱，是名上人。'《增一经》云：'夫人处世，有过能自改者名上人。'《十诵律》云：'人有四种：一粗人，二浊人，三中间人，四上人。'律瓶沙王呼佛弟子为上人。古师云：'内有智德，外有胜行，在人之上，名上人。'"晋时称僧多曰"道人"。唐人多以僧为"上人"。

　　[2]避地：谓躲避灾祸而移居他处，如贯休有《避地毗陵上王慥使君》诗，题目下注"时黄贼陷东阳，公避地于浙右"。又如韦庄《避地越中作》："避世移家远，天涯岁已周。"据后文"干戈"、"休马"，此诗中之仰上人当为躲避战乱而移居。

　　[3]休马：谓战争结束。

　　[4]瓶：即盛水之容器。又称水瓶、澡瓶。此乃比丘经常随身携带十八物之一。瓶有净、触二种，净瓶之水，供饮用；触瓶之水，以洗触手。《南海寄归内法传》卷一载："军持（乃瓶之音译，又作军迟、君持、君迟）有二，若瓷瓶者是净用，若铜铁者则是触用。"锡：锡杖之略称。又作声杖、鸣杖、禅杖、智杖、金锡。为比丘行路时所应携带的道具，亦属经常随身携带十八物之一。原用于驱赶毒蛇、害虫等，或乞食之时，振动锡杖，使人远闻即知。于后世则成为法器之一。《大比丘三千威仪》卷下列举持锡杖之因由："一者为蛇虫故，二者为年老故，三者为分卫故。"其形状分三部分，上部即杖头，由锡、铁等金属制成，呈塔婆形，附有大环，大环下亦系数个小环。摇动时，会发出锡锡声。中部为木制。下部或为镈、鐏、铁等金属所造，或为牙、角造。《南海寄归内法传》卷四《亡财僧现》条云："西方所持锡杖，头上唯有一股铁卷，可容三、二寸，安其镈管，长四、五指。其竿用木，粗细随时，高与肩齐。下安铁纂，可二寸许。其镮或圆或扁，屈合中间，可容大指，或六或八，穿安股上，铜、铁任情。"

夜坐

百虫声里坐，夜色共冥冥[1]。远忆诸峰顶，曾栖此性灵。月华澄有象[2]，诗思在无形。彻曙都忘寝[3]，虚窗日照经。

【注释】

[1] 冥冥：昏暗深远。

[2] 象：同"像"。"月华澄"句：谓月光皎洁，泻照于清水之中，顿时像显。《永嘉证道歌》卷一："一月普现一切水，一切水月一月摄。"《维摩经玄疏》卷四："《金光明经》云：佛真法身，由如虚空。应物现形，如水中月。正由虚空有实月之本体，故有一切水月之影用。"

[3] 曙：天刚亮。此句谓己因苦吟而整夜未眠。

新栽松

野僧教种法，苒苒出蓬蒿[1]。百岁催人老，千年待尔高[2]。静宜兼竹石，幽合近猿猱。他日成阴后，秋风吹海涛。

【注释】

[1] 苒苒：同"冉冉"，渐渐。蓬蒿：蓬草与蒿草。《礼记·月令》："猋风暴雨总至，藜莠蓬蒿并兴。"《三辅决录》："（张仲尉）隐身不仕，所居蓬蒿没人。"

[2] 尔：你，指松树。

期友人[1]

早晚逐兹来[2]，闲门日为开。乱蛩鸣白草[3]，残菊藉苍苔[4]。困卧谁惊起，闲行自欲回。何时此携手？吾子本多才。

【校勘】

"逐"，甲本作"逐（一作遂）"。

【注释】

[1] 期：期盼、盼望。

[2] 兹：此地、这里。

[3] 蛩：蟋蟀。鱼玄机《寄飞卿》："阶砌乱蛩鸣，庭柯烟露清。"

[4] 藉：垫、衬，此处指交横杂乱地倒或靠。

和郑谷郎中看棋[1]

个是仙家事[2]，何人合用心？几时终一局？万木老千岑[3]。有路如飞出，无机似陆沉[4]。樵夫可能解，也此废光阴[5]。

【校勘】

"沉"，甲本作"沈"，"沈"通"沉"。

【注释】

[1] 郑谷：字守愚，袁州宜春（今属江西）人。按，郑谷乾宁四年（897）任都官郎中，并终于此任。又据赵昌平《郑谷年谱》、傅义《郑谷年谱》，郑谷约卒于后梁太祖开平三年（909）。故齐己称"郑谷郎中"诗盖作于乾宁四年（897）至后梁太祖开平三年（909）间。但因难考其确年，且有作于长安与郑谷交游者，也有非作于长安者，故此诗与下述诗作皆作于此一期间：《永夜感怀寄郑谷郎中》、《禅庭芦竹十二韵呈郑谷郎中》、《寄孙辟呈郑谷郎中》。

[2] 个：犹言这个，即下棋。

[3] 岑：尖、高。

[4] 陆沉：无水而沉。比喻埋伏、退隐。白居易《送张南简入蜀》："昨日诏书下，求贤访陆沉。"薛能《下第后春日长安寓居三首》："一榜尽精选，此身犹陆沉。"

[5] 此：这，此处指解棋。

寄钱塘罗给事[1]

愤愤呕谗书[2]，无人诵子虚。伤心天祐末[3]，搔首懿宗初[4]。海树青丛短，湖山翠点疏。秋涛看足否，罗刹石边居[5]。

【注释】

[1] 罗给事：指罗隐。沈崧《罗给事墓志》："（隐）投迹本藩，乃

遇淮浙钱令公吴越国王。……开平二年，授给事中。至三年迁盐铁发运使。……以开平三年春寝疾，冬十二月十三日殁于西阙舍，享年七十七岁。"齐己此诗云"秋涛看足否"，写的是秋景，且未谈及罗隐病况，则该诗应写于开平二年（908）秋天，时齐己寓居湘中。

[2]谗书：指罗隐咸通八年（867）所著之书。《谗书序》云："《谗书》者何？江东罗生所著之书也。生少时自道有言语，及来京师七年，寒饿相接，殆不似寻常人。丁亥年（867）春正月，取其所为书抵之曰：'他人用是以为荣，而予用是以辱；他人用是以富贵，而予用是以困穷。苟如是，予之书乃自谗耳。'目曰《谗书》。卷轴无多少，编次无前后，有可以谗者而谗之，亦多言之一派也。而今而后，有诮予以哗自矜者，则对曰：'不能学扬子云寂寞以诳人。'"方回《谗书跋》谓此书"乃愤懑不平之言，不遇于当世而无所泄其怒之所作"。按，罗隐此书多刺世讥时之作，如《秋虫赋》、《英雄之言》、《说天鸡》等，或直言讥刺，或寓言托讽，皆有感而发，嬉笑怒骂，涉笔成趣，故鲁迅谓"罗隐的《谗书》，几乎全部是抗争和愤激之谈"。

[3]"伤心天祐"句：此句感伤唐亡。据《资治通鉴》卷二六六，天祐四年（907）四月，朱温逼迫唐昭宣帝李柷禅位，称帝，国号梁，改元开平，并自改名为晃。以汴州为开封府，命曰东都；以故东都（即洛阳）为西都；废故西京，以京兆府为大安府，置佑国军于大安府。是时河东、凤翔、淮南仍称"天祐"，西川王建称"天复"，皆为唐昭宗年号，其余皆奉梁正朔，称臣奉贡。据沈崧《罗给事墓志》："府君讳隐，字昭谏。……天祐三年，转司勋郎中，充镇海节度判官。"《吴越备史》卷一"天祐四年四月"条："梁太祖受唐禅，大赦，改元。……节度判官罗隐劝王举兵讨梁，曰：'纵无成功，犹可退保杭越，自为东帝，奈何交臂事贼！'王以隐不遇于唐，有怨心，其言虽不能用，心甚义之。"齐己此诗句当谓本年罗隐有感于唐亡而劝钱镠举兵讨梁之事。

[4]搔首：本指抓头、挠发。此处指不得志。方回《谗书跋》："唐懿宗即位，咸通元年（860）庚辰，隐在京师举进士，留七载而不第。"故此句谓罗隐于唐懿宗初年的落第失意。

[5]罗刹：佛教指食人肉之恶鬼。此处喻指居所环境之恶劣。

戊辰岁湘中寄郑谷郎中[1]

白发久慵簪[2]，常闻病亦吟。瘦应成鹤骨，闲想似禅心[3]。上国杨花乱[4]，沧洲荻笋深[5]。不堪思翠盖，西望独沾襟[6]。

【校勘】

"湘"，辛本作"湖"。

"盖"，甲本作"巇（一作盖）"，丙、辛本作"巇"。

【注释】

[1] 戊辰岁：即后梁太祖开平二年（908）。按，《唐五代文学编年史》、《郑谷年谱》均云本年郑谷退隐宜春仰山。齐己曾于天复四年（904）去袁州拜访郑谷，本年则已在湘中，诗即作于本年。

[2] 慵：懒散。簪：簪子，用来别住头发的条状器物，此处用作动词。

[3] 禅心：禅定之心、寂定之心。白居易《答次休上人》："禅心不合生分别，莫爱余霞嫌碧云。"刘长卿《赠普门上人》："惠力堪传教，禅心久伏魔。"

[4] "上国杨花"句：此诗作于后梁太祖开平二年（908），李唐王朝刚灭亡不久，诸节度使相互残杀，战乱不已，此诗有感于此，故云。

[5] 沧洲：水滨之地，后遂用作隐居之所的代称。杜牧《赠别》："莫怪分襟衔泪语，十年耕钓忆沧洲。"吴融《自讽》："本是沧洲把钓人，无端三署接清尘。"荻：草名。和芦苇同类，叶较芦苇稍阔而韧，生长在水边。

[6] 西望：谓西望长安。沾襟：谓眼泪沾湿衣襟。齐己有感于唐亡及战乱，故云"西望独沾襟"。

寓言[1]

造化安能保[2]，山川凿欲翻。精华销地底，珠玉聚侯门。始作骄奢本，终为祸乱根。亡家与亡国，去此更何言？

【校勘】

"去"，甲本作"云（一作去）"，丙本作"云"。

【注释】

[1] 此诗中云"山川凿欲翻"，"亡家与亡国"，则皆为感伤唐亡及战乱。据此可知，该诗当作于后梁太祖开平元年（907）至开平二年（908）间。

[2] 造化：谓大自然。

寄王振拾遗[1]（戊辰岁）

折槛意何如[2]？平安信不虚。近来焚谏草，深去觅山居。□□□□□，□□□□馀。分明知在处，难寄乱离书。

【校勘】

"折"，丁本作"拆"。

"□□□□□，□□□□馀"：《全唐诗补编·续拾》卷五十据影印文渊阁《四库全书》本《白莲集》卷一补录为"志定荣枯外，身全宠辱馀"。

【注释】

[1] 王振：按，《新唐书·表二》太原王氏载："（王）振，字文飞。"《新唐书·艺文志二》："王振《汴水滔天录》一卷，昭宗时拾遗。"《直斋书录解题》卷五："《汴水滔天录》一卷，唐左拾遗王振撰，言朱温篡逆事。"又，该诗题下注"戊辰岁"，戊辰岁即后梁太祖开平二年（908），故此诗作于本年。拾遗：官名。唐武则天垂拱元年（685）始置左右拾遗各二员，分隶门下（左）、中书（右）两省，掌供奉讽谏，从八品上。拾遗为士人清选。

[2] 折槛：典出《汉书·朱云传》。汉代朱云正直耿介。成帝时，朱云上书请上方剑斩佞臣张禹。汉成帝怒，令拉出斩之，朱云攀折殿槛不放，槛折。左将军辛庆忌上前进谏，帝意解。后命保存原槛，只作修补，以表彰朱云直谏。杜甫《折槛行》云"千载少似朱云人，至今折槛空嶙峋"，即咏其事。后遂用为朝臣敢于直谏的典故。王振曾做过左拾遗，齐

己以此誉之。

经贾岛旧居[1]

先生居处所，野烧几为灰[2]。若有吟魂在[3]，应随夜魄回。地宁销志气[4]，天忍罪清才[5]。古木霜风晓，江禽共宿来。

【校勘】

"晓"，甲、丁本作"晚"。

【注释】

[1] 贾岛旧居：按，贾岛居所有多处，如长安慈恩寺文郁院、长安乐游园东之昇道坊、遂州长江县（今四川蓬溪县西）主簿官舍及普州（今四川安岳县）司仓参军官舍等。又此诗中云"江禽共宿来"，则贾岛旧居为长江附近居所。考齐己一生游历，并未入川。齐己晚年一直居于荆南，故此处贾岛旧居当为荆州近邻长江之居所。

[2] 野烧：野火烧。刘沧《长洲怀古》："野烧原空尽荻灰，吴王此地有楼台。"

[3] 吟魂：按，贾岛自称碣石山人、苦吟客。其作诗以苦吟著名，自称"二句三年得，一吟双泪流"（贾岛《题诗后》）。《唐才子传》卷五本传云："（贾岛）虽行坐寝食，苦吟不辍。尝跨蹇驴张盖，横截天衢，时秋风正厉，黄叶可扫，遂吟曰：'落叶满长安。'方思属联，杳不可得，忽以'秋风吹渭水'为对，喜不自胜。因唐突大京兆刘栖楚，被系一夕，旦释之。后复乘闲策蹇访李余幽居，得句云：'鸟宿池中树，僧推月下门。'又欲作'僧敲'，炼之未定，吟哦引手作推敲之势，傍观亦讶。时韩退之尹京兆，车骑方出，不觉冲至第三节，左右拥到马前，岛具实对，未定推敲，神游象外，不知回避。韩驻久之曰：'敲字佳。'遂并辔归，共论诗道，结为布衣交。……乃授遂州长江主簿。后稍迁普州司仓。临死之日，家无一钱，惟病驴、古琴而已。当时谁不爱其才，而惜其命薄。"张乔《题贾岛吟诗台》："吟魂不复游，台亦似荒丘。"僧可止《哭贾岛》："燕生松雪地，蜀死葬山根。诗僻降今古，官卑误子孙。冢栏寒月色，人哭苦吟魂。墓雨滴碑字，年年添藓痕。"

[4] 销：消磨、消灭。

[5] 罪：惩罚、判罪。

送人游塞

槐柳野桥边，行尘暗马前。秋风来汉地，客路入胡天。雁聚河流浊，羊群碛草膻[1]。那堪陇头宿，乡梦逐潺湲[2]。

【注释】

[1] 碛：沙漠。

[2] 潺湲：水流貌。此处指慢慢流的河水。王元长《三月三日曲水诗序》："曲拂邅回，潺湲径复。"孟浩然《经七里滩》："挥手弄潺湲，从兹洗尘虑。"

桃花

千株含露态，何处照人红。风暖仙源里[1]，春和水国中。流莺应见落，舞蝶未知空[2]。拟欲求图画，枝枝带竹丛。

【校勘】

"株"，丁本作"枝"。

"拟"，丁本作"掷"。

【注释】

[1] 仙源：暗指桃花源。陶渊明《桃花源记》中云"忽逢桃花林，夹岸数百步，中无杂树，芳草鲜美，落英缤纷，渔人甚异之"。

[2] 空：佛家谓"非有"、"非存在"，故花落为空。《宋高僧传》卷六《唐彭州丹景山知玄传》云僧知玄："五岁，祖令咏花，不数步成云：'花开满树红，花落万枝空。唯余一朵在，明日定随风。'"

闻雁

何处人惊起，飞来过草堂[1]。丹心劳避弋[2]，万里念随杨（阳）[3]。影断风天月，声孤荻岸霜。明年趁春去，江上别鸳鸯。

【校勘】

"杨"，甲、乙、丙、丁本作"阳"，从之。

【注释】

[1] 草堂：谓齐己于荆州龙兴寺内的居所，堂中悬挂着大历十才子图。齐己《灯》："幽光耿耿草堂空，窗隔飞蛾恨不通。……云藏水国城台里，雨闭松门殿塔中。"《谢人惠〈十才子图〉》："丹青妙写十才人，玉峭冰棱姑射神。……犹得知音与图画，草堂闲挂似相亲。"苏辙《栾城集》卷四十《再言张颉状》："……臣又访闻颉昔知荆南，所为贪虐……勒部下……以修唐僧齐己草堂为名，令颉乡僧居止其中，此一事系私罪。……"此诗当作于齐己晚年居荆州期间（921—938）。

[2] 弋：带有绳子的箭。

[3] 随杨：当为"随阳"，谓随太阳的偏向而迁徙。大雁因其长随太阳的偏向而南徙，故称随阳雁。杜甫《同诸公登慈恩寺塔》："君看随阳雁，各有稻粱谋。"李益《杂曲》："既为随阳雁，勿学西流水。"

送人游南

南国多山水，君游兴可知[1]。船中江上景，晚泊早行时。子美遗魂地[2]，藏真旧墨池[3]。经过几销日[4]，荒草里寻碑。

【注释】

[1] "南国多山水"二句：谓南方山美水美，游人兴致极高。白居易《忆江南》："江南好，风景旧曾谙。日出江花红胜火，春来江水绿如蓝。能不忆江南？"韦庄《菩萨蛮》："人人尽说江南好，游人只合江南老。春水碧于天，画船听雨眠。"王珪《宫词》："长似江南好风景，画船来去碧波中。"

[2] 子美：谓杜甫，字子美。杜甫晚年，四处漂泊，先后流离到成都、梓州、阆州、云安、夔州、江陵、公安、岳阳、潭州，最后卒于自潭州赴岳州途中的小船上，境况十分凄凉。杜甫《自阆州领妻子却赴蜀山行三首》之一云："汩汩避群盗，悠悠经十年。不成向南国，复作游西川。物役水虚照，魂伤山寂然。我生无倚着，尽室畏途边。"又《遣遇》："磬折辞主人，开帆驾洪涛。春水满南国，朱崖云日高。舟子废寝食，飘风争所操。我行匪利涉，谢尔从者劳。石间采蕨女，鬻菜输官曹。丈夫死百役，暮返空村号。闻见事略同，刻剥及锥刀。贵人岂不仁，视汝如莠蒿。索钱多门户，丧乱纷嗷嗷。奈何黠吏徒，渔夺成逋逃。自喜遂生理，花时甘缊袍。"此诗云"子美遗魂地"，当谓湖南。

[3] 藏真：谓僧怀素，字藏真，俗姓钱，长沙（今属湖南）人。幼出家为僧，好作草书。陆羽《僧怀素传》："贫无纸可书，尝于故里种芭蕉万余株，以供挥洒。书不足，乃漆一盘书之，又漆一方板，书至再三，盘板皆□。"由是书艺大进。任华《怀素上人草书歌》："张老颠，殊不颠于怀素。怀素颠，乃是颠。人谓尔从江南来，我谓尔从天上来。"关于怀素之"旧墨池"，裴说《怀素台歌》："我呼古人名，鬼神侧耳听：杜甫李白与怀素，文星酒星草书星。永州东郭有奇怪，笔冢墨池遗迹在。笔冢低低高如山，墨池浅浅深如海。我来恨不已，争得青天化为一张纸，高声唤起怀素书，搦管研朱点湘水。欲归家，重叹嗟。眼前有，三个字：枯树槎。乌梢蛇，墨老鸦。"则怀素墨池在湖南永州。

[4] 销：消磨。

送益公归旧居[1]

旧隐终牵梦，春残结束归。溪山无伴过，风雨有花飞。片石留题字，孤潭照浣衣[2]。邻僧喜相接，扫径与开扉[3]。

【注释】

[1] 益公：谓僧从益。齐己另有《寄三觉山从益上人》、《寄益上人》诗。按，僧从益咸通中于京讲经，极受懿宗宠幸，不仅赐其紫衣，还降辇迎之。杨巨《题宣州延庆寺益公院》诗云"嘿坐能除万种情，腊高兼有赐

衣荣。讲经旧说倾朝听，登殿曾闻降辇迎"，且诗题下注"咸通中入讲，极承恩泽"，盖咏此事。唐末战乱，"寻思乱峰顶"（齐己《寄三觉山从益上人》），从益归三觉山，乃至"多时不下山"，后移住衡岳（齐己《寄益上人》诗中云"近闻移住邻衡岳"）。又据杨夔《题宣州延庆寺益公院》，则"益公"旧居在宣州（今安徽省宣城县）延庆寺。

[2] 浣衣：洗过的衣服，此处指僧之袈裟。皇甫冉《送延陵陈法师赴上元》："延陵初罢讲，建业去随缘。翻译推多学，坛场最少年。浣衣逢野水，乞食向人烟。遍礼南朝寺，焚香古像前。"

[3] 扉：门扇。

不睡

永夜不欲睡，虚堂闭复开。却离灯影去，待得月光来。落叶逢巢住，飞萤值我回。天明拂经案[1]，一炷白檀灰[2]。

【注释】

[1] 经案：放置经书的桌子。

[2] 白檀："檀"是一种名贵的香木，又名旃檀、栴檀，属檀香科之常绿乔木。茎干高达二三十尺，木质密致，有香味，可供雕刻或制成佛具；根部研磨成粉末，可作香（称为旃檀香或檀香），亦可制成香油。常用作寺院香料，其香气无比。《妙法莲华经》卷六《药王菩萨本事品》："栴檀之香，此香六铢，价直娑婆世界。"亦可入药。《慧苑音义》卷上："旃檀，此云与乐，谓白檀能治热病，赤檀能去风肿，皆是除疾身安之药，故名与乐也。"关于此树之种类，《慧琳音义》卷三、《慧苑音义》卷上均谓有白、赤二种。《玄应音义》卷二三谓有赤、白、紫等数种。无论是赤檀、白檀，还是紫檀，皆有奇香，相较之下，白檀尤胜。白居易《赠韦处士六年夏大热旱》："脱无白栴檀，何以除热恼。"《大方广佛华严经》卷七八《入法界品》："如白栴檀若以涂身，悉能除灭一切热恼，令其身心普得清凉。"关于此树之产地，《慧琳音义》卷三谓此香出南海。《法苑珠林》卷三六《华香篇·感应缘》："栴檀香，竺法真登罗山疏曰：'栴檀出外国，元嘉末僧成藤于山见一大树，圆荫数亩，三丈余围，辛芳酷烈。其间枯条

数尺，援而刃之，白栴檀也。'俞益期笺曰：'众香共是一木，木根为栴檀。'"今广东、云南及岭南诸地皆有生产。此外，亦产于爪哇、泰国及印度德干半岛等地。此诗中的"白檀"即白檀香。

新秋雨后

夜雨洗河汉[1]，诗怀觉有灵。篱声新蟋蟀，草影老蜻蜓。静引闲机发，凉吹远思醒。逍遥向谁说[2]？时泥漆园经[3]。

【校勘】

"泥"，甲、乙、丁、庚本作"注"。

【注释】

[1] 河汉：银河，此指天空。

[2] 逍遥：自由自在，意取《庄子·逍遥游》。按，"逍遥游"意义有多种解释。晋代郭象注云："夫小大虽殊，而放于自得之场，则物任其性，事称其能，各当其分，逍遥一也，岂容胜负于其间哉！"唐代成玄英《南华真经疏序》列举三种解释："第一，顾桐柏云：'逍者，销也。遥者，远也。销尽有为累，远见无为理。以斯而游，故曰逍遥。'第二，支道林曰：'物物而不物于物，故逍遥不我待；玄感不疾而速，故遥然靡所不为。以斯而游天下，故曰逍遥游。'第三，穆夜云：'逍遥者，盖是放狂自得之名也。至德内充，无时不适；忘怀应物，何往不通。以斯而游天下，故曰逍遥游。'……所以《逍遥》建初者，言达道之士，智德明敏，所造皆适，遇物逍遥，故以逍遥命物。"

[3] 漆园经：即《庄子》。漆园乃古地名，在今安徽省蒙城县，蒙城古称漆园。庄子曾为漆园吏。

【汇评】

李庆甲《瀛奎律髓汇评》卷一二：纪昀："唐诗僧以齐己为第一，杼山实不及，阅全集自见。第三、四句新脆，'觉有灵'三字不佳。"许印芳："此诗次句即老杜'诗成觉有神'意，语虽不佳，却无疵类。三、四佳在'新'字、'老'字，若用'闻'、'见'等字，便是小儿语。五、六亦颇细致，六句暗藏'风'字，措语亦较五句有味，故虚谷以为尤好。尾联原本云：'逍遥向谁说？时泥漆园经。'上句太空，下句太滞，故为易之：'逍遥吾自得，不假漆园经。'"

送刘蜕秀才赴举[1]

百发百中□，□□□□年。丹枝如计分，一箭的无偏。文物兵销国，关河雪霁天[2]。都人看春榜[3]，韩字在谁前。

【校勘】

"百发百中□，□□□□年"：《全唐诗补编·续拾》卷五十据影印文渊阁《四库全书》本《白莲集》卷一补录为"百发百中技，长［杨］（阳）献赋年"。

"丹枝如计分"：《全唐诗补编·续拾》卷五十据影印文渊阁《四库全书》本《白莲集》卷一补录为"丹枝如技分"。

丁本缺"百发百中□，□□□□年。丹枝如计分，一箭的无偏"。

【注释】

[1] 刘蜕：据岑仲勉《读全唐诗札记》，此诗中云"都人看春榜，韩字在谁前"，则刘蜕应为韩蜕。齐己另有《寄韩蜕秀才》、《送韩蜕秀才赴举》诸诗，则诗题中"刘"为"韩"之误。

[2] 雪霁：雪后转晴。

[3] 春榜：唐代进士放榜是在春天，故又称春榜。郑谷《贺进士骆用锡登第》："春榜到春晚，一家荣一乡。"曹松《览春榜喜孙鄂成名》："门外报春榜，喜君天子知。"

留题仰山大师塔院[1]

岚光叠杳冥[2]，晓翠湿窗明。欲起游方去[3]，重来绕塔行[4]。乱云开鸟道，群木发秋声。曾约诸徒弟，香灯尽此生[5]。

【校勘】

"杳"，乙本作"香"。

【注释】

[1] 仰山：在今江西省宜春市之南。由于山势绝高，须仰视方得见，故称仰山。又称大仰山。唐僖宗时，沩山灵祐之弟子慧寂曾于此地开创禅院，发扬沩山灵祐之宗风，此即禅宗之沩仰宗，仰山亦因此而闻名，而慧寂也因此被称为仰山。仰山大师：仰山慧寂（807—883），广东番禺人，俗姓叶。九岁，往依和安寺通禅师。十七岁，自断二指，立誓落发。参谒躭源应真，瞭悟玄旨。未久，入沩山灵祐之室，受其印可。后更往江陵受戒，深研律藏。又参礼岩头全豁。未几，复还沩山，执侍灵祐凡十五年，互相激扬宗门。唐僖宗时迁大仰山，大振沩山之法道，是为沩仰宗。有仰山小释迦之号。后住江西观音院，再迁韶州东平山。中和三年示寂，世寿七十七。后追谥通智大师。按，齐己与仰山慧寂较为密切。《宋高僧传》卷三十《齐己传》载："（齐己）幼而捐俗于大沩山寺"，其中的"大沩山寺"，是沩仰宗的发源地，是沩仰宗创始人灵祐的栖息地，而仰山慧寂曾于此地跟随灵祐学习十五年，可见二人所学相同，齐己"与仰山（慧寂）同门"。又据《释氏稽古略》卷三："时（仰山）慧寂禅师住豫章观音院，（齐）己总辖庶务，有《粥疏》。"可见，仰山慧寂晚年主持江西观音院时，齐己曾参与其事。仰山大师塔院，即袁州仰山集云峰下的妙光塔院。按，仰山慧寂于广东韶州示寂，其塔后被迁回袁州仰山集云峰下，大顺二年敕号其塔曰妙光。《五灯会元》卷九《袁州仰山慧寂通智禅师》载："再迁东平，将顺寂，数僧侍立，师以偈示之曰。……言讫，以两手抱膝而终。阅明年，南塔涌禅师迁灵骨归仰山，塔于集云峰下。"《全唐文》卷八一三录陆希声《仰山通智大师塔铭》："仰山，韶州人，俗姓叶氏。……大师法名慧寂，居仰山日，法道大行，故今多以仰山为号。享年七十七，僧腊五十四。……大师元和二年（807）六月二十一日生，中和三年（883）二月十三日入灭。大顺二年（891）三月十日敕号通智大师，妙光之塔云尔。"

[2] 岚：山里的雾气。此句谓山中雾气重重，致使光线极为昏暗。

[3] 游方：云游四方。又作行脚、游行。即出家人为修行之目的而四处求访名师，跋涉山川，参访各地。此等出家人，称为行脚僧或云水僧。《祖庭事苑》卷八："行脚者，谓远离乡曲，脚行天下。脱情捐累，寻访师友，求法证悟也。所以学无常师，遍历为尚。善财南求，常啼东请，盖先

圣之求法也。永嘉所谓游江海涉山川，寻师访道为参禅，岂不然邪?"《释氏要览》卷三云:"游行人间:今称行脚，未见其典。《毗奈耶律》云:如世尊言，五法成就，五夏已满，得离依止，游行人间。五法者:(一)识犯，(二)识非犯，(三)识轻，(四)识重，(五)于别解脱经善知通塞，能持能诵。"

[4]"重来绕塔"句:按，齐己曾于昭宗天复四年(904)至后梁开平二年(908)间自衡岳往袁州拜谒诗人郑谷(据傅璇琮等《唐五代文学编年史》，郑谷约于904年退隐宜春仰山)。《五代史补》卷三载:"时郑谷在袁州，齐己因携所为诗往谒焉。有《早梅》诗曰:'前村深雪里，昨夜数枝开。'谷笑谓曰:'数枝非早，不若一枝则佳。'齐己矍然，不觉兼三衣叩地膜拜。自是士林以谷为齐己一字之师。"考齐己现存诗尚有《题郑谷郎中仰山居》、《行次宜春寄湘西诸友》等十余首，则齐己确曾往袁州拜访过郑谷。而仰山又有慧寂禅师塔院，齐己定当游览参拜。又齐己《戊辰岁湘中寄郑谷郎中》诗云:"白发久慵簪，常闻病亦吟。瘦应成鹤骨，闲想似禅心。上国杨花乱，沧州荻笋深。不堪思翠巘，西望独沾襟。"戊辰岁即后梁太祖开平二年(908)，从此诗诗意来看，齐己于开平二年已经回到湘中。故此诗当作于904—908年期间。此诗云"重来绕塔行"，则为齐己临离开袁州返回湘中时作。

[5]香灯:焚香和燃灯。此处借掌管香灯喻指守护佛法和传播佛法。"曾约诸徒弟，香灯尽此生"谓仰山慧寂曾与弟子们约誓要终其一生护法和传法，以使香灯相续而不灭，法脉辗转相传而不绝。

乱中闻[郑]谷、吴延保下世[1]

小谏才埋玉[2]，星郎亦逝川[3]。国由多聚道，天似不容贤。兵火焚诗草，江流涨墓田。长安已涂炭[4]，追想更凄然。

【校勘】

甲、乙本题作"乱中闻郑谷、吴延保下世"，据之补。

"由"，甲本作"由(一作犹)"。

"聚道"，甲、乙、丁本作"聚盗"。

【注释】

[1] 乱中：谓唐末战乱。郑谷：字守愚，袁州宜春（今属江西）人。据赵昌平《郑谷年谱》、傅义《郑谷年谱》，郑谷卒于家乡北岩别墅，时间约为后梁太祖开平三年（909）。故此诗当作于本年或稍后。吴延保：按，郑谷《送进士吴延保及第后南游》诗中云"得意却思寻旧迹，新衔未切向兰台。吟看秋草出关去，逢见故人随计来"，则吴延保亦为袁州宜春人，中进士后南归。按齐己与郑谷交往甚密，且曾去宜春拜谒郑谷，当亦因郑谷而结交吴延保。

[2] "小谏才"句：此句谓吴延保之去世。据诗意，吴延保曾担任过谏议大夫之类官职。

[3] 星郎：《后汉书·明帝纪》："馆陶公主为子求郎，不许，而赐钱千万。谓群臣曰：'郎官上应列宿，出宰百里，有非其人，则民受其殃，是以难之。'"后遂称郎官为星郎。按，郑谷于乾宁四年（897）九月擢升都官郎中，世称"郑都官"，故亦称星郎。郑谷《宜春再访芳公言公幽斋写怀叙事，因赋长言》诗云"今忝星郎更契缘"，又《锦二首》诗云"红迷天子帆边日，紫夺星郎帐外兰"，皆称自己为"星郎"。另，齐己《寄郑谷郎中》诗中亦云"曾沐星郎许，终惭是斐然"。逝川：本指流去的江水。《论语·子罕》："子在川上曰：'逝者如斯夫，不舍昼夜！'"后喻指人去世，如李中《哭故主人陈太师》"长恸裴回逝川上，白杨萧飒又黄昏"；温庭筠《哭王元裕》"闻说萧郎逐逝川，伯牙因此绝清弦"。

[4] "长安已"句：据《资治通鉴》卷二六七，后梁太祖开平三年（909）正月，后梁迁都洛阳。六月，梁忠武节度使兼侍中刘知俊，惧为梁太祖猜忌，遂以所治同州依附于岐王李茂贞。梁发兵讨之，克长安。长安遂陷入一片混乱。此诗即指此事。

送东林寺睦公往吴国[1]

八月江行好，风帆日夜飘。烟霞经北固[2]，禾黍过南朝[3]。社客无宗炳[4]，诗家有鲍昭[5]。莫因贤相请，不返旧山椒[6]。

【注释】

[1] 东林寺：谓庐山东林寺。东林寺乃庐山第一名刹。位于江西庐山西北麓。东晋太元六年（381），江州刺史桓伊为慧远所建。元兴元年（402），慧远又建般若台精舍，作为念佛道场，并成立庐山白莲社。后世尊慧远为净土宗（莲宗）之祖，东林寺亦成为我国净土宗的发源地，也是我国佛教八大道场之一。睦公：即僧修睦。据《庐山记》卷二："二林僧修睦，号楚湘，东西二林监寺，谭论大德。"修睦号楚湘，疑为湖南人。《全唐诗》修睦小传称其于唐光化中任洪州僧正，未知何据，洪州应为庐山之误。《宋高僧传·梁庐山双溪院国道者传》则称修睦于后梁时任庐山僧正，可信。按，齐己自后梁末帝贞明元年（915）起移居庐山东林寺，而且"六年沧海寺"、"久栖东林"，在庐山居住六年，此期间修睦为东林寺僧正，齐己当往依之。往吴国：谓修睦应吴国征辟，往住金陵。此诗中云："莫因贤相请，不返旧山椒。"按吴本奉唐朝，至后梁贞明五年（919）四月始建国；而齐己后梁龙德元年（921）已在荆州，则修睦应吴之请赴金陵应在贞明五、六年间（919—920）。又此诗中云"八月江行好，风帆日夜飘"，时间在八月，故此诗当作于919年或920年八月。

[2] 北固：北固山，在今江苏镇江市北。按，《世说新语·言语》："荀中郎在京口，登北固望海云。"其后注引《南徐州记》："城西北有别岭入江。三面临水，高数十丈，号曰北固。"梁武帝曾登此山，谓可为京口壮观，因改称为北顾。

[3] 南朝：即宋、齐、梁、陈四朝，统称南朝。四朝国都皆为建康（今南京）。按，十国之吴于贞明五年（919）四月建国，都金陵（今南京）。疆土占有淮南与江西等地，其所辖之地与南朝相似。修睦往吴国金陵，所经之地皆为南朝故地，故齐己此诗云"禾黍过南朝"。

[4] 社：谓莲社。《大宋僧史略》卷下："晋宋间有庐山慧远法师，化行浔阳。高士逸人，辐辏东林，皆愿结香花。时雷次宗、宗炳、张诠、刘遗民、周续之等，共结白莲华社，立弥陀像，求愿往生安养国，谓之莲社。社之名始于此也。"宗炳：南朝刘宋时的隐士宗炳（375—443），字少文。南阳涅阳（今河南南阳）人。擅长书、琴、绘画，尤通玄理。宗炳早年仕宦，义熙八年（412）以后，入庐山，从慧远修习净土法门。后慧远集慧永、慧持、道生等名德，刘遗民、雷次宗等名儒缁素一百二十三人，于

无量寿佛像前，建誓而修西方之净业。史称莲社。宗炳乃莲社成员之一。

[5] 鲍昭：即鲍照（？—466），又作鲍昭。字明远。生于今江苏镇江一带。家世寒微。宋孝武帝大明中，临海王六子顼为荆州刺史，以鲍照为前军参军，掌书记之任，随刘子顼至江陵。后死于江陵兵乱中。鲍照诗俊逸活泼，李白尤为推崇。赋以《芜城赋》为最传诵。《文选》卷十一"鲍明远"条下注引沈约《宋书》曰："鲍昭，字明远，文辞赡逸。世祖时，昭为中书舍人。上好为文章，自谓物莫能及。昭悟其旨，为文多鄙言累句，当时咸谓昭才尽，实不然也。"齐己颇为推崇鲍照，其诗多有提及鲍照者，如《寄唐禀正字》云"鲍昭多所得，时忆寄汤生"；《寄益上人》云"风骚味薄谁相爱，欹枕常多梦鲍昭"；《荆渚逢禅友》云"社思匡岳无宗炳，诗忆扬州有鲍昭"。

[6] "莫因贤相请"句：据《资治通鉴》卷二〇载，吴本奉唐朔，贞明五年（919）四月建国，拜徐温为大臣相，镇升州。诗中"贤相"当指徐温。按，修睦应徐温请赴金陵应在919年或920年八月，未久当又返故山，至后唐天成时尚任僧正（胡震亨《唐音癸签》卷二十九云："修睦赴伪吴之辟，与朱瑾同及于祸。"按朱瑾之祸在后梁贞明四年（918），胡说疑误）。

除夜[1]

夜久谁同坐，炉寒鼎亦澄[2]。乱松飘雨雪，一室掩香灯。白发添新岁，清吟减旧朋。明朝待晴旭[3]，池上看春冰。

【注释】

[1] 除夜：一年最后一天的夜晚。

[2] 鼎：古代的一种烹煮器，一般为三足两耳。

[3] 旭：清晨初出的阳光。

送秘上人[1]

谁喜老闲身，春山起送君。欲凭莲社信[2]，转入洞庭云。道路长无阻，干戈渐未闻。秋来向何处，相忆雁成群。

【校勘】

"庭"，丁本作"房"。

"阻"，丁本作"限"。

"未"，甲、丁本作"不"。

【注释】

[1] 秘上人：此诗中云"谁喜老闲身"、"道路长无阻，干戈渐不闻"，则当为齐己晚年居荆州（921—938）时作。"欲凭莲社信，转入洞庭云"，则秘上人持着齐己信笺当往庐山东林寺，途经洞庭湖。

[2] 莲社：即白莲社。晋慧远法师在庐山东林寺，集慧永、慧持、道生等名德，刘遗民、宗炳、雷次宗等名儒缁素一百二十三人，于无量寿佛像前，建誓而修西方之净业。以寺多植白莲，故名莲社。

寓居岳麓，谢进士沈彬再访[1]

去岁来寻我，留题在藓痕。又因风雪夜，重宿古松门。玉有疑休泣，诗无主且言。明朝此相送，披褐入桃源[2]。

【注释】

[1] 岳麓：岳麓山，在长沙市西南，隔湘江水六里，盖因位于衡山之足而得名。齐己此诗云"寓居岳麓"，则实为居住于长沙道林寺。沈彬：字子文，一作子美，洪州高安（今属江西）人，光化四年（901）三举下第后，南游到湖、湘一带，谒马殷，不遇，遂隐衡州云阳山十余年，与诗僧齐己、虚中为诗道之游。事见《唐才子传》卷十。又，《江南野史》卷六："属唐末乱离，随计不捷，南游湘湖，隐云阳山十年许，与浮屠辈虚中、齐己以诗名互相吹嘘，为流辈所慕。"云阳山在衡州茶陵县，见《舆地纪胜》卷六三。齐己另有《宿沈彬进士书院》、《逢进士沈彬》。此三诗均称沈彬为进士，则当为敬称。又据诗意，三诗均当作于沈彬隐居衡州云阳山期间，亦即齐己居于长沙道林寺期间。

[2] 桃源：谓桃花源。陶渊明《桃花源记》虚构了一个与世隔绝的乐土，其地人人丰衣足食，怡然自乐，不知世间有祸乱忧患。后因称这种理

想境界为桃源、桃花源或世外桃源。按,《桃花源记》云:"晋太元中,武陵人捕鱼为业,缘溪行,忘路之远近。忽逢桃花林,夹岸数百步,中无杂树,芳草鲜美,落英缤纷,渔人甚异之。"文中"武陵"乃武陵郡,即陶渊明笔下之桃花源在今湘西北。此诗中云"明朝此相送,披褐入桃源",则沈彬于湘西道林寺拜访过齐己后"披褐入桃源",或为游览湘西之桃花源。又,沈彬此期间隐居衡州云阳山,其地风景优美,远离唐末战乱,故齐己诗美其名曰"桃源",则"披褐入桃源"或为沈彬返回其隐居地云阳山。

对雪

松门堆复积,埋石亦埋莎[1]。为瑞还难得[2],居贫莫厌多。听怜终夜落,吟惜一年过。谁在江楼望,漫漫堕绿波[3]。

【注释】

[1] 埋:埋藏、盖住。莎:莎草。多年生草本植物,多生在潮湿的地方。

[2] 为瑞:好兆头。古人以为初春的雪预兆丰年,即"瑞雪兆丰年",故称瑞雪。如南朝陈诗人张正见《玄都观春雪诗》:"同云遥映岭,瑞云近浮空。"又,人们常以应时的好雪为瑞雪。骆宾王《寓居洛滨对雪忆谢二》:"旷望洛川晚,飘飘瑞雪来。"卢延让《雪》:"瑞雪落纷华,随风一向斜。"

[3] 漫漫:遍布貌,漫无边际。堕:飘落。

和岷公送李评事往宜春[1]

兵火销邻境[2],龙沙有去人[3]。江潭牵兴远,风物入题新。雪湛将残腊[4],霞明向早春。郡侯开宴处,桃李照歌尘。

【注释】

[1] 岷公:当为一僧人。按,齐己另有《寄怀江西徵岷二律师》,"岷

公"或谓岷律师。李评事：按，"评事"乃官名。汉置廷尉平，掌平决刑狱。隋炀帝乃置评事，属大理寺。唐代因之。《隋书》卷二八［百官下］载："大理寺丞改为勾检官，增正员为六人，分判狱事。置司直十六人，降为从六品，后加至二十人。又置评事四十八人，掌颁同司直，正九品。"《旧唐书》卷四四［职官三］载："大理寺"下置"评事十二人（从八品下），掌出使推核。"《唐会要》卷六六［大理寺］载："评事，贞观二十二年十二月九日，置十员，掌出使推覆，后加二员，为十二员。"另，齐己还有《送李评事往宜春》，当与此诗作于同时。又齐己《送李评事往宜春》诗中言"鸿心夜过乡心乱"，则"李评事"当为宜春人。至于"李评事"为何人，则无可考证。宜春：在今江西宜春市。《新唐书》卷四一《地理五》载：袁州宜春郡辖三县：宜春、苹乡、新喻。

［2］销：同"消"，消灭、止息。

［3］龙沙：沙洲名。在今江西新建县北。《水经注》卷三九《赣水》载："又北经龙沙西，沙甚洁白，高峻而陁有龙形，连亘五里中，旧俗九月九日，升高处也。"杜牧《张好好》："龙沙看秋浪，明月游东湖。"

［4］湛：深厚、厚重。

〔送僧〕

老忆游方日[1]，天涯锡独摇[2]。凌晨从北固[3]，冲雪向南朝[4]。鬂发泉边剃，香灯树下烧。双峰诸道友[5]，夏满有书招[6]。

【校勘】

底本诗题缺，据甲、乙本补。

【注释】

［1］游方：云游四方。又作行脚、游行。

［2］锡：锡杖之略称。为比丘行路时经常随身携带十八物之一。

［3］北固：即北固山，在今江苏镇江市北。

［4］南朝：本谓宋、齐、梁、陈四朝，因四朝占据南方地区，故云。此处泛指南方地区。

［5］双峰：禅宗六祖慧能自仪凤二年（677）起，长期于韶州曹溪双

峰宝林寺弘法，故云。《宋高僧传》卷八《唐韶州今南华寺慧能传》："（慧能）乃移住宝林寺焉。时刺史韦据命出大梵寺，苦辞入双峰曹侯溪矣。"《释氏要览》卷三："曹溪，韶州双峰山下。昔晋武侯孙曹叔良宅。建宝林寺，六祖能大师居之。"贯休《题曹溪祖师堂》："大哉双峰溪，万古青沈沈。"道友：即修道之友。又作道侣。此"道"指佛教之道。

[6] 夏满：谓满五次夏安居。《释氏要览》卷三："游行人间：今称行脚，未见其典。《毗奈耶律》云：如世尊言，五法成就，五夏已满，得离依止，游行人间。"其中"夏安居"又作雨安居、坐夏、夏坐等。印度夏季之雨期达三月之久。此三个月间，出家人禁止外出而聚居一处以致力修行，称为安居。此系唯恐雨季期间外出，踩杀地面之虫类及草树之新芽，招引世讥，故聚集修行，避免外出。关于夏安居的时期，一般始自四月十六日，终于七月十五日。但在中国，夏安居一般不受重视。有些僧人自己遵守这种习俗。但在大多数寺院，生活作息一如平时。

过荆门[1]

　　路出荆门远，行行日欲西。草枯蛮冢乱[2]，山断汉江低[3]。野店丛蒿短[4]，烟村簇树齐。翻思故林去[5]，在处有猿啼。

【注释】

[1] 荆门：指今湖北江陵。据《唐会要》卷七一［山南道］载："荆州，本大都督府。上元元年九月，置南都，改为江陵府。荆门县，贞元二十一年六月置。"《新唐书》卷四十《地理四》载："江陵府江陵郡，本荆州南郡，天宝元年更郡名。肃宗上元元年号南都，为府。二年罢都，是年又号南都。寻罢都。……县八：江陵、枝江、当阳、长林、石首、松滋、公安、荆门（次畿，贞元二十一年析长林置）。"知荆门乃江陵府所辖八县之一。又，《宋高僧传》卷三十《齐己传》："梁革唐命，天下纷纭。于是高季昌禀梁帝之命，攻逐雷满出渚宫，己便为荆州留后，寻正受节度。迨乎均帝失御，河东庄宗自魏府入洛，高氏遂割据一方，搜聚四远名节之士，得齐之义丰、南岳之己，以为筑金之始验也。龙德元年辛巳中，礼己

于龙兴寺净院安置，给其月俸，命作僧正，非所好也。"可知齐己晚年居住在荆州龙兴寺。另，齐己《怀金陵知旧》："海门相别住荆门，六度秋光两鬓根。"《荆门病中寄怀乡人欧阳侍郎彬》："谁会荆州一老夫，梦劳神役忆匡庐。"则"荆州"、"荆门"、实同为一地，皆指江陵。按，齐己于龙德元年（921）至荆渚，其《东林寄别修睦上人》云"行心乞得见秋风，双履难留更住踪。……此别不知为后约，年华相似逼衰容"，不为后约，当为远行之别。《思游峨眉寄林下诸友》云"刚有峨眉念，秋来锡欲飞。会抛湘寺去，便逐蜀帆归"，诗写秋景，知其时在湘中。又有《自湘中将入蜀留别诸友》。另，此诗云"路出荆门远，行行日欲西。草枯蛮冢乱，山断汉江低"，亦写秋景。《渚宫莫问诗一十五首》序云："予以辛巳（921）岁，蒙主人命居龙安寺。"《荆渚感怀寄僧达禅弟三首》之二云："十五年前会虎溪，白莲斋后便来西。"虎溪在庐山。孙光宪《白莲集序》云："晚岁将之岷峨，假途渚宫，太师南平王筑净室以居之，舍净财以供之。"表明齐己是在赴蜀途中，经过荆渚时被强留荆州的。故此诗当作于后梁末帝龙德元年（921）秋。

[2] 蛮冢：谓楚地坟墓。按，古代中原地区泛称江南楚地之民谓荆蛮。《国语》卷一四《晋语》载："昔成王盟诸侯于岐阳，楚为荆蛮，置矛蕝，设望表，与鲜卑守燎，故不与盟。"故楚地坟墓云"蛮冢"。

[3] 汉江：又称汉水。是长江最大的支流。源出于陕西，东南流经陕西省南部、湖北省西北部和中部，至武汉市汉阳入长江。

[4] 丛蒿：谓一丛丛蒿草。

[5] 故林：谓庐山东林寺。齐己"久栖东林，不忘胜事"（孙光宪《白莲集序》），而且"六年沧海寺"（齐己《渚宫莫问诗一十五首》之十三），在东林寺居住六年，对东林寺有着特殊的感情，故离去后常有忆念"故林"之作，此诗即是其一。

山中答人[1]

谩道诗名出[2]，何曾著苦吟。忽来还有意，已过即无心。夏日山长往，霜天寺独寻。故人怜拙朴[3]，时复寄空林。

【注释】

　　[1] 按，诗题曰"山中"、"山长往"，又曰"寄空林"，则此时齐己或居于长沙道林寺，或居于庐山东林寺。考齐己一生履历，早年多居于湘西道林寺，自后梁末帝贞明元年（915）起移居庐山东林寺，晚年直至去世居于荆州龙兴寺。又，道林寺，在湖南长沙市西岳麓山下，濒临湘水。此诗云己"拙朴"，据诗意推知此诗当为齐己后期作品。故此诗当作于寓居庐山东林寺期间。

　　[2] 谩道：浮夸妄说。按，齐己幼好吟咏，诗名颇著，时号"诗囊"。《宋高僧传》本传云："释齐己……性耽吟咏……己颈有瘤赘，时号诗囊。"《五代史补》卷三"僧齐己"条记载更详："僧齐己……七岁，与诸童子为寺司牧牛，然天性颖悟，于风雅之道，日有所得，往往以竹枝画牛背为篇什，众僧奇之，且欲壮其山门，遂劝令出家。……其后居于长沙道林寺。时湖南幕府中能诗者有如徐东野、廖凝、刘昭禹之徒，莫不声名藉甚，而徐东野尤好轻忽，虽王公不避也。每见齐己，必悚然不敢以众人待之。尝谓同列曰：'我辈所作皆拘于一途，非所谓通方之士。若齐己才高思远，无所不通，殆难及矣。'论者以徐东野为知言。东野亦常赠之曰：'我唐有僧号齐己，未出家时宰相器。爱见梦中逢五丁，毁形自学五生理。骨瘦神清风一襟，松老霜天鹤病深。一言悟得生死海，芙蓉吐出琉璃心。闷见唐风雅容缺，敲破冰天飞白雪。清塞清江却有灵，遗魂泣对荒郊月。格何古，天公未生谁知主，混沌凿开鸡子黄，散作纯风如胆苦。意何新，织女星机挑白云，真宰夜来调暖律，声声吹出嫩青春。调何雅，涧底孤松秋雨洒，嫦娥月里学步虚，桂风吹落玉山下。语何奇，血泼乾坤龙战时，祖龙跨海日方出，一鞭风雨万山飞。己公己公道如此，浩浩寰中如独自。一簟松风冷如冰，长伴巢由伸脚睡。'其为名士推重如此。"《十国春秋·荆南列传》："齐己……天性颖悟，常以竹枝画牛背为诗，诗句多出人意表，众僧奇之，劝令落发为浮图。……湖南幕府号能诗者，徐仲雅、廖匡图、刘昭禹辈，靡不声名藉甚，而仲雅尤傲忽，虽王公不避，独见齐己必悚然，不敢以众人相遇。齐己故赘疣，至是，爱其诗者或戏呼之曰'诗囊'。"

　　[3] 拙朴：谦辞，谓笨拙朴实。

赠卢明府闲居[1]

鬓霜垂七十[2]，江国久辞官[3]。满箧新风雅[4]，何人旧岁寒。闲居当野水，幽鸟宿渔竿。终欲相寻去，兵戈时转难。

【注释】

[1] 明府：唐时县令之俗名。卢明府：无考。据诗意，"卢明府"辞官多年，隐居荆南，而且善诗喜吟。此诗当作于齐己晚年居荆州期间（921—938）。

[2] 鬓霜：犹谓"霜鬓"，即耳边白发。垂：将近，将及。

[3] 江国：谓五代十国之荆南，因荆南府治江陵临近长江，故称。

[4] 满箧：满箱。

幽庭

不放生纤草[1]，从教遍绿苔[2]。还妨长者至，未着牡丹开。蛱蝶空飞过[3]，鹡鸰时下来[4]。南邻折芳子，到此寂寥回。

【校勘】

"妨"，甲、乙、丙本作"防"。

"开"，甲本作"栽"。

【注释】

[1] 放：放任、恣纵。纤草：细小、微细的草。

[2] 从：通"纵"，放纵。

[3] 蛱蝶：即蝴蝶。何逊《石头答庾郎丹》："黄鹂隐叶飞，蛱蝶萦空戏。"杜甫《曲江》之二："穿花蛱蝶深深见，点水蜻蜓款款飞。"

[4] 鹡鸰：一种鸟，大如鹦雀。唐玄宗《鹡鸰颂》："秋九月辛酉，有鹡鸰千数，栖集于麟德殿之庭树，竟旬焉，飞鸣行摇，得在原之趣，昆季相乐，纵目而观者久之，逼之不惧，翔集自若。"

送休归（师）归长沙宁觐[1]

吾子此归宁[2]，风烟是旧经[3]。无穷芳草色，何处故山青。偶泊鸣蝉岛，难眠好月汀[4]。殷勤问安外，湘岸采诗灵。

【校勘】

"休归"，甲、乙、丙、丁本作"休师"，当从。

【注释】

[1] 休归：误，当为休师，即体休，长沙人，是齐己同乡。按，齐己《寄体休》："金陵往岁同窥井，岘首前秋共读碑。"《送休师归长沙宁觐》："高堂亲老本师存，多难长悬两处魂。已说战尘销汉口，便随征棹别荆门。晴吟野阔无耕地，晚宿湾深有钓村。他日更思衰老否，七年相伴琢诗言。"可知体休上人曾与齐己一起游历过襄阳岘首山，并与齐己在荆渚相伴七年之久，汉口兵乱结束后，便于荆门辞别齐己归长沙省亲。据《资治通鉴》卷二七五至二七六、《十国春秋·武信王世家》载：后唐明宗天成二年二月至天成四年五月，明宗曾遣兵征讨高季兴，天成三年十二月季兴卒，其子高从诲继位。天成四年五月高从诲向唐帝请和称臣，唐撤兵。齐己诗中的汉口兵乱当即指此，"已说战尘销汉口"当指高从诲于天成四年（929）五月向唐帝请和称臣以后，盖此时体休便启程回归长沙。又此诗中云"无穷芳草色"，故此诗当作于后唐明宗天成四年（929）夏。长沙：今湖南长沙市。《元和郡县图志》卷二九 ［江南道五］之 ［潭州］云："长沙县，本汉临湘县，属长沙国。隋改为长沙县，属潭州。"宁觐：探望并拜见父母。

[2] 归宁：即回家省亲。《诗经·周南·葛覃》："害澣害否，归宁父母。"陆机《思归赋》："冀王事之暇豫，庶归宁之有时。"

[3] 旧经：谓昔时所经之地。

[4] 汀：水边平地或水中小洲。

将游嵩华行次荆渚[1]

莲峰映敷水[2]，嵩岳压伊河[3]。两处思归久，前贤隐去多。闲身应绝迹，在世幸无他。会向红霞峤[4]，僧龛对薜萝[5]。

【注释】

[1] 嵩华：谓中岳嵩山与西岳华山，合称嵩华。庾信《哀江南赋》："禀嵩华之玉石，润河洛之波澜。"荆渚：谓荆州（今湖北江陵）。按，渚宫乃春秋时楚的别宫，故址在今湖北江陵县城内。齐己晚年寓居荆州龙兴寺，其诗多以"荆渚"指代荆州，如《荆渚偶作》、《荆渚逢禅友》、《荆渚寄怀西蜀无染大师兄》、《荆渚感怀寄僧达禅弟三首》、《夏日荆渚书怀》、《荆渚病中，因思匡庐，遂成三百字，寄梁先辈》等。又，《宋高僧传》卷三〇本传："梁革唐命，天下纷纭。于是高季昌禀梁帝之命，攻逐雷满出渚宫，己便为荆州留后，寻正受节度。迨乎均帝失御，河东庄宗自魏府入洛，高氏遂割据一方，搜聚四远名节之士，得齐之义丰、南岳之己，以为筑金之始验也。龙德元年辛巳中，礼己于龙兴寺净院安置，给其月俸，命作僧正，非所好也。"

[2] 莲峰：谓华山（在今陕西省华阴市南）莲花峰。按，华山顶中峰名莲花峰，传生千叶莲花，故称莲花峰。敷：遍布、铺展。

[3] 嵩岳：嵩山，位于今河南省登封市西北。嵩山为中岳，故称嵩岳。伊河：水名。源出河南卢氏县东南，东北流经嵩县、伊川、洛阳，至偃师，入洛河。按，伊河流经嵩山之西，故云"嵩岳压伊河"。

[4] 峤：尖峭的高山。

[5] 龛：谓掘凿岩崖为室，以安置佛像之所。薜萝：即薜荔、女萝，皆为野生植物。屈原《九歌·山鬼》："若有人兮山之阿，被薜荔兮带女萝。"

远思

远思极何处[1]，南楼烟水长。秋风过鸿雁，游子在潇湘[2]。海面云生白，天涯堕晚光。徘徊古堤上，曾此赠垂杨[3]。

【注释】

[1] 极：至，到。

[2] 潇湘：潇水、湘水。潇水源出湖南省蓝山县九嶷山，湘水源出广西壮族自治区灵川县海阳山。二水在湖南省零陵县合流，称为潇湘，北入洞庭湖。此处泛指湖南地区。

[3] 赠垂杨：谓折杨柳送别。按，杨、柳同科异属，古代诗文中杨、柳常通用，如"垂杨"亦称"垂柳"。《三辅黄图》卷六《桥》云："灞桥在长安东，跨水作桥，汉人送客至此，折柳赠别。"后便以折柳为送别之词。雍陶《折杨柳》："从来只有情难尽，何事名为情尽桥？自此改名为折柳，任他离恨一条条。"

寄勉二三子[1]

不见二三子，悠然吴楚间。尽应生白发，几个在青山。□□□□□，□□莫放间。君闻国风否[2]？千载咏关关[3]。

【校勘】

"□□□□□，□□莫放间"：《全唐诗补编·续拾》卷五十据影印文渊阁《四库全书》本《白莲集》卷一补录为"暇日还宜爱，余生莫放闲"。

"间"，丁本作"闲"，"间"通"闲"。

【注释】

[1] 子：对男子的尊称。

[2] 国风：按，从音乐的角度划分，《诗经》分为《风》、《雅》、《颂》三部分。《风》即《国风》，是相对于"王畿"而言的、带有地方色彩的音乐，十五《国风》就是十五个地方的土风歌谣，即自《周南》至《豳风》共 160 篇。

[3] 关关：谓《诗经·周南·关雎》篇，此乃《诗经》的第一篇。《诗大序》："《周南》、《召南》，正始之道，王化之基。"萧统《文选序》："《关雎》、《麟趾》，正始之道著。"《诗经·周南·关雎》《疏》："《关雎》者，《诗》篇之名。既以《关雎》为首，遂以《关雎》为一卷之目。"

渚宫江亭寓目[1]

津亭虽极望[2]，未称本心闲。白有三江水，青无一点山。新鸿喧夕浦[3]，远櫂聚空湾[4]。终遂归匡社[5]，孤帆即此还。

【注释】

[1] 渚宫：春秋时楚成王所建，为楚王的别宫，故址在今湖北省江陵县城内。《左传》之"文公十年"："沿汉溯江，将入郢，王在渚宫。"孔颖达疏："渚宫，当郢都之南。"

[2] 极望：尽目力所及。苏武《报李陵书》："穷目极望，不见所识。"张九龄《初发江陵有怀》："极望涔阳浦，江天渺不分。"司马扎《东门晚望》："青门聊极望，何事久离群？"

[3] 浦：水滨。

[4] 櫂：同"棹"，船。

[5] 匡社：指慧远等人于庐山所结的白莲社。庐山又名匡山、匡庐。

蝴蝶

何处背繁红，迷芳到槛重[1]。分飞还独出，成队偶相逢。远害终防雀，争先不避蜂。桃蹊牵往复[2]，兰径引相从。翠裛丹心冷[3]，香凝粉翅浓。可寻穿树影，难觅宿花踪。日晚来仍急，春残舞未慵。西风旧池馆，犹得采芙蓉。

【校勘】

"翠裛"，乙本作"翠挹"。

【注释】

[1] 槛：栏杆。

[2] 桃蹊：桃树下的小路。

[3] 裛：沾湿。陶渊明《饮酒》之七："秋菊有佳色，裛露掇其英。"张说《游龙山静胜寺》："苦霜裛野草，爱日扬江煦。"

送刘秀才往东洛[1]

羡子去东周[2]，行行非旅游。烟霄有兄弟，事业尽曹刘[3]。洛水清奔夏[4]，松云白入秋。来年遂鹏化[5]，一举上瀛洲[6]。

【校勘】

"松"，甲、乙、丙、丁本作"嵩"。

"遂"，乙本作"随"。

【注释】

[1] 刘秀才：按，齐己另有《送刘秀才归桑水宁觐》、《送刘秀才南游》，三诗中"刘秀才"当为一人，桑水（今山西）人。东洛：谓洛阳。隋唐以洛阳为东都，且洛阳在长安之东，故称东洛。李白《鸣皋歌，送岑征君》："扫梁园之群英，振大雅于东洛。"白居易《菩提寺上方晚望香山寺，寄舒员外》："西京闹于市，东洛闲如社。"

[2] 东周：朝代名，约公元前770—公元前256年，周自平王至赧王，建都洛邑（今河南洛阳市），在旧都镐京（今陕西西安西南）之东，故称东周。此处"东周"当谓东周首都洛阳，亦即诗题中之"东洛"。

[3] 曹刘：建安诗人曹植、刘桢。钟嵘《诗品·总论》："昔曹、刘殆文章之圣，陆、谢为体贰之才。"《诗品》卷上评曹植："骨气奇高，词采华茂，情兼雅怨，体被文质。"评刘桢："仗气爱奇，动多振绝。真骨凌霜，高风跨俗。"

[4] 洛水：谓洛河之水。洛河，发源于陕西洛南县西北部，东入河南，经卢氏、洛宁、宜阳、洛阳，至偃师纳伊河后，称伊洛河，到巩县的洛口流入黄河。

[5] 鹏化：即化作大鹏，语出《庄子·逍遥游》："北冥有鱼，其名为鲲。鲲之大，不知其几千里也。化而为鸟，其名为鹏。鹏之背，不知其几千里也；怒而飞，其翼若垂天之云。是鸟也，海运则将徙于南冥。……鹏之徙于南冥也，水击三千里，抟扶摇而上者九万里。"

[6] 瀛洲：传说仙人所居山名。《史记·秦始皇本纪》载："（秦始皇二十八年）齐人徐市等上书，言海中有三神山，名曰蓬莱、方丈、瀛洲，

仙人居之。"《史记·封禅书》："自（齐）威（王）、宣（王）、燕昭（王）使人入海求蓬莱、方丈、瀛洲，此三神山者，其传在渤海中，去人不远。患且至，则船风引而去。盖尝有至者，诸仙人及不死药皆在焉。其物禽兽皆白，而黄金银为宫阙。未至，望之如云；及到，三神山反居水下；临之，风辄引去，终莫能至云。"

移竹

旧溪千万竿，风雨夜珊珊[1]。白首来江国[2]，黄金买岁寒。乍移伤粉节，终绕著朱栏。会得乘春力，新抽锦箨看[3]。

【校勘】

"乘"，甲、乙、丙、丁本作"承"。

【注释】

[1] 珊珊：象声词，谓舒缓的雨声。

[2] 江国：谓五代十国之荆南，因荆南府治江陵临近长江，故称。据孙光宪《白莲集序》："（齐己）晚岁将之岷峨，假途渚宫，太师南平王筑净室以居之，舍净财以供之。"表明齐己是在赴蜀途中，经过荆渚时被强留荆州的。关于齐己被强留荆渚情况，《宋高僧传》卷三〇本传："梁革唐命，天下纷纭。于是高季昌禀梁帝之命，攻逐雷满出渚宫，己便为荆州留后，寻正受节度。迨乎均帝失御，河东庄宗自魏府入洛，高氏遂割据一方，搜聚四远名节之士，得齐之义丰、南岳之己，以为筑金之始验也。龙德元年辛巳（921）中，礼己于龙兴寺净院安置，给其月俸，命作僧正，非所好也。"可见齐己被高季兴遮留，居住在荆州龙兴寺。

[3] 箨：竹皮，笋壳。杜甫《严郑公宅同咏竹》："绿竹半含箨，新梢才出墙。"白居易《食笋》："紫箨坼故锦，素肌擘新玉。"锦箨：谓鲜艳华美的竹皮。王贞白《洗竹》："锦箨裁冠添散逸，玉芽修馔称清虚。"殷文圭《题友人庭竹》："钿竿离立霜文静，锦箨飘零粉节深。"

雉[1]

角角类关关[2]，春晴锦羽干[3]。文呈五色异[4]，瑞入九苞难[5]。暮宿江兰暖，朝飞绿野寒。山梁从行者，错解仲尼叹[6]。

【校勘】

"江"，甲、乙、丙、丁本作"红"。

【注释】

[1] 雉：鸟名。形状像鸡，雄者羽色美丽，尾巴很长，可作装饰品；雌者羽黄褐色，尾巴较短。通称野鸡，也叫山鸡。

[2] 角角：角音谷，象声词，鸟鸣声。韩愈《此日足可惜赠张籍》："百里不逢人，角角雄雉鸣。"温庭筠《故城曲》："雉声何角角，麦秀桑阴闲。"类：似。关关：鸟鸣声。《诗经·周南·关雎》："关关雎鸠，在河之洲。"白居易《春眠》："何物呼我觉，伯劳声关关。"

[3] 锦羽：谓雉之羽毛色彩鲜明美丽。

[4] 文：谓纹理、花纹。五色：青、黄、赤、白、黑五种颜色。后泛指各种色彩。

[5] 九苞：原指凤凰的九种特征，后代指凤凰。李峤《凤》："有鸟居丹穴，其名曰凤凰。九苞应灵瑞，五色成文章。"李白《上云乐》："五色师子，九苞凤凰。"唐僖宗《授建王震魏博节度使制》："九苞之凤仪赤霄，五色之麟行丹地。"

[6] "山梁从行者"二句：按，《论语·泰伯》："子曰：'大哉尧之为君也！巍巍乎！唯天为大，唯尧则之，荡荡乎，民无能名焉。巍巍乎其有成功也，焕乎其有文章！'"孔子感叹的是尧时的礼乐法度。柳冕《答孟判官论宇文生评史官书》亦云："故仲尼叹曰：'大哉尧之为君也。惟天为大，惟尧则之。巍巍乎其有成功也，焕乎其有文章也。'"又，古代以青与赤相配合为文，赤与白相配合为章，此"文章"指错杂的色彩或花纹。"雉"羽色美丽，"文呈五色"，其"文章"与孔子感叹之"文章"大异，故诗云"山梁从行者，错解仲尼叹。"

怀轩辕先生[1]

不得先生信，空怀汗漫秋[2]。月华离鹤背，日影上鳌头[3]。欲学孤云去[4]，其如重骨留。槎程在何处[5]，人世屡荒丘。

【注释】

[1] 轩辕先生：指晚唐著名道士轩辕集。按，《全唐文》卷九二八："轩辕集，会昌时人。武宗好神仙，集以山人进。宣宗继位，流岭南，居罗浮山。大中十二年（858）复征至长安，召问长生术，寻归罗浮。"《旧唐书·宣宗纪》："大中十一年九月……陈嘏……王谱……薛廷杰上疏谏遣中使往罗浮山迎轩辕先生。诏曰：'朕以万机事繁，躬亲庶务，访问罗浮山处士轩辕集，善能摄生，年龄亦寿，乃遣使迎之……'大中十二年春正月，罗浮山人轩辕集至京师，上召入禁中，谓曰：'先生遐寿而长生可致乎？'曰：'彻声色，去滋味，哀乐如一，德施周给，自然与天地合德，日月齐明，何必别求长生也。'留之月余，坚求还山。……季年风毒，召罗浮山人轩辕集访以治国治身之要……十三年春，坚求还山……乃遣之。"王棨有《诏遣轩辕先生归罗浮旧山赋》。贯休有《赠轩辕先生》、《送轩辕先生归罗浮山》诗。

[2] 汗漫：广大，漫无边际。李九龄《上清辞五首》之一："入海浮生汗漫秋，紫皇高宴五云楼。"李群玉《送处士自番禺东游便归苏台别业》："汗漫江海思，傲然抽冠簪。"

[3] 鳌：传说海中的大龟。又作"鼇"，俗作"鳌"。

[4] "欲学孤云"句：按，孤云飞空，悠然自在，了无羁绊，常用以比喻人的自由自在。佛道二教亦常以"云"喻人之解脱自由。故此诗云"欲学孤云去"。

[5] 槎：竹筏、木筏。槎程：犹谓航程。

永夜感怀郑谷郎中[1]

展转复展转，所思安可论[2]？夜凉难就枕[3]，月好重开门。霜杀百草尽，蛩归四壁根[4]。生来苦章句，早遇至公言[5]。

【注释】

[1] 郑谷：字守愚，袁州宜春（今属江西）人。按，郑谷乾宁四年（897）任都官郎中，并终于此任（郑谷卒于909年）。故此诗作于乾宁四年（897）至后梁太祖开平三年（909）间。

[2] “展转复展转”二句：谓夜晚苦吟貌。晚唐五代许多诗人尚苦吟。如孟郊“夜学晓不休，苦吟神鬼愁。如何不自闲，心与身为仇”（《夜感自遣》）；方干“所得非众语，众人那得知。才吟五字句，又白几茎髭”（《赠喻凫》）；刘昭禹“句向夜深得，心从天外归”（《风雪》）；僧贯休“无端为五字，字字鬓星星”（《偶作》）；僧尚颜“矻矻被吟牵”（《言兴》）；僧贾匡“觅句唯顽坐，严霜打不知”（贯休《思匡山贾匡》）；僧归仁“桂魄吟来满，蒲团坐得凹”（《酬沈先辈卷》）；僧四明亮公“坐侵天井黑，吟久海霞蔫”（贯休《怀四明亮公》）；僧庭实“吟中双鬓白，笑里一生贫”（逸句）。齐己也崇尚苦吟，不仅“展转复展转，所思安可论”，而且“还怜我有冥搜癖”（《酬尚颜上人》），“冥搜从少小”（《孙支使来借诗集，因有谢》），以至于“白昼劳形夜断魂”（《勉吟僧》），“苦吟耽睡起”（《闻道林诸友尝茶因有寄》）。

[3] 就枕：依枕而卧，即睡眠。贾岛《斋中》：“斋中一就枕，不觉白日落。”方干《滁上怀周贺》：“就枕忽不寐，孤怀兴叹初。”

[4] 蛩：蟋蟀。鱼玄机《寄飞卿》：“阶砌乱蛩鸣，庭柯烟露清。”

[5] 公：谓郑谷。按，郑谷乃齐己“一字师”。《五代史补》卷三《僧齐己》：“郑谷在袁州，齐己因携所为诗往谒焉。有《早梅》诗曰：‘前村深雪里，昨夜数枝开。’谷笑谓曰：‘数枝非早，不若一枝则佳。’齐己矍然，不觉兼三衣叩地膜拜。自是士林以谷为齐己一字之师。”齐己不仅拜郑谷为师，还经常与之一起评诗、议诗，“与郑谷、黄损共定用韵之格”。“早遇至公言”当谓郑谷为齐己言诗之事。

卖松者

未得凌云价[1]，何惭所买真。自知桃李世，有爱岁寒人。瑟瑟初离涧[2]，青青未识尘。宁同买花者，贵逐片时春。

【校勘】

"买"，丁本作"负"。

【注释】

[1] 凌云：高入云霄。此处谓松树成材。

[2] 瑟瑟：风声。元稹《台中鞫狱忆开元观旧事呈损之兼赠周兄四十韵》："绕院松瑟瑟，通畦水潺潺。"

丙寅岁寄潘归仁[1]

九土尽荒墟[2]，干戈杀害馀。更须忧去国，未可守贫居。康泰终来在[3]，编联莫破除。他年遇知己，无耻报襜褕[4]。

【注释】

[1] 丙寅岁：即唐哀帝天祐三年（906）。潘归仁：其人不详。

[2] 九土：谓九州之土。此处泛指中国。李白《经乱离后天恩流夜郎忆旧游书怀赠江夏韦太守良宰》："炎凉几度改，九土中横溃。"杜荀鹤《乱后书事寄同志》："九土如今尽用兵，短戈长戟困书生。"

[3] 康泰：谓安宁。

[4] 襜褕：宽大的单衣，因其宽大而长作襜襜然状，故名。李白《秋浦清溪雪夜对酒，客有唱山鹧鸪者》："披君貂襜褕，对君白玉壶。"李贺《艾如张》："锦襜褕，绣裆襦。"

尝茶

石屋晓烟生，松窗铁碾声。因留来客试，共说寄僧名。味击诗魔乱，香搜睡思轻。春风雪川上[1]，忆傍绿丛行。

【注释】

[1] 雪川：谓雪溪水，又名大溪水、苕溪水，在湖州治所乌程县（今浙江湖州市）南。

杨花

暖景照悠悠，遮空势渐稠。乍如飞雪远，未似落花休。万带都门外，千株渭水头[1]。纷纭知近夏，销歇恐成秋。软着朝簪去，狂随别骑游。旆冲离馆驿[2]，莺扑绕宫流。江国晴愁对，池塘晚见浮。虚窗萦笔雅，深院藉苔幽。静堕王孙酒，繁沾客子裘。咏吟何洁白，根本属风流。向日还轻举，因风更自由。不堪思汴岸，千里到扬州[3]。

【校勘】

"绕宫流"，甲、乙本作"绕宫楼"。

"沾"，甲本作"黏"，乙、丁本作"粘"。

【注释】

[1] 渭水：黄河的支流，在今陕西中部。源出甘肃渭源县鸟鼠山，东流横贯陕西渭河平原，至潼关注入黄河。北岸泾河，河水混浊，与南岸渭水的清澈形成对比，所以有"泾渭分明"之说。

[2] 旆：旗帜。此句言旗帜在风中飘摆的情状。

[3] "不堪思汴岸"二句：《隋书·食货志》："炀帝即位……又自板渚引河，达于淮海，谓之御河。河畔筑御道，树以柳。……又造龙舟凤艒，黄龙赤舰，楼船篾舫。募诸水工，谓之殿脚，衣锦行袴，执青丝缆挽船，以幸江都，帝御龙舟，文武官五品已上给楼船，九品已上给黄篾舫，舳舻相接，二百余里。所经州县，并令供顿，献食丰办者加官爵，阙乏者谴至

死。"白居易《隋堤柳》："隋堤柳，岁久年深尽衰朽。风飘飘兮雨萧萧，三株两株汴河口。老枝病叶愁杀人，曾经大业年中春。大业年中炀天子，种柳成行夹流水。西自黄河东至淮，绿阴一千三百里。大业末年春暮月，柳色如烟絮如雪。南幸江都恣佚游，应将此柳系龙舟。紫髯郎将护锦缆，青娥御史直迷楼。海内财力此时竭，舟中歌笑何日休。上荒下困势不久，宗社之危如缀旒。炀天子，自言福祚长无穷，岂知皇子封酅公。龙舟未过彭城阁，义旗已入长安宫。萧墙祸生人事变，晏驾不得归秦中。土坟数尺何处葬，吴公台下多悲风。二百年来汴河路，沙草和烟朝复暮。后王何以鉴前王，请看隋堤亡国树。"

咏影

万物患有象，不能逃大明。始随残魄灭，又逐晓光生。曲直宁相隐，洪纤必自呈[1]。还如至公世，洞鉴是非情[2]。

【注释】

[1] 洪纤：巨大的和纤小的。

[2] 洞鉴：明察，透彻了解。仲子陵《秦镜》："云天皆洞鉴，表里尽虚明。"

南归舟中二首

南归乘客櫂[1]，道路免崎岖[2]。江上经时节，船中听鹧鸪[3]。春容含众岫[4]，雨气泛平芜[5]。落日停舟望，王维未有图[6]。

【注释】

[1] 櫂：同"棹"，船。

[2] 崎岖：山路高低不平。

[3] 鹧鸪：鸟名。形似母鸡，头如鹑，胸前有白圆点，如真珠。背毛有紫赤浪文。俗谓其鸣声曰"行不得也哥哥"。崔豹《古今注》："南山有鸟，名鹧鸪，自呼其名，常向日而飞。畏霜露，早晚希出。"《本草纲目·

禽》："鹧鸪性畏霜露，夜棲以木叶蔽身，多对啼，今俗谓其鸣曰'行不得也哥哥'。"

[4] 众岫：众多峰峦。

[5] 平芜：杂草繁茂的原野。高适《田家春望》："出门何所见，春色满平芜。"

[6] 王维：善画。《旧唐书·王维传》："书画特臻其妙，笔踪措思，参于造化，而创意经图，即有所缺，如山水平远，云峰石色，绝迹天机，非绘者之所及也。"

长江春气寒，客况櫂声间。夜泊诸村雨，程回数郡山。桑根垂断岸，浪沫聚空湾。已去邻园近，随缘是暂还[1]。

【校勘】

"间"，甲本作"闲"，"间"通"闲"。

【注释】

[1] 随缘：谓随顺因缘、顺应机缘而不加勉强。《华严经》卷四［卢舍那品］："闻三世诸佛，具足诸名号，随缘起佛刹，音声不可尽。"刘长卿《送灵澈上人归嵩阳兰若》："南地随缘久，东林几岁空。"灵澈《送道虔上人游方》："烟景随缘到，风姿与道闲。"

送迁客

天涯即爱州，谪去莫多愁。若似承恩好[1]，何如佞主休。瘴昏铜柱黑，草赤火山秋。应想尧阴下，当时獬豸头[2]。

【校勘】

"爱"，辛本作"象"。

"好"，甲本作"好（一作宠）"，戊、己、庚、辛本作"宠"。

"佞"，甲本作"傍（一作佞）"，乙、丙本作"傍"。

"赤"，丁本作"去"。

"阴"，甲本作"阴（一作阶）"，戊、庚、辛、己本作"阶"。

【注释】

[1] 承恩：蒙受恩泽。白居易《初罢中书舍人》："性疏岂合承恩久，命薄元知济事难。"

[2] 獬豸：传说中的兽名。能辨别是非，见人争斗，就用角撞没有道理的人。《后汉书·舆服志下》："獬豸，神羊，能别曲直，楚王尝获之，故以为冠。"《晋书·舆服志》："或谓獬豸，神羊，能触邪佞。《异物志》云：'北荒之中，有兽名獬豸，一角，性别曲直。见人斗，触不直者。闻人争，咋不正者。楚王尝获此兽，因象其形以制衣冠。'"故后世常借獬豸指执法官吏侍御史。岑参《送张秘书充刘相公通汴河判官，便赴江外觐省》："新登麒麟阁，适脱獬豸冠。"姚合《送李植侍御》："圣代无邪触，空林獬豸归。"

题中上人院[1]

高房占境幽，讲退即冥搜[2]。欠鹤同支遁[3]，多时（诗）似惠休[4]。瓶澄孤井浪[5]，案白小窗秋。莫道归山字，朝贤日献酬。

【校勘】

"多时"，甲本作"多诗"，当从。

【注释】

[1] 中上人：谓僧虚中，生卒年不详，袁州（宜春）人。少出家。初住玉笥山20年，后游湖湘，亦曾至越中。与贯休、齐己、修睦、栖蟾、郑谷等为诗友。天祐间曾赠诗司空图，图亦推重，并云："十年华岳峰头住，只得虚中一首诗。"后住湘西宗（栗）城寺。马楚时，与天策府学士有过往。后唐明宗天成间，马殷长子马希振延纳其于书阁中，酬答不厌。虚中著有诗集《碧云诗》一卷，今佚失。另著《流类手鉴》一卷。事见《唐才子传》卷八本传。按，齐己与虚中诗交颇深，二人经常互赠诗作。齐己有《谢虚中上人寄示题天策阁诗》、《九日逢虚中虚受》等诗。齐己早年居长沙道林寺时，虚中隐居湘西宗（栗）成寺，宗（栗）成寺在长沙市西南岳麓山上。此诗当作于此期间。

[2] 讲：谓讲经。冥搜：搜访及于幽远之处。此处谓虚中作诗苦思冥

想之情状。

　　[3]"欠鹤"句：按，支遁（314—366），东晋名僧。陈留（今河南开封南）人，或谓河东林虑（今河南林县）人。俗姓关，字道林，后从师改姓，世称支道人、支道林。家世事佛。25 岁出家，后游京师建康，常与名士谢安、王羲之等交游。曾在白马寺与刘系之等论《庄子·逍遥游》，群儒旧学莫不叹服。他对《般若经》颇有研究，提出"即色本空"思想，成为般若学中六家七宗之一的即色宗。支遁形貌丑异，而玄谈妙美，养马重其神骏，放鹤令其自由。孙绰比之为向秀。《高僧传》卷四《支遁传》载："人尝有遗（支）遁马者，遁爱而养之。时或有讥之者，遁曰：'爱其神骏，聊复畜耳。'后有饷鹤者，遁谓鹤曰：'尔冲天之物，宁为耳目之翫乎？'遂放之。"

　　[4]惠休：即汤惠休，南朝刘宋僧，字茂远。原名汤休，时人称为休上人。生卒年、年岁及籍贯均不详。宋文帝元嘉二十四年（447），徐湛之出为南兖州刺史，于广陵修筑风亭、月观、吹台、琴室，招集文士。时惠休出家为僧，善属文，辞采绮艳，湛之与之甚厚。孝武帝即位，命还俗，历官扬州从事史，宛朐令。约卒于鲍照后、宋亡前。颇富文才，所作诗文辞藻华丽，与鲍照齐名。现存诗十余首。按，虚中善诗且诗多，齐己《谢虚中寄新诗》云其有"新诗五十篇"，惜今不传。《唐才子传》卷八本传云其"工吟不缀。……与齐己、顾栖蟾为诗友。……今有《碧云集》一卷，传于世"，惜今不存。

　　[5]瓶：即盛水之容器。又称水瓶、澡瓶，为比丘常随身携带十八物之一。

逢乡友

　　无况来江岛[1]，逢君话滞留。生缘同一国，相识共他州。竹影斜青藓，茶香在白瓯[2]。犹怜心道合，多事亦冥搜。

【注释】

　　[1]无况：无端，没来由。

　　[2]白瓯："瓯"乃盆盂类瓦器。此处"白瓯"谓白色茶杯。

自勉

试算平生事，中年欠五年[1]。知非未落后[2]，读易尚加前[3]。分受诗魔役，宁容俗态牵。闲吟见秋水，数只钓鱼船。

【注释】

[1]"中年欠五年"：按，一般称四十岁左右为中年。王充《论衡·论死》："若中年夭亡，以亿万数。"《晋书·王羲之传》："谢安尝谓羲之曰：'中年以来，伤于哀乐。'"又此诗中云"知非未落后"，则"中年欠五年"实为 45 岁，故此诗当作于后梁太祖开平二年（908）。

[2]知非：谓五十岁。《淮南子·原道》："故蘧伯玉年五十，而知四十九年非。"杨巨源《和令狐郎中》："自禀道情辩龅异，不同蘧玉学知非。"后谓五十岁为知非之年。

[3]易：《周易》。

寄诗友

天地有万物，尽应输苦心。他人虽欲解，此道奈何深。返朴遗时态[1]，关门度岁阴。相思去秋夕，共对冷灯吟。

【校勘】

丁本诗题作"寄友诗"。

【注释】

[1]返朴：也作反朴、反璞，即回归原始简朴的状态。唐高宗《令雍州长史李义元禁僭侈诏》："朕思还淳返朴，示天下以质素。"徐夤《人生几何赋》："饮大道以醉平生，冀陶陶而返朴。"

居道林寺书怀[1]

花落水喧喧[2]，端居信昼□[3]。谁来看山寺，自要扫松门。是事皆能讳，唯诗未懒言。传闻好时世，亦欲背啼猿。

【校勘】

"□"，甲、乙、丙、丁本作"昏"。

"唯"，丁本作"来"。

【注释】

[1] 道林寺：在湖南长沙市西岳麓山下，濒临湘水，崔珏《道林寺》诗中云其"临湘之滨麓之隅"。始建于六朝，隋唐时为佛教律宗寺院。初唐书法家欧阳询（557—641）曾书"道林之寺"四字为额，谓道林"为道之林也"。大历三年（768），杜甫流寓长沙时，曾游道林寺，作有《岳麓山道林二寺行》，留下"玉泉之南麓山殊，道林林壑争盘纡"之名句。德宗年间，名将马燧（726—795）在寺旁另建道林精舍。精舍建后不久，恰逢唐武宗毁佛，寺与精舍俱毁。宣宗大中元年（847），沙门禅师疏言获准往太原求取佛经，河东节度使司空卢钧、副使韦宙慷慨施之，共得佛经5048卷，于次年运回潭州（今长沙），道林寺再度成为讲经重地。唐僖宗乾符（874—879）年间，袁浩建"四绝"堂于寺中。"四绝"，是指沈传师、裴休的笔札，宋之问、杜甫的诗章，都是曾游览过道林寺的大文豪的作品。至唐末五代，马殷重建，于是有"结构崇隆，廊院云连，僧众至三百余"的盛况。诚如李节《饯潭州疏言禅师诣太原求藏经诗序》中所言："道林寺，湘川之胜游也。"道林寺吸引不少人士前来游览。宋之问、骆宾王、韩愈、刘长卿、杜荀鹤、裴说、李建勋等都曾流连道林寺，并留下了许多传世佳作。按，齐己另有《道林寓居》、《道林寺居寄岳麓禅师二首》、《寄居道林寺作》诗。又，齐己《重宿旧房与愚上人静话》："曾此栖心过十冬，今年潇洒属生公。"《怀潇湘即事寄友人》："浸野淫空澹荡和，十年邻住听渔歌。城临远棹浮烟泊，寺近闲人泛月过。……可怜千古怀沙处，还有鱼龙弄白波。"可知齐己曾于道林寺居住约十年之久。此诗亦当作于齐己早年居道林寺时。

［2］喧喧：谓混杂的水流声。李涉《山中五奈何》之二："无奈涧水何，喧喧夜鸣石。"

［3］端居：平常居处，此处谓独处、隐居。王维《登裴秀才迪小台》："端居不出户，满目望云山。"孟浩然《望洞庭湖，赠张丞相》："欲济无舟楫，端居耻圣明。"信：任、由。

经吴平观[1]

中元斋醮后[2]，钱烬满空坛。老鹤心何待，尊师鬓已干[3]。幡灯古殿夜[4]，霜霰大椿寒[5]。谁见长生路，人间事万端。

【校勘】

"钱"，甲、丁、庚本作"残"。

【注释】

［1］吴平观：道观名，具体地址不详。

［2］中元：道家以农历七月十五日为中元节。韩鄂《岁华纪丽》卷三："中元，道经云：七月十五日中元，地官考校勾搜选天人分别善恶，以其日作玄都，大献于玉京山，以诸奇异妙好幡幢宝盖供养之具，清膳饮食，献诸众圣。道士于其日讲老子经，十方大圣高咏灵篇。"《唐会要》卷五十［杂记］："（开元）二十二年十月十三日诏：'道家三元，诚有科戒，朕尝精意久矣，而物未蒙福。今月十五日，是下元斋日，禁都城内屠宰。自今已后，及天下诸州，每年正月、七月、十月三元日，十三日至十五日，并官禁断屠宰。'"斋醮：道士设斋坛，以向神祈祷。王建《同于汝锡游降圣观》："闻说开元斋醮日，晓移行漏帝亲过。"吴融《上元青词》："按科仪于金阙，陈斋醮于道场。"

［3］尊师：对道士的敬称。

［4］幡：一种垂直悬挂的长条形旗子。

［5］霰：下雪前后天空中降落的白色小冰粒。

剑客

拔剑绕残樽[1]，歌终便出门。西风满天雪，何处报人恩。勇死寻常事，轻儿不足论。翻言易水上，细碎动离魂[2]。

【校勘】

"言"，甲、乙、丙、丁、辛本作"嫌"。

【注释】

[1] 樽：酒杯。

[2] "翻言易水上"二句：诗用荆轲故事。《史记·刺客列传》："太子及宾客知其事者，皆白衣冠以送之。至易水之上，既祖，取道，高渐离击筑，荆轲和而歌，为变徵之声，士皆垂泪涕泣。又前而为歌曰：'风萧萧兮易水寒，壮士一去兮不复还！'复为羽声慷慨，士皆瞋目，发尽上指冠。于是荆轲就车而去，终已不顾。"

【汇评】

《唐诗归》：钟云：写出一"爽"字，不爽不豪。

《五朝诗善鸣集》：气魄在荆、聂之上，出自高僧之手，超脱。

《唐诗归折衷》：唐云：咏剑客不厌其粗豪。……敬夫云：今僧家做禅寂语偏粗，此作豪爽语殊隽。

《围炉诗话》：齐己《剑客》诗，杰作也。

《载酒园诗话》：黄白山评：余尝欲删齐己《剑客》诗、赵微明《古别离》二首后四语，作绝句乃佳……前诗写剑客行径风生，后诗写思妇痴情可掬，赘后四语，其妙顿减。

《唐诗成法》：前四传剑客侠气，勃勃欲生，不如作绝句妙。

《唐诗别裁集》：豪爽，何尝是僧诗？

《近体秋阳》："翻嫌"一见，紧承颈联，"细碎"二字，足令庆卿心服。（以上俱见陈伯海《唐诗汇评》第三一一九页）

李庆甲《瀛奎律髓汇评》卷一二：许印芳："齐己虽唐末人，其诗颇有盛唐人气骨。如《秋夜听业上人弹琴》云……然亦有豪而近粗者，如《剑客》诗云……三、四及结句极佳，起句及五、六则粗矣。二诗皆以气胜，不甚拘对偶，而有情思灌注其间，非若昼公徒标高格，全无意味也。晓岚谓齐己第一，真笃论哉！”

白发

莫染亦莫镊[1]，任从伊满头[2]。白虽无奈药，黑也不禁秋。静枕听蝉卧，闲垂看水流。浮生未达此[3]，多为尔为愁。

【校勘】

“奈”，甲、乙、丙、戊、己、庚本作“耐”。

【注释】

[1] 镊：拔除，夹取。左思《白发赋》：“星星白发，生于鬓垂……将拔将镊，好爵是縻。”韦庄《镊白》：“白发太无情，朝朝镊又生。”

[2] 伊：此处指白发。

[3] 浮生：人生，人世。《庄子·刻意》：“其生若浮，其死若休。”老庄以人生在世，虚浮无定。后来相沿称人生为浮生。李白《对酒行》：“浮生速流电，倏忽变光彩。”杜甫《飞仙阁》：“浮生有定分，饥饱岂可逃。”《续高僧传》卷七《释无名传》：“定知世相无常，浮生虚伪，譬如朝露，其停几何？”

秋兴寄胤公[1]

风声吹竹健[2]，凉气着身轻。谁有闲云（心）去，江边看水行。村遥红树远，野阔白烟平。试裂芭蕉片[3]，题诗问竺卿[4]。

【校勘】

“胤”，甲本作“胤（一作徽）”，丁本作“徽”。

“云”，甲、乙、丙、丁、戊、己、庚本作“心”，当从。

“远”，戊、己本作“迥”。

“题诗”，丁本作“诗题”。

【注释】

[1] 胤公：按，齐己另有《送胤公归闽》，知胤公为闽地僧。又，此诗中云"谁有闲云（心）去，江边看水行。村遥红树远，野阔白烟平"，诗写荆州之景，则知此诗作于齐己居荆州期间（921—938）。

[2] 健：谓有力、刚强。

[3] "试裂芭蕉"句：按，芭蕉叶片大，可用于书写。戴叔伦《赠鹤林上人》："归来挂衲高林下，自剪芭蕉写佛经。"李益《逢归信偶寄》："无事将心寄柳条，等闲书字满芭蕉。"皎然《赠融上人》："芭蕉一片叶，书取寄吾师。"当然亦可用来题诗，如岑参《东归留题太常徐卿草堂》："题诗芭蕉滑，对酒棕花香。"韦应物《闲居寄诸弟》："尽日高斋无一事，芭蕉叶上独题诗。"

[4] 竺卿：按，"竺"即天竺，乃印度的古称。我国古代对印度东来之沙门或译经者，常依其国籍而冠姓，如竺昙摩腾、竺昙无兰。又以天竺之人为师，亦称为竺，如竺佛念、竺道生。"竺卿"本是对天竺之僧人的尊称，后泛指僧人。如《明觉禅师祖英集》卷六《送仲卿禅德》："高兮竺卿，秋水虚明。"贯休《早秋寄友生》："试折秋莲叶，题诗寄竺卿。"此处"竺卿"指"胤公"。

野步

城里无闲处，却寻城外行。田园经雨水，乡国忆桑耕。傍涧蕨薇老[1]，隔村冈垅横[2]。何穷此心兴，时复鹧鸪声[3]。

【校勘】

"垅"，甲本作"陇"。

【注释】

[1] 蕨：蕨菜，嫩叶亦可食。薇：野豌豆苗，可食。

[2] 冈垅：山冈和田垅。

[3] 鹧鸪：鸟名。形似母鸡，头如鹑，胸前有白圆点，如真珠。背毛有紫赤浪文。俗谓其鸣声曰"行不得也哥哥"。

残春

三月看无也，芳时此可嗟。园林欲向夕，风雨更吹花。影乱冲人蝶，声繁绕堑蛙[1]。那堪傍杨柳，飞絮满邻家[2]。

【注释】

[1] 堑：沟。

[2] 飞絮：谓柳絮。

酬尚颜[1]

取尽风骚妙[2]，名高身倍闲[3]。久离王者阙[4]，欲向祖师山[5]。幕府秋招去，溪邻日望还。伊余岂酬敌，来往踏苔斑[6]。

【注释】

[1] 尚颜：生卒年不详。字茂圣，俗姓薛，唐尚书薛能之宗人。出家荆门。大中间作诗送陆肱应试。乾符间，至徐州依节度使薛能。后住荆州。景福间曾至京，访给事中陆希声。后仍归荆州。又曾卜居庐山、峡州、潭州等地。光化间曾为文章供奉、赐紫。卒于后梁太祖开平以后，年在九十以上。尚颜在世时，其诗已经结集出版。900 年孟夏，其《颜上人集》编成，收诗四百首，颜荛《颜上人集序》云"其五言七字诗凡四百篇，以为儒释之光。余与师周旋殆将十稔，始仰师为诗家之杰"；李调《颜上人集序》赞其诗"不入声相得失哀乐怨欢，直以清寂景构成数百篇。其音清以和，其气刚以达。妙出无象，虚涵不为。冷然若悬，未扣而响。信其功之妙也，不可得而称矣；信其旨之深也，不可举而言矣"。宋代存《尚颜供奉集》一卷、《荆门集》五卷，今皆不存。《全唐诗》录其诗 34 首又二句。其诗师贾岛，尚苦吟，长于五言律诗，诗境清寂淡泊，多出世之情。尚颜与齐己交往较为密切，齐己另有《寄尚颜》、《闻尚颜上人创居有寄》、《酬尚颜上人》、《春寄尚颜》、《闻尚颜下世》诗。

　　［2］风骚：本为诗经和楚辞的并称，后泛指诗文。高适《同崔员外、綦毋拾遗九日宴京兆府李士曹》："晚晴催翰墨，秋兴引风骚。"杜牧《雪晴访赵嘏街西所居三韵》："命代风骚将，谁登李杜坛。"

　　［3］"名高身"句：按，尚颜诗名颇著，颜荛《颜上人集序》："颜公姓薛氏，字茂圣。少工为五言诗，天赋其才，迥超名辈。荛同年文人故许州节度使尚书薛公字大拙，以文人不言其名，擅诗名于天下，无所与让。唯于颜公，许待优异。每吟其警句，常曰：'吾不喜颜为僧，嘉有诗僧为吾枝派，以增薛氏之荣耳。'性端静寡合，而价誉自彰。名公钜人，争识其面。……余与师周旋殆将十稔，始仰师为诗家之杰。"乃至节度使尚书薛能、尚书郎颜荛、相国陆希声、郎中郑谷等争与之诗歌酬酢，故此诗云"名高"。又，尚颜为僧，相对于士大夫"身倍闲"。

　　［4］阙：宫阙，宫殿。此处指京城长安。

　　［5］祖师：指传承教法或开创一宗一派的有德之师，此处指六祖慧能。

　　［6］苔斑：即苔藓。苔藓生长星星点点，呈块状结构，故曰"苔斑"。

苦热

　　云势崄于峰，金流断竹风。万方应望雨，片景欲焚空。毒害芙蓉死[1]，烦蒸瀑布红。恩多是团扇[2]，出入画屏中。

【校勘】

　　"景"，丁本作"影"。

【注释】

　　［1］毒：谓热毒。此处指天气酷热，炙烤万物，以至芙蓉枯死。

　　［2］团扇：圆形扇子。班婕妤《怨歌行》："新裂齐纨素，鲜洁如霜雪。裁为合欢扇，团团似明月。出入君怀袖，动摇微风发。常恐秋节至。凉飙夺炎热。弃捐箧笥中。恩情中道绝。"

送欧阳秀才赴举[1]

莫疑空手去，无援取高科[2]。直是文章好，争如德行多。烟霄心一寸，霜雪路千坡。称意东归后[3]，交亲那喜何[4]。

【注释】

[1] 欧阳秀才：生卒年里无考。按，齐己另有《酬欧阳秀才卷》，知欧阳秀才善诗，且有诗卷，与齐己交往亦较为密切。

[2] 高科：谓科举高第。姚合《答韩湘》："三十登高科，前涂浩难测。"白居易《代书诗一百韵寄微之》："既在高科选，还从好爵縻。"

[3] 称意：称心如意。此处指高科及第。

[4] 交亲：谓亲交，密友。韦应物《送宣州周录事》："薄游长安中，始得一交亲。"白居易《郓州赠别王八使君》："鬓发三分白，交亲一半无。"

放鹭鸶[1]

洁白虽堪爱，腥膻不那何[2]。到头从所欲[3]，还汝旧沧波[4]。

【注释】

[1] 鹭鸶：即白鹭，其头顶、胸肩、背皆生长毛，毛细如丝，故称。

[2] 不那何：奈若何，无可奈何。

[3] 从所欲：从心所欲。《论语·为政》："子曰：'吾十有五而志于学，三十而立，四十而不惑，五十而知天命，六十而耳顺，七十而从心所欲，不逾矩。'"

[4] 沧波：青苍色的波浪。刘长卿《送行军张司马罢使回》："千里沧波上，孤舟不可寻。"姚合《哭贾岛二首》之一："白日西边没，沧波东去流。"

谢王秀才见示诗卷[1]

谁见少年心，低摧向苦吟。后须离影响，得必洞精深。道院春苔径，僧楼夏竹林。天如爱才子，何虑未知音。

【校勘】

"后"，丁本作"搜"。

"楼"，丁本作"栖"。

【注释】

[1] 王秀才：齐己另有《送王秀才往松滋夏课》、《酬王秀才》、《贻王秀才》诸诗，知二人交往密切。王秀才善诗，尚苦吟，有诗卷。曾往今湖北松滋夏课。

送徐秀才之吴[1]

吴都霸道昌[2]，才子去观光。望阙云天近，朝宗水路长[3]。海门收片雨[4]，建业泊残阳[5]。欲问淮王信[6]，仙都即帝乡。

【校勘】

"门"，丁本作"霞"。

【注释】

[1] 徐秀才：齐己另有《送徐秀才游吴国》，二诗当作于同时。吴：吴国，即五代十国之一的吴（919—936）。

[2] 吴都：即吴国首都金陵（今南京市）。

[3] 朝宗：吴国开国皇帝姓徐，徐秀才去吴国，故曰朝宗。《资治通鉴》卷二七〇：贞明五年（919）四月，徐温奉杨隆演即吴国王位，"改元武义，建宗庙社稷，置百官，宫殿文物皆用天子礼"。

[4] 海门：指长江入海处，润州（今江苏镇江）附近长江中有海门山。《古今图书集成·职方典》卷七百二十五［镇江府］："焦山在郡城东九里大江中，与金山并峙……山之余支东出分峙于鲸波渺淼中，曰海门

山。"韦应物《赋得暮雨，送李胄》："海门深不见，浦树远含滋。"李白《登金陵冶城西北谢安墩》："组练照楚国，旌旗连海门。"

[5] 建业：即南京市。

[6] 淮王：即刘安，西汉沛郡丰（今江苏丰县）人，汉高祖之孙，袭封淮南王。王充《论衡·道虚篇》："儒书言：'淮南王学道，招会天下有道之人，倾一国之尊，下道术之士。是以道术之士并会淮南，奇方异术，莫不争出。王遂得道，举家升天。畜产皆仙，犬吠于天上，鸡鸣于云中。'此言仙药有余，犬鸡食之，并随王而升天也。"

独院偶作

风篁清一院[1]，坐卧润肌肤。此境终抛去，邻房肯信无。身非王者役，门是祖师徒[2]。毕境伊云鸟，从来我友于[3]。

【校勘】

"境"，甲、乙、丙、丁本作"竟"。

【注释】

[1] 篁：竹子的通称。柳宗元《清水驿丛竹天水赵云余手种一十二茎》："檐下疏篁十二茎，襄阳从事寄幽情。"

[2] 祖师：指传持法藏或开创一宗一派的有德之师。如称菩提达磨为中国禅宗初祖，慧能为禅宗六祖。

[3] 友于：《尚书·周书·君陈》："惟孝友于兄弟，克施有政。"后遂称兄弟间的友爱为友于。亦用以指兄弟。曹植《求通亲表》："今之否隔，友于同忧。"杜甫《岳麓山道林二寺行》："一重一掩吾肺腑，山鸟山花吾友于。"白居易《东南行一百韵》："万里抛朋侣，三年隔友于。"

酬元员外见寄[1]

僻巷谁相访，风篱翠蔓牵。易中通性命[2]，贫里过流年。且有吟情挠[3]，都无俗事煎[4]。时闻得新意，多是此忘缘。

【注释】

[1] 元员外：按，齐己另有《酬元员外见寄八韵》、《酬元员外》二诗，且后诗云："清洛碧嵩根，寒流白照门。园林经难别，桃李几株存。衰老江南日，凄凉海上村。闲来晒朱绂，泪滴旧朝恩。"则"元员外"乃洛阳人，后被贬居江南。与齐己唱酬颇为频繁。

[2] 易：《周易》。

[3] 挠：搅和，扰乱。

[4] 煎：煎熬，折磨。

寄文秀大师[1]

皎然灵一时[2]，还有屈于诗。世岂无英主，天何惜大师。道终归正始[3]，心莫问多岐[4]。览卷堪惊立[5]，贞风喜未衰[6]。

【校勘】

"贞"，丁本作"真"。

【注释】

[1] 文秀：生卒年里不详。昭宗时居长安，为文章供奉。曾往游南五台。与郑谷、齐己等为友。齐己有《寄文秀大师》，郑谷有《重阳日访元秀上人》、《次韵和秀上人游南五台》、《寄怀元秀上人》、《寄题诗僧秀公》、《喜秀上人相访》、《次韵和秀上人长安寺居言怀寄渚宫禅者》诗。有诗卷，惜已佚。《全唐诗》卷八二三收其《端午》一诗，此诗被后世广为传诵。《全唐诗补编·续拾》卷三五补二句。

[2] 皎然（720？—？）：大历贞元间著名诗僧。俗姓谢，字清昼。湖州长城（今浙江长兴）人。自称为谢灵运十世孙，实为谢安后裔。开元末、天宝初曾应进士试未第，失意穷困，于是出家为僧。与刺史颜真卿、陆长源、于頔等过往密切，与文士陆羽、顾况、吴筠、张志和、杨凝、刘长卿、严维、韦应物等诗歌酬唱频繁。大历八年至十二年颜真卿刺湖州，聚集三十余位文士编撰大型类书《韵海镜源》，皎然亦预撰，而且以颜真卿、皎然为核心，前后聚集八十余人为湖州诗会，联唱论诗，结集为《吴兴集》十卷。皎然"文章俊丽，当时号为释门伟器"。德宗令集贤院写其

文集，藏于秘阁。刘禹锡少年时曾从其学诗。于顿《吴兴昼上人文集序》称其"得诗人之奥旨，传乃祖之菁华。江南词人，莫不楷范。极于缘情绮靡，故辞多芳泽；师固兴制，故律尚清壮"；刘禹锡《澈上人文集纪》云"独吴兴昼公能备众体"。皎然今存《皎然集》十卷，《诗式》五卷、《诗议》一卷。灵一（727—762）：俗姓吴，广陵（今江苏扬州）人。9岁出家。禅诵之余，喜为诗歌。与朱放、张继、皇甫冉、皇甫曾、严维、刘长卿、陆羽等为诗友，更唱迭和，盛于一时。独孤及《一公塔铭并序》称其诗"思入无间，兴含飞动。潘、阮之遗韵，江、谢之阙文，公能缀之"；高仲武《中兴间气集》评云"自梁以来，道人工文者多矣，罕有入其流者。一公乃能刻意精妙，与士大夫更唱迭和，不其伟欤"。有诗集《灵一集》一卷。

[3] 正始：正风、正声。《诗大序》："《周南》、《召南》，正始之道，王化之基。"萧统《文选序》："《关雎》、《麟趾》，正始之道著。"

[4] 岐：同"歧"，岔道、岔路。《列子·说符》："杨子之邻人亡羊……杨子曰：'嘻！亡一羊，何追之者众？'曰：'多歧路。'既反，问：'获羊乎？'曰：'亡之矣。'曰：'奚亡之'曰：'歧路之中又有歧焉，吾不知所之，所以反也。'"李白《行路难三首》之一："行路难，行路难，多歧路，今安在。长风破浪会有时，直挂云帆济沧海。"

[5] 览卷：谓阅览诗卷。可知僧文秀有诗卷，可惜已佚。

[6] 贞风：谓正风。王维《魏郡太守河北采访处置使上党苗公德政碑》："淳化旁属，贞风傲载。"冯道《请上尊号表》："宏要道于天下，畅贞风于域中。"

夏雨

霡霢蔽穹苍[1]，冥濛自一方[2]。当时消酷毒，随处有清凉。著物声虽暴，兹（滋）□（农）润即长。乍红紫急电，微白露残阳。应祷尤难得，经旬甚不妨。吟听喧竹树，立见涨池塘。众类声休出，群峰色尽藏。颓沱来洞壑[3]，汗漫入潇湘[4]。下叶黎甿望[5]，高祛旱暵光[6]。幽斋飘卧簟[7]，极浦洒归樯。薛在阶从湿，花衰苑任伤。闲思济时力，歌咏发哀肠。

【校勘】

"兹□"，甲、乙、丙本作"滋农"，当从。

"下"，丙本作"不"。

"哀"，丁本作"衷"。

【注释】

[1] 霮䨴：云色浓重的样子。王延寿《鲁灵光殿赋》："欻㸌幽霭，云覆霮䨴，洞杳冥兮。"吕延济注："霮䨴，繁云貌。"李白《历阳壮士勤将军名思齐歌》："蓄泄数千载，风云何霮䨴。"

[2] 冥濛：幽暗不明。

[3] 颓沱：大雨貌。

[4] 汗漫：水势浩瀚貌。

[5] 黎甿：黎民。

[6] 祛：去除，除掉。旱暵：不雨干热。《周礼·地官·舞师》："教皇舞，帅而舞旱暵之事。"《注》云："旱暵之事，谓雩也。暵，热气也。"

[7] 簟：竹席。

谢兴公上人寄山水簇子[1]

半幅古㠝颜[2]，看来心意闲。何须寻鸟道，即此出人间。巘暮疑啼狖[3]，松深认掩关[4]。知君远相惠[5]，免我忆归山。

【注释】

[1] 兴公上人：一僧人，当居于湖湘。按，齐己乃潭州长沙县（今湖南长沙市）人。自号衡岳沙门。幼出家于大沩山同庆寺，后寓居长沙道林寺约十年。晚年居于荆南。此诗中云"知君远相惠，免我忆归山"，则齐己此时居于荆南，兴公上人居于湖湘，并寄来"山水簇子"以慰齐己思乡之情，"免我忆归山"，故此诗当作于齐己居荆州期间（921—938）。山水簇子：山水簇聚，即山水画。

[2] 㠝颜：一作"巉颜"，同"巉岩"，高峻貌。徐铉《又和游光睦院》："寺门山水际，清浅照巉颜。"罗隐《西塞山》："吴塞当时指此山，

吴都亡后绿屏颜。"此诗中"潺颜"既指山的高峻，亦指水流的样子。

[3] 巘：山峰。狖：长尾猿。张说《过怀王墓》："啼狖抱山月，饥狐猎野霜。"曹松《送邵安石及第归连州觐省》："转楚闻啼狖，临湘见叠涛。"

[4] 掩关：谓关门。

[5] 惠：赠送。

酬微上人[1]

古律皆深妙，新吟复造微[2]。搜难穷月窟，琢苦尽天机[3]。晚桧清蝉咽[4]，寒江白鸟飞。他年旧山去，为子远携归。

【校勘】

"苦"，丁本作"若"。

【注释】

[1] 微上人：按，齐己有《谢贯微上人寄示古风今体四轴》、《寄武陵贯微上人二首》、《寄武陵微上人》等诗，此诗题云"酬微上人"，则"微上人"、"武陵微上人"当即"武陵贯微上人"。贯微，又作贯徽。韶阳（今广东曲江县）人。与齐己（864—938）年岁相仿。曾被赐紫。居武陵。据《诗话总龟》前集卷二引《续归田录》云："马希振为鼎州节度使，马氏诸子中白眉也。与门下客何致雍、僧贯徽联句。希振曰：'青蛇每用腰为力。'贯徽曰：'红苋时将叶作花。'又见蚁子缘砌，希振曰：'蚁子子衔虫子子。'雍曰：'猫儿儿捉雀儿儿。'实一代之隽。"知其曾入马希振幕府为客。贯微善诗，尚苦吟。齐己赞其诗"古律皆深妙，新吟复造微"，"今体尽搜初剖判，古风淳凿未玄黄"。有古风今体四轴（齐己《谢贯微上人寄示古风今体四轴》"四轴骚词书八行"），可惜已佚。《全唐诗补编·续补遗》卷一四收其与马希振联句诗。与齐己为诗友，二人诗歌酬唱极为频繁。除此诗外，齐己另有《拟嵇康绝交寄湘中贯微》、《荆门病中寄怀贯微上人》、《韶阳微公》等诗。

[2] 造微：谓达到极其精微、微妙的境地。王贞白《赠刘凝评事》："谈史曾无滞，攻书已造微。"韩休《唐金紫光禄大夫礼部尚书上柱国赠尚

书右丞相许国文宪公苏颋文集序》："公辨无不释，言必造微。"

[3]"搜难穷月窟"二句：谓贯微苦吟。按，以贾岛、姚合为代表的苦吟之风对晚唐五代诗坛影响甚巨，尤其是僧界，如僧尚颜"矻矻被吟牵"（尚颜《言兴》），"一生吟兴僻"（尚颜《与王嵩隐》）；僧贾匡"觅句唯顽坐，严霜打不知"（贯休《思匡山贾匡》）；僧归仁"桂魄吟来满，蒲团坐得凹"（归仁《酬沈先辈卷》）；四明亮公"坐侵天井黑，吟久海霞蔫"（贯休《怀四明亮公》）；僧庭实"吟中双鬓白，笑里一生贫"（庭实逸句）。

[4]桧：指桧柏，也叫圆柏。俗称子孙柏。常绿乔木，幼树的叶子像针，大树的叶子像鳞片，雌雄异株，果实球形。木材桃红色，有香气。

同光岁送人及第东归[1]

西笑道何光，新朝旧桂堂[2]。春官如白傅[3]，内试似文皇[4]。变化龙三十，升腾凤一行。还家几多兴，满袖月中香。

【校勘】

"傅"，丁本作"传"。

【注释】

[1]同光岁：即后唐庄宗同光元年至同光三年（923—925）。按，此诗中云"西笑道何光，新朝旧桂堂。春官如白傅，内试似文皇。"据《登科记考》卷二五，龙德三年（即同光元年）后唐灭梁，停举；同光二年春，后唐首次举行科举考试。上引诗云"新朝旧桂堂"，当谓此。故此诗作于后唐庄宗同光二年（924）。

[2]桂堂：指科举及第。《晋书·郤诜传》："武帝于东堂会送，问诜曰：'卿自以为何如？'诜对曰：'臣举贤良对策，为天下第一，犹桂林之一枝，昆山之片玉。'帝笑。"

[3]白傅：白居易曾做过太子宾客、太子少傅，故称"白傅"。

[4]文皇：唐太宗。《旧唐书·太宗本纪》："八月丙子，百僚上谥曰文皇帝，庙号太宗。"

寄江居耿处士[1]

野僻虽相似，生涯即不同。红霞禅石上，明月钓船中。醉倒芦花白，吟缘蓼岸红[2]。相思何以寄，吾道本空空。

【注释】

[1] 耿处士：不详。处士：谓有德才而隐居不愿做官的人。

[2] 蓼：植物名。草本，叶味辛香，花淡红色或白色。品类甚多，有水蓼、马蓼、辣蓼等。此处指红蓼，即开红色花的蓼草。

病起二首[1]

一卧四十日，起来秋气深。已甘长逝魄，还见旧交心。撑拄笻犹重[2]，枝梧力未任[3]。终将此形陋，归死故丘林。

【校勘】

"拄"，丁本作"挂"。

【注释】

[1] 按，此诗云"病"，指齐己在荆州的大病，故此诗作于齐己晚年居荆州期间（921—938）。

[2] 笻：竹名。因其可作杖，故杖也叫笻。白居易《新昌新居书事四十韵，因寄元郎中、张博士》："缓步携笻杖，徐吟展蜀笺。"郑谷《寄赠诗僧秀公》："冷曹孤宦甘寥落，多谢携笻数访寻。"

[3] 枝梧：支撑，支持。

秋风已伤骨，更带竹声吹。抱疾关门久，扶羸傍砌时。无生即不可，有死必相随。除却归真觉[1]，何由拟免之。

【注释】

[1] 归真：《战国策·齐策》："胹知足矣，归真反璞，则终身不辱也。"此处指入道，即皈信佛道。

送中观进公归巴陵[1]

一论破双空，持行大国中。不知从此去，何处挫邪宗[2]。昼雨悬帆黑，残阳泊岛红。应游到潙岸[3]，相忆绕茶丛。

【校勘】

"国"，戊、己本作"中"。

【注释】

[1] 中观进公：生卒年里不详，当为巴陵某寺僧。巴陵：今湖南岳阳市。《旧唐书》卷四十 [江南道]："岳州，隋巴陵郡。武德四年，平萧铣，置巴州，领巴陵、华容、沅江、罗、湘阴五县。六年，改为岳州。省罗县。天宝元年，改为巴陵郡。乾元元年，复为岳州。……巴陵，汉下隽县，属长沙郡。吴置巴陵县。晋置建昌郡，隋改为巴州，炀帝改为巴陵郡。武德置岳州，皆置巴陵县。县界有古巴丘。"

[2] 邪宗：谓所持之道不合正法的宗派。

[3] 潙：指潙湖，在湖南。潙湖多湾，尹懋《秋夜陪张丞相赵侍御游潙湖二首》之二诗中云"潙湖凡几湾"；赵冬曦《潙湖作》诗中云"三湖返入两山间，畜作潙湖弯复弯"。潙湖与岳阳相隔不远，其地盛产茶叶。尹懋《秋夜陪张丞相赵侍御游潙湖二首》之一："熊轼巴陵地，鹢舟湘水浔。"齐己《谢潙湖茶》："潙湖唯上贡，何以惠寻常。"司空图《丑年冬》："醉日昔闻都下酒，何如今喜折新茶。不堪病渴仍多虑，好向潙湖便出家。"

卷 二

寄郑谷郎中[1]

　　高名喧省闼[2]，雅颂出吾唐。叠峤供秋望，无云到夕阳。自封修药院，别扫著僧床[3]。几梦中朝事，依依鹓鹭行[4]。

【校勘】

　　甲本诗题作"寄郑谷郎中（一作住襄州谒郑谷献诗）"。

　　"闼"，辛本作"阁"。

　　"峤"，甲、丙、丁、辛本作"巘"。

　　"无"，丁本作"吟（一作无）"。

　　"床"，辛本作"房"。

　　"依依"，甲本作"依依（一作久离）"。

【注释】

　　[1] 郑谷：字守愚，袁州宜春（今属江西）人。按，郑谷乾宁四年. (897) 任都官郎中，并终于此任。又郑谷约卒于后梁太祖开平三年 (909)。故此诗作于乾宁四年（897）至后梁太祖开平三年（909）间。据赵昌平《郑谷年谱》、傅义《郑谷年谱》、《唐才子传校笺》，末帝天祐二年 (905)，郑谷退居江西宜春，齐己自衡岳往袁州（宜春郡）拜谒郑谷。又齐己有《戊辰岁湘中寄郑谷郎中》诗，戊辰岁即后梁太祖开平二年（908 年），则齐己于开平二年已经回到湘中，则齐己去袁州拜访郑谷时间当为天祐二年（905）至后梁太祖开平二年（908）之间。此诗中云"高名喧省

阂，雅颂出吾唐。……几梦中朝事，依依鹓鹭行”，则郑谷已退隐，故此诗当作于此期间。

[2]省阂：谓宫中，禁中。据《唐才子传》卷九本传："（郑）谷，字守愚，袁州宜春人。父史，开成中为永州刺史。谷幼颖悟绝伦，七岁能诗。司空侍郎图与史同院，见而奇之，问曰：'予诗有病否？'曰：'大夫《曲江晚望》云："村南斜日闲回首，一对鸳鸯落渡头。"此意深矣。'图拊谷背曰：'当为一代风骚主也。'光启三年，右丞柳玭下第进士，授京兆鄠县尉，迁右拾遗、补阙。乾宁四年，为都官郎中，诗家称'郑都官'。又尝赋《鹧鸪》警绝，复称'郑鹧鸪'。……谷诗清婉明白，不俚而切，为薛能、李频所赏，与许棠、任涛、张蠙、李栖远、张乔、喻坦之、周繇、温宪、李昌符唱答往还，号'芳林十哲'。"郑谷诗名远播，故云"高名喧省阂"。

[3]"自封修药院"二句：按，宋潘若冲《郡阁雅谈》（《诗话总龟前集》卷十一《苦吟门》引）载："僧齐己往袁州谒郑谷，献诗曰：'高名喧省阂，雅颂出吾唐。叠巘供秋望，飞云到夕阳。自封修药院，别下著僧床。几许朝中事，久离鹓鹭行。'谷览之曰：'请改一字，方得相见。'经数日再谒，称已改得诗，云'别扫著僧床'。谷嘉赏，结为诗友。"《郑谷年谱》亦云："齐己首次来谒，约在天祐二年（905）秋。齐己献诗云：'雅颂出吾唐。'是唐犹未亡。'几梦朝中事，依依鹓鹭行。'是在归隐后。又云'叠巘供秋望。'时（郑）谷犹居化成岩，州南八十里之仰山，正朝夕在望，有欲往终老之志。（郑）谷指示其诗一字未安，齐己又呈《早梅》诗，（郑）谷为改一字，遂号称一字师。"

[4]鹓：传说为凤一类的鸟。鹭：即白鹭。鹓鹭：鸟中品味高尚者。又，二鸟群飞有序，以喻朝官班行。《北齐书·文苑传序》："于是辞人才子，波骇云属，振鹓鹭之羽仪，纵雕龙之符采。"岑参《初至西虢官舍南池，呈左右省及南宫诸故人》："空积犬马恋，岂思鹓鹭行。"

归雁

塞门春已暖，连影起蘋风[1]。云梦千行去[2]，潇湘一夜空[3]。江人休举网，虏将又虚弓。莫失南来伴，衡阳树即红[4]。

【校勘】

"已"，甲本作"已（一作亦）"，丁本作"亦（一作已）"，辛本作"亦"。

"休"，甲本作"休（一作空）"，辛本作"空"。

【注释】

[1] 蘋：白蘋，水中浮草，春天开白花。

[2] 云梦：云梦泽，大致包括今湖南益阳、湘阴以北、湖北江陵、安陆以南、武汉以西地区。

[3] 潇湘：潇水、湘水。此处泛指湖南地区。

[4] 衡阳：今湖南衡阳。

登大林寺观白太傅题版[1]

九叠苍崖里，禅家凿翠开。清时谁梦到，白傅独寻来[2]。怪石和僧定，闲云共鹤回。任兹休去者，心是不然灰[3]。

【校勘】

"版"，丁本作"板"。

【注释】

[1] 大林寺：位于江西庐山大林峰下。传为东晋庐山慧远之徒孙昙诜（361—440）所创建。寺名大林，系因昙诜于讲经台东南广植花木，繁茂如林，故有此称。白太傅：白居易（772—846），曾做过太子宾客、太子少傅，故云。按，白居易于元和十年（815）被贬江州（今江西省九江市）司马。在贬所的二年间，遍游庐山景观，广交僧人，亦写了许多诗文，其著名的《大林寺桃花》、《游大林寺序》即作于此期间，其中序云："余与河南元集虚、范阳张允中、南阳张深之、广平宋郁、安定梁必复、范阳张特、东林寺沙门法演、智满、士坚、利辩、道深、道建、神照、云皋、恩慈、寂然凡十七人，自遗爱草堂、历东西二林，抵化城，憩峰顶，登香炉峰，宿大林寺。大林穷远，人迹罕到。环寺多清流苍石，短松瘦竹。寺中唯板屋木器。其僧皆海东人。山高地深，时节绝晚：于时孟夏月，如正二

月天，梨桃始华，涧草犹短；人物风候，与平地聚落不同。初到，恍然若别造一世界者。因口号绝句云：'人间四月芳菲尽，山寺桃花始盛开。长恨春归无觅处，不知转入此中来。'既而周览屋壁，见萧郎中存、魏郎中弘简、李补阙渤三人姓名文句，因与集虚辈叹且曰：'此地实匡庐间第一境，由驿路至山门，曾无半日程；自萧、魏、李游，迨今垂二十年，寂寥无继来者。嗟乎！名利之诱人也如此。'时元和十二年（817）四月九日乐天序。"齐己所观"白太傅题版"当即《大林寺桃花》和《游大林寺序》。

〔2〕白傅：即白居易，曾做过太子宾客、太子少傅，世称"白傅"。

〔3〕不然灰：谓死灰，"然"即"燃"。

赠曹松先辈[1]

今岁赴春闱[2]，达如夫子稀。山中把卷去，榜下注官归。楚月吟前落，江禽酒外飞。闲游向诸寺，却看白麻衣[3]。

【校勘】

"夫"，戊本作"天"。

"诸"，戊、己本作"诗"。

【注释】

〔1〕曹松：齐己另有《寄曹松》诗。按，曹松（830？—902？），字梦征，舒州（今安徽潜山）人。诗学贾岛，尚苦吟。久困名场。天复元年（901），礼部侍郎杜德祥知贡举，放松及王希羽、刘象、柯崇、郑希颜等及第，五人皆老大，故时号"五老榜"，曹松亦被敕授秘书省校书郎。此诗盖咏曹松及第得官事，当作于901年。

〔2〕春闱：春试。唐礼部试士在春季举行，故称。闱，考场。姚合《别胡逸》："记得春闱同席试，逡巡何窗十年余。"刘得仁《秋夜喜友人宿》："莫说春闱事，清宵且共吟。"

〔3〕白麻衣：布衣，亦称白衣。唐宋举子皆著之。亦指代举子。王定保《唐摭言》卷四《与恩地旧交》："刘虚白与太平裴公（裴垣）早同砚席。及公主文，虚白犹是举子。试杂文日，帘前献一绝句曰：'二十年前此夜中，一般灯烛一般风。不知岁月能多少，犹著麻衣待至公！'"

夏日江寺寄无上人[1]

讲终斋磬罢[2]，何处称真心[3]。古寺高杉下，炎天独院深。燕和江鸟语，墙夺暮花阴。大府多才子[4]，闲过在竹林。

【注释】

[1] 无上人：生卒年里无考。此诗中云"大府多才子"，"大府"当为湖南马楚幕府，则"无上人"居湖南，与马楚幕府关系较为密切。按，齐己《岁暮江寺住》诗中云"坐忆匡庐隐"，《宿江寺》诗中云"旧住何妨老未还"，《谢王詹事垂访》诗中云"方悲鹿轸栖江寺，忽讶轺车降竹扉。……应惊老病炎天里，枯骨肩横一衲衣"，《江寺春残寄幕中知己二首》之一诗中云"谁遣西来负岳云，自由归去竟何因。……江寺玫瑰又度春。……何妨夜醮时相忆，伴醉伴狂笑老身"，《荆渚偶作》诗中云"身依江寺庭无树"，据诗意知"江寺"在荆州，或即齐己在荆州所居的龙兴寺，故此诗当作于齐己居荆州期间（921—938）。

[2] 磬：佛寺中的打击乐器。又作罄子或罊。为铜制钵形的法器，敷褥而安放于一定之台上，以桴敲击。法会或课诵时，作为起止之节。古代印度寺院就设有铜磬，如《中天竺舍卫国祇洹寺图经》卷下"佛衣服院"条云："有一铜磬可受五升，磬子四边悉黄金，镂作过去佛弟子，又鼻上以紫磨金为九龙形，背上立天人像，执玉槌用击磬，闻三千世界。音中亦说诸佛教诫弟子法，磬是梵王造之，及佛灭度，娑竭罗龙王收入海宫。"佛教传入中国后，磬被普及于一般寺院，各寺佛殿中均安置之，是早晚课诵、法会读经或作法时不可或缺的法器。

[3] 真心：谓自性清净之心，真净明妙，虚彻灵通，离虚妄想，故曰真心。

[4] "大府多"句：按，齐己早年居道林寺时，与马楚幕府诸才子关系极为密切，且深受诸才子之推崇。晚年虽居荆南，仍常与之酬唱频繁。《五代史补》卷三"僧齐己"条载："僧齐己……其后居于长沙道林寺。时湖南幕府中能诗者有如徐东野、廖凝、刘昭禹之徒，莫不声名藉甚，而徐东野尤好轻忽，虽王公不避也。每见齐己，必悚然不敢以众人待之。尝谓

同列曰：'我辈所作皆拘于一途，非所谓通方之士。若齐己才高思远，无所不通，殆难及矣。'论者以徐东野为知言。……其为名士推重如此。"《十国春秋·荆南列传》："齐己，……湖南幕府号能诗者，徐仲雅、廖匡图、刘昭禹辈，靡不声名藉甚，而仲雅尤傲忽，虽王公不避，独见齐己必悚然，不敢以众人相遇。齐己故赘疣，至是，爱其诗者或戏呼之曰'诗囊'。"以此，齐己诗作多提及。此句"大府多才子"或谓马楚幕府多才子。

夏日梅雨中寄睦公[1]

梅月来林寺[2]，冥冥各闭门。已应双履迹，全没乱云根。琢句心无味，看经眼亦昏。何时见晴霁[3]，招我凭岩轩。

【校勘】

"晴"，甲、乙、丙、丁本作"清"。

【注释】

[1] 梅雨：江南梅子黄熟时，常阴雨连绵，故称。《初学记》卷二《雨》："梅熟而雨曰梅雨。"后注云："江东呼为黄梅雨。"睦公：即修睦。按，齐己《渚宫莫问诗一十五首》之十三"六年沧海寺，一别白莲池"，齐己于龙德元年（921）离庐山至荆渚，上推六年为915年。在此期间，修睦为庐山僧正，齐己与之唱酬甚密，其居庐山或即依倚修睦。此诗当作于915—921年间。

[2] 林寺：谓东林寺。按，孙光宪《白莲集序》云齐己："盖以久栖东林，不忘胜事。"齐己《渚宫莫问诗一十五首》之十三："六年沧海寺，一别白莲池。"上述二文中之东林、沧海寺、白莲池皆指庐山东林寺。

[3] 霁：雨后天晴。

伤郑谷郎中[1]

钟陵千首作[2]，笔绝亦身终。知落干戈里，谁家煨烬中[3]。吟斋春长蕨[4]，钓渚夜鸣鸿[5]。惆怅秋江月，曾招我看同。

【注释】

[1] 郑谷：字守愚，袁州宜春（今属江西）人。据赵昌平《郑谷年谱》、傅义《郑谷年谱》，郑谷卒于家乡北岩别墅，时间约为后梁太祖开平三年（909）。故此诗当作于本年或稍后。

[2] 钟陵：县名，治所在今江西南昌市。《元和郡县图志》卷二八[江南道四]之[洪州]："南昌县，汉高帝六年置。隋平陈，改为豫章县。宝应元年六月改为钟陵县，十二月改为南昌县。"《旧唐书》卷四十《志》之《地理三》："钟陵，汉南昌县，豫章郡所治也。隋改为豫章县，置洪州，炀帝复为豫章郡。宝应元年六月，以犯代宗讳，改为钟陵，取地名。"

[3] 煨烬：灰烬，尘埃。陆龟蒙《奉和袭美二游诗·徐诗》："洛阳且煨烬，载籍宜为烟。"顾况《行路难三首》之三："睢水英雄多血刃，建章宫阙成煨烬。"

[4] 蕨：蕨菜，嫩叶亦可食。

[5] 渚：水中小块陆地，或水边。

临行题友壁

山衲宜何处[1]，经行避暑深。峰西多古寺，日午乱松阴。鹤默堪分静，蝉凉解助吟。殷勤题壁去[2]，秋早此相寻。

【校勘】

甲、乙、丙、丁本诗题作"临行题友生壁"。

【注释】

[1] 山衲：本谓山僧之衲衣，后借指山僧，即山野之僧。乃僧人自谦之词，且多为禅僧所用。此外，亦有谦称拙僧、愚僧、拙衲、野僧者。

[2] 殷勤：也作"慇懃"，谓情意恳切。

别东林后寄回修睦[1]

昨夜从香社[2]，辞君出薜萝[3]。晚来巾舄上[4]，已觉俗尘多。远路萦芳草，遥空共白波。南朝在天末，此去重经过。

【校勘】

"寄回"，甲、乙、丙、丁本作"回寄"。

【注释】

[1] 东林：庐山东林寺。按，齐己自后梁末帝贞明元年（915）起移居庐山东林寺，而且"六年沧海寺"、"久栖东林"，在庐山居住六年，此期间修睦为东林寺僧正，齐己当往依之。又，此诗中云"南朝在天末，此去重经过"，齐己又有《己卯岁值冻阻归有作》："河冰连地冻，朔气压春寒。开户思归远，出门移步难。湖云黏雁重，庙树刮风干。坐看孤灯焰，微微向晓残。"己卯岁即后梁末帝贞明五年（919）。结合二诗，可知齐己约于己卯岁暂离庐山往游江南一带，由于天寒地冻旋复归山，归后即作此诗赠修睦。故此诗当作于己卯岁（919）春某日离东林寺往游江南之次日。

[2] 香社：即莲社，此处借指东林寺。

[3] 薜萝：即薜荔、女萝，皆为野生植物。屈原《九歌·山鬼》："若有人兮山之阿，被薜荔兮带女萝。"后以薜萝喻指隐士的服装、居处。此处指齐己于东林寺之居所。齐己《怀匡阜》："昨夜分明梦归去，薜萝幽径绕禅房。"又《渚宫莫问诗一十五首》之二："梦外春桃李，心中旧薜萝。"

[4] 巾舄：衣巾和鞋子。舄：鞋。单底为履，复底而著木者为舄。《周礼·天官》："屦人掌王及后之服屦，为赤舄、黑舄。"晋崔豹《古今注》上之［舆服］："舄，以木置履下，乾腊不畏泥湿也。天子赤舄。凡舄色皆象于裳。"

古松

雷电不敢伐，鳞皴势万端[1]。蠹依枯节死[2]，蛇入朽根盘。影浸僧禅湿，声吹鹤梦寒。寻常风雨夜，应有鬼神看。

【校勘】

"雷"，丁本作"霜（一作雷）"。

"伐"，丁本作"代"。

"皴"，丁本作"甲"。

"盘"，丁本作"蟠"。

"应"，甲、丁本作"应（一作疑）"。

【注释】

［1］鳞皴：鳞样的皴皮或裂痕。皮日休《虎丘寺殿前有古杉一本⋯⋯遂赋三百言以见志》："突兀方相脛，鳞皴夏氏胝。"卢士衡《灵溪老松歌》："灵溪古观坛西角，千尺鳞皴栋梁朴。"

［2］蠹：蠹虫、蛀虫。

夏日栖霞寺书怀寄张逸人[1]

人中林下现，名自有闲忙。建业红尘热[2]，栖霞白石凉[3]。倚身柽几稳[4]，洒面瀑流香。不似高斋里，花连竹影长。

【校勘】

"栖"，甲、乙、丙本作"西"。

"热"，丁本作"熟"。

"连"，丁本作"莲"。

【注释】

［1］栖霞寺：位于江苏南京市东北二十公里栖霞山中峰西麓。又作西霞寺。为江南著名古刹之一。与荆州玉泉、济南灵岩、天台国清，并称四大丛林。始建于南朝齐·永明元年（483，一说七年）。相传南朝刘宋年间（420—479），处士明僧绍（即明征君）隐居摄山（即栖霞山），与僧法度结为莫逆。南齐时，舍宅为寺，取名栖霞精舍，请度居之。其后，三论宗初祖僧朗、僧诠、慧布等人相继来住。至唐代，改名功德寺，增建琳宫梵宇四十九所，极为壮观。复因唐高宗撰明征君碑文，书法家高正臣书，后遂改名隐君栖霞寺。徐铉《摄山栖霞寺新路记》文中云："栖霞寺山水胜

绝，景象瑰奇，明徵君故宅在焉，江令公旧碑详矣。高宗大帝刊圣藻于贞石，纤宸翰于璿题，焕乎天光，被此幽谷。"逸人：谓隐士。

[2] 建业：即南京市。三国吴时改为建业。晋初仍称秣陵，太康三年（282）分秣陵水北之地为建业，又改业为邺。司马邺（愍帝）即位，以避讳改为建康。东晋及南朝诸帝皆建都于此。《通典》卷一八二［丹阳郡］："江宁，本名金陵，秦始皇改为秣陵。汉丹阳县在此。建安十六年，吴改为建业。晋武平吴，还为秣陵，又分秣陵立临江县。二年，改临江为江宁。三年，分秣陵水北立建业，避愍帝讳，改为建康。后又分置同夏县。隋平陈，并三县，置江宁县，又置蒋州，后废。大唐初，复为蒋州，寻废为江宁县。"

[3] 栖霞：谓栖霞寺。

[4] 柽：即河柳，又名观音柳、山川柳、红柳。落叶小乔木，供观赏，枝叶可入药。

访自牧上人不遇[1]

然诺竟如何[2]，诸侯见重多。高房度江雨，经月长寒莎[3]。道本同骚雅，书曾到薜萝[4]。相寻未相见，危阁望沧波。

【注释】

[1] 自牧：唐末至五代初金陵诗僧，此诗中云"诸侯见重多"，可见自牧深受王公大臣们的敬重。与齐己为友，己另有《寄自牧上人》、《喜得自牧上人书》、《怀金陵李推官僧自牧》诗。自牧有诗集《括囊集》，齐己《喜得自牧上人书》诗"闻着《括囊》新集了，拟教谁与序离骚"可证。《宋史·艺文志》著录为《括囊集》十卷，又见于《崇文总目》，但未提集名，今不存。其诗今无存者。

[2] 然诺：许诺。李白《侠客行》："三杯吐然诺，五岳倒为轻。"孟浩然《醉后赠马四》："四海重然诺，吾尝闻白眉。"

[3] 莎：莎草。多年生草本植物，多生在潮湿的地方。

[4] 薜萝：即薜荔、女萝，皆为野生植物。屈原《九歌·山鬼》："若有人兮山之阿，被薜荔兮带女萝。"后以薜萝喻指隐士的服装、居处。此

处即指齐己在庐山东林寺的居所。齐己《别东林后回寄修睦》:"昨夜从香社,辞君出薜萝。"又《怀匡阜》:"昨夜分明梦归去,薜萝幽径绕禅房。"又《渚宫莫问诗一十五首》之二:"梦外春桃李,心中旧薜萝。"

题东林白莲[1]

大士生兜率[2],空池满白莲。秋风明月下,斋日影堂前[3]。色后群芳拆,香殊百和然。谁知白染性,一片好心田[4]。

【校勘】

"斋",丁本作"齐"。

"然",甲、乙、丙本作"燃"。

"白",甲、乙、丙本作"不"。

【注释】

[1] 东林:即庐山东林寺。寺多植白莲,今仍有白莲池。《释氏要览》卷上:"彼院多植白莲,又弥陀国以莲华分九品次第接之,故称莲社。有云:嘉此社人,不为名利淤泥所污,喻如莲华,故名之。"

[2] 兜率:即欲界六天的第四天。意译知足天、喜足天、喜乐天。在此天之人,欢乐饱满,多生喜乐知足之心,故有此名。《弥勒上生经宗要》:"六天之中是其第四天,下三沈欲情重,上二浮逸心多,此第四天欲轻逸少,非沈非浮,莫荡于尘,故名知足。"此天天众寿量四千岁。其一昼夜相当于人间四百年。又,由于"未来佛"弥勒菩萨在兜率天之内院说法,因此佛教界也有往生兜率天亲聆弥勒教化的思想。我国东晋的道安及其弟子法遇、昙戒,唐代的玄奘、窥基师徒等人皆曾立誓往生兜率。

[3] 影堂:本指奉祀先人遗像之所。《古今注》曰:"庙者,貌也。所以仿佛先人之容貌,庶人则立影堂。释氏借此二字谓安置佛祖真影之堂舍。"佛教用来指安置宗祖或高僧影像之堂宇。又称祖堂、祖殿、大师堂、开山堂。李益《哭柏岩禅师》:"影堂谁为扫,坐塔自看修。"张籍《题晖师影堂》:"道场今独到,惆怅影堂前。"此处影堂指东林寺十八贤真堂。齐己《题东林十八贤真堂》:"白藕花前旧影堂,刘雷风骨画龙章。"据《东林十八高贤传》(又作《莲社高贤传》)、《佛祖统纪》、《庐山莲宗宝鉴》

诸书，"十八贤"即是以慧远为首的僧人、居士十八人——慧远、慧永、慧持、道生、僧睿、昙顺、昙恒、昙诜、道昺、道敬、觉明、佛驮跋陀、刘程之、张野、周续之、张诠、宗炳、雷次宗。

[4]"谁知白染性"二句：谓东林寺广植白莲，莲花出污泥而不染，犹如人之清净心田，不染世间尘欲。《法华经·涌出品》："住于神通力，善学菩萨道，不染世间法，如莲华在水。"

寄怀江西徵岷二律师[1]

乱后江边寺，堪怀二律师。几番新弟子，一样旧威仪[2]。院影连春竹，窗声接雨池。共缘山水癖[3]，久别共题诗。

【注释】

[1]徵岷二律师：按，"律师"，指通达戒律者。又作持律者、律者，为经师、论师、法师、禅师之对称。另，齐己有《和岷公送李评事往宜春》，则"岷律师"或谓"岷公"。至于"徵律师"，无考，二律师均居于江西。

[2]威仪：谓行住坐卧皆有威德和仪则，见之能起崇仰畏敬之念的仪容。佛门中戒律甚多，异于在家众。故诸经论有"三千威仪，八万律仪"、"僧有三千威仪，六万细行；尼有八万律仪，十二万细行"等说。

[3]癖：指对某种事物的特别爱好。

东林作寄金陵知己[1]

十八贤真在[2]，时来拂藓看。已知前事远[3]，更结后人难[4]。泉滴胜清磬[5]，松香掩白檀[6]。凭君听朝贵，谁欲厌簪冠。

【校勘】

"拂"，辛本作"扫"。

"藓"，甲本作"榻（一作藓）"，丙本作"榻"。

【注释】

[1]东林：庐山东林寺。此诗当作于齐己居东林寺期间（915—921）。

　　[2]十八贤真：据《东林十八高贤传》、《佛祖统纪》、《庐山莲宗宝鉴》诸书，"十八贤"是指以慧远为首的僧人、居士十八人——即慧远、慧永、慧持、道生、僧睿、昙顺、昙恒、昙诜、道昺、道敬、觉明、佛驮跋陀、刘程之、张野、周续之、张诠、宗炳、雷次宗。关于"十八贤"的故事，汤用彤先生在其《汉魏两晋南北朝佛教史》中云："今日世俗相传，谓远公与十八高贤立白莲社，入社者百二十三人，外有不入社者三人。此类传说，各书所载，互有不同，且亦不知始于何时。然要在中唐以后。通常所据之书相传为《十八高贤传》，陈舜俞《庐山记》载其文。"知"十八贤"之故事乃后人之杜撰。"真"即画像。

　　[3]前事：谓慧远等人结白莲社之事。

　　[4]"更结"句：谓重新结社之难。按，慧远等人结莲社之传说，影响尤为深远，其流风余韵，大为唐代诗人所企羡："会当来结社，长日为僧吟"（张祜《题苏州思益寺》）；"应共白莲客，相期松桂前"（温庭筠《赠越僧岳云二首》之一）；"凉后每谋清月社，晚来专赴白莲期"（皮日休《新秋即事三首》之一）；"他年白莲社，犹许重相期"（裴说《寄贯休》）；"杨刑部汝士、高左丞元裕、长安杨鲁士咸造（僧知玄）门拟结莲社"（《宋高僧传》卷六《知玄传》）。僧贯休、齐己等亦曾想重新结社，贯休"还须结西社，来往悉诸侯"（《题淮南惠照寺律师院》）、"终须结西社，此县似柴桑"（《题方公院寄夏侯明府》）、"傥然重结社，愿作扫坛人"（《寄僧野和尚》）、"如结林中社，伊余亦愿陪"（《题峰桐律师院》）；匡白"到此祇除重结社，自余闲事莫思量"（《题东林二首》）；齐己"争无大士重修社，合有诸贤更服膺"（《寄匡阜诸公二首》）、"欲伴高僧重结社，此身无计舍前程"（《乱后经西山寺》）等都含有重新结社的意思，而且他们也的确结成社，"往年吟月社，因乱散扬州"（齐己《赠无本上人》），可惜"吟月社"因战乱而解散。

　　[5]磬：佛寺中的打击乐器，是早晚课诵、法会读经或作法时不可或缺的法器。磬乐声清越优美，故曰"清磬"。

　　[6]松香：松树分泌的胶汁，也称松脂、松膏、松胶等，常入药，亦燃以照明，有香气。东林寺多松树，慧远曾栽松。《高僧传》卷六《慧远传》："远创造精舍，洞尽山美，却负香炉之峰，傍带瀑布之壑。仍石垒基，即松栽构。清泉环阶，白云满室。"今东林寺寺东有罗汉松，相传为

慧远所栽植。白檀：白檀香，其香无比。

山寺喜道者〔至〕[1]

闰年春过后，山寺始花开[2]。还有无心者，闲寻此境来。鸟幽声忽断，茶好味重回。知住南岩久，冥心坐绿苔[3]。

【校勘】

甲、乙、丙、丁、戊、己、庚、辛本诗题作"山寺喜道者至"，据之补。

"境"，庚本作"日"。

"绿"，甲本作"绿（一作石）"，丁本作"石"。

【注释】

[1] 道者：谓修行佛道者，后指禅林之行者，或投佛寺求出家尚未得度者。《释氏要览》卷一载："《智度论》云：'得道者，名为道人。余出家者，未得道者，亦名道人。'道者亦同此说。"

[2] "闰年"二句：阳历有闰日的一年叫闰年。闰年有 366 天。白居易《大林寺桃花》："人间四月芳菲尽，山寺桃花始盛开。"

[3] 冥心：谓潜心苦思。刘得仁《寄春坊顾校书》："冥目冥心坐，花开花落时。"曹松《言怀》："冥心坐似痴，寝食亦如遗。"

再游匡山[1]

紫霄兼二（五）老[2]，相对倚空寒。久别成衰病，重来更上难。径危云母滑[3]，崖旱瀑流干。目断岚烟际[4]，神仙有石坛。

【校勘】

"二"，甲本作"二（一作五）"，丁本作"五"，当从丁本。

【注释】

[1] 匡山：山名，庐山的别称。相传殷周之际有匡裕先生结庐于此，后得仙术羽化而去，仅留空庐，故又称庐山，亦名匡山、庐阜，总名匡

庐。按，《佛祖统纪》卷二六《慧远》："太元六年（慧远）至寻阳。见庐山闲旷，可以息心，乃立精舍。……此山仪形九迭，峻耸天绝，而所居尽林壑之美，背负炉峰，旁带瀑布，清流环阶，白云生栋。"文后注曰："《庐山记》：匡裕先生，殷周之际受道于仙人，即岩成馆，人称神仙之庐，因名庐山。"《佛祖历代通载》卷七："（慧远）遂自荆州将之罗浮，抵浔阳，见匡山，爱之，庐于山阴。"温庭筠《题西明寺僧院》："曾识匡山远法师，低松片石对前墀。"

[2] 紫霄：谓庐山紫霄峰。符载《黄仙师瞿童记》："仙师以建中元年自武陵卜居于庐山紫霄峰下，古坛石室，高驾颢气。"李咸用《和人游东林》："始欲共君重怅望，紫霄峰外日沈沈。"二老：当作"五老"，即庐山五老峰。李白《登庐山五老峰》："庐山东南五老峰，青天削出金芙蓉。"杨齐贤注云："《浔阳记》：山北有五峰，于庐山最为峻极，其形如河中虞乡县前五老之形，故名。"

[3] 云母：一种矿石。古人以为此石为云之根，故名。此矿石可切为片，薄者透光，可为镜屏。

[4] 岚烟：谓山中的烟雾。

赠浙西李推官[1]

他皆恃勋贵，君独爱诗玄。终日秋光里，无人竹影边。东楼生倚月，北固积吟烟[2]。闻说鸳行里，多才复少年。

【校勘】

"皆"，甲本作"皆（一作家）"，丁本作"家"。

【注释】

[1] 李推官：齐己另有《怀金陵李推官僧自牧》、《得李推官近寄怀》诗，此"李推官"即李咸用。据《唐才子传校笺》卷十载，李咸用生卒年不详，袁州（今属江西）人，于唐僖宗、昭宗时屡应进士不第。曾为某幕府推官。后于唐末梁初时居住庐山，与僧修睦、齐己、玄泰等唱和甚多。有《披沙集》传世。齐己晚年居荆南时，二人之间仍有唱酬。

[2] 北固：山名，即北固山。在今江苏镇江市北。

题终南山隐者室[1]

终南山北面，直下是长安。自扫青苔室，闲歌白石看。风吹窗树老，日晒窦云干[2]。时向圭峰宿[3]，僧房瀑布寒。

【校勘】

"歌"，甲、丙、丁、戊、己、庚本作"欹"。

"看"，甲本作"看（一作坛）"，丁本作"坛"。

【注释】

[1] 终南山：在陕西西安市南。《初学记》卷五［终南山］第八："终南山，长安南山也，一名太一。潘岳《关中记》云，其山一名中南，言在天之中，居都之南，故曰中南。"《元和郡县图志》卷一［关内道一·万年县］："终南山，在县南五十里。"

[2] 窦：洞、孔。

[3] 圭峰：位于陕西鄠县东南，紫阁峰东面之山。其形如圭，山下有草堂寺，寺东又有小圭峰。唐朝华严宗第五祖宗密禅师曾住草堂寺，寂后葬于圭峰。

禅庭芦竹十二韵呈郑谷郎中[1]

错错在禅庭[2]，高宜与竹名。健添秋雨响，乾助夜风清。雀静知枯折，僧闲见笋生[3]。对吟殊洒落，负气甚孤贞。密谢编栏固[4]，齐由灌溉平。松姿真可敌，柳态薄难并。映带兼苔石，参差近画楹。雪霜消后色，虫鸟默时声。远忆沧洲岸[5]，寒连暮角城。幽根狂乱迸，劲叶动相撑。避暑须临坐，逃眠必绕行。未逢仙手咏，俗眼见犹轻。

【注释】

[1] 禅庭：谓禅院。芦竹：因芦苇叶子披针形，茎中空，表皮光滑，形状略似竹子，故称作芦竹。郑谷：字守愚，袁州宜春（今属江西）人。按，郑谷乾宁四年（897）任都官郎中，并终于此任（郑谷辛于909年）。

故此诗作于乾宁四年（897）至后梁太祖开平三年（909）间。

[2] 错错：谓芦竹长短不齐，相互交错。

[3] 笋：即芦笋。芦苇萌芽，形似竹笋而小，故名。

[4] "密谢"句：芦苇茎中空，表皮光滑，可供修葺房屋或编织席子、帘子、栏杆之用。

[5] 沧洲：水滨之地，后遂用作隐居之所的代称。

送孙凤秀才赴举

九重方侧席[1]，四海仰文明。好把孤吟去，便随公道行。梁园浮雪气[2]，汴水涨春声。此日登仙众，君应最后生。

【注释】

[1] 九重：指宫禁。宋玉《九辩》："岂不郁陶而思君兮，君之门以九重。"刘长卿《新安奉送穆谕德归朝，赋得行字》："九重宣室召，万里建溪行。"

[2] 梁园：即兔园。《西京杂记》卷二："梁孝王好宫室苑囿之乐，作曜华之宫，筑兔园。园中有百灵山，山上有肤寸石、落猿岩、栖龙岫。又有雁池，池间有鹤洲、凫渚。宫馆相连，延亘数里；奇果异树，瑰禽怪兽，靡不毕备。王与宫人宾客弋钓其中。"《元和郡县图志》卷八宋州宋城县："兔园，县东南十里。汉梁孝王园。"

落花

朝开暮亦衰，雨打复风吹。古屋无人处，残阳满地时。静依青藓片[1]，闲缀绿莎枝。繁艳根株在，明年向此期[2]。

【校勘】

"开"，丁本作"来"。

"株"，甲、乙本作"枝"。

【注释】

[1] 青藓：青苔。

[2] "繁艳根株"二句：《宋高僧传》卷六《唐彭州丹景山知玄传》："（僧知玄）五岁，祖令咏花，不数步成云：'花开满树红，花落万枝空。唯余一朵在，明日定随风。'"

秋苔

独怜苍翠文[1]，长与寂寥存。鹤静窥秋片，僧闲踏冷痕。月明疏竹径，雨歇败莎根[2]。别有深宫里，兼花锁断魂。

【注释】

[1] 苍翠文：谓苔斑。

[2] 莎：莎草。多年生草本植物，多生在潮湿的地方。

老将

破虏与平戎[1]，曾居第一功。明时不用武，白首向秋风。马病霜飞草，弓闲雁过空。儿孙已成立，胆气亦英雄。

【校勘】

"破"，乙、辛本作"逐"。

"过"，辛本作"足"。

【注释】

[1] 平戎：平息少数民族之叛乱。"戎"泛指我国西部的少数民族。

城中示友人[1]

久与寒灰合，人中亦觉闲。重城不锁梦，每夜自归山。雨破冥鸿出[2]，桐枯井月还。唯君道心在，来往寂寥间。

【校勘】

"月"，丙本作"日"。

【注释】

[1] 按，此诗题云"城中"，当为荆州城中，故此诗当作于齐己居荆州期间（921—938）。

[2] 冥鸿：高飞的鸿雁。李贺《高轩过》："我今垂翅附冥鸿，他日不羞蛇作龙。"

送友人游湘中

怀才难自住[1]，此去亦如僧。何处西风夜，孤吟旅舍灯。路沿湘树叠，山入楚云层。君有东来札，归鸿亦可凭[2]。

【校勘】

"友"，丁本作"游"，旁注"友"字。

"君"，甲、乙、丙、丁本作"若"。

【注释】

[1] 住：停、止、息。

[2]"君有东来札"二句：言鸿雁传书事。据《汉书·苏建传附苏武传》载：汉武帝时苏武出使匈奴被拘不屈，徙居北海上牧羝。后匈奴与汉和亲，汉求苏武，匈奴诡言苏武已死。苏武属吏常惠夜见汉使，教其诡言帝射上林中，得北来雁，雁足有系帛书，言苏武等在某泽中。使者如常惠语以责单于，单于因谢汉使，苏武得归。后便谓鸿雁能传书信。

经费徵君旧居[1]

高眠当圣代[2]，云鸟未为孤。天子征不起[3]，闲人亲得无。猿猱狂欲坠，水石怪难图。寂寞荒斋外，松杉相倚枯。

【校勘】

"松杉"，戊本作"杉松"。

【注释】

[1] 费徵君：即费冠卿，生卒年不详，字子君，池州青阳（今安徽青阳）人。客居长安十载，元和二年（807）登进士第，闻母病革辞归，而母已卒。因叹曰："干禄养亲耳，得禄而亲丧，何以禄为！"遂隐于九华山。长庆元年（821），殿中侍御史李行修举其孝籍，诏书征拜右拾遗。辞不就。竟隐居以终。费徵君旧居在九华山。张蠙《费徵君旧居》："浮世抛身外，栖踪入九华。"徐铉《送薛少卿赴青阳》："我爱费徵君，高卧归九华。"另，张乔有《经九华山费徵君故居》，罗隐有《九华山费徵君所居》，杜荀鹤有《经九华费徵君墓》诗悼之。

[2] 高眠：高枕而眠，谓安闲无事。常以喻隐居不仕。方干《题桐庐谢逸人江居》："少小高眠无一事，五侯勋盛欲如何。"罗隐《寄南城韦逸人》："羡他南涧高眠客，春去春来任物华。"

[3] 征：征辟、征召。起：举用、出仕。此句指长庆年间征召事。《唐摭言》卷八［及第后隐居］："费冠卿，元和二年及第，以禄不及亲，永怀罔极之念，遂隐于九华。长庆中，殿中侍御史李行修举冠卿孝节，征拜右拾遗，不起。制曰：'前进士费冠卿，尝与计偕，以文中第归，不及于荣养，恨每积于永怀，遂乃屏迹邱园，绝踪仕进，守其至性十有五年。峻节无双，清飚自远！夫旌孝行，举逸人，所以厚风俗而敦名教也。宜承高奖，以敬薄夫。擢参近侍之荣，载伫移忠之效，可右拾遗。'"

严陵钓台[1]

夫子垂竿处[2]，空江照古台。无人更如此，白浪自成堆。鹤静寻山去，鱼狂入海回。登临秋值晚，树石尽多苔。

【校勘】

"照"，丁本作"煦"。

"如"，丁本作"知"。

"山"，甲、乙、丙本作"僧"。

【注释】

[1] 严陵钓台：在浙江桐庐县南。《后汉书·严光传》载："严光，字

子陵，一名遵，会稽余姚人也。少有高名，与光武帝（刘秀）同游学。及光武即位，光乃变姓名，隐身不见。……除为谏议大夫，不屈，乃耕于富春山，后人名其钓处为严陵濑焉。"《后汉书》李贤注引顾野王《舆地志》："桐庐县南，有严子陵渔钓处。今山边有石，上平，可坐十人，临水，名为严陵钓坛也。"清《一统志》："钓台，在严州府城东五十里。东西二台，各高数百丈，汉严子陵垂钓处。"

[2] 夫子：即严光，字子陵。其事详见《后汉书·隐逸传》。

原上晚望[1]

倚杖聊摅望[2]，寒原远近分。夜来何处火，烧出古人坟。野势盘空泽，江流合暮云。残阳催百鸟，各自著栖群。

【校勘】

"著"，甲本作"著（一作看）"，庚本作"看"。

【注释】

[1] 按，此诗中云"倚杖"，则齐己时已衰老，又诗中云"江流合暮云"，则"江流"谓长江，故此诗当作于齐己居荆州期间（921—938）。

[2] 聊：暂且。摅望：犹谓远望。"摅"即散布、抒发。

送惠空上人归[1]

尘中名利热，鸟外水云闲。吾子多高趣[2]，秋风独自还。空囊随客櫂[3]，几宿泊湖山。应有吟僧在，邻居树影间。

【注释】

[1] 惠空上人：生卒年里不详。齐己另有《送惠空北游》，诗中云"君向岘山游圣境"，知惠空曾北游襄阳。

[2] 高趣：高逸的情致。耿湋《秋夜喜卢司直严少府访宿》："严子多高趣，卢公有盛名。"虚中《善卷云》："耕荒凿原时，高趣在希夷。"

[3] 櫂：同"棹"，船。

酬章水知己[1]

新吟忽有寄，千里到荆门[2]。落日云初碧，残年眼渐昏。已为难敌手，谁更入深论。后信多相寄，吾生重此言。

【校勘】

"渐"，甲、乙、丙、丁本作"正"。

【注释】

[1] 按，此诗中云"千里到荆门"，故此诗当作于齐己晚年居荆州期间（921—938）。

[2] 荆门：指今湖北江陵。按，齐己晚年居住在荆州龙兴寺。其《怀金陵知旧》："海门相别住荆门，六度秋光两鬓根。"《荆门病中寄怀乡人欧阳侍郎彬》："谁会荆州一老夫，梦劳神役忆匡庐。"可知"荆州"、"荆门"同为一地，即江陵。

闲居

渐觉春光媚，尘销作土膏[1]。微寒放杨柳，纤草入风骚[2]。睡少全无病，身轻乍去袍。前溪泛红片，何处落金桃。

【注释】

[1] 土膏：即膏土，肥沃之土。

[2] 风骚：本为诗经和楚辞的并称，后泛指诗文。

次韵酬郑谷郎中[1]

林下高眠起[2]，相招得句时。闲门流水入，静话鹭鸶知[3]。每许题成晚，多嫌雪阻期。西斋坐来久，风竹撼疏篱[4]。

【校勘】

"闲"，甲、乙、丙本作"开"。

【注释】

[1] 郑谷：字守愚，袁州宜春（今属江西）人。按，郑谷乾宁四年（897）任都官郎中，并终于此任。又郑谷约卒于后梁太祖开平三年（909）。故齐己此诗作于乾宁四年（897）至后梁太祖开平三年（909）间。据赵昌平《郑谷年谱》、傅义《郑谷年谱》、《唐才子传校笺》，末帝天祐二年（905），郑谷退居江西宜春，齐己自衡岳往袁州（宜春郡）拜谒郑谷。又齐己有《戊辰岁湘中寄郑谷郎中》诗，戊辰岁即后梁太祖开平二年（908 年），则齐己于开平二年已经回到湘中，则齐己去袁州拜访郑谷时间当为天祐二年（905）至后梁太祖开平二年（908）之间。此诗中云"林下高眠起，相招得句时。闲门流水入，静话鹭鹚知"，则郑谷已退隐，故此诗当作于此期间。

[2] 高眠：高枕而眠，谓安闲无事。常以喻隐居不仕。方干《题桐庐谢逸人江居》："少小高眠无一事，五侯勋盛欲如何。"罗隐《寄南城韦逸人》："羡他南涧高眠客，春去春来任物华。"又作起床晚，犹谓睡到日上三竿。郑谷《欹枕》："欹枕高眠日午春，酒酣睡足最闲身。"吕温《道州夏日早访荀参军林园敬酬见赠》："高眠日出始开门，竹径旁通到后园。"白居易《春眠》："况因夜深坐，遂成日高眠。"

[3] 鹭鹚：白鹭。白鹭头顶、胸肩、背皆生长毛，毛细如丝，故称。

[4] 撼：摇动。疏篱：谓稀稀疏疏的篱笆墙。

思游峨眉寄林下诸友[1]

刚有峨眉念，秋来锡欲飞[2]。会抛湘寺去[3]，便逐蜀帆归。难世堪言善，闲人合见机。殷勤别诸友，莫厌楚江薇[4]。

【校勘】

"眉"，甲本作"嵋"。

【注释】

[1] 峨眉：我国佛教四大名山之一，在四川省峨眉山市西南，相传为

普贤菩萨显灵说法之道场。又作峨眉山、蛾眉山。佛教称为光明山，道教称为虚灵洞天。山脉由岷山伸展而出，冈峦叠起，气势如虹，蜿蜒一百八十余公里，周圆五六百公里。全山突起三主峰，称为大峨、中峨、小峨，一脉相连，主峰万佛顶海拔三〇九九公尺，东临岷江，南眺大渡河，北依青衣江。因山势逶迤，如蟏首峨眉，细而长，美而艳，故名峨眉山。按，齐己后梁末帝贞明六年（920）尚在庐山，且有诗《送东林寺睦公往吴国》送僧修睦赴金陵。后离庐山归湖湘，将游蜀。另，孙光宪《白莲集序》："晚岁将之岷峨，假途渚官，太师南平王筑净室以居之，舍净财以供之。"齐己《渚官莫问诗一十五首》序云："予以辛巳岁（921），蒙主人命居龙安寺。"则后梁末帝龙德元年（921）齐己已居荆州龙安寺。又此诗云"秋来锡欲飞，会抛湘寺去"，时令为秋季，地点在湖湘，则此诗当作于龙德元年（921）。

　　[2] 锡：锡杖之略称。为比丘行路时经常随身携带十八物之一。

　　[3] 湘寺：按，齐己幼出家于长沙大沩山同庆寺。《宋高僧传》卷三十本传："释齐己……幼而捐俗于大沩山寺，聪敏逸伦，纳圆品法，习学律仪。"后寓居长沙西之道林寺，其《重宿旧房与愚上人静话》云："曾此栖心过十冬，今年潇洒属生公。"可知齐己曾于道林寺居住约十年之久。故此"湘寺"或谓同庆寺，或谓道林寺，抑或泛指湖湘之寺。

　　[4] 薇：即野豌豆苗，可食。

送刘秀才南游[1]

南去谒诸侯，名山亦得游。便应寻瀑布，乘兴上岣嵝[2]。高鸟随云起，寒星向地流。相思应北望，天晚石桥头。

【校勘】

"岣"，丁本作"岣"。

【注释】

　　[1] 刘秀才：按，齐己另有《送刘秀才归桑水宁觐》、《送刘秀才往东洛》，此"刘秀才"当为一人，且为桑水（今山西）人。

　　[2] 岣嵝：山名，在湖南省衡阳市北，是衡山七十二峰之一，亦是

衡山的主峰，故衡山也叫岣嵝山。韩愈《岣嵝山》："岣嵝山尖神禹碑，字青石赤形模奇。"刘禹锡《唐故衡岳律大师湘潭唐兴寺俨公碑》："公号智俨……生九年，乐为僧，父不能夺其志。抱经笥入岣嵝山，从名师执业。"

示诸侄[1]

莫问年将朽，加餐已不多。形容浑瘦削[2]，行止强牵拖。死也何忧恼，生而有咏歌。侯门终谢去[3]，却扫旧松萝。

【注释】

[1] 按，齐己另有《勉道林谦光鸿蕴二侄》、《秋夕寄诸侄》，前诗中云"旧林诸侄在，还住本师房"，后诗中云"每到秋残夜，灯前忆故乡。……离别身垂老，艰难路去长"，此诗中云"莫问年将朽，加餐已不多。形容浑瘦削，行止强牵拖"，据诗意，三诗皆作于齐己晚年居荆州期间（921—938）。

[2] 形容：形体和面容。白居易《自咏》："形容瘦薄诗情苦，岂是人间有相人。"薛能《老僧》："清瘦形容八十余，匏悬篱落似村居。"

[3] 谢去：谓辞去。按，齐己晚年欲入蜀，途经荆渚时被高季兴强留荆州。《宋高僧传》卷三〇本传："梁革唐命，天下纷纭。于是高季昌禀梁帝之命，攻逐雷满出渚宫，己便为荆州留后，寻正受节度。迨乎均帝失御，河东庄宗自魏府入洛，高氏遂割据一方，搜聚四远名节之士，得齐之义丰、南岳之己，以为筑金之始验也。龙德元年辛巳中，礼己于龙兴寺净院安置，给其月俸，命作僧正，非所好也。"自 921 年起，齐己一直居于荆南。晚年在荆南郁郁不得志，作《渚宫莫问诗一十五首》述怀。其《渚宫莫问诗一十五首序》直抒这种抑郁心情："予以辛巳（921）岁，蒙主人命居龙安寺。察其疏鄙，免以趋奉，爰降手翰，曰：'盖知心在常礼也。'予不觉欣然而作，顾谓形影曰：'尔本青山一衲，白石孤禅，今王侯构室安之，给俸食之，使之乐然，万事都外，游息自得，则云泉猿鸟，不必为狎，起放纵若是，夫何系乎？'自是龙门墙仞，历稔不复睹，况他家哉！因创莫问之题，凡一十五篇，皆以莫问为首焉。"齐己《拟嵇康绝交寄湘

中贯微》云"岳寺逍遥梦，侯门勉强居"，亦言及自己居荆南的被强留和不得已。故此诗云"侯门终谢去，却扫旧松萝"。

荆渚病中，因思匡庐，遂成三百字，寄梁先辈[1]

生老病死者，早闻天竺书[2]。相随几泪没[3]，不了堪欷歔[4]。自理自可适，他人谁与祛[5]。应当入寂灭[6]，乃得长销除。前月已骨立，今朝还貌舒。披衣试步履，倚策聊踌躇[7]。江月青眸冷，秋风白发疏。新题忆剡硾[8]，旧约怀匡庐。张野久绝迹，乐天曾卜居[9]。空龛掩薜荔[10]，瀑布喷蟾蜍[11]。古桧鸣玄鹤，凉泉跃锦鱼。狂吟树荫映，纵踏花蕶蒘[12]。唇舌既已闲，心脾亦散摅[13]。松窗有偃息[14]，石径无趑趄[15]。梦冷通仙阙，神融合太虚[16]。千峰杳霭际[17]，万壑明清初。长往期非晚，半生闲有余。依刘未是咏[18]，访戴宁忘诸[19]。稽古堪求己[20]，观时好笑渠[21]。埋头逐小利，没脚拖长裾。道种将闲养，情田把药锄[22]。幽香发兰蕙，秽莽摧丘墟。敢谓囊盈物，那言庾满储[23]。微烟动晨爨[24]，细雨滋园蔬。藓乱珍禽羽，门稀长者车。冥机坐兀兀[25]，著履行徐徐[26]。每计亲朱履[27]，多怜奉隼旟[28]。簪嫌红玳瑁[29]，社念金芙蕖[30]。海内竞铁马，筐中藏纸驴。常言谢时去，此意将何如？[31]

【校勘】

"病中"，丁本作"疾中"。

"自理"，乙本作"是理"。

"久"，丁本作"人"。

"乐天"，甲本作"〔乐〕天（夫）"，丙本作"乐夫"。

"未是"，丁本作"未"。

"计"，甲、丙、丁本作"许"。

"隼"，丙本作"集"。

"竞"，乙、丙、丁本作"兢"。

【注释】

[1] 荆渚：即今湖北江陵。匡庐：即庐山。相传殷周之际有匡裕先生结庐于此，后得仙术羽化而去，仅留空庐，故又称庐山，亦名匡山、庐

阜，总名匡庐。梁先辈：齐己另有《寄梁先辈》诗，此"梁先辈"即梁震，初名霭，后改名震，邛州依政（今四川邛崃）人。有才略，唐末登进士第，流寓京师。后梁开平二年（908），震过江陵，高季兴爱其才，挽留之，遂为荆南幕府宾客。季兴卒，复佐其子高从诲。震性直爽，临事敢言，为高氏父子所重。晚年退居监利，筑室于土洲上，灌园鬻蔬，自称荆台隐士，优游以终。震好篇咏，有《梁震集》一卷。齐己自921年至938年居荆南，其间二人过往酬唱甚密。《资治通鉴》卷二六七开平二年（908）："进士梁震，唐末登第，至是归蜀。过江陵，高季昌爱其才识，留之，欲奏为判官。震耻之，欲去，恐及祸，乃曰：'震素不慕荣宦，明公不以震为愚，必欲使之参谋议，但以白衣侍樽俎可也，何必在幕府！'季昌许之。震终身止称前进士，不受高氏辟署。季昌甚重之，以为谋主，呼曰先辈。"《五代史补》卷四《梁震裨赞》："泊季兴卒，子从诲继立。震以从诲生于富贵，恐相知不深，遂辞居于龙山别业，自号处士。从诲见召，皆跨黄牛直抵厅事前下，呼从诲不以官阀，但充召而已。末年，尤好篇咏，与僧齐己友善，贻之诗曰：'陈琳笔砚甘前席，甪里烟霞忆共眠。'盖以写其高尚之趣也。"按，此诗多云生死，当为齐己临终前所作，即后晋高祖天福二年（937）秋。

[2]"生老病死"二句："天竺书"指佛经。众多佛经皆谈及生老病死。《六度集经》卷四："生老病死，轮转无际。"《佛本行集经》卷二二："如人数数生老病死，受诸苦毒，深谛知已，为他解说，念其远离，思惟此理，应当了知一切无相。"《法苑珠林》卷六十九[定报部第八]："佛告比丘：古今以来，天地成立，无免此苦，四难之患，以斯四苦，佛兴于世。"《法华经义记》卷五："生老病死，即是四苦。"

[3]汩没：埋没。刘禹锡《荐处士严绶状》："未逢知己，已过壮年。汩没风尘，有足悲者。"牛希济《贡士论》："抱愤之人，汩没尘土。天九重高，不可以叫。"

[4]不了："了"即了结，了断。"不了"谓活着的人。欷歔：叹息、哀叹。此句谓那些老而未死的人也实在让人哀叹。

[5]祛：同"祛"，消除，除掉。此处谓消除对老病死的恐惧。

[6]寂灭：即度脱生死、寂静无为的境地。略作灭。《杂阿含经》卷二二："一切行无常，是则生灭法；生者既复灭，俱寂灭为乐。"《增壹阿

含经》卷二三："一切行无常，生者必有死；不生必不死，此灭最为乐。"
另，僧尼之死通称为"寂"，亦是寂灭之略称，含有进入涅槃之意；又常
作示寂、入寂、圆寂。此处即指僧尼之死。

[7]倚策：倚杖。"策"即杖。《庄子·齐物论》："师旷之枝策也。"
司马彪云："枝，拄也；策，杖也。"孙绰《游天台山赋》："被毛褐之森
森，振金策之铃铃。"注云："金策，锡杖也。铃铃，策声。"踌躇：徘徊
不前。李白《题许宣平庵壁》："窥庭但萧瑟，倚杖空踌躇。"杜甫《巴西
驿亭观江涨，呈窦使君二首》之二："漂泊犹杯酒，踌躇此驿亭。"

[8]新题：谓新作，新近所作之诗。剡硾：剡溪出产的古藤，可以造
纸，且负盛名，因称名纸为剡藤、剡纸。"硾"通"捶"，舂，捣。硾乃加
工纸的一道工序。顾况《剡纸歌》："剡溪剡纸生剡藤，喷水捣后为蕉叶。"
宋代米芾《画史》："第一池纸匀硾之，易软少毛，澄心其制也。"舒元舆
《悲剡溪古藤文》："泊东雒西雍，历见言书文者，皆以剡纸相夸。"皮日休
《二游诗·徐诗》："宣毫利若风，剡纸光与月。"剡硾即剡溪所造之纸。薛
能《送浙东王大夫》："越台随厚俸，剡硾得尤名。"齐己《谢人自钟陵寄
纸笔》："霜雪剪裁新剡硾，锋铓管束本宣毫。"

[9]"张野久绝迹"二句：按，张野、白居易皆曾游居庐山。张野，
字莱民，南阳人。莲社十八贤之一。慧远《与隐士刘遗民等书》："彭城刘
遗民……于西林涧北，别立禅坊，养志闲处，安贫不营货利，是时闲退之
士轻举而集者。若宗炳、张野、周续之、雷次宗之徒，咸在会焉。"宋代
陈舜俞《庐山记》卷三〔南阳张野〕："张野字莱民，南阳宛人也。后徙浔
阳柴桑，与陶元亮通婚姻。学兼华竺，善属文。州举秀才，南中郎府功曹
州治中，后征散骑常侍，俱不就。天资孝友，田宅旧业，悉推与弟。一味
之甘，一庾之粟，共九族分之。衣食躬自菲薄，人不堪其忧，不改其乐。
凡所著述传于世万余言。师敬远公，与刘、雷同辙。远公卒葬西岭，谢灵
运为铭，野序之，称门人焉。义熙十四年戊午终，春秋六十九。"白居易，
字乐天。白居易《与元微之书》："仆去年秋，始游庐山，到东西二林间、
香炉峰下，见云水泉石，胜绝第一，爱不能舍，因置草堂。"《答户部崔侍
郎书》："况庐山在前，九江在左，出门是沧浪水，举头见香炉峰，东西二
林，时时一往。"《草堂记》："匡庐奇秀，甲天下山，山北峰曰香炉峰，北
寺曰遗爱寺，介峰寺间，其境胜绝，又甲庐山。元和十一年秋，太原人白

乐天见而爱之，若远行客过故乡，恋恋不能去，因面峰腋寺，作为草堂。明年春，草堂成。"

[10] 薜荔：野生植物。又名木莲。屈原《九歌·山鬼》："若有人兮山之阿，被薜荔兮带女萝。"

[11] 蟾蜍：俗称癞蛤蟆。

[12] 蔫萎：萎缩枯萎。"萎"即枯萎。

[13] 散攄："攄"即散布，腾跃。散攄即舒展。此句指心情舒畅。

[14] 偃息：安卧。孟浩然《山中逢道士云公》："偃息西山下，门庭罕人迹。"韦应物《答库部韩郎中》："而我岂高致，偃息平门西。"

[15] 趑趄：且行且却，徘徊不前。韩愈《送李愿归盘谷序》："伺候于公卿之门，奔走于形势之途，足将进而趑趄，口将言而嗫嚅。"柳宗元《咏荆轲》："造端何其锐，临事竟趑趄。"此处指行走困难。

[16] 太虚：天空。孙绰《游天台赋》："太虚辽廓而无阂，运自然之妙有。"韦应物《善福阁对雨，寄李儋幼遐》："飞阁凌太虚，晨跻郁峥嵘。"

[17] 杳霭：深远幽暗。张衡《南都赋》："杳霭蓊郁于谷底，森而刺天。"韦应物《往云门郊居途经回流作》："明灭泛孤景，杳霭含夕虚。"白居易《竹窗》："烟通杳霭气，月透玲珑光。"

[18] 依刘：用王粲汉末投奔刘表事。《三国志》卷二一《魏书·王粲传》："（王粲）年十七，司徒辟，诏除黄门侍郎，以西京扰乱，皆不就，乃之荆州依刘表。"戴叔伦《送车参军江陵》："公子道存知不弃，欲依刘表住南荆。"李渥《秋日登越王楼献于中丞》："徒学仲宣聊四望，且将词赋好依刘。"后"依刘"谓投靠有权势者，此诗中则指依靠高季兴。

[19] 访戴：用王子猷访戴安道事。《世说新语·任诞》："王子猷居山阴，夜大雪，眠觉，开室，命酌酒。四望皎然，因起彷徨，咏左思《招隐诗》。忽忆戴安道，时戴在剡，即便夜乘小船就之。经宿方至，造门不前而返。人问其故，王曰：'吾本乘兴而行，兴尽而返，何必见戴？'"李白《酬坊州王司马与阎正字对雪见赠》："访戴昔未偶，寻嵇此相得。"许浑《酬和杜侍御》："因过石城先访戴，欲朝金阙暂依刘。"此诗中则指访梁震。

[20] 稽古：稽考古事，研习古事。张说《春晚侍宴丽正殿探得开

字》："圣政惟稽古，宾门引上才。"白居易《叙德书情四十韵，上宣歙翟中丞》："还将稽古力，助立太平基。"

[21] 渠：第三人称，他。寒山诗《若人逢鬼魅》："蚊子叮铁牛，无渠下觜处。"

[22] 情田：《礼记·礼运》："故圣王修义之柄、礼之序，以治人情。故人情者，圣王之田也。修礼以耕之，陈义以种之，讲学以耨之，本仁以聚之，播乐以安之。"情感发自于内心，故称心地、心田为情田。《晋书·王湛传》："史臣曰……（王）国宝检行无闻，坐升彼相，混暗识于心镜，开险路于情田。"卢肇《江陵府初试澄心如水》："若灌情田里，常流尽不如。"薛能《酬曹侍御见寄》："休旬一拟和，乡思乱情田。"钮：同"锄"，即以锄治田。此处指锄掉心中各种欲望。

[23] 庾满储："庾"即露天的谷仓。《诗经·小雅·楚茨》："我仓既盈，我庾维亿。"注云："露积曰庾。"《史记·孝文本纪》："发仓庾以振贫民。"《史记集解》引胡广："在邑曰仓，在野曰庾。""储"即储备，积蓄。庾满储：谓存储满仓。

[24] 晨爨："爨"即生火做饭。晨爨犹谓晨炊。

[25] 冥机：息机。李白《在水军宴赠幕府诸侍御》："卷身编蓬下，冥机四十年。"兀兀：静止貌。杜甫《自京赴奉先县咏怀五百字》："兀兀遂至今，忍为尘埃没。"卢延让《冬除夜书情》："兀兀坐无味，思量谁与邻。"

[26] 徐徐：缓缓地，慢慢地。曹植《仙人篇》："潜光养羽翼，进趋且徐徐。"储光羲《吃茗粥作》："敝庐既不远，日暮徐徐归。"

[27] 朱履：本指红色的鞋子，此处指达官显贵。窦庠《留守府酬皇甫曙侍御弹琴之什》："有时趋绛纱，尽日随朱履。"

[28] 隼旟：绘有鸟隼图案的旗幡。《周礼·春官·司常》："熊虎为旗，鸟隼为旟。"又："师都建旗，州里建旟。"后代遂用以指地方长官出行时的旗幡。高适《奉酬北海李太守丈人夏日平阴亭》："谁谓整隼旟，翻然忆柴扃。"刘禹锡《泰娘歌》："风流太守韦尚书，路傍忽见停隼旟。"此处指地方长官。

[29] 玳瑁：动物名。似龟，甲壳可作装饰品。张九龄《答陈拾遗赠竹簪》："遗我龙钟节，非无玳瑁簪。"宋之问《江南曲》："懒结茱萸带，

愁安玳瑁簪。"

[30] 社：莲社，即慧远等人于庐山东林寺所结之莲社。芙蕖：荷花的古称。

[31] "海内竞铁马"四句：谓梁震晚年隐居之事。《五代史补》卷四《梁震神赞》："洎季兴卒，子从诲继立。震以从诲生于富贵，恐相知不深，遂辞居于龙山别业，自号处士。从诲见召，皆跨黄牛直抵厅事前下，呼从诲不以官阀，但充召而已。"《资治通鉴》卷二七九清泰二年（935）："荆南节度使高从诲，性明达，亲礼贤士，委任梁震，以兄事之。震常谓从诲为郎君。……梁震曰：'先王待我如布衣交，以嗣王属我。今嗣王能自立，不坠其业，吾老矣，不复事人矣。'遂固请退居。从诲不能留，乃为之筑室于士洲。震披鹤氅，自称荆台隐士，每诣府，跨黄牛至听事。"

竟陵遇昼公[1]

高迹何来此，游方渐老身[2]。欲投莲岳夏[3]，初过竟陵春。锡影离云远，衣痕拂藓新。无言即相别，此处不迷津[4]。

【注释】

[1] 竟陵：今湖北天门市。《旧唐书》卷三九［山南东道］："复州，隋沔阳郡。武德五年，改为复州，治竟陵县，贞观七年，移治沔阳。天宝元年，改为竟陵郡。乾元元年，复为复州。旧领县三：沔阳、竟陵、监利……竟陵，汉县，后废。晋复置，至隋不改。"昼公：即僧乾昼，居彭泽（齐己有《忆别匡山寄彭泽乾昼上人》、《荆门送昼公归彭泽旧居》、《又寄彭泽昼公》诸诗）。与齐己年岁相仿（齐己《喜乾昼上人远相访》云"彼此垂七十"，《再逢昼公》"年鬓俱如雪"），约七十岁时到荆州访齐己。二人友交颇厚。亦与僧贯休为诗友。贯休有《武昌县与昼公兼寄邑宰》、《将入匡山别芳、昼二公二首》等诗。按，齐己《再逢昼公》诗中云"竟陵西别后，遍地起刀兵"，则"竟陵西别"在此次"竟陵遇昼公"之后。又，《资治通鉴》卷二百七十云："均王贞明五年（919）五月……楚人攻荆南，高季昌求救于吴，吴命镇南节度使刘信等帅洪、吉、信、抚步兵自浏阳趋潭州，武昌节度使李简等帅水军攻复州。信等至潭州东境，楚兵释

荆南引归，简入复州，执其知州鲍唐。"《十国春秋》记载亦同。齐己《再逢昼公》诗中所言竟陵战乱之事当指此，时间为贞明五年（919）夏天。故此诗当作于贞明五年（919）五月前不久。

　　[2] 游方：谓云游四方。又作行脚。

　　[3] 莲岳：指庐山，庐山有莲花峰。

　　[4] 迷津：迷途。佛教谓迷妄的境界，即三界六道众生之境界。唐代敬播《大唐西域记序》："廓群疑于性海，启妙觉于迷津。"唐代宗《答释良贲表进疏通经诏》："法师智炬高明……开如来之秘藏，示群有之迷津。"

闻贯休下世[1]

　　吾师诗匠者[2]，真个碧云流。争得梁太子，重为文选楼[3]。锦江新种（冢）树[4]，婺女旧山秋[5]。欲去焚香里（礼），啼猿峡阻修[6]。

【校勘】

　　"重"，戊、丁、庚、辛本作"更"。

　　"种"，甲本作"冢"，乙、丙、丁、戊、己、庚、辛本作"塚"，"塚"即"冢"，当从甲本。

　　"里"，甲、乙、丙、丁、戊、己、庚、辛本作"礼"，当从。

【注释】

　　[1] 贯休（832—912）：俗姓姜，字德隐，婺州兰溪（今属浙江）人。7岁出家兰溪和安寺。20岁受具足戒。后漫游江西、吴越、荆楚等地。乾宁元年（894）往钱塘谒钱镠，为其所礼遇。乾宁二年（895）往江陵依成汭，居龙兴寺。天复二年（902）得罪成汭，被流放黔州。天复三年（903）入蜀，为前蜀高祖王建所重，赐号禅月大师，并为建龙华院居之。贯休工书，尤善草书，时号"姜体"。善画，所画十六罗汉甚奇妙，为世所宝。有诗集《禅月集》存世。贯休十五六岁即擅诗名，后广交诗友，与当时诗人陈陶、方干、李频、王贞白、韦庄、罗隐等皆有交往唱酬。齐己也与之交往密切，除此诗外，还有《寄贯休》、《荆州贯休大师旧房》诗。下世：去世。按，贯休卒于前蜀高祖永平二年（912）。昙域《禅月集后序》："壬申岁十二月，（贯休）召门人曰：……言讫奄然而绝息。"《宋高

僧传》卷三十本传曰："至梁乾化二年，终于所居，春秋八十一。"壬申岁即前蜀永平二年，后梁乾化二年（912）。

[2] 诗匠：谓在诗歌创作方面造诣很深的人。按，贯休善诗且多诗。贯休《偶作二首》自云"新诗一千首"；齐己《荆门寄题禅月大师影堂》云其"西岳千篇传古律"，后注云："大师著《西岳集》三十卷，盛传于世。"欧阳炯《贯休应梦罗汉画歌》云其"五七字句一千首"。有诗集。初名为《西岳集》，吴融曾为之作《西岳集序》。贯休卒后，弟子昙域为其重编诗集，名为《禅月集》。贯休诗集，今本为二十五卷，《四部丛刊》、《四库全书》均编其诗为二十五卷。《全唐诗》编其诗为十二卷，录718首。《全唐诗补编·补逸》卷一八补2首，《全唐诗续补遗》卷一八补8首，《全唐诗补编·续拾》卷五二补7首，断句6，补题1。《全唐文》卷九二一收其文4篇。贯休诗名颇著。昙域《禅月集后序》："先师名贯休……渐至十五六岁，诗名益著，远近皆闻。"《宋高僧传》卷三十《贯休传》云："（贯休）与处默同削染，邻院而居，每隔篱论诗，互吟寻偶对，僧有见之，皆惊异焉。受具之后，诗名耸动于时。"

[3] "争得梁太子"二句：按，梁昭明太子萧统（501—531）尤好文学，引纳才学之士。当时著名文士刘孝绰、王筠、刘勰、陆倕、殷钧等皆为东宫僚属。《梁书》本传称其"引纳才学之士，赏爱无倦。恒自讨论篇籍，或与学士商榷古今，间则继以文章著述，率以为常。于时东宫有书几三万卷，名才并集，文学之盛，晋、宋以来未之有也"。以萧统、刘孝绰为主编纂的《文选》三十卷对后世影响极大，唐代儒生文士，几以之为诗赋范本，乃至有"《文选》烂，秀才半"之谚。故此诗云"争得梁太子，重为《文选》楼"。

[4] 锦江：又名流江、汶江，俗名府河。在今四川成都南。传说蜀人织锦濯其中则锦色鲜艳，濯于他水，则锦色黯淡。故名锦江。种：当从甲本作"冢"。按，贯休卒于前蜀高祖永平二年（912）十二月，享年八十一岁。此诗云"新种（冢）"，则当作于912年十二月后不久。

[5] 婺女：即婺州，即今浙江金华。古天文说为婺女星的分野，诗文中常以"婺女"代指婺州。《通典》卷一八二《东阳郡》："婺州（今理金华县），春秋、战国时并越地。秦属会稽郡。二汉置会稽西部都尉。吴置东阳郡，晋、宋、齐皆因之。梁、陈置金华郡。隋平陈，置婺州，以当天

文婺女之分为名也。炀帝初州废，置东阳郡。大唐为婺州，或为东阳郡。"按，贯休是婺州兰溪县登高里人。昙域《禅月集后序》："（贯休）婺州兰溪县登高里人也。"《宋高僧传》卷三十《贯休传》："（贯休）金华兰溪登高人也。"又，《新唐书·地理志》卷四一云婺州东阳郡兰溪县为咸亨五年析金华所置。故此诗云"婺女旧山秋"。

[6]"欲去焚香"二句：按，三峡之险及其啼猿，极为有名。郦道元《水经注·江水》载渔者歌："巴东三峡巫峡长，猿啼三声泪沾裳。"高适《送李少府贬峡中，王少府贬长沙》："巫峡啼猿数行泪，衡阳归雁几封书。"李频《过巫峡》："拥棹向惊湍，巫峰直上看。……暮雨晴时少，啼猿渴下难。"贯休卒于成都龙华禅院，此时齐己居于荆南，欲去四川焚香礼拜，需经过三峡，而三峡之险，令人心惊胆战；三峡啼猿，令人听之断肠，二者均让人望而生畏，也阻碍了人们入蜀，故此诗云"欲去焚香礼，啼猿峡阻修"。

金山寺[1]

山带金名远，楼台压翠层。鱼龙光照象，风浪影摇灯。槛外扬州树[2]，船通建业僧[3]。尘埃何所到，青石坐如冰[4]。

【校勘】

"象"，甲、丁本作"像"。

"扬"，丁本作"杨。"

【注释】

[1] 金山寺：位于江苏镇江西北的金山上，前临长江。相传创建于东晋元帝（317—321）或明帝在位期间（322—325）。原名泽心寺。梁武帝时，帝梦一神僧告曰："六道四生，受苦无量，何不作水陆普济群灵，诸功德中最为第一。"遂召集宝志等高僧于天监四年（505），在此寺举行水陆法会。唐代时，著名高僧法海（人称斐头陀）入山挖土得金，遂名金山。金山寺之名亦始于此。《太平寰宇记》卷八九润州丹徒县："金山泽心寺在城东南扬子江。按《图经》云：'本名浮玉山，因头陀开山得金，故名金山寺。'"窦庠《金山行》诗题后注云："润州金山寺，寺在江心。"

[2] 扬州：今江苏省扬州市。《旧唐书》卷四十［地理志三］之［淮南道］扬州大都督府："武德三年，杜伏威归国，于润州江宁县置扬州。……天宝元年改为广陵郡，依旧大都督府。乾元元年复为扬州。自后置淮南节度使……恒以此为治所。"

[3] 建业：即今南京市。

[4] "尘埃何所到"句：许棠《题金山寺》："四面波涛匝，中楼日月邻。……房房皆叠石，风扫永无尘。"

早秋雨后晚望

暑气时将薄[1]，虫声夜转稠。江湖经一雨，日月换新秋。有景堪援笔，何人未上楼。欲承凉冷兴，西向碧嵩游[2]。

【校勘】

"承"，乙、丁本作"乘"。

【注释】

[1] 薄：少，减少。

[2] 碧嵩：指嵩山，位于河南省登封市西北。

过西塞山[1]

空江平野流，风岛苇飕飕[2]。残日衔西塞，孤帆向北洲。边鸿渡汉口[3]，楚树出吴头。终入高云里，身依片石休。

【注释】

[1] 西塞山：在今湖北省大冶市东长江边。《水经注·江水》云："江之右岸有黄石山，水经其北，即黄石矶也。……山连延江侧，东山偏高，谓之西塞。"《元和郡县图志》卷二七鄂州武昌县载："西塞山在县东八十五里，竦峭临江。"《舆地纪胜》卷八十一载："西塞山，在武昌东百三十里，介大冶于两山之间，为关塞也。"罗隐《西塞山》诗题下注："在武昌界，孙吴以之为西塞。"王周《西塞山二首》诗题下注："今谓之道士矶，

即兴国军大冶县所隶也。"

　　[2] 飕飕：形容风声。

　　[3] 汉口：乃湖北三重镇之一，地当汉水入长江之口，故称汉口。《清一统志》云："汉口在汉阳府大别山北。"

溪斋二首

　　岂敢言招隐[1]，归休喜自安[2]。一溪云卧稳[3]，四海路行难。瑞兽藏头角，幽禽惜羽翰[4]。子猷何处在[5]，老尽碧琅玕[6]。

　　【注释】

　　[1] 招隐：招人归隐。晋代左思、陆机均有《招隐》诗咏隐居之乐。骆宾王《同辛簿简仰酬思玄上人林泉四首》之一："闻君招隐地，仿佛武陵春。"张乔《寄处士梁烛》："早晚相招隐，深耕老此中。"

　　[2] 归休：离去，此处谓隐居。

　　[3] 云卧：犹谓"卧云"，即隐居。孟浩然《白云先生王迥见访》："闲归日无事，云卧昼不起。"刘长卿《吴中闻潼关失守，因奉寄淮南萧判官》："不如归远山，云卧饭松栗。"唐玄宗《赐隐士卢鸿一还山制》："嵩山隐士卢鸿一……云卧林壑，多历年载。"

　　[4] 羽翰：谓翅膀。孟郊《出门行二首》之二："参辰出没不相待，我欲横天无羽翰。"王昌龄《酬鸿胪裴主簿雨后北楼见赠》："终当拂羽翰，轻举随鸿鹄。"

　　[5] 子猷：王羲之儿子王徽之。爱竹。《晋书》卷八十《王羲之传》后附录《王徽之》传："时吴中一士大夫家有好竹，（王徽之）欲观之，便出坐舆造竹下，讽啸良久。主人洒扫请坐，徽之不顾。将出，主人乃闭门，徽之便以此赏之，尽叹而去。尝寄居空宅中，便令种竹。或问其故，徽之但啸咏，指竹曰：'何可一日无此君邪！'"《世说新语·任诞》亦载："王子猷尝暂寄人空宅住，便令种竹。或问：'暂住何烦尔？'王啸咏良久，直指竹曰：'何可一日无此君？'"罗隐《竹》："篱外清阴接药阑，晓风交戛碧琅玕。子猷死后知音少，粉节霜筠谩岁寒。"陆希声《阳羡杂咏十九首·苦行径》："山前无数碧琅玕，一径清森五月寒。世上何人

怜苦节，应须细问子猷看。"刘兼《新竹》："自是子猷偏爱尔，虚心高
节雪霜中。"

［6］琅玕：本谓像珠子的美石。此处借指竹，意谓竹美如玉石。元稹
《寺院新竹》："宝地琉璃圻，紫苞琅玕踊。"欧阳詹《题华十二判官汝州宅
内亭》："新柳绕门青翡翠，修篁浮径碧琅玕。"

杉竹映溪关[1]，修修共岁寒[2]。幽人眠日晏[3]，花雨落春残。道妙言
何强，诗玄论甚难。闲居有亲赋，搔首忆潘安[4]。

【校勘】

"修修"，丁本作"脩脩"。

"亲"，甲本作"亲（一作新）"，丁本作"新"。

【注释】

［1］溪关：犹言溪斋门口。

［2］修修：修长、端正、整齐貌。

［3］幽人：隐士。日晏：日暮。元结《贼退示官吏》："井税有常期，
日晏犹得眠。"郑谷《放朝偶作》："时安逢密雪，日晏得高眠。"

［4］"闲居有亲赋"二句：按，潘岳有《闲居赋》抒写闲居的乐趣，
序中云："于是览止足之分，庶浮云之志，筑室种树，逍遥自得。池沼足
以渔钓，春税足以代耕。灌园粥蔬，以供朝夕之膳；牧羊酤酪，以俟伏腊
之费。孝乎惟孝，友于兄弟，此亦拙者之为政也。乃作《闲居赋》以歌事
遂情焉。"储光羲《同张侍御鼎和京兆萧兵曹华岁晚南园》："潘岳《闲居
赋》，钟期流水琴。"释广宣《兰陵僻居联句》："潘岳《闲居赋》，陶潜独
酌谣。"搔首：抓头，挠发。此处指有所思的样子。《诗经·邶风·静女》：
"爱而不见，搔首踟蹰。"高适《九日酬颜少府》："纵使登高只断肠，不如
独坐空搔首。"

新秋

始惊三伏尽[1]，又遇立秋时[2]。露彩朝还冷，云峰晚更奇。垅香禾半
熟，原迥草微衰[3]。幸好清光里，安仁谩起悲[4]。

【校勘】

"垅"，丁本作"陇"。

"迥"，丁本作"过"。

【注释】

[1] 三伏：初伏、中伏、末伏的总称。指夏至后第三庚日起到立秋后第二个庚日前一天止的一段时间。农历夏至后第三庚日起为初伏，第四庚日起为中伏，立秋后第一庚日起为末伏。三伏是一年之中最热的时候。

[2] 立秋：节候名，在阳历八月八日、九日。

[3] 迥：远。

[4] 安仁：潘岳（247—300）字安仁。有《秋兴赋》，序云："晋十有四年，余春秋三十有二，始见二毛。以太尉掾兼虎贲中郎将，寓直于散骑之省。高阁连云，阳景罕曜。珥蝉冕而袭纨绮之士，此焉游处。仆野人也，偃息不过茅屋茂林之下，话不过农夫田父之客。摄官承乏，猥厕朝列，夙兴晏寝，匪遑底宁。譬犹池鱼笼鸟，有江湖山薮之思。于是染翰操纸，慨然而赋。于时秋也，故以秋兴命篇。"

寄上荆渚，因梦庐岳，乃图壁赋诗[1]

梦绕嵯峨里[2]，神疏骨亦寒。觉来谁共说，壁上自图看。古翠松藏寺，春红杏湿坛。归心几时遂，日向渐衰残。

【注释】

[1] 荆渚：今湖北江陵。庐岳：即庐山，位于今江西九江市南，鄱阳湖西岸。

[2] 嵯峨：山势高峻。

己卯岁值冻阻归有作[1]

河冰连地冻，朔气压春寒[2]。闭户思归远，出门移步难。湖云粘雁重，庙树括风干。坐看孤灯焰，微微向晓残。

【校勘】

"闭"，甲、丙本作"开"。

"括"，甲、乙、丙、丁、戊、己本作"刮"。

【注释】

[1] 己卯岁：即后梁末帝贞明五年（919）。

[2] 朔气：寒气。《乐府诗集》卷二五《木兰诗》："朔气传金柝，寒光照铁衣。"

送卢说乱后投知己[1]

兵寇残江墅，生涯尽荡除。事堪煎桂玉，时莫倚诗书。暮狖啼空半[2]，春山列雨馀。舟中有新作，回寄示慵疏。

【校勘】

"舟"，乙本作"丹"。

【注释】

[1] 卢说：生卒年里不详。《全唐文》卷八二一存其文《授李思敬马殷湖南节度使制》一篇。

[2] 狖：长尾猿。

读岘山碑[1]

三载羊公政[2]，千年岘首碑[3]。何人更堕泪，此道亦殊时。兵火烧文缺，江云触藓滋。那堪望黎庶，匝地是疮痍[4]。

【注释】

[1] 岘山碑：岘山堕泪碑。岘山又名岘首山，在今湖北襄阳市南，东临汉水，为襄阳南面要塞。李颀《送皇甫曾游襄阳山水兼谒韦太守》："岘山枕襄阳，滔滔江汉长。"李白《襄阳曲四首》之三："岘山临汉江，水绿沙如雪。"据《晋书》卷三四《羊祜传》，泰始五年（269），羊祜出为都督

荆州诸军事，镇襄阳，轻裘缓带，善抚士卒，与吴人或和或战，皆重以信义，"于是吴人翕然悦服，称为羊公，不之名也"。"（羊）祜乐山水，每风景，必造岘山，置酒言咏，终日不倦。尝慨然叹息，顾谓从事中郎邹湛等曰：'自有宇宙，便有此山。由来贤达胜士，登此远望，如我与卿者多矣！皆湮灭无闻，使人悲伤。如百岁后有知，魂魄犹应登此也。'""祜立身清俭，被服率素，禄俸所资，皆以赡给九族，赏赐军士，家无余财"。卒后，"襄阳百姓于岘山祜平生游憩之所建碑立庙，岁时飨祭焉。望其碑者莫不流涕，杜预因名为堕泪碑"。《元和郡县图志》卷二一［襄州襄阳县］："岘山，在县东南九里。山东临汉水，古今大路。羊祜镇襄阳，与邹润甫共登此山，后人立碑，谓之堕泪碑，其铭文即蜀人李安所制。"《方舆胜览》卷三二［京西路襄阳府］："岘山，去襄阳十里。《十道志》，羊祜尝与从事邹润甫登岘山，垂泣曰：'自有宇宙，便有此山，由来贤达胜士，登此远望者多矣，皆湮灭无闻。'润甫对曰：'公德冠四海，道嗣前哲，令闻令望，当与此山并传。'后人思慕，遂立羊公庙并碑。"元稹《襄阳道》："羊公名渐远，唯有岘山碑。"

　　［2］羊公：谓羊祜（221—278），子叔子，泰山南城（今山东费县西南）人。其事详见《晋书》卷三四《羊祜传》。

　　［3］岘首碑：谓堕泪碑。白居易《裴侍中晋公以集贤林亭即事诗三十六韵见赠猥蒙征和才拙词繁辄广为五百言以伸酬献》："羊祜在汉南，空留岘首碑。"岘首即岘山。杜甫《赠别郑炼赴襄阳》："地阔峨眉晚，天高岘首春。"后注云："岘首山在襄阳。"李白《岘山怀古》："访古登岘首，凭高眺襄中。"

　　［4］匝地：遍地、满地。疮痍：创伤。此喻人民疾苦。杜甫《北征》："乾坤含疮痍，忧虞何时毕。"贯休《士马后见赤松舒道士》："满眼尽疮痍，相逢相对悲。"

过鹿门作[1]

　　鹿门埋孟子[2]，岘首载羊公[3]。万古千秋里，青山明月中。政从襄沔绝[4]，诗过洞庭空[5]。尘路谁回眼，松声两处风。

【注释】

[1] 鹿门：即鹿门山。在今湖北襄阳市东南。《后汉书》卷八三《逸民列传》李贤注引《襄阳记》："鹿门山旧名苏岭山，建武中，襄阳侯习郁立庙祠于山，刻二石鹿，夹神道口，俗因谓之鹿门庙，遂以庙名山也。"《舆地纪胜》卷八二〔襄阳府〕载："鹿门山，在宜城县东北六十里，上有二石鹿，故名。后汉庞德公、唐庞蕴、孟浩然、皮日休俱隐居于此。"

[2] "鹿门埋"句：孟子谓孟浩然（689—740），襄州襄阳（今湖北省襄阳市）人。青年时慕汉庞德公高风，隐居鹿门山。《旧唐书·孟浩然传》云："隐鹿门山，以诗自适。"《唐才子传》卷二云："隐鹿门山，即汉庞公栖隐处也。"按，开元二十五年（737）张九龄为荆州大都督府长史，辟置孟浩然于幕府，署为从事。二十七年夏（739），孟浩然背疽初发，归襄阳卧疾。二十八年（740），王昌龄至襄阳，二人相见甚欢，食鲜疾动，疽发而卒，终年五十二岁。卒后葬于鹿门山。

[3] "岘首载"句：按，《晋书·羊祜传》："（羊）祜乐山水，每风景，必造岘山，置酒言咏，终日不倦。尝慨然叹息，顾谓从事中郎邹湛等曰：'自有宇宙，便有此山。由来贤达胜士，登此远望，如我与卿者多矣！皆湮灭无闻，使人悲伤。如百岁后有知，魂魄犹应登此也。'"羊祜镇襄阳，抚士卒，惠及百姓，而立身清俭，家无余财。羊祜卒后，襄阳百姓为之建碑立庙，岁时飨祭。望其碑者莫不流涕，杜预因名为堕泪碑。

[4] "政从襄沔"句："沔"即沔水，汉江的上游。"襄沔"即谓襄阳。羊祜镇襄阳时政绩卓著，其卒后，清政亦因之而绝，故云"政从襄沔绝"。

[5] "诗过洞庭"句：按，孟浩然有《临洞庭湖赠张丞相》一诗。该诗气象开阔，乃咏洞庭之杰作，其中"气蒸云梦泽，波撼岳阳城"一联极为有名。孟诗之后，无人可及，可谓空前绝后，故云"诗过洞庭空"。此句有推誉过当之嫌。因为其后杜甫《登岳阳楼》（诗中"吴楚东南坼，乾坤日夜浮"也是咏洞庭湖的名句）亦为咏洞庭之杰作，故方回《瀛奎律髓》云："予登岳阳楼，此诗大书左序毬门壁间，右书杜诗，后人自不敢复题也。刘长卿有句云：'叠浪浮元气，中流没太阳。'世不甚传，他可知也。"

题玉泉寺大师影堂[1]

大化终华顶[2]，灵踪示玉泉。由来负高尚，合向好山川。洞壑藏诸怪，杉松列瘦烟。千秋空树影，犹似覆长禅。

【注释】

[1] 玉泉寺：位于湖北当阳市玉泉山东南山麓。以玉泉山形似覆船，故又名覆船山或覆舟山，颇富胜景。始建于东汉建安年间（196—220）。与浙江天台山国清寺、江苏灵岩寺、栖霞寺合称为"天下四大古寺"。古来高僧来住者颇多，如前秦道安弟子道立、北齐法隐、法常、后梁法忍、法论等均曾入山修行问道。隋代开皇十二年（592），智顗（538—597）亦来此，倡立法门，并建立一寺。次年四月，智顗于此讲法华玄义。文帝原敕寺额"一音寺"，后敕改"玉泉寺"，以其由洞穴出水，注凝为泉，色似琉璃，味如甘露，故称玉泉。十四年四月，智顗在此说摩诃止观，玉泉之名由是大著。唐代仪凤年间（676—678），神秀（606—706）于寺东结庐而居，号度门寺。其后，怀让、惠真、承远等亦曾来住。《方舆胜览》卷二九［荆门军］："玉泉寺，在当阳县西南二十里玉泉山，陈光大中，浮屠知顗自天台飞锡来，居此山寺，雄于一方，殿前有金龟池。"影堂：指安置宗祖或高僧影像之堂宇。又称祖堂、祖殿、大师堂、开山堂。

[2] 大化：谓佛陀一代之教化。《法华玄义》卷十："说教之网格，大化之筌罤。"此处指玉泉寺大师如智顗、神秀等之教化。

秋日钱塘作[1]

秋光明水国，游子倚长亭。海浸全吴白，山澄百越青[2]。英雄贵黎庶，封土绝精灵。勾践魂如在[3]，应渐战血腥。

【校勘】

"日"，丙本作"月"。

"浸"，甲本作"浸（一作漫）"，丁本作"漫"。

"渐"，甲本作"悬（一作惭）"，丙本作"悬"，乙、丁本作"惭"。

【注释】

[1] 钱塘：县名，即今浙江杭州市。《通典》卷一八二［馀杭郡］："杭州，今理钱塘县。……大唐为杭州，或为馀杭郡。领县九：钱塘，汉旧县。"

[2] 百越：亦称百粤，泛指南方的少数民族。《元和郡县图志》卷三七［岭南道四］梧州："古越地也，秦南取百越，以为桂林郡。"此处指浙江地区。

[3] 勾践：春秋时越王。为吴王夫差所战败，困于会稽，屈膝求和。其后卧薪尝胆，发愤图强，终于灭掉吴国。又渡淮水，会诸侯，受方伯之命，霸称中国。详见《史记·越王勾践世家》。

送人赴举

分有争忘得[1]，时来须出山。白云终许在，清世莫空还[2]。驿树秋声健，行衣雨点斑。明年从月里，满握度春关[3]。

【注释】

[1] 分：谓机缘，时运。

[2] 清世：谓清明之世、太平之世。

[3] 春关：指春试。唐时，正月入闱应试，二月放榜。

答（友）人寒夜所寄[1]

通宵亦孤坐，但念旧峰云。白日还如此，清闲本共君。二毛凋一半[2]，百岁去三分。早晚寻流水，同归麋鹿群。

【校勘】

"答"，甲本作"友"，当从。

【注释】

[1] 按，此诗中云"但念旧峰云。……二毛凋一半，百岁去三分"，

知齐己居荆州，时已年老，故此诗作于齐己晚年居荆州期间（921—938）。

[2] 二毛：指年老头发斑白。齐己《楚寺寒夜作》："寒炉局促坐成劳，暗淡灯光照二毛。"

酬洞庭陈秀才[1]

何必要识面，见诗惊苦心。此门从自古，难学至如今。青草湖云阔[2]，黄陵庙木深[3]。精搜当好景，得即动知音。

【校勘】

"木"，丁本作"本"。

【注释】

[1] 陈秀才：齐己另有《答陈秀才》诗。陈秀才，湖南人。

[2] 青草湖：湖名。因湖之南有青草山，故名。青草湖南接湘水，北通洞庭。水涨则与洞庭湖相接，即所谓重湖。杜甫《宿青草湖》："洞庭犹在目，青草续为名。"后注云："重湖，南青草，北洞庭。"

[3] 黄陵：山名。在湖南湘阴县北，滨洞庭湖。一名湘山，湘水由此入湖。传说舜二妃墓在其上。《水经注》卷三八［湘水］："湘水又北经黄陵亭西，右合黄陵水口，其水上承大湖，湖水西流，经二妃庙南，世谓之黄陵庙也。言大舜之陟方也，二妃从征，溺于湘江。……故民为立祠于水侧焉。荆州牧刘表刊石立碑，树之于庙，以旌不朽之传矣。"杜甫《湘夫人祠》诗题下注云："即黄陵庙。"李群玉《黄陵庙》："小姑洲北浦云边，二女容华自俨然。野庙向江春寂寂，古碑无字草芊芊。风回日暮吹芳芷，月落山深哭杜鹃。犹似含颦望巡狩，九疑愁断隔湘川。"

题鹤鸣泉八韵[1]

嘹唳遗踪去[2]，澄明物掩难。喷开山面碧，飞落寺门寒。汲引随瓶满，分流逐处安。幽虫乘叶过，渴狖拥条看[3]。上有危峰叠，旁宜怪石盘。冷吞双树影，甘润百毛端。异早闻镌玉，灵终别建坛。潇湘在何处，终日自波澜。

【注释】

[1] 鹤鸣泉：不详。曹松《题鹤鸣泉》："仙鹤曾鸣处，泉兼半井苔。直峰抛影入，片月泻光来。激泷侵颜冷，深沉慰眼开。何因值舟顶，满汲石瓶回。"二者当为一处。

[2] 嘹唳：响亮凄清的声音。张籍《和裴司空以诗请刑部白侍郎双鹤》："徘徊幽树月，嘹唳小亭风。"章孝标《闻云中唳鹤》："翩翩萦碧落，嘹唳入重云。"

[3] 狖：长尾猿。

登金山寺[1]

四面白波声，中流翠峤横[2]。望来堪目断，上彻始心平。鸟向天涯去，云连水国生。重来与谁约，题罢自吟行。

【注释】

[1] 金山寺：位于江苏镇江西北的金山上，前临长江。

[2]"四面白波声"二句：李群玉《题金山寺石堂》："白波四面照楼台，日夜潮声绕寺回。"许棠《题金山寺》："四面波涛匝，中楼日月邻。"窦庠《金山寺》："一点青螺白浪中，全依水府与天通。"刘沧《宿题金山寺》："一点青山翠色危，云岩不掩与星期。"鲍溶《望江中金山寺》："一朵蓬莱在世间，梵王宫阙翠云间。"

寄吴都沈员外彬[1]

归休兴若何[2]，朱绂尽还他[3]。自有园林阔，谁争山水多。村烟晴莽苍[4]，僧磬晚嵯峨[5]。野醉题招隐[6]，相思何处么？

【校勘】

"何处"，甲、乙、丙、丁本作"可寄"。

【注释】

[1] 沈员外彬：即沈彬，字子文，一作子美，洪州高安（今属江西）人。据《江南野史》卷六："先主移镇金陵，旁罗隐逸，名儒宿老，命郡县起之。彬赴辟命，知其欲取杨氏，因献《观画山水图》诗：'须知手笔安排定，不怕山河整顿难。'先主凤闻其名，览之而喜，遂授秘书郎，入赞世子。"陆游《南唐书》卷七《沈彬》本传略同。马令《南唐书》卷一五本传云："授校书郎。"无论是秘书郎，还是校书郎，都属于员外郎。又《资治通鉴》卷二七七载：长兴三年（932）二月，"吴徐知诰作礼贤院于府舍，聚图书，延士大夫"。即沈彬赴辟在长兴三年（932）。故此诗当作于本年之后，齐己卒（938）之前。

[2] 归休：离去，即离朝辞官。按，《江南野史》卷六载："（沈彬）未几以老乞骸骨归，乃授吏曹郎致仕，年将八十，修养不息。"马令《南唐书》本传云："未几，（沈彬）乞罢，以尚书郎致仕。禅代之后，绝不求仕，高安士人多为给其粟帛。"可知沈彬自长兴三年（932）应辟授官后不久即以老乞归。此诗"归休"即指此事。

[3] 朱绶：谓红色的朝服。

[4] 莽苍：空旷无际貌，形容郊野景色迷茫。

[5] 嵯峨：山高峻貌。

[6] 招隐：谓招人归隐。

寄明月山僧[1]

山称明月好，月出遍山明。要上诸峰去，无妨半夜行[2]。白猿真雪色，幽鸟古琴声。吾子居来久，应忘我在城。

【注释】

[1] 明月山：按，《景德传灯录》卷四载益州无相禅师法嗣有"荆州明月山融禅师"，则"明月山"在荆州。贾岛有《送独孤马二秀才居明月山读书》、《明月山怀独孤崇鱼琢》二诗。又此诗末云"吾子居来久，应忘我在城"，则"明月山"在荆州城外。考齐己一生履历，自龙德元年（921）来荆州后，一直到卒（938）皆居于荆州龙兴寺，则此诗亦作于此

期间（921—938）。

　　［2］无妨：不妨。

寄哭西川坛长广济大师[1]

　　千万僧中宝，三朝帝宠身。还源未化火，举国葬全真。文集编金在，碑铭刻玉新。有谁于异代，弹指礼遗尘[2]。

【校勘】

"新"，丁本无。

【注释】

　　［1］西川：即剑南西川，唐方镇名，治所在成都。《旧唐书》卷四十一〔剑南道〕之〔成都府〕："（肃宗）至德二年（757）十月，驾回西京，改蜀郡为成都府，长史为尹。又分为剑南东川、西川，各置节度使。广德元年（763），黄门侍郎严武为成都尹，复并东、西川为一节度。自崔宁镇蜀后，分为西川，自后不改。"坛长：坛场之长，即一寺之长。广济大师：成都僧，卒于齐己（864—938）之前。三朝受宠，工诗善文，有文集。其诗有百余篇，惜今不存。与齐己唱酬频繁，齐己另有《酬西蜀广济大师见寄》、《寄蜀国广济大师》二诗。

　　［2］弹指：意即拇指与食指之指头强力摩擦，弹出声音；或以拇指与中指压覆食指，复以食指向外急弹。"弹指"是古代印度人的行为习惯之一，大概有四义：（一）表示虔敬欢喜，如《法华经》卷六《神力品》："佛謦欬声，及弹指之声，周闻十方国，地皆六种动。"（二）表示警示，如《大方广佛华严经》卷七十九《入法界品》："时弥勒菩萨，前诣楼阁，弹指出声，其门即开。"（三）表示许诺，如《增一阿含经》卷二十八《听法品》："唯愿世尊，听为优婆塞，尽形寿不复杀生，尔时世尊弹指可之。"（四）时间单位，弹指所需之极短暂时间，称为一弹指或一弹指顷。关于一弹指时间之长短，诸说不一，如《大智度论》卷八十三谓："一弹指顷有六十念。"《俱舍论》卷十二云："如壮士一疾弹指顷六十五刹那，如是名为一刹那量。"此诗中"弹指"当表虔敬之义。

酬西川楚峦上人卷[1]

玉垒峨嵋秀[2]，岷江锦水清[3]。古人搜不尽，吾子得何精。可信由前集，堪闻正后生。东西五千里，多谢寄无成[4]。

【校勘】

"楚"，丙本作"梵"。

"秀"，甲本作"秀（一作峻）"，丁本作"峻"。

"集"，甲、乙、丙、丁本作"习"。

【注释】

[1] 西川：即剑南西川，唐方镇名，治所在成都。楚峦上人：生卒年不详，四川僧人，有诗卷，惜今不存。

[2] 玉垒：即玉垒山，在今四川省灌县西北。《元和郡县图志》卷三十一彭州导江县载："玉垒山，在县西北二十九里。……灌口镇在县西二十六里。"今灌县即唐灌口镇。左思《蜀都赋》："廓灵关以为门，包玉垒而为宇。"杜甫《登楼》："锦江春色来天地，玉垒浮云变古今。"钱起《送傅管记赴蜀军》："峨眉玉垒指霞标，鸟没天低幕府遥。"峨嵋：我国佛教四大名山之一，在四川省峨眉山市西南。又作峨眉山、蛾眉山。

[3] 岷江：在四川省中部。又名都江。源出岷山北部的羊膊岭，南流经松潘县至灌县出峡分内外二江，至江口复合，又经乐山纳入大渡河，至宜宾并入长江。锦水：即锦江之水。锦江又名流江、汶江，俗名府河。在今四川成都南。传说蜀人织锦濯其中则锦色鲜艳，濯于他水，则锦色黯淡，故名锦江。

[4] 无成：一事无成，此处乃齐己谦辞。许棠《重归江南》："无成归故里，不似在他乡。"韦庄《冬日长安感志寄献虢州崔郎中二十韵》："帝里无成久滞淹，别家三度见新蟾。"

览延西上人卷[1]

今体雕镂妙[2]，古风研考精[3]。何人忘律韵，为子辨诗声。贾岛苦兼此[4]，孟郊清独行[5]。荆门见编集[6]，愧我老无成。

【校勘】

"西"，甲、乙、丙、丁本作"栖"。

【注释】

[1] 延西上人：生卒年里不详，有诗集，惜今不存。

[2] 今体：谓唐代的律绝诗体。张籍《酬秘书王丞见寄》："今体诗中偏出格，常参官里每同班。"张洎《张司业诗集序》："司业讳籍……又长于今体律诗。"李群玉《进诗表》："谨捧所业歌行、古体、今体七言、今体五言、四通等合三百首，谨诣光顺门昧死上进。"雕镂：雕刻，镂刻，此处谓写诗精雕细琢。

[3] 古风：诗体的一种，即五七言之非绝非律者。如李白有《古风》五十七首。

[4] 贾岛（779—843）：字浪仙，一作阆仙，自称碣石山人、苦吟客。早岁为僧，法号无本。幽都（今北京市）人。贾岛作诗以苦吟著名，自称"二句三年得，一吟双泪流"（贾岛《题诗后》）。

[5] 孟郊（751—814）：字东野，湖州武康（今浙江德清）人。孟郊一生穷困潦倒，而生性孤直，不谐世媚俗。所作以五言古诗为主，多愤世嫉俗之语，且刻意冥搜，不袭陈言，不摘旧藻，于朴实无华处见其立意之深，提炼之苦。张为《诗人主客图》列之为"清奇僻苦主"。僧贯休《读孟郊集》："东野子何之，诗人始见诗。清刿霜雪髓，吟动鬼神司。举世言多媚，无人师此师。"皆言孟郊诗作清奇。

[6] 荆门：今湖北江陵。

寄洛下王彝训先辈二首[1]

贾岛存正始[2]，王维留格言[3]。千篇千古在，一咏一惊魂。离别无他寄，相思共此门。阳春堪永恨，郢路转尘昏[4]。

【注释】

[1] 洛下：洛河下游。王彝训：按，齐己有《谢王先辈寄毡》，诗中云"深谢高科客"，则王先辈曾经科举高第。此诗之二云"高科旧少年"，知王彝训先辈亦曾高第，则王先辈当为王彝训先辈。又，齐己《谢王先辈湘中回惠示卷轴》诗中云"携去湘江闻鼓瑟，袖来缑岭伴吹笙"，"缑岭"又名缑氏山，在今河南省偃师市，而偃师市正位于洛河下游，此诗题云"洛下王彝训先辈"，则王彝训可能为偃师人。

[2] 贾岛（779—843）：字浪仙，一作阆仙，自称碣石山人、苦吟客。贾岛作诗以苦吟著名，自称"二句三年得，一吟双泪流"（贾岛《题诗后》）。正始：谓正风、正声。

[3] 王维（701？—761）：字摩诘，祖籍太原祁县（今山西太原）人。王维多才艺，精诗文、书画、音乐，其诗清新秀雅，兼善各体，尤擅长山水田园诗，为盛唐山水田园诗派代表作家。殷璠《河岳英灵集》评其诗云："维诗词秀调雅，意新理惬，在泉为珠，着壁成绘。一字一句，皆出常境。"

[4] 郢：春秋楚国都，即今湖北江陵。

北极新英主，高科旧少年[1]。风流传贵达，谈笑取荣迁。洛水秋空底[2]，嵩峰晓翠巅[3]。寻常谁并马，桥上戏成篇。

【校勘】

"取"，丙本作"敢"。

【注释】

[1] 高科：科举高第。姚合《答韩湘》："三十登高科，前涂浩难测。"李嘉祐《送严二擢第东归》："盛业推儒行，高科独少年。"

[2] 洛水：即洛河之水。

[3] 嵩峰：嵩山山峰。

酬岳阳李主簿卷[1]

把卷思高兴[2]，潇湘阔浸门。无云生翠浪，有月动清魂。倚槛应穷底[3]，凝情合到源。为君吟所寄，难甚至忘筌[4]。

【校勘】

"筌"，乙本作"言"。

【注释】

[1] 岳阳：今湖南省岳阳市。南朝属巴陵郡，隋唐改为岳州。

[2] 高兴：高雅的兴致。《文选》晋殷仲文《南州桓公九井作》："独有清秋日，能使高兴尽。"韦应物《答畅参军》："官闲高兴生，夜直河汉秋。"杜甫《北征》："青云动高兴，幽事亦可悦。"

[3] 倚槛：倚靠栏杆。

[4] 忘筌：即"得鱼忘筌"。"筌"乃捕鱼的竹器。"忘筌"比喻达到目的后就忘记了原来的凭藉。《庄子·外物》："荃者所以在鱼，得鱼而忘荃"。"荃"也作"筌"。

寄怀江西僧达禅翁[1]

长忆旧山日，与君同聚沙[2]。未能精贝叶[3]，便学咏杨花。苦甚伤心骨，清还切齿牙。何妨继馀习[4]，前世是诗家。

【校勘】

"翁"，戊、己、庚本作"弟"。

"习"，戊、己本作"昔"，庚本后有"菩萨修行余习未尽"诸字。

【注释】

[1] 僧达：与齐己同乡，俱为潭州长沙人（此诗中云"长忆旧山日，与君同聚沙"），幼时一起聚沙嬉戏。齐己另有《荆渚感怀寄僧达禅弟三首》，之一诗中云"电击流年七十三，齿衰气沮竟何堪。……自愧无心寄

岭南",之三诗中云"自抛南岳三生石,长傍西山数片云。丹访葛洪无旧灶,诗寻灵观有遗文",此诗题中云"僧达禅翁",诗中又云"与君同聚沙",则知僧达年岁与齐己相仿,而且僧达曾游历南岳衡山、广东罗浮山和浙江天台山。晚年居江西。

　　[2]聚沙:谓儿童时代。《妙法莲华经》卷一《方便品》:"乃至童子戏,聚沙为佛塔。如是诸人等,皆已成佛道。"《经律异相》卷六［幼童聚沙为塔十］:"佛游波罗奈时,五百幼童相结为伴,俱共行戏于江水边,聚沙为塔,各自说言:'吾塔甚好,卿学吾作。'"常东名《唐思恒律师志铭》:"律师讳思恒,俗姓顾氏,吴郡人也。……越在幼冲,性与道合,儿戏则聚沙为塔,冥感而然指誓心。"孟浩然《登总持寺浮图》:"累劫从初地,为童忆聚沙。""长忆旧山日,与君同聚沙"二句谓齐己与僧达儿童时代曾一起聚沙嬉戏,可知二人乃同乡,且年纪相仿。按,齐己乃潭州长沙县人,则僧达亦同之。

　　[3]贝叶:贝多罗叶的简称。此叶经冬不凋,印度人多拿来书写经文,叫做贝叶经,或贝文。《酉阳杂俎》卷十八［广动植之三］之［木篇］载:"贝多,出摩伽陀国,长六七丈,经冬不凋。此树有三种,一者多罗娑(一曰婆)力叉贝多,二者多梨婆(一曰娑)力叉贝多,三者部婆(一曰娑)力叉多罗梨(一曰多梨贝多)。并书其叶,部阇一色取其皮书之。贝多是梵语,汉翻为叶。贝多婆(一曰娑)力叉者,汉言叶树也。西域经书用此三种皮叶,若能保护,亦得五六百年。"此句谓己尚未精通佛经。

　　[4]何妨:不妨,无妨。

送吴守明先辈游蜀[1]

　　凭君游蜀去,细为话幽奇。丧乱嘉陵驿[2],尘埃贾岛诗[3]。未应过锦府[4],且合上峨嵋[5]。既逐高科后[6],东西任所之。

【注释】

　　[1]吴守明先辈:齐己另有《送吴先辈赴京》,诗中云"烟霄已遂明经第",知吴先辈即吴守明先辈,明经及第,曾到荆州访齐己,后又游蜀。此诗当与上诗皆作于齐己晚年居荆州期间(921—938)。

[2] 嘉陵：即嘉陵江，源出陕西凤县嘉陵谷，至重庆入长江。《水经注》卷二十［漾水］："汉水又南入嘉陵道而为嘉陵水。"《大明一统志》卷六十八［保宁府］："嘉陵江，源出陕西凤县嘉陵谷，经广元、昭化，过剑州，至保宁府，其曰阆水、巴水、渝水、汉水，皆此江之异名。"嘉陵驿：在嘉陵江边。元稹《使东川·嘉陵驿二首》之一："嘉陵驿上空床客，一夜嘉陵江水声。"张蠙《题嘉陵驿》："嘉陵路恶石和泥，行到长亭日已西。"薛能《嘉陵驿》："江涛千叠阁千层，衔尾相随尽室登。稠树蔽山闻杜宇，午烟薰日食嘉陵。频题石上程多破，暂歇泉边起不能。如此幸非名利切，益州来日合携僧。"

[3] "尘埃贾岛"句：按，嘉陵驿有贾岛题诗。薛能《嘉陵驿见贾岛旧题》："贾子命堪悲，唐人独解诗。左迁今已矣，清绝更无之。毕竟吾犹许，商量众莫疑。嘉陵四十字，一一是天资。"

[4] 锦府：谓成都。成都别称锦城。又成都为蜀国之府治，故云锦府。

[5] 峨嵋：我国佛教四大名山之一，在四川省峨眉市西南。又作峨眉山、蛾眉山。

[6] 高科：谓科举高第。

寄普明大师可准[1]

莲岳三征者[2]，论诗旧与君。相留曾几岁，酬唱有新文。翠窦容闲憩[3]，岚峰许共分[4]。当年若同访，合得伴吟云。

【校勘】

"岁"，丁本作"处"。

【注释】

[1] 可准：唐末五代间诗僧。早年曾游居沃洲、庐山、衡山。昭宗时，曾至华下访司空图，并商榷诗道。晚年居四川成都，被赐号曰普明大师。有诗集，且诗逾千首，可惜今皆不存。与孙光宪、齐己为诗友，曾以诗集远寄二人。齐己另有《谢西川可准上人远寄诗集》、《因览支使孙中丞看可准大师诗序有寄》、《和西蜀可准大师远寄之什》诗。

[2] 莲岳：按，莲花峰乃南岳衡山七十二峰之一，故此诗云"莲岳"以之代指南岳衡山。"莲岳三征者"：谓僧可准居于衡山时，曾三次被帝王征聘。

[3] 窦：山洞。

[4] 岚峰：雾气缭绕的山峰。

还黄平素秀才卷[1]

求己甚忘筌[2]，得之经浑然。僻能离诡差[3]，清不尚妖妍[4]。冷澹闻姚监[5]，精奇见浪仙[6]。如君好风格，自可继前贤。

【校勘】

"差"，丁本作"羌"，误。

【注释】

[1] 黄平素秀才：生卒年里不详。有诗集。

[2] 忘筌：即"得鱼忘筌"。"筌"乃捕鱼的竹器。"忘筌"比喻达到目的后就忘记了原来的凭藉。《庄子·外物》："荃者所以在鱼，得鱼而忘荃"。"荃"也作"筌"。

[3] 诡差：诡异奇特。

[4] 妖妍：艳丽妖媚。

[5] 姚监：指姚合（781？—846）。曾为秘书监，故世称姚秘监。其诗笔致清峭幽折，号为"武功体"。张为《诗人主客图》列姚合为清奇雅正主李益之入室者。《唐才子传》卷六《姚合传》："合，陕州人，宰相崇之曾孙也。以诗闻。……后仕终秘书监。与贾岛同时，号'姚、贾'，自成一法。岛难吟，有清冽之风；合易作，皆平澹之气。兴趣俱到，格调少殊。所谓方拙之奥，至巧存焉。盖多历下邑，官况萧条，山县荒凉，风景凋弊之间，最工模写也。"

[6] 浪仙：指贾岛（779—843），字浪仙，作诗以苦吟著名。其诗善写荒凉冷落之景，表现愁苦幽独之情，题材狭小，诗境奇僻，故苏轼有"郊寒岛瘦"之讥。清李怀民《中晚唐诗人主客图》奉贾岛为"清奇僻苦主"。

与张先辈话别[1]

　　为□□□者，各自话离心。及第还全蜀，游方归二林[2]。巴江□□涨[3]，楚野入吴深。他日传消息，东归不易寻。

【校勘】

　　"为□□□者"：《全唐诗补编·续拾》卷五十据影印文渊阁《四库全书》本《白莲集》卷二补录为"为子同志者"。

　　"巴江□□涨"：《全唐诗补编·续拾》卷五十据影印文渊阁《四库全书》本《白莲集》卷二补录为"巴江经峡涨"。

　　"归"，甲、丁本作"西"。

【注释】

　　[1] 张先辈：据此诗，张先辈为蜀人。及第后还蜀，途经荆州，拜访齐己。临别，齐己作此诗送行，故此诗作于齐己晚年居荆州期间（921—938）。

　　[2] 游方：云游四方。又作行脚。二林：谓庐山东林寺、西林寺。

　　[3] 巴江：指长江，流经今四川省东部、湖北省西部，均为古巴子国之地。

寄朱拾遗[1]

　　一闻归阙下，几番熟金桃。沧海期仍晚，清资路渐高[2]。研冰濡谏笔[3]，赋雪拥朝袍。岂念空林下，冥心坐石劳。

【注释】

　　[1] 朱拾遗：不详。拾遗：官名。唐武则天垂拱元年（685）始置左右拾遗各二员，分隶门下（左）、中书（右）两省，掌供奉讽谏，从八品上。拾遗为士人清选。

　　[2] 清资：《旧唐书·职官志一》："职事官资，则清浊区分，以次补授。……左右拾遗……为清官。"

[3] 濡：沾湿。

荆门送兴禅师[1]

洒落南宗子[2]，游方迹似云[3]。青山寻处处，赤叶路纷纷。虎共松岩宿，猿和石溜闻。何峰一回首，忆我在人群。

【校勘】

"路"，甲本作"路（一作落）"。

【注释】

[1] 荆门：指今湖北江陵。兴禅师：生卒年里不详，南宗禅僧。此诗题云"荆门"，则此时齐己居荆州，故此诗当作于齐己居荆州期间（921—938）。

[2] 南宗：又作南禅、南宗禅。与"北宗"相对。菩提达磨之法脉传至五祖弘忍后，分为慧能与神秀两支，神秀建法幢于北地，慧能扬宗风于南方，故有"南能北秀"之称。南宗之禅风完全摆脱教网，不堕于名相，不滞于言句，倡修证不二、迷悟一如；谓己本觉之妙心乃本成本明，烦恼妄念非实有，故举扬"一超直入如来地"之顿悟，后世称为南顿，又称祖师禅。此宗至后世极盛，更有五家七宗之分派，故后人以南宗为禅之正宗，而以慧能为禅宗第六祖。

[3] 游方：谓云游四方。又作行脚。

过西山施肩吾旧居[1]

大志终难起，西峰卧翠堆。床前倒秋壑，枕上过春雷。鹤见丹成去，僧闻栗熟来。荒斋松竹老，鸾鹤自徘徊[2]。

【校勘】

"床"，丁本作"林"。

"春"，丁本作"云"。

"鹤"，丁本作"凤"。

"徘徊"，甲本作"裴回"。

【注释】

[1] 西山：在今江西南昌属县新建西，即古散原山，道教所谓第十二洞天。施肩吾：字希圣，号栖真子、华阳真人。睦州分水（今浙江桐庐）人。早存隐居之情，曾居四明山学道求仙。元和十五年（820）登进士第。因自伤孤寒，深惧仕途险巇，遂不干禄即离京东归。酷好道教神仙之术。以洪州（今江西南昌）西山为道家十二真君羽化之所，故投老于此。其《西山静中吟》诗云："重重道气结成神，玉阙金堂逐日新。若数西山得道者，连予便是十三人。"《唐摭言》卷八 [及第后隐居]："施肩吾，元和十年及第，以洪州之西山，乃十二真君羽化之地，灵迹具存，慕其真风，高蹈于此。尝赋《闲居遣兴诗》一百韵，大行于世。"

[2] 徘徊：往返回旋。

喜夏雨[1]

四郊云影合，千里雨声来。尽洗红埃去，并将清气回。潺湲浮楚甸[2]，萧散露荆台。欲赋随车瑞，濡毫渴谀才[3]。

【注释】

[1] 按，此诗中云"楚甸"、"荆台"，则齐己时在荆州，故此诗作于居荆州期间（921—938）。

[2] 潺湲：水流貌。此处指慢慢流的河水。孟浩然《经七里滩》："挥手弄潺湲，从兹洗尘虑。"

[3] 濡毫：以笔蘸墨，指写作。韦应物《酬刘侍郎使君》："濡毫意黾勉，一用谢悃勤。"罗隐《寄制诰李舍人》："门闲知待诏，星动想濡毫。"谀：即"小"。谀才谓小才。

酬元员外见寄八韵[1]

旧隐梦牵仍，归心只似蒸。远青怜岛峭，轻白爱云腾。艳冶丛翻蝶[2]，腥膻地聚蝇[3]。雨声连洒竹，诗兴继填膺[4]。访戴情弥切[5]，依刘力不胜[6]。众人忘苦苦，独自愧兢兢[7]。处世无他望，流年有病僧。时惭大雅客，遗韵许相承。

【校勘】

"僧"，丁本作"增"。

【注释】

[1] 元员外：按，齐己另有《酬元员外见寄》、《酬元员外》二诗，且后诗云："清洛碧嵩根，寒流白照门。园林经难别，桃李几株存。衰老江南日，凄凉海上村。闲来晒朱绂，泪滴旧朝恩。"则"元员外"乃洛阳人，后被贬居江南。与齐己唱酬颇为频繁。

[2] 艳冶：艳丽。庾肩吾《长安有狭斜行》："少妇多艳冶，花钿系石榴。"

[3] 腥膻：气味又腥又膻，极其难闻。

[4] 填膺：充塞于胸膛。江淹《恨赋》："置酒欲饮，悲来填膺。"

[5] 访戴：用王子猷访戴安道事。《世说新语·任诞》："王子猷居山阴，夜大雪，眠觉，开室，命酌酒。四望皎然，因起彷徨，咏左思《招隐诗》。忽忆戴安道，时戴在剡，即便夜乘小船就之。经宿方至，造门不前而返。人问其故，王曰：'吾本乘兴而行，兴尽而返，何必见戴?'"此诗中则指访元员外。

[6] 依刘："刘"谓刘表。《三国志》卷二十一《魏书·王粲传》云："(王粲)年十七，司徒辟，诏除黄门侍郎，以西京扰乱，皆不就。乃之荆州依刘表。"此诗中则指依靠高季兴。

[7] 兢兢：小心谨慎貌。

浣口泊舟晓望天柱峰[1]

根盘潜岳半，顶逼日轮边。冷碧无云点，危棱有瀑悬。秀轻毛女下[2]，名与鼎湖偏[3]。谁见扶持力，峨峨出后天[4]。

【校勘】

"浣"，丁本作"皖"。

【注释】

[1] 天柱峰：山名。在安徽潜山县西北，皖山最高峰，峭拔如柱，故称天柱。《史记》卷二八《封禅书》："其明年冬，上巡南郡，至江陵而东。登礼潜之天柱山，号曰南岳。"

[2] 毛女：《太平广记》卷五九引《列仙传》："毛女，字玉姜，在华阴山中。山客猎师，世世见之。形体生毛，自言秦始皇宫人也。秦亡，流亡入山，道士教食松叶，遂不饥寒，身轻如此。至西汉时，已百七十余年矣。"

[3] 鼎湖：在今河南灵宝南。相传黄帝铸鼎于荆山下，鼎成，有龙垂胡髯迎黄帝上天。后世因名其处曰鼎湖。《史记》卷二八《封禅书》："黄帝采首山铜，铸鼎于荆山下。鼎既成，有龙垂胡须下迎黄帝。黄帝上骑，群臣后宫从上者七十余人，龙乃上去。……故后世因名其处曰鼎湖。"《水经注》卷四［河水四］之［又东过河北县南］："《魏土地记》曰：宏农湖县，有轩辕黄帝登仙处。黄帝采首山之铜，铸鼎于荆山之下，有龙垂胡于鼎。黄帝登龙，从登者七十人，遂升于天，故名其地为鼎湖。荆山在冯翊，首山在蒲坂，与湖县相连。《晋书地道记》、《太康记》并言胡县也。汉武帝改作湖。俗云：黄帝自此乘龙上天也。"《通典》卷一百七十七［弘农郡］载虢州领县六：弘农、湖城、卢氏、玉城、朱阳、阌乡，其中"湖城，故曰胡，汉武更为湖县。有荆山，出美玉。黄帝铸鼎于荆山，其下曰鼎湖，即此也"。

[4] 峨峨：高峻，高耸。韦应物《拟古诗十二首》之三："峨峨高山巅，浼浼青川流。"戴叔伦《巫山高》："巫山峨峨高插天，危峰十二凌紫烟。"

寄楚萍上人[1]

北面香炉秀[2]，南边瀑布寒。自来还独去，夏满又秋残。日影松杉乱，云容洞壑宽。何峰是邻侧，片石许相安。

【注释】

[1] 楚萍上人：庐山龙潭寺僧。按，齐己另有《寄寻萍公》，诗中

云："闻在溢城多寄住，随时谈笑浑尘埃。孤峰恐忆便归去，浮世要看还下来。……虎溪桥上龙潭寺，曾此相寻踏雪回。"又，此诗云"北面香炉秀，南边瀑布寒。自来还独去，夏满又秋残"，则"萍公"即"楚萍上人"。

[2] 香炉：谓香炉峰，乃庐山著名山峰。在庐山西北，因形状像香炉且山上笼罩烟云而得名。《艺文类聚》卷七［山部上］庐山："远法师《庐山记》曰：'东南有香炉山，孤峰秀起，游气笼其上，则赟氲若烟。'"《太平寰宇记》卷一一一载："香炉峰在山西北，其峰尖圆，烟云聚散，如博山香炉之状。"

竹里作六韵

我来深处坐，剩觉有吟思。忽似潇湘岸，欲生风雨时。冷烟濛古屋，干箨堕秋墀[1]。径熟因频入，身闲得遍欹[2]。踏多鞭节损[3]，题乱粉痕际。犹见前山叠，微茫隔短篱。

【校勘】

"我"，甲本作"我（一作偶）"，丁本作"偶"。

【注释】

[1] 箨：竹皮，笋殻。墀：台阶。

[2] 欹：斜靠。

[3] 鞭节：竹根，有节而中实，故云。

寄江西幕中孙鲂员外[1]

簪履为官兴[2]，芙蓉结社缘[3]。应思陶令醉，时访远公禅[4]。茶影中残月，松声里落泉。此门曾共说，知未遂终焉。

【注释】

[1] 孙鲂：字伯鱼，南昌（今属江西）人。家贫好学。唐末诗人郑谷避乱归宜春，孙鲂从之学诗，颇得郑体。后吴王杨行密据有江淮，孙鲂遂

往依之，曾任郡从事。南唐列祖时，累迁至宗正郎。有诗名，集三卷，今存诗七首。与齐己、沈彬、李建勋为诗友。齐己另有《寄孙鲂秀才》、《酬孙鲂》、《乱后江西过孙鲂旧居因寄》诸诗。按，孙鲂居江西幕约在南唐昇元初。《江南野史》卷七："先主受禅，（孙鲂）累迁正郎而卒。"马令《南唐书》卷一三《孙鲂传》："列祖召见，授宗正郎，卒。"又，齐己约卒于938年，故此诗当作于昇元元年（937）。

　　[2] 簪履：显贵者的服饰。借指显贵。张说《岳州作》："夜梦云阙间，从容簪履列。"徐铉《和歙州陈使君见寄》："簪履陪游盛，乡闾俗化敦。"

　　[3] 结社：结成团体。按，慧远与刘遗民等人于庐山东林寺结社影响甚大，孙鲂亦曾与人结社。《江南野史》卷七载孙鲂"与沈彬尝游于李建勋，为诗社"。

　　[4] "应思陶令醉"二句：按，陶渊明于义熙元年（405）辞职归隐于故里后，与周续之、刘遗民共应避命，世称浔阳三隐。他与庐山慧远交往，慧远曾以其清逸而招请之，然潜以无酒皱眉而去。《佛祖历代通载》卷七："渊明陶潜字符亮，为彭泽令。解印去居柴桑，与庐山相近。时访远公。远爱其旷达，招之入社。陶性嗜酒，谓'许饮即来'。远许之。陶入山。久之以无酒攒眉而去。"《佛祖统纪》卷二六："时远法师与诸贤结莲社以书招渊明。渊明曰：'若许饮则往。'许之，遂造焉。忽攒眉而去。"《乐邦文类》卷五："如晋远法师，蕲向西方，尝结莲社于庐山。以渊明则招之，贵其能达而断爱也。"

盆池

盆沼陷花边，孤明似玉泉[1]。涵虚心不浅[2]，待月底长圆。平稳承天泽，依微泛曙烟[3]。何须照菱镜[4]，即此鉴媸妍[5]。

【校勘】

"陷"，甲本作"陷（一作稻）"，丁本作"稻"。

【注释】

[1] 玉泉：谓玉泉寺之泉水。按，隋代智顗（538—597）大师居玉泉

寺时，因其洞穴出水，注凝为泉，色似琉璃，味如甘露，故称玉泉。又，齐己曾游历过玉泉寺，又与玉泉寺僧人交往频繁，故很自然地由"盆池"之水联想到玉泉寺之水。

[2] 涵虚：谓涵容着天宇。"虚"指天空。孟浩然《临洞庭湖赠张丞相》："八月湖水平，涵虚混太清。"方干《叙龙瑞观胜异寄于尊师》："万倾涵虚寒潋滟，千寻耸翠秀屏颜。"

[3] 曙：天刚亮，破晓。

[4] 菱镜：即菱花镜。古代铜镜中，六角形的或镜背刻有菱花的，叫菱花镜。后诗文中常以菱花为镜的代称，也称菱镜。

[5] 媸妍：一作"妍媸"、"妍蚩"，即美和丑。白居易《吴宫辞》："妍媸各有分，谁敢妒恩多。"皮日休《鲁望昨以五百言见贻过有褒美内揣庸陋弥增愧悚因成一千言上述吾唐文物之盛次叙相得之欢亦迭和之微旨也》："其物无同异，其人有媸妍。"

喜乾昼上人远相访[1]

彼此垂七十[2]，相逢意若何。圣明殊未至，离乱更应多[3]。澹泊门难到[4]，从容日易过。馀生消息外，只合听诗魔。

【注释】

[1] 乾昼上人：居彭泽。与齐己年岁相仿。与贯休、齐己为诗友。

[2] "彼此垂"句：按，齐己58岁即龙德元年（921）到荆州，此后至卒前（938）一直居于此。此句云"彼此垂七十"，知二人皆已七十岁，故此诗当作于后唐明宗长兴四年（933）。又，此诗题云"乾昼上人远相访"，则乾昼是来荆州"相访"。

[3] "圣明殊未至"二句：据《资治通鉴》卷二七八载，后唐明宗长兴三年（932）四月，东川节度使董璋攻西川，西川节度使孟知祥与战。五月，董璋兵败，入梓州，为守将所杀。孟知祥统据全蜀，自节度使、刺史以下官，皆由其差署，后再奏闻，朝廷不任官。十一月，契丹屡侵北边。长兴四年（933）正月，秦王李从荣加守尚书令，兼侍中，八月又为天下兵马大元帅，权势日盛，每入朝，从数百骑，张弓挟矢，驰骋衢路。

十一月，明宗疾作，加剧，从荣帅兵谋入宫，后兵败被杀。十二月，明宗第五子宋王从厚即帝位，"孟知祥闻明宗殂，谓僚佐曰：'宋王幼弱，为政者皆胥史小人，其乱可坐俟也。'"时年政局不稳，故齐己此诗云"圣明殊未至，离乱更应多"。

　　[4] 澹泊：谓清静寡欲。此诗既云"圣明殊未至，离乱更应多"，又云"馀生消息外，只合听诗魔"，故"澹泊门难到"。

卷　三

过陈陶处士旧居[1]

一室贮琴尊[2]，诗皆大雅言。夜过秋竹寺，醉打老僧门。远烧来篱下，寒蔬簇石根。闲庭除鹤迹，半是杖头痕。

【注释】

[1] 陈陶：按，唐末有二陈陶。据吴在庆先生考证，其中一陈陶（803？—879？），字嵩伯。大中三年（849），隐居洪州西山，与贯休、尚颜等往还。令山童卖柑以为山资，以读书种兰吟诗饮酒为事。另一陈陶（894？—968？），剑浦（今福建南平）人，或云鄱阳（今江西波阳）人。南唐烈主时，宋齐丘秉政，陈陶鄙其为人，遂隐于洪州西山，以吟咏自适，专以服食炼气为事，宋初犹在。齐己诗中所云"陈陶处士旧居"显然指前者。

[2] 贮：收藏，储藏。

【汇评】

李庆甲《瀛奎律髓汇评》卷一二：方回："齐己，潭州人，与贯休并有声，同师石霜。二僧诗，唐之尤晚者。己诗如'夜过秋竹寺，醉打老僧门'最佳。此诗起句自然，第六句尤好。"纪昀："此粗语，何以为佳？"

寄敬亭清越[1]

敬亭山色古，庙与寺松连。住北修行过，春风四十年。鼎尝天柱茗[2]，诗碓剡溪笺[3]。冥目应思著[4]，终南北阙前[5]。

【校勘】

"北"，甲、乙、丙、丁本作"此"。

【注释】

[1] 敬亭：即敬亭山，在安徽宣城市北。一名昭亭山。山上有敬亭，相传为南齐谢朓赋诗之所，山以此名。山高数百丈，千岩万壑，为近郊名胜。《元和郡县图志》卷二八［江南道四］宣州宣城县："敬亭山，州北二十里，即谢朓赋诗之所。"《文选》卷二七谢朓《敬亭山》："兹山亘百里，合沓与云齐。"李善注："《宣城郡图经》曰：敬亭山，宣城县北十里。"崔龟从《书敬亭碑阴》："《宣州图经》云：宋永初山水记，宛陵北有昭亭山，山有神祠。又案《齐谐记》云：宋元嘉二年，有钱塘神姓梓名华，居住东境。友人双霞乃识之，神遂得与携接同住庙中，更具酒食言晏。别后县令盛凝之纵火焚烧，来托此山。百姓恭祭，乃号昭亭山，至今祠祷，必致灵验。谢元晖为文，又有赛昭亭两诗文，尝游此，赋诗曰：'兹山亘百里，合沓与云齐。隐沦既已托，灵异居然栖。'"李白《独坐敬亭山》："相看两不厌，只有敬亭山。"清越：晚唐僧，居敬亭山四十年。能诗善文。《全唐文》存其文《新兴寺佛殿石阶记》一篇。与许棠、张乔、方干、齐己等人为诗友。许棠有《寄敬亭山清越上人》诗。张乔有《赠敬亭清越上人》、《再题敬亭清越上人山房》、《寄清越上人》等诗。方干有《寄石溢清越上人》诗。《唐摭言》卷四［师友］："方干师徐凝。干常刺凝曰：'把得新诗草里论。'反语曰：'村里老。'李频师方干，后频及第。诗僧清越赠干诗云：'弟子已得桂，先生犹灌园。'"

[2] 天柱：即天柱峰，在安徽潜山县西北，皖山最高峰，峭拔如柱，故称天柱。

[3] 碓：舂、捣。此处通"锤"，指锤炼。剡溪：水名，在浙江嵊县南。《太平寰宇记》卷九六［剡县］："剡溪在县南一百五十步，一源出台

州天台县，一源出婺州武义县，即（晋）王子猷（徽之）雪夜访戴逵之所也。亦名戴溪。"剡溪出产的古藤可用来造纸，极其有名，称作剡纸。舒元舆《悲剡溪古藤文》："异日过数十百郡，泊东雒西雍，历见言书文者，皆以剡纸相夸。"顾况《剡纸歌》："剡溪剡纸生剡藤，喷水捣后为蕉叶。"皮日休《二游诗·徐诗》："宣毫利若风，剡纸光与月。"剡溪笺：谓用剡纸制作的信札。

[4] 冥目：闭眼沉思。

[5] 终南：即终南山，在陕西西安市南。

湘江渔父[1]

湘潭春水满[2]，岸远草青青。有客钓烟月，无人论醉醒。门前蛟蜃气[3]，襄上蕙兰馨[4]。曾受蒙庄子，逍遥一卷经[5]。

【注释】

[1] 湘江：纵贯湖南省。《水经注》卷三八 [湘水]："湘水出零陵始安县阳海山，东北过零陵县东。"《元和郡县图志》卷二七 [江南道二] 岳州湘阴县："湘水，南自长沙县界流入，又北入青草湖。"《唐六典》卷三 [江南道]："湘水出桂州湘源县，北流历永、衡、潭、岳四州界，入洞庭。"

[2] 湘潭：唐县名，治所在今湖南衡山东北。《元和郡县图志》卷二九 [江南道五] 之 [潭州]："湘潭县，本汉湘南县地，吴分立衡阳县，晋惠帝更名衡山，历代炳属衡阳郡，隋改属潭州。天宝八年改名湘潭。"

[3] 蛟蜃：蛟龙和蛤蜊。蛟蜃气：谓蛟龙和蛤蜊吐出之气。按，海面风平浪静时，远处出现由折光所形成的城郭楼宇等幻象。古人常误以蜃气为蜃所吐之气而成。此处言湘江中的蛟龙和蛤蜊所吐之气所形成的幻象之景。

[4] 蕙兰：蕙草和兰花。

[5] "曾受蒙庄子"二句：庄子曾为蒙漆园吏。《庄子》的首篇是《逍遥游》，其主旨是超越世俗的功名富贵而自由逍遥，所谓"圣人无名，神人无功，至人无己"。庄子在唐代被封为南华真人，《庄子》称为《南华真

经》，唐人成玄英根据晋人郭向《庄子注》，作《南华真经注疏》。

书古寺僧房

绿树深深处，长明焰焰灯[1]。春时游寺客，花落闭门僧。万法心中寂，孤泉石上澄[2]。劳生莫相问[3]，喧默不相应[4]。

【注释】

[1] 长明：即长明灯，又名续明灯、无尽灯、长命灯、常明灯，即佛前日夜常明不熄的灯。据《贤愚经》卷三［贫女难陀品第二十］："尔时国中，有一女人名曰难陀，贫穷孤独，乞匄自活，见诸国王，臣民大小，各各供养佛及众僧，心自思惟：'我之宿罪，生处贫贱，虽遭福田，无有种子。'酸切感伤，深自咎悔，便行乞匄，以俟微供，竟日不休，唯得一钱，持诣油家，欲用买油。油家问曰：'一钱买油，少无所逮，用作何等？'难陀具以所怀语之。油主怜愍，增倍与油。得已欢喜，足作一灯，担向精舍，奉上世尊，置于佛前众灯之中，自立誓愿：'我今贫穷，用是小灯，供养于佛，以此功德，令我来世得智慧照，灭除一切众生垢暗。'作是誓已，礼佛而去。乃至夜竟，诸灯尽灭，唯此独燃。是时目连，次当日直，察天已晓，收灯摒挡，见此一灯，独燃明好，膏炷未损，如新燃灯，心便生念：'白日燃灯，无益时用。'欲取灭之，暮规还燃，实时举手，扇灭此灯，灯焰如故，无有亏灭，复以衣扇，灯明不损。佛见目连欲灭此灯，语目连曰：'今此灯者，非汝声闻所能倾动，正使汝注四大海水，以用灌之，随岚风吹，亦不能灭。所以尔者，此是广济发大心人所施之物。'"此事或为长明灯之起源。又，燃灯原为供佛之用，而佛是获得大觉悟、大解脱者。对佛而言，本无所谓昼夜明暗之别，然为令施者得福，故灯应昼夜不断，长燃不熄。《佛说目连问戒律中五百轻重事》卷一［问佛事品第二］："问：'续佛光明，昼可灭不？'答：'不得，若灭犯堕；虽云佛无明暗，施者得福故，灭有罪。'"《刘宾客嘉话录·附编》和《隋唐嘉话》卷下皆载："江宁县寺有晋长明灯，岁久，火色变青而不热。隋文帝平陈，已讶其古，至今犹存。"自晋迄唐，凡五百许年，长明灯之燃，可谓久矣。焰焰：火苗初起貌。

　　[2] 澄：澄明、澄清。

　　[3] 劳生：谓辛劳的一生。《庄子·大宗师》："夫大块载我以形，劳我以生，佚我以老，息我以死。"李白《下途归石门旧居》："何必长从七贵游，劳生徒聚万金产。"白居易《新沐浴》："劳生彼何苦，遂性我何忧。"

　　[4] 喧默：谓喧闹与静默。

湖西逸人[1]

　　老隐洞庭西，渔樵共一溪。琴前孤鹤影，石上远僧题。橘柚园林熟，蒹葭径路迷[2]。君能许邻并[3]，分药劚春畦[4]。

【注释】

　　[1] 湖西：据下文"老隐洞庭西"，则"湖西"指洞庭湖之西。逸人：隐士。

　　[2] 蒹葭：即芦荻。《诗经·秦风·蒹葭》："蒹葭苍苍，白露为霜。"武元衡《江上寄隐者》："蒹葭连水国，鼙鼓近梁城。"

　　[3] 邻并：即傍邻，傍居为邻。贾岛《题李凝幽居》："闲居少邻并，草径入荒园。"李咸用《寄题从兄坤载村居》："邻并无非樵钓者，庄生物论宛然齐。"

　　[4] 劚：同"斸"，斫，掘。春畦：谓春田。"畦"指长条的田块。

潇湘二十韵[1]

　　二水远难论[2]，从离向坎奔[3]。冷穿千嶂脉[4]，清过几州门。阔去多凝白，傍来尽带浑[5]。经游闻舜禹[6]，表里见乾坤[7]。浦静鱼闲钓，湾凉雁自屯[8]。月来分夜底，云度见秋痕。暮气藏邻寺，寒涛聒近村[9]。离骚传永恨，鼓瑟奏遗魂[10]。雾拥鱼龙窟，槎欹岛屿根[11]。秋风帆上下，落日树沉昏[12]。柳少砂洲缺，苔多古岸存。禽巢依橘柚，獭径入兰荪[13]。色自江南绝，名闻海内尊。吴头雄莫遏[14]，汉口壮堪吞[15]。寥泬晴方映[16]，冯夷信忽翻[17]。渡遥峰翠迭，汀小荻花繁[18]。势接湖烟涨，声和瘴雨喷[19]。急摇吟客舫[20]，狂溅野人樽[21]。疏凿谁穷本[22]，澄鲜自有源[23]。对兹伤九曲，含浊出昆仑[24]。

【校勘】

"去"，丁本作"出"。

"多"，甲、乙、丙、丁本作"都"。

"沉"，甲本作"沈"，"沈"通"沉"。

"砂"，甲本作"沙"。

【注释】

[1] 潇湘：潇水、湘水。潇水源出湖南省蓝山县九嶷山，湘水源出广西壮族自治区灵川县海阳山。二水在湖南省零陵县合流，称为潇湘，北入洞庭湖。

[2] 二水：即潇水和湘水。

[3] 坎：谓地面地陷的地方。

[4] 千嶂：形容山峰之多。孟浩然《下赣石》："赣石三百里，沿洄千嶂间。"吴融《登汉州城楼》："叠翠北来千嶂尽，漫流东去一江平。"

[5] 浑：浑浊。

[6] "经游"句：按，《史记》卷一《五帝本纪·虞舜》："（舜）践帝位三十九年，南巡狩，崩于苍梧之野。葬于江南九嶷，是为零陵。"卷二《五帝本纪·夏禹》："禹行自冀州始……至于岳阳。覃怀致功，至于衡漳。……道九山……汶山之阳至衡山。"舜禹都曾游经潇湘地区，故云"经游闻舜禹"。

[7] 乾坤：谓天地。王维《重酬苑郎中》："草木尽能酬雨露，荣枯安敢问乾坤。"杜甫《登岳阳楼》："吴楚东南坼，乾坤日夜浮。"

[8] 屯：聚集。

[9] 聒：喧闹，吵扰。

[10] "离骚"二句：按，《史记·屈原列传》："屈平疾王听之不聪也，谗谄之蔽明也，邪曲之害公也，方正之不容也，故忧愁幽思而作离骚。离骚者，犹离忧也。夫天者，人之始也；父母者，人之本也。人穷则反本，故劳苦倦极，未尝不呼天也；疾痛惨怛，未尝不呼父母也。屈平正道直行，竭忠尽智以事其君，谗人间之，可谓穷矣。信而见疑，忠而被谤，能

无怨乎？屈平之作离骚，盖自怨生也。……屈原至于江滨，被发行吟泽畔。颜色憔悴，形容枯槁。……于是怀石遂自沈汨罗以死。"屈原对楚国忠心耿耿，但仍被谤遭贬，乃至自沉汨罗江，所著《离骚》传达出其永久的怨恨，潇湘之水好像在鼓瑟奏乐为遗魂鸣不平，故云"离骚传永恨，鼓瑟奏遗魂"。

[11] 槎：竹筏、木筏。攲：斜靠。刘长卿《赠元容州》："何事沧波上，漂漂逐海槎。"陆龟蒙《酒星》："何当八月槎，载我游青冥。"

[12] 沉昏：谓沉没于昏暗之中。

[13] 獭：水獭。《说文解字》："獭，如小狗也，水居食鱼。"苏：香草名，即荽。

[14] 吴头：潇湘位于吴地上游，故云"吴头"。遏：阻止。

[15] "汉口"句：汉口在洞庭湖之北，潇湘之水自南而北，浩浩荡荡，雄伟壮观，势吞汉口。

[16] 沈寥：同"沈寥"，空旷貌。谢灵运《游山》："乳窦既滴沥，丹井复寥沈。"刘得仁《监试莲花峰》："当秋倚寥沈，入望似芙蓉。"

[17] 冯夷：河神名。《庄子·大宗师》："冯夷得之，以游大川。"《酉阳杂俎》卷十四〔诺皋记上〕："河伯，人面，乘两龙（一曰冰夷，一曰冯夷）。又曰人面鱼身。《金匮》言名冯循（一作脩）。《河图》言姓吕名夷，《穆天子传》言无夷，《淮南子》言冯迟。《圣贤记》言：'服八石，得水仙。'"《艺文类聚》卷七十八〔灵异部上〕："晋郭璞冯夷赞曰：禀华之精，食惟八石，乘龙隐沦，往来海客，若是水仙，号曰河伯。"《太平御览》卷二四："《圣贤记》曰：冯夷，弘农潼乡堤首里人，服八石得道，为水仙河伯。又一说，华阴人八月上庚日渡河溺死，天帝署为河伯。"

[18] 汀：水边平地或水中小洲。

[19] 瘴雨：谓南方有瘴气的雨。

[20] 舫：有舱室的船。

[21] 野人：乡野之人，庶民。樽：盛酒器。

[22] 疏凿：开凿阻塞，使之通畅。穷本：寻究本源。

[23] "澄鲜"句：谓因为有本源，故水清澈明亮。朱熹《观书有感》之一："问渠那得清如许，为有源头活水来。"

[24] "对兹"二句：按，黄河源出青海巴颜喀拉山北麓，河道弯曲，

素有"九曲"之称。高适《九曲词序》："《河图》曰：黄河出昆仑山东北……河水九曲，长九千里，入于渤海。"卢纶《边思》："黄河九曲流，缭绕古边州。"又，黄河水多泥沙而色黄，故称黄河。此句谓潇湘之水清澈明亮，浑浊的黄河之水与之相比，令人伤心。

【汇评】

清·郑方坤《五代诗话》卷八引《零陵总记》：潇水在永州西三十步，湘水在州北十里，自零陵合流，谓之潇湘。齐己诗云："二水远难论，从离到坎奔。冷穿千嶂陌，清过几州门。"沈彬云："数家渔网秋云外，一岸残阳细雨中。"何涓云："雁影数行秋半逢，渔歌一声夜深发。"皆曲尽其妙。

江行早发[1]

舟子相呼起[2]，长江未五更[3]。几程星月在，犹载梦魂行。鸟乱村林过，人喧水栅横[4]。苍茫平野外，渐认远峰名。

【校勘】

"江"，丙本作"沙"。

"程"，甲、丙本作"看（一作程）"，丁本作"程（一作看）"。

"载"，甲、丙本作"带（一作载）"，丁本作"载（一作带）"。

"过"，甲、丁、乙本作"迥"。

"渐认"，甲本作"渐认（一作惭愧）"。

【注释】

[1] 江：指长江。

[2] 舟子：船夫。《诗经·邶风·匏有苦叶》："招招舟子，人涉卬否。"孟浩然《问舟子》："向夕问舟子，前程复几多？"

[3] 五更：一夜分为甲乙丙丁戊五段，即五更。又叫五夜、五鼓。颜之推《颜氏家训·书证》："汉魏以来，谓为甲夜、乙夜、丙夜、丁夜、戊夜；又云鼓，一鼓、二鼓、三鼓、四鼓、五鼓；亦云一更、二更、三更、四更、五更，皆以五为节。"

[4] 水栅：用竹、木等做成的阻拦物，置于水中作为堵截之用。

宜阳道中作[1]

宜阳南面路，下岳又经过[2]。枫叶红遮店，芒花白满坡[3]。猿无山渐薄，雁众水还多。日落犹前去，诸村牧竖歌[4]。

【注释】

[1] 宜阳：在今江西宜春市。《通典》卷一八二［州郡十二］之［宜春郡］："宜春，汉旧县。晋改曰宜阳，隋复旧。"《太平寰宇记》卷一〇九［袁州宜春郡］："晋太康元年平吴，改宜春为宜阳。"

[2] 下岳：此处谓下南岳衡山。

[3] 芒花：谓芒草所开之花。芒草如茅草，但较之大，长四五尺，快利如锋刃。七月抽长茎，开白花成穗，如芦苇花。

[4] 牧竖：牧童。《淮南子·主术》："鹿之上山，獐不能跂也，及其下，牧竖能追之，才有所修短也。"刘长卿《登吴古城歌》："黍离离兮城坡坨，牛羊践兮牧竖歌。"

落日

晚照背高台[1]，残钟残角催。能销几度月，已是半生来。吹叶阴风发，漫空暝色回[2]。因思古人事，更变尽成埃。

【校勘】

"月"，甲、乙、丙、丁本作"落"。

"阴"，乙本作"因"。

"成"，甲、乙、丙、丁本作"尘"。

【注释】

[1] 晚照：夕照，落日。王勃《白下驿饯唐少府》："浦楼低晚照，乡路隔风烟。"杜甫《秋野五首》之四："远岸秋沙白，连山晚照红。"

[2] 暝色：谓夜色。谢灵运《石壁精舍还湖中作》："林壑敛暝色，云霞收夕霏。"李白《之广陵宿常二南郭幽居》："暝色湖上来，微雨飞南轩。"

春兴

柳暖莺多语，花明草尽长。风流在诗句，牵率在池塘[1]。叫切禽名宇[2]，飞忙蝶性（姓）庄[3]。时来真可惜，自勉掇兰芳[4]。

【校勘】

"在"，甲、乙、戊本作"绕"，丙、己、庚、辛本作"逸"。

"忙"，戊、辛本作"狂"。

"性"，甲、乙、丙、丁、戊、己、庚、辛本作"姓"，当从。

"掇"，丁本作"拟"。

【注释】

[1]"风流"二句：此句谓谢灵运名句"池塘生春草，园柳变鸣禽"。

[2]"叫切"句：此句谓杜宇。杜宇本为古蜀帝名，后化为杜鹃。后人因称杜鹃为杜宇。《水经注》卷三三《江水》："望帝者，杜宇也。"《十三州志》："当七国称王，独杜宇称帝于蜀……望帝使鳖冷凿巫山治水有功，望帝自以德薄，遂自亡去，化为子规。"李中《献乔侍郎》："杜宇声方切，江蓠色正新。"李山甫《闻子规》："冤禽名杜宇，此事更难知。昔帝一时恨，后人千古悲。断肠思故国，啼血溅芳枝。"杜甫《杜鹃行》："古时杜宇称望帝，魂作杜鹃何微细。……声音咽咽如有谓，号啼略与婴儿同。口干垂血转迫促，似欲上诉于苍穹。蜀人闻之皆起立，至今敩学传遗风。"杜牧《杜鹃》："杜宇竟何冤，年年叫蜀门。至今衔积恨，终古吊残魂。芳草迷肠结，红花染血痕。山川尽春色，呜咽复谁论。"

[3]"飞忙"句：此句谓庄蝶。《庄子·齐物论》："昔者庄周梦为胡蝶，栩栩然胡蝶也，自喻适志与！不知周也。俄然觉，则蘧蘧然周也。不知周之梦为胡蝶与，胡蝶之梦为周与？周与胡蝶，则必有分矣。此之谓物化。"李商隐《秋日晚思》："枕寒庄蝶去，窗冷胤萤销。"刘兼《昼寝》："恣情枕上飞庄蝶，任尔云间骋陆龙。"

[4]掇：采摘，拾取。张籍《城南》："目为逐胜朗，手因掇芳柔。"孟郊《罗氏花下奉招陈侍御》："拾紫岂宜晚，掇芳须及晨。"

远山

天际云根破[1]，寒山列翠回。幽人当立久[2]，白鸟背飞来。瀑溅何州地，僧寻几峤苔[3]。终须拂巾履[4]，独去谢尘埃。

【注释】

[1] 天际：天的边际，天边。

[2] 幽人：隐士。

[3] 峤：尖峭的高山。《尔雅·释山》："山小而高，岑；锐而高，峤。"

[4] 巾履：头巾和鞋。元结《宿丹崖翁宅》："往往随风作雾雨，湿人巾履满庭前。"曹邺《山中效陶》："西山忽然暮，往往遗巾履。"

和郑谷郎中幽栖之什[1]

谁知闲退迹，门径入寒汀[2]。静倚云僧杖，孤看野烧星[3]。墨沾吟石黑，苔染钓船青。相对唯溪寺，初宵闻念经。

【校勘】

"烧"，丁本作"客"。

【注释】

[1] 郑谷：字守愚，袁州宜春（今属江西）人。按，郑谷乾宁四年（897）任都官郎中，并终于此任。又郑谷约卒于后梁太祖开平三年（909）。故此诗盖作于乾宁四年（897）至后梁太祖开平三年（909）间。据赵昌平《郑谷年谱》、傅义《郑谷年谱》、《唐才子传校笺》，末帝天祐二年（905），郑谷退居江西宜春，齐己自衡岳往袁州（宜春郡）拜谒郑谷。又齐己有《戊辰岁湘中寄郑谷郎中》诗，戊辰岁即后梁太祖开平二年（908），则齐己于开平二年已经回到湘中，则齐己去袁州拜访郑谷时间当为天祐二年（905）至后梁太祖开平二年（908）之间。此诗题云"和郑谷郎中幽栖之什"，则郑谷已退隐，故此诗当作于此期间。

［2］门径：门前的小路。汀：水边平地或水中小洲。

［3］野烧：犹"野火"。野火烧尽植物表层，但"野火烧不尽"，植物根部尚在，远看如星星点点，故云"野烧星"。

勉道林谦光鸿蕴二首（侄）^[1]

旧林诸侄在^[2]，还住本师房。共□（扫）焚修地，同闻水石香。莫将闲世界^[3]，拟敌好时光。须看南山下，无名冢满冈。

【校勘】

"二首"，甲、乙、丁本作"二侄"，当从。

"□"，甲、乙、丙、丁本作"扫"，当从。

【注释】

［1］道林：即道林寺，在湖南长沙县西岳麓山下，濒临湘水。谦光鸿蕴二首：据诸本"首"当作"侄"。按，齐己，俗姓胡，潭州长沙县人，则谦光、鸿蕴二侄亦姓胡，为潭州长沙县人。另，齐己早年曾于道林寺寓居约十年之久，与道林寺有着极深情缘，此诗题云"道林谦光鸿蕴"，则谦光、鸿蕴二侄亦居于道林寺，当与齐己之荐有关。又，齐己有《示诸侄》、《秋夕寄诸侄》诗，"诸侄"当包括谦光、鸿蕴二侄，三诗当作于同时。其《示诸侄》："莫问年将朽，加餐已不多。形容浑瘦削，行止强牵拖。"《秋夕寄诸侄》："每到秋残夜，灯前忆故乡。……离别身垂老，艰难路去长。"此诗亦云"旧林诸侄在"，据诗意，三诗皆当作于齐己晚年居荆州期间（921—938）。

［2］旧林：谓道林寺。齐己曾在此居住约十年。齐己《重宿旧房与愚上人静话》："曾此栖心过十冬，今年潇洒属生公。"《怀潇湘即事寄友人》："浸野淫空澹荡和，十年邻住听渔歌。城临远棹浮烟泊，寺近闲人泛月过。……可怜千古怀沙处，还有鱼龙弄白波。"

［3］闲世界：犹谓闲暇时光。

渚宫自勉二首[1]

　　晨午殊丰足，伊何挠肺肠[2]。形容侵老病[3]，山水忆韬藏[4]。必谢金台去[5]，还携铁锡将[6]。东林露坛畔[7]，旧对白莲房[8]。

【注释】

　　[1] 渚宫：春秋时楚成王所建，为楚王的别宫，故址在今湖北省江陵县城内。

　　[2] "伊何"句：意谓为何你心肺不宁。"伊"，此处用作第二人称，即你。按，齐己晚年欲入蜀，途经荆渚时被高季兴强留荆州。《宋高僧传》卷三〇本传："梁革唐命，天下纷纭。于是高季昌禀梁帝之命，攻逐雷满出渚宫，己便为荆州留后，寻正受节度。迨乎均帝失御，河东庄宗自魏府入洛，高氏遂割据一方，搜聚四远名节之士，得齐之义丰、南岳之己，以为筑金之始验也。龙德元年辛巳中，礼己于龙兴寺净院安置，给其月俸，命作僧正，非所好也。"自921年起，齐己一直居住荆州。晚年在荆州郁郁不得志，作《渚宫莫问诗一十五首》述怀。其《渚宫莫问诗一十五首序》直抒这种抑郁心情："予以辛巳（921）岁，蒙主人命居龙安寺。察其疏鄙，免以趋奉，爰降手翰，曰：'盖知心在常礼也。'予不觉欣然而作，顾谓形影曰：'尔本青山一衲，白石孤禅，今王侯构室安之，给俸食之，使之乐然，万事都外，游息自得，则云泉猿鸟，不必为狎，起放纵若是，夫何系乎？'自是龙门墙仞，历稔不复睹，况他家哉！因创莫问之题，凡一十五篇，皆以莫问为首焉。"其《拟嵇康绝交寄湘中贯微》云"侯门勉强居"，《荆州寄贯微上人》亦云"相思莫救烧心火，留滞难移压脑山"，均言及自己居留荆州的抑郁不乐和不得已。此句云"伊何挠肺肠"，亦云及此种心情，故亦当作于齐己居荆州期间（921—938）。

　　[3] 形容：形体和面容。

　　[4] 韬藏：隐藏。

　　[5] 谢：辞别。金台：黄金台的省称。李白《古风五十九首》："燕昭延郭隗，遂筑黄金台。"《战国策·燕策》："燕昭王收破燕后即位，卑辞厚币以招贤者，欲将以报雠，故往见郭隗先生。……郭隗先生曰：'臣闻古

之君人有以千金求千里马者，三年不能得。涓人……请求之。君遣之。三月得千里马，马已死。买其首五百金，反以报君。君大怒。……涓人对曰：死马且买之五百金，况生马乎？天下必以王为能市马，马今至矣。于是不能期年，千里之马至者三。今王诚欲致士，先从隗始。隗且见事，况贤于隗者乎？岂远千里哉？'于是昭王为隗筑宫而师之。……士争凑燕。"此处借指高季兴为齐己所筑龙兴寺。孙光宪《白莲集序》："（齐己）晚岁将之岷峨，假途渚宫，太师南平王筑净室以居之，舍净财以供之。"《宋高僧传》卷三十《齐己传》："梁革唐命，天下纷纭。于是高季昌禀梁帝之命，攻逐雷满出渚宫，己便为荆州留后，寻正受节度。迨乎均帝失御，河东庄宗自魏府入洛，高氏遂割据一方，搜聚四远名节之士，得齐之义丰、南岳之己，以为筑金之始验也。龙德元年辛巳中，礼己于龙兴寺净院安置，给其月俸，命作僧正。"

[6] 铁锡：即用铁制作的锡杖，为比丘行路时随身携带十八物之一。将：谓扶持，扶助。

[7] 东林：指庐山东林寺。

[8] 白莲房：按，东林寺多植白莲，今仍有白莲池。《释氏要览》卷上曰："彼院多植白莲，又弥陀国以莲华分九品次第接之，故称莲社。"齐己《渚宫莫问诗一十五首》之十三："六年沧海寺，一别白莲池。"《题东林白莲》："大士生兜率，空池满白莲。""白莲房"指齐己居于东林寺的斋房。齐己《荆渚感怀寄僧达禅弟三首》之二："十五年前会虎溪，白莲斋后便来西。"

毕竟拟何求，随缘去住休[1]。天涯游胜境[2]，海上宿仙洲。梦好寻无迹，诗成旋不留。从人笑轻事，独自忆庄周。

【校勘】

"人"，甲、乙、丙、丁本作"他"。

【注释】

[1] 随缘：谓随顺因缘、顺应机缘而不加勉强。

[2] 天涯：天的边际，即极远的地方。

谢澧湖茶[1]

澧湖唯上贡，何以惠寻常[2]。还是诗心苦，堪消蜡面香[3]。碾声通一室，烹色带残阳。若有新春者，西来信勿忘[4]。

【注释】

[1] 澧湖：在湖南。澧湖多湾，尹懋《秋夜陪张丞相赵侍御游澧湖二首》之二"澧湖凡几湾"；赵冬曦《澧湖作》"三湖返入两山间，畜作澧湖弯复弯"。澧湖与岳阳相隔不远，其地盛产茶叶。"此诗中云："澧湖唯上贡，何以惠寻常。"司空图《丑年冬》："醉日昔闻都下酒，何如今喜折新茶。不堪病渴仍多虑，好向澧湖便出家。"

[2] 寻常：普通、平常。此处谓普通之人，乃齐己自指。

[3] 蜡面：即蜡面茶，茶叶制成蜡片，故云蜡面茶。《旧唐书·哀帝纪》（天祐二年六月）丙申哀帝敕："福建每年进橄榄子，比因闽竖出自闽中，牵于嗜好之间，遂成贡奉之典。虽嘉忠荩，伏恐烦劳。今后只供进蜡面茶，其进橄榄子宜停。"徐夤《尚书惠蜡面茶》："武夷春暖月初圆，采摘新芽献地仙。飞鹊印成香蜡片，啼猿溪走木兰船。"

[4] "西来"句："西来"即"来西"。按，澧湖在湖南，诗云"来西"，考齐己一生履历，则其时在荆州，故此诗当作于齐己居荆州期间（921—938）。

寄归州马判官[1]

郡带女婴名[2]，民康境亦宁。晏梳秋鬓白[3]，闲坐暮山青。赠客椒初熟[4]，寻僧酒半醒。应怀旧居处，歌管隔墙听。

【校勘】

"半"，丁本作"乍"。

【注释】

[1] 归州：治所在今湖北秭归县。《通典》卷一八三〔州郡十三〕之

[巴东郡]："归州，今理秭归县。……隋属巴东郡。大唐武德二年，分夔州秭归、巴东二县置归州，后为巴东郡。领县三：秭归、巴东、兴山。"《旧唐书》卷三九[山南东道]："归州，隋巴东郡之秭归县。武德二年，割夔州之秭归、巴东二县，分置归州。"判官：官名，乃地方长官的僚属，佐理政事。唐代节度使、观察使、防御诸使都设有判官。"马判官"无考。齐己另有《寄怀归州马判官》，诗中云"三年为倅兴何长"，知"马判官"居归州三年。

　[2]"郡带女嬃"句：屈原《离骚》："女嬃之婵媛兮，申申其詈予。"王逸《楚辞章句》云"女嬃"为屈原之姊。按，《水经注》卷三四[江水二]云"秭归"曰："袁山松曰：屈原有贤姊，闻原放逐，亦来归，喻令自宽全。乡人冀其见从，因名曰秭归，即《离骚》所谓女嬃婵媛以詈余也。……县东北数十里，有屈原旧田宅。……县北一百六十里，有屈原故宅，累石为屋基，名其地曰乐平里。宅之东北六十里，有女嬃庙，捣衣石犹存。故《宜都记》曰：秭归盖楚子熊绎之始国，而屈原之乡里也。"唐代王茂元《楚三闾大夫屈先生祠堂铭》："按《史记》本传及《图经》，先生秭归人也，姓屈名原，字灵均，一名平，字正则，本实楚之苗系。"

　[3]晏：谓安闲，安逸。

　[4]"赠客"句："椒"即花椒，落叶灌木。《诗经·唐风·椒聊》："椒聊之实，蕃衍盈升。"三国吴陆玑《毛诗草木鸟兽虫鱼疏》上曰："椒聊，聊，语助也。椒树似茱萸，有针刺，茎叶尖而滑泽。蜀人作茶，吴人作茗，皆合煮其叶以为香。"屈原《离骚》："杂申椒与菌桂兮。"王逸注曰："申，重也。椒，香木也。其芳小，重之乃香。"由于花椒乃一种香木，其子实可作香料，亦可用来泡酒，因而亦常用来赠人，故此诗云"赠客椒初熟"。

倦客

　闲眼即关门，人间事倦闻。如何迎好客，不似看闲云。少欲资三要[1]，多言让十分。疏慵本吾性[2]，任笑早离群[3]。

【校勘】

"倦客"，丁本作"倦容"。

"关"，甲、丙本作"开"。

【注释】

[1] 三要：指道教内丹修炼的三大要点。分为外三要眼、耳、口和内三要精、气、神。《黄帝阴符经·神仙抱一演道章》："九窍之邪，在乎三要。"唐代李筌曰："两叶掩目，不见泰山；双豆塞耳，不闻雷霆；一椒掠舌，不能立言。九窍皆邪，不足以察机变，其在三者，神心志也。"元末王道渊注："夫惟三要有内三要，有外三要。内之三要者，精气神也；外之三要，眼耳口也。眼为神之门，耳为精之门，口为气之门。视之不息则神从眼漏；听之不息则精从耳漏；言之不息则气从口漏。逐于外而失于内。心为形役，是九窍之邪在乎三要者也。"清代刘一明注："九窍之中，唯耳目口三者为招邪之要。耳听声则精摇，目视色则神驰，口多言则气散。精气神一伤则全身衰败，性命未有不丧者。"吕岩《七言》之七："精神气血归三要，南北东西共一家。"钟离权《赠吕洞宾》："知此三要万神归，来驾火龙离九阙。"齐己《读〈阴符经〉》："三要洞开何用闭，高台时去凭栏干。"

[2] 疏慵：懒散、怠慢。白居易《闲夜咏怀，因招周协律，刘、薛二秀才》："世名检束为朝士，心性疏慵是野夫。"罗隐《登宛陵条风楼寄窦常侍》："自笑疏慵似麋鹿，也教台上费黄金。"

[3] 离群：《礼记·檀弓上》："子夏投其杖而拜曰：'吾过矣！吾过矣！吾离群而索居，亦已久矣。'"皇甫曾《送元侍御充使湖南》："离群复多病，岁晚忆沧洲。"刘长卿《酬张夏别后道中见寄》："离群方岁晏，谪宦在天涯。"

送灵誓上人游五台[1]

此去清凉顶[2]，期瞻大圣容[3]。便应过洛水[4]，即未上嵩峰[5]。残照催行影，幽林惜驻踪。想登金阁望，东北极兵峰。

【校勘】

"未"，丁本无。

"峰"，甲、乙、丙、丁本作"锋"。

【注释】

[1] 灵䂮上人：一僧人，生卒年里无考，曾往游五台山。五台：五台山，乃我国佛教四大名山之一。位于山西省五台县东北，为五台山脉的主峰，山势雄伟，五峰耸立，峰顶平缓如台，因此得名。依《文殊师利法宝藏陀罗尼经》和《华严经》所载，本山是文殊菩萨显圣的道场，故广受海内之信仰，历代来山者亦络绎不绝。

[2] 清凉顶：清凉山顶。五台山山中气候清凉宜人，故又名清凉山。

[3] 大圣容：谓文殊菩萨之像。

[4] 洛水：即洛河之水。

[5] 嵩峰：嵩山山峰。

静坐

坐卧与行住，入禅还出吟[1]。也应长日月，消得个身心[2]。嘿论相□（如）少[3]，黄梅付嘱深[4]。门前古松径，时起步清阴。

【校勘】

"嘿论相□少"，甲、丙本作"默论相如少"，乙、丁本作"嘿论相如少"，"□"当作"如"，据诸本改。

【注释】

[1] 入禅：进入禅定。

[2] 消：消磨。

[3] "嘿论相□（如）"句：据诸本"相□"作"相如"。按，《史记·司马相如传》："相如口吃而善著书。常有消渴疾。与卓氏婚，饶于财。其进仕宦，未尝肯与公卿国家之事，称病间居，不慕官爵。"

[4] "黄梅付嘱"句：此指禅宗五祖弘忍（601—674）。黄梅山在黄州府黄梅县（今属湖北），弘忍居黄梅山东禅院，因称黄梅。弘忍所传法称为"东山法门"，强调静坐习禅，"念佛名，令净心"。其《修心要论》云："依《无量寿经》，端身正坐，闭目合口，心前平视，随意远近，作一日想守之。"《传法正宗记》卷六《弘忍传》："慧能居士既受法与其衣钵。……

尊者曰："昔达磨以来自异域，虽传法于二祖，恐世未信其所师承，故以衣钵为验。今我宗天下闻之，莫不信者，则此衣钵可止于汝，然正法自汝益广。若必传其衣，恐起诤端。故曰：受衣之人，命若悬丝。汝即行矣，汝宜且隐晦，时而后化。'……尊者曰：'逢怀即止，遇会且藏。'慧能禀教即夕去之。"

谢虚中上人寄示题天策阁诗[1]

天策二首作，境幽搜亦玄。阁横三楚上，题挂九霄边。寺额因标胜，诗人合遇贤。他时谁倚槛，吟此岂忘筌[2]。

【注释】

[1] 虚中：生卒年不详，袁州（宜春）人。与齐己交往较密。事见《唐才子传》卷八本传。天策：即天策上将府，简称天策府，官署名。唐武德四年（621），为酬秦王李世民（太宗）平洛阳大功而特置。以世民为天策上将，掌国之征讨，总判府事，位在王公上。后梁开平四年（910）马殷上表请依唐太宗故事，授天策上将。太祖朱温诏加殷天策上将军，开府置学士，备顾问。《新五代史》卷六六《马殷传》："（马）殷乃请依唐太宗故事，开天策府，置官属，太祖拜殷天策上将军，殷以其弟宾为左相，存为右相。""天策阁"当为天策府楼阁。按，齐己与虚中诗交颇深，二人经常互赠诗作。齐己有《题中上人院》、《九日逢虚中虚受》等诗。齐己早年居长沙道林寺时，虚中隐居湘西宗（栗）成寺，宗（栗）成寺在长沙市西南岳麓山上。此诗当作于此期间。

[2] 忘筌：即"得鱼忘筌"。"筌"乃捕鱼的竹器。"忘筌"比喻达到目的后就忘记了原来的凭藉。《庄子·外物》："筌者所以在鱼，得鱼而忘筌"。"荃"也作"筌"。

荆门寄怀章供奉兼呈幕中知己[1]

紫衣居贵上[2]，青衲老关中[3]。事佛门相似，朝天路不同[4]。神凝无恶梦，诗澹老真风。闻道知音在，官高信莫通。

【校勘】

"佛"，丁本作"物"。

【注释】

[1] 荆门：今湖北江陵。章供奉："供奉"乃古代皇宫大内之僧职。即宫中举行斋会等法会之时，在内道场担任读师等职者。又称内供、内供奉。我国在唐代即设有此职。赞宁《大宋僧史略》卷下云"置此官者，元皎始也"，认为内供奉之职始于唐肃宗至德元年（756）以僧元皎为内供奉。按此说有误，最早为内供奉者应是僧法琳（572—640），《祖堂集》卷二有"唐内供奉沙门法琳撰（慧可）碑文"为证。章供奉，生卒年里无考。据此诗，章供奉能诗，曾被皇帝敕赐紫衣，为内供奉，晚年居于关中。

[2] "紫衣"句："紫衣"乃朝廷赐予高僧大德之紫色袈裟或法衣。又作紫服、紫袈裟。赐僧紫衣，始于唐则天武后。《大宋僧史略》卷下："按唐书，则天朝有僧法朗等，重译《大云经》，陈符命，言则天是弥勒下生，为阎浮提主，唐氏合微，故由之革命称周。法朗、薛怀义九人并封县公，赐物有差，皆赐紫袈裟、银龟袋，其《大云经》颁于天下寺，各藏一本，令高座讲说，赐紫自此始也。"本来依照佛制，不许用紫色、绯色，然而中国自古以来，即许高官着红、紫色之朝服，又设朱、紫、绿、皂、黄等绶条，以区别官位高低，缁门乃仿此而有紫衣之披著。自则天武后赐僧法朗以后，赐紫衣渐成风气。至懿宗咸通二年（861），左右街僧入内殿讲论时，蒙赐紫衣。对左右街各赐紫衣之风气始于此时。僖宗、昭宗之时，亦常赐紫衣，此后"赐紫"之事乃渐成惯例。五代以后，赐紫衣之范围放宽，举凡从事译经之外国三藏，或负有外交使命来朝之使僧皆赠予紫衣。于僧人而言，被赐紫衣或着紫衣是一种荣誉。刘昭禹《赠惠律大师》："满城谁不重，见著紫衣初。"贯休《送新罗僧归本国》："想得还乡后，多应著紫衣。"以此，有些僧人甚而至于"面乞赐紫"，如《大宋僧史略》卷下："（后梁太祖乾化元年十一月）潭州僧法思、桂州僧归真，面乞赐紫。"又如裴庭裕《东观奏记》卷下载："僧从晦住安国寺，道行高洁，兼工诗，以文章应制。上（宣宗）每择剧韵令赋，亦多称旨。晦积年供奉，望紫方袍之赐，以耀法门。上两召至殿，上谓之曰：'朕不惜一幅紫袈裟与师，

但师头耳稍薄，恐不胜耳！'竟不赐，晦悒悒而终。"求赐紫衣不成，乃至"悒悒而终"，可见紫衣的荣贵，故此诗云"紫衣居贵上"。

[3] 关中：即今陕西省地区。《史记·项羽纪》："人或说项王曰：'关中阻山河四塞，地肥饶，可都以霸。'"《史记集解》引徐广曰："东函谷，南武关，西散关，北萧关。"潘岳《关中记》云："东自函关、弘农郡灵宝县界，西至陇关今汧阳郡汧源县界，二关之间，谓之关中，东西千余里。"

[4] "事佛门"二句："朝天"即谒见帝王。二句谓齐己与章供奉皆出家为僧，学佛之路相似，但二人朝拜皇帝方式不同，齐己居于荆州龙兴寺，而章供奉却入官为皇帝内供奉。

江令石[1]

思量江令意，爱石甚悠悠[2]。贪向深宫去，死同亡国休。两株荒草里，千古暮江头。若似黄金贵，隋军也不留。

【注释】

[1] 江令：指江总（519—594），字总持，仕陈为陈后主狎客，官至尚书令。爱石。《陈书·江总传》："总当权宰，不持政务，但日与后主游宴后庭，共陈暄、孔范、王瑳等十余人，当时谓之狎客。由是国政日颓，纲纪不立，有言之者，辄以罪斥之，君臣昏乱，以至于灭。"

[2] 悠悠：悠长。

月下作

良夜如清昼，幽人在小庭[1]。满空垂列宿[2]，那个是文星[3]。世界归谁是，心魂向自宁。何当见尧舜，重为造生灵[4]。

【校勘】

"当"，丁本作"堂"。

【注释】

[1] 幽人：隐士。

［2］列宿：众星宿。《史记·天官书》："天有五星，地有五行；天则有列宿，地则有州域。"

［3］文星：即文昌星，也称文曲星。《晋书·成公绥传》："帝星正坐于紫官，辅臣列位于文昌。"杜甫《送李大夫赴广州》："北风随爽气，南斗避文星。"旧时传说为主文运的星宿。唐代裴廷裕《东观奏记》卷下："初，日官奏：'文星暗，科场当有事。'"后用以比拟著名的文人作家。郑谷《读李白集》："何事文星与酒星，一时钟在李先生。"

［4］"何当见尧舜"二句：尧、舜均为传说中上古的贤明君主。《史记·五帝本纪》云尧"其仁如天，其知如神。就之如日，望之如云。富而不骄，贵而不舒。黄收纯衣，彤车乘白马。能明驯德，以亲九族。九族既睦，便章百姓。百姓昭明，合和万国"；云舜"舜年二十以孝闻。……舜举八恺，使主后土，以揆百事，莫不时序。举八元，使布五教于四方，父义，母慈，兄友，弟恭，子孝，内平外成。……天下明德皆自虞帝始"。由于尧、舜治理有方，当时的社会获得很大的发展，呈现一片安宁、祥和的太平景象，"天下大和，百姓无事"，故此诗云"何当见尧舜，重为造生灵"。

游道林寺四绝亭，观宋杜诗版[1]

宋杜诗题在[2]，风骚到此真[3]。独来终日看，一为拂秋尘。古石生寒仞[4]，春松脱老鳞[5]。高僧眼根净[6]，应见客吟神。

【校勘】

"版"，丁本作"板"。

"净"，甲、乙、丙、丁本作"静"。

"神"，甲本作"神（一作频）"。

【注释】

［1］道林寺：在湖南长沙市西岳麓山下，濒临湘水。四绝亭：乃唐僖宗乾符（874—879）年间袁浩所建。"四绝"是指沈传师、裴休的笔札，宋之问、杜甫的诗章。按，齐己《怀道林寺道友》："四绝堂前万木秋，碧参差影压湘流。闲思宋杜题诗板，一日凭栏到夜休。"则"四绝亭"即

"四绝堂"。另齐己《送人自蜀回南游》:"烟月几般为客路,林泉四绝是吾乡。寻幽必有僧相指,宋杜题诗近旧房。"则齐己在道林寺的"旧房"与"四绝亭"临近。又,宋之问《湖中别鉴上人》:"愿与道林近,在意逍遥篇。自有灵佳寺,何用沃洲禅?"杜甫《岳麓山道林二寺行》:"玉泉之南麓山殊,道林林壑争盘纡。寺门高开洞庭野,殿脚插入赤沙湖。……暮年且喜经行近,春日兼蒙暄暖扶。飘然斑白身奚适,傍此烟霞茅可诛。桃源人家易制度,橘洲田土仍膏腴。潭府邑中甚淳古,太守庭内不喧呼。昔遭衰世皆晦迹,今幸乐国养微躯。依止老宿亦未晚,富贵功名焉足图。久为野客寻幽惯,细学何颙免兴孤。一重一掩吾肺腑,山鸟山花吾友于。宋公放逐曾题壁,物色分留与老夫。"韦蟾《岳麓道林寺》:"沈裴笔力斗雄壮,宋杜词源两风雅。"

[2]"宋杜"句:即宋之问、杜甫题诗。宋之问题诗为《湖中别鉴上人》,杜甫题诗为《岳麓山道林二寺行》。

[3]风骚:本为诗经和楚辞的并称,后泛指诗文。

[4]仞:长度单位。古时一般称八尺或七尺为一仞。李白《送温处士归黄山白鹅峰旧居》:"黄山四千仞,三十二莲峰。"李颀《送刘四赴夏县》:"九霄特立红鸾姿,万仞孤生玉树枝。"

[5]"春松"句:松树皮多为鳞片状,随着树的生长,鳞片状的树皮会渐渐裂开,乃至脱落,故云。王维《春日与裴迪过新昌里访吕逸人不遇》:"闭户著书多岁月,种松皆老作龙鳞。"齐己《灵松歌》:"老鳞枯节相把捉,踉跄立在青崖前。"

[6]眼根:六根之一,谓眼能于色境尽见诸色。《瑜伽论》:"能观众色。是也。"

勉诗僧[1]

莫把毛生刺,低佪谒李膺[2]。须防知佛者,解笑爱名僧[3]。道性宜如水[4],诗情合似冰。还同莲社客[5],联唱绕香灯[6]。

【校勘】

"佪",丁本作"徊"。

【注释】

[1] 诗僧：即善诗的或以诗名世的出家僧侣，亦即孙昌武先生在其《唐代文学与佛教》一书中所说的"披着袈裟的诗人"。按，僧人写诗，肇始于东晋。东晋佛学家康僧渊是诗僧的始作俑者，其两首诗《代答张君祖诗》、《又答张君祖诗》，乃僧诗的发轫之作。但"诗僧"之名却产生于中唐的大历时期。皎然的《酬别襄阳诗僧少微》是"诗僧"最早的用例，前此未见。其后，"诗僧"之名屡屡被使用。

[2] 李膺：即东汉名臣，事见《后汉书·李膺传》。李膺名重天下，受其交接者，有登龙门之称。后用以泛指名高望重的门第或大臣。如"坐登徐孺榻，频接李膺杯"（孟浩然《荆门上张丞相》）；"于何车马日憧憧，李膺门馆争登龙"（王季友《酬李十六岐》）；"此意无人识，明朝见李膺"（杜牧《行次白沙馆，先寄上河南王侍郎》）等。

[3] 爱名僧：按，随着唐代佛教的昌盛和日趋世俗化，很多僧徒纷纷走出山林，涌向城市，以诗歌为敲门砖，四处奔走，八方干谒，攀附权贵，广交士大夫，以获得世俗的名利或作为进身之阶。明人胡震亨曾在其《唐音癸签》卷八中提及这种现象："（释子）嗜吟憨态，几夺禅诵。嗣后转哦膻名，竞营供奉，集讲内殿，献颂寿辰，如广宣、栖白、子兰、可止之流，栖止京国，交结重臣，品格斯非，诗教何取？"齐己个性淡泊，懒谒王侯，"视其名利，悉若浮云矣"（《宋高僧传·齐己传》），"未尝将一字，容易谒诸侯"（齐己《自题》），"曾无一字干声利"（齐己《吟兴自述》），"终忍不求名"（齐己《再逢昼公》），因而极其痛恨追逐名利的僧人，"应悲尘土里，追逐利名僧"（齐己《送玉泉道者回山寺》）。

[4] "道性"句：谓僧人佛性应清净如水。

[5] 莲社：即慧远等人于庐山东林寺所结之白莲社。

[6] 联唱：谓联句及诗歌唱酬。

谢人墨

珍重岁寒烟，携来路几千。只应真典诰[1]，消得苦磨研[2]。正色浮端砚[3]，精光动蜀笺[4]。因君强濡染[5]，舍此即忘筌[6]。

【注释】

[1] 典诰：《尚书》中《尧典》、《汤诰》等篇的并称。亦泛指经书典籍。《汉书·王莽传》："各策命以其职，如典诰之文。"孔颖达《明堂议》："阁道升楼，路便窄隘，乘辇则接神不敬，步陟则劳曳圣躬，侍卫在傍，百司供奉，求之典诰，全无此理。"罗隐《寄三衢孙员外》："天子未能崇典诰，诸生徒欲恋旌旗。"

[2] 磨研：细碾细磨使粉碎或光滑。

[3] 端砚：即以广东德庆县端溪产石所制之砚。自唐以来，即为人重。刘禹锡《唐秀才赠端州紫石砚，以诗答之》："端州石砚人间重，赠我因知正草玄。"李贺《杨生青花紫石砚歌》："端州石工巧如神，踏天磨刀割紫云。佣刓抱水含满唇，暗洒苌弘冷血痕。纱帷昼暖墨花春，轻沤漂沫松麝薰。干腻薄重立脚匀，数寸光秋无日昏。圆毫促点声静新，孔砚宽顽何足云。"唐朝李肇《唐国史补》卷下："内邱白瓷瓯，端溪紫石砚，天下无贵贱通用之。"到了宋代，端砚之名益盛。宋朝著名诗人张九成赋诗赞道："端溪古砚天下奇，紫花夜半吐虹霓。"

[4] 蜀笺：唐代蜀地所造笺纸，精致华美，是纸中精品。《唐国史补》卷下："纸则有越之剡藤苔笺，蜀之麻面、屑末、滑石、金花、长麻、鱼子、十色笺，扬之六合笺，韶之竹笺，蒲之白蒲、重抄，临川之滑薄。"《唐摭言》卷十三："目御前有蜀笺数十幅，因命授之。"白居易《重答汝州李六使君见和忆吴中旧游五首》："蜀笺写出篇篇好，吴调吟时句句愁。"司空图《力疾山下吴村看杏花十九首》之十八："更恨新诗无纸写，蜀笺堆积是谁家？"

[5] 濡染：染湿。此处指蘸墨写作。李商隐《韩碑》："公退斋戒坐小阁，濡染大笔何淋漓。"皮光业《吴越国武肃王庙碑铭》："就中濡染碑额，益见呈露锋芒。四方仰之神踪，一代称之墨宝。"

[6] 忘筌：即"得鱼忘筌"。"筌"乃捕鱼的竹器。"忘筌"比喻达到目的后就忘记了原来的凭藉。《庄子·外物》："筌者所以在鱼，得鱼而忘筌"。"荃"也作"筌"。

送人游玉泉寺[1]

西风大雪开，万□向空堆。客贵犹寻去，僧高肯不来。潭澄猿觑月[2]，窦冷鹿眠苔[3]。公子将才子，联题兴未回[4]。

【校勘】

"人"，丁本作"僧"。

"风"，甲、乙、丙本作"峰"。

"□"，甲、乙、丙、丁本作"叠"。

"肯不"，丁本作"不肯"。

【注释】

[1] 玉泉寺：位于湖北当阳市玉泉山东南山麓。以玉泉山形似覆船，故又名覆船山或覆舟山，颇富胜景。历来游览者众多。如孟浩然有《陪张丞相祠紫盖山，途经玉泉寺》诗。白居易有《独游玉泉寺》、《题玉泉寺》、《玉泉寺南三里涧下多深红踯躅繁艳殊常感惜题诗以示游者》诸诗。储光羲有《苏十三瞻登玉泉寺峰入寺中见赠作》诗。周朴有《玉泉寺》、《宿玉泉寺》诗。

[2] 觑：窥伺。

[3] 窦：洞、孔。

[4] "公子"二句：此处谓孟浩然陪张九龄游玉泉寺唱酬题诗之事。按，开元二十五年（737），尚书右丞相张九龄被贬为荆州大都督府长史，曾辟置孟浩然为幕府从事。此年冬，孟浩然陪张九龄祭祀紫盖山，游览玉泉寺。时张九龄有《祠紫盖山经玉泉山寺》、《冬中至玉泉山寺属穷阴冰闭崖谷无色及仲春行县复往焉故有此作》诗，孟浩然有《陪张丞相祠紫盖山，途经玉泉寺》诗。

寄郑谷郎中[1]

诗心何以传，所证自同禅[2]。觅句如探虎[3]，逢知似得仙。神清太古在，字好雅风全。曾沐星郎许[4]，终惭是斐然[5]。

【校勘】

"同"，丁本作"登"。

【注释】

[1] 郑谷：字守愚，袁州宜春（今属江西）人。按，郑谷乾宁四年（897）任都官郎中，并终于此任。又郑谷约卒于后梁太祖开平三年（909）。故齐己此诗盖作于乾宁四年（897）至后梁太祖开平三年（909）间。据赵昌平《郑谷年谱》、傅义《郑谷年谱》、《唐才子传校笺》，末帝天祐二年（905），郑谷退居江西宜春，齐己自衡岳往袁州（宜春郡）拜谒郑谷。又齐己有《戊辰岁湘中寄郑谷郎中》诗，戊辰岁即后梁太祖开平二年（908），则齐己于开平二年已经回到湘中，则齐己去袁州拜访郑谷时间当为天祐二年（905）至后梁太祖开平二年（908）之间。此诗中云"觅句如探虎，逢知似得仙。神清太古在，字好雅风全。曾沐星郎许，终惭是斐然"，知为齐己于袁州拜访郑谷、相互切磋诗句之事，故此诗当作于此期间。

[2] 禅："禅那"（dhyana）的简称，意译为静虑、思惟修、弃恶。《法界次第》卷上之（下）云："禅是西土之音，此翻弃恶，能弃欲界五盖等一切诸恶，故云弃恶。或翻功德丛林，或翻思惟修。""禅"即寂静审虑之意。指将心专注于某一对象，极寂静以详密思惟之定慧等状态。"禅"为大乘、小乘、外道、凡夫所共修，然其目的及思惟对象则各异。禅及其他诸定，泛称为禅定；又或以禅为一种定，故将修禅沉思称为禅思。

[3] "觅句如"句：形容苦吟得句之艰难。卢延让《苦吟》云"吟安一个字，捻断数茎须"是也；方干《赠喻凫》云"才吟五字句，又白几茎髭"是也；李频"只将五字句，用破一生心"（残句）是也；匡山山长"觅句曾冲虎"（贯休《怀匡山山长二首》）是也；僧庭实"吟中双鬓白，笑里一生贫"（逸句）是也。

[4] 沐：蒙受，比喻受润泽或沉浸在某种环境中。星郎：按，《后汉书·明帝纪》："馆陶公主为子求郎，不许，而赐钱千万。谓群臣曰：'郎官上应列宿，出宰百里，有非其人，则民受其殃，是以难之。'"后遂称郎官为星郎。按，郑谷于乾宁四年（897）拜都官郎中，世称"郑都官"，故亦称星郎。许：赞许。

[5] 斐然：指文章有文采。

春雨

欲布如膏势[1]，先闻动地雷。云龙相得起，风电一时来。霡霂农桑野[2]，冥濛杨柳台[3]。何人待晴暖，庭有牡丹开。

【校勘】

"冥"，丁本作"溟"。

【注释】

[1] 膏：膏雨，即滋润作物的及时雨。

[2] 霡霂：小雨。《诗经·小雅·信南山》："益之以霡霂。"白居易《喜雨》："千日浇灌功，不如一霡霂。"皮日休《吴中苦雨因书一百韵寄鲁望》："只是遇滂沱，少曾逢霡霂。"

[3] 冥濛：幽暗不明。

明月峰

明月峰头石，曾闻学月明。别舒长夜彩[1]，高照一村耕。颇乱无私理，徒惊鄙俗情。传云遭凿后，顽白在峥嵘[2]。

【注释】

[1] 舒：舒展。

[2] 峥嵘：高峻深远。《楚辞·远游》："下峥嵘而无地兮，上寥廓而无天。"左思《蜀都赋》："经三峡之峥嵘，蹑五屼之寒浐。"李白《蜀道难》："剑阁峥嵘而崔嵬，一夫当关，万夫莫开。"

谢人惠紫栗拄杖

仙掌峰前得，何当此见遗[1]。百年衰朽骨[2]，六尺岁寒姿。雪外兼松凭，泉边待月欹[3]。他时出山去，犹谢见相随。

【注释】

[1] 遗：赠送。

[2] 衰朽：老迈无能。王维《老将行》："自从弃置便衰朽，世事蹉跎成白首。"崔颢《江畔老人愁》："青溪口边一老翁，鬓眉皓白已衰朽。"

[3] 欹：斜靠。

送人游湘湖

君游南国去[1]，旅梦若为宁[2]。一路随鸿雁，千峰绕洞庭。林明枫尽落，野黑烧初经。有兴寻僧否，湘西寺最灵[3]。

【注释】

[1] 南国：古指江汉一带的诸侯国。《诗经·小雅·四月》："滔滔江汉，南国之纪。"《国语·周语上》韦昭注："南国，江汉之间也。"后用以泛指南方。此处指湖南地区。

[2] 若为：如何，怎样。《南齐书·明僧绍传》载："僧远问僧绍曰：'天子若来，居士若为相对？'"王维《送秘书晁监还日本国》："别离方异域，音信若为通。"刘长卿《重送道标上人》："春草青青新覆地，深山无路若为归。"

[3] "湘西寺"句：按，湘西多寺，如岳麓寺、道林寺、龙安寺等。《舆地纪胜》卷二三潭州："长沙西岸有麓山……岳麓寺、道林寺、岳麓书院皆在此焉。"杜甫《清明》："此都好游湘西寺，诸将亦自军中至。"刘禹锡《唐侍御寄游道林岳麓二寺诗并沈中丞姚员外所和见征继作》："湘西古刹双蹲蹲，群峰朝拱如骏奔。"

小松

发地才过脉（膝），蟠根已有灵[1]。严霜百草白，深院一株青。后夜萧骚动[2]，空阶蟋蟀听。谁于千岁外，吟绕老龙形[3]。

【校勘】

"过脉"，甲、丁本作"过膝（一作盈尺）"，乙、丙本作"过膝"，当从。

"白"，丁本作"白（一作死）"。

"株"，甲、乙、丙本作"林"。

"绕"，甲、丁本作"绕（一作倚）"。

【注释】

[1] 蟠根：盘伏曲曲的松树根。

[2] 萧骚：象声词。韦庄《南省伴直》："何事爱留诗客宿，满庭风雨竹萧骚。"李中《送圆上人归庐山》："萧骚红树当门老，斑驳苍苔锁径闲。"此处指松树声。

[3] 老龙形：松树盘曲如龙，故谓"老龙形"。

金江寓居[1]

老（考）盘（槃）应未永[2]，聊此养闲疏。野趣今何似，诗题旧不如。春篁离箨尽[3]，陂藕折花初[4]。终夜秋云是，从风恣卷舒[5]。

【校勘】

"老"，甲、乙、丙、丁本作"考"，当从。

"盘"，甲、丁本作"槃"。

"折"，丁本作"拆"。

"夜"，甲、乙、丙、丁本作"要"。

【注释】

[1] 寓居：暂居，寄居。

[2] 老盘：诸本作"考槃"，从之。按，《诗经·卫风·考槃序》："《考槃》，刺庄公也。不能继先公之业，使贤者退而穷处。"后以指隐者穷处之所。杜甫《别董颋》："汉阳颇宁静，岘首试考槃。"李群玉《自澧浦东游江表，途出巴丘，投员外从公虞》："谁昔探花源，考槃西岳阳。"

[3] 箨：竹皮，笋壳。

[4] 陂：池塘。

[5] 恣：任凭。

晚夏金江寓居答友生

日日冲残热，相寻入乱蒿[1]。闲中滋味远，诗里是非高。碧耸新生竹，红垂半熟桃。时难未可出，且欲淬豪曹[2]。

【注释】

[1] 蒿：蒿草。

[2] 淬：淬火，把铸件烧红，即浸水中，使之坚硬。豪曹：古剑名。传说越王勾践有五把宝剑，其一名曰豪曹。后遂作为利剑的通名。韩翃《东城水亭宴李侍御副使》："金羁络腰裹，玉匣闭豪曹。"刘禹锡《浙西李大夫述梦四十韵并浙东元相公酬和斐然继声》："羽仪呈鸒鸒，铓刃试豪曹。"柳宗元《送元秀才下第东归序》："夫有湛卢豪曹之器者，患不得犀兕而劓之，不患其不利也。"

寄李洞秀才[1]

到处听时论，知君屈最深。秋风几西笑，抱玉但伤心[2]。野水翻红藕，沧江老白禽。相思未相识，闻在蜀中吟。

【校勘】

"西"，丁本无。

【注释】

[1] 李洞（？—897？）：字才江，京兆（今陕西西安）人，唐宗室之后。家贫。屡考不第，遂失意，后游蜀而卒。为诗尚苦吟，乃至废寝食。慕贾岛为诗，铸其像，事之如神。其诗风逼似贾岛，而新奇过之，颇为吴融所称许。然时人多讥诮其僻涩，不贵其奇峭。其诗多琢炼字句，颇多佳句，有诗集。《全唐诗》录其诗三卷。此诗云"到处听时论，知君屈最深。秋风几西笑，抱玉但伤心。……相思未相识，闻在蜀中吟"，可知李洞时在蜀中，齐己只是闻李洞之名，并未谋过其面。

　　[2] 抱玉:《韩非子·和氏》:"楚人和氏得玉璞楚山中,奉而献之厉王。厉王使玉人相之。玉人曰:'石也。'王以和为诳,而刖其左足。及厉王薨,武王即位,和又奉其璞而献之武王。武王使玉人相之。又曰:'石也。'王又以和为诳,而刖其右足。武王薨,文王即位,和乃抱其璞而哭于楚山之下。三日三夜,泣尽而继之以血。王闻之,使人问其故,曰:'天下之刖者多矣,子奚哭之悲也?'和曰:'吾非悲刖也,悲夫宝玉而题之以石,贞士而名之以诳,此吾所以悲也。'王乃使玉人理其璞而得宝焉,遂命曰'和氏之璧'。"《墨子》:"和氏之璧,隋侯之珠,三棘六异,此诸侯之所谓良宝也。"

过商山[1]

　　叠叠叠岚寒,红尘翠里盘。前程有名利,此路莫艰难。云木侵天老,轮蹄到月残。何能寻四皓[2],过尽见长安。

【校勘】

"艰",戊本作"难"。

"木",甲本作"水(一作木)",丙本作"水"。

"过尽见长安",丙本作"过□□□□"。

【注释】

　　[1] 商山:在今陕西商县东,又称商坂、商岭。地形险阻,景色幽胜。秦末汉初四皓曾隐此山。《资治通鉴》卷二五五:中和三年(883)四月,李克用等败黄巢军于渭南,入长安,"巢自蓝田入商山,多遗珍宝于路。官军争取之,不急追,贼遂逸去"。

　　[2] 四皓:《三辅旧事》:"汉惠帝为四皓立碑,一曰园公,二曰绮里季,三曰夏黄公,四曰用里先生。"《陈留志》:"园公姓唐,字宣明。夏黄公姓崔,字少通。用里先生姓周,名术,字元道。绮里季姓朱,名晖,字文季。"《史记·留侯世家》:"上(汉高祖)欲废太子,立戚夫人子赵王如意。大臣多谏争,未能得坚决者也。……人或谓吕后曰:'留侯善画计策,上信用之。'吕后乃使建成侯吕泽劫留侯……留侯曰:'此难以口舌争也。顾上有不能致者,天下有四人。四人者年老矣,皆以为上慢侮人,故逃匿

山中，义不为汉臣。然上高此四人。今公诚能无爱金玉璧帛，令太子为书，卑辞安车，因使辩士固请，宜来。来，以为客，时时从入朝，令上见之，则必异而问之。问之，上知此四人贤，则一助也。'于是吕后令吕泽使人奉太子书，卑辞厚礼，迎此四人。四人至，客建成侯所。……汉十二年，上从击破布军归，疾益甚，愈欲易太子。……及燕，置酒，太子侍。四人从太子，年皆八十有余，须眉皓白，衣冠甚伟。上怪之，问曰：'彼何为者？'四人前对，各言名姓，曰东园公、甪里先生、绮里季、夏黄公。……四人为寿已毕，趋去。上目送之，召戚夫人指示四人者曰：'我欲易之，彼四人辅之，羽翼已成，难动矣。'……竟不易太子者，留侯本招此四人之力也。"

蝉八韵

咽咽复啾啾[1]，多来自蚤（早）秋。园林凉正好，风雨思相收。在处声无别，何人泪欲流。冷怜天露滴，伤共野禽游。静息深依竹，惊移瞥过楼[2]。分明晴渡口，凄切暮关头。时节推应定，飞鸣即未休。年年闻尔苦[3]，远忆所居幽。

【校勘】

"蚤"，甲、乙、丙、丁本作"早"，"蚤"通"早"。

【注释】

[1] 啾啾：象声词。指蝉鸣声。白居易《永崇里观居》："萧飒风雨天，蝉声暮啾啾。"

[2] 瞥过：掠过，疾飞而过。

[3] 尔：第二人称，你。此处指蝉。

鹭鸶二首[1]

日日沧江去，时时得意归。自能终洁白，何虑误翻飞。晚立银塘阔[2]，秋栖玉露微。残阳苇花畔，双下钓鱼矶[3]。

【校勘】

"虑"，甲、乙本作"处"。

"何虑误翻飞"，丙本作"□□□翻飞"。

【注释】

［1］鹭鸶：即白鹭。白鹭头顶、胸肩、背皆生长毛，毛细如丝，故称。

［2］银塘：斜阳晚照水塘，水面波光如银，故称。

［3］矶：水边石滩或突出的大石。

雪里曾迷我，笼中旧养君。忽从红蓼岸[1]，飞出白鸥群。影照翘滩浪，翎濡宿岛云[2]。鸳鸿解相忆，天上列纷纷。

【注释】

［1］红蓼："蓼"乃植物名。草本，叶味辛香，花淡红色或白色。品类甚多，有水蓼、马蓼、辣蓼等。"红蓼"即开红色花的蓼草。

［2］濡：沾湿。

送僧归南岳[1]

浊世住终难，孤峰念永安。逆风眉磔磔[2]，冲雪锡珊珊[3]。石室关霞嫩，松枝拂藓干。岩猿应认得，连臂下勾栏[4]。

【校勘】

"勾"，甲本作"句"。

【注释】

［1］南岳：即衡山，在今湖南衡阳市北。山有七十二峰，以祝融、紫盖、云密、石廪、天柱五峰为最大。《通典》卷四六《山川》："东岳岱山于兖州……南岳衡山于衡州。"

［2］磔磔：象声词。此处指眉毛眨动的声音。

［3］锡：即锡杖。珊珊：象声词。此处指锡杖摇动锡环所发出的声音。

［4］勾栏：栏杆。

夏日林下作

烦暑莫相煎，森森在眼前[1]。暂来还尽日，独坐只闻蝉。草媚终难死，花飞卒未蔫[2]。秋风舍此去，满篋贮新篇[3]。

【注释】

[1] 森森：阴森岑寂。白居易《赠能七伦》："涧松高百寻，四时寒森森。"

[2] 蔫：花木失去水分而萎缩。

[3] 篋：小箱子。

村居寄怀

风雨如尧代[1]，何心欲退藏。诸侯行教化，下国自耕桑。道挫时机尽，禅留话路长。前溪久不过，忽觉早禾香。

【注释】

[1] 尧代：此处借指圣明的时代。

酬王秀才[1]

相于分倍亲，静论到吟真。王泽曾无外，风骚甚少人。鸿随秋过尽，雪向腊飞频。何处多幽胜，期君作近邻。

【注释】

[1] 王秀才：齐己另有《谢王秀才见示诗卷》、《送王秀才往松滋夏课》、《贻王秀才》诸诗，知二人交往密切。王秀才善诗，尚苦吟，有诗卷。曾往今湖北松滋夏课。

赠无本上人[1]

往年吟月社，固（因）乱散扬州。未免无端事[2]，何妨出世流。洞庭禅过腊，衡岳坐经秋[3]。终说将衣钵，天台老去休[4]。

【校勘】

"固"，甲、乙、丙、戊、己、庚本作"因"，当从。

"免"，戊、己、庚本作"是"。

【注释】

[1] 无本上人：即贾岛。贾岛早岁为僧，名无本。

[2] 无端：无因，没有来由，无缘无故。

[3] 衡岳：南岳衡山，在今湖南衡阳市北。因衡山为五岳之一的南岳，故称。

[4] 天台：即天台山，位于今浙江省天台县城北，为仙霞岭山脉的东支，其西北接四明、金华二山，西南有括苍、雁荡二山，蜿蜒绵亘，形势雄伟。又称天梯山、台岳。陶弘景《真诰》载，天台山山有八重，四面山势如一，以天文方位而言，上应"台宿"之位，因名天台山。天台山是我国佛教天台宗的发源地，天台宗祖庭国清寺即在此。《唐六典》卷三载江南道之名山"有茅山、蒋山、天目、会稽、四明、天台、括苍、缙云、金华、大庾、武夷、庐山"，后注云："天台在台州始丰县。"

寄华山司空图[1]

天下艰难际，全家入华山。几劳丹诏问，空见使臣还[2]。瀑布寒吹梦，莲峰翠湿关。兵戈阻相访，身老瘴云间。

【注释】

[1] 华山：五岳之一，世称西岳。在今陕西省华阴市南。司空图（837—908）：字表圣，自号知非子、耐辱居士，河中虞乡（今山西永济）人。能文工诗。有《司空表圣集》十卷。其论诗强调"韵外之致"、"味外

之旨"，认为"辨于味而后可以言诗"。

[2]"几劳丹诏"二句：按，司空图于昭宗龙纪元年（889）以疾辞中书舍人，寓居华阴，其后三次征拜均辞，齐己诗盖咏此事。

题真州精舍[1]

波心精舍好，那岸是繁华。碍目无高树，当门即远沙。晨斋来海客，夜磬到渔家[2]。石鼎秋涛静，禅回有岳茶。

【校勘】

"目"，甲本作"目（一作日）"。

【注释】

[1] 真州：今江苏仪征市。真州即唐扬子县白沙地，五代后唐为迎銮镇，属永贞县。精舍：寺院之别称。又作精庐。

[2] 磬：佛寺中的打击乐器，是早晚课诵、法会读经或作法时不可或缺的法器。

怀道林寺因寄仁用二上人[1]

名山知不远[2]，长忆寺门松。昨晚登楼见，前年过夏峰。雨馀云脚树，风外日西钟。莫更来东岸，红尘没马踪。

【注释】

[1] 道林寺：在湖南长沙市西岳麓山下，濒临湘水。齐己曾于道林寺居住约十年，对之有着深厚的感情，虽说后来离开道林寺，但与道林寺诸友仍有频繁的来往，如其有《寄道林寺诸友》、《怀道林寺道友》、《荆门勉怀寄道林寺诸友》、《闻道林诸友尝茶因有寄》诸诗可证。又，此诗题云"怀道林寺"，诗中云"长忆寺门松"，据诗意，当为齐己晚年居荆州期间（921—938）作。仁用二上人：按，齐己有《苦热怀玉泉寺寄仁上人》、《寄玉泉实仁上人》，齐己与玉泉寺实仁上人交往较密，向实仁倾诉一下思乡之情，实属正常，故此诗题中之"仁上人"或即为玉泉寺实仁上人。至

于"用上人"，无考，当亦为玉泉寺僧人。

　　[2] 名山：此处谓岳麓山。道林寺在岳麓山下，故云。

寻阳道中作[1]

　　秋声连岳树，草色遍汀洲[2]。多事时为客，无人处上楼。云疏片雨歇，野阔九江流[3]。欲向南朝去，诗僧有惠休[4]。

【注释】

　　[1] 寻阳：县名，即今江西九江市。《隋书》卷三一［地理下］之［九江郡］："溢城，旧曰柴桑，置寻阳郡。梁又立汝南县。平陈，郡废，又废汝南、柴桑二县，立寻阳县。"《旧唐书》卷三六［天文下］："汉庐江之寻阳，今在江州。"李白《下寻阳城泛彭蠡，寄黄判官》："浪动灌婴井，寻阳江上风。"许敬宗《贺杭州等龙见并庆云朱草表》："又江州刺史左难当称，寻阳县界见青龙二。"

　　[2] 汀洲：水中小洲。屈原《湘夫人》："搴汀洲兮杜若，将以遗兮远者。"孟浩然《永嘉别张子容》："日夕故园意，汀洲春草生。"李贺《江南曲》："汀洲白蘋草，柳恽乘马归。"

　　[3] 九江：今江西九江。《太平寰宇记》卷一一一［江州德化县］："九江，《尚书》注云：'江于此分为九道。'《寻阳记》云：'九江在浔阳，去州五里，名曰马江，是大禹所疏治。'"《尚书正义》卷六［荆州］："九江孔殷。"孔氏传："江于此州界分为九道，甚得地势之中。九江，《浔阳地记》云：'一曰乌白江，二曰蚌江，三曰乌江，四曰嘉靡江，五曰畎江，六曰源江，七曰廪江，八曰提江，九曰箘江。'"孔颖达疏："九江谓大江分而为九，犹大河分为九河，故言。江于此州之界分为九道。……《地理志》，九江在今庐江浔阳县南，皆东合为大江。"《舆地纪胜》卷三十［江州］："南面庐山，北背九江。左挟彭蠡……蟠根所据亘数百里。弹压九派，襟带上流。"

　　[4] 惠休：即汤惠休，南朝刘宋僧。字茂远。原名汤休，时人称为休上人。颇富文才，所作诗文辞藻华丽，与鲍照齐名。

东林雨后望香炉峰[1]

翠湿僧窗里，寒堆鸟道边。静思寻去路，危绕落来泉。暮雨开青壁，朝阳照紫烟[2]。二林多长老[3]，谁忆上头禅。

【校勘】

"危"，甲、丙本作"急"。

"忆"，丁本作"意"。

【注释】

[1] 东林：谓庐山东林寺，在庐山西北麓。香炉峰：庐山著名山峰。在庐山西北，因形状像香炉且山上笼罩烟云而得名。

[2] "急绕落来泉"三句：诗写香炉峰之景，可与李白之诗相比对。李白《望庐山瀑布水二首》之一："西登香炉峰，南见瀑布水。挂流三百丈，喷壑数十里。欻如飞电来，隐若白虹起。初惊河汉落，半洒云天里。仰观势转雄，壮哉造化功。海风吹不断，江月照还空。空中乱潈射，左右洗青壁。飞珠散轻霞，流沫沸穹石。而我乐名山，对之心益闲。无论漱琼液，还得洗尘颜。且谐宿所好，永愿辞人间。"之二："日照香炉生紫烟，遥看瀑布挂前川。飞流直下三千尺，疑是银河落九天。"紫烟：指由于日光照射而呈现出的紫色云雾水汽。

[3] 二林：谓庐山东林寺和西林寺。东林寺位于庐山西北麓，西林寺位于庐山南麓。东晋太元（376—396）初年，高僧道安之门人慧永至此，浔阳刺史陶范为建西林寺。太元六年（381），其同门慧远于山中开龙泉寺，十一年（386）江州刺史桓尹亦为建东林寺使居之。世称西林、东林二寺为庐山二林。长老：谓年龄长而法腊高，智德俱优之大比丘。

寄双泉大师师兄[1]

清泉流眼底，白道倚岩稜[2]。后夜禅初入，前溪树折冰。南凉来的的[3]，北魏去腾腾[4]。敢告吾师意，密传门外僧。

【校勘】

"告"，甲、乙、丙、丁本作"把"。

【注释】

[1] 双泉大师：按，齐己另有《吊双泉大师真塔》，二者当为一人，但"双泉大师"生卒年里不详。据二诗知，"双泉大师"为齐己师兄，较齐己早卒。其卒后，齐己曾去其真塔祭拜。

[2] 岩稜：即"岩棱"，岩石的尖角。

[3] 南凉（397—414）：东晋列国之一。鲜卑族秃发乌孤起西平，称西平王，据广武。其弟弟秃发傉檀，又称凉王，史称南凉。据有今青海西宁市一带地区。后为西秦所灭。的的：分明貌。孟郊《择友》："君子大道人，朝夕恒的的。"杜牧《春思》："岂君心的的，嗟我泪涓涓。"

[4] 北魏（386—534）：朝代名。又称后魏、拓跋魏、元魏。鲜卑族拓跋珪建立，史称北魏。天兴元年（398）迁都平城（今山西大同市），拓跋珪称帝。太平真君元年（440）统一中国北方，结束十六国长期混战局面。太和十七年（493）孝文帝迁都洛阳，改姓元。永熙三年（534），北魏分裂为东、西魏。此处"北魏"当指大同一带。腾腾：舒缓悠闲貌。白居易《京路》："来去腾腾两京路，闲行除我更无人。"贯休《送僧游天台》："囊空心亦空，城郭去腾腾。"

送人润州寻兄弟[1]

君话南徐去[2]，迢迢过建康[3]。弟兄新得信，鸿雁久离行[4]。木落空林浪，秋残渐雪霜。闲游登北固[5]，东望海沧沧。

【校勘】

"沧沧"，甲、乙、丙、丁本作"苍苍"。

【注释】

[1] 润州：州名，治丹徒（即今江苏镇江市）。《新唐书》卷四一［地理志五］之［润州］："武德三年以江都郡延陵县地置，取润浦为州名。"《元和郡县图志》卷二五［江南道一］之［润州］："本春秋吴之朱方邑，始皇改为丹徒。汉初为荆国，刘贾所封。后汉献帝建安十四年，孙权自吴

理丹徒，号曰'京城'，今州是也。十年迁都建业，以此为京口镇。……隋开皇九年，贺若弼自广陵来袭，陷之，遂灭陈，废南徐州，改为延陵镇。十五年罢镇，置润州，城东有润浦口，因以为名。"

[2] 南徐：州名，即润州，州治在今江苏镇江。《通典》卷一七一[州郡一]之[序目上]："南徐治京口，今丹阳郡丹徒县。"《元和郡县图志》卷二十六[润州]："晋咸和中，郗鉴自广陵镇于此，为侨徐州理所。……后徐州寄理建业，又为南兖州，后又为南徐州。"王昌龄《客广陵》："楼头广陵近，九月在南徐。"刘长卿《旅次丹阳郡，遇康侍御宣慰召募，兼别岑单父》："南徐争赴难，发卒如云屯。"

[3] 迢迢：谓路途遥远。建康：即今江苏南京。《通典》卷一八二[州郡十二]之[丹阳郡]："江宁，本名金陵，秦始皇改为秣陵。汉丹阳县在此。建安十六年，吴改为建业。晋武平吴，还为秣陵，又分秣陵立临江县。二年，改临江为江宁。三年，分秣陵水北立建业，避愍帝讳，改为建康。……大唐初，复为蒋州，寻废为江宁县。"崔颢《江畔老人愁》："兵戈乱入建康城，烟火连烧未央阙。"郎士元《送王司马赴润州》诗中云："离心逐春草，直到建康城。"

[4] "弟兄"二句：鸿雁离行常喻兄弟分离。李中《哭舍弟二首》之一："鸿雁离群后，成行忆日存。"

[5] 北固：即北固山，在今江苏镇江市北。

贻张生[1]

日日见入寺，未曾含酒容。闲听老僧语，坐到夕阳钟。竹里行多影，花边偶过踪。犹言谢生计[2]，随我去孤峰。

【注释】

[1] 按，此诗中云"老僧"，则齐己时已老年，此诗当作于齐己晚年居荆州期间（921—938）。

[2] 谢：辞谢，辞绝。

送人游雍京[1]

　　君来乞诗别，聊与怆前程[2]。九野未无事[3]，少年何远行。商云盘翠险[4]，秦甸下烟平[5]。应见周南化[6]，如今在雍京。

　　【注释】

　　[1] 雍京：指长安。

　　[2] 怆：悲伤。

　　[3] 九野：九州地域。《后汉书·冯衍传》："疆理九野，经营五山。"

　　[4] 商云：商山之云。商山在今陕西商县东，又称商坂、商岭。

　　[5] 秦甸：指长安郊外之地。古时称都城郊外为甸。《左传》襄公二一年："天子陪臣盈，得罪于王之守臣，将逃罪。罪重于郊甸，无所伏窜，敢布其死。"注云："郭外曰郊，郊外曰甸。"

　　[6] 周南：即《诗经·周南》，《国风》之一，收录今陕西、河南、湖北之交的土风民谣，多颂扬周德化及南方。权德舆《明经策问八道》："《周南》、《召南》，以风化于天下；《关雎》、《鹊巢》，乃首于夫妇。"

春草

　　处处碧萋萋[1]，平原带日西。堪随游子路，远入鹧鸪啼[2]。金谷园应没[3]，夫差国已迷[4]。欲寻兰蕙径，荒秽满汀畦[5]。

　　【注释】

　　[1] 萋萋：草木茂盛貌。王维《听百舌鸟》："上兰门外草萋萋，未央宫中花里栖。"刘长卿《长沙桓王墓下别李纾、张南史》："长沙千载后，春草独萋萋。"

　　[2] 鹧鸪：鸟名。形似母鸡，头如鹑，胸前有白圆点，如真珠。背毛有紫赤浪文。俗谓其鸣声曰"行不得也哥哥"。

　　[3] 金谷园：即晋石崇金谷园，故址在洛阳西北。石崇《金谷诗序》："余以元康六年，从太仆卿出为使，持节监青徐诸军事征虏将军，有别庐

在河南县界金谷涧中，去城十里，或高或下，有清泉茂林众果竹柏药草之属。"《太平寰宇记》河南府河南县："金谷，郭缘生《述征记》云：金谷，谷也。地有金水，自太白原南流经此谷，晋卫尉石崇因即川皁而造为园馆。"

[4] 夫差：春秋吴王阖闾间子。阖闾为越王勾践所伤而死，夫差嗣立，誓报父仇，大败越。勾践求和。后越灭吴，夫差自杀。

[5] 汀：水边平地或水中小洲。畦：长条的田块。

怀华顶道人[1]

华顶星边出，真宜上士家[2]。无人触床榻，满屋贮烟霞。坐卧临天井，晴明见海涯。禅馀桥上去，屐齿印松花[3]。

【校勘】

"桥上"，甲、乙、丙、丁本作"石桥"。

【注释】

[1] 华顶道人：齐己另有《怀天台华顶僧》，诗中云"华顶危临海，丹霞里石桥。曾从国清寺，上看月明潮"，则华顶道人即天台华顶僧。道人：修行佛道者之谓。又称道者。

[2] 上士：菩萨之异称。又作大士。《释氏要览》卷上："《瑜伽论》云：'无自利利他行者，名下士；有自利无利他者，名中士。有二利，名上士。'"又，上根之人亦称上士。

[3] 屐齿：鞋印。屐，鞋之一种，通常是指木底有齿的。《宋书·谢灵运传》："灵运常著木屐，上山则去前齿，下山则去后齿。"马戴《山中作》："屐齿无泥竹策轻，莓苔梯滑夜难行。"崔道融《病起二首》之二："病起绕庭除，春泥粘屐齿。"

寄自牧上人[1]

五老回无计[2]，三峰去不成[3]。何言谢云鸟，此地识公卿。梦愧将僧说，心嫌触类生。南朝古山寺，曾忆共寻行[4]。

【注释】

[1] 自牧：唐末至五代初金陵诗僧。与齐己为友，己另有《访自牧上人不遇》、《喜得自牧上人书》、《怀金陵李推官僧自牧》诗。此诗中云"五老回无计，三峰去不成。何言谢云鸟，此地识公卿。梦愧将僧说，心嫌触类生"，则当为齐己晚年羁留荆州期间（921—938）所作。

[2] 五老：即五老峰，是江西庐山南面峰名。李白《登庐山五老峰》："庐山东南五老峰，青天削出金芙蓉。九江秀色可揽结，吾将此地巢云松。"杨齐贤《注》云："《浔阳记》：山北有五峰，于庐山最为峻极，其形如河中虞乡县前五老之形，故名。"白居易《题元十八溪亭》："见君五老峰，益悔居城市。"后注云："亭在庐山东南五老峰下。"

[3] 三峰：谓华山三峰。《太平寰宇记》卷二九华州华阴县："按《名山记》：华岳有三峰，直上数千仞，基广而峰俊，叠秀迄于岭表，有如削成。今博山香炉，形实象之。"白居易《太湖石》："三峰具体小，应是华山孙。"崔颢《行经华阴》："岧峣太华俯咸京，天外三峰削不成。"

[4] "南朝"二句：按，齐己《怀金陵李推官僧自牧》："秣陵长忆共吟游，儒释风骚道上流。"知二人曾在金陵一带吟唱闲游。此二句当指此事。

静坐

日日只腾腾[1]，心机何以兴。诗魔苦不利，禅寂颇相应。砚满尘埃点，衣多坐卧稜[2]。如斯自消息，合是个闲生（僧）。

【校勘】

"生"，甲、乙、丙、丁本作"僧"，当从。

【注释】

[1] 腾腾：舒缓悠闲貌。寒山《隐士遁人间》："腾腾且安乐，悠悠自清闲。"

[2] 卧稜：谓衣服因坐卧而生的褶皱。

送人游衡岳[1]

荆楚腊将残[2]，江湖苍莽间。孤舟载高兴[3]，千里向名山。雪浪来无定，风帆去是闲。石桥僧问我，应寄岳茶还。

【校勘】

"江"，丁本作"汪"。

"苍莽"，丁本作"莽苍"。

"是"，丁本作"自"。

【注释】

[1] 衡岳：即南岳衡山。因衡山为五岳之一的南岳，故称。

[2] 腊：腊月，农历十二月。

[3] 高兴：高雅的兴致。

答知己自阙下寄书

故人劳札翰[1]，千里寄荆台[2]。知恋文明在，来寻江汉来。群机喧白昼，陆海涨黄埃。得路应相笑，无成守死灰[3]。

【校勘】

"来"，丁本作"未"。

【注释】

[1] 札翰：书信。

[2] 荆台：指荆州。

[3] 死灰：燃烧后冷却的灰烬。

新笋

乱迸苔钱破[1]，参差小出栏[2]。层层离锦箨[3]，节节露琅玕[4]。直上心终劲，四垂烟渐宽。欲知含古律，试剪凤箫看[5]。

【校勘】

"小出栏"，甲、乙、丙、丁本作"出小栏"。

"终"，乙本作"初"。

【注释】

[1] 迸：溅出，喷涌而出。苔钱：苔点形圆如钱，故称。此处指竹笋刚生时星星点点，形圆如钱。宋代魏泰《临汉隐居诗话》："湘中斑竹方生时，每点上有苔钱封之甚固。土人斫竹浸水中，用草穰洗去苔钱，则紫晕烂斑可爱，此真斑竹也。"

[2] 参差：长短、高低、大小不齐。

[3] 箨：竹皮，笋壳。锦箨：谓鲜艳华美的竹皮。

[4] 琅玕：本谓像珠子的美石。此处借指竹，意谓竹美如玉石。

[5] 凤箫：谓排箫，即很多竹管排在一起，参差不齐，像凤凰的翅膀张开一样，故名。皇甫冉《玄元观送李源李风还奉先华阴》："莫辞别酒和琼液，乍唱离歌和凤箫。"李频《古意》："凤箫抛旧曲，鸾镜懒新妆。"

寄唐洙处士[1]

行僧去湘水，归雁度荆门[2]。彼此亡家国，东西役梦魂。多慵如长傲，久住不生根。曾问兴亡事，丁宁寄勿言[3]。

【注释】

[1] 处士：谓有德才而隐居不愿做官的人。

[2] 荆门：指荆州，今湖北江陵。

[3] 丁宁：同"叮咛"，叮嘱，告诫。

谢人惠竹蝇拂

妙刮筼筜制[1]，纤柔玉柄同。拂蝇声满室，指月影摇空。敢舍经行外，常将宴坐中[2]。挥谈一无取，千万愧生公[3]。

【校勘】

"刮"，丁本作"剖"。

【注释】

[1] 筠篁：指竹子。

[2] 宴坐：闲坐。另，宴坐亦指坐禅。《维摩经·弟子品》："忆念我昔常宴坐树下。"《景德传灯录》卷三《菩提达磨》："宗胜闻偈，欣然即于岩间宴坐。……王即遣使入山，果见宗胜端居禅寂。"

[3] 生公：梁时高僧竺道生（355—434），又称道生，钜鹿（河北平乡）人，俗姓魏。后改姓竺。罗什门下四哲之一。按，魏晋时代之清谈家，于谈论之际，多有手持麈尾之习惯。其后僧侣之间，持麈尾之风气亦广为流行。竺道生讲经常执麈尾。《高僧传》卷七《竺道生传》："（竺道生）以宋元嘉十一年冬十一月庚子于庐山精舍升于法座，神色开朗，德音俊发，论议数番，穷理尽妙，观听之众，莫不悟悦。法席将毕，忽见麈尾纷然而坠，端坐正容，隐几而卒。"《庐山记》卷五："唐永泰丙午岁，（颜）真卿以罪佐吉州。夏六月壬戌，与殷亮、韦桓尼、贾镒同次于东林寺。……仰庐阜之炉峰，想远公之遗烈。……睹生法师麈尾扇。"

新燕

燕燕知何事，年年应候来[1]。却缘华屋在，长得好时催。花外衔泥去，空中接食回。不同黄雀意，迷逐网罗媒。

【注释】

[1] 应候：和着节候，随着气候变化。

谢王先辈寄氊[1]

深谢高科客[2]，名氊寄惠重。静思生朔漠[3]，和雪长蒙茸[4]。摺坐资禅悦[5]，铺眠减病容。他年从破碎，担去卧孤峰。

【校勘】

"孤"，甲本作"孤（一作高）"，丁本作"高"。

【注释】

[1] 王先辈：按，齐己另有《谢王先辈湘中回惠示卷轴》、《谢王先辈昆弟游湘中回各见示新诗》二诗，则"王先辈"当为一人。又，此诗云"深谢高科客"，则王先辈曾经科举高第。而齐己《寄洛下王彝训先辈二首》之二亦云"高科旧少年"，知王彝训先辈亦曾高第，则王先辈当为王彝训先辈。另，《谢王先辈湘中回惠示卷轴》诗中云"携去湘江闻鼓瑟，袖来缑岭伴吹笙"，"缑岭"又名缑氏山，在今河南省偃师市，而偃师市正位于洛河下游，而《寄洛下王彝训先辈二首》诗题云"洛下王彝训先辈"，则王彝训先辈可能为偃师人。

[2] 高科：谓科举高第。

[3] 朔漠：北方沙漠地带。杜甫《咏怀古迹》之三："一去紫台连朔漠，独留青冢向黄昏。"杜牧《早春寄岳州李使君，李善棋爱酒，情地闲雅》："朔漠暖鸿去，潇湘春水来。"

[4] 蒙茸：又作"龙茸"，谓马毛蓬松、不整貌。高适《营州歌》："营州少年厌原野，狐裘蒙茸猎城下。"元稹《青云驿》："乘我牂牁马，蒙茸大如羝。"

[5] 摺：即"折"。禅悦：谓进入禅定时心情的愉悦自适。白居易《送兄弟回雪夜》："回念入坐忘，转忧作禅悦。"符载《尚书比部郎中萧府君墓志铭》："君有草堂在庐山下紫霄峰，晚节学无生，得禅悦之味，每天气寥朗，神有所诣，辄驾紫骝，携酒壶学业，同紫府之客，恣游其上，弄泉坐石，不记早暮。"

寄怀阙下高辇先辈卷[1]

去岁逢京使，因还所寄诗。难留天上作，曾换月中枝。趣极僧迷旨，功深鬼不知。仍闻得名后，特地更忘疲。

【校勘】

"怀"，甲、乙、丙、丁本作"还"。

"旨"，丁本作"百"。

【注释】

[1] 高辇（? —933）：青州益都（今属山东）人，五代后唐诗人。与齐己唱酬频繁。有诗集《丹台集》。天成四年（929）四月，秦王李从荣辟为河南府推官。《五代史补》卷二《秦王掇祸》条载："秦王从荣，明宗之爱子，好为诗，判河南府，辟高辇为推官。辇尤能为诗，宾主相遇甚欢。"长兴四年（933）李从荣败死，高辇亦被诛。故此诗作于929年至933年高辇被诛之间，时齐己在荆州。

和孙支使惠示院中庭竹之什[1]

忆就江僧乞，和烟得一茎[2]。剪黄憎旧本[3]，科绿惜新生[4]。护噪蝉身稳，资吟客眼明。星郎有佳咏[5]，雅合此君声。

【注释】

[1] 孙支使：即孙光宪（? —968），字孟文，自号"葆光子"，陵州桂平（今四川仁寿）人。按，孙光宪于后唐天成元年（926）四月，自蜀至江陵，因梁震之荐，为荆南高季兴所器重，命为掌书记。累官荆南节度副使、朝议郎、检校秘书少监、试御史中丞、赐紫金鱼袋。历事高从诲、高保融、高继冲三世。后入宋，乾德六年（968）卒。自926年起，孙光宪与齐己"周旋十年"，唱酬甚密，二人之间既互赠单篇诗作，又互赠诗集。齐己《白莲集》中录与孙光宪酬和诗凡十首，孙光宪亦有酬赠齐己之作，惜皆不存。又，齐己《夏满日偶作寄孙支使》诗题下注云："其年闰五月。"据《二十史朔闰表》，后唐明宗长兴二年（931）闰五月。诗作于本年夏。另齐己还有《孙支使来借诗集因有谢》、《贺孙支使郎中迁居》。此诗和上引诸诗皆称支使或支使郎中，故皆作于后唐明宗长兴二年（931）前后。

[2] 一茎：一茎竹，一株竹。

[3] 剪黄：谓剪除枯黄的竹叶。

[4] 科绿："科"，课也，处决，判处。此处谓除掉。"科绿"谓除掉老绿色的竹叶。

[5] 星郎：《后汉书·明帝纪》："馆陶公主为子求郎，不许，而赐钱千万。谓群臣曰：'郎官上应列宿，出宰百里，有非其人，则民受其殃，是以难之。'"后遂称郎官为星郎。按，孙光宪于后唐天成元年（926）四月，自蜀至江陵，因梁震之荐，入荆南高季兴幕府为从事，检校郎中。后累官荆南节度副使、朝议郎、检校秘书少监、试御史中丞，赐紫金鱼袋。因孙光宪曾做过检校郎中、朝议郎，故诗中云"星郎"。

苦热中江上，怀炉峰旧居[1]

旧寄炉峰下，杉松绕石房。年年五六月，江上忆清凉。久别应荒废，终归隔渺茫[2]。何当便摇落[3]，披衲玩秋光。

【校勘】

"年年"，丁本作"年"，当缺一字。

【注释】

[1] 江上：齐己《夏日寓居寄友人》："北游兵阻复南还，因寄荆州病掩关。日月坐销江上寺，清凉魂断剡中山。"《江上夏日》："无处清阴似剡溪，火云奇崛倚空齐。千山冷叠湖光外，一扇凉摇楚色西。"《荆门寄沈彬》："珍重两篇千里达，去年江上雪飞时。"上述诗中"江上"均指长江。此诗中又云："年年五六月，江上忆清凉。"揣诗意，此诗中"江上"也指长江。炉峰：即庐山香炉峰。按，此诗题中云"苦热中江上，怀炉峰旧居"，诗中云"年年五六月，江上忆清凉。久别应荒废，终归隔渺茫"，则此诗当即齐己居于荆州城时（921—938）作。齐己另有《城中晚夏思山》、《夏日城中作二首》、《苦热怀玉泉寺寄仁上人》诸诗描写荆州夏日的苦热难耐。

[2] 渺茫：辽阔，遥远。崔涂《江上旅泊》："欲问东归路，遥知隔渺茫。"韦庄《送日本国僧敬龙归》："扶桑已在渺茫中，家在扶桑东更东。"

[3] 摇落：零落，凋谢。宋玉《九辩》："悲哉秋之为气也，萧瑟兮草木摇落而变衰。"曹丕《燕歌行》："秋风萧瑟天气凉，草木摇落露为霜。"骆宾王《秋日送别》："寂寥心事晚，摇落岁时秋。"

送僧游龙门香山寺[1]

君到香山寺，探幽莫损神。且寻风雅主，细看乐天真[2]。

【注释】

[1] 龙门：即龙门山。清《一统志》卷二〇五［山川］："阙塞山，在洛阳县南。一名伊阙山，亦名龙门山。《水经注》：'昔大禹疏以通水，两山相对，望之若阙，伊水历其间北流，故谓之伊阙，春秋之关塞也。'《括地志》：'伊阙在洛阳南十九里。'"香山寺：在龙门山之东香山上。乾隆《河南府志》卷十一引《名胜志》："香山在洛阳南三十里，地产香葛，故名。有香山寺。"白居易《修香山寺记》："洛都四野山水之胜，龙门首焉。龙门十寺观游之胜，香山首焉。"

[2] "且寻"二句：晚唐张为《诗人主客图》称白居易为"广大教化主"。白居易《香炉峰下新置草堂，即事咏怀，题于石上》："时有沉冥子，姓白字乐天。平生无所好，见此心依然。如获终老地，忽乎不知还。架岩结茅宇，斫壑开茶园。何以洗我耳，屋头飞落泉。何以净我眼，砌下生白莲。左手携一壶，右手挈五弦。傲然意自足，箕踞于其间。兴酣仰天歌，歌中聊寄言。"又其《少年问》："少年怪我问如何，何事朝朝醉复歌。号作乐天应不错，忧愁时少乐时多。"《达哉乐天行》："达哉达哉白乐天，分司东都十三年。七旬才满冠已挂，半禄未及车先悬。或伴游客春行乐，或随山僧夜坐禅。二年忘却问家事，门庭多草厨少烟。庖童朝告盐米尽，侍婢暮诉衣裳穿。妻孥不悦甥侄闷，而我醉卧方陶然。起来与尔画生计，薄产处置有后先。先卖南坊十亩园，次卖东都五顷田。然后兼卖所居宅，仿佛获缗二三千。半与尔充衣食费，半与吾供酒肉钱。吾今已年七十一，眼昏须白头风眩。但恐此钱用不尽，即先朝露归夜泉。未归且住亦不恶，饥餐乐饮安稳眠。死生无可无不可，达哉达哉白乐天。"

江上值春雨

江皋正月雨[1]，平陆亦波澜。半是峨嵋雪[2]，重为泽国寒。□田淹浸尽，客棹往来难。愁杀骚人路，沧浪正渺漫[3]。

【校勘】

"陆"，丁本作"地"。

"□田"，甲、乙、丁本作"农田"，丙本作"□渚"。

【注释】

[1] 江皋：谓江边、江岸。王勃《临江二首》之二："江皋木叶下，应想故城秋。"李嘉祐《送皇甫冉往安宜》："江皋尽日唯烟水，君向白田何日归。"按，此诗题云"江上"，诗中云"江皋正月雨，平陆亦波澜。半是峨嵋雪，重为泽国寒"，诗写荆州之景，则此诗当作于齐己居荆州期间（921—938）。

[2] 峨嵋：我国佛教四大名山之一，在四川省峨眉山市西南。又作峨眉山、蛾眉山。

[3] 沧浪：谓江水。江浪呈青苍色，故云"沧浪"。渺漫：水流广大貌。

七十作[1]

七十去百岁，都来三十春[2]。纵饶生得到[3]，终免死无因[4]。密理方通理[5]，栖真始见真[6]。沃洲匡阜客[7]，几劫不迷人[8]。

【校勘】

"密"，丁本作"蜜"。

【注释】

[1] 按，齐己生于唐懿宗咸通五年（864）。此诗题作"七十作"，则此诗作于后唐明宗长兴四年（933）。

[2] 都：凡，总。曹丕《与吴质书》："顷撰其遗文，都为一集。"唐

代倪少通《太一观董真人殿碑铭》："造四殿五堂，重门诸厦，都一百三十间。"

[3]"纵饶生"句："纵"即纵使。"饶"即多。此句意谓纵使多活三十年，即活到一百岁。

[4]无因：无来由，没有缘由。

[5]密理："密"谓贴近，亲近。"理"即事理，此处指生死道理。"密理"意谓参透生死之理，尤其是参透人必有一死之理。

[6]栖真："栖"即停留、居住。"真"即真理，道理。"栖真"与上句中的"密理"意同。

[7]沃洲：山名。在浙江新昌县东。晋代高僧支遁曾居于此。《高僧传》卷四《支遁传》："俄又投迹剡山，于沃洲小岭立寺行道，僧众百余常随禀学。"刘长卿《赠普门上人》："支公身欲老，长在沃洲多。"鲍溶《送僧择栖游天台二首》之一："师问寄禅何处所，浙东青翠沃洲山。"白居易《沃洲山禅院记》："沃洲山在剡县南三十里，禅院在沃洲山之阳，天姥岑之阴。南对天台，而华顶、赤城列焉；北对四明，而金庭、石鼓介焉；西北有支遁岭，而养马坡、放鹤峰次焉；东南有石桥溪，溪出天台石桥，因名焉。其余卑岩小泉，如子孙之从父祖者，不可胜数。东南山水，越为首，剡为面，沃洲、天姥为眉目。夫有非常之境，然后有非常之人栖焉。晋宋以来，因山洞开，厥初有罗汉僧西天竺人帛道猷居焉，次有高僧竺法潜、支道林居焉。"匡阜：即庐山，位于江西九江市南，鄱阳湖西岸。相传殷周之际有匡裕先生结庐于此，后得仙术羽化而去，仅留空庐，故称庐山，亦名匡山、庐阜，总名匡庐。宋之问《自洪府舟行直书其事》："未尽匡阜游，远欣罗浮美。"孟浩然《彭蠡湖中望庐山》："中流见匡阜，势压九江雄。"贯休《秋末入匡山船行八首》之四："匡阜层层翠，修江叠叠波。"

[8]劫：乃古代印度的时间单位。泛指极长的时间。音译劫波、劫跛、劫簸等。意译长时、大时等。在印度，通常以之为梵天的一日，即人间的四亿三千二百万年。佛教则视之为不可计算的极长时间。

谢虚中寄新诗[1]

旧友一千里，新诗五十篇。此文经大匠，不见已多年。趣极同无迹，精深合自然。相思把行坐[2]，南望隔尘烟。

【注释】

[1] 虚中：生卒年不详，袁州（宜春）人。与齐己交往较密。事见《唐才子传》卷八本传。按，齐己与虚中诗歌酬唱较为频繁。此诗中云“旧友一千里”、“南望隔尘烟”，考齐己生平履历，则此诗当作于齐己居荆州期间（921—938）。

[2] 把：把持赏玩。

送彬座主赴龙安请讲[1]

两论久研精[2]，龙安受请行。春城雨雪霁，古寺殿堂明。白发老僧听，金毛师子声[3]。同流有谁共，别著国风清[4]。

【注释】

[1] 彬座主：“座主”即一座之中，学德兼具，堪作座中之上首者；或指一山之指导、住持者。《释氏要览》卷上曰：“摭言曰：有司谓之座主，今释氏取学解优赡颖拔者名座主，谓一座之主，古高僧呼讲者为高座，或是高座之主。”又，禅林中，每称从远方来参问之讲经僧为座主。《景德传灯录》卷六江西道一禅师：“有一讲僧来问云：‘未审禅宗传持何法?’师却问云：‘座主传持何法?’”按，齐己有《喜彬上人见访》诗，“彬上人”或即彬座主。生卒年里无考。齐己居荆州时（921—938）某年冬末，彬上人曾来访。此诗当作于下年春。龙安：龙安寺。按，齐己有《题赠湘西龙安寺利禅师》诗。此诗中“龙安”或即湘西龙安寺。

[2] 两论：“论”为论藏之略称。系三藏（经、律、论）之一。即将经典所说之要义，加以分别、整理，或解说，称为论。例如《大智度论》即为解释大品般若经而作者。“两论”即解释某两部佛经之论。研精：精

深的研究。孔安国《尚书序》："于是遂研精覃思，博考经籍，採摭群言，以立训传。"独孤及《奉和中书常舍人晚秋集贤院即事寄赠徐薛二侍御》："挥翰忘朝食，研精待夕阳。"柳宗元《送班孝廉擢第归东川觐省序》："今夫人研精典坟，不告劬勧。"

[3]"金毛"句：比喻佛陀说法犹如百兽之王狮子之声。狮子为百兽之王，佛亦为人中之至尊，称为人中狮子，故用此譬喻。《报恩经》卷七[坚誓师子品]："昔有一师子曰坚誓，身毛金色，有大威力，游行山泽，见一辟支佛，威仪清净，来亲近，常闻诵经。时有大猎师见师子身毛金色，欲剥其皮奉国王，乃案奇计剃头被袈裟，入山中坐一树上。坚誓师子见之，谓为真比丘喜来舐其足，猎师便以毒箭射之，师子既被毒箭，哮吼欲搏撮，忽作是念：此是沙门，被坏色衣，是三世之佛，贤圣之标帜。吾慎不可起恶心。即说偈曰：愿自丧身命，终不起恶心，向于坏色服，愿自丧身命，终不起恶心。向于出家人，说偈已，命终。佛言其时师子即吾身，猎师即今提婆达多是也。"当佛说法时，声震十方，群魔摄伏，好像狮子一叫，百兽都降伏一样。此句喻指彬座主讲经之声。

[4]国风：即十五《国风》，十五个地方的土风歌谣。此处借指彬座主之诗作。

夏日荆渚书怀[1]

嵩岳去值乱[2]，匡庐回阻兵[3]。中途息瓶锡[4]，十载依公卿[5]。不那猿鸟性[6]，但怀林泉声。何时遂情兴[7]，吟绕杉松行。

【注释】

[1]荆渚：指荆州。此诗当作于齐己晚年居荆州期间（921—938）。

[2]嵩岳：即嵩山。嵩山为中岳，故称嵩岳。

[3]匡庐：即庐山。

[4]瓶锡：水瓶和锡杖，皆为比丘经常随身携带十八物之一。

[5]依公卿：此处指依靠荆南节度使高季兴。

[6]不那：无奈。李商隐《别薛岩宾》："别离真不那，风物正相仍。"韦庄《古离别》："晴烟漠漠柳毵毵，不那离情酒半酣。"

[7] 遂：顺，如意。

春日西湖作^[1]

一水绕孤岛，闲门掩春草。曾无长者辙^[2]，枉此问衰老。

【校勘】

"问"，丁本作"门"。

【注释】

[1] 西湖：齐己另有《移居西湖作二首》，诗描写荆州城内酷热，于是移居西湖，西湖当在荆州。又，此诗云"枉此问衰老"，则齐己时已衰老，故此诗当作于齐己晚年居荆州期间（921—938）。

[2] 长者：对年高德劭之人的尊称。而在古印度多称豪族、富商巨贾为长者。另，佛经中常以长者为对告众或佛晓喻之对象，如《维摩诘所说经》卷上："一时佛在毗耶离庵罗树园……尔时毗耶离城有长者子，名曰宝积，与五百长者子俱，持七宝盖来诣佛所，头面礼足。"辙：车子经过的痕迹。

谢中上人寄茶^[1]

春山谷雨前^[2]，并手摘芳烟。绿嫩难盈笼^[3]，清和易晚天。且招邻院客，试煮落花泉。地远劳相寄，无来又隔年。

【注释】

[1] 中上人：即虚中：生卒年不详，袁州（宜春）人。与齐己交往较密。事见《唐才子传》卷八本传。此诗中云"地远劳相寄，无来又来年"，考齐己一生履历，则此诗作于齐己居荆州期间（921—938）。

[2] 谷雨：节气名。在公历4月19、20或21日。我国大部分地区雨量渐多。

[3] 盈：充满。

送节大德归阙[1]

西京曾入内[2]，东洛又朝天[3]。圣上方虚席，僧中正乏贤。晨光金殿里，紫气玉帘前。知祝唐尧化[4]，新恩异往年。

【注释】

[1] 节大德："大德"是对高僧的敬称。另，统领僧尼的僧官，也称大德，如临坛大德、引驾大德、供奉大德、讲论大德等。按，齐己另有《荆门夏日寄洞山节公》、《荆门暮冬与节公话别》，且后诗中云"君怀明主去东周。……好及春风承帝泽，莫忘衰朽卧林丘"，知"节公"将去东洛"承帝泽"。又此诗题中云"送节大德归阙"，"东洛又朝天"，则二人实乃一人，"节公"即"节大德"，湖南人。唐末曾入长安为内供奉，深受帝王宠幸。后居洞山（今江西高安）。后唐时居洛阳，倍承帝泽。与齐己关系密切。此诗中云"东洛又朝天"、"新恩异往年"，则此诗作于后唐（923—936）时，此时齐己居荆南（921—938）。

[2] 西京：谓唐都长安。此句谓节大德在长安深受帝王宠幸。

[3] 东洛：隋唐以洛阳为东都，在京师长安之东，故称东洛。"东洛又"句：此处云"又朝天"，此诗末又云"新恩"，则时已改朝换代，考唐亡后定都洛阳的朝代为后唐，则节大德"又朝天"乃朝拜后唐帝王。

[4] 唐尧：古帝名。据《史记·五帝纪》，唐尧乃帝喾之子，本姓伊祁，又作伊耆，名放勋。初封于陶，又封于唐，号陶唐氏。

览清尚卷[1]

李洞僻相似[2]，得诗先示师。鬼神迷去处，风月背吟时。格已搜清竭，名还着紫卑[3]。从容味高作[4]，翻为古人疑。

【校勘】

"月"，甲、丙本作"日"。

"着"，乙本作"看"。

【注释】

[1] 清尚：生卒年里不详。约与齐己同时，又与李洞为友。曾受朝廷赐紫。能诗，尚苦吟，有诗集，惜今不存。《全唐诗》卷八四九存录其诗一首。

[2] 李洞（？—897？）：字才江，京兆（今陕西西安）人，唐宗室之后。为诗尚苦吟。其诗风逼似贾岛，而新奇过之，颇为吴融所称许。然时人多讥诮其僻涩，不贵其奇峭。其诗多琢炼字句，颇多佳句。

[3] 着紫：即著紫，穿着紫衣。紫衣乃朝廷赐予高僧大德之紫色袈裟或法衣。又作紫服、紫袈裟。

[4] 味：品味，玩赏。

荆门送昼公归彭泽旧居[1]

彭泽旧居在，匡庐翠叠前[2]。因思从楚寺，便附入吴船。岸绕春残树，江浮晚霁天[3]。应过虎溪社[4]，伫立想诸贤[5]。

【校勘】

"晚"，甲、乙、丙、丁本作"晓"。

【注释】

[1] 荆门：今湖北江陵。昼公：即僧乾昼，居彭泽。与齐己年岁相仿。与贯休、齐己为诗友。彭泽：县名，汉置，今属江西省。西汉高帝时置，以地有彭蠡泽而得名。故城在今江西湖口县东。陶渊明曾为彭泽令。《旧唐书》卷四十［江南西道］之［江州中］："彭泽，汉县，属豫章郡。隋为龙城县。武德五年，置浩州，又分置都昌、乐城二县。八年，罢浩州，以彭泽属江州，仍省乐城入彭泽。至德二年九月，中丞宋若思奏置。"按，乾昼约七十岁时来荆州访齐己，齐己有《喜乾昼上人远相访》、《招乾昼上人宿话》，临行，齐己当作此诗送行，故此诗当与上二诗作于同时，即作于后唐明宗长兴四年（933）。

[2] 匡庐：即庐山。

[3] 晚霁：傍晚雨过天晴。

[4] 虎溪：在江西庐山东林寺前。寺前的虎溪桥（石拱桥），流传着

慧远、陶渊明与陆修静三人之间的故事，著名的"虎溪三笑"即出于此。《高僧传》卷六《慧远传》："后桓玄征殷仲堪，军经庐山，要远出虎溪，远称疾不堪。……自远卜居庐阜，三十余年影不出山，迹不入俗。每送客，游履常以虎溪为界焉。"《庐山记》卷一："流泉匝寺，下入虎溪。昔远师送客过此，虎辄号鸣，故名焉。时陶元亮居栗里山南，陆修静亦有道之士，远师尝送此二人，与语道合，觉过之，因相与大笑，今世传《三笑图》。"《佛祖统纪》卷二六："陆修静，吴兴人。蚤为道士，置馆庐山。时远法师居东林。其处流泉匝寺，下入于溪。每送客过此，辄有虎号鸣，因名虎溪。后送客未尝过，独陶渊明与修静至，语道契合，不觉过溪，因相与大笑，世传为《三笑图》。""虎溪社"即慧远等人于庐山所结的白莲社。

[5] 诸贤：按，慧远与刘遗民等人于庐山所结的白莲社故事流传甚广，后演化为"十八高贤"——慧远、慧永、慧持、道生、僧睿、昙顺、昙恒、昙诜、道昺、道敬、觉明、佛驮跋陀、刘程之、张野、周续之、张诠、宗炳、雷次宗。此诗所云"诸贤"即是上述诸贤。

卷 四

登祝融峰[1]

猿鸟不共到，我来身欲浮。四边空碧落，绝顶正清秋。宇宙知何极，华夷见细流。坛西独立久，白日转神州。

【校勘】

"不共"，甲、丙、辛本作"共不"。

【注释】

[1] 祝融峰：南岳衡山七十二峰中的最高峰，在今湖南衡山县西北。按，南宋·陈田夫《南岳总胜集》卷中："上封禅寺，在庙北登山三十五里祝融峰下。按钱景衎胜概集云：本朝赐额建也，一云古先天观，后改为今寺。若烟云稍开，四望千里，游赏骚人，题咏甚多，惟僧齐己诗云：'猿鸟共不到，我来身欲浮。四方皆碧落，绝顶正清秋。宇宙知何极，华夷见细流。坛西独立久，白日转神州。'寺有穿林阁，僧室未尝去火，秋初早已冰冻，虽盛夏亦夹服。木之高大者不过六七尺，名之矮树，万年松亦不盈丈，盖以极高至寒故也。其势孤峭特回，禽鸟亦不能及。下视众山，不复如坻垄，但仿佛如箷豆而已。寺之侧有风渊穴、雷池、龙年堂、祝融庙基、青玉白壁二坛，即是二福地也，今云罗汉行道坛是也，故毕田诗云：'既壮黄金宇，何言青玉坛。谁将应供者，又此易仙官。'"知齐己此诗题于衡山上封禅寺。

【汇评】

清·王夫之《唐诗评选》：近情语自远。南岳诸作，此空其群。（见陈伯海《唐诗汇评》第三一一九页）

寄贯休[1]

子美曾吟处，吾师复去吟[2]。是何多胜地，销得二公心[3]。锦水流春阔[4]，峨嵋叠雪深[5]。时逢蜀僧说，或道近游黔[6]。

【校勘】

"嵋"，丁本作"眉"。

【注释】

[1] 贯休（832—912）：俗姓姜，字德隐，婺州兰溪（今属浙江）人。齐己与之交往密切，除此诗外，还有《荆州贯休大师旧房》、《闻贯休下世》诗。按，此诗中云"时逢蜀僧说，或道近游黔"，考贯休一生履历，贯休天复二年（902）初春因得罪成汭而被流放黔中，本年冬已至蜀。故齐己此诗盖作于本年。

[2] "子美"二句："子美"乃杜甫之字。按，杜甫晚年入蜀，居于成都浣花溪草堂，世称"杜甫草堂"。贯休天复三年（903）入蜀，居于成都龙华禅院，故此诗云"子美曾吟处，吾师复去吟"。

[3] 销：谓为情所感，心被吸引，乃至失魂落魄。

[4] 锦水：即锦江之水。

[5] 峨嵋：我国佛教四大名山之一，在四川省峨眉山市西南。又作峨眉山、蛾眉山。

[6] 黔：即黔州。按，《旧唐书》卷四十《江南道》："黔州，隋黔安郡。武德元年，改为黔州。……天宝元年，改黔州为黔中郡。……乾元元年，复以黔中郡为黔州都督府。"

送唐禀正字归萍川[1]

霜须芸阁吏[2]，久掩白云扉。求谒元戎后[3]，还骑病马归。烟村蔬饮淡，江驿雪泥肥。知到中林日，春风长涧薇[4]。

【校勘】

"求"，甲、乙、丙、丁本作"来"。

【注释】

[1] 唐禀：袁州萍乡（今属江西）人。乾宁元年（894）登进士第，尝任秘书省正字。他曾编选贞观以前文章，成《贞观新书》三十卷，《新唐书·艺文志》有著录。齐己《寄萍乡唐禀正字》诗谓其"新书声价满皇都"，即咏此书。此书已佚。与齐己交往较为密切。齐己另有《寄唐禀正字》、《寄萍乡唐禀正字》二诗。萍川：即萍乡。

[2] 霜须：如霜白的胡鬚，即花白的胡鬚。芸阁：指秘书省，为皇家藏书之所。置芸草于书籍中可防蛀虫，故称秘书省为芸署、芸台或芸阁。韦应物《送张侍御秘书江左觐省》："绣衣犹在箧，芸阁已观书。"白居易《留别吴七正字》："成名共记甲科上，署吏同登芸阁间。"

[3] 元戎：主帅。

[4] 薇：即野豌豆苗，可食。

寄怀江西栖公[1]

龙沙为别日[2]，庐阜得书年[3]。不见来香社[4]，相思绕白莲。江僧归海寺[5]，楚路接吴烟。老病何堪说，扶羸寄此篇[6]。

【注释】

[1] 栖公：即僧栖隐，俗姓徐，字巨征。事见《宋高僧传·栖隐传》。栖隐少时出家为僧。广明间避黄巢寇入庐山折桂峰，后入荆楚，登祝融峰，光化中游岭南，后唐同光中北上，天成中卒。栖隐平生喜为诗，"多于花朝月夕，晚照高秋，练句成联，合篇为集，往往菁健浏亮，散在人

口"。与贯休、处默、修睦为诗道之游，与沈颜、曹松、张凝、陈昌符为唱酬之友。卒后，门人应之录其诗百许首，编为《桂峰集》行世，魏仲甫作序。其诗今无存者。

[2] 龙沙：沙洲名。在今江西新建县北。

[3] 庐阜：即庐山。《高僧传·慧远传》："自远卜屋庐阜，三十余年，影不出山，迹不入俗。"孟浩然《夜泊庐江，闻故人在东寺，以诗寄之》："江路经庐阜，松门入虎溪。"黄滔《题东林寺元祐上人院》："庐阜东林寺，良游耻未曾。"颜真卿《东林寺题名》："唐永泰丙午岁，真卿以罪佐吉州。夏六月壬戌，与殷亮、韦桓尼、贾镒同次于东林寺，时则同惜、熙怡二公、惠秀、正义二律师暨杨鹔在焉。仰庐阜之炉峰，想远公之遗烈。"

[4] 香社：即莲社，此处借指东林寺。

[5] 江僧：此处指栖隐。

[6] 扶羸：谓支持瘦弱、疲病的身体。此诗中云"老病"、"扶羸"，则此诗当作于齐己晚年居荆州期间（921—938）。

山中喜得友生书

柴门关树石[1]，未省梦尘埃。落日啼猿里，同人有信来[2]。自成为拙隐，难以谢多□（才）。见说相思处，前峰对古台。

【校勘】

"啼"，丁本作"归"。

"□"，甲、乙、丙、丁本作"才"，从之。

【注释】

[1] 柴门：用柴做的门。形容极其简陋。曹植《梁甫行》："柴门何萧条，狐兔翔我宇。"

[2] 同人：指志同道合的友人。薛能《天际识归舟》："同人在何处，远目认孤舟。"

谢人惠扇子及茶[1]

　　鎗旗封蜀茗[2]，圆洁制蛟（鲛）绡[3]。好客分烹煮，青蝇避动摇。陆生夸妙法[4]，班女恨凉飚[5]。多谢崔居士，相思寄寂寥。

【校勘】

　　"蛟"，甲、乙、丙、丁本作"鲛"，从之。

　　"飚"，甲本作"飙"，乙本作"飚"，"飚"、"飚"皆为"飙"之异体字。

【注释】

　　[1] 按，此诗中云"多谢崔居士"，知"扇子及茶"乃崔居士所赠。又诗中云"蜀茗"，则知崔居士为蜀人。

　　[2] 鎗旗："鎗"即"枪"。"鎗旗"，茶叶名。也作"旗枪"。因其嫩芽挺立似枪，新叶初展如旗，故称。元稹《痁卧闻幕中诸公征乐会饮，因有戏呈三十韵》："枪旗如在手，那复敢崴□?"宋人著述中多有此称。欧阳修《虾蟆碚》："共约试春芽，枪旗几时绿?"王千秋《生查子》："花飞锦绣香，茗碾枪旗嫩。"叶梦得《避暑漫录》卷下载："盖茶叶虽均，其精者在嫩芽。取其初萌如雀舌者，谓之枪；稍敷而为叶者，谓之旗。"

　　[3] 蛟绡：当作"鲛绡"，相传为鲛人所织之绡。张华《博物志》："鲛人从水中出，曾寄寓人家，积日卖绡。鲛人临去，从主人索器，泣而出珠满盘，以与主人。"任昉《述异记》："鲛人即泉先也。又名泉客。南海出鲛绡纱，泉先潜织，一名龙纱。其价百余金，以为服，入水不濡。"温庭筠《张静婉采莲歌》："掌中无力舞衣轻，剪断鲛绡破春碧。"

　　[4] 陆生：即陆羽（733—?），字鸿渐，复州竟陵（今湖北天门）人。于茶道尤精。著《茶经》三卷，后人奉为茶仙。

　　[5] 班女：即班婕妤，有《怨诗》："新裂齐纨素，鲜洁如霜雪。裁为合欢扇，团团似明月。出入君怀袖，动摇微风发。常恐秋节至。凉飚夺炎热。弃捐箧笥中。恩情中道绝。"李善注："婕妤，帝初即位，选入后宫。始为少使，俄而大幸，为婕妤，居增成舍。后赵飞燕宠盛，婕妤失宠，希复进见。成帝崩，婕妤充园陵，薨。"

寄监利司空学士[1]

　　诗家为政别，清苦日闻新。乱后无荒地，归来尽远人。宽容民赋税，憔悴吏精神。何必河阳县，空传桃李春[2]。

【注释】

　　[1] 监利：今湖北省监利县。《通典》卷一八三［州郡十三］："竟陵三县：监利、沔阳、竟陵。"又［竟陵郡］："监利，汉华容县。乾溪水涌出。春秋时，楚章华台在城内。陶朱公冢在华容县西，碑见在。又有荆台是也。"《旧唐书》卷三十九［山南东道］载复州领三县：监利、沔阳、竟陵，并云："监利，汉华容县地，属南郡。晋置监利县。"司空学士：齐己另有《送司空学士赴京》，此"司空学士"当为司空熏，曾官于监利。按，司空熏为荆南幕府宾客。《十国春秋》本传："唐知制诰图之族子也。武信王镇荆南，熏与梁震、王保义等偕居幕府，遇事时多所匡正。梁亡……熏固劝武信王朝京师。"又《北梦琐言》卷七："唐荆南节判司空董（熏）与京兆杜无隐……洎蜀人梁震，俱称进士，谒成中令，欲希荐送。"齐己自921年至938年卒一直居荆南，二人交往当在此期间。

　　[2] 河阳县：县名，即今河南孟县。"何必河阳"二句：按，潘岳曾为河阳令，颇有政绩。庾信《枯树赋》："若非金谷满园树，即是河阳一县花。"《白帖》："潘岳为河阳令，树桃李花，人号曰'河阳一县花'。"李贺《春昼》："平阳花坞，河阳花县。"李商隐《县中恼饮席》："若无江氏五色笔，争奈河阳一县花。"沈彬《阳朔碧莲峰》："陶潜彭泽五株柳，潘岳河阳一县花。"此句盛赞司空熏在监利的政绩。

答陈秀才

　　万事皆可了[1]，有诗门最深。古人难得志，吾子苦留心。野叠凉云朵，苔重怪木阴。他年立名字，笑我老双林[2]。

【注释】

[1] 了：了结，了断。

[2] 双林：《洛阳伽蓝记·城西法云寺》："摹写真容，似丈六之见鹿苑；神光壮丽，若金刚之在双林。"佛经谓双林即娑罗双树之林。释迦牟尼逝世于拘尸那国阿利罗拔提河边娑罗双树间，双林即双树。此处借指佛寺。

游橘洲[1]

春日上芳洲，经春兰杜幽。此时寻橘岸，昨日在城楼。鹭立青枫杪[2]，沙沉白浪头。渔家好生计，檐底系扁舟。

【校勘】

"沉"，甲本作"沈"，二字通。

【注释】

[1] 橘州：又名橘子洲、水鹭洲。在湖南长沙市湘江中。自古以盛产橘子著名。

[2] 杪：树梢。

寄武陵道友[1]

阮肇迷仙处[2]，禅门接紫霞。不知寻鹤路，几里入桃花。晚树阴摇藓，春潭影弄砂。何当见招我，乞与片生涯。

【校勘】

"禅"，丁本作"挥"。

"砂"，乙本作"沙"。

"与"，丁本作"兴"。

【注释】

[1] 武陵：县名，治所在今湖南常德。道友：即修道之友。此"道"指佛教之道。又作道侣。

［2］阮肇：《太平御览》卷四十一引刘义庆《幽明录》："汉明帝永平五年，剡县刘晨、阮肇共入天台取穀皮，迷不得返，经十余日，粮食乏尽，饥馁殆死。……度山出一大溪，溪边有二女子，姿质妙绝，见二人持杯出，便笑曰：'刘、阮二郎捉向所失流杯来。'晨、肇既不识之，二女便呼其姓，如似有旧，相见忻喜，问：'来何晚耶？'因要还家。……遂留半年。……有三四十人集会奏乐，共送刘、阮，指示还路。既出，亲旧零落，邑屋全异，无复相识。问得七世孙，传闻上世入山，迷不得归。"

谢人惠药

五金元造化[1]，九炼更精新[2]。敢谓长生客，将遗必死人。久餐应换骨，一服已通神。终逐淮王去，永抛浮世尘[3]。

【注释】

［1］五金：指金、银、铜、铁、锡五种金属。贯休《读唐史》："洪炉烹五金，黄金终自奇。"

［2］九炼：指炼烧的时间和次数。道家炼丹，以九炼九转为贵。炼烧时间越长，循环的次数越多，则丹药的效能愈高。如把丹砂烧成水银，将水银又炼成丹砂等。《云笈七籤》卷一百二《总真主录纪》："服御七年，与日合景，行经神州空洞之山，遇太一真人戴先生，受帝君九炼之方。"《抱朴子》卷四［金丹］："一转之丹，服之三年得仙。二转之丹，服之二年得仙。三转之丹，服之一年得仙。四转之丹，服之半年得仙。五转之丹，服之百日得仙。六转之丹，服之四十日得仙。七转之丹，服之三十日得仙。八转之丹，服之十日得仙。九转之丹，服之三日得仙。若取九转之丹，内神鼎中，夏至之后，爆之鼎热，内朱儿一斤于盖下。伏伺之，候日精照之。须臾翕然俱起，煌煌辉辉，神光五色，即化为还丹。取而服之一刀圭，即白日昇天。又九转之丹者，封涂之于土釜中，糠火，先文后武，其一转至九转，迟速各有日数多少，以此知之耳。其转数少，其药力不足，故服之用日多，得仙迟也。其转数多，药力盛，故服之用日少，而得仙速也。"

[3]"终逐淮王"二句：用汉淮南王刘安学道成仙、鸡犬升天典事。王充《论衡·道虚篇》："儒书言：'淮南王学道，招会天下有道之人，倾一国之尊，下道术之士。是以道术之士并会淮南，奇方异术，莫不争出。王遂得道，举家升天。畜产皆仙，犬吠于天上，鸡鸣于云中。'此言仙药有余，犬鸡食之，并随王而升天也。"淮王即刘安，西汉沛郡丰（今江苏丰县）人，汉高祖之孙，袭封淮南王。

还族弟卷

岂要私相许[1]，君诗自入神。风骚何句出[2]，瀑布一联新。苦若长如此，名须远逐身。闲斋舒复卷，留滞忽经旬。

【校勘】

"苦"，甲、丙、乙本作"□"，《全唐诗补编·续拾》卷五十据影印文渊阁《四库全书》本《白莲集》卷四补录为"诣"。

【注释】

[1]许：推许，赞许。

[2]风骚：本为诗经和楚辞的并称，后泛指诗文。

送周秀游峡[1]

又向夔城去[2]，知难动旅魂。自非亡国客，何虑断肠猿[3]。滟滪分高仞，瞿塘露洩痕[4]。明年期此约，平稳到荆门[5]。

【校勘】

"洩"，甲、乙、丙、丁本作"浅"。

【注释】

[1]游峡：即游览长江三峡——瞿塘峡、巫峡、西陵峡。《水经注》卷三三［江水一］："江水又东经广溪峡，斯乃三峡之首也。其间三十里，颓岩倚木，厥势殆交。……峡中有瞿塘、黄龙二滩，夏水回复，沿溯所忌。"又同书卷三四［江水二］："江水又东经巫峡，其间首尾一百六十里，

谓之巫峡，盖因山为名也。自三峡七百里中，两岸连山，略无阙处，重岩叠嶂，隐天蔽日，自非停午夜分，不见曦月。……江水又东经西陵峡，《宜都记》曰：自黄牛滩东入西陵界，至峡口一百许里，山水纡曲，而两岸高山重嶂，非日中夜半，不见日月，绝壁或千许丈，其石彩色形容，多所像类，林木高茂，略尽冬春。猿鸣至清，山谷传响，泠泠不绝。所谓三峡，此其一也。"按，此诗中云"平稳到荆门"，知齐己时在荆州，故此诗作于齐己晚年居荆州期间（921—938）。

[2]夔城：夔州城，今重庆奉节。《通典》卷一七五："夔州，今理奉节县。春秋时为鱼国，后属楚。秦、二汉属巴郡。三国时为蜀重镇。晋、宋、齐并属巴东郡，齐兼置巴州。梁置信州。隋亦为巴东郡。大唐武德三年，避皇外祖讳，改信州为夔州，其后或为云安郡，郡城临江。领县四：奉节、云安、巫山、大昌。"

[3]断肠猿：三峡啼猿极为凄厉。郦道元《水经注·江水》载渔者歌："巴东三峡巫峡长，猿啼三声泪沾裳。"

[4]"滟滪"二句：《太平寰宇记》卷一四八夔州："瞿塘峡在州东一里，大西陵峡也。连崖千丈，犇流电激，州人为之恐惧"；"滟滪堆周回二十丈，在州西南二百步蜀江中心，瞿塘峡口"。《清一统志》夔州府一："瞿塘峡在奉节县东十三里，即广溪峡也。《水经注》：江水东经广溪峡，乃三峡之首。……《明统志》：瞿塘乃三峡之门，两岸对峙，中贯一江，滟滪堆当其口。"《唐国史补》卷下："蜀之三峡、河之三门、南越之恶谿、南康之赣石，皆险绝之所，自有本处人为篙工。大抵峡路峻急，故曰'朝发白帝，暮彻江陵'。四月、五月为尤险时，故曰'滟滪大如马，瞿塘不可下；滟滪大如牛，瞿塘不可留；滟滪大如幞，瞿塘不可触'。"李白《长干行》："十六君远行，瞿塘滟滪堆。五月不可触，猿声天上哀。"

[5]荆门：今湖北江陵。

荆门夏日寄洞山节公[1]

叠光摇翠木，灵洞叠云深。五月经行处，千秋桧柏阴[2]。山形临北渚^[3]，僧格继东林^[4]。莫惜相招信，余心是此心。

【校勘】

"叠"，甲、乙、丙、丁本作"湖"。

"木"，乙、丁本作"岑"。

【注释】

[1] 洞山：即今江西高安。节公：即"节大德"（齐己另有《送节大德归阙》、《荆门暮冬与节公话别》），湖南人。此诗题云"荆门夏日寄洞山节公"，则此时齐己居于荆州，故此诗作于921—938年间。

[2] 桧柏：也叫圆柏。俗称子孙柏。常绿乔木，幼树的叶子像针，大树的叶子像鳞片，雌雄异株，果实球形。木材桃红色，有香气。

[3] 渚：水中小块陆地，或水边。

[4] 东林：谓庐山东林寺。

再经蒋山与诸长老夜话^[1]

远迹都如雁，南行又北回。老僧犹记得，往岁已曾来。话遍名山境，烧残黑栎灰^[2]。无因伴师往，归思在天台^[3]。

【注释】

[1] 蒋山：在江苏南京市东北。又名钟山、紫金山。汉末有秣陵尉蒋子文逐盗死于此，吴孙权为之立庙，故名蒋山。《唐六典》卷三载江南道之名山"有茅山、蒋山、天目、会稽、四明、天台、括苍、缙云、金华、大庾、武夷、庐山"，后注云："蒋山一名锺山，在润州江宁县。"长老：谓年龄长而法腊高，智德俱优之大比丘。

[2] 栎：即栎树，俗称麻栎、柞栎。果实叫橡子。树皮可做染料，叶子可喂蚕，木材可做枕木及家具等。

[3] 天台：即天台山，位于今浙江省天台县城北。天台山是我国佛教天台宗的发源地，天台宗祖庭国清寺即在此。

寄当阳张明府[1]

玉泉神运寺[2]，寒磬彻琴堂[3]。有境灵如此，为官兴亦长。吏愁清白甚，民乐赋输忘。闻说巴山县[4]，今来尚忆张。

【校勘】

"磬"，甲、乙、丙、丁本作"磬"。

【注释】

[1] 当阳：即今湖北当阳市。《元和郡县图志·江陵府》载："当阳县，本汉旧县。……至唐武德四年又于此置平州，并析置临沮县，六年改为玉州，八年省，隶荆州。"《旧唐书》卷三九［山南东道］之［荆州江陵府］载："荆州领江陵、枝江、当阳、长林、安兴、石首、松滋、公安等八县。……当阳，汉县，属南郡。武德四年，于县置平州，领当阳、临沮二县。六年，改属玉州。又省临沮入当阳，属荆州。"张明府："明府"乃唐时县令之俗名。"张明府"，生卒年里不详。曾官于巴山、当阳。

[2] 玉泉神运寺：谓玉泉寺，位于湖北当阳市玉泉山东南山麓。按，中国天台宗的开宗祖师智顗、禅宗北宗开创者神秀皆曾于玉泉寺弘法，故云"玉泉神运寺"。

[3] 磬：古同"磬"，佛寺中的打击乐器，是早晚课诵、法会读经或作法时不可或缺的法器。

[4] 巴山县：县名。《旧唐书》卷三九［山南东道］之［硖州下］云："硖州下，隋夷陵郡。武德四年，平萧铣，置硖州，领夷陵、夷道、远安三县。贞观八年，废东松州，以宜都、长阳、巴山三县来属。……巴山，隋分佷山县置巴山县。武德二年，置江州，领巴山、盐水二县。四年，废江州及盐水县，以巴山属睦州。八年，属东松州。贞观八年，属硖州。"

游三觉山[1]

白石路重重，萦纡势忽穷[2]。孤峰擎像阁[3]，万木蔽星空。世论随时变，禅怀历劫同。良宵正冥目，海日上窗红。

【注释】

[1] 三觉山：齐己另有《寄三觉山从益上人》。按，《全唐诗》卷七六三有杨夔《题宣州延庆寺益公院》，此"益公"即僧从益。宣州，即今安徽省宣城市。则"三觉山"当在安徽宣城。

[2] 萦纡：回旋曲折。班固《西都赋》："步甬道以萦纡，又杳窱而不见阳。"白居易《长恨歌》："黄埃散漫风萧索，云栈萦纡登剑阁。"刘禹锡《城东闲游》："竹径萦纡入，花林委曲巡。"

[3] 擎：向上托，举。

庭际晚菊上主人[1]

九月将欲尽，幽丛始绽芳。都缘含正气[2]，不是背重阳[3]。采去蜂声远，寻来蝶路长。王孙归未晚[4]，犹得泛金觞[5]。

【校勘】

"犹"，丁本作"独"。

【注释】

[1] 主人：按，齐己《渚宫莫问诗一十五首》序云："予以辛巳岁（921），蒙主人命居龙安寺。"此"主人"即荆南节度使高季兴（858—929）。齐己晚年居荆州时，多有诗送高季兴，如《中秋十四日夜对月上南平主人》、《谢主人赐笋》、《辞主人绝句四首》等。故此诗当作于齐己居荆州至高季兴卒间，即作于921—929年间。

[2] 正气：刚正之气。

[3] 重阳：农历九月九日。古以九为阳数，九月而又九日，故称重阳。杜甫《九日》："重阳独酌杯中酒，抱病起登江上台。"

[4] "王孙归"句："王孙"即王侯子孙，泛指贵家子弟。《楚辞·招隐士》："王孙游兮不归，春草生兮萋萋。……王孙兮归来，山中兮不可以久留。"五臣注："原与楚同姓，故云王孙。"

[5] 觞：酒杯。

送赵长史归闽川[1]

荆门与闽越，关戍隔三千。风雪扬帆去，台隍指海边[2]。客情消旅火，王化似尧年。莫失春回约，江城谷雨前[3]。

【注释】

[1] 赵长史：生平不详，福建人。长史：官名。唐时诸都护府、诸都督府、诸州等都设有长史，其员额、品秩各有不同，皆为幕僚之长。除大都督府如扬州、益州长史秩从三品，中唐以后例兼本镇节度使外，其余长史并无实际职任，时或废置，且多为闲散官员或贬谪官员担任。又，此诗中云"荆门与闽越，关戍隔三千。……莫失春回约，江城谷雨前"，知齐己当于荆州送别赵长史，故此诗当作于齐己晚年居荆州期间（921—938）。

[2] 隍：无水的护城壕。

[3] 谷雨：节气名。在公历 4 月 19、20 或 21 日。我国大部分地区雨量渐多。

拟嵇康绝交寄湘中贯微[1]

何处同嵇懒[2]，吾徒道异诸。本无文字学[3]，何□往来书。岳寺逍遥梦[4]，侯门勉强居[5]。相知在玄契[6]，莫讶八行疏[7]。

【校勘】

"□"，甲、乙、丙、丁本作"有"。

【注释】

[1] 嵇康（224—263）："竹林七贤"之一。字叔夜。谯郡铚（今安徽宿县）人。历官郎中、中散大夫，后人因习称嵇中散。嵇康著有《与山巨源绝交书》，极其有名。按，山涛和嵇康都是"竹林七贤"中的人物，原来是好朋友。但是，山涛并不是真心当隐士。景元二年（261），山涛升任司马氏政权的吏部郎，其后举嵇康自代。"刚肠嫉恶"的嵇康对"非吏非隐"的山涛，忍无可忍，如箭在弦上，不得不发，奋笔写下了《与山巨源

绝交书》。该文用辛辣的笔触，满腔愤慨地抨击了司马懿父子的残暴，提出了"非汤武而薄周孔"的政治见解，是一篇战斗性极强而艺术水平很高的文章。嵇康也因此而被杀害。此诗题云"拟嵇康绝交"，则当为模拟嵇康《与山巨源绝交书》而成文。贯微：又作贯徽。韶阳（今广东曲江县）人。与齐己（864—938）年岁相仿。曾被赐紫。居武陵，曾入马希振幕府为客。与齐己为诗友。齐己另有《荆门病中寄怀贯微上人》、《谢贯微上人寄示古风今体四轴》、《荆州寄贯微上人》、《寄武陵贯微上人二首》、《寄武陵微上人》、《酬微上人》、《韶阳微公》诸诗。

　　[2] 嵇：即嵇康。

　　[3] "本无文字"句：按，齐己为禅僧，是著名禅师石霜庆诸（807—888）的弟子。《五代诗话》卷八："齐己，潭州人，与贯休并有声，同师石霜。"《五灯会元》卷六《南岳玄泰禅师》："始见德山，升于堂矣。后谒石霜，遂入室焉。掌翰二十年，与贯休、齐己为友。"其中的"石霜"，即石霜庆诸，乃禅宗青原派僧。他栖止石霜山二十年，大扬宗风，其中，有学侣长坐不卧，屹若株杌者，世人称为"石霜枯木众"。唐僖宗闻师之道誉，欲赐紫衣，师坚辞不受。卒后谥号"普会大师"。又，禅宗主张"直指人心，见性成佛，教外别传，不立文字"。齐己作为禅僧，故云"本无文字学"。

　　[4] "岳寺"句：按，贯微居于武陵（今湖南常德）。又，齐己乃潭州长沙市（今湖南长沙）人。自号衡岳沙门。幼出家于大沩山同庆寺，后寓居长沙道林寺约十年。晚年居于荆南，而荆南离湖南，路途遥远，故此诗云"岳寺逍遥梦"。

　　[5] "侯门"句：此句乃齐己自言身居荆南的被强留和不得已。按，齐己晚年欲入蜀，途经荆渚时被高季兴强留荆州。《宋高僧传》卷三〇本传："梁革唐命，天下纷纭。于是高季昌禀梁帝之命，攻逐雷满出渚宫，己便为荆州留后，寻正受节度。迨乎均帝失御，河东庄宗自魏府入洛，高氏遂割据一方，搜聚四远名节之士，得齐之义丰、南岳之己，以为筑金之始验也。龙德元年辛巳中，礼己于龙兴寺净院安置，给其月俸，命作僧正，非所好也。"自921年起，齐己一直居住荆南。晚年在荆南郁郁不得志，作《渚宫莫问诗一十五首》述怀，其序直抒这种抑郁心情："予以辛巳（921）岁，蒙主人命居龙安寺。察其疏鄙，免以趋奉，爰降手翰，曰：

'盖知心在常礼也。'予不觉欣然而作，顾谓形影曰：'尔本青山一衲，白石孤禅，今王侯构室安之，给俸食之，使之乐然，万事都外，游息自得，则云泉猿鸟，不必为狎，起放纵若是，夫何系乎？'自是龙门墙仞，历稔不复睹，况他家哉！因创莫问之题，凡一十五篇，皆以莫问为首焉。"其《韶阳微公》诗中云"有信北来山叠叠，无言南去雨疏疏"；其《荆州寄贯微上人》诗中亦云"相思莫救烧心火，留滞难移压脑山"，均言及自己居留荆南的抑郁不乐和不得已，故此诗云"侯门勉强居"，此诗亦当作于齐己居荆州期间（921—938）。

[6] 玄契：默契、冥契。唐代李华《杭州余杭县龙泉寺故大律师碑》："或有默修玄契于文义，受教顿悟于宗师。"《艺文类聚》卷三六《隐逸》（上）之《赞》："然奇趣难均，玄契罕遇，终古皆孤栖于一岩，独玩于一流。"

[7] 八行：即八行书。按，旧时信笺每页八行，因称书信为八行、八行书。孟浩然《登万岁楼》："今朝偶见同袍友，却喜家书寄八行。"权德舆《哭张十八校书》："更忆八行前日到，含凄为报秣陵书。"此句谓书信简短。因禅宗主张"直指人心，见性成佛，教外别传，不立文字"，"吾徒道异诸"，又齐己与贯微"相知在玄契"，故书信写得极为简短，故云"莫讶八行疏"。

寄许州清古[1]

北来儒士说，许下有吟僧。白日身长倚，清秋塔上层。言虽依景得，理要入无征。敢望多相示，孱微老不胜[2]。

【校勘】

"依"，丁本作"衣"。

【注释】

[1] 许州：今河南许昌市。《通典》卷一七七［颍川郡］："许州，春秋许国。……后汉因之，献帝暂都之。魏文帝受禅于此，及晋并为颍川郡。……大唐为许州，或为颍川郡。领县六。"清古：许州吟僧，诗作当不少，惜无存者。按，齐己此诗云己"孱微老不胜"，则当作于齐己晚年

居荆州期间 （921—938）。

[2] 屌微：卑贱，低微。陆贽《谢密旨因论所宣事状》："士感知已，尚合捐躯，臣虽屌微，能不激励。"李商隐《上河东公第三启》："不知屌微，何以负荷！"

谢丁秀才见示赋卷[1]

五首新裁剪，搜罗尽指归。谁曾师古律，君自负天机。圣后求贤久，明公得隽稀[2]。乘秋好携去，直望九霄飞[3]。

【校勘】

"剪"，甲、乙本作"翦"。

"隽"，乙本作"售"，误。

【注释】

[1] 丁秀才：齐己另有《答长沙丁秀才书》："月月便车奔帝阙，年年贡士过荆台。如何三度槐花落，未见故人携卷来。"知丁秀才为长沙人，能诗善文，屡考不第。与齐己交往较密。赴京科考途中多次经过荆州拜访齐己，二诗皆作于齐己晚年居荆州期间（921—938）。

[2] 隽：通"俊"，指才智出众之人。

[3] 九霄：天极高处，指朝廷。

惊秋

褰帘听秋信[1]，晚傍竹声归。多故堪伤骨，孤峰好拂衣[2]。梧桐凋绿尽，菡萏堕红稀。却恐吾形影，嫌心与口违。

【注释】

[1] 褰帘：撩起、揭起帘子。

[2] 拂衣：振衣而去。

夏日雨中寄幕中知己[1]

北风吹夏雨，和竹亚南轩。豆枕欹凉冷[2]，莲峰入梦魂[3]。窗多斜进湿，庭遍暴流痕。清兴知无限，晴来示一言。

【校勘】

"暴"，甲、丙本作"瀑"。

【注释】

[1] 幕中：指湖南马楚幕府。据诗意，此诗作于齐己晚年居荆州期间（921—938）。

[2] 欹：斜靠。

[3] 莲峰：此处指衡山芙蓉峰。衡山有大小七十二峰，其中以祝融、天柱、芙蓉、紫盖、石廪五峰最著。

夜次湘阴[1]

风涛出洞庭，帆影入澄清。何处惊鸿起，孤舟趁月行。时难多战地，野阔绝春耕。骨肉知存否，林园近郡城。

【注释】

[1] 湘阴：即今湖南湘阴。濒临湘江，靠洞庭湖湘江入口处不远。《旧唐书》卷四十 [江南西道]："湘阴，汉罗县，属长沙国。宋置湘阴县，县界汩水，注入湘江、昌江。"《新唐书》卷四十一 [岳州巴陵郡]："湘阴，武德八年省罗县入焉。"

寄唐禀正字[1]

疏野还如旧[2]，何曾称在城[3]。水边无伴立，天际有山横。落日云霞赤，高窗笔砚明。鲍昭多所得[4]，时忆寄汤生[5]。

【注释】

[1] 唐棨：袁州萍乡（今属江西）人。乾宁元年（894）登进士第，尝任秘书省正字。与齐己交往较为密切。齐己另有《送唐棨正字归萍川》、《寄萍乡唐棨正字》二诗。

[2] 疏野：旷达不拘礼法。孟贯《山中答友人》："自惭疏野甚，多失故人期。"萧颖士《与从弟评事书》："吾素志疏野，平时尚不求仕进，况今岂徼荣禄哉？"柳宗元《上权德舆补阙温卷决进退启》："性颇疏野，窃又不能，是以有今兹之问，仰惟览其鄙心而去就之。"

[3] 称：适合，适应。

[4] 鲍昭：即鲍照（？—466），又作鲍昭。字明远。此处以鲍照誉唐棨。

[5] 汤生：即汤惠休，南朝刘宋僧。字茂远。原名汤休，时人称为休上人。颇富文才，所作诗文辞藻华丽，与鲍照齐名。此处以汤惠休代指齐己本人。

宿舒湖希上人房[1]

入寺先来此，经窗半在湖。秋风新菡萏，暮雨老菰蒲[2]。任听浮生速，能消默坐无。语来灯焰短，嘈唼发高梧[3]。

【注释】

[1] 舒湖：湖波名，具体地址不详。希上人：一僧人，生卒年里不详。

[2] 菰蒲：茭白和香蒲。

[3] 嘈唼：虫鸟鸣声。沈鹏《寒蝉树》："忝有翩翻分，应怜嘈唼声。"

戊辰岁江南感怀[1]

忽忽动中私，人间何所之。老过离乱世，生在太平时。桃李春无主，杉松寺有期。曾吟子山赋[2]，何啻旧凌迟[3]。

【校勘】

"寺"，丁本无此字。

【注释】

[1] 戊辰岁：即后梁太祖开平二年（908），此诗盖作于本年。

[2] 子山：庾信字子山。子山赋指庾信《哀江南赋》。《周书》卷四一《庾信传》："庾信，字子山，南阳新野人也。……时陈氏与朝廷通好，南北流寓之士，各许还其旧国。陈氏乃请王褒及信等十数人。高祖唯放王克、殷不害等，信及褒并留而不遣。……信虽位望通显，常有乡关之思。乃作《哀江南赋》以致其意云。其辞曰：……信年始二毛，即逢丧乱，藐是流离，至于暮齿。《燕歌》远别，悲不自胜；楚老相逢，泣将何及。……追为此赋，聊以记言，不无危苦之辞，唯以悲哀为主。"

[3] 凌迟：中国古代最残酷的死刑，又叫剐刑。此处形容痛苦之深之惨。

送林上人归永嘉旧居[1]

东越常悬思[2]，山门在永嘉。秋光浮楚水，帆影背长沙。城黑天台雨[3]，村明海峤霞[4]。时寻谢公迹[5]，春草有瑶花[6]。

【校勘】

"林"，甲本作"林（一作休）"，丁本作"休"。

【注释】

[1] 林上人：生卒年不详，居于永嘉。永嘉：今浙江省温州市。

[2] 东越：古代越人的一支。相传为越王勾践的后裔，居住于今浙江、福建一带。

[3] 天台：天台山，位于今浙江省天台县城北。

[4] 海峤：海边山。谢灵运有《登临海峤与从弟惠连》诗，张铣注："临海，郡名。峤，山顶也。"刘长卿《入白沙渚，蒙缘二十五里至石窟山下，怀天台陆山人》："穷年卧海峤，永望愁天涯。"

[5] 谢公：即谢灵运。谢灵运为永嘉太守时，曾遍游当地山水。《宋书·谢灵运传》："出为永嘉太守。郡有名山水，灵运素所爱好，出守既不

得志，遂肆意游遨，遍历诸县，动逾旬朔。"

　　[6] 春草：谓谢灵运名句"池塘生春草，园柳变鸣禽"。据《南史》卷一九《谢方明》传后载："子惠连，年十岁能属文，族兄灵运加赏之，云'每有篇章，对惠连辄得佳语'。尝于永嘉西堂思诗，竟日不就，忽梦见惠连，即得'池塘生春草'，大以为工。常云'此语有神功，非吾语也'。"

答友生山居寄示

　　嘉遁有新吟，因僧寄竹林。静思来鸟外，闲味绕松阴。兵寇凭凌甚，溪山几许深。休为反招隐[1]，携取一相寻。

【注释】

　　[1] 反招隐：晋王康琚始作《反招隐诗》。《文选》卷二二《反招隐诗》吕向注："《今古诗英华》题云晋王康琚，而不述其爵里才行也。康琚以为混俗自处，足以免患，何必山林，然后为道？故作反招隐之诗，其情与隐者相反。"

新秋霁后晚眺怀先公[1]

　　雨霁湘楚晚，水凉天亦澄。山中应解夏[2]，渡口有行僧。鸟列沧洲队[3]，云排碧落层。孤峰磬声绝[4]，一点石龛灯。

【注释】

　　[1] 霁：雨后天晴。

　　[2] 解夏：又作夏满、夏解。自印度以来，僧团于每年雨季时举行夏安居；而于雨季停止后，安居亦结束，称为解夏，意指解除夏安居之制。解夏之日，根据旧律所载，谓七月十五日；新律则谓八月十五日。此日亦称自恣日，即于此日，众僧群集，自行发露于安居期间所犯之过。

　　[3] 沧洲：水滨之地。

　　[4] 磬：佛寺中的打击乐器，是早晚课诵、法会读经或作法时不可或

缺的法器。

池上感兴

所向似无端[1]，风前冷（吟）凭栏。旁人应闷见，片水自闲看。碧底红鳞鬣[2]，澄边白羽翰。南山众木叶，飘著竹声干。

【校勘】

"冷"，甲本作"吟"，当从。

"水"，丁本作"月"。

"著"，丁本作"着"。

【注释】

[1] 无端：没有来由，无缘无故。

[2] 鬣：须。此处指鱼颔旁小鬐。凡水族之须与鬐亦称鬣，如虾鬣。韩愈《答张彻》："鱼鬣欲脱背，虬光先照硎。"张籍《远别离》："莲叶团团杏花拆，长江鲤鱼鬐鬣赤。"

和昙域上人寄赠之什[1]

百病煎衰朽[2]，栖迟战国中[3]。思量青壁寺，行坐赤松风。道寄霆元合，书传往复空。可怜禅月子[4]，香火国门东[5]。

【校勘】

"霆元"，甲、乙、丙、丁本作"虚无"。

【注释】

[1] 昙域：扬州（今属江苏）人。通内外学，戒行精微。师从禅月大师贯休。贯休卒后，于前蜀后主乾德五年（923）编集其歌诗文赞约一千首，为《禅月集》三十卷，雕版行世。中年后居蜀，前蜀时被赐号惠光大师。能诗，诗风与贯休相近。《宋高僧传》卷三十《贯休传》后附《昙域传》云："（昙域）有诗集，亚师之体也。"其诗集，《宋绍兴秘书省续编到四库阙书目》卷一著录为《龙华集》十卷，今不存。《全唐诗》卷八百四

十九存其诗三首。《全唐文》卷九二二存其文二篇。善书。昙域幼精六书，学李阳冰篆法，笔力雄健，为时所称。贯休去世后，昙域为其师之白莲塔篆额。《宝刻类编》卷八："《白莲塔记》，庞延翰撰，（昙）域撰额，永平三年，成都。"另外，昙域在语言学方面也颇有造诣，它曾重集许慎《说文解字》，当时在蜀川盛行一时。《宋绍兴秘书省续编到四库阙书目二卷》卷一录"僧昙域《补说文字解》三十卷"，惜不传。与齐己相知。齐己居荆南（921—938）时，二人唱酬颇为频繁，如齐己有《寄西川惠光大师昙域》、《谢西川昙域大师玉箸篆书》诗；昙域有《怀齐己》诗，但二人未及晤面。

　　[2] 煎：折磨。李贺《苦昼短》："唯见月寒日暖，来煎人寿。"元稹《献荥阳公诗五十韵》："老叹才渐少，闲苦病相煎。"衰朽：犹言老朽，老迈无能之身或人。白居易《隐几赠客》："书将引昏睡，酒用扶衰朽。"李商隐《骄儿诗》："安得此相谓，欲慰衰朽质。"

　　[3] 栖迟：游息、居住。刘长卿《长沙过贾谊宅》："三年谪宦此栖迟，万古惟留楚客悲。"白居易《闲忙》："奔走朝行内，栖迟林墅间。"战：通"颤"，发抖、颤抖。顾敻《荷叶杯》："记得那时相见，胆战，鬓乱四肢柔。"

　　[4] 禅月：即禅月大师贯休。据昙域《禅月集序》，前蜀高祖王建赐贯休号曰"禅月大师"，且"曲加存恤，优异殊常"。《宋高僧传》卷三十《贯休传》："释贯休……弟子劝师入蜀，时王氏将图僭伪，邀四方贤士，得（贯）休甚喜，盛被礼遇，赐赍隆洽，署号禅月大师。"禅月子：即禅月大师贯休的弟子。

　　[5] 香火：本指烧香与燃灯火。后引申为寺庙中掌香火之事者。《释门正统》卷四："香火之严，于今为盛。"《续高僧传》卷一："香火梵音，礼拜唱导。"此处指昙域传承其师贯休之衣钵。

吊双泉大师真塔[1]

　　塔耸层峰后，碑镌巨石新。不知将一句，分付与何人。静坐云生衲[2]，空山月照真[3]。后徒游礼者[4]，犹认指迷津[5]。

【校勘】

"照"，丁本作"煦"。

【注释】

[1] 双泉大师：按，齐己另有《寄双泉大师师兄》，二者当为一人，但"双泉大师"生卒年里不详。据二诗知，"双泉大师"为齐己师兄，较齐己早卒。其卒后，齐己曾去其真塔祭拜。

[2] 衲：即衲衣。又作衲袈裟、弊衲衣、坏衲。是以世人所弃之朽坏破碎衣片修补缝缀所制成之法衣。比丘少欲知足，远离世间之荣显，故着此衣。《大乘义章》卷十五："言衲衣者，朽故破弊，缝衲供身，不著好衣，何故须然？若求好衣，生恼致罪，费功废道，为是不著；又复好衣，未得道人生贪著处；又在旷野，多致贼难，或至夺命。有是多过，故受衲衣。"关于衲衣的颜色，常以五色（青、黄、赤、白、黑）或多种颜色之碎布片缝合在一起，故又称为五衲衣、百衲衣。

[3] 真：谓肖像。

[4] 游礼：谓游观礼拜。沈彬《麻姑山》："我来游礼酬心愿，欲共怡神契自然。"

[5] 指迷津：谓指点迷津。迷津：迷途。佛教谓迷妄的境界，即三界六道众生之境界。

暮冬送璘上人归华容[1]

故园虽不远，那免怆行思[2]。莽苍平湖路[3]，霏微过雪时[4]。全无山阻隔，或有客相随。得见交亲后[5]，春风动柳丝。

【注释】

[1] 璘上人：不详，为华容僧。华容：按，"华容"乃县名，有二处：一在湖南岳阳，一在湖北监利。《旧唐书》卷三九〔山南东道〕之〔复州〕："监利，汉华容县地，属南郡。晋置监利县。"卷四十〔江南西道〕之〔岳州下〕："岳州下，隋巴陵郡。武德四年，平萧铣，置巴州，领巴陵、华容、沅江、罗、湘阴五县。……华容，汉孱陵县地，属武陵郡，刘表改为安南。隋改为华容。垂拱二年，去'华'字，曰容城。神龙元年，

复为华容。"《通典》卷一八三［竟陵郡］:"监利,汉华容县。"［巴陵郡］载岳州领县五:巴陵、沅江、湘阴、华容、昌江,其中"华容,汉孱陵县也。隋置此县。古华容在竟陵郡"。又,唐人诗中"华容"多指湖南之华容。如张说《岳阳石门墨山二山相连有禅堂观天下绝境》:"困轮江上山,近在华容县。常涉巴丘首,天晴遥可见。"梁知微《入朝别张燕公》:"华容佳山水,之子厌承明。……回瞻洞庭浦,日暮愁云生。"李白有《九日登巴陵,置酒望洞庭水军》诗,题下注:"时贼逼华容县。"又此诗中云"莽苍平湖路……全无山阻隔",则此"华容"当为湖南之"华容"。

［2］怆:谓忧伤、悲伤。

［3］莽苍:空旷无际貌。高适《淇上别刘少府子英》:"南登黎阳渡,莽苍寒云阴。"白居易《冀城北原作》:"野色何莽苍,秋声亦萧疏。"

［4］霏微:朦胧貌。张九龄《奉和圣制瑞雪篇》:"初瑞雪兮霏微,俄同云兮蒙密。"白居易《天竺寺七叶堂避暑》:"檐雨稍霏微,窗风正萧瑟。"

［5］交亲:谓亲交,密友。

秋夜听业上人弹琴[1]

万物都寂寂,堪闻弹正声。人心尽如此,天下自和平[2]。湘水泻秋碧[3],古风吹太清。往年庐岳奏[4],今夕更分明。

【注释】

［1］业上人:生卒年里不详,曾游居于江西庐山和湖南地区。

［2］"万物都寂寂"四句:"正声"谓纯正的乐声,亦谓合乎音律的乐声。李宣古《听蜀道士琴歌》:"至道不可见,正声难得闻。"王元《听琴》:"古调俗不乐,正声君自知。"按,《五代诗话》卷八引《坚瓠集》曰:"僧齐己《听琴》诗云:'万物都寂寂,堪闻弹正声。人心尽如此,天下自和平。'同时徐东野有诗云:'我唐有僧号齐己,未出家时宰相器。爱见梦中逢武丁,毁形自学无生理。'如《听琴》绝句,正宰相诗也。"

［3］湘水:即湘江,纵贯湖南省。

［4］庐岳:即庐山,位于今江西九江市南,鄱阳湖西岸。

【汇评】

《唐诗归》：钟云：深直在李颀、元结之间。……谭云：胸中有一段渊渊浩浩，立于声诗之先，即用此作古诗、乐府，已高一层矣，况近体耶？

《唐诗快》：友夏云："胸中有渊渊浩浩，即用此作古诗、乐府，已高一层，何况近体。"其赏此诗至矣，顾何以得此于晚季耶？

《五朝诗善鸣集》：此诗能移我情。

《唐诗别裁集》：太和元气，从来咏琴诗俱未写到（首二句下）。……渊灏之气，应在李颀、常建之间。

《网师园唐诗笺》：二语远胜昌黎作（"人心"二句下）。（以上俱见陈伯海《唐诗汇评》第三一一九至三一二○页）

李庆甲《瀛奎律髓汇评》卷一二：许印芳：按：昼公乃盛唐人，尝著《杼山诗式》，鉴裁颇精，所作诗格高气清。然高而近空滑，清而多薄弱，非王、孟精深华妙之比。齐己虽唐末人，其诗颇有盛唐人气骨。如《秋夜听业上人弹琴》云……沈归愚谓三、四语写出太和元气，从来咏琴者俱未写到。且谓其诗渊灏之气在李颀、常建之间。非过许也。然亦有豪而近粗者，如《剑客》诗云……二诗皆以气胜，不甚拘对偶，而有情思灌注其间，非若昼公徒标高格，全无意味也。晓岚谓齐己第一，真笃论哉！

谢人惠丹药

别后闻餐饵，相逢讶道情[1]。肌肤红色透，髭发黑光生。仙洞谁传与，松房自炼成。常蒙远公（分）惠[2]，亦觉骨毛轻。

【校勘】

"公"，甲、乙本作"分"，从之。

【注释】

[1]"别后闻餐饵"二句："饵"谓药饵，即丹药。按，丹药多为道士服用，齐己虽为僧，亦服丹药，僧之道情与道士之道情不一，故云"相逢讶道情"。

[2]公惠：当作"分惠"，分赠，分予。

荆门病中寄怀贯微上人[1]

　　我衰君亦老[2]，相忆更何言。际（除）泥安禅力[3]，难医必死根。梅寒争雪彩，日冷酿冰痕。早晚东归去，同寻入石门（匡山远大师尝与诸贤游石门洞，玩锦绣谷）[4]。

【校勘】

　　"际"，甲、乙、丙、丁本作"除"，从之。

　　"酿"，甲、乙、丙、丁本作"让"。

【注释】

　　[1] 荆门：今湖北江陵。贯微：又作贯徽。韶阳（今广东曲江县）人。与齐己（864—938）年岁相仿，亦与齐己为诗友，齐己另有《拟嵇康绝交寄湘中贯微》、《谢贯微上人寄示古风今体四轴》、《荆州寄贯微上人》、《寄武陵贯微上人二首》、《寄武陵微上人》、《酬微上人》、《韶阳微公》诸诗。按，此诗题中云"荆门"，则知此诗作于齐己居荆州期间（921—938）。

　　[2] "我衰君"句：谓贯微与齐己（864—938）年岁相差不大。

　　[3] 泥：同"溺"，沉溺。安禅：佛家语，犹言入于禅定。《景德传灯录》卷二八《大珠慧海》："拔生死深根，获见前三昧；若不安禅静虑，到遮里总须茫然。"王维《过香积寺》："薄暮空潭曲，安禅制毒龙。"白居易《寓言题僧》："力小无因救焚溺，清凉山下且安禅。"杜荀鹤《夏日题悟空上人院》："安禅不必须山水，灭得心中火自凉。"

　　[4] 石门：谓庐山石门涧（洞）。庐山有石门洞、锦绣谷等景点，慧远等人曾游过。《太平寰宇记》卷一一一江州："石门涧在（庐）山西，悬崖对耸，形如阙，当双石之间，悬流数丈，有一石可坐二十许人。"《庐山记》卷一："由天池直下山十五里，同名锦绣谷。旧录云：谷中奇花异草，不可殚述。三四月间，红紫匝地，如被锦绣，故以为名。……谷之水其源出于谷中曰锦绣源。水傍有双龙庵，次广福庵，次尊胜庵，次宝宁庵。宝宁之西前有石门，其源出于石门间。东与锦绣谷之水合，西流五十里，入溢水。由双龙至宝宁四庵，相望皆不百步，同在两涧之间。（谢）灵运《望石门》诗曰：'高峰隔半天，长崖断千里。鸡鸣青涧中，猿啸白云里。'

远公记云：'西有石门，其前似双阙，壁立千余仞，而瀑布流焉。'"白居易《游石门涧》："石门无旧径，披榛访遗迹。……常闻慧远辈，题诗此岩壁。"白居易《草堂记》："匡庐奇秀，甲天下山……春有锦绣谷花，夏有石门涧云，秋有虎溪月，冬有炉峰雪，阴晴显晦，昏旦含吐，千变万状，不可殚纪。"

答孔秀才[1]

早向文章里，能降少壮心。不愁人不爱，闲处自闲吟。水国云雷阔，僧园竹树深。无嫌我衰飒，时此一相寻。

【注释】

[1] 按，此诗中云"水国"、"我衰飒"，知齐己在荆州，时已老年，故此诗作于齐己晚年居荆州期间（921—938）。

秋江

两岸山青映，中流一棹声。远无风浪动，正向夕阳横。岛屿蝉分宿，沙洲客独行。浩然心自合，何必濯吾缨[1]。

【注释】

[1] 濯吾缨：洗涤冠缨。屈原《渔父》："沧浪之水清兮，可以濯吾缨；沧浪之水浊兮，可以濯吾足。"

船窗

孤舸凭幽窗[1]，清波逼面凉。举头还有碍，低眼即无妨[2]。瞥过沙禽翠[3]，斜分夕照光。何时到山寺，上阁看江乡。

【校勘】

丁本诗题作"睡窗"。

【注释】

[1] 舸：船。

[2] 无妨：没有障碍。

[3] 瞥过：掠过，疾飞而过。

永夜

永日还欹枕[1]，良宵亦曲肱[2]。神闲无万虑，壁冷有残灯。香影浮龛象，瓶声著井冰。寻思到何处，海上断崖僧。

【校勘】

"著"，丁本作"着"。

【注释】

[1] 欹枕：斜靠在枕头上。

[2] 曲肱："肱"指胳膊。此处"曲肱"指曲肱枕，即曲臂以为枕。权德舆《多病戏书，因示长孺》："唯思曲肱枕，搔首掷华缨。"白居易《闲乐》："空腹三杯卯后酒，曲肱一觉醉中眠。"

中春怆怀寄二三知己[1]

眼暗心还白，逢春强凭栏。因闻积雨夜，却忆旧山寒。竹撼烟丛滑，花烧露朵干。故人相会处，应话此衰残。

【校勘】

"逢春"，戊本、己本作"逢强"，误。

"雨夜"，甲本作"雨夜（一作夜雨）"，戊、己、庚本作"夜雨"。

【注释】

[1] 怆怀：伤怀。按，此诗中云"眼暗心还白，逢春强凭栏。……却忆旧山寒。……应话此衰残"，知齐己时已衰残，故此诗作于齐己晚年居荆州期间（921—938）。

自遣

　　了然知是梦[1]，既觉更何求。死入孤峰去，灰飞一烬休。云无空碧在，天静月华流。免有诸徒弟，时来吊石头[2]。

【注释】

　　[1] 了然：明白清楚。李白《九日登巴陵，置酒望洞庭水军》："造化辟川岳，了然楚汉分。"白居易《睡起晏坐》："了然此时心，无物可譬喻。"

　　[2] 吊石头：指在石头堆砌而成的坟墓前吊念。

送陈霸归闽

　　凉风动行兴，含笑话临途[1]。已得身名了，全忘客道孤。乡程过百越[2]，帆影绕重湖[3]。家在飞鸣外，音书可寄无。

【校勘】

　　"程"，丁本作"城"。

　　"鸣"，甲、乙、丙、丁本作"鸿"。

【注释】

　　[1] 临途：临别之途。

　　[2] 百越：亦称百粤，泛指南方的少数民族。李白《天台晓望》："天台邻四明，华顶高百越。"章碣《送谢进士还闽》："百越风烟接巨鳌，还乡心壮不知劳。"包何《送李使君赴泉州》："云山百越路，市井十洲人。"

　　[3] 重湖：即青草湖，在今湖南洞庭湖东南部。唐时湖周二百六十五里，北有沙洲与洞庭湖相隔，水涨时与洞庭湖相连，故曰重湖。杜甫《宿青草湖》，诗题下注云："重湖，南青草，北洞庭。"

寄孙辟呈郑谷郎中[1]

衡岳去都忘[2]，清吟恋省郎[3]。淹留才半月[4]，酬唱颇盈箱。雪长松桱格[5]，茶添语话香。因论乐安子[6]，年少老篇章。

【校勘】

"辟"，甲、丁本作"闢"，"闢"为"辟"之异体字。

【注释】

[1] 孙辟：不详，当为齐己一朋友。郑谷：字守愚，袁州宜春（今属江西）人。按，郑谷乾宁四年（897）任都官郎中，并终于此任（郑谷卒于909年）。故此诗作于乾宁四年（897）至后梁太祖开平三年（909）间。

[2] "衡岳去"句："衡岳"即南岳衡山。按，《宋高僧传》卷三十本传："释齐己，姓胡……自号衡岳沙门焉。"孙光宪《白莲集序》："禅师齐己，本胡氏子，实长沙人。"又据《五代史补》卷三《僧齐己》条知齐己尝久居同庆、道林二寺，而二寺都在长沙。此处"衡岳"指曾经到过的地方。

[3] 省郎：按，郑谷于乾宁四年（897）任都官郎中（即都官员外郎），而都官郎中为尚书省刑部属官，故又称"省郎"。徐铉《正初答钟郎中见招》："南省郎官名籍籍，东邻妓女字英英。"白居易《喜张十八博士除水部员外郎》："今日闻君除水部，喜于身得省郎时。"

[4] 淹留：停留、滞留。《离骚》："时缤纷其变易兮，又何可以淹留！"李白《赠秋浦柳少府》："而我爱夫子，淹留未忍归。"杜甫《过宋员外之问旧庄》："淹留问耆老，寂寞向山河。"

[5] 桱：即河柳，又名观音柳、山川柳、红柳。落叶小乔木，供观赏，枝叶可入药。

[6] 乐安：县名，即今江西省乐平县。《通典》卷一八二[鄱阳郡]："乐平，吴旧乐安县。""乐安子"指孙辟。

荆门送人自峨嵋游南岳[1]

峨嵋来已远，衡岳去犹赊[2]。南浦悬帆影，西风乱荻花。天涯遥梦泽，山众近长沙[3]。有兴多新作，携将天府夸。

【校勘】

"天"，甲、乙、丙、丁本作"大"。

【注释】

[1] 荆门：今湖北江陵。峨嵋：我国佛教四大名山之一，在四川省峨眉山市西南。又作峨眉山、蛾眉山。南岳：即衡山，在今湖南衡阳市北。按，此诗题云"荆门送人"，则齐己时在荆州，故此诗作于齐己晚年居荆州时（921—938）。

[2] 衡岳：即南岳衡山。因衡山为五岳之一的南岳，故称。

[3] 长沙：今湖南长沙市。

谢主人石笋[1]

西园罢宴游[2]，东阁念林丘。特减花边峭，来添竹里幽。忆过阳朔见[3]，曾记太湖求。从此频吟绕，归山意亦休。

【校勘】

"丘"，乙本作"邱"。

"太"，甲、丙本作"大"。

【注释】

[1] 主人：按，齐己《渚宫莫问诗一十五首》序云："予以辛巳岁（921），蒙主人命居龙安寺。"此"主人"即荆南节度使高季兴（858—929）。齐己晚年居荆南时，多有诗送高季兴，如《中秋十四日夜对月上南平主人》《庭际晚菊上主人》《辞主人绝句四首》等。故此诗当作于齐己居荆南至高季兴卒间，即作于921—929年间。石笋：挺直的大石，其状如笋，故名。杜甫《石笋行》："君不见益州城西门，陌上石笋双高蹲。"

[2] 西园：即南平王高季兴的花园。齐己《题南平后园牡丹》："暖披烟艳照西园，翠幄朱栏护列仙。"

[3] 阳朔：即今广西阳朔县。汉始安县地。隋析置阳朔县，以县北阳朔山而得名。风景秀丽，又有"阳朔山水甲桂林"之称。阳朔境内山山有洞，洞洞奇美，洞中乳石遍布，晶莹剔透。吴武陵《阳朔县厅壁题名》："群山发海峤，顿伏腾走数千里而北。又发衡巫，千余里而南。咸会于阳朔。朔经四百里，孤崖绝巘，森耸骈植。类三峰九疑，析成天柱者，凡数百里。如楼通天，如阙凌霄，如修竿，如高旗。如人而怒，如马而欢。如阵将合，如战将散。难乎其状也。"

经安公寺[1]

大圣威灵地，安公晏坐踪[2]。未知长寂默，不见久从容。塔影高群木，江声压暮钟。此游幽胜后，来梦亦应重。

【校勘】

"晏"，甲、乙、丙、丁本作"宴"。

【注释】

[1] 安公：即道安（312—385），东晋杰出的佛教学者。常山扶柳（今河北冀县）人。安公寺即道安在襄阳居住的檀溪寺，建于宁康元年（373）。初，道安率慧远等四百余名弟子入襄阳白马寺，大开讲席，四方学徒云集，白马寺渐嫌狭隘，遂改清河张殷宅第为禅刹，号檀溪寺。寺中建有五层塔、四百僧舍等，规模之大居当时襄阳诸寺之首。此外，又得凉州刺史杨弘忠献铜万斤，用以铸造丈六佛像。此外，蒙苻坚捐赠金箔倚像、金坐像、结珠弥勒像、金缕绣像等。其后，屡有义学沙门止住此寺，与江陵寺、长沙寺等并为后世所重。《高僧传》卷五《道安传》："安以白马寺狭，乃更立寺，名曰檀溪，即清河张殷宅也。大富长者，并加赞助，建塔五层，起房四百。凉州刺史杨弘忠送铜万斤，拟为承露盘。安曰：'露盘已讫汝公营造，欲回此铜铸像，事可然乎？'忠欣而敬诺。于是众共抽舍，助成佛像，光相丈六，神好明著，每夕放光，彻照堂殿。……苻坚遣使送外国金箔倚像，高七尺，又金坐像、结珠弥勒像、金缕绣像、织成

像，各一张。每讲会法聚，辄罗列尊像，布置幢幡，珠佩迭晖，烟华乱发。使夫升阶履闼者，莫不肃焉尽敬矣。"

[2] 晏坐：安身正坐，此指坐禅。《维摩经·弟子品》："忆念我昔常晏坐树下。"《景德传灯录》卷三《菩提达磨》："宗胜闻偈，欣然即于岩间晏坐。……王即遣使入山，果见宗胜端居禅寂。"

秋夕寄诸侄[1]

每到秋残夜，灯前忆故乡[2]。园林红橘柚，窗户碧潇湘[3]。离别身垂老，艰难路去长。弟兄应健在，兵火理耕桑。

【校勘】

"理"，甲、乙、丙、丁本作"里"。

【注释】

[1] 按，齐己另有《勉道林谦光鸿蕴二侄》、《示诸侄》，前诗中云"旧林诸侄在，还住本师房"，后诗中云"莫问年将朽，加餐已不多。形容浑瘦削，行止强牵拖"，此诗中云"每到秋残夜，灯前忆故乡。……离别身垂老，艰难路去长"，据诗意，三诗皆作于齐己晚年居荆州期间（921—938）。

[2] "灯前忆"句：按，齐己乃潭州长沙市人，自号衡岳沙门。孙光宪《白莲集序》："禅师齐己，本胡氏子，实长沙人。"故齐己所忆"故乡"在长沙。

[3] 潇湘：此处指湘水。齐己《江上夏日》诗中云"故园旧寺临湘水"，故此诗云"窗户碧潇湘"。

谢炭

正拥寒灰次，何当惠寂寥。且留连夜向，未敢满炉烧。必恐吞难尽，唯愁拨易消。豪家捏为兽[1]，红进锦茵煿[2]。

【校勘】

"捏"，丁本作"担"。

"燋"，甲、乙本作"焦"，"燋"为"焦"之异体字。

【注释】

[1]"豪家捏"句：此云兽炭。《晋书·羊琇传》："琇性豪侈，费用无复齐限，而屑炭和作兽形以温酒，洛下豪贵咸竞效之。"白居易《对火玩雪》："鹅毛纷正堕，兽炭敲初折。"李中《腊中作》："豪家应不觉，兽炭满炉红。"

[2]红：指炭燃烧所迸出的火星。锦茵：锦制之垫褥。潘岳《寡妇赋》："易锦茵以苫席兮，代罗帱以素帷。"杜甫《丽人行》："后来鞍马何逡巡，当轩下马入锦茵。"刘禹锡《泰娘歌》："长鬟如云衣似雾，锦茵罗荐承轻步。"

夏满日偶作寄孙支使 (其年闰五月)[1]

一百二十日，煎熬几不胜[2]。忆归沧海寺[3]，冷倚翠崖稜。旧扇犹操执，新秋更郁蒸[4]。何当见凉月，拥衲访诗朋。

【校勘】

"二"，丁本作"三"，误。

【注释】

[1]孙支使：即孙光宪（？—968），字孟文，自号"葆光子"，陵州桂平（今四川仁寿）人。按，孙光宪于后唐天成元年（926）四月，自蜀至江陵。自本年起，孙光宪与齐己"周旋十年"，唱酬甚密。此诗题下注云："其年闰五月。"据《二十史朔闰表》，后唐明宗长兴二年（931）闰五月。故此诗作于本年夏。

[2]不胜：犹谓不能忍受。

[3]沧海寺：此处谓庐山东林寺。按，齐己自后梁末帝贞明元年（915）起移居庐山东林寺，而且"六年沧海寺"、"久栖东林"，在庐山居住六年，对之有深厚的感情。齐己晚年居荆渚时，甚多缅怀东林寺之作，此诗即是其一。

[4] 郁蒸：谓天气闷热如蒸。陈子昂《南山家园林木交映盛夏五月幽然清凉独坐思远率成十韵》："郁蒸炎夏晚，栋宇閟清阴。"李白《送萧三十一之鲁中，兼问稚子伯禽》："水国郁蒸不可处，时炎道远无行车。"杜甫《夏日叹》："朱光彻厚地，郁蒸何由开。"

寄清溪道友[1]

山门摇落空，霜霰满杉松[2]。明月行禅处，青苔绕石重。泉声喧万壑，钟韵遍千峰。终去焚香老，同师大士踪[3]。

【注释】

[1] 道友：即修道之友。此"道"指佛教之道。又作道侣。

[2] 霰：下雪前后天空中降落的白色小冰粒。

[3] 大士：菩萨之通称。《法华文句记》卷二："大士者，大论称菩萨为大士，亦曰开士。"《四教仪集解》卷上："大士者，大非小也。士，事也。运心广大能建佛事故云大士，亦名上士。"《释门正统》卷四："宋神宗宣和元年，诏改释氏为金仙，菩萨为大士，僧为德士。"

谢重缘旧山水障子[1]

敢望重缘饰，微茫洞壑春。坐看终未是，归卧始应真。已觉心中朽，犹怜四面新。不因公子鉴[2]，零落几成尘。

【注释】

[1] 障子：题有文字或绘有图画的整幅绸布。

[2] 鉴：鉴别，辨别。

寺居

邻井双梧上，一蝉鸣隔墙。依稀旧林日，撩乱绕山堂。难嘿吟风口^[1]，终清饮露肠。老僧加护物，应任噪残阳^[2]。

【注释】

[1] 嘿：同"默"，开口不说话。

[2] 噪：此指蝉之喧叫。韦应物《移疾会诗客元生与释子法朗，因贻诸祠曹》："园径自幽静，玄蝉噪其间。"陆畅《别刘端公》："连骑出都门，秋蝉噪高柳。"

剃发

金刀闪冷光，一剃一清凉。未免随朝夕，依前长雪霜。夏林敧石腻^[1]，春涧沐泉香。向老凋疏尽^[2]，寒天不出房。

【校勘】

"敧"，丁本作"欹"。

"涧"，丁本作"润"。

"沐"，甲本作"水"。

【注释】

[1] 敧：斜靠。

[2] 凋疏：因凋落而变得稀稀疏疏。

谢高辇先辈寄新唱和集^[1]

敢谓神仙手，多怀老比丘^[2]。编联来鹿野^[3]，酬唱在龙楼^[4]。洛浦精灵慑^[5]，邙山鬼魅愁^[6]。二南风雅道^[7]，从此化东周^[8]。

【校勘】

"丘"，乙本作"邱"。

【注释】

[1] 高辇（？—933）：青州益都（今属山东）人，五代后唐诗人。与齐己唱酬频繁。有诗集《丹台集》。天成四年（929）四月，秦王李从荣辟为河南府推官。《五代史补》卷二《秦王掇祸》条载："秦王从荣，明宗之

爱子，好为诗，判河南府，辟高辇为推官。辇尤能为诗，宾主相遇甚欢。"长兴四年（933）李从荣败死，高辇亦被诛。故此诗作于929年至933年高辇被诛之间，时齐己在荆州，高辇在河南。

［2］比丘：指出家得度，受具足戒之男子。

［3］鹿野：即鹿野苑，地名，位于今北印度瓦拉那西市（Varanasi）以北约六公里处，是佛最初说四谛法度五比丘的地方。又译作仙人鹿野苑、鹿野园、鹿苑、仙苑、仙人园。关于地名之由来，诸说纷异。《大唐西域记》卷七以鹿王为代有孕之母鹿舍身就死，因而感动梵达多国王，使王释放鹿群，并布施树林，而称之为"施鹿林"。此指齐己所居之地。

［4］龙楼：即龙楼门。《汉书·成帝纪》："元帝即位，帝为太子，壮好诗书，宽博谨慎。初居桂宫，上尝急召，太子出龙楼门，不敢绝驰道。"后以龙楼指太子。此处指秦王李从荣所居之地。

［5］洛浦：洛水边。慑：恐惧。

［6］邙山：山名，即河南洛阳北邙山。汉魏以来为墓地，亦用作墓地之代称。陶渊明《拟古九首》之四："一旦百岁后，相与还北邙。"韩愈《赠贾岛》："孟郊死葬北邙山，从此风云得暂闲。"王建《北邙行》："北邙山头少闲土，尽是洛阳人旧墓。"

［7］二南：《诗经》十五国风中之《周南》、《召南》的合称。《毛诗大序》："《关雎》、《麟趾》之化，王者之风，故系之周公。南，言化自北而南也。《鹊巢》、《驺虞》之德，诸侯之风也，先王之所以教，故系之召公。"

［8］化：风化，政教。东周：此指五代后唐首都洛阳地区。

送徐秀才游吴国[1]

西江东注急[2]，孤棹若流星。风浪相随白，云中独过青。他时谁共说，此路我曾经。好向吴朝看，衣冠尽汉庭。

【校勘】

"中"，丁本作"山"。

“独”，甲本作“独（一作瞥）”，丁本作“瞥”。

【注释】

[1] 徐秀才：齐己另有《送徐秀才之吴》，二诗当作于同时。吴国：即五代十国之一的吴（919—936）。

[2] 西江东注：谓长江。

忆在匡庐日[1]

忆在匡庐日，秋风八月时。松声虎溪寺[2]，塔影雁门师[3]。步碧葳蕤径[4]，吟香菡萏池。何当旧泉石，归去洗心脾。

【注释】

[1] 匡庐：指庐山。

[2] 虎溪：在江西庐山东林寺前。寺前的虎溪桥（石拱桥），流传着慧远、陶渊明与陆修静三人之间的故事，著名的“虎溪三笑”即出于此。虎溪寺谓东林寺。

[3] 雁门师：即慧远（334—416），俗姓贾，雁门楼烦（今山西省崞县东部）人。孝武帝太元三年（378），襄阳被苻秦军队攻陷，道安为秦军所获。慧远带着徒众南行，到了浔阳（今江西九江市），爱匡庐峰林清静，就定居下来。初住匡山龙泉精舍，后住东林寺，带领徒众修道。元兴元年（402），他率众于精舍无量寿佛像前建斋立誓，期生净土，结白莲社，一时参加的达一百二十三人。慧远隐居庐山，历三十余年，影不出山，迹不入市。庐山东林寺就因为曾经是慧远率众行道之所，遂成为中国著名的佛教净土宗发源地之一。今东林寺念佛堂仍塑有慧远之像。

[4] 葳蕤：草名。南朝梁任昉《述异记》卷下：“葳蕤草，一名丽草，又呼为女草，江浙中呼娃草。美女曰娃，故以为名。”《本草纲目》卷十二[草一]之[葳蕤]：“此草根长多须，如冠缨下垂之緌而有威仪，故以名之。”

寄三觉寺从益上人^[1]（又云三觉山）

山下人来说，多时不下山。是应终未是，闲得且须闲。海面云归窦^[2]，猿边月上关。寻思乱峰顶，空送衲僧还^[3]。

【校勘】

甲、乙、丙、丁本诗题后无"又云三觉山"。

【注释】

[1] 三觉寺：在三觉山上。按，《全唐诗》卷七六三有杨夔《题宣州延庆寺益公院》，此"益公"即僧从益。宣州，即今安徽省宣城市。则"三觉山"当在安徽宣城。从益：齐己另有《寄益上人》、《送益公归旧居》诗，则"益上人"、"益公"当为从益。按，僧从益咸通中于京讲经，极受懿宗宠幸，不仅赐其紫衣，还降辇迎之。杨夔《题宣州延庆寺益公院》诗云"嘿坐能除万种情，腊高兼有赐衣荣。讲经旧说倾朝听，登殿曾闻降辇迎"，且诗题下注"咸通中入讲，极承恩泽"，盖咏此事。唐末战乱，"寻思乱峰顶"，从益归三觉山，乃至"多时不下山"，后移住衡岳（齐己《寄益上人》诗中云"近闻移住邻衡岳"）。

[2] 窦：洞、孔。

[3] 衲僧：又叫衲子，禅僧之别称。因禅僧多穿一衲衣而游方各处，故名。

残秋感怆^[1]

日日加衰病，心心趣寂寥。残阳起闲望，万木耸寒条。楚寺新为客，吴江旧看潮。此怀何以寄，风雨暮萧萧。

【校勘】

"暮"，乙本作"夜"。

【注释】

[1] 按，此诗中云"日日加衰病"、"楚寺"，知齐己时已年老多病，

故此诗作于齐己晚年居荆州期间（921—938）。

寄南徐刘员外二首[1]

竟陵兵革际[2]，归复旧园林。早岁为官苦，常闻说此心。海边山夜上，城□寺秋寻。应讶松风约，蹉跎直到今[3]。

【校勘】

"复"，丁本作"后"。

"□"，甲、乙、丙本作"外"，丁本作"上"。

"松"，甲、丁本作"嵩"。

"风"，甲、乙、丙、丁本作"峰"。

【注释】

[1] 南徐：即润州，州治在今江苏镇江。刘员外：江苏镇江人。据此诗，刘员外曾官于竟陵，其间与齐己往来酬唱。竟陵兵乱时，归乡隐居。员外：指正员以外的官员，一般不理事务。唐永徽时始置，神龙以后其员大增，开元时多已革去，唯皇亲及有战功者或有除授。后贬谪官员或以员外处之。

[2] 竟陵：即今湖北天门市。

[3] 蹉跎：虚度光阴。李白《五松山送殷淑》："抚酒惜此月，流光畏蹉跎。"李颀《送魏万之京》："莫见长安行乐处，空令岁月易蹉跎。"

昼公评众制[1]，姚监选诸文[2]。风雅谁收我，编联独有君。余生终此道，万事尽浮云。争得重携手，探幽楚水濆[3]。

【注释】

[1] 昼公：即皎然（720？—？），中唐著名诗僧。俗姓谢，字清昼，湖州长城（今浙江长兴）人。福琳《唐湖州杼山皎然传》赞其"特所留心于篇什中，吟咏情性，所谓造其微矣。文章俊丽，当时号为释门伟器哉！……故时谚曰：'霅之昼，能清秀'"。撰有论诗著作《诗式》，品评历代诗人诗作，开以禅理论诗之先河。《新唐书·艺文志》著录其有《诗式》五卷、《诗评》三卷。今存《诗式》五卷、《诗议》一卷。

　　[2] 姚监：即姚合（781？—846）。曾为秘书监，故世称姚秘监。编《极玄集》，选录王维至戴叔伦二一人诗一百首，今传者析为上下两卷。《唐才子传》卷六《姚合传》："合，陕州人，宰相崇之曾孙也。以诗闻。……后仕终秘书监。……所为诗十卷，及选集王维、祖咏等一十八人（实误）诗为《极玄集》一卷，《序》称维等皆诗家射雕手也。又撮古人诗联，叙其措意，各有体要，撰《诗例》一卷，今并传焉。"

　　[3] 渍：水边。刘长卿《哭魏兼遂》："来去云阳路，伤心江水渍。"贯休《别卢使君》："杜宇声声急，行行楚水渍。"

贻王秀才[1]

　　功到难搜处，知难始是诗。自能探虎子，何虑屈男儿。此道真清气，前贤早白髭。须教至公手，不惜付丹枝。

【注释】

　　[1] 王秀才：齐己另有《谢王秀才见示诗卷》、《送王秀才往松滋夏课》、《酬王秀才》诸诗，知二人交往密切。王秀才善诗，尚苦吟，有诗卷。曾往今湖北松滋夏课。

赠孙生

　　诗家诗自别，君是继诗人。道出千途外，功争一字新。寂寥中影迹，霜雪里精神。待折东堂桂[1]，归来更苦辛。

【校勘】

　　"诗家"，甲本作"见君（一作传家）"，乙、丙本作"见君"。

【注释】

　　[1] 折东堂桂：指科举考试及第。《晋书·郤诜传》："武帝于东堂会送，问诜曰：'卿自以为何如？'诜对曰：'臣举贤良对策，为天下第一，犹桂林之一枝，昆山之片玉。'"

酬元员外[1]

　　清洛碧嵩根[2]，寒流白照门。园林经难别，桃李几株存？衰老江南日，凄凉海上村。闲来晒朱绂[3]，泪滴旧烟萝。

【校勘】

　　"烟萝"，甲、乙、丙、丁本作"朝恩"。

【注释】

　　[1] 元员外：按，齐己另有《酬元员外见寄八韵》、《酬元员外见寄》二诗。又据此诗意知"元员外"乃洛阳人，后被贬居江南。与齐己唱酬颇为频繁。

　　[2] "清洛"句：按，洛河发源于陕西洛南县西北部，东入河南，经卢氏、洛宁、宜阳、洛阳，至偃师纳伊河后，称伊洛河，到巩县的洛口流入黄河。伊洛河流经嵩山之西麓，故云"清洛碧嵩根"。齐己《送刘秀才往东洛》："洛水清奔夏，嵩云白入秋。"又《寄洛下王彝训先辈二首》之二："洛水秋空底，嵩峰晓翠巅。"又《送韩蜕秀才赴举》："春和洛水清无浪，雪洗高峰碧断根。"白居易《送河南尹冯学士赴任》："清洛饮冰添苦节，碧嵩看雪助高情。"韦庄《北原闲眺》："千年王气浮清洛，万古坤灵镇碧嵩。"

　　[3] 朱绂：谓红色的朝服。

【汇评】

　　《唐诗归》：钟云：极悲、极厚（末二句下）。

　　《唐诗矩》：尾联见意格。……嵩洛大山水，写得如此轻细，另是一种笔法。

　　《唐诗选脉会通评林》：周敬曰：起似岑嘉州。……起联即元所居言，所谓"海上村"也。园林既经离乱后，物类伤残，交游凋谢，自多衰老凄凉之感。重得闲晒朱绂，宁忘国恩之渥乎？泫然泪滴，所必至也。悲调怆情，为元员外写衷，亦曲以尽矣。（以上俱见陈伯海《唐诗汇评》第三一二〇页）

与杨秀才话别[1]

庾信哀何极[2]，仲宣悲苦多[3]。因思学文赋，不胜弄干戈。自古有如此，于今终若何。到头重策蹇[4]，归去旧烟萝。

【注释】

[1] 杨秀才：齐己另有《渚宫谢杨秀才自嵩山相访》，知杨秀才自嵩山到荆州拜访齐己，临别，齐己作此诗送行，故此诗作于齐己居荆州期间（921—938）。

[2]"庾信哀"句：《周书》卷四十一《庾信传》："庾信，字子山，南阳新野人也。……时陈氏与朝廷通好，南北流寓之士，各许还其旧国。陈氏乃请王褒及信等十数人。高祖唯放王克、殷不害等，信及褒并留而不遣。……信虽位望通显，常有乡关之思。乃作《哀江南赋》以致其意云。其辞曰：……信年始二毛，即逢丧乱，藐是流离，至于暮齿。《燕歌》远别，悲不自胜；楚老相逢，泣将何及。……追为此赋，聊以记言，不无危苦之辞，唯以悲哀为主。"

[3]"仲宣悲"句：王粲字仲宣。《三国志》卷二十一《魏书·王粲传》："（王粲）年十七，司徒辟，诏除黄门侍郎，以西京扰乱，皆不就。乃之荆州依刘表。"赴荆州途中作《七哀诗》。后在荆州又作《登楼赋》以抒写因久留客地，才能不得施展而产生的思乡情绪。

[4] 策蹇：乘跛足驴子。《楚辞·七谏·谬谏》："驾蹇驴而无策兮，又何路之能极？"孟浩然《唐城馆中早发，寄杨使君》："访人留后信，策蹇赴前程。"钱起《县内水亭晨兴听讼》："磨铅辱利用，策蹇愁前程。"

寄何崇丘员外[1]

门底桃源水[2]，涵空复映山。高吟烟雨霁，残日郡楼间。变俗真无事，分题是不闲。寻思章岸见，全未有年颜。

【校勘】

"间"，丁本作"闲"，"间"通"闲"。

【注释】

[1] 何崇丘：齐己另有《怀武陵因寄幕中韩先辈、何从事》、《寄答武陵幕中何支使二首》（诗中有"闲杀何从事……门外沧浪水，风波杂雨声"），又此诗中有"门底桃源水"，可知何崇丘在武陵，则"何从事"、"何支使"即何崇丘。按，何崇丘为武陵幕府宾客。齐己在湘中时屡与之来往，后居住荆南，仍与其有诗歌酬赠。

[2] 桃源：即武陵桃花源。陶渊明《桃花源记》："晋太元中，武陵人捕鱼为业，缘溪行，忘路之远近。忽逢桃花林，夹岸数百步，中无杂树，芳草鲜美，落英缤纷，渔人甚异之。"

赠刘五经[1]

往年长白山[2]，发愤忍饥寒。扫叶雪霜湿，读书唇齿干。群经通讲解，八十尚轻安。今日江南寺，相逢话世难。

【注释】

[1] 五经：儒家的五部经典。汉武帝建元五年（公元前136）置五经博士，始有五经之称。唐代指《易》、《诗》、《书》、《礼》、《春秋》。《初学记》卷二十一［经典第一·叙事］："《白虎通》曰：五经：《易》、《尚书》、《诗》、《礼》、《乐》也。"后注云："古者以《易》、《书》、《诗》、《礼》、《乐》、《春秋》为六经。至秦焚书，《乐经》亡。今以《易》、《诗》、《书》、《礼》、《春秋》为五经。又，《礼》有《周礼》、《仪礼》、《礼记》，曰三礼。《春秋》有《左氏》、《公羊》、《穀梁》三传，与《易》、《书》、《诗》通数，亦谓之九经。"刘五经：或谓人名，或谓通晓儒家五部经典之刘姓人。《北梦琐言》卷三："唐咸通中，荆州有书生号唐五经者，学识精博，实曰鸿儒。"按，齐己有《酬九经者》，且诗中云"九经三史学，穷妙又穷微。长白山初出"，又此诗中云"往年长白山，发愤忍饥寒。扫叶雪霜湿，读书唇齿干。群经通讲解，八十尚轻安"，则刘五经即为"九经者"，除精通五经外，亦精通其他经典，家居黄河北，早年曾隐居长白山苦读，后游

江南。

[2] 长白山：在今山东邹平县。周回六十里，道书称为泰山之副岳。山中云气长白，故名长白山。《通典》卷一八〇 [淄川郡]："领县五……长山，汉於陵县。又汉济南郡故城在今县西北。长白山，陈仲子夫妻所隐处。"

送游山道者[1]

我亦游山者，常经旧所经。雪消天外碧，春晓海中青。可见乱离世，况临衰病形。怜君此行兴，独入白云屏。

【校勘】

丁本诗题作"送游山者"。

"晓"，丁本作"晚"。

【注释】

[1] 道者：修行佛道者。按，此诗中云"况临衰病形"，则指齐己于荆州的大病，故此诗作于齐己晚年居荆州期间（921—938）。

舟中江上望玉梁山怀李尊师[1]

残照玉梁巅，峨峨远櫂前[2]。古来传胜异，人去学神仙。白鹿老碧壑，黄猿啼紫烟。谁心共无事，局上度流年[3]。

【注释】

[1] 玉梁山：山名，不详。李尊师：齐己另有《听李尊师弹琴》。李尊师，生卒年里不详，隐居玉梁山。尊师是对道士的敬称。

[2] 峨峨：高峻，高耸。戴叔伦《巫山高》："巫山峨峨高插天，危峰十二凌紫烟。"

[3] 局上：棋局上。白居易《池上二绝》之一："山僧对棋坐，局上竹阴清。"杜牧《送国棋王逢》："浮生七十更万日，与子期于局上销。"杜荀鹤《新栽竹》："酒入杯中影，棋添局上声。"

角

闻说征人说，呜呜何处边。孤城沙塞地，残月雪霜天。会转吴（胡）风急，吹长碛雁连[1]。应伤汉车骑，名未勒燕然[2]。

【校勘】

"吴"，甲、乙、丙、丁本作"胡"，当从。

【注释】

[1] 碛：沙漠。

[2] 勒：刻。燕然：古山名，即今蒙古人民共和国杭爱山。《后汉书·窦宪传》载窦宪与耿秉率军"与北单于战于稽落山，大破之，虏众崩溃，单于遁走……宪、秉遂登燕然山，去塞三千余里，刻石勒功，纪汉威德，令班固作铭"。

言诗

毕竟将何状[1]，根元在正思[2]。达人皆一贯，迷者自多岐。触类风骚远，怀贤肺腑衰。河桥送别者，二子好相知。

【注释】

[1] 状：描绘，叙述。

[2] 正思：《论语·为政》："子曰：'《诗》三百，一言以蔽之，曰："思无邪。"'"

酬王秀才[1]

离乱几时休，儒生厄远游[2]。亡家非汉代，何处觅荆求。旅梦寒灯屋，乡怀昼雨楼。相逢话相杀，谁复念风流。

【校勘】

"求"，甲、乙本作"州"。

【注释】

[1] 王秀才：齐己另有《谢王秀才见示诗卷》、《送王秀才往松滋夏课》、《贻王秀才》诸诗，知二人交往密切。王秀才善诗，尚苦吟，有诗卷。曾往今湖北松滋夏课。

[2] 厄：遭受厄运，遭受困苦。此指战乱。

春居寄友生

莎径荒芜甚[1]，名（君）应共此情。江村雷雨发，竹屋梦魂惊。社过多来燕[2]，花繁渐老莺。相思意何切，新作未曾评。

【校勘】

"名"，甲、乙、丙、丁本作"君"，当从。

【注释】

[1] 莎径：长有莎草的小路。

[2] 社：春社。春社一般在立春后第五个戊日举行。

寄答武陵幕中何支使二首[1]

十万雄军幕，三千上客才。何当谈笑外，远慰寂寥来。骚雅锵金掷[2]，风流醉玉颓[3]。争知江雪寺，老病向寒灰。

【校勘】

"知"，丁本作"如"。

【注释】

[1] 武陵：县名，治所在今湖南常德。何支使：齐己另有《怀武陵因寄幕中韩先辈、何从事》、《寄何崇丘员外》（诗中有"门底桃源水"，可知何崇丘在武陵），又，此诗之二中有"间杀何从事……门外沧浪水，风波杂雨声"，则"何从事"、"何支使"即何崇丘。按，何崇丘为武陵幕府宾

客。齐己在湘中时屡与之来往，后居住荆南，仍与其有诗歌酬赠。另，此诗中云"何当谈笑外，远慰寂寥来。……争知江雪寺，老病向寒灰"，可知此时齐己已在荆南，二诗当作于921—938。

[2] 骚雅：指诗文。锵金掷："锵"指金玉声。"锵金掷"指抛掷金玉所发出的声音。此句谓何崇丘的诗文声韵和谐，音律优美。

[3] "风流醉"句："颓"即倒。此句谓何崇丘风姿秀美，亭亭如玉立，醉倒则如玉之颓。

南州无百战，北地有长征。间杀何从事[1]，伤哉苏子卿[2]。江楼联雪句，野寺看春耕。门外沧浪水，风波杂雨声。

【校勘】

"间"，甲、乙、丙、丁本作"闲"，"间"通"闲"。

【注释】

[1] 何从事：即何崇丘。齐己另有《怀武陵因寄幕中韩先辈、何从事》诗。

[2] 苏子卿：即苏武，字子卿。武帝天汉元年（公元前100）出使匈奴，被留。匈奴单于胁迫其投降，苏武不屈，被徙至北海，使牧公羊，俟羊产子乃释放。苏武啮雪食草籽，持汉节牧羊十九年，节旄尽落。昭帝即位，与匈奴和亲，苏武才得以归汉。

浙江晚渡[1]

去年曾到此，久立滞前程。岐路时难处[2]，风涛晚未平。汀蝉含老韵[3]，岸荻簇枯声。莫泥关河险[4]，多游自远行。

【校勘】

"曾"，丁本作"僧"。

【注释】

[1] 浙江：唐代以新安江、钱塘江二水为浙江。《元和郡县图志》卷二五［江南道一］杭州钱塘县："浙江，在县南一十二里。《庄子》云浙河，即谓浙江，盖取其曲折为名。江源自歙州界东北流经界石山，又东北

经州理北，又东北流入于海。江涛每日昼夜再上，常以月十日、二十五日最小，月三日、十八日极大，小则水渐涨不过数尺，大则涛涌高至数丈。每年八月十八日，数百里士女，共观舟人渔子泝涛触浪，谓之弄潮。"

[2] 岐路：同"歧路"，岔道。《列子·说符》："杨子之邻人亡羊……杨子曰：'嘻！亡一羊，何追之者众？'曰：'多歧路。'既反，问：'获羊乎？'曰：'亡之矣。'曰：'奚亡之？'曰：'歧路之中又有歧焉，吾不知所之，所以反也。'"

[3] 汀：水边平地或水中小洲。

[4] 泥：阻滞，拘泥。此句意谓不要为险要的关河所阻滞前程。

送人下第东归，再谒旧主人[1]

一战偶不捷[2]，东归计未空。还携故书剑，去谒旧英雄。楚雪连吴树，西江正北风。男儿艺若是，会合值明公[3]。

【注释】

[1] 下第：落第，即参加科举考试未考上。按，此诗题中云"东归"，诗中又云"楚雪连吴树，西江正北风"，则下第之人乃吴地之人，而齐己时在荆州，故此诗当作于齐己晚年居荆州期间（921—938）。

[2] "一战"句：谓参加科举考试偶遇不捷，即未考上。

[3] 值：碰到，遇到。

寄谢高先辈见寄二首[1]

穿凿堪伤骨，风骚久痛心。永言无绝唱，忽此惠希音[2]。杨柳江湖晚，芙蓉岛屿深。何因会仙手，临水一披襟[3]。

【校勘】

"穿"，丁本作"寄"。

【注释】

[1] 高先辈：齐己另有《寄还阙下高辇先辈卷》、《谢高辇先辈寄新唱

和集》等诗，故"高先辈"即高辇（？—933），青州益都（今属山东）人，五代后唐诗人。与齐己唱酬频繁。有诗集《丹台集》。天成四年（929）四月，秦王李从荣辟为河南府推官。《五代史补》卷二《秦王掇祸》条载："秦王从荣，明宗之爱子，好为诗，判河南府，辟高辇为推官。辇尤能为诗，宾主相遇甚欢。"长兴四年（933）李从荣败死，高辇亦被诛。故此诗作于929年至933年高辇被诛之间。

[2] 希音：罕见、稀有之音。《老子·德经》："大音希声，大象无形。"此处誉指高辇之诗。

[3] 披襟：敞开衣襟。比喻心情舒畅。宋玉《风赋》："有风飒然而至，王乃披襟而当之曰：'快哉此风！'"韦应物《雨夜宿清都观》："旷岁恨殊迹，兹夕一披襟。"翁承赞《华下霁后晓眺》："花畔水边人不会，腾腾闲步一披襟。"

诗在混茫水，难搜到极玄[1]。有时还积思，度岁未终篇[2]。片月双松际，高楼阔水边。前贤多此得，风味若为传[3]。

【校勘】

"水"，甲本作"前"。

【注释】

[1] 极玄：极为深远。

[2] "有时还"二句：言苦吟之态。贾岛《题诗后》："二句三年得，一吟双泪流。"方干《赠喻凫》："才吟五字句，又白几茎髭。"李频诗残句："只将五字句，用破一生心。"

[3] 若为：如何，怎样。

卷　五

寄仰山光味长者[1]

大仰禅栖处[2]，杉松到顶阴。下来虽有路，归去每无心[3]。鸟道峰形直，龙湫石影深[4]。径行谁得见？半夜老猿吟。

【校勘】

"径"，乙、丙、丁本作"经"。

【注释】

[1] 仰山：在今江西省宜春市之南。由于山势绝高，须仰视方得见，故称仰山。长者：对年高德劭之人的尊称。

[2] 大仰：即仰山慧寂。慧寂因栖息仰山，开创禅院，并发扬沩山灵祐之宗风，轰动一时，以此亦被称为仰山。《全唐文》卷八一三录陆希声《仰山通智大师塔铭》："大师法名慧寂，居仰山日，法道大行，故今多以仰山为号。""大仰禅栖处"即指仰山。

[3] 无心：即离妄念之真心。佛教所云"无心"，并不是无心识，不是停止一切意识作用，而是要远离凡圣、净染、善恶、美丑、有无、大小等之分别情识，处于不执著、不滞碍之自由境界，亦即《金刚经》所云"应无所住而生其心"。《宗镜录》卷八三："此心不是有无，无住无依，不生不灭，有佛无佛，性相常住，为一切万物之性。犹如虚空体，非一切而能现一切。只为众生不了此常住真心，以真心无性，不觉而起妄识之心，遂遗此真心妙性，逐妄轮回，于毕竟同中成究竟异。一向执此妄心，能缘

尘徇物，背道违真，则是令息其缘虑妄心。若不起妄心，则能顺觉。所以云，无心是道。"

[4] 龙湫：谓有龙的深潭。杜甫《寄从孙崇简》："嵯峨白帝城东西，南有龙湫北虎溪。"《佛祖统纪》卷四四："雁荡山自古图谍未尝言。山顶有大池，相传为雁荡。下二潭为龙湫。……唐贯休有赞云'雁荡经行云漠漠，龙湫宴坐雨蒙蒙。'"

贻庐岳陈沆秀才[1]

为儒老双鬓，勤苦竟何如。四海方磨剑，空山自读书。石围泉眼碧，秋落洞门虚。莫虑搜贤僻，征君旧此居。

【注释】

[1] 庐岳：即庐山，位于今江西九江市南，鄱阳湖西岸。陈沆：生卒年里不详。后梁开平二年（908）进士及第。南唐时隐居于庐山。《诗话总龟》前集卷一三引《雅言杂载》："庐阜人陈沆，立性僻静，不接俗士。黄损、熊皦、虚中师事之。"

边上

汉地从休马，胡家自牧羊。都来销帝道[1]，浑不用兵防[2]。草上孤城白，沙翻大漠黄。秋风起边雁，一一向潇湘。

【校勘】

"边上"，辛本作"边土"。

"销"，辛本作"消"。

【注释】

[1] 销：销灭。

[2] 浑：全、满。

蟋蟀

声异蟪蛄声[1]，听须是正听。无风来竹院，有月在莎庭[2]。虽不妨调瑟[3]，多堪伴诵经。谁人向秋夕，为尔欲忘形。

【校勘】

"虽"，丁本作"惟"。

【注释】

[1] 蟪蛄：蝉的一种。体短，吻长，黄绿色，有黑色条纹，翅有黑斑，雄性腹部有发音器，夏末自早至暮鸣声不息。《庄子·逍遥游》："朝菌不知晦朔，蟪蛄不知春秋，此小年也。"王维《秋夜独坐怀内弟崔兴宗》："夜静群动息，蟪蛄声悠悠。"储光羲《田家杂兴八首》之六："蟪蛄鸣空泽，鹍鸠伤秋草。"贯休《夜夜曲》："蟪蛄切切风骚骚，芙蓉喷香蟾蜍高。"

[2] 莎庭：长有莎草的庭院。

[3] 调瑟：意谓鼓琴，演奏乐器。王绍宗《三妇艳》："大妇能调瑟，中妇咏新诗。"许浑《送友人归荆楚》："调瑟劝离酒，苦谙荆楚门。"

寄西山郑谷诗[1]

西望郑先生[2]，焚修在杳冥[3]。几番松骨朽，未换鬓根青。石阙凉调瑟[4]，秋坛夜拜星。俗人应抚掌[5]，闲处诵黄庭[6]。

【注释】

[1] 西山：此处谓仰山。据《郑谷年谱》载："齐己首次来谒，约在天祐二年（905）秋。……时（郑）谷犹居化成岩，州南八十里之仰山，正朝夕在望，有欲往终老之志。"齐己《江上望远山寄郑谷郎中》题下注"公时退居仰山"，又《题郑谷郎中仰山居》题后注"仰山在袁州"。郑谷：字守愚，袁州宜春（今属江西）人。据赵昌平《郑谷年谱》、傅义《郑谷年谱》、傅璇琮等《唐才子传校笺》，末帝天祐二年（905），郑谷

退居江西宜春，齐己自衡岳往袁州（宜春郡）拜谒郑谷。又齐己有《戊辰岁湘中寄郑谷郎中》诗，戊辰岁即后梁太祖开平二年（908），则齐己于开平二年已经回到湘中，则齐己去袁州拜访郑谷时间当为天祐二年（905）至后梁太祖开平二年（908）之间。此诗中云"西望郑先生，焚修在杳冥。……石阙凉调瑟……闲处诵黄庭"，则郑谷已退隐。按，郑谷于开平三年（909）卒于宜春仰山草堂，而齐己开平二年（908）已回到湘中，湘中在宜春之西，故云"西望"，即自西而望，故此诗盖作于开平三年（909）。

　　[2] 郑先生：即郑谷。

　　[3] 焚修：焚香修行。张蠙《赠闻一上人》："坛场在三殿，应召入焚修。"徐夤《寄僧寓题》："安眠静笑思何报，日夜焚修祝郡侯。"齐己《勉道林谦光鸿蕴二俦》："共扫焚修地，同闻水石香。"杳冥：高远幽暗。

　　[4] 石阙：即石头柱子。调：使和谐，调和、调节。

　　[5] 抚掌：即拍手。表示高兴、得意的神态。《三国志·魏志·武帝纪》裴注引《曹瞒传》："公闻攸来，跣出迎之，抚掌笑曰：'子远，卿来，吾事济矣。'"此诗中的"抚掌"意谓讥笑、嗤笑。寒山《心高如山岳》："愚者皆赞叹，智者抚掌笑。"

　　[6] 黄庭：即道教经书《黄庭经》，主要讲述道家养生修炼之道。白居易《独行》："暗诵黄庭经在口，闲携青竹杖随身。"陆龟蒙《寄怀华阳道士》："醮后几时归紫阁，别来终日诵黄庭。"

读参同契[1]

堪笑修仙侣，烧金觅大还[2]。不知消息火[3]，只在寂寥关。鬓白炉中术，魂飞海上山。悲哉五千字，无用在人间。

【校勘】

"鬓"，丁本作"发"。

【注释】

[1] 参同契：即《周易参同契》，传魏伯阳著。以《周易》、黄老、炉火相参同，阐发炼丹修炼之术，为道教丹经之祖。《太平广记》卷二《魏

伯阳》："伯阳作《参同契》、《五行相类》，凡三卷，其说是《周易》，其实假借爻象，以论作丹之意。而世之儒者，不知神丹之事，多作阴阳注之，殊失其旨矣。"

[2] 大还：大还丹，道家所炼丹名。李白《草创大还，赠柳官迪》："赫然称大还，与道本无隔。"《云笈七籤》卷六六《丹论诀旨心照五篇·大还丹宗旨》："夫言还丹者，即神仙服食也。……夫论还丹皆至药而为之，即丹砂之玄珠，金汞之灵异。"

[3] 消息：消灭止息。

闻落叶[1]

楚树雪晴后，萧萧落晚风。因思故国夜，临水几株空。煮茗烧干脆[2]，行苔踏烂红。来年未离此，还见碧丛丛。

【校勘】

"雪"，丁、戊、己、辛本作"霜"。

"国"，甲本作"国（一作园）"，辛本作"园"。

"临"，甲本作"临（一作流）"，庚本作"流"。

"株"，甲本作"株（一作林）"。

【注释】

[1] 按，此诗中云"楚树"、"思故国"，知齐己时在荆州，故此诗作于齐己晚年居荆州期间（921—938）。

[2] 干脆：谓枯干的落叶因燃烧而发出脆响。

谢王先辈昆弟游湘中回各见示新诗[1]

潇湘多胜异，宗社久徘徊[2]。兄弟同游去，幽奇尽采来。只应求妙唱，何以示寒灰[3]。上国携归后[4]，唯呈不世才。

【校勘】

"徘徊"，甲本作"裴回"。

【注释】

[1] 王先辈：按，齐己另有《谢王先辈湘中回惠示卷轴》、《谢王先辈寄毡》二诗，则"王先辈"当为一人。又，《谢王先辈寄毡》诗中云"深谢高科客"，则王先辈曾经科举高第。而齐己《寄洛下王彝训先辈二首》之二亦云"高科旧少年"，知王彝训先辈亦曾高第，则王先辈当为王彝训先辈。另，《谢王先辈湘中回惠示卷轴》诗中云"携去湘江闻鼓瑟，袖来缑岭伴吹笙"，"缑岭"又名缑氏山，在今河南省偃师市，而偃师市正位于洛河下游，而《寄洛下王彝训先辈二首》诗题云"洛下王彝训先辈"，则王先辈亦即王彝训先辈，可能为偃师人。昆弟：即兄弟。

[2] 宗社：即莲宗莲社。莲社指慧远等人于庐山东林寺所结之白莲社。莲宗即净土宗，即愿求往生阿弥陀佛净土之宗派。慧远在庐山结白莲社，取义生西方净土者皆由莲花所化生，而极乐国土亦名莲邦。本宗特别以称念佛名为主要修行法，藉弥陀本愿之他力，祈获生于西方极乐净土，故又称念佛宗。《阿弥陀经疏钞》卷二："六趣众生，则中阴之身自求父母，往生善士，则一弹指顷莲华化生。是莲华者，乃卸凡壳之玄宫，安慧命之神宅。往诣之国，号曰莲邦。同修之友，号曰莲祐。约禅诵之期，号曰莲漏。定趣向之极，曰莲宗，重其事也。"徘徊：往返回旋。据孙光宪《白莲集序》，齐己"久栖东林，不忘胜事"，故此诗云"宗社久徘徊"。

[3] 寒灰：谓心如死灰。《庄子·齐物论》："形固可使如槁木，而心固可使如死灰乎？"此处乃齐己自指。齐己诗中多有将自己称为"寒灰"者，如其《谢欧阳侍郎寄示新集》："殷勤谢君子，迢递寄寒灰。"《谢秦府推官寄〈丹台集〉》："两轴蚌胎骊颔耀，枉临禅室伴寒灰。"《答无愿上人书》："千里阻修俱老骨，八行重叠慰寒灰。"

[4] 上国：京师，京都。此处指洛阳。

寄酬高辇推官[1]

道自闲机长，诗从静境生。不知春艳尽，但觉雅风清。竹腻题幽碧，蕉干裂翠（脆）声。何当九霄客[2]，重叠记无名。

【校勘】

"翠"，甲、丙本作"脆"，当从。

【注释】

[1] 高辇（？—933）：青州益都（今属山东）人，五代后唐诗人。与齐己唱酬频繁。有诗集《丹台集》。天成四年（929）四月，秦王李从荣辟为河南府推官。《五代史补》卷二《秦王掇祸》条载："秦王从荣，明宗之爱子，好为诗，判河南府，辟高辇为推官。辇尤能为诗，宾主相遇甚欢。"长兴四年（933）李从荣败死，高辇亦被诛。故此诗作于929年至933年高辇被诛之间，时齐己在荆州。

[2] 九霄客：指尊贵之客人。九霄即九天云霄，天空极高之处。常用来比喻皇帝之居。如杜甫《春宿左省》："星临万户动，月傍九霄多。"高辇极受秦王李从荣之礼遇，故云。

逢诗僧

禅玄无可并[1]，诗妙有何评。五七字中苦[2]，百千年后清。难求方至理，不朽始为名。珍重重相见，忘机话此情[3]。

【校勘】

"并"，甲本作"并（一作示）"，戊、己、庚本作"示"。

"机"，丁本作"几"。

【注释】

[1] 并：并列、平列。此句言禅极其玄妙，乃至无物及之。

[2] 五七字：五七言诗。

[3] 忘机：《庄子·天地》："子贡南游于楚，反于晋，见一丈人方将为圃畦，凿隧而入井，抱瓮而出灌，滑滑然用力甚多而见功寡。子贡曰：'有械于此，一日浸百畦，用力甚寡而见功多，夫子不欲乎?'为圃者仰而视之曰：'奈何?'曰：'凿木为机，后重前轻，挈水若抽，数如泆汤，其名为槔。'为圃者忿然作色而笑曰：'吾闻之吾师，有机械者必有机事，有机事者必有机心。机心存于胸中，则纯白不备，纯白不备，则神生不定，神生不定者，道之所不载也。吾非不知，羞而不为也。'"

话道

大道多大笑，寂寥何以论。霜枫翻落叶，水鸟啄闲门。服药还伤性，求珠亦损魂。无端凿混沌，一死不还源[1]。

【注释】

[1]"无端凿"二句："混沌"同"浑沌"。《庄子·应帝王》："南海之帝为儵，北海之帝为忽，中央之帝为浑沌。儵与忽时相与遇于浑沌之地，浑沌待之甚善。儵与忽谋报浑沌之德，曰：'人皆有七窍以视听食息，此独无有，尝试凿之。'日凿一窍，七日而浑沌死。"

谢欧阳侍郎寄示新集[1]

宫锦三十段，金梭新织来[2]。殷勤谢君子，迢递寄寒灰[3]。鸳鸯对鼓舞[4]，神仙双徘徊。谁当巧裁制，披去升瑶台[5]。

【校勘】

"徘徊"，甲本作"裴回"。

【注释】

[1] 欧阳侍郎：按，齐己另有《寄欧阳侍郎》、《酬蜀国欧阳学士》、《荆门病中寄怀乡人欧阳侍郎彬》诸诗，此"欧阳侍郎"、"欧阳学士"即欧阳彬（？—950），字齐美，衡州衡山（今湖南衡阳）人，与齐己乃同乡。前蜀时入成都，献《万里朝天赋》，后主览之大悦，擢居清要。乾德六年（924）担任兵部（一作户部）侍郎、翰林学士。故此诗与上述诸诗皆约作于本年前后，最迟至齐己卒前（938）。又，此诗题中云"寄示新集"，说明欧阳彬有诗集。另齐己《寄欧阳侍郎》诗中云"诗是天才肯易酬"；《酬蜀国欧阳学士》诗中云"深愧故人怜潦倒，每传仙语下南荆"，知欧阳彬能诗，且寄赠齐己诗作不在少数，可惜今皆不存。

[2]"宫锦"二句："段"乃布帛等之一截。此二句以金梭织锦誉欧阳彬巧构诗文。

[3] 寒灰：谓心如死灰。此处乃齐己自指。

[4] 鸑鷟：鸟名。凤属。《国语·周语》："周之兴也，鸑鷟鸣于岐山。"韦昭解："鸑鷟，凤凰之别名。"陆玑《诗疏》："雄曰凤，雌曰凰，其雏为鸑鷟。"《说文解字》："鸑鷟，凤属，神鸟也。江中有鸑鷟，似凫而大，赤目。"张华《禽经》注："凤之小者曰鸑鷟，五彩之文，三岁始备。"

[5] 瑶台：神话中为神仙所居之地。王嘉《拾遗记》卷十《昆仑山》："昆仑山有昆陵之地，其高出日月之上。山有九层……第九层山形渐小狭，下有芝田蕙圃，皆数百顷，群仙种耨焉。傍有瑶台十二，各广千步，皆五色玉为台基。"诗文中常借指仙境。

西墅新居

渐渐见苔青，疏疏遍地生。闲穿藤屦起[1]，乱踏石阶行。野鸟啼幽树，名僧笑此情。残阳竹阴里，老圃打门声。

【注释】

[1] 屦：鞋之一种，通常是指木底有齿的。《宋书·谢灵运传》："灵运常著木屦，上山则去前齿，下山则去后齿。"此指屦齿，即鞋印。

酬孙鲂[1]

幽人还爱云[2]，才子已从军。可信鸳鸿侣，更思麋鹿群。新题虽有寄，旧论竟难闻。知己今如此，编联悉欲焚。

【注释】

[1] 孙鲂：字伯鱼，南昌（今属江西）人。与齐己为诗友。齐己另有《寄孙鲂秀才》、《乱后江西过孙鲂旧居因寄》、《寄江西幕中孙鲂员外》诸诗。

[2] 幽人：谓隐士。

扫地

日日扫复洒，不容纤物侵[1]。敢望来客口，道似主人心。蚁过光中少，苔依润处深[2]。门前亦如此，一径入疏林。

【注释】

[1] 纤物：细微、细小的物体。

[2] 苔：苔藓。润处：湿润、潮湿之处。

书匡山隐者壁[1]

红霞青壁底，石室薛萝垂[2]。应有迷仙者，曾逢采药时。桃花饶两颊[3]，松叶浅长髭。直是来城市，何人识得伊。

【校勘】

"隐者壁"，丁本作"隐者室"。

"采"，丁本作"探"。

"两"，乙本作"雨"。

【注释】

[1] 匡山：山名，即江西庐山的别称。

[2] 薛萝：即薛荔、女萝，皆为野生植物。屈原《九歌·山鬼》："若有人兮山之阿，被薛荔兮带女萝。"

[3] 饶：多，丰足。此处指脸颊红色增多。

送乾康禅师入山过夏[1]

由来喧滑境[2]，难驻寂寥踪。逼夏摇孤锡[3]，离城入乱峰。云门应近寺，在路或穿松。知在栖禅外[4]，题诗寄北宗[5]。

【校勘】

"在"，甲、乙、丙、丁本作"石"。

【注释】

[1] 乾康：零陵（今属湖南）人。齐己居长沙道林寺时，乾康曾往谒之。齐己请其作一绝以代门刺，诗成，云"隔岸红尘忙似火，当轩青嶂冷如冰。烹茶童子休相问，报道门前是衲僧"（《投谒齐己》），齐己大喜，日与款接。另其《经方干旧居》诗，甚为齐己所称。及别，齐己作此诗送行。宋太祖乾德中，左补阙王伸出知永州，乾康捧诗求见。王伸见其老丑，试命其赋雪诗。乾康诗成，王伸待以殊礼。乾康咏雪诗非常有名。《十国春秋·楚列传》云"湘南僧文喜、乾康，亦以诗名。文喜《失鹤》诗、乾康《咏雪》诗，皆甚传湖南"，其诗为："六出奇花已住开，郡城相次见楼台。时人莫把和泥看，一片飞从天上来。"《全唐诗》卷八四九作《赋残雪》。过夏：谓过"夏安居"。按，印度夏季之雨期达三月之久。此三个月间，出家人禁止外出而聚居一处以致力修行，称为安居。此系唯恐雨季期间外出，踩杀地面之虫类及草树之新芽，招引世讥，故聚集修行，避免外出。关于夏安居之时期，一般多以一夏九旬（即三个月）为期。我国一般以四月十六日至七月十五日为夏安居，分为前、中、后三期，共九十日，故有一夏九旬之称。

[2] 喧滑：当作"喧哗"，谓声大而嘈杂。

[3] 逼：迫近。锡：锡杖之略称。又作声杖、鸣杖、禅杖、智杖、金锡。为比丘行路时所应携带的道具，亦属经常随身携带十八物之一。原用于驱赶毒蛇、害虫等，或乞食之时，振动锡杖，使人远闻即知。于后世则成为法器之一。

[4] 栖禅：谓栖心于禅定。

[5] 北宗：为"南宗"之对称。又称北宗禅、北禅。乃禅宗五祖弘忍之门下神秀所倡，以弘法于北方，故称北宗。五祖入寂后，神秀迁至江陵当阳山（湖北），力主渐悟之说，其教说盛行于长安、洛阳等北地；而于南方，六祖慧能则于韶州（广东）曹溪山说法教化，主张顿悟之思想，蔚成南宗禅，中国禅宗史上乃有所谓南宗北宗、南顿北渐等名称。《宋高僧传》卷八《神秀传》："初秀同学（慧）能禅师与之德行相埒，互得发扬，无私于道也。尝奏天后请追能赴都，能恳而固辞。秀又自作尺牍序帝意征

之，终不能起。（能）谓使者曰：'吾形不扬，北土之人见斯短陋或不重法，又先师记吾以岭南有缘，且不可违也。'了不度大庾岭而终。天下散传其道，谓秀宗为北，能宗为南，南北二宗名从此起。"然"北宗"之称，并非神秀派之自称，而系慧能之弟子神会所加者。神会以自宗为禅宗正统法系，称自宗为南宗，而视北地所传渐悟法门为劣下，以"北宗"呼之，盖含贬蔑之意。

野鸭

　　野鸭殊家鸭，离群忽远飞。长生缘甚瘦，近死为伤肥。江海游空阔，池塘啄细微。红兰白蘋渚[1]，春暖刷毛衣。

【注释】

　　[1] 白蘋：水中浮草，春天开白花。柳恽《江南曲》："汀洲采白蘋，日落江南春。"韩愈《和席八十二韵》："傍砌看红药，巡池咏白蘋。"渚：水中小块陆地，或水边。

伤秋[1]

　　旦暮馀生在，肌肤十分无。眠寒半榻朽，立月一株枯。梦已随双树，诗犹却万夫。名山未归得，可惜死江湖。

【校勘】

　　"朽"，丁本作"巧"。

【注释】

　　[1] 按，此诗中云"旦暮馀生在，肌肤十分无。眠寒半榻朽，立月一株枯。……名山未归得，可惜死江湖"，知齐己已到暮年，故此诗作于齐己晚年居荆州期间（921—938）。

怀东湖寺[1]

铁柱东湖岸，寺高人亦闲。往年曾每日，来此看西山。竹径青苔合，茶轩白鹤还。而今在天末，欲去已衰颜。

【校勘】

"鹤"，甲、乙、丙本作"鸟"。

【注释】

[1] 按，此诗中云"往年曾每日，来此看西山。……而今在天末，欲去已衰颜"，则齐己时已衰老，因思念昔日之寺而作此诗，故此诗作于齐己晚年居荆州期间（921—938）

寄岘山愿公三首[1]

形影更谁亲，应怀漆道人[2]。片言酬凿齿，半偈伏姚秦[3]。榛莽池经烧[4]，蒿莱寺过春[5]。心期重西去，一共吊遗尘。

【注释】

[1] 岘山：在今湖北襄阳市南，东临汉水。李颀《送皇甫曾游襄阳山水兼谒韦太守》："岘山枕襄阳，滔滔江汉长。"李白《襄阳曲四首》之三："岘山临汉江，水绿沙如雪。"愿公：按，齐己《答无愿上人书》诗中云"郑生驱蹇岘山回，传得安公好信来。……必有南游山水兴，汉江平稳好浮杯"，知无愿为襄州僧。又此诗题中云"岘山愿公"，诗中云"彼此无消息，所思江汉遥"，则"愿公"亦乃襄州僧，二人当为一人，愿公即无愿。无愿乃唐末至五代间僧。又作元愿（齐己有《谢元愿上人远寄〈檀溪集〉》）。与齐己（864—938）年岁相仿（齐己《寄无愿上人》诗中云"六十八去七十岁，与师年龀不争多"），且为诗友。早年曾与齐己同居于庐山东林寺（齐己《寄无愿上人》诗中云"故人堪忆旧经过"，《寄岘山愿公三首》之三诗中云"终朝（期）踏松影，携手虎溪桥"），晚年居住于湖北襄阳。工诗。有诗集，名《檀溪集》。《崇文总目》、《通志》均录作《僧无愿

诗》一卷。《宋史·艺文志》录《僧无愿集》一卷。惜今皆不存。齐己称其诗"入理半同黄叶句，遣怀多拟碧云题"。按，此诗之二中云"独上西楼望，荆门千万坡"，知时齐己居于荆州，则三诗皆作于齐己居荆州期间（921—938）。

　　[2] 漆道人：即僧道安。按，《高僧传》卷五《道安传》载："（道安）至邺入中寺，遇佛图澄，澄见而嗟叹，与语终日。众见形貌不称，咸共轻怪。……澄讲，安每覆述，众未之惬，咸言：'须待后次，当难杀昆仑子。'即安后更覆讲，疑难锋起。安挫锐解纷，行有余力，时人语曰：'漆道人，惊四邻。'"又，道安亦曾居于襄阳，且长达十五年。《高僧传》卷五《道安传》："释道安……既达襄阳，复宣佛法。……安在樊沔十五载。"

　　[3] "片言酬"二句：按，《高僧传》卷五《道安传》载："释道安……时襄阳习凿齿，锋辩天逸，笼罩当时。……及闻安至止，即往修造。既坐，称言：'四海习凿齿。'安曰：'弥天释道安。'时人以为名答。"又云："（道）安外涉群书，善为文章。长安中衣冠子弟为诗赋者，皆依附致誉。时蓝田县得一大鼎，容二十七斛。边有篆铭，人莫能识，乃以示安。安云：'此古篆书，云鲁襄公所铸。'乃写为隶文。又有人持一铜斛于市卖之，其形正圆，下向为斗，横梁昂者为斗，低者为合，梁一头为钥，钥同锺，容半合，边有篆铭。坚以问安。安云：'此王莽自言出自舜，皇龙集戊辰，改正即真，以同律量，布之四方，欲小大器钧，令天下取平焉。'其多闻广识如此。坚勑学士内外有疑，皆师于安。故京兆为之语曰：'学不师安，义不中难。'"故此诗云"片言酬凿齿，半偈伏姚秦"。

　　[4] 榛莽：杂乱丛生的草木。李白《古风》之十四："白骨横千霜，嵯峨蔽榛莽。"张祜《游天台山》："佛窟绕杉岚，仙坛半榛莽。"

　　[5] 蒿莱：野草、杂草。韦应物《伤逝》："此心良无已，绕屋生蒿莱。"聂夷中《闻人说海北事有感》："村落日中眠虎豹，田园雨后长蒿莱。"

　　相思恨相远，至理那时何[1]。道笑忘言甚[2]，诗嫌背俗多。青苔闲阁闭，白日断人过。独上西楼望，荆门千万坡[3]。

【注释】

　　[1] 那时何：意谓"奈时何"。

[2] "道笑忘"句：犹谓得意忘言、得道忘言。此"道"乃佛道。

[3] 荆门：今湖北江陵。

彼此无消息，所思江汉遥。转闻多患难，甚说远相招。老至何悲叹[1]，生知便寂寥。终朝（期）踏松影，携手虎溪桥[2]。

【校勘】

"朝"，甲、乙、丙、丁本作"期"，当从。

【注释】

[1] "老至"句：按，佛教苦谛中四苦或八苦中皆有"老苦"，言及衰老时身心所受的苦恼，如《大乘义章》卷三 [四谛义九门分别·第二门开合辨相]："衰变名老，老时有苦，就时为目，名为老苦。"《中阿含》卷七 [舍利子相应品]："云何知老？谓彼老耄，头白齿落，盛壮日衰。身曲脚戾，体重气上，拄杖而行。肌缩皮缓，皱如麻子。诸根毁熟，颜色丑恶。是名老也。"《瑜伽师地论》卷六一："云何老苦？当知亦由五相，谓于五处衰退故苦：一盛色衰退，二气力衰退故，三诸根衰退故，四受用境界衰退故，五寿量衰退故。"此诗作于齐己晚年居荆南期间，时已衰老多病，且无愿亦"白首萧条居汉浦"，二人"俱老骨"，皆有老苦之叹，故齐己此诗有开解之语"老至何悲叹"。

[2] 虎溪：在江西庐山东林寺前。寺前的虎溪桥（石拱桥），流传着慧远、陶渊明与陆修静三人之间的故事，著名的"虎溪三笑"即出于此。

清夜作

不惜白日短，乍容清夜长[1]。坐闻清露滴，吟觉骨毛凉。兴寝无诸病，空闲有一床。天明振衣起[2]，苔砌落花香。

【校勘】

"清"，甲、乙、丙、丁本作"风"。

【注释】

[1] 乍容：怎么能忍受。

[2] 振衣：抖衣去尘。屈原《渔父》："新沐者必弹冠，新浴者必振

衣。"白居易《偶作二首》之二:"日出起盥栉,振衣入道场。"

赠白处士[1]

莘野居何定[2],浮生知是谁。衣衫同野叟,指趣似禅师[3]。白发应无也,丹砂久服之[4]。仍闻创行计,春暖向峨嵋[5]。

【校勘】

"野",甲本作"〔野〕(墅)",乙、丙、丁本作"墅"。

【注释】

[1] 白处士:"处士"谓有德才而隐居不愿做官的人。白处士:生卒年里不详。齐己另有《送白处士游峨嵋》诗。

[2] 莘野:有莘国之原野。《孟子·万章上》:"伊尹耕于有莘之野,而乐尧舜之道焉。"

[3] 禅师:指通达禅定之比丘。在中国,禅师之称,并不限用于禅宗名德,即使是天台宗、净土宗、三阶教之出家人,凡专习禅坐者即可称为禅师。

[4] 丹砂:谓硃砂。

[5] 峨嵋:我国佛教四大名山之一,在四川省峨眉山市西南。又作峨眉山、蛾眉山。

崔秀才宿话[1]

事转闻多事,心休话苦心。相留明月寺,共忆白云岑[2]。藓壁残蛩韵,霜轩倒竹阴。开门又言别,谁竟怀(慰)尘襟[3]。

【校勘】

"蛩",甲、乙、丙本作"虫",丁本作"诗"。

"霜轩",丁本作"轩窗"。

"怀",甲、乙、丙、丁本作"慰",当从。

"襟",丁本作"心"。

【注释】

[1] 宿话：夜话，夜谈。裴说《访道士》："粗得玄中趣，当期宿话频。"

[2] 岑：小而高的山。

[3] 尘襟：世俗的胸襟。韩愈《县斋读书》："哀狖醒俗耳，清泉洁尘襟。"白居易《答元八宗简同游曲江后明日见赠》："赖闻瑶华唱，再得尘襟清。"黄滔《寄友人山居》："茫茫名利内，何以拂尘襟。"此诗中乃齐己之谦辞。

怀天台华顶僧[1]

华顶危临海，丹霞里石桥。曾从国清寺[2]，上看月明潮。好鸟亲香火，狂泉喷沈寥[3]。欲归师智者，头白路迢迢。

【注释】

[1] 天台：即天台山，位于今浙江省天台县城北。天台山是我国佛教天台宗的发源地，天台宗祖庭国清寺即在此。

[2] 国清寺：在浙江省天台山佛陇峰的南麓，是天台宗的发源地。隋开皇十八年（598），晋王杨广（即炀帝）为智顗所创建。原名天台山寺，大业元年（605），炀帝颁赐"国清寺"匾额。智顗的门下灌顶、智璪、智越等均以此为天台宗的根本道场，弘扬天台法门。唐代僧人丰干与寒山、拾得也曾居于此寺。

[3] 沈寥：空旷貌。《楚辞·九辩》："沈寥兮天高而气清。"王逸注："沈寥，旷荡空虚也。"白居易《湖亭晚望残水》："湖上秋沈寥，湖边晚萧瑟。"陆龟蒙《秋》："凉汉清沈寥，衰林怨风雨。"

送人赴官

年少作初官，还如行路难。兵荒经邑里，风俗久凋残。照砚花光淡[1]，漂书柳絮干。聊应充侍膳[2]，薄俸继朝餐。

【注释】

［1］砚：砚台。

［2］侍膳：侍奉父母进食。刘禹锡《送太常萧博士弃官归养赴东都》："侍膳曾调鼎，循陔更握兰。"温庭筠《送洛南李主簿》："禄优仍侍膳，官散得专经。"

水鹤

鸳鸯与鸂鶒[1]，相狎岂惭君。比雪还胜雪，同群亦出群。静巢孤岛月，寒梦九皋云[2]。归路分明过，飞鸣即可闻。

【校勘】

"过"，甲本作"〔过〕（个）"，乙、丙、丁本作"个"。

【注释】

［1］鸳鸯：水鸟，旧传雌雄偶居不离。晋崔豹《古今注》之［鸟兽］："鸳鸯，水鸟，凫类也。雌雄未尝相离，人得其一，则一思而死，故曰匹鸟。"鸂鶒：水鸟。左思《吴都赋》："避风候雁，造江鸂鶒。"刘渊林注："鸂鶒，水鸟也，色黄赤有斑文。"

［2］九皋：深远的水泽淤地。《诗经·小雅·鹤鸣》："鹤鸣于九皋，声闻于野。"笺云："皋，泽中水溢出所为坎，自外数至九，喻深远也。"李中《鹤》："九皋羽翼下晴空，万里心难驻玉笼。"

湘中感兴

渔翁即会我，傲兀苇边行[1]。乱世难逸迹[2]，乘流拟濯缨[3]。江花红细碎，沙鸟白分明。向夕题诗处，春风斑竹声[4]。

【校勘】

"兴"，甲本作"怀"。

"即"，甲、乙、丙、丁本作"那"。

"傲兀"，丁本无"兀"字。

"斑"，丁本作"班"。

【注释】

[1] 傲兀：高傲。韩愈《寄崔二十六立之》："傲兀坐试席，深丛见孤黑。"

[2] 逸迹：敛迹。

[3] 濯缨：洗涤冠缨。比喻超脱尘俗，操守高洁。屈原《渔父》："沧浪之水清兮，可以濯吾缨；沧浪之水浊兮，可以濯吾足。"李白《观鱼潭》："何必沧浪去，兹焉可濯缨。"

[4] 斑竹：即紫竹，竹身有紫色或灰褐色的斑纹。又称湘妃竹。相传舜南巡不返，葬于苍梧，舜的两个妃子娥皇、女英思帝不已，泪下沾竹，竹悉成斑。《方舆胜览》卷二四［道州］："斑竹岩，在营道县南五十里，多小斑竹。相传舜葬九疑，二妃寻湘水，以手拭泪把竹，遂成斑色也。刘长卿诗：'苍梧千载后，斑竹对湘沅。欲识湘妃怨，枝枝满泪痕。'"元稹《斑竹》："一枝斑竹渡湘沅，万里行人感别魂。知是娥皇庙前物，远随风雨送啼痕。"韩愈《送惠师》："斑竹啼舜妇，清湘沈楚臣。"

九日逢虚中虚受[1]

楚后萍台下，相逢九日时。干戈人事地[2]，荒废菊花篱。我已多衰病，君犹尽黑髭[3]。皇天安罪得[4]，解语便吟诗[5]。

【注释】

[1] 虚中：生卒年不详，袁州（宜春）人。与齐己交往较密。事见《唐才子传》卷八本传。虚受：嘉禾（今浙江嘉兴）人。据《宋高僧传》卷七本传载，虚受为僧纳戒后，于长安习学，博通内外。咸通中，充左街鉴义。广明间战乱，虚受出长安南奔。"其文富赡……有《文集》数卷、《述义章》三十余卷，行之于代。"《全唐文》卷九二一收其文一篇。其余著作皆不存。此诗中云"楚后"、"干戈"，当撰于齐己居湖南，时约唐末战乱之时。

[2] 干戈：谓唐末战乱。

[3] 髭：唇上边的髻子。唇上曰髭，唇下曰鬓。黑髭：即唇上边的黑

髭子，此处泛指黑髭鬓。此诗云"我已多衰病，君犹尽黑髭"，则知虚中、虚受较齐己年轻。

[4] 皇天："天"的尊称。许慎《五经异义》引《尚书说》："天有五号：尊而君之，则曰皇天；元气广大，则称昊天；仁覆闵下，则称旻天；自上监下，则称上天；据远视之苍苍然，则称苍天。"

[5] 解语：通晓语言，会说话。白居易《和雨中花》："桃李无言难自诉，黄莺解语凭君说。"罗隐《牡丹花》："若教解语应倾国，任是无情亦动人。"无则《百舌鸟二首》之二："若使众禽俱解语，一生怀抱有谁知。"

赠李明府[1]

名家宰名邑，将谓屈锋铓。直是难苏俗[2]，能消不下堂。冰痕生砚水，柳影透琴床。何必称潇洒，犹为诗酒狂。

【校勘】

"犹"，甲、乙、丙、丁本作"独"。

【注释】

[1] 李明府：生卒年里不详。明府：唐时县令之俗名。

[2] 苏俗："苏"即醒悟、觉醒。苏俗即醒俗，改变世俗。另，"苏"或谓"取"。苏俗或谓取俗，取悦于俗世。

暮春久雨作

积雨向春阴，冥冥独院深[1]。已无花落地，空有竹藏禽。檐溜声何暴，邻僧影亦沉。谁知力耕者，桑麦最关心。

【校勘】

"沉"，甲、乙本作"沈"，二字通。

【注释】

[1] 冥冥：昏暗深远。

渚宫莫问诗一十五首并序[1]

予以辛巳岁，蒙主人命居龙安寺。察其疏鄙[2]，免以趋奉，爰降手翰，曰："盖知心不在常礼也。"予不觉欣然而作[3]，顾谓形影曰："尔本青山一衲，白石孤禅，全（今）王侯构室安之，给俸食之，使之乐然，万事都外，游息自得，则云泉猿鸟，不必为狎。其放纵若是，夫何系乎？"自是龙门墙仞，历稔不复瞻觊[4]，况他家哉？因创莫问之题，凡一十五篇，皆以莫问为首焉。

莫问疏人事，王侯已任伊[5]。不妨随野性，还似在山时。静入无声乐，狂抛正律诗。自为仍自爱，敢望至公知。

【校勘】

"翰"，丁本作"敕"。

"全"，甲、乙、丙、丁本作"今"，当从。

"敢望至公知"，甲本作"清净里寻思（一作敢望至公知）"，乙本均作"清净里寻思"，丙本作"敢净里寻思"。

【注释】

[1] 渚宫：春秋时楚成王所建，为楚王的别宫，故址在今湖北省江陵县城内。按，此组诗序云"予以辛巳岁，蒙主人命居龙安寺"，"辛巳岁"乃后梁末帝龙德元年（921）。又，其一云："莫问疏人事，王侯已任伊。"其三云："莫问依刘迹，金台又度秋。"据序之"历稔不复瞻觊"及其三之"金台又度秋"，推知此组诗当作于居荆渚后之第二年，即后梁末帝龙德二年（922）。

[2] 疏鄙：疏狂粗鄙。姚合《闲居》："不自识疏鄙，终年住在城。"

[3] 欣然：愉快地，高兴地。

[4] 瞻觊："瞻"即向上或向前看。"觊"即觊觎，妄想占有或企图得到。

[5] 伊：你。

莫问休持钵，从贫乞已疏。侯门叩月俸[1]，斋食剩年储。簪履三千外[2]，形骸六十馀。旧峰何练若[3]，松径接匡庐[4]。

【校勘】

"何"，甲、乙、丙本均作"呵"。

【注释】

[1]"侯门"句：孙光宪《白莲集序》："晚岁将之岷峨，假途渚宫，太师南平王筑净室以居之，舍净财以供之。"《宋高僧传》卷三十本传："梁革唐命，天下纷纭。于是高季昌禀梁帝之命，攻逐雷满出渚宫，已便为荆州留后，寻正受节度。迨乎均帝失御，河东庄宗自魏府入洛，高氏遂割据一方，搜聚四远名节之士，得齐之义丰、南岳之己，以为筑金之始验也。龙德元年辛巳中，礼己于龙兴寺净院安置，给其月俸，命作僧正，非所好也。"《十国春秋》卷一百《荆南一》龙德元年："是岁，以僧齐己为僧正，给其月俸，礼待于龙兴寺禅院。"

[2]簪履：显贵者的服饰。借指显贵。张说《岳州作》："夜梦云阙间，从容簪履列。"徐铉《和歙州陈使君见寄》："簪履陪游盛，乡闾俗化敦。"

[3]练若：比丘的住处。又作阿兰若、阿练若，略称兰若、练若。《大日经疏》卷三："阿练若，名为意乐处，谓空寂，行者所乐之处。或独一无侣，或二三人，于寺外造限量小房，或施主为造，或但居树下空地，皆是也。"《释氏要览》卷上："兰若，梵云阿兰若，或云阿练若，唐言无诤，《四分律》云空静处。"至后世，阿兰若与梵刹、精舍等词混用，被用作寺院的别称。

[4]匡庐：庐山的别称。

莫问依刘迹[1]，金台又度秋[2]。威仪非上客[3]，谈笑愧诸侯。礼许无拘检，诗推异辈流[4]。东林未归得[5]，摇落楚江头。

【注释】

[1]依刘：依靠刘表。《三国志》卷二十一《魏书·王粲传》："（王粲）年十七，司徒辟，诏除黄门侍郎，以西京扰乱，皆不就。乃之荆州依刘表。"此诗中则指依靠高季兴。

[2]金台：黄金台的省称。李白《古风五十九首》："燕昭延郭隗，遂筑黄金台。"此处借指高季兴为齐己所筑龙兴寺。齐己《渚宫自勉二首》

之一：“必谢金台去，还携铁锡将。”

[3] 威仪：谓行住坐卧皆有威德和仪则，见之能起崇仰畏敬之念的仪容。佛门中戒律甚多，异于在家众。故诸经论有“三千威仪，八万律仪”、“僧有三千威仪，六万细行；尼有八万律仪，十二万细行”等说。

[4] 辈流：谓同辈人。韩愈《八月十五夜赠张功曹》：“同时辈流多上道，天路幽险难追攀。”白居易《举人自代状》：“伏以前件官有辩敏之学，有体要之文，文可以掌王言，学可以待顾问，名实相副，辈流所推。”

[5] 东林：指庐山东林寺。

莫问无机性[1]，甘名百钝人[2]。一床铺冷落，长日卧精神[3]。分已疏知旧，诗还得意新。多才碧云客，时或此相亲。

【注释】

[1] 无机：《庄子·天地》：“子贡南游于楚，反于晋，见一丈人方将为圃畦，凿隧而入井，抱瓮而出灌，滑滑然用力甚多而见功寡。子贡曰：‘有械于此，一日浸百畦，用力甚寡而见功多，夫子不欲乎？’为圃者仰而视之曰：‘奈何？’曰：‘凿木为机，后重前轻，挈水若抽，数如泆汤，其名为槔。’为圃者忿然作色而笑曰：‘吾闻之吾师，有机械者必有机事，有机事者必有机心。机心存于胸中，则纯白不备，纯白不备，则神生不定，神生不定者，道之所不载也。吾非不知，羞而不为也。’”

[2] 甘名：甘心被叫作。百钝人：此处形容愚钝之极的人。

[3] 精神：白居易《酬乐天扬州初逢席上见赠》：“今日听君歌一曲，暂凭杯酒长精神。”罗隐《自湘川东下立春泊夏口阻风登孙权城》：“事往时移何足问，且凭村酒暖精神。”

莫问关门意，从来寡往还[1]。道应归淡泊[2]，身合在空闲。四面苔围绿，孤窗雨洒斑。梦寻何处去，秋色水边山。

【注释】

[1] 寡：少。

[2] “道应归”句：《佛祖历代通载》卷五：“履道者当虚无淡泊，归志贺朴。”韦应物《寓居沣上精舍，寄于、张二舍人》：“道心淡泊对流水，生事萧疏空掩门。”陆贽《伤望思台赋》：“故子不语于怪乱，道亦贵乎淡

泊，盖为此也。"

莫问□□□，□□逐性情。人间高此道[1]，禅外剩他名。夏□松边坐，秋光水畔行[2]。更无时忌讳，容易得题成。

【校勘】

"莫问□□□，□□逐性情"：《全唐诗补编·续拾》卷五十据影印文渊阁《四库全书》本《白莲集》卷五补录为"莫问休贪恋，浮云逐性情"。

"夏□松边坐"：乙本作"夏日松边坐"，丁本"莫问"至"松边"均无。《全唐诗补编·续拾》卷五十据影印文渊阁《四库全书》本《白莲集》卷五补录为"夏雨松边坐"。

【注释】

[1] 高：以……为高，看重。《吕氏春秋·离俗》："故布衣人臣之行，洁白清廉中绳，愈穷愈荣，虽死，天下愈高之。"

[2] 水畔：水边。

莫问多山兴，晴楼独凭时。六年沧海寺[1]，一别白莲池[2]。句早逢名匠[3]，禅曾见祖师[4]。冥搜与真性，清净里寻思。

【校勘】

"冥搜与真性"，丁本作"冥搜见与真性"。

"清净里寻思"，甲本作"清外认扬眉（一作清净里寻思）"，乙、丙本作"清外认扬眉"，丁本作"清净里思"。

【注释】

[1] 沧海寺：此处指庐山东林寺。按，齐己自后梁末帝贞明元年（915）起移居庐山东林寺，而且"久栖东林"，对之有深厚的感情。齐己晚年居荆渚时，甚多缅怀东林寺之作，如《夏满日偶作寄孙支使》："忆归沧海寺，冷倚翠崖棱。"

[2] 白莲池：谓庐山东林寺之白莲池。按，东林寺多植白莲，今仍有白莲池。齐己《题东林白莲》："大士生兜率，空池满白莲。"

[3] "句早逢"句：齐己曾拜晚唐著名诗人郑谷为师。按，《五代史补》卷三《僧齐己》条云："郑谷在袁州，齐己因携所为诗往谒焉。有《早梅》诗曰：'前村深雪里，昨夜数枝开。'谷笑谓曰：'数枝非早，不若

一枝则佳。'齐己矍然，不觉兼三衣叩地膜拜。自是士林以谷为齐己一字
之师。"

[4] 祖师：指传持法藏或开创一宗一派的有德之师。此处指齐己曾
参见的禅宗著名大师沩山灵佑、仰山慧寂、石霜庆诸、德山、药山、鹿
门、护国等。《宋高僧传》卷三十《齐己传》："释齐己，姓胡，益阳人
也。……幼而捐俗于大沩山寺。……有禅客自德山来，述其理趣。己不
觉神游寥廓之场，乃躬往礼讯。……如是药山、鹿门、护国，凡百禅
林，孰不参请。……于石霜法会，请知僧务。"其中齐己幼年出家的"大
沩山寺"，是沩仰宗的发源地，是沩仰宗创始人灵佑的栖息地。齐己又
"与仰山（慧寂）同门"。

莫问伊嵇懒[1]，流年已付他。话通时事少，诗着野题多。梦外春桃
李，心中旧薜萝[2]。浮生此不悟，剃发竟如何。

【校勘】

"着"，乙本作"著"。

【注释】

[1] 伊：助词。无义。嵇：即嵇康（224—263），"竹林七贤"之一。
字叔夜。谯郡铚（今安徽宿县）人。

[2] 薜萝：即薜荔、女萝，皆为野生植物。屈原《九歌·山鬼》："若
有人兮山之阿，被薜荔兮带女萝。"后以薜萝喻指隐士的服装、居处。"旧
薜萝"指齐己在庐山的旧居。齐己《别东林后回寄修睦》："昨夜从香社，
辞君出薜萝。"又《怀匡阜》："昨夜分明梦归去，薜萝幽径绕禅房。"

莫问休行脚[1]，南方已遍寻。了应须自了[2]，心不是他心。赤水珠何
觅[3]，寒山偈莫吟[4]。谁同论此理，杜口少知音[5]。

【注释】

[1] 行脚：谓出家人为修行之目的而四处求访名师，跋涉山川，参访
各地。又称游行、游方。《祖庭事苑》卷八："行脚者，谓远离乡曲，脚行
天下。脱情捐累，寻访师友，求法证悟也。所以学无常师，遍历为尚。"
《释氏要览》卷下："游行人间今称行脚，未见其典。《毗奈耶律》云：'如
世尊言，五法成就，五夏已满，得离依止，游行人间。五法者：一识犯，

二识非犯，三识轻，四识重，五于别解脱经善知通塞，能持能诵。'"

[2] 了：了断，了结。

[3] 赤水：神话中的水名。在昆仑山东南。屈原《离骚》："忽吾行此流沙兮，遵赤水而容与。"《庄子·天地》："黄帝游乎赤水之北，登乎昆仑之丘而南望，还归遗其玄珠，使知索之而不得，使离朱索之而不得，使喫诟索之而不得。"陆德明注："赤水在昆仑山下。"《穆天子传》："遂宿于昆仑之阿，赤水之阳。"注："赤水出东南隅而东北流。"传说赤水产珠。李白《金门答苏秀才》："玄珠寄象罔，赤水非寥廓。"张籍《罔象得玄珠》："赤水今何处，遗珠已渺然。"李群玉《湘中别成威阇黎》："赤水千丈深，玄珠几人得？"

[4] 寒山：中唐著名诗僧。生卒年不详，姓名亦不传，因他长期隐居于天台山的翠屏山（又称寒岩、寒山），因而自称为寒山或寒山子。寒山之行径极怪诞，迹近于癫狂。好吟诗唱偈，发为辞气，常契于佛理。"寒山偈"即寒山诗。寒山自云："五言五百篇，七字七十九。三字二十一，都来六百首。"元和间，由僧人道翘（一说为道士徐灵府）从山林屋壁上，录得其诗三百余首，编为三卷。《宋高僧传》卷十九《丰干传附寒山传》："乃令僧道翘寻共遗物，唯于林间缀叶书词颂，并村墅人家屋壁所抄录，得三百余首，今编成一集。人多讽诵。"其诗在禅林中广为流传。

[5] 杜口：闭口不言。

莫问孱愚格[1]，天应只与闲。合居长树下，那称众人间。迹绝为真隐，机忘是大还[2]。终当学支遁，买取个青山[3]。

【注释】

[1] 孱愚：衰弱愚笨。

[2] 机忘：即忘机。《庄子·天地》："子贡南游于楚，反于晋，见一丈人方将为圃畦，凿隧而入井，抱瓮而出灌，滑滑然用力甚多而见功寡。子贡曰：'有械于此，一日浸百畦，用力甚寡而见功多，夫子不欲乎？'为圃者仰而视之曰：'奈何？'曰：'凿木为机，后重前轻，挈水若抽，数如泆汤，其名为槔。'为圃者忿然作色而笑曰：'吾闻之吾师，有机械者必有机事，有机事者必有机心。机心存于胸中，则纯白不备，纯白不备，则神生不定，神生不定者，道之所不载也。吾非不知，羞而不为也。'"

[3]"终当学支遁"二句：用东晋名僧支遁（314—366）买山事。据《高僧传》卷四《竺法潜传》载："（竺法）潜虽复从运东西，而素怀不乐，乃启还剡之仰山，遂其先志，于是逍遥林阜，以毕余年。支遁遣使求买仰山之侧沃洲小岭，欲为幽栖之处。潜答云：'欲来辄给，岂闻巢、由买山而隐。'"可见支遁因喜爱仰山而不惜钱财遣使求买，故此诗云"终当学支遁，买取个青山"。

　　莫问无求意，浮云喻可知[1]。满盈如不戒[2]，倚伏更何疑。乐矣贤颜子[3]，穷乎圣仲尼[4]。已过知命岁[5]，休把运行推[6]。

【注释】

[1]"浮云"句：浮云聚散不定，变幻莫测，以此比喻人身如浮云，须臾变灭。王维《酌酒与裴迪》："世事浮云何足问，不如高卧且加餐。"杜甫《哭长孙侍御》："流水生涯尽，浮云世事空。"刘长卿《惠福寺与陈留诸官茶会》："因知万法幻，尽与浮云齐。"

[2]满盈：谓欲望盈胸。唐太宗《允长孙无忌逊位诏》："然以椒掖之亲，处权衡之地，深知止足，有戒满盈。"唐玄宗《册荣王郑妃文》："今遣使侍中裴耀卿、副使吏部侍郎席豫持节册尔为荣王妃。尔其勉兹孝敬，诚彼满盈，祗率大猷，永膺宠数。可不慎欤？"唐文宗《降漳王凑为巢县公制》："顷多克顺之心，亦有尚贤之志，而满盈生患，败覆自图。"

[3]"乐矣"句：《论语·雍也》："子曰：'贤哉回也！一箪食，一瓢饮，在陋巷，人不堪其忧，回也不改其乐。贤哉回也！'"

[4]"穷乎"句：《史记·孔子世家》："孔子贫且贱。……故孔子不仕，退而修诗书礼乐。……不得行，绝粮。从者病，莫能兴。孔子讲诵弦歌不衰。子路愠见曰：'君子亦有穷乎？'孔子曰：'君子固穷，小人穷斯滥矣。'……然鲁终不能用孔子，孔子亦不求仕。……曰：'吾道穷矣！'喟然叹曰：'莫知我夫！'……子曰：'弗乎弗乎，君子病没世而名不称焉。吾道不行矣，吾何以自见于后世哉？'"

[5]知命：五十岁的代称。《论语·为政》："五十而知天命。"潘岳《闲居赋序》："自弱冠涉乎知命之年，八徙官而一进阶即。"张说《唐玉泉寺大通禅师碑铭（并序）》："逮知天命之年，自拔人间之世。"

[6]运行：《易经·系辞》上："日月运行，一寒一暑。"韩愈《秋怀

诗十一首》之二：“运行无穷期，禀受气苦异。”白居易《江上对酒二首》之一：“忽忽忘机坐，伥伥任运行。”

莫问闲行趣，春风野水涯。千门无谢女[1]，两岸有杨花。好鹤曾为客，真龙或作蛇。踌蹰自回首[2]，日脚背楼斜[3]。

【校勘】

“好鹤”，丁本作“鹤好”。

【注释】

[1] 谢女：指谢安侄女、王凝之妻谢道韫，聪敏多才。《晋书·王凝之妻谢氏传》：“谢氏字道韫，安西将军奕之女也，聪识有才辩。”谢道韫常用作才女之典故。

[2] 踌蹰：徘徊不前，犹豫。宋之问《早发大庾岭》：“踌蹰恋北顾，亭午晞霁色。”白居易《魏堤有怀》：“惆怅回头听，踌蹰立马看。”

[3] 日脚：穿过云隙下射的日光。杜甫《羌村》：“峥嵘赤云西，日脚下平地。”白居易《曲江亭晚望》：“曲江岸北凭栏干，水面阴生日脚残。”

莫问真消息，中心只自知。清风含笑咏，明月混希夷[1]。坏衲凉天拥，玄文静夜披[2]。善哉温伯子，言外认扬眉[3]。

【校勘】

“言外认扬眉”，甲本作“言望至公知（一作言外认扬〔眉〕）”，乙、丙本作“言望至公知”。

【注释】

[1] 希夷：无声曰希，无色曰夷。形容虚寂微妙。《老子》：“视之不见名曰希，听之不闻名曰夷。”柳宗元《愚溪诗序》：“昏然而同归，超鸿蒙，混希夷，寂寥而莫我知也。”

[2] 玄文：墨写的文字。屈原《九章·怀沙》：“玄文处幽兮，曚瞍谓之不章。”注云：“玄，墨也。”陆龟蒙《记事》：“骏骨正牵盐，玄文终覆酱。”披：翻阅，披阅。

[3] “善哉”二句：《庄子》：“温伯雪子适齐，反舍于鲁，仲尼见之而不言。子路曰：‘吾子欲见温伯雪子久矣，见之而不言何耶？’仲尼曰：‘若夫人者，目击而道存矣，亦不可以容声矣。’”李白《送温处士归黄山

白鹅峰旧居》："亦闻温伯雪，独往今相逢。"宋璟《梅花赋（并序）》："半含半开，非默非言，温伯雪子，目击道存。"扬眉：扬起眉毛，后用作禅宗常用术语，同"棒喝"、"弹指"、"抵掌"、"动目"等同。僧徒常以"扬眉"示法，如陆希声《仰山通智大师塔铭》："大师法名慧寂……以曹溪心地，用之千变万化，欲以直截指示学人，无能及者。而学者往往失旨，扬眉动目，敲木指境，递相效教，近于戏笑，非师之过也。"《释氏稽古略》卷四："伏思西方圣人教外别传之法，不为中下根机之所设也。上智则顿悟而入，一得永得。愚者则迷，而不复千差万别。唯佛与祖以心传心，其利生接物而不得已者，遂有棒喝、拳指、扬眉、瞬目、拈椎、竖拂、语言文字种种方便，去圣逾远。诸方学徒忘本逐末，弃源随波，滔滔皆是，斯所谓可怜愍者矣！"守坚集《云门匡真禅师广录》卷中："师有时云，弹指、謦欬、扬眉、瞬目、拈槌、竖拂，或即圆相，尽是撩钩搭索，佛法两字未曾道着，道着即撒屎撒尿。……师一日云，拈槌、竖拂、弹指、扬眉、一问一答，并不当向上宗乘。……或云，口祇堪吃饭，尔道古人拈槌、竖拂、扬眉、动目作么生？……得用由来处处通，临机施设认家风。扬眉瞬目同一眼，竖拂敲床为耳聋。"

莫问衰残质[1]，流光速可悲。寸心修未了，长寿欲何为。坐卧身多倦，经行骨渐疲。分明说此苦，珍重竺乾师[2]。

【校勘】

"寿"，甲本作"命（一作寿）"。

【注释】

[1] 衰残：枯残，萎落。衰残质：谓衰朽的身子。

[2] 竺乾：印度之别称。竺乾为天竺西乾之义。或言乾竺，犹言天竺。《祖庭事苑》卷二："竺乾即天竺国，或云西天西乾，皆译师之义立。"《弘明集》卷一《正诬论》："故其经云：'闻道竺乾有古先生，善入泥洹，不始不终，永存绵绵。'竺乾者，天竺也。"于鹄《哭凌霄山光上人》："黄昏溪路上，闻哭竺乾师。"白居易《斋戒》："从此始堪为弟子，竺乾师是古先生。"

莫问野腾腾[1]，劳形已不能[2]。殷勤无上士[3]，珍重有名僧。坐觉心心默，行思步步冰。终归石房里，一点夜深灯。

【注释】

[1] 腾腾：舒缓悠闲貌。寒山《隐士遁人间》："腾腾且安乐，悠悠自清闲。"

[2] 劳形：劳累形体。白居易《留别微之》："犹厌劳形辞郡印，那将趁伴著朝衣。"殷尧藩《李舍人席上感遇》："一官到手不可避，万事役我徒劳形。"

[3] 上士：菩萨之异称。又作大士。《释氏要览》卷上："《瑜伽论》云：'无自利利他行者，名下士；有自利无利他者，名中士。有二利，名上士。'"又，上根之人亦称上士。

荆州新秋病起杂题一十五首[1]
病起见王化[2]

病起见王化，融融古帝乡[3]。晓烟凝气紫，晚色作云黄。四野歌丰稔[4]，千门唱乐康。老身仍未死，犹咏好风光。

【注释】

[1] 此组诗作于齐己75岁时，即天福二年（937）秋。按，齐己此组诗之《病起见秋月》诗中云："病起见秋月，正当三五时。……明年七十六，约此健相期。"《病起见王化》："老身仍未死，犹咏好风光。"《病起见图画》："命在斋犹赴，刀闲发尽凋。"《病起见庭竹》："每谢侵床影，时回傍枕声。"《病起见秋扇》："病起见秋扇，风前悟感伤。念予当咽绝，得尔致秋（清）凉。"《病起见衰叶》："病起见衰叶，飘然似我身。"《病起见庭柏》："力扶干瘦骨……衰残想长寿。"可知齐己时年秋75岁，已病息奄奄，将不久于人世。又，孙光宪《白莲集序》云："师平生诗稿，未遑删汰，俄惊迁化。门人西文併以所集见授，因得编就八百一十篇，勒成一十卷，题曰《白莲集》，盖以久栖东林，不忘胜事。余既缮写，归于庐岳，附远大师文集之末。……天福三年戊戌三月一日序。"从中可知齐己之卒当在天福三年（938）三月一日前。结合二者，则天福二年（937）秋齐己当为75岁。以此逆推，则齐己生于咸通四年

（863）。另，齐己《荆渚感怀寄僧达禅弟三首》之一云："电击流年七十三，齿衰气沮竟何堪"；之二云："十五年前会虎溪，白莲斋后便来西"，由此可见齐己73岁在荆州作是诗时，已在此寓居有15年之久了。由此反推，已初到江陵时当为58岁。又已《渚宫莫问诗十五首》有小序，自谓于龙德元年辛巳（921）入江陵。龙德元年辛巳齐己年龄为58岁，则其生年当为唐懿宗咸通五年（864）。并且齐己有诗云"同年生在咸通里，事佛为儒趣尽高"（《与崔校书静话言怀》），则齐己生于咸通五年（864）当为可信。考咸通四年、五年日历，则知齐己当生于咸通四年（863）农历十二月，亦即阳历的咸通五年（864）。故此组诗当作于天福二年（937）秋。

[2] 王化：君王的德化。《诗经·周南·关雎序》："《周南》、《召南》正始之道，王化之基。"骆宾王《至分陕》："至今王化美，非独在隆周。"白居易《赠友五首》之四："京师四方则，王化之本根。"

[3] 融融：和乐貌。《左传》隐公元年："（郑庄）公入而赋：大隧之中，其乐也融融。"白居易《泛渭赋》："我乐兮圣代，心融融兮神泄泄。"韩熙载《真风观碑》："端拱而坐，融融怡怡。"

[4] 丰稔：丰收。喻凫《和段学士对雪》："盈尺知丰稔，开窗对酒壶。"唐太宗《旱蝗大赦诏》："若使年穀丰稔，天下乂宁，移灾朕身，以存万国，是所愿也。"王建《示群臣手书》："幸赖天地之灵，庙社之贶，方隅底定，民黎乐康，二气协和，五谷丰稔。"

病起见图画

病起见图画，云门兴似烧（饶）[1]。衲衣棕笠重[2]，嵩岳华山遥[3]。命在斋犹赴，刀闲发尽凋。秋光渐轻健，欲去倚江桥。

【校勘】

"烧"，甲、乙、丁本作"饶"，当从。

【注释】

[1] 云门：即云门山，位于今浙江绍兴市南十八公里。又称东山。山中有云门寺，为东晋安帝时所建。《方舆胜览》卷六［浙东路·绍兴府］：

"云门寺，在会稽南三十里，为州之伟观。昔王子敬居此，有五色祥云，诏建寺，号云门。"此外，邻近复有显圣寺、雍熙寺、普济寺、名觉寺等。齐己《寄镜湖方干处士》："云门几回去，题遍好林泉。"朱放《送著公归越》："长忆云门寺，门前千万峰。"皎然《送唐赞善游越》："何处游芳草，云门千万山。"兴似烧：当作"兴似饶"。"饶"即富厚，丰足，多。"兴似饶"谓兴致浓厚。

[2] 棕笠：棕榈叶做的斗笠。棕榈叶簇生干顶，状似蒲葵，皮中毛缕如马之鬃鬣，错综如织，剥取缕解，可织衣帽褥垫等。李洞《送行脚僧》："毳衣沾雨重，棕笠看山欹。"

[3] 嵩岳：即嵩山。嵩山为中岳，故称嵩岳。

病起见苔钱[1]

病起见苔钱，规模遍地圆[2]。儿童扫不破，子母自相连。润屋何曾有，缘墙谩可怜[3]。虚教作铜臭，空使外人传[4]。

【注释】

[1] 苔钱：青苔的别名。苔点形圆如钱，故称。南朝梁代刘孝威《怨诗》："丹庭斜草径，素壁点苔钱。"刘兼《春霁》："苔钱遍地知多少，买得花枝不落无。"韩偓《寒食日重游李氏园亭有怀》："今日独来香径里，更无人迹有苔钱。"

[2] 规模：格局，范围。白居易《题周皓大夫新亭子二十二韵》："规模何日创，景致一时新。"

[3] 谩：通"漫"，漫延，遍布。

[4]"虚教"二句：苔点形圆如钱而实非钱，枉担铜臭之名，故云。

病起见庭竹

病起见庭竹，君应悲我情。何妨甚消瘦，却称苦修行[1]。每谢侵床影，时回傍枕声。秋来渐平复[2]，吟绕骨毛轻。

【注释】

[1] 苦修行：即苦行，又常作难行苦行，谓敢为身所难堪之诸种行，又谓艰难之行法也。主要指印度诸外道为求生天而行诸苦行。依北本《大般涅槃经》卷十六载，诸外道之苦行有自饿法、投渊赴火、自坠高岩、常翘一脚、五热炙身、常卧于灰土、棘刺、编椽、树叶、恶草、牛粪等之上；又有受持牛戒、狗鸡雉戒、以灰涂身、长发为相等诸多苦行法。而现今印度教徒犹有修此类惨痛之苦行，以期生天者。佛教之苦行，称为头陀。

[2] 平复：谓病情平稳，日渐康复。

病起见生涯

病起见生涯，资缘觉甚奢[1]。方袍嫌垢弊[2]，律服变光华[3]。颇愧同诸俗，何尝异出家。三衣如两翼[4]，珍重你寒鸦。

【校勘】

"你"，甲本作"汝（一作尔）"，乙、丙本作"汝"。

【注释】

[1] 资缘：凭借因缘。

[2] 方袍：比丘之法衣（袈裟）皆为方形，故称方服，又称方袍。

[3] 律服：僧衣，即严守佛教戒律之人所穿之法衣，此衣依佛教戒律而作。

[4] 三衣：依佛教戒律的规定，比丘可拥有的三种衣服，谓之三衣。即僧伽梨、郁多罗僧、安陀会。其中僧伽梨指大衣，为上街托钵或奉召入王宫时所穿之衣，由九至二十五条布片缝制而成，又称九条衣。郁多罗僧指上衣，为礼拜、听讲、布萨时所穿用，由七条布片缝制而成，故又称七条衣。安陀会指内衣，为日常工作时或就寝时所穿着之贴身衣。此三衣总称为支伐罗。由于三衣依规定皆须以坏色（浊色，即袈裟色）布料制成，故又称为袈裟。

病起见秋扇

　　病起见秋扇，风前悟感伤。念予当咽绝[1]，得尔致秋（清）凉。沙鹭如摇影，汀莲似绽香。不同婕妤咏，托意怨君王[2]。

【校勘】

　　"悟"，丁本作"倍"。

　　"秋"，甲、乙、丙、丁本作"清"，当从。

　　"鹭"，丁本作"路"。

　　"婕妤"，丁本作"嫌好"，误。

【注释】

　　[1] 咽绝：咽喉阻塞，呼吸不畅，几乎要断气。

　　[2] "不同婕妤"二句：《文选》班婕妤《怨歌行》："新裂齐纨素，皎洁如霜雪。裁为合欢扇，团团似明月。出入君怀袖，动摇微风发。常恐秋节至，凉飙夺炎热。弃捐箧笥中，恩情中道绝。"李善注："婕妤，帝初即位，选入后宫，始为少使，俄而大幸，为婕妤，居增成舍。后赵飞燕宠盛，婕妤失宠，希复进见。成帝崩，婕妤充园陵，薨。"《乐府诗集》卷四一引班婕妤《怨诗行》序："汉成帝班婕妤失宠，求供养太后于长信宫，乃作怨诗以自伤，托辞于纨扇云。"

病起见衰叶

　　病起见衰叶，飘然似我身[1]。偶乘风有韵，初落地无尘。纵得红沾露，争如绿带春。因伤此怀抱，聊寄一篇新。

【注释】

　　[1] "飘然"句：谓衰叶的零落飘荡就好比齐己本人。孟郊《春愁》："春物与愁客，遇时各有违。故花辞新枝，新泪落故衣。日暮两寂寞，飘然亦同归。"

病起见庭柏

病起见庭柏，青青我不任[1]。力扶干瘦骨，勉对岁寒心[2]。韵谢疏篁合[3]，根容片石侵。衰残想长寿，时倚就闲吟。

【注释】

[1] 青青：茂盛貌。贺兰进明《行路难五首》之四："叹息青青陵上柏，岁寒能有几人同？"岑参《使院中新栽柏树子，呈李十五栖筠》："爱尔青青色，移根此地来。"任：敌，抵当。

[2] 岁寒心：《论语·子罕》："岁寒，然后知松柏之后凋也。"张说《和魏仆射还乡》："众芳摇落尽，独有岁寒心。"武元衡《安邑里中秋怀寄高员外》："欲识岁寒心，松筠更秋绿。"

[3] 疏篁："篁"是竹子的通称。"疏篁"谓稀稀疏疏的竹子。

病起见庭莲

病起见庭莲，风荷已飒然[1]。开时闻馥郁[2]，枕上正缠绵。本在沧江阔[3]，移来碧沼圆[4]。却思香社里[5]，叶叶漏声连[6]。

【校勘】

"叶叶漏声连"，丁本此句作"叶叶满声"，当脱一字。

【注释】

[1] 飒然：衰老凋零貌。

[2] 馥郁：谓荷花香气浓烈。

[3] 沧江：本泛指江水。因江水呈青苍色，故称。

[4] 碧沼：谓绿色的水池。

[5] 香社：即莲社，此处指东林寺。

[6] 漏声：谓莲花漏之声。莲花漏是一种计时的器具。庐山慧远弟子慧要，有巧思。以莲花作漏刻以计时，名莲花漏。《高僧传》卷六《道祖传》曰："（慧）远有弟子慧要，亦解经律，而尤长巧思。山中无漏刻，乃

于泉水中立十二叶芙蓉，因流波转以定十二时，晷景无差焉。"《释氏稽古略》卷二："远公之门有僧慧要，惠山中无刻漏，乃于水上立十二叶芙蕖，因波而转，以定十二时，晷景无差。今曰远公莲花漏是也。"《八十八祖道影传赞》卷二《东林远禅师传》："谢灵运凿二池，以栽莲。僧惠要刻十二叶芙蕖浮水，以定时晷，称为莲漏。……赞曰：'旷志高怀游心净土，刱开东土以为初步。莲漏清声流韵至今，凡有闻者靡不归心。'"按李肇《国史补》载此事，云即惠（慧）远所作。乃取铜叶制器，状如莲花，置盆水上，底孔漏水半之则沈，每昼夜十二沉云。

病起见庭菊

病起见庭菊，几劳栽种工。可能经卧疾，相倚自成丛[1]。翠萼低含露[2]，金英尽亚风[3]。那知予爱尔，不在酒杯中。

【注释】

[1]"可能经卧疾"二句：齐己久病，看到歪斜曲倒、相互倚伏成丛的庭菊，以为它们像自己一样久经大病。

[2]翠萼："萼"是环列花朵外部的叶状薄片。"翠萼"指翠绿色的花萼。

[3]金英：金黄色的菊花。白居易《玩迎春花赠杨郎中》："金英翠萼带春寒，黄色花中有几般。"杜牧《九日》："金英繁乱拂阑香，明府辞官酒满缸。"亚：通"压"。"金英尽亚风"谓黄色的菊花在风的吹压下变得低垂。杜甫《上巳日徐司录林园宴集》："鬓毛垂领白，花蕊亚枝红。"

病起见庭石

病起见庭石，岂知经夏眠。不能资药价[1]，空自作苔钱[2]。翠忆蓝光底，青思瀑影边。岩僧应笑我，细碎种阶前。

【校勘】

"我"，丁本作"纳"。

"细碎种阶前"，丁本此句作"碎种阶前"，当脱一字。

【注释】

[1] 资：资助，增长。

[2] "空自"句：细碎众多的庭石遍布阶前，星星点点，有如苔钱。庭石实非苔钱，故云。

病起见庭莎[1]

病起见庭莎，绿阶傍竹多。绕行犹未得，静听复如何。蟋蟀幽中响，蟪蛄深处歌[2]。不缘田地窄，剩种任婆娑[3]。

【校勘】

"绿"，乙、丙、丁本作"缘"。

【注释】

[1] 莎：即莎草。多年生草本植物，多生在潮湿的地方。

[2] 蟪蛄：蝉的一种。体短，吻长，黄绿色，有黑色条纹，翅有黑斑，雄性腹部有发音器，夏末自早至暮鸣声不息。

[3] 婆娑：茂盛。白居易《苏州柳》："金谷园中黄褭娜，曲江亭畔碧婆娑。"贯休《上卢使君》："可怜召伯树，婆娑不胜翠。"

病起见苔色

病起见苔色，凝然阵未枯。浅深围柱础[1]，诘曲绕廊庑[2]。碧翠文相间，青黄势自铺。为钱虚玷染，毕竟不如无[3]。

【校勘】

"诘"，丁本作"语"。

【注释】

[1] 柱础：柱子的根基、底部。

[2] 诘曲：屈曲，弯曲。李德裕《流杯亭》："回环疑古篆，诘曲如萦带。"韦蟾《岳麓道林寺》："广殿崔嵬万壑间，长廊诘曲千岩下。"廊庑：

堂前廊屋。《史记·窦婴传》："所赐金，陈之廊庑下，军吏过，辄令财取为用，金无入家者。"《汉书》本传注："廊，堂下周屋也。庑，门屋也。"

[3]"为钱"二句：青苔形圆如钱，故名苔钱，空有钱之名而无其实，还不如没有。

病起见秋月

病起见秋月，正当三五时。清光应鉴我[1]，幽思更同谁[2]。惜坐身犹倦，牵吟气尚赢[3]。明年七十六，约此健相期。

【注释】

[1] 鉴：照。

[2] 幽思：沉思，深思。《史记·屈原列传》："屈平疾王听之不聪也……故忧愁幽思而作离骚。"马戴《山行偶作》："寂寞生幽思，心疑旧隐同。"刘沧《洛阳月夜书怀》："独榻闲眠移岳影，寒窗幽思度烟空。"

[3] 赢：弱。

病起见闲云

病起见闲云，空中聚又分。滞留堪笑我[1]，舒卷不如君[2]。触石终无迹，从风或有闻。仙山足鸾凤[3]，归去自同群。

【注释】

[1] 滞留：停留。

[2] 舒卷：屈伸。闲云伸卷自如，变化多样，人当然不如，故云。李白《赠丹阳横山周处士惟长》："闲云随舒卷，安识身有无？"白居易《和杨尚书罢相后夏日游永安水亭兼招本曹杨侍郎同行》："道行无喜退无忧，舒卷如云得自由。"

[3] 鸾凤：鸾鸟和凤凰。常用以比喻美善贤俊。贾谊《吊屈原文》："鸾凤伏窜兮，鸱枭翱翔。"刘禹锡《和令狐相公春日寻花有怀白侍郎阁老》："芳菲满雍州，鸾凤许同游。"

夜坐闻雪寄所知

初宵飞霰急[1]，竹树洒干轻。不是知音者，难教爱此声。渐凌孤烛白，偏激苦心清。堪想同文友，忘眠坐到明。

【校勘】

"想"，甲、丙本作"笑"。

【注释】

[1] 霰：下雪前后天空中降落的白色小冰粒。

怀洞庭

忆过巴陵岁[1]，无人问去留。中宵满湖月，独自在僧楼。渔父真闲唱，灵均是谩愁[2]。今来欲长往，谁借木兰舟[3]。

【注释】

[1] 巴陵：今湖南岳阳市。

[2] "渔父真闲唱"二句：屈原字灵均。屈原《渔父》："屈原既放，游于江潭。行吟泽畔，颜色憔悴，形容枯槁。渔父见而问之曰：'子非三闾大夫与？何故至于斯？'……渔父曰：'圣人不凝滞于物，而能与世推移。世人皆浊，何不淈其泥而扬其波？众人皆醉，何不餔其糟而歠其醨？何故深思高举，自令放为？'……渔父莞尔而笑，鼓枻而去。歌曰：'沧浪之水清兮，可以濯吾缨；沧浪之水浊兮，可以濯吾足。'遂去，不复与言。"

[3] 木兰舟：指用木兰树所造之船。任昉《述异记》卷下："木兰洲在浔阳江中，多木兰树。昔吴王阖闾间植木兰于此，用构宫殿也。七里洲中，有鲁班刻木兰为舟，舟至今在洲。诗家之木兰舟，出于此。"后遂用作船的美称。

欲游龙山鹿苑有作[1]

龙山门不远，鹿苑路非遥。合逐闲身去，何须待客招。年华残两鬓，筋骨倦长宵。闻说峰前寺，新修白石桥。

【校勘】

"逐"，丁本作"着"。

【注释】

[1] 龙山：山名，在今湖北江陵县西北。亦即晋桓温九日登高，孟嘉落帽处。戎昱《九日贾明府见访》："却笑孟嘉吹帽落，登高何必上龙山。"鹿苑：养鹿的园林。据此诗，鹿苑亦在江陵城附近。按，此诗中云"闲身"、"年华残两鬓，筋骨倦长宵"，知齐己时已年老，则此诗当作于齐己晚年居荆州期间（921—938）。

再逢昼公[1]

竟陵西别后，遍地起刀兵[2]。彼此无缘著，云山有处行。久吟难敌句，终忍不求名。年鬓俱如雪[3]，相看眼且明。

【校勘】

"著"，丁本作"着"。

【注释】

[1] 昼公：即僧乾昼，居彭泽。与齐己年岁相仿。与贯休、齐己为诗友。

[2] "竟陵西别"二句：竟陵即今湖北天门市。按，《资治通鉴》卷二百七十："均王贞明五年（919）五月……楚人攻荆南，高季昌求救于吴，吴命镇南节度使刘信等帅洪、吉、信、抚步兵自浏阳趋潭州，武昌节度使李简等帅水军攻复州。信等至潭州东境，楚兵释荆南引归，简入复州，执其知州鲍唐。"《十国春秋》记载亦同。齐己此诗中所言竟陵战乱之事当指此，时间为贞明五年夏天。

[3]"年鬓"句：按，齐己《喜乾昼上人远相访》诗中云"彼此垂七十，相逢意若何"，又有《招乾昼上人宿话》、《荆门送昼公归彭泽旧居》二诗，知乾昼约七十岁时到荆州访齐己，此句云"年鬓俱如雪"，则二人均已衰老，"彼此垂七十"，当与上述三诗作于同时，即亦作于后唐明宗长兴四年（933）。

送人游武陵湘中[1]

为子歌行乐，西南入武陵。风烟无战士，宾榻有吟僧。山绕军城叠，江临寺阁层。遍寻幽胜了[2]，湘水泛清澄[3]。

【注释】

[1] 武陵：县名，治所在今湖南常德。

[2] 幽胜：清幽之景地。

[3] 湘水：即湘江，纵贯湖南省。

酬九经者[1]

九经三史学[2]，穷妙又穷微。长白山初出[3]，青云路欲飞[4]。江僧酬雪□，沙鹤识麻衣。家在黄河北，南来偶未归。

【校勘】

"雪□"，甲、乙、丙、丁本作"雪句"。

【注释】

[1] 九经：儒家奉为经典的九种古籍。唐代以《易》、《书》、《诗》、三《礼》（《周礼》、《仪礼》、《礼记》）、三《传》（《左氏》、《公羊》、《穀梁》）合为九经取士。《唐会要》卷七五："开元八年七月，国子司业李元瑾上言：'三礼、三传及《毛诗》、《尚书》、《周易》等，并圣贤微旨，生徒教业，必事资经远，则斯文不坠。今明经所习，务在出身，咸以《礼记》文少，人皆竞读。《周礼》经邦之轨则，《仪礼》庄敬之楷模，《公羊》《穀梁》，历代宗习。今两监及州县，以独学无友，四经殆绝，事资训诱，

不可因循。其学生望请量配作业，并贡人参试之日，习《周礼》、《仪礼》、《公羊》、《穀梁》，并请帖十通五，许其入策，以此开劝。即望四海均习，九经该备。'从之。"九经者：谓习九经之人。《旧唐书·隐逸传王友贞》："友贞素好学，读《九经》皆百遍，训诲子弟，如严君焉。"《旧五代史·苏禹珪传》："苏禹珪……父仲容，以儒学称于乡里，唐末举《九经》，补广文助教，迁辅唐令，累赠太师。"按，齐己另有《赠刘五经》，且诗中云"往年长白山，发愤忍饥寒。扫叶雪霜湿，读书唇齿干。群经通讲解，八十尚轻安"，知刘五经曾隐居长白山苦读。又此诗中云"九经三史学，穷妙又穷微。长白山初出"，则"九经者"即为刘五经，家居黄河北，早年曾隐居长白山苦读，后游江南。

[2] 三史：唐代以《史记》、《汉书》、《后汉书》为三史，并设三史科以取士。《唐会要》卷七六 [三传附录三史]："长庆二年二月，谏议大夫殷侑奏……又奏：'历代史书，皆记当时善恶，系以褒贬，垂裕劝戒。其司马迁《史记》，班固、范烨《两汉书》，音义详明，惩恶劝善，亚于《六经》，堪为世教。'……敕旨：'宜依，仍付所司。'"

[3] 长白山：在今山东邹平县。周回六十里，道书称为泰山之副岳。山中云气长白，故名长白山。

[4] 青云路：喻高官显爵。元稹《青云驿》："愿登青云路，若望丹霞梯。"李咸用《与刘三礼陈孝廉言志》："皆期早蹑青云路，谁肯长为白社人。"

寄赠集滩二公[1]

闻有难名境，因君住更名。轩窗中夜色，风月绕滩声。客好过无厌，禽幽画不成。终期一寻去，聊且寄吟僧[2]。

【校勘】

"难"，丁本作"滩"。

"僧"，甲、乙、丙、丁本作"情"。

【注释】

[1] 集、滩二公：二僧人，生卒年里不详。

　　[2] 聊且：姑且、暂且。

夏日作

　　燕雀语相和，风池满芰荷[1]。可惊成事晚，殊甚得闲多。竹众凉欺水，苔繁绿胜莎[2]。无惭孤圣代，赋咏有诗歌。

【校勘】

"甚"，甲、乙、丙、丁本作"喜"。

【注释】

　　[1] 芰荷：菱叶、荷叶。芰即菱角。两角者为菱，四角者为芰。屈原《离骚》："制芰荷以为衣兮，集芙蓉以为裳。"王逸注："芰，菱也。荷，芙蕖也。"

　　[2] 苔：青苔、苔藓。莎：莎草。皆生长在潮湿地带。

行路难

　　下浸与高盘[1]，不为行路难。是非真险恶，翻覆作峰峦。漆愧同时黑[2]，朱惭巧处丹。令人畏相识，欲画白云看。

【校勘】

"浸"，丁本作"漫"。

"翻"，辛本作"返"。

"巧"，甲本作"巧（一作污）"。

"畏"，丁本无。

【注释】

　　[1] 下浸：向下浸透、浸湿。盘：盘旋、盘回。

　　[2] 漆：黑。此句谓人心之黑犹如漆之黑。

送玉泉道者回山寺[1]

却忆西峰顶，经行绝爱憎。别来心念念，归去雪层层。石坞寻春笋[2]，苔龛续夜灯。应悲尘土里，追逐利名僧[3]。

【校勘】

"忆"，丁本作"意"。

【注释】

[1] 玉泉：按，齐己另有《送人游玉泉寺》诗云："西峰大雪开，万叠向空堆。"此诗中亦云"却忆西峰顶"，则"西峰"为玉泉山峰，"玉泉"即为"玉泉寺"，位于湖北当阳市玉泉山东南山麓。道者：谓修行佛道者。

[2] 石坞：谓石头垒建的小城堡。

[3] "应悲尘土"二句：按，晚唐五代，随着佛教的日趋世俗化，许多僧人走出山林，涌向城市，以诗歌为敲门砖，四处奔走，八方干谒，攀附权贵，广交士大夫。如僧鸾为追逐名利，时而出家，时而还俗。《北梦琐言》卷十录其早岁于嘉州拜谒尚书薛能。薛能以其颠率，难为举子。他遂出家。后入京，为文章供奉，且被皇帝赐紫。"柳玭大夫甚爱其才，租庸张相亦曾加敬，盛言其可大用。由是反初，号鲜于凤。修刺谒柳公，公鄙之不接，又谒张相，张相亦拒之。于是失望，而为李铤江西判官，后为西班小将军，竟于黄州遇害。"对这种现象，明人胡震亨在其《唐音癸签》卷八也有所揭示："（释子）嗜吟憨态，几夺禅诵。嗣后转嗷膻名，竟营供奉，集讲内殿，献颂寿辰，如广宣、栖白、子兰、可止之流，栖止京国，交结重臣，品格斯非，诗教何取？"齐己个性淡泊，懒谒王侯，"视其名利，悉若浮云矣"。他曾自言"未尝将一字，容易谒诸侯"（《自题》），"曾无一字干声利"（《吟兴自述》），"终忍不求名"（《再逢昼公》），因而特别痛恨追逐名利的僧人，故云"应悲尘土里，追逐利名僧"。

谢王拾遗见访兼寄篇什[1]

竹里安禅处[2]，生涯一印灰。经年乞食过，昨日谏臣来。愧把黄梅偈[3]，曾酬白雪才。因令识鸟迹，重叠在苍苔。

【校勘】

"鸟"，丁本作"马"。

【注释】

[1] 王拾遗：不详。拾遗：官名。唐武则天垂拱元年（685）始置左右拾遗各二员，分隶门下（左）、中书（右）两省，掌供奉讽谏，从八品上。拾遗为士人清选。

[2] 安禅：佛家语，犹言入于禅定。

[3] 黄梅偈：黄梅即今湖北省黄梅县。黄梅县有东、西二山，系禅宗四祖道信（在西山）及五祖弘忍（在东山）参禅得道处，五祖并以之为弘扬东山法门之根据地。六祖慧能曾到黄梅从五祖弘忍学法。此处黄梅偈或即指慧能悟道之偈："菩提本无树，明镜亦非台。本来无一物（此句敦煌本《坛经》作'佛性本清净'），何处惹尘埃！"慧能主张顿悟本心，反对枯坐。曾云："住心观静，是病非禅；长坐拘身，于理何益！"齐己安禅枯坐，有违慧能之旨，故云"愧把黄梅偈"。

题张氏池亭

树石丛丛别，诗家趣向幽[1]。有时闲客散，始觉细泉流。蝶到琴棋畔[2]，花过岛屿头。月明红藕上，应见白龟游。

【注释】

[1] 趣向：趣尚、志趣。

[2] 畔：边、旁。

送人南游

　　且听吟赠远，君此去蒙州[1]。瘴国频闻说，边鸿亦不游。蛮花藏孔雀，野石乱犀牛。到彼谁相慰，知音有郡侯。

【校勘】

"蛮"，甲本作"〔蛮〕（峦）"。

"乱"，甲本作"乱（一作隐）"，戊、己、庚本作"隐"，丁本作"隐（一作乱）"。

"音"，丁本无。

【注释】

[1] 蒙州：今广西桂林。《通典》卷一八四［蒙山郡］："蒙州，今理立山县。秦桂林郡地。两汉属苍梧郡。隋为始安郡。大唐置蒙州，或为蒙山郡。郡东有蒙山，山下有水名蒙水，山下居人亦皆姓蒙。领县三：立山、纯义、东区。"《旧唐书》卷四一［岭南道］："蒙州，隋始安郡之隋化县。武德四年，置南恭州。割荔州之立山、东区、纯义三县分置岭政县。贞观八年，改为蒙州，取州东蒙山为名。十二年，省岭政入立山。天宝元年，改为蒙山郡。乾元元年，复为蒙州。"

【汇评】

　　清·郑方坤《五代诗话》卷八引《留青日札》："南中荣橘柚，宁知鸿雁飞。"许浑云："地蒸川有毒，天暖树无秋。"即谚所谓"树蛮不落叶"也。沈云卿云："南浮涨海人何处，北望衡阳少雁飞。"韩翊云："前临涨海无人过，却望衡阳雁几群。"齐己云："瘴国频闻说，边鸿亦不游。"又唐李明远为潘州司马，即今高州，尝有诗云："北鸟飞不到，南人谁与游。"即谚所谓"雁飞不到处，人被利名牵"者也。

题明公房[1]

　　寺北闻湘浪，窗南见岳云。自然高日用[2]，何要出人群。瓦滴残松雨，炉香匝印文。近年精易道[3]，疑者晓纷纷。

【校勘】

"闻"，乙本作"间"。

"炉香"，甲本作"香炉"。

"近"，丁本作"迎"。

【注释】

[1] 明公：一僧人，生卒年里不详。据此诗，明公居于湘水附近某寺。

[2] 日用：《诗经·小雅·天保》："民之质矣，日用饮食。"后遂指日常生活的费用。此句言明公超逸脱俗，不斤斤于日常琐屑之事。

[3] 易：指《周易》。

寄顾处士[1]

半年离别梦，来往即湖边。两幅关山雪，寻常在眼前。项容藏古翠[2]，张藻卷寒烟[3]。蓝淀图花鸟[4]，时人不惜钱。

【校勘】

"容"，丁本作"客"。

"藻"，丁本作"澡"。

【注释】

[1] 顾处士：生卒年里不详，善画。处士：谓有德才而隐居不愿做官的人。

[2] 项容：唐代画家。《历代名画记》卷一［叙历代能画人名］云"唐二百六人"中有"项容"。《历代名画记》卷十："会稽僧道芬、郑町处士、梁洽处士、天台项容处士、青州吴恬处士，已上并画山水。道芬格高，郑町淡雅，梁洽美秀，项容顽涩，吴恬险巧。……王默师项容。"

[3] 张藻：一作张璪。字文通，吴郡（今江苏苏州）人。代宗、德宗时，为检校祠部员外郎、盐铁判官。坐事贬衡州司马，移忠州。工画树石山水。自云其画"外师造化，中得心源"。著有《绘境》，言画之要诀，已佚。作品有《松石图》、《松竹高僧图》等。《太平广记》卷二一二［张

藻〕："唐张藻衣冠文学，时之名流。松石山水，擅当代名，唯松树特出古今。能用笔，常以手握双管，亦一时齐下。一为生枝，一为枯枝。气傲烟雾，势逾风雨。其槎枿鳞皴之质，随意纵横。生枝则润合春泽，枯枝则干裂秋风。其山水之状，则高低秀绝，咫尺深重。石突欲落，泉喷如吼。其近也逼人而寒，其远也极天之净。图障在人间最多。今宝应寺西院山水松石，具有题记，精巧之迹也。松石山水，并居神品。"

〔4〕淀：浅水湖泊。左思《吴都赋》："掘鲤之淀，盖节之渊。"晋刘逵注："淀者，为渊而浅也。"图：画。

贻徐生[1]

可能东海子[2]，清苦在贫居。扫地无闲客，堆窗有古书。少年犹若此，向老合何如。去岁频相访，今来亦见疏。

【校勘】

"贻徐生"，甲本作"贻（一作赠）徐生"，丁本作"贻余生"。

"亦见"，甲、丙、丁本作"见亦"。

【注释】

〔1〕徐生：姓徐的书生。江苏连云港人。

〔2〕东海：今江苏连云港。《旧唐书》卷三八〔河南道〕之〔海州中〕："海州中，隋东海郡。……天宝元年，以海州为东海郡。……旧领县四：朐山、东海、沭阳、怀仁。……东海，汉赣榆县。武德四年，置环州，领东海、青山、石城、赣榆四县。八年，废环州，仍废青山等三县入东海县，隶海州。县治郁州，四面环海。"

谢虚中上人晚秋见寄[1]

楚外同文在，荆门得信时[2]。几重相别意，一首晚秋诗。日暮山沈雨[3]，莲残水满池。登楼试南望，为子动归思[4]。

【校勘】

"沈"，丙、丁本作"沉"，二字通。

【注释】

［1］虚中：生卒年不详，袁州（宜春）人。与齐己交往较密。事见《唐才子传》卷八本传。又，此诗中云"楚外同文在，荆门得信时。……登楼试南望，为子动归思"，知齐己时在荆州，故此诗作于齐己晚年居荆州期间（921—938）。

［2］荆门：谓今湖北江陵。

［3］沈：又作"沉"。"沈雨"即没于雨水之中。

［4］"登楼"二句：按，虚中居住于湖南，而湖南正在荆州之南，故诗中云"登楼试南望"。又齐己乃潭州长沙县人。孙光宪《白莲集序》："禅师齐己，本胡氏子，实长沙人。"齐己《江上夏日》："故园旧寺临湘水，斑竹烟深越鸟啼。"故诗中云"为子动归思"。

卷 六

寄东林言之禅子[1]

闲思相送后，幽院闭苔钱[2]。使我吟还废，闻君病未痊。听秋惟困坐，怕客但言眠。可惜东窗月，无聊过一年。

【校勘】

"闲"，甲本作"闻"。

"惟"，甲、乙、丙、丁本作"唯"。

"言"，甲、乙、丙、丁本作"佯"。

"聊"，甲、乙、丙、丁本作"寥"。

【注释】

[1] 东林：庐山东林寺。言之：东林寺禅僧。禅子：谓参禅之人。

[2] 苔钱：即青苔。青苔形圆如钱，故称苔钱。

寒节日寄乡友[1]

岁岁逢寒食，寥寥古寺家[2]。踏青思故里[3]，垂白看杨花。原野稀疏雨，江天冷澹霞。沧浪与湘水，归恨共无涯。

【注释】

[1] 寒节日：寒食节。在农历清明前一或二日。《初学记》卷四〔寒

食]："《荆楚岁时记》曰：去冬节一百五日，即有疾风甚雨，谓之寒食。禁火三日，造饧大麦粥。"按，此诗中云"思故里"、"垂白"、"归恨共无涯"，知齐己时在荆州，故此诗作于齐己晚年居荆州期间（921—938）。

[2] 寥寥：寂静、空虚。王昌龄《宴春源》："与君醉失松溪路，山馆寥寥传暝钟。"元稹《周先生》："寥寥空山岑，冷冷风松林。"

[3] 踏青：古代风俗，于春日郊游踏百草。孙思邈《千金月令》："三月三日踏青，上鞋袜。"

闻西蟾从弟卜岩居岳西有寄[1]

瀑布见高低，岩开岩壁西。碧云多旧作，红叶几新题。滴沥中疏磬[2]，嵌空半倚梯。仍闻樵子径[3]，□不到前溪。

【校勘】

"□不到前溪"：《全唐诗补编·续拾》卷五十据影印文渊阁《四库全书》本《白莲集》卷六补录为"总不到前溪"。

【注释】

[1] 西蟾：据《唐诗纪事》卷七五："虚中，宜春人也。游潇湘山水，与齐己、尚颜、栖蟾为诗友。"又僧虚中有《赠屏风岩栖蟾上人》诗，故"西蟾"应为"栖蟾"，俗姓胡（齐己有《寄怀西蟾师弟》云"见说南游远，堪怀我姓同"），齐己从弟。曾住南岳衡山屏风岩。与诗僧齐己、虚中、尚颜、玄泰、诗人沈彬、道士聂师道等为友。唐末曾漫游巴江、江东各地，也曾到过边塞。《全唐诗》卷八四八收其诗一二首。《唐诗纪事》卷七六录其诗六首。卜岩居：卜择岩洞而居。岳西：即南岳衡山之西。按栖蟾有《居南岳怀沈彬》诗，虚中有《赠屏风岩栖蟾上人》诗，则栖蟾居住于南岳衡山之西屏风岩。《说郛》卷四《南岳记》云："南岳周迴八百里，回雁回首，岳麓为足……岩洞罗列，不可胜数。"

[2] 滴沥：水下滴。高适《苦雨寄房四昆季》："滴沥檐宇愁，寥寥谈笑疏。"孟郊《秋怀》："老泣无涕洟，秋露为滴沥。"张籍《奉和舍人叔直省时思琴》："滴沥仙阁漏，肃穆禁池风。"中：应，合乎。寒山《有鸟五色彣》："徐动合礼仪，和鸣中音律。"磬：佛寺中的打击乐器，是早晚课

诵、法会读经或作法时不可或缺的法器。"滴沥中疏磬":即水滴声应和着稀稀疏疏的磬声。

[3] 樵子:即樵夫,打柴的人。宋之问《过蛮洞》:"竹迷樵子径,萍匝钓人家。"卢纶《过楼观李尊师》:"宁知樵子径,得到葛洪家。"白居易《重修香山寺毕,题二十二韵以纪之》:"静闻樵子语,远听棹郎讴。"

寄怀西蟾师弟 （蟾师有"万里八九月,一身西北风"之句）[1]

万里八九月,一身西北风[2]。自从相示后[3],长记在吟中。见说南游远,堪怀我姓同[4]。江边忽得信,回到岳门东。

【校勘】

"姓",丁本作"性"。

【注释】

[1] 西蟾:即僧栖蟾,俗姓胡,齐己从弟。

[2] "万里八九月"二句:此乃栖蟾之名句,出自其《游边》诗:"边云四顾浓,饥马嗅枯丛。万里八九月,一身西北风。偷营天正黑,战地雪多红。昨夜东归梦,桃花暖色中。"

[3] 相示:给人看。

[4] 我姓同:按,齐己俗姓胡,此处云"我姓同",则栖蟾也姓胡。

扑满子[1]

只爱满我腹,争如满害身。到头须扑破,却散与他人。

【注释】

[1] 扑满:蓄钱的瓦器。丢入铜钱只进不出,只有等积满后扑碎了它才可取出。《西京杂记》卷五:"公孙宏以元光五年为国士所推尚为贤良。国人邹长倩以其家贫,少自资致,乃解衣裳以衣之,释所着冠履以与之,又赠以刍一束,素丝一襚,扑满一枚,书题遗之。……扑满者,以土为器,以蓄钱具。其有入窍而无出窍,满则扑之。土,麤物也。钱,重货

也。入而不出，积而不散，故扑之。上有聚敛而不能散者，将有扑满之败，可不诚欤？故赠君扑满一枚。"

寄西川惠光大师昙域[1]

禅月有名子[2]，相知面未曾[3]。笔精垂壁溜，诗涩滴杉冰。蜀国从栖泊[4]，芜城几废兴[5]。忆归应寄梦，东北过金陵[6]。

【注释】

[1] 西川：泛指蜀地。惠光大师：乃前蜀赐给僧昙域之号。昙域：扬州（今属江苏）人。通内外学，戒行精微。师从禅月大师贯休。与齐己相知。齐己居荆南（921—938）时，二人唱酬颇为频繁，如齐己另有《和昙域上人寄赠之什》、《谢西川昙域大师玉箸篆书》诗；昙域有《怀齐己》诗，但二人未及晤面。

[2] 禅月：谓禅月大师贯休。据昙域《禅月集序》，前蜀高祖王建赐贯休号曰"禅月大师"，且"曲加存恤，优异殊常"。《宋高僧传》卷三十《贯休传》："释贯休……弟子劝师入蜀，时王氏将图僭伪，邀四方贤士，得（贯）休甚喜，盛被礼遇，赐赉隆洽，署号禅月大师。"名子：著名的弟子。

[3] 未曾：不曾（从未有过）。此处意谓没有见面过。

[4] 栖泊：栖息停泊。陈子昂《古意题徐令壁》："闻君太平世，栖泊灵台侧。"张说《岳州别姚司马绍之制许归侍》："问君栖泊处，空岭夜猿惊。"

[5] 芜城：即广陵（今江苏扬州）。西汉吴王刘濞都此，筑广陵城。南朝宋竟陵王刘诞据广陵反，兵败死，城邑荒废，鲍照作《芜城赋》讽之，因名芜城。刘长卿《送子婿崔真甫、李穆往扬州四首》之一："芜城春草生，君作扬州客。"韦应物《送槐广落第归扬州》："还期应不远，寒露湿芜城。"

[6] 金陵：即今江苏南京市。谢朓《鼓吹曲》："江南佳丽地，金陵帝王州。"李白《金陵歌送别范宣》："金陵昔时何壮哉！席卷英豪天下来。"

忆别匡山寄彭泽乾昼上人[1]

忆别匡山日，无端是远游[2]。却回看五老[3]，翻悔上孤舟。蹭蹬三千里[4]，蹉跎二十秋[5]。近来空寄梦，时到虎溪头[6]。

【注释】

[1] 匡山：山名，庐山的别称。彭泽：故城在今江西湖口县东。西汉高帝时置，以地有彭蠡泽而得名。陶渊明曾为彭泽令。乾昼上人：居彭泽。与齐己年岁相仿。与贯休、齐己为诗友。

[2] 无端：无因，没有来由，无缘无故。

[3] 五老：即五老峰，是江西庐山南面峰名。

[4] 蹭蹬：谓困顿失意。李白《赠张相镐二首》之二：“晚途未云已，蹭蹬遭谗毁。”韦应物《温泉行》：“可怜蹭蹬失风波，仰天大叫无奈何。”

[5] 蹉跎：虚度光阴。王维《老将行》：“自从弃置便衰朽，世事蹉跎成白首。”李白《五松山送殷淑》：“抚酒惜此月，流光畏蹉跎。”

[6] 虎溪：在江西庐山东林寺前。寺前的虎溪桥（石拱桥），流传着慧远、陶渊明与陆修静三人之间的故事，著名的“虎溪三笑”即出于此。

又寄彭泽昼公[1]

闻君彭泽住，结构近陶公[2]。种菊心相似[3]，尝茶味不同。湖光秋枕上，岳翠夏窗中。八月东林去[4]，吟香菡萏风[5]。

【注释】

[1] 彭泽：故城在今江西湖口县东。西汉高帝时置，以地有彭蠡泽而得名。陶渊明曾为彭泽令。昼公：即僧乾昼，居彭泽。与齐己年岁相仿。与贯休、齐己为诗友。

[2] 陶公：即陶渊明。陶渊明曾为彭泽令。《晋书》卷九四《陶潜传》：“以亲老家贫，起为州祭酒，不堪吏职，少日自解归。州召主簿，不就，躬耕自资，遂抱羸疾。复为镇军、建威参军，谓亲朋曰：‘聊欲弦歌，

以为三径之资可乎?'执事者闻之,以为彭泽令。"

[3]"种菊"句:按,陶渊明喜种菊、采菊、饮菊。其《九日闲居》序云:"余闲居,爱重九之名。秋菊盈园,而持醪靡由,空服九华,寄怀于言。"诗中云:"酒能祛百虑,菊为制颓龄。"《和郭主簿二首》之二:"芳菊开林耀,青松冠严列。怀此真秀姿,卓为霜下杰。"《饮酒》之五:"采菊东篱下,悠然见南山。"之六:"秋菊有佳色,裛露掇其英。泛此忘忧物,远我遗世情。"《归去来兮辞》中云:"三迳就荒,松菊犹存。"

[4]东林:谓庐山东林寺。

[5]菡萏:荷花的别称。

因览支使孙中丞看可准大师诗序有寄[1]

一千篇里选,三百首菁英[2]。玉尺新量出,金刀旧剪成。锦江增古翠[3],仙掌减元精(准公曾以诗遗访司空图于华下)[4]。自此为风格,留传诸后生。

【校勘】

"遗",甲、乙、丙本作"道"。

【注释】

[1]孙中丞:即孙光宪(?—968),字孟文,自号"葆光子",陵州桂平(今四川仁寿)人。按孙光宪约于天福初(936)任荆南副使、试御史中丞。故此诗约作于本年至齐己卒前(938)。可准:唐末五代间诗僧。与齐己为诗友。齐己另有《谢西川可准上人远寄诗集》、《寄普明大师可准》、《和西蜀可准大师远寄之什》诗。

[2]菁英:谓最精美的诗作。芮挺章《国秀集序》:"自开元以来,维天宝三载,谴谪芜秽,登纳菁英,可被管弦者,都为一集。"皮日休《文薮序》:"《离骚》者,文之菁英者,伤于宏奥。"

[3]锦江:又名流江、汶江,俗名府河。在今四川成都南。传说蜀人织锦濯其中则锦色鲜艳,濯于他水,则锦色黯淡。故名锦江。

[4]元精:谓天地的精气。王充《论衡·超奇》:"天禀元气,人受元

精。"杜甫《病柏》："静求元精理，浩荡难倚赖。"唐僖宗《授韦昭度平章事制》："翰林学士承旨银青光禄大夫行尚书兵部侍郎知制诰上柱国韦昭度，诚贯金石，行通神明，气含元精，识洞著蔡。"

新秋病中枕上闻蝉[1]

枕上稍醒醒，忽闻蝉上（一）声。此时知不死，昨日即前生[2]。更欲临窗听，犹难策杖行[3]。寻应同蜕壳[4]，重饮露华清[5]。

【校勘】

"上"，甲、乙、丙、丁本作"一"，当从。

"蜕"，丁本作"脱"。

【注释】

[1] 按，齐己有《荆州新秋病起杂题一十五首》，此组诗作于其 75 岁时，即后晋高祖天福二年（937）秋。此诗题云"新秋病中"，或亦作于同年。

[2] 前生：佛教的轮回说法，称过去的一生为前生，相对于今生、后生而言。又作前世、宿世。寒山《生前大愚痴》："今日如许贫，总是前生作。"白居易《爱咏诗》："坐倚绳床闲自念，前生应是一诗僧。"韩偓《腾腾》："乌帽素餐兼施药，前生多恐是医僧。"

[3] 策杖：扶杖。曹植《苦思行》："策杖从我游，教我要忘言。"白居易《归田三首》之二："策杖田头立，躬亲课仆夫。"

[4] 蜕壳：蝉蜕壳。常用来称有道之人死为尸解登仙，如蝉之蜕壳。贯休《闻赤松舒道士下世》："蜕壳埋金隧，飞精驾锦鸾。"又《经旷禅师院》："再来寻师已蝉蜕，苍卜枝枯醴泉竭。"

[5] 露华：露水。

寄云盖山先禅师[1]

曾寻湘水东，古翠积秋浓。长老禅栖处，半天云盖风（峰）。闲床饶得石，杂树少于松。近有谁堪话，浏阳妙指踪[2]。

【校勘】

"风"，甲、乙、丙、丁本作"峰"，当从。

"话"，甲、丙本作"语"。

"浏"，丁本作"刘"。

【注释】

[1] 云盖山：位于湖南长沙善化县西约三十五公里处，洞庭湖之南。因山上云雾缭绕，故名。先禅师：居于云盖山某寺院。

[2] 浏阳：今湖南浏阳。因境内有浏阳河而得名。《旧唐书》卷四十[长沙郡]："浏阳，吴分长沙置浏阳县，隋废。景龙二年，于故城复置。"

落叶

落多秋亦晚，窗外见诸邻。世上谁惊尽，林间独扫频。萧骚微月夜[1]，重叠早霜晨。昨日繁阴在[2]，莺声树树春。

【注释】

[1] 萧骚：象声词。韦庄《南省伴直》："何事爱留诗客宿，满庭风雨竹萧骚。"薛能《寄河南郑侍郎》："寒窗不可寐，风地叶萧骚。"此处指叶落声。

[2] 繁阴：浓荫，盛荫，谓树叶繁多成荫。

次耒阳作[1]

绕岳复沿湘，衡阳又耒阳。不堪思北客，从此入南荒。旦夕多猿狖[2]，淹留少雪霜[3]。因经杜公墓[4]，惆怅学文章。

【校勘】

"湘"，丁本作"襄（湘）"字。

【注释】

[1] 耒阳：唐时属衡州，治所在今湖南耒阳。《元和郡县图志》卷二

九［江南道五］之［衡州］："耒阳县，本秦县，因耒水在县东为名。"

［2］狖：长尾猿。

［3］淹留：停留、滞留。《离骚》："时缤纷其变易兮，又何可以淹留！"

［4］杜公：即杜甫。杜甫墓在耒阳。罗隐《经耒阳杜工部墓》："紫菊馨香覆楚醪，奠君江畔雨萧骚。旅魂自是才相累，闲骨何妨冢更高。"郑谷《送田光》："耒阳江口春山绿，怅哭应寻杜甫坟。"杜荀鹤《哭陈陶》："耒阳山下伤工部，采石江边吊翰林。"

舟中晚望祝融峰[1]

天际卓寒青[2]，舟中望晚晴。十年关梦寐，此日向峥嵘[3]。巨石凌空黑，飞泉照野明。终当蹑孤顶，坐看白云生。

【校勘】

"野"，甲本作"夜"。

【注释】

［1］祝融峰：南岳衡山七十二峰中的最高峰，在今湖南衡山县西北。

［2］卓：直立。

［3］峥嵘：高峻深远。李白《蜀道难》："剑阁峥嵘而崔嵬，一夫当关，万夫莫开。"

吊杜工部坟[1]

鹏翅蹋于斯[2]，明君知不知。域中诗价大，荒外土坟卑。瘴雨无时滴，蛮风有穴吹。唯应李太白，魂魄往来疲[3]。

【校勘】

"吊杜工部坟"，辛本作"吊杜子美坟"。

"域"，甲本作"〔域〕（城）"，辛本作"城"。

"唯"，戊本作"惟"。

"魂魄"，戊、庚、辛本作"精魄"，己本作"精魂"。

"疲"，丁本作"时（一作飞）"。

【注释】

[1] 杜工部坟：杜甫墓，在湖南耒阳。罗隐有《经耒阳杜工部墓》诗。

[2] 蹋：坠跌，折坠。

[3] "唯应李太白"二句：按，李白墓在安徽当涂。李华《故翰林学士李君墓志》："姑孰东南，青山北址，有唐高士李白之墓。"王士性《广志绎》卷二《两都》："李太白晚依当涂令李阳冰，其族也。故宛陵山川一丘一壑、猿狙之窟、鼋鼍之官，无所不到，赋咏亦多。又其向往谢公，属意青山，生则流连，死而葬之，真见古人风度。"许浑《途经李翰林墓》："至今孤冢在，荆棘楚江湄。"杜荀鹤《哭陈陶》："耒阳山下伤工部，采石江边吊翰林。"当涂离耒阳，路途遥远，故云。

岳中寄殷处士[1]

出岳与入岳，新题寄后题。遍寻僧壁上，多在雁峰西[2]。近说游江寺，将谁话石梯。相思立高巘[3]，山下草萋萋[4]。

【校勘】

"新"，甲、乙、丙、丁本作"前"。

"寄"，甲、乙、丙本作"继"。

【注释】

[1] 岳：指南岳衡山。殷处士：不详。遍游衡山诸寺。处士：谓有德才而隐居不愿做官的人。

[2] 雁峰：即回雁峰，在湖南衡阳市南，为衡山七十二峰之首，谓峰势如雁之回旋也。相传雁至衡阳不过，遇春而回。元稹《哭吕衡州六首》之五："回雁峰前雁，春回尽却回。"

[3] 巘：山峰，山顶。

[4] 萋萋：草木茂盛貌。王维《听百舌鸟》："上兰门外草萋萋，未央宫中花里栖。"刘长卿《长沙桓王墓下别李纾、张南史》："长沙千载后，春草独萋萋。"

送幽禅师[1]

霜繁野叶飞，长老卷行衣[2]。浮世不知处，白云相待归。磬和天籁响[3]，禅助岳神威。莫使言长往，劳生待发机[4]。

【校勘】

"助"，甲、乙、丙、丁本作"动"。

"使"，甲、丙、丁本作"便"。

【注释】

[1] 幽禅师：生卒年里不详。经常云游四方。

[2] 长老：谓年龄长而法腊高，智德俱优之大比丘。

[3] 磬：佛寺中的打击乐器，是早晚课诵、法会读经或作法时不可或缺的法器。

[4] 劳生：谓辛劳的一生。《庄子·大宗师》："夫大块载我以形，劳我以生，佚我以老，息我以死。"

〔观〕烧

猎猎寒芜引[1]，承风势不还。放来应有主，焚去到何山。焰入空濛里，烟飞苍莽间。石中有良玉，惆怅但伤颜。

【校勘】

甲、乙本诗题作"观烧"，当从。

"猎猎"，丁本作"腊猎"。

"承"，丁本作"乘"。

"苍莽"，丁本作"莽苍"。

【注释】

[1] 芜：指长满野草的荒地。

咏茶十二韵

　　百草让为灵，功先百草成。甘传天下口，贵占火前名[1]。出处春无雁，收时谷有莺。封题从泽国，贡献入秦京。嗅觉精新极，尝知骨自轻。研通天柱响[2]，摘绕蜀山明。赋客秋吟起，禅师昼卧惊。角开香满室，炉动绿凝铛[3]。晚忆凉泉对，闲思异果并。松黄干旋泛，云母滑随倾[4]。颇贵高人寄，尤宜别匦盛[5]。曾寻修事法，妙尽陆先生[6]。

【校勘】

"并"，甲、丙本作"平"。

【注释】

[1] 火前：茶名，即火前茶。宋·王观国《学林新编·茶诗》："茶之佳品，摘造在社前。其次则火前，谓寒食前也。其下则雨前，谓谷雨前也。佳品其色白。若碧绿者，乃常品也。……齐己《茶》诗曰：'甘传天下口，贵占火前名。'又曰：'高人爱惜藏岩里，白瓿封题寄火前。'……凡此皆言火前，盖未知社前之品为佳也。"《蔡宽夫诗话》："唐以前茶，惟贵蜀中所产。……唐茶品虽多，亦以蜀茶为重。然惟湖州紫笋入贡。每岁以清明日贡到，先荐宗庙，然后分赐近臣。"白居易《谢李六郎中寄新蜀茶》："红纸一封书后信，绿芽十片火前春。"韩偓《己巳年正月十二日自沙县抵邵武军将谋抚信之行到才一夕闻相急脚相召却请赴沙县郊外泊船偶成一篇》："数醆绿醅桑落酒，一瓯香沫火前茶。"

[2] 研：研磨。

[3] "角开"二句："铛"乃温酒、茶等的器皿。《学林新编·茶诗》："齐己诗：'角开香满室，炉动绿凝铛。'丁谓诗曰：'末细烹还好，铛新味更全。'此皆煎啜之也。煎啜之者，非佳品也。"

[4] 云母：一种矿石。古人以为此石为云之根，故名。此矿石可切为片，薄者透光，可为镜屏。

[5] 匦：同"柜"，大型藏物器。

[6] 陆先生：即陆羽（733—?），字鸿渐，复州竟陵（今湖北天门）人。唐代中叶著名的隐士。于茶道尤精。著《茶经》三卷，后人奉为茶仙。

寄阳岐西峰僧[1]

西峰残照东，瀑布洒冥鸿[2]。闲忆高窗外，秋晴万里空。藤阴藏石磴[3]，衣毳落杉风[4]。日有谁来觅，层层鸟道中。

【校勘】

"阳岐"，丁本作"杨岐"。

【注释】

[1] 阳岐：不详。

[2] 冥鸿：高飞的鸿雁。李贺《高轩过》："我今垂翅附冥鸿，他日不羞蛇作龙。"

[3] 磴：石阶。

[4] 衣毳：即毳衣，以鸟毛所织之衣。

回雁峰[1]

瘴雨过屏颜[2]，危边有径盘。壮堪扶寿岳，灵合置仙坛。影北鸿声乱，青南客道难。他年思隐遁，何处凭阑干。

【注释】

[1] 回雁峰：在湖南衡阳市南，为衡山七十二峰之首，谓峰势如雁之回旋也。相传雁至衡阳不过，遇春而回，唐宋以来，诗人遂以为故实。

[2] 屏颜：同"巉岩"，高峻貌。李商隐《荆山》："压河连华势屏颜，鸟没云归一望间。"张丛《游东观山》："岩岫碧屏颜，灵踪若可攀。"

赠询公上人[1]

威仪何贵重[2]，一室贮冰清。终日松杉径，自多虫蚁行。像前孤立影，钟外数珠声。知悟修来事，今为第几生[3]。

【校勘】

"冰"，甲、丙本作"水"。

【注释】

[1] 询公上人：生卒年里不详，持律甚严。

[2] 威仪：谓行住坐卧皆有威德和仪则，见之能起崇仰畏敬之念的仪容。佛门中戒律甚多，异于在家众。故诸经论有"三千威仪，八万律仪"、"僧有三千威仪，六万细行；尼有八万律仪，十二万细行"等说。

[3] 生：指生存、生涯等意。即反覆生死，经过多次之生，称为多生。佛教常言三生，即前生、今生、后生。前生，又作前世、宿世。即过去之生涯。今生，又作现世、现生。即现在之生涯。后生，又作后世、来世、来生。即未来之生涯。

秋兴

所见背时情，闲行亦独行。晚凉思水石，危阁望峥嵘[1]。雨外残云片，风中乱叶声。旧山吟友在，相忆梦应清。

【注释】

[1] 峥嵘：此指高峻深远之地。韦应物《善福阁对雨，寄李儋幼遐》："飞阁凌太虚，晨跻郁峥嵘。"韩愈《奉和裴相公东征途经女几山下作》："敢请相公平贼后，暂携诸吏上峥嵘。"

古寺老松

百岁禅师说，先师指此松。小年行道绕，早见偃枝重[1]。月槛移孤影，秋庭卓一峰[2]。终当因夜电，拏攫便云龙[3]。

【校勘】

"庭"，甲、乙、丙、丁本作"亭"。

"便"，甲、乙、丙本作"从"。

【注释】

[1] 偃：倒。

[2] 卓：直立。

[3] 拏攫：搏斗。张彦远《法书要录》卷四《文字论》："以筋骨立形，以神情润色。虽迹在尘壤，而志出云霄。灵变无常，务于飞动。或若擒虎豹，有强梁拏攫之形；执蛟螭，见蚴蟉盘旋之势。"

题无余处士书斋[1]

闲地从莎藓[2]，谁人爱此心。琴棋怀客远，风雪闭门深。枕外江滩响，窗西树石阴。他年衡岳寺[3]，为我一相寻。

【校勘】

"岳"，丁本作"石"。

【注释】

[1] 无余处士：不详，隐居湖南。处士：谓有德才而隐居不愿做官的人。

[2] 莎藓：莎草和苔藓，皆生长在潮湿地带。

[3] 衡岳：即南岳衡山。因衡山为五岳之一的南岳，故称。

岁暮江寺住[1]

山依枯槁容，何处见年终。风雪军城外，蒹葭古寺中[2]。孤村谁认磬[3]，极浦夜鸣鸿[4]。坐忆匡庐隐[5]，泉声滴半空。

【注释】

[1] 江寺：指荆州龙兴寺。此诗中云"枯槁容"、"坐忆匡庐隐"，知齐己时已老年，故此诗作于齐己晚年居荆州期间（921—938）。

[2] 蒹葭：即芦荻。《诗经·秦风·蒹葭》："蒹葭苍苍，白露为霜。"王昌龄《巴陵送李十二》："山长不见秋城色，日暮蒹葭空水云。"

[3] 磬：佛寺中的打击乐器。

[4] 极浦：遥远的水边。屈原《湘君》："望涔阳兮极浦，横大江兮扬灵。"谢灵运《山居赋》："入极浦而遭回，迷不知其所适。"柳宗元《茅檐下始栽竹》："萧瑟过极浦，旖旎附幽墀。"

[5] 匡庐：即庐山。

新燕

楼托近佳人，应怜巧语新。风光华屋暖，弦管牡丹晨。远采江泥腻，双飞麦雨匀。差池自有便[1]，敢触杏梁尘。

【校勘】

"楼"，甲、乙、丙、丁本作"栖"。

"巧"，丁本作"切"。

"敢"，丁本作"听"。

【注释】

[1] 差池：不齐貌。《诗经·邶风·燕燕》："燕燕于飞，差池其羽。"韦应物《送洛阳韩丞东游》："顾我差池羽，咬咬怀好音。"

喻吟

日用是何专，吟疲即坐禅[1]。此生还可喜，馀事不相便[2]。头白无邪里，魂清有象先。江花与芳草，莫染我情田[3]。

【注释】

[1]"日用"二句：言齐己苦吟情态。按，齐己爱吟，"少小即怀风雅情"，"冥搜从少小"，"戒律之外，颇好吟咏"，以至于被人戏称为"诗囊"。其诗多有言及自己苦吟之态的，如《爱吟》中云"正堪凝思掩禅扃，又被诗魔恼竺卿"；《寄郑谷郎中》中云"还应笑我降心外，惹得诗魔助佛魔"；《遣怀》中云"余生岂必虚抛掷，未死何妨乐咏吟"等等。

[2]"此生"二句：言齐己酷爱诗歌。同样的诗句还有"余生终此道，

万事尽浮云"(《寄南徐刘员外二首》);"余生消息外，只合听诗魔"(《喜乾昼上人远相访》);"万事皆可了，有诗门最深"(《答陈秀才》);"出世朝天俱未得，不妨还往有风骚"(《与崔校书静话言怀》);"无惭孤圣代，赋咏有诗歌"(《夏日作》);"死也何忧恼，生而有咏歌"(《示诸侄》);"下世无遗恨，传家有大诗"(《哭郑谷郎中》)。

[3] 情田：心田、心地。情感发自于内心，故名。

过湘江唐宏书斋[1]

四邻无俗迹，终日大开门。水晓来边雁，林秋下楚猿。一家谁难在，双眼向书昏。况近骚人庙[2]，吟应是古魂。

【校勘】

"宏"，甲本作"弘"。

"晓"，甲、乙、丙、丁本作"晚"。

"谁"，甲、乙、丙、丁本作"随"。

"况"，甲本作"沈"。

"是"，甲、丙、丁本作"见"。

"魂"，乙本作"坟"。

【注释】

[1] 唐宏：生卒年里不详，避难于湘江。

[2] 骚人：谓屈原。

读贾岛集[1]

遗编三百首，首首是遗冤。知到千年外，更逢何者论。离秦空得罪，入蜀但听猿。还似长沙祖，惟馀赋鵩言[2]。

【校勘】

"编"，甲、乙、丙、丁本作"篇"。

"惟"，甲、乙、丙、丁本作"唯"。

【注释】

[1] 贾岛集：《新唐书·艺文志》著录贾岛《长江集》十卷、《小集》三卷、《诗格》（《宋史·艺文志》题为《诗格密旨》；《直斋书录解题》和《文献通考》题作《二南密旨》）一卷。今传《贾长江集》十卷。此处"贾岛集"指贾岛诗集。

[2] "还似"二句：贾谊曾为长沙王太傅，居长沙四年。贾谊擅长辞赋，著有《鵩鸟赋》等。

寄山中诸友[1]

自归城里寺，长忆宿山门。终夜冥心客，诸峰叫月猿。岚光生眼力，泉滴爽吟魂。只待游方遍[2]，还来扫树根。

【注释】

[1] 按，此诗中云"自归城里寺"，知齐己时居荆州，故此诗作于齐己晚年居荆州期间（921—938）。

[2] 游方：谓云游四方。又作行脚。

怀终南僧[1]

扰扰二京尘，何门是了因[2]。万重千叠嶂，一去不来人。鸟道春残雪，萝龛昼定身。寥寥石窗外[3]，天籁动衣巾。

【校勘】

"二"，甲本作"一"。

【注释】

[1] 终南：谓终南山，在陕西西安市南。

[2] 了：了结，结束。

[3] 寥寥：空阔，空虚。潘岳《寡妇赋》："仰神宇之寥寥兮，瞻灵衣之披披。"

送二友生归宜阳[1]

二生俱我友，清苦辈流稀[2]。旧国居相近，孤帆秋共归。残阳沙鸟乱，疏雨岛枫飞。几宿多山处，猿啼烛影微。

【注释】

[1] 友生：即朋友。《诗经·小雅·常棣》："虽有兄弟，不如友生。"贾岛《寄刘栖楚》："友生去更远，来书绝如焚。"宜阳：在今江西宜春市。《通典》卷一八二［州郡十二］之［宜春郡］："宜春，汉旧县。晋改曰宜阳，隋复旧。"《太平寰宇记》卷一〇九［袁州宜春郡］："晋太康元年平吴，改宜春为宜阳。"

[2] 辈流：同辈人。

怀从弟[1]

孤窗烛影微，何事阻吟思。兄弟断消息，山川长路岐[2]。月沈栖鹤岛，霜著叫猿枝。可想为怀抱，多愁多难时。

【校勘】

"月"，甲、乙、丙本作"日"。

"岛"，甲、乙、丙本作"坞"。

【注释】

[1] 按，此诗中云"兄弟断消息，山川长路岐"，又云"多愁多难时"，诗有感于唐末战乱，当作于广明乱后期间，即880年后数年间。

[2] 路岐：本指大道上分出许多小路。"岐"同"歧"。《列子·说符》："杨子之邻人亡羊……杨子曰：'嘻！亡一羊，何追之者众？'曰：'多歧路。'既反，问：'获羊乎？'曰：'亡之矣。'曰：'奚亡之？'曰：'歧路之中又有歧焉，吾不知所之，所以反也。'"白居易《寄唐生》："贾谊哭时事，阮籍哭路岐。"刘禹锡《酬皇甫十少尹暮秋久雨喜晴有怀见示》："扫开云雾呈光景，流尽潢污见路岐。"此处比喻政局动荡不安。

岳阳道中作[1]

客思寻常动[2]，未如今断魂。路岐经乱后[3]，风雪少人邨。大泽鸣寒雁，千峰啼昼猿。争教此时白，不上鬓髯根。

【校勘】

"如"，丁本作"知"。

"邨"，甲、乙、丙、丁本作"村"。

【注释】

[1] 岳阳：今湖南省岳阳市。

[2] 寻常：平常。白居易《除夜寄微之》："家山泉石寻常忆，世路风波子细谙。"韩偓《六月十七日召对自辰及申方归本院》："花应洞里寻常发，日向壶中特地长。"

[3] 路岐：本指大道上分出许多小路。此处比喻政局动荡不安。

赴郑谷郎中招游龙兴观读题诗板谒七贞（真）仪像因有十八韵[1]

何处陪游胜，龙兴古观时。《诗》悬《大雅》作，殿礼七贞（真）仪。远继周南美[2]，弥旌拱北思。雄才垂朴略，后辈仰箴规[3]。对坐茵花暖，偕行藓阵隳。僧〔绦〕初学结，朝服久慵披。到处琴棋傍，登楼笔研（砚）随。论禅忘视听，谭老极希夷[4]。照日江光远，遮轩桧影敧[5]。触鞋松子响，窥立鹤雏痴。始贵茶巡爽，终怜酒散迟。放怀还把杖，憩石或搘颐[6]。眺远凝清眄[7]，吟高动白髭[8]。风鹏心不小，蒿雀志徒卑[9]。顾我专无作，于身忘有为。叨因五字解，每忝重言期[10]。舍此应休也，何人更赏之。淹留仙境晚[11]，回骑雪风吹。

【校勘】

"板"，甲本作"〔板〕（坂）"。

"贞"，甲、乙、丙本作"真"，当从。

"才"，甲、丙本作"方"。

"僧〔缘〕"，据甲本补，乙、丙本作"僧条"。

"研"，甲、乙、丙本作"砚"，当从。

"晚"，乙本作"晓"。

【注释】

[1] 郑谷：即郑谷，字守愚，袁州宜春（今属江西）人。按，郑谷于乾宁四年（897）任都官郎中，并终于此任，故称"郑谷郎中"。据赵昌平《郑谷年谱》、傅义《郑谷年谱》、傅璇琮等《唐才子传校笺》，末帝天祐二年（905），郑谷退居江西宜春，齐己自衡岳往袁州（宜春郡）拜谒郑谷。又齐己有《戊辰岁湘中寄郑谷郎中》诗，戊辰岁即后梁太祖开平二年（908），则齐己于开平二年已经回到湘中，则齐己去袁州拜访郑谷时间当为天祐二年（905）至后梁太祖开平二年（908）之间。此诗中云"朝服久慵披"，则此时郑谷已归隐。诗题云"赴郑谷郎中招游龙兴观读题诗板谒七贞（真）仪像因有十八韵"，故当作于 905 年至 908 年期间。七贞（真）：道教尊崇的七位真人——汉茅盈、茅固、茅衷兄弟、东晋许穆、许翙父子、杨羲、唐代郭崇真。陆龟蒙《和袭美江南道中怀茅山广文南阳博士三首次韵》之一："一片轻帆背夕阳，望三峰拜七真堂。"自注云："三茅、二许、一杨、一郭，是为七真。"顾况《步虚词》："迥步游三洞，清心礼七真。"

[2] 周南：即《诗经·周南》，《国风》之一，收录今陕西、河南、湖北之交的土风民谣，多颂扬周德化及南方。古人视之为诗教典范。贯休《和毛学士舍人早春》："丹心空拱北，新作继周南。"柳冕《答孟判官论宇文生评史官书》："于是叙书即起《尧典》，称乐则美《韶武》，论诗即始《周南》，修《春秋》则绳以文武之道。"

[3] 箴规：规谏。孟郊《劝友》："人生静躁殊，莫厌相箴规。"李景伯《回波乐》："回波尔时酒后，微臣职在箴规。"

[4] 谭：同"谈"。老：谓《老子》。希夷：无声曰希，无色曰夷。形容虚寂微妙。《老子》："视之不见名曰夷，听之不闻名曰希。"李中《访洞神宫邵道者不遇》："闲来仙观问希夷，云满星坛水满池。"

[5] 桧：桧柏，也叫圆柏。俗称子孙柏。常绿乔木，幼树的叶子像针，大树的叶子像鳞片，雌雄异株，果实球形。木材桃红色，有香气。

欹：倾斜。崔橹《莲花》："影欹晴浪势欹烟，恨态缄言日抵年。"畅当《偶宴西蜀摩诃池》："荫簟流光冷，凝簪照影欹。"

[6] 搘颐：支颐，用手托着脸颊。王维《赠东岳焦炼师》："搘颐问樵客，世上复何如？"贾岛《过杨道士居》："叩齿坐明月，支颐望白云。"

[7] 眕：斜着眼睛看。

[8] 髭：唇上边的髯子。唇上曰髭，唇下曰鬖。白髭：唇上边的白髯子，此处泛指白髯鬖。

[9] "风鹏"二句：语出《庄子·逍遥游》："有鸟焉，其名为鹏，背若泰山，翼若垂天之云；抟扶摇羊角而上者九万里，绝云气，负青天，然后图南，且适南冥也。斥鴳笑之曰：'彼且奚适也！我腾跃而上，不过数仞而下，翱翔蓬蒿之间，此亦飞之至也。而彼且奚适也！'此小大之辩也。"

[10] 忝：自谦之词，意谓羞愧、有愧于。

[11] 淹留：停留、滞留。《离骚》："时缤纷其变易兮，又何可以淹留！"

书李秀才壁[1]

干戈阻上书，南国寄贫居。旧里荒应尽[2]，新年病未除。窗风连岛树，门径接邻蔬。我有闲来约，相看雪满株。

【校勘】

"上书"，甲、丙本作"上日"。

"株"，甲本作"〔株〕（殊）"，乙、丙本作"殊"。

【注释】

[1] 李秀才：齐己另有《送李秀才归湘中》诗，知李秀才为湖南人，曾去荆州访齐己。又《送李秀才归湘中》诗中云"词客携文访病夫。……寒消浦溆催鸿雁，暖入溪山养鹧鸪"；此诗中云"新年病未除"，皆云及齐己之病，故二诗当作于同时，即皆作于齐己晚年居荆州期间（921—938）。

[2] 旧里：旧居。

闻尚颜下世[1]

岳僧传的信，闻在麓山亡[2]。群有为诗客，谁来吊影堂[3]。梦休寻灞浐[4]，迹已绝潇湘[5]。远忆同吟石，新秋桧柏凉[6]。

【校勘】

"群"，甲、乙、丙、丁本作"郡"。

"吊"，甲本作"一"。

"石"，丁本作"日（一作石）"。

【注释】

[1] 尚颜：字茂圣，俗姓薛，唐尚书薛能之宗人。与齐己交往密切，齐己另有《寄尚颜》、《闻尚颜上人创居有寄》、《酬尚颜》、《酬尚颜上人》、《春寄尚颜》诗。下世：谓去世。据齐己《酬尚颜上人》"紫绶苍髭百岁侵"，知尚颜去世时年近百岁。

[2] 麓山：即今湖南长沙市西岳麓山。

[3] 影堂：指安置宗祖或高僧影像之堂宇。又称祖堂、祖殿、大师堂、开山堂。

[4] 灞浐：灞水、浐水，皆为渭河支流。灞水，一作霸水，源出蓝田，西北流，在长安东入渭河；浐水，在灞水之西，北流，汇入灞水。《水经注》卷十九［渭河］载："霸者，水上地名也。古曰滋水矣。秦穆公霸世，更名滋水为霸水，以显霸功。水出蓝田县蓝田谷，所谓多玉者也。"《史记》卷一一七《司马相如传·上林赋》："终始灞浐，出入泾渭。"注云："浐亦出蓝田谷，北至霸陵入灞。"《史记·封禅书》："霸、产、长水、沣、泾、渭，皆非大川，以近咸阳，尽得比山河祠，而无诸加。"《括地志》云："灞水，古滋水也。亦名蓝谷水，即秦岭水之下流，在雍州蓝田县。浐水即荆溪狗枷之下流也，在雍州万年县。"玄宗《致祭泾渭灞浐等水诏》："五材并用，时表上灵，八水分流，实称善利。京师奥壤，秦甸王畿，灞、浐通于泾、渭，涝潏汇于沣、滈，蓄泄雷雨，滋育稼穑，虽惠泽已及于蒸民，而虔诚犹阙于祀典，聿崇精享，庶达明神。其泾、渭、灞、浐等分水，宜令礼仪使左庶子韦述取今月二十九日一时备礼致祭。"此诗

中"灞浐"借指京城长安一带。

　　[5] 潇湘：潇水、湘水。此处泛指湖南地区。

　　[6] 桧柏：也叫圆柏。俗称子孙柏。

蔷薇

　　根本似玫瑰[1]，繁英刺外开[2]。香高丛有架，红落地多苔。去住闲人看，晴明远蝶来。牡丹先几日，销歇向尘埃。

【注释】

　　[1] 根本：本下曰根，木下曰本。根本指草木的根茎。

　　[2] 刾：同"刺"。

送隆公上人[1]

　　独携谈柄去[2]，千里指人寰[3]。未断生徒望[4]，难教白日闲。空江横落照，大府向西山。好聘陈那孔[5]，谁云劫石顽[6]。

【校勘】

"聘"，甲、乙、丙本作"骋"。

【注释】

　　[1] 隆公上人：一僧人，生卒年里不详。

　　[2] 谈柄：拂尘，讲论时执于手中，指挥以为谈助。秦系《秋日过僧惟则故院》："门人失谭柄，野鸟上禅床。"罗隐《王夷甫》："莫言麈尾清谭柄，坏却淳风是此人。"

　　[3] 人寰：人世间。刘禹锡《谒柱山会禅师》："吾师得真如，寄在人寰内。"

　　[4] 生徒：学生，门徒。贯休《赠抱麻刘舍人》："生徒希匠化，寰海仰经纶。"

　　[5] 陈那：印度瑜伽行派论师。又称域龙、大域龙。据说是世亲（320—400）晚年的弟子。陈那是新因明的创始人，在因明学上留有不朽

的功绩，后人称为"中世纪印度正理学之父"。孔：孔子。此处言陈那在佛教史上的地位犹如孔圣人的地位，当然也是齐己对隆公上人的揄扬。

[6]"谁云劫石"句：意谓顽石点头，即头脑如顽石的弟子们也会因隆公上人的指拨而点头。相传竺道生曾于江苏虎丘山聚石为徒，阐述"阐提成佛"之说，感群石点头，后世遂有"生公说法，顽石点头"之美谈。

宿简寂观[1]

万壑云霞影，千年松桧声。如何教下士，容易信长生。月共虚无白，香和沆瀣清[2]。闲寻古廊画，记得列仙名。

【校勘】

"年"，辛本作"峰"。

"桧"，丁、辛本作"桂"。

【注释】

[1] 简寂观：在庐山。陈舜俞《庐山记》卷二［叙山南篇第三］："由先天至太虚简寂观二里，宋陆先生之隐居也。先生名修静，吴兴东迁人。元嘉末，因市药京邑，文帝素钦其风，作停霞宝辇，使左仆射徐湛宣旨留之。先生固辞，遂游江汉。……大明五年，始置馆庐山。……赐谥简寂先生，始以故居为简寂观。……观在白云峰之下，其间一峰独出而秀卓者曰紫霄峰。故张祜诗曰：'紫霄峰下草堂仙，千载空遗石磬悬。'"

[2] 沆瀣：夜间的水气。屈原《远游》："餐六气而饮沆瀣兮，漱正阳而含朝霞。"王逸注引《陵阳子孙明经》："冬饮沆瀣，沆瀣者，北方夜半气也。"

遇元上人[1]

七泽过名山[2]，相逢黄落残。杉松开寺晚，泉月话心寒。祖遍诸方礼[3]，经曾几处看。应怀出家院，紫阁近长安。

【校勘】

"落"，甲本作"落（一作叶）"。

"祖"，丁本作"衵"，误。

【注释】

[1] 元上人：生卒年不详。此诗中云"应怀出家院，紫阁近长安"，则元上人或为陕西人，幼出家于长安附近某寺院。

[2] 七泽：指古时楚地诸湖泊。其中尤以云梦泽最为著名。《史记·司马相如传》之《子虚赋》："臣闻楚有七泽，尝见其一，未睹其余也。臣之所见，盖特其小小者耳，名曰云梦。云梦者，方九百里，其中有山焉。"

[3] 礼：礼拜，朝拜。

早梅

万木冻欲折，孤根暖独回。前村深雪里，昨夜一枝开。风递幽香去[1]，禽窥素艳来。明年尤应律[2]，先发映春台。

【校勘】

"冻"，庚本作"冬"。

"递"，乙本作"透"。

"去"，甲本作"去（一作出）"，丁本作"出（一作去）"，戊、己本作"出"。

"尤"，甲本作"如（一作犹）"，丁、戊、己、庚、辛本作"如"，丙本作"犹"。

"映"，丁本作"望（一作映）"，辛本作"映（一作望）"。

【注释】

[1] 递：飘送。

[2] 律：万物生长的周期、自然节候的规律。

【汇评】

《五代史补》：时郑谷在袁州，齐己因携所为诗往谒焉。有《早梅》诗曰："前村深雪里，昨夜数枝开。"谷笑谓："数枝非'早'也，不如'一枝’则佳。”齐己蹶然，不觉兼三衣叩地膜拜。自是士林以谷为齐己“一字之师”。

《瀛奎律髓》：寻常只将前四句作绝读，其实二十字绝妙，五六亦幽致。

《唐诗选脉会通评林》：周珽曰：此与《听泉》篇可称咏物之矫矫者。

《唐诗别裁集》：三四格胜，五六只是凡语。

《唐诗笺注》：气格矫健，绝不似僧家寒俭光景，宜其为少陵所赏识也。

《网师园唐诗笺》：方外人乃有此领会（“前村”二句下）。

《瀛奎律髓汇评》：冯班：方君云“二十字绝妙”，然气格未完，住不得。……又云：出色。……查慎行：造意、造语俱佳。……纪昀：起四句极有神力，五六亦可，七八则辞意并竭矣。

《历代诗发》：幽洁，自为写照。（以上俱见陈伯海《唐诗汇评》第三一二〇至三一二一页）

听泉

落石几万仞[1]，远声飘冷空。高秋初雨后，半夜乱山中。只有照壁月，更无吹叶风。几曾庐岳听[2]，到晓与僧同。

【校勘】

“远”，甲本作“冷（一作远）”。

“冷”，甲本作“远（一作冷）”。

“照”，丁本作“煦”。

“几”，甲本作“几（一作昔）”，丁、戊、己、庚本作“省”。

“晚”，甲、乙、丙、丁、戊、己本作“晓”。

【注释】

[1] 万仞：“仞”乃长度单位。古时一般称八尺或七尺为一仞。万仞指极高极长。白居易《初入峡有感》：“上有万仞山，下有千丈水。”李颀《送刘四赴夏县》：“九霄特立红鸾姿，万仞孤生玉树枝。”

[2] 庐岳：即庐山，位于今江西九江市南，鄱阳湖西岸。

【汇评】

《对床夜语》：齐己云："只有照壁月，更无吹叶风"、"湘水泻秋碧，古风吹太清"……亦足以见其清苦之致。

《唐诗归》：钟云：二语妙在不是说月与风，却是说泉，孤深在目（"只有"二句下）。

《唐诗选脉会通评林》：唐汝询曰：起峻爽，结想头几穷。……纵观唐人咏泉诗，多有入妙者，如储光羲、刘长卿、张籍、刘得仁、齐己等作，俱以静远幽厚，发为清响。若此诗五六，结思沉细，即刘得仁《听夜泉》"寒助空山月，复畏有风生"，皆借神风月有味，尤（犹）不及此二语，一片真气在内。

《唐诗摘钞》：首二语已将本题尽情说透，以后只从题外层出，此前紧后松法也。（以上俱见陈伯海《唐诗汇评》第三一二一页）

送孙逸人归庐山[1]

独自担琴鹤，还归瀑布东。逍遥非俗趣，杨柳谩春风[2]。草绕村程绿，花盘石磴红。他时许相觅，五老乱云中[3]。

【注释】

[1] 孙逸人：隐居庐山。"逸人"即隐士。庐山：在今江西九江市南，鄱阳湖西岸。《元和郡县图志》卷二八［江南道四］浔阳县下："庐山，在县东三十二里。本名鄣山，昔匡俗字子孝，隐沦潜景，庐于此山，汉武帝拜为大明公，俗号庐君，故山取号。周环五百余里。"《艺文类聚》卷七［山部上］之［庐山］："伏滔《游庐山序》曰：庐山者，江阳之名岳，其大形也，背岷流，面彭蠡，蟠根所据，亘数百里。重岭桀嶂，仰插云日，俯瞰川湖之流焉。"

[2] 谩：通"漫"，广泛，遍布。

[3] 五老：即五老峰，是江西庐山南面峰名。

听李尊师弹琴[1]

仙子弄瑶琴[2]，仙山松月深。此声含太古，谁听到无心。洒石霜千片，喷崖泉万寻。何人传指法，携向海中岑[3]。

【校勘】

丁本诗题作"听李先生琴"。

"松"，甲本作"松（一作杉）"，丁本作"杉"。

"崖"，甲本作"崖（一作空）"，丁本作"空"。

"泉"，甲本作"泉（一作瀑）"，丁本作"瀑"。

"携"，乙本作"担"。

【注释】

[1] 李尊师：齐己另有《舟中江上望玉梁山怀李尊师》。李尊师，生卒年里不详，隐居玉梁山。尊师是对道士的敬称。

[2] 瑶琴：有玉饰的琴。鲍照《拟古》之七："明镜尘匣中，瑶琴生网罗。"王昌龄《和振上人秋夜怀士会》："瑶琴多远思，更为客中弹。"

[3] 岑：小而高的山。

寄武陵微上人[1]

善卷台边寺[2]，松筼绕祖堂。秋声度风雨，晓色遍沧浪。白石同谁坐，清吟过我狂。近闻为古律，雅道更重光。

【注释】

[1] 武陵：县名，治所在今湖南常德。微上人：按，齐己有《谢贯微上人寄示古风今体四轴》、《寄武陵贯微上人二首》等诗。"武陵微上人"当即"武陵贯微上人"。贯微，又作贯徽。韶阳（今广东曲江县）人。与齐己（864—938）年岁相仿。曾被赐紫。居武陵，曾入马希振幕府为客。与齐己为诗友，二人诗歌酬唱极为频繁。除此诗外，齐己另有《拟嵇康绝交寄湘中贯微》、《荆州寄贯微上人》、《荆门病中寄怀贯微上人》、《酬微上

人》、《韶阳微公》等诗。

[2] 善卷：传说为上古隐者，与许由齐名。尧、舜时期的主要高士之一，山东郓城人，以德著称。《庄子·让王》："舜以天下让善卷，善卷曰：'余立于宇宙之中，冬日衣皮毛，夏日衣葛絺；春耕种，形足以劳动；秋收敛，身足以休食；日出而作，日入而息，逍遥于天地之间而心意自得。吾何以天下为哉！悲夫，子之不知余也！'遂不受。于是去而入深山，莫知其处。"《吕氏春秋·慎大览》："尧不以帝见善绻，北面而问焉。尧，天子也；善绻，布衣也。何故礼之若此其甚也？善绻，得道之士也。得道之人，不可骄也。尧论其德行达智而弗若，故北面而问焉。此之谓至公。非至公其孰能礼贤？"事又见《高士传》卷上。善卷台：即善卷坛。刘禹锡《善卷坛下作》诗题后注云："在柱山上。"《方舆胜览》卷三十［常德府］："武陵县东十五里柱山之上有善卷坛。"宋李焘《善卷坛记》："（武陵）在隋则刺史樊子盖慕卷之德，改此山为善德山，名坛宇曰善德观……今坛宇虽不存，而碑碣尚无恙。"

匡山寓居栖公[1]

外物尽已外，闲游且自由。好山逢过夏[2]，无事住经秋。树影残阳寺，茶香古石楼。何时定休讲，归嗽虎溪流[3]。

【校勘】

"且"，丁本作"亦"。

"嗽"，甲、乙、丙、丁本作"漱"。

【注释】

[1] 匡山：山名，即江西庐山的别称。栖公：指僧栖隐，俗姓徐，字巨征。事见《宋高僧传·栖隐传》。栖隐少时出家为僧。广明间避黄巢寇入庐山折桂峰，大概是依靠僧修睦。

[2] 过夏：谓过"夏安居"。

[3] 虎溪：在江西庐山东林寺前。寺前的虎溪桥（石拱桥），流传着慧远、陶渊明与陆修静三人之间的故事，著名的"虎溪三笑"即出于此。

湘西道林寺陶太尉井[1]

太尉遗孤井，寒澄七百年。未闻陵谷变[2]，终与姓名传。影浸无风树，光含有月天。林僧晓来此，满汲洒金田[3]。

【注释】

[1] 道林寺：在湖南长沙市西岳麓山下，濒临湘水。齐己早年曾于道林寺居住约十年。

[2] 陵谷：谓地面高低形势的变动。刘长卿《登馀干古县城》："沙鸟不知陵谷变，朝飞暮去弋阳溪。"

[3] 汲：取水，引水。

寄松江陆龟蒙处士[1]

万卷功何用，狂称处士休。闲欹太湖石，醉听洞庭秋。道在谁开口，诗成自点头。中间欲相访，寻便阻戈矛[2]。

【校勘】

丁本诗题作"寄陆龟蒙"。

"狂"，甲、乙、丙、丁本作"徒"。

"湖"，丁本作"古"。

【注释】

[1] 松江：吴淞江。据《甫里先生传》、《新唐书》、《唐才子传》本传皆谓陆龟蒙晚年曾隐居淞江甫里。《唐才子传校笺》云：陆龟蒙似于乾符四年十二月至湖州郑仁规幕中供职，乾符五年暮春归苏州，此后未尝入幕，则陆龟蒙即于此后就隐居淞江甫里。陆龟蒙（？—882?）：字鲁望，自号江湖散人、天随子、甫里先生，苏州吴县人。著述颇多。今仍存《笠泽丛书》四卷、补遗一卷、《松陵集》十卷、《小名录》二卷等。按，陆龟蒙自乾符六年卧病，至中和二年卒前一直隐居松江甫里。齐己此诗赋咏的正是龟蒙隐居甫里的事，故此诗当作于陆龟蒙自乾符五年（878）隐居甫

里至中和二年（882）卒此段时间，盖此时齐己尚年轻，还在家乡一带活动。

[2]"中间欲相访"二句：指乾符至中和年间黄巢领导的农民起义军横扫大江南北之事。

闭门

外事休关念，灰心独闭门。无人来问我，白日又黄昏。灯集飞蛾影，窗消进雪痕。中心自明了，一句祖师言[1]。

【校勘】

"消"，甲、乙、丙、丁本作"销"。

【注释】

[1] 祖师：本指开创一宗一派之人（开祖），或传承其教法之人（列祖）。此处指中国禅宗初祖菩提达磨。因其游嵩山少林寺，在那里独自修习禅定，时人称他为壁观婆罗门。此诗所云的"闭门"，与达磨壁观，从而直以究明佛心为参禅的目的类似。

看水

范蠡东浮阔[1]，灵均北泛长[2]。谁知远烟浪，别有好思量。故国门前急，天涯棹里忙。难收上楼兴，渺漫正斜阳[3]。

【校勘】

丁本诗题作"观"。

"涯"，丁本作"崖"。

"棹"，甲本作"照（一作棹）"，丙本作"照"。

【注释】

[1] 范蠡：字少伯，春秋时仕越为大夫，佐勾践灭吴称霸后，易名隐遁，乘扁舟入五湖。

[2] 灵均：屈原字灵均。屈原《离骚》："名余曰正则兮，字余曰

灵均。"

[3] 渺漫：水流广大貌。

寄栖白上人[1]

万国争名地，吾师独此闲[2]。题诗招上相[3]，看雪下南山。内殿承恩久，中条进表还[4]。常因秋贡客，少得掩禅关[5]。

【注释】

[1] 栖白：江南僧，生卒年不详。早年结识姚合、贾岛、无可。大中年间住长安荐福寺，为内供奉，赐紫袈裟。大中五年（851）作诗赠瓜沙僧悟真。与当时诗人来往频繁，李频、李昌符、李洞、许棠、曹松、贯休、齐己、张蠙、罗邺等，皆有诗酬赠。栖白工诗。晚唐诗人刘得仁卒，时人争为诗以吊之，惟栖白诗作擅名。尚苦吟。多作近体，郑谷讥其诗"趣向卑"。颇有诗名，并以诗为供奉僧，"空门有才子，得道亦吟诗。内殿频征入……高名何代比"（李频《题荐福寺僧栖白上人院》）；"闲身却不闲，日日对天颜。……诗传华夏外，偈布市朝间"（许棠《赠栖白上人》）；"才着紫檀衣，明君宠顾时。讲升高座懒，书答重臣迟。瓶势倾圆顶，刀声落碎髭。还闻穿内去，随驾进新诗"（曹松《荐福寺赠应制白公》），且历事宣宗、懿宗、僖宗三朝，深受帝王宠幸，"内殿承恩久"（齐己《寄栖白上人》），"承制渥恩深"（贯休《经栖白旧院二首》），以至恩重一时，名噪一世。栖白卒后，许多士大夫都来哀悼，为之惋惜，如林宽《哭栖白供奉》、李洞《哭栖白供奉》、张乔《吊栖白上人》、贯休《经栖白旧院二首》。栖白当有诗稿，"旧藁谁收得，空堂影似吟"（贯休《经栖白旧院二首》），可惜已佚。有集一卷，今不存。《直斋书录解题》卷一九著录《栖白集》一卷。《宋史》卷二〇八著录《僧栖白诗》一卷。《又玄集》卷下选录其诗二首，可见他在当时的名气。《全唐诗》卷八二三收其诗十六首，《全唐诗补编·补逸》卷一八补一首，《续拾》卷三〇又补三首。

[2] "万国争名"二句：按，唐都长安乃国人心向往之地，万人争名逐利之地。白居易《首夏同诸校正游开元观，因宿玩月》："长安名利地，

此兴几人知?"又《送张山人归嵩阳》:"长安古来名利地,空手无金行路难。"僧栖白居于长安,相对于汲汲于名利的世俗之人,可谓"闲身"(许棠《赠栖白上人》诗中云"闲身却不闲,日日对天颜"),故云"万国争名地,吾师独此闲"。

[3]"题诗"句:按,栖白是宣宗、懿宗、僖宗三朝内供奉,深受皇帝宠幸,名噪一时,不仅广交士大夫,而且与之结交的士大夫亦极多,"尝闻朝客多相□"(张乔《寄荐福寺栖白大师》),"书答重臣迟"(曹松《荐福寺赠应制白公》),"多客叩禅扃"(张蠙《赠栖白大师》),如李频、许棠、曹松、张乔、姚合、刘沧、李昌符(《寄栖白上人》)、李洞(《登圭峰旧隐寄荐福栖白上人》、《叙事寄荐福栖白》、《叙旧游寄栖白》)、张蠙(《赠栖白大师》)、罗邺(《冬日庙中书事呈栖白上人》)等,而且与栖白结交的并非全是文人士大夫,也有作为僧徒的贯休、齐己等人。此诗云"题诗招上相",则知栖白与士大夫诗歌酬唱极为频繁。

[4]"内殿"二句:按,李洞《叙事寄荐福栖白》诗注:"栖白有宣宗寿昌节诗。"当为栖白《寿昌节赋得红云表夏日》。由此可知栖白于宣宗朝(847—860)颇受宠幸,经常在皇帝左右侍候,此诗盖咏此事。

[5]拚:同"掩",关、合。禅关:谓禅院之门。按,张蠙《赠栖白大师》:"剃发得时名,僧应别应星。偶题皆有诏,闲论便成经。……长因内斋出,多客叩禅扃。"许棠《赠栖白上人》诗中云"闲身却不闲",故云"常因秋贡客,少得掩禅关"。

自题

禅外求诗妙,年来鬓已秋[1]。未曾将一字,容易谒诸侯[2]。挂梦山皆远,题诗石尽幽。敢言梁太子,傍采碧云流[3]。

【校勘】

"曾",甲、乙本作"尝"。

"诗",甲、丁本作"名"。

【注释】

[1]"年来"句:谓鬓发斑白,人到暮年。刘希夷《故园置酒》:"酒

熟人须饮，春还鬓已秋。”韦庄《绥州作》：“明妃去日花应笑，蔡琰归时鬓已秋。”

［2］容易：轻易。温庭筠《夜看牡丹》：“希逸近来成懒病，不能容易向春风。”

［3］“敢言梁太子”二句：指梁昭明太子萧统引纳才学之士、编纂《文选》之事。

孙支使来借诗集，因有谢[1]

冥搜从少小[2]，随分得淳元[3]。闻说吟僧口，多传过蜀门。相寻江岛上，共看夏云根。坐落迟迟日，新题互把论。

【注释】

［1］孙支使：即孙光宪（？—968），字孟文，自号“葆光子”，陵州桂平（今四川仁寿）人。按，孙光宪于后唐天成元年（926）四月，自蜀至江陵。自本年起，孙光宪与齐己“周旋十年”，唱酬甚密。又，齐己《夏满日偶作寄孙支使》诗题下注云：“其年闰五月。”据《二十史朔闰表》，后唐明宗长兴二年（931）闰五月。诗作于本年夏。另齐己还有《和孙支使惠示院中庭竹之什》、《贺孙支使郎中迁居》。上引诸诗皆称支使或支使郎中，故皆作于后唐明宗长兴二年（931）前后。

［2］冥搜：苦思冥想、到处搜罗。此处言齐己作诗苦吟情态。

［3］淳元：“元”同“玄”。“淳元”意谓精深。

夏日言怀[1]

苦被流年迫，衰羸老病情。得归青嶂死，便共白云生。树栿烧炉响，崖棱蹋屐声[2]。此心人信否，魂梦自分明。

【注释】

［1］按，诗中言“衰羸老病情”，知齐己时已老年，故此诗作于齐己晚年居荆州期间（921—938）。

[2] 屐：木屐，底有二齿，以行泥地。《晋书·谢安传》载："（谢）玄等既破（符）坚，有驿书至，安方对客围棋，看书既竟，便摄放床上，了无喜色，棋如故……既罢还内，过户限，心喜甚，不觉屐齿之折，其矫情镇物如此。"毛熙震《南歌子》："鬓动行云影，裙遮点屐声。"

早秋寄友生

雨多残暑歇，蝉急暮风清。谁有闲心去，江边看水行。河遥红蓼簇[1]，野阔白烟平。试折秋莲叶，题诗寄竺卿[2]。

【注释】

[1] 红蓼："蓼"乃植物名。草本，叶味辛香，花淡红色或白色。品类甚多，有水蓼、马蓼、辣蓼等。"红蓼"即开红色花的蓼草。

[2] 竺卿：本是对天竺僧人的尊称，后泛指僧人。此处"竺卿"指"友生"，则亦当为僧人。

送王秀才往松滋夏课[1]

松滋闻古县，明府是诗家。静理馀无事，欹眠尽落花。江光摇夕照，柳影带残霞。君与应相与，乘船泛月华。

【校勘】

"欹"，甲本作"〔欹〕（歌）"。

"与"，甲、乙、丙本作"去"。

【注释】

[1] 王秀才：齐己另有《谢王秀才见示诗卷》、《酬王秀才》、《贻王秀才》诸诗，知二人交往密切。王秀才善诗，尚苦吟，有诗卷。松滋：今湖北省松滋市。《旧唐书》卷三九〔山南东道〕之〔荆州江陵府〕："荆州领江陵、枝江、当阳、长林、安兴、石首、松滋、公安等八县。……松滋，汉高城县地，属南郡。松滋，亦汉县名。属庐江郡。晋时松滋县人避乱至此，乃侨立松滋县，因而不改。"《舆地纪胜》卷六四〔江陵府〕："松滋

县，在府西一百二十里。《元和郡县图志》：'本汉高城县地，属南郡。'"
夏课：夏日之课读。按唐代习惯，举子尚未考取功名，落第后寄居某地过
夏，课读为文，谓之"夏课"。李肇《唐国史补》卷下："退而肄业，谓之
过夏。执业以出，谓之夏课。"

喜辈公自武陵至[1]

已尽沧浪兴，还思湘（相）楚行[2]。鬓全无旧黑，诗别有新清。暂憩
临寒水，时来扣静荆[3]。囊中有灵药，终不献公卿。

【校勘】

"湘"，甲本作"相"，当从。

【注释】

[1] 辈公：一僧人，生卒年里不详。据此诗，辈公曾游居武陵，后往
荆州访齐己。武陵：县名，治所在今湖南常德。按，此诗中云"相楚行"，
则齐己时在荆州，故此诗作于齐己晚年居荆州期间（921—938）。

[2] 湘（相）：同"向"，朝，往。

[3] 荆：指荆扉，柴门。此指齐己简陋的居室。

假山并序

假山者，盖怀匡庐有作也[1]。往岁尝居东郭[2]，因梦觉，遂图于壁，
迄于十秋，而攒青叠碧于梦寐间，宛若扪萝挽树而升彼绝顶。今所作做像
一面，故不尽万壑千岩神仙鬼怪之宅，聊得解怀。既而功就[3]，乃激幽
抱，而作是诗，终于一百八十言尔。

匡庐久别离，积翠杳天涯。静室曾图峭[4]，幽庭复创奇。典衣酬土
价，择日运工时。信手成重叠，随心作蔽亏。根盘惊院窄，顶耸讶檐卑。
镇地那言重，当轩未厌危。巨灵何忍擘[5]，秦正（政）肯轻移[6]。晓觉莎
烟触，寒闻竹籁吹。蓝灰澄古色，泥水合凝滋。引看僧来数，牵吟客散
迟。九华浑仿佛[7]，五老颇参差[8]。蛛网藤萝挂，春霖瀑布垂。加添双石

笋，映带小莲池。旧说雷居士[9]，曾闻远大师[10]。红霞中结社[11]，白壁上题诗。顾此诚徒尔[12]，劳心是妄为。经营惭培塿[13]，赏玩愧童儿。会入千峰去，闲踪任属谁。

【校勘】

“梦寐”，甲、乙、丙本作“寤寐”。

“今”，甲本作“〔今〕（令）”，乙本作“令”。

“幽庭”，甲本作“幽亭”。

“正”，甲、乙、丙本作“政”，当从。

“晓”，甲、丙本作“晚”。

“仿佛”，甲、丙本作“髣髴”。

“闲”，甲本作“〔闲〕（闻）”。

【注释】

[1] 匡庐：即庐山。

[2] 东郭：东城。

[3] 就：完成。

[4] 图峭：谓图写陡峭的假山。

[5] 巨灵：神话中力擘华山的巨神。张衡《西京赋》：“缀以二华，巨灵赑屃。高掌远蹠，以流河曲，厥迹犹存。”薛综注：“巨灵，河神也。巨，大也。古语云：此本一山，当河水过之而曲行，河之神以手擘开其上，足蹋离其下，中分为二，以通河流。手足之迹，于今尚在。”擘：分开、分裂。

[6] 秦正（政）：秦始皇，姓嬴名政。

[7] 九华：即九华山，在今安徽省青阳县。《太平寰宇记》卷一〇五[池州青阳县]：“九华山在县南二十里，旧名九子山。……顾野王《舆地志》云：‘其山上有九峰，千仞壁立，周回二百里，高一千丈。’”李白《改九子山为九华山联句序》：“青阳县南有九子山，山高数千丈，上有九峰如莲花。按图征名，无所依据。予乃削其旧号，加以九华之目。”

[8] 五老：即五老峰，是江西庐山南面峰名。参差：近似，差不多。白居易《长恨歌》：“中有一人似太真，雪肤花貌参差是。”

[9] 雷居士：即雷次宗（386—448），豫章南昌（江西南昌）人。字

仲伦。少入庐山，师事慧远大师，从之学三礼、毛诗，并修净业。其后，立馆于东林寺之东，为东林十八贤之一。长乐隐退，笃志好学。元嘉十五年（438），宋文帝召至京师，令开馆于鸡笼山，聚徒百人教授。二十五年，帝复强征至京师，为筑招隐馆于钟山西岩下。次宗不入公门，每自华林园东门入延贤堂为太子诸王讲经。是年无疾而卒于钟山，世寿六十三。

[10] 远大师：即慧远（334—416），东晋名僧。我国净土宗初祖。庐山白莲社创始者。雁门楼烦（山西崞县）人，俗姓贾。

[11] 结社：即结成团体。指慧远和雷次宗、刘遗民等人在庐山东林寺所结的白莲社。

[12] 徒尔：徒然。元稹《江陵三梦》："况乃幽明隔，梦魂徒尔为。"罗隐《广陵秋日酬进士臧濆见寄》："已知世事真徒尔，纵有心期亦偶然。"

[13] 培塿：小土丘。杜甫《可叹》："王生早曾拜颜色，高山之外皆培塿。"元稹《再酬复言》："顾我小才同培塿，知君险斗敌都卢。"陈陶《草木言》："勿轻培塿阜，或有奇栋梁。"

谢西川可准上人远寄诗集[1]

匡社经行外[2]，沃洲禅宴馀[3]。吾师还继此，后辈复何如。江上传风雅，静中诗卷舒。堪随乐天集，共伴白芙蕖[4]。

【校勘】

"诗卷"，甲、乙、丙本作"时卷"。

【注释】

[1] 可准：唐末五代间诗僧。与齐己为诗友。齐己另有《因览支使孙中丞看可准大师诗序有寄》、《寄普明大师可准》、《和西蜀可准大师远寄之什》诗。

[2] 匡社：匡庐之社，即慧远等人于庐山东林寺所结之白莲社。庐山又名匡庐。

[3] 沃洲：山名。在浙江新昌县东。相传晋代高僧支遁曾居于此。山上有放鹤亭、养马坡，为支遁遗迹。

[4] "堪随乐天集"二句：按，白居易《东林寺白氏文集记》："昔余

为江州司马时，常与庐山长老于东林寺经藏中披阅远大师与诸文士唱和集卷，时诸长老请余文集亦寘经藏，唯然心许他日致之，迨兹余二十年矣。今余前后所著文大小合二千九百六十四首，勒成六十卷，编次既毕，纳于藏中。且欲与二林结他生之缘，复曩岁之志也，故自忘其鄙拙焉，仍请本寺长老及主藏僧，依远公文集例，不借外客，不出寺门，幸甚。太和九年夏，太子宾客晋阳县开国男太原白居易乐天记。"白居易《白氏长庆集后序》："白氏前著《长庆集》……前后七十五卷，诗笔大小凡三千八百四十首。集有五本，一本在庐山东林寺经藏院……"匡白《江州德化东林寺白氏文集记》："皇唐白傅之有文动钩私，乃惟曰：'此必补之，盖不销吾之力也。'及旋旆于府，即命翰墨者缮之，不期月操染毕，函而藏之于辨觉大师堂之座左，诫其掌执者严以锁钥开闭，准白侯文集，无令出寺，勿借外人。又图白侯真于其壁，使人敬惮之，不敢苟违也。仍传教令，下属幽愚，令纪徽猷，用刊琬玉。匡集七十卷，一置东都圣善，一置苏州南禅，一置庐山东林。"皆云及白居易诗集藏于庐山东林寺之事，而东林寺又多白莲，又，僧可准曾游居匡庐，且有诗集，亦可收藏于东林寺，故此诗云"堪随乐天集，共伴白芙蕖"。

秋空

已觉秋空极，更堪寥沉青[1]。只应容好月，争合有妖星。耿耿高河截[2]，翛翛一雁经[3]。曾于洞庭宿，上下彻心灵。

【注释】

[1] 寥沉：同"沉寥"，空旷貌。刘得仁《监试莲花峰》："当秋倚寥沉，入望似芙蓉。"贯休《古镜词上刘侍郎》："仙人手胼胝，寥沉秋沈沈。"

[2] 耿耿：微光闪照。谢朓《暂使下都夜发新林至京邑赠西府同僚诗》："秋河曙耿耿，寒渚夜苍苍。"顾况《游子吟》："夜静星河出，耿耿辰与参。"

[3] 翛翛：象声词，同"萧萧"，指风声。甄皇后《塘上行》："边地多悲风，树木何翛翛。"李绅《涉沅潇》："蛟龙长怒虎长啸，山木翛翛波浪深。"

与聂尊师话道[1]

伯阳遗妙旨[2]，杳杳与冥冥[3]。说即非难说，行还不易行。药中迷九转[4]，心外觅长生。毕竟荒原上，一盘蒿陇平[5]。

【注释】

[1] 聂尊师：一道士，生卒年里不详。尊师是对道士的敬称。

[2] 伯阳：即老子。《史记·老庄申韩列传》："老子者……姓李氏，名耳，字伯阳。"

[3] "杳杳"句：意谓深远玄秘。

[4] 九转：即九转神丹，道家所谓服之可以长生升仙的丹药。道家炼丹，以九转为贵。"转"即循环变化，如把丹砂烧成水银，将水银又炼成丹砂。炼烧时间越长，则转数愈多，效能愈高。《云笈七籤》卷十二［肝气章第三十三］："过此守道诚独难（去死近矣），唯待九转八琼丹。"后注云："九转神丹，白日升天。"《抱朴子》卷四［金丹］："一转之丹，服之三年得仙。二转之丹，服之二年得仙。三转之丹，服之一年得仙。四转之丹，服之半年得仙。五转之丹，服之百日得仙。六转之丹，服之四十日得仙。七转之丹，服之三十日得仙。八转之丹，服之十日得仙。九转之丹，服之三日得仙。若取九转之丹，内神鼎中，夏至之后，爆之鼎热，内朱儿一斤于盖下。伏伺之，候日精照之。须臾翕然俱起，煌煌辉辉，神光五色，即化为还丹。取而服之一刀圭，即白日昇天。又九转之丹者，封涂之于土釜中，糠火，先文后武，其一转至九转，迟速各有日数多少，以此知之耳。其转数少，其药力不足，故服之用日多，得仙迟也。其转数多，药力盛，故服之用日少，而得仙速也。"

[5] 蒿陇：即坟陇，坟地。

送相里秀才自京至却回[1]

夷门诗客至[2]，楚寺闭萧骚[3]。老病语言涩[4]，少年风韵高。难于寻阆岛[5]，险甚涉云涛。珍重西归去，无忘役思劳。

【注释】

[1] 相里：复姓。战国有相里勤，为三墨之一。相里秀才：齐己另有《送相里秀才赴举》、《荆门疾中喜谢尊师自南岳来、相里秀才自京至》二诗，知其为开封人，曾南游至江陵访齐己。自京至：按，齐己《荆门疾中喜谢尊师自南岳来、相里秀才自京至》诗中云"鹑衣客自洛阳来"，故"自京至"即自洛阳来。又，此诗中云"楚寺"、"老病"，知齐己时居荆州龙兴寺，故此诗当作于齐己晚年居荆州时（921—938）。

[2] 夷门：战国魏都大梁城的东门，故址在今河南开封城内东北隅。《史记·魏公子传》云："吾过大梁之墟，求问其所谓夷门。夷门者，城之东门也。"魏信陵君之门客侯嬴，"为大梁夷门监者（看守城门的役吏）"。

[3] 萧骚：同"萧瑟"，寂寞凄凉。祖咏《晚泊金陵水亭》："江亭当废国，秋景倍萧骚。"杜荀鹤《秋夜晚泊》："一望一苍然，萧骚起暮天。"

[4] 涩：说话迟钝不流利。《宋书·南郡王（刘）义宣传》云："生而舌短，涩于言论。"《隋书·卢楚传》云："卢楚，涿郡范阳人也。……楚少有才学，鲠急口吃，言语涩难。"姚合《春晚雨中》："迎风莺语涩，带雨蝶飞难。"杜荀鹤《题江山寺》："为诗我语涩，喜此得终篇。"

[5] 阆岛：高大的海岛，亦即仙人所居之岛。

谢人寄南榴卓子[1]

幸附全材长，良工斫器殊[2]。千枝文柏有，一尺锦榴无[3]。品格宜仙果，精光称玉壶。怜君远相寄，多愧野蔬粗。

【校勘】

"斫"，甲、乙、丙本作"斸"，二字通。

"枝"，甲、丙本作"林"，乙本作"株"。

【注释】

[1] 南榴：指南方产的石榴树。石榴树木质坚硬，可作木材。卓子：同"桌子"，即几案。

[2] 斫：砍。

［3］锦榴：指石榴花。

寄旧居邻友

别后知何趣，搜奇少客同。几层山影下，万树雪声中。晚鼎烹茶绿，晨厨爨米红[1]。何时携卷出[2]，世代有名公。

【校勘】

"米"，甲、乙、丁本作"粟"。

【注释】

［1］爨：炊，烧火做饭。

［2］卷：指诗卷。

送朱秀才归闽[1]

荆门来几日[2]，欲往又囊空[3]。远客归南越，单衣背北风。近乡微有雪，到海渐无鸿。努力成诗业，无谋谒至公。

【注释】

［1］朱秀才：据此诗，朱秀才为福建人，曾到荆州访齐己，故此诗作于齐己晚年居荆州期间（921—938）。

［2］荆门：指今湖北江陵。

［3］囊空：口袋空空，喻贫穷。

龙潭作

乍临毛发竖，双璧夹湍流。白日鸟影过，青苔龙气浮。蔽空云出石，应祷雨翻秋（湫）[1]。四面耕桑者，先闻贺有秋。

【校勘】

"璧"，甲、乙、丙本作"壁"。

"翻秋"，甲、乙、丙本作"翻湫"，当从。

【注释】

[1] 秋：当作"湫"，谓深潭。

依韵酬谢尊师见赠二首 (师欲调举)[1]

南国搜奇久，偏伤杜甫坟[2]。重来经汉浦[3]，又去入嵩云[4]。旧别人稀见，新朝事渐闻。莫将高尚迹[5]，闲处傲明君。

【注释】

[1] 谢尊师："尊师"是对道士的敬称。"谢尊师"即姓谢的道士。齐己另有《荆门疾中喜谢尊师自南岳来、相里秀才自京至》、《送谢尊师自南岳出入京》二诗，知谢尊师隐居衡山，欲去洛阳参加道举（唐代科举科目之一），途经荆州，与齐己赋诗唱酬。此诗亦当作于齐己晚年居荆州期间（921—938）。调举：征选，即参加科举考试。《玉泉子》之［崔蠡知制诰］："此人调举久不第，亦颇有屈声。"《北梦琐言》卷二［咸通中礼部侍郎高湜知举］："葆光子尝有同僚示我调举时诗卷。"

[2] 杜甫坟：《旧唐书·杜甫传》："甫以其家避乱荆、楚，扁舟下峡，未维舟而江陵乱，乃溯沿湘流，游衡山，寓居耒阳。甫尝游岳庙，为暴水所阻，旬日不得食。耒阳聂令知之，自棹舟迎甫而还。永泰二年，啖牛肉白酒，一夕而卒于耒阳，时年五十九。"《新唐书·杜甫传》："大历中，出瞿唐，下江陵，溯沅、湘以登衡山，因客耒阳。游岳祠，大水遽至，涉旬不得食，县令具舟迎之，乃得还。令尝馈牛炙白酒，大醉，一昔卒，年五十九。"按，杜甫于大历五年（770）冬天病卒于湘江小船上。卒后家人无力安葬，直到四十三年后，其孙杜嗣业才将他的遗体运回偃师，埋葬在首阳山下其祖父杜审言的墓旁。

[3] 汉浦：此处谓汉江水边。

[4] 嵩：即嵩山。

[5] 高尚：不卑屈。《周易·上经·蛊》："不事王侯，高尚其事。"钱起《酬陶六辞秩归旧居见柬》："靖节昔高尚，令孙嗣清徽。"杜牧《题青云馆》："深处会容高尚者，水苗三顷百株桑。"

岳顶休高卧[1]，荆门访掩扉[2]。新诗遗我别，旧约与谁归。贤路曾无滞，良时肯自违。明年窥月窟[3]，仙桂露霏微[4]。

【校勘】

"月"，甲、丙本作"日"。

【注释】

[1] 岳顶：此处谓南岳衡山之顶。高卧：高枕而卧，此处指隐居不仕。白居易《中隐》："君若欲高卧，但自深掩关。"

[2] 荆门：今湖北江陵。掩扉：关着的柴门。

[3] 月窟：喻科考高第。徐铉《酬郭先辈》："弱龄负世誉，一举游月窟。"

[4] 仙桂：《初学记》卷一引晋虞喜《巡天论》："俗传月中仙人桂树，今视其初生，见仙人之足，渐已成形，桂树后生。"又，《晋书·郤诜传》："武帝于东堂会送，问诜曰：'卿自以为何如？'诜对曰：'臣举贤良对策，为天下第一，犹桂林之一枝，昆山之片玉。'帝笑。"后即以折桂、攀桂喻指科举登第。杜荀鹤《山中寄诗友》："仙桂算攀攀合得，平生心力尽于文。"黄滔《出京别同年》："一枝仙桂已攀援，归去烟涛浦口村。"李中《献中书张舍人》："仙桂从攀后，人间播大名。"霏微：朦胧貌。末二句谓谢尊师将于明年道举及第。

送冰禅再往湖中[1]

行心宁肯住[2]，南去与谁群。碧落高空处，清秋一片云。穿林瓶影灭[3]，背雨锡声分[4]。应笑游方久[5]，龙钟楚水濆[6]。

【注释】

[1] 冰禅：一禅僧，生卒年里不详。

[2] 住：止，停。

[3] 瓶：盛水的容器。又称水瓶、澡瓶。乃比丘经常随身携带十八物之一。

[4] 锡：即锡杖。又称声杖、禅杖、鸣杖。乃比丘经常随身携带十八

物之一。

    [5] 游方：谓云游四方。又作行脚。

    [6] 渍：水边。贯休《别卢使君》："杜宇声声急，行行楚水渍。"

喜表公往楚王城[1]

已闻人舍地，结构旧基平。一面湖光白，邻家竹影清。应难寻辇道，空□是王城。谁信兴亡迹，今来有磬声[2]。

【校勘】

"空□"，甲、乙、丙本作"空说"。

【注释】

    [1] 表公：一僧人，其生卒年里不详。楚王城：谓荆州（即今湖北江陵）。

    [2] 磬：佛寺中的打击乐器，是早晚课诵、法会读经或作法时不可或缺的法器。

春雪初晴喜友生至

数日不见日，飘飘势忽开。虽无忙事出，还有故人来。已尽南簷滴，仍残北牖堆[1]。明朝望平远[2]，相约在春台。

【注释】

    [1] 北牖：北窗。

    [2] 平远：谓平坦阔远之地。

残春连雨中偶作怀友人

南邻阻杖藜[1]，屐齿绕床泥[2]。漠漠门长掩，迟迟日又西。不知何兴味，更有好诗题。还忆东林否[3]，行苔傍虎溪[4]。

【校勘】

"友人"，甲本作"故人"。

【注释】

[1] 杖藜：持藜茎为杖。泛指扶杖而行。《庄子·让王》："子贡乘大马，中绀而表素，轩车不容巷，往见原宪。原宪华冠縰履，杖藜而应门。"杜甫《绝句漫兴九首》之五："肠断春江欲尽头，杖藜徐步立芳洲。"白居易《秋游平泉，赠韦处士、闲禅师》："杖藜舍舆马，十里与僧期。"

[2] 屐齿：鞋印。屐，鞋之一种，通常是指木底有齿的。《宋书·谢灵运传》："灵运常著木屐，上山则去前齿，下山则去后齿。"

[3] 东林：谓庐山东林寺。

[4] 虎溪：在江西庐山东林寺前。寺前的虎溪桥（石拱桥），流传着慧远、陶渊明与陆修静三人之间的故事，著名的"虎溪三笑"即出于此。

送崔判官赴归倅[1]

白首从颜巷[2]，青袍去佐官。只应微俸禄，聊补旧饥寒。地说丘墟甚，民闻旱歉残。春风吹绮席，宾主醉相欢。

【注释】

[1] 判官：乃地方长官的僚属，佐理政事。唐代节度使、观察使、防御诸使都设有判官。倅：副。古时地方佐贰副官叫"倅"。

[2] 颜巷：出自《论语·雍也》："贤哉，回也！一箪食，一瓢饮，在陋巷。人不堪其忧，回也不改其乐。贤哉，回也！"

寒食日怀寄友人[1]

万井追寒食，闲扉独不开。梨花应折尽，柳絮自飞来。梦觉怀仙岛，吟行绕砌苔。浮生已悟了，时节任相催。

【注释】

[1] 寒食：节令名。在农历清明前一或二日。《初学记》卷四〔寒

食]："《荆楚岁时记》曰：去冬节一百五日，即有疾风甚雨，谓之寒食。禁火三日，造饧大麦粥。"

怀巴陵旧游[1]

洞庭云梦秋，空碧共悠悠。孟子狂题后[2]，何人更倚楼。日西来远棹，风外见平流。终欲重寻去，僧窗古岸头。

【注释】

[1] 巴陵：今湖南岳阳市。

[2] 孟子：指孟浩然。孟浩然有《望洞庭湖，赠张丞相》："八月湖水平，涵虚混太清。气蒸云梦泽，波撼岳阳城。欲济无舟楫，端居耻圣明。坐观垂钓者，空有羡鱼情。"元代方回《瀛奎律髓》云："予登岳阳楼，此诗（指孟诗）大书左序毬门壁间，右书杜诗，后人自不敢复题也。刘长卿有句云：'叠浪浮元气，中流没太阳。'世不甚传，他可知也。"

招乾昼上人宿话[1]

连夜因风雪，相寻在寂寥。禅心谁指示[2]，诗卷自焚烧。语默邻寒漏[3]，窗扉向早朝[4]。天台若长往[5]，还渡海门潮[6]。

【校勘】

"寻"，甲、乙、丙本作"留"。

【注释】

[1] 乾昼上人：居彭泽。与齐己年岁相仿。与贯休、齐己为诗友。按，乾昼约七十岁时来荆州访齐己，齐己有《喜乾昼上人远相访》，此诗当为"相访"期间"宿话"，故此诗与上诗皆作于同时，即作于后唐明宗长兴四年（933）。

[2] 禅心：禅定之心。

[3] 漏：古代计时器。《说文解字》云："漏，以铜受水，刻节，昼夜百刻。"

[4] 窗扉：谓窗门。

[5] 天台：即天台山，位于今浙江省天台县城北。天台山是我国佛教天台宗的发源地，天台宗祖庭国清寺即在此。

[6] 海门：《辍耕录》云："浙江之口有两山焉，其南曰龛山，其北曰赭山，盖峙于江海之会，谓之海门。"刘长卿《送人游越》："露沾湖色晓，月照海门秋。"

荆门秋日寄友人[1]

青溪知不远，白首要难归。空想烟云里，春风鸾鹤飞。谁论传法偈[2]，自补坐禅衣。未谢侯门去[3]，寻常即掩扉。

【注释】

[1] 荆门：指今湖北江陵。

[2] 偈：佛经文体之一。汉文音译为偈陀、伽陀或伽他，意译为颂，音义并举即为偈颂，指颂佛功德之美辞。"偈"与诗之形式相同。一般以四句为一偈。早期译经中之偈颂，各句字数相等，一般不少于四句，而押韵则并不讲究。六朝及唐初部分僧人所作，尚多沿旧式。大约从六朝后期开始，僧人偈颂日趋诗律化。唐初如道世诸颂，已为纯熟的五言古诗。中晚唐禅宗僧人的偈颂，在押韵、平仄、对仗等方面，已与时人的五七言律绝无有二致。在唐人看来，诗、偈已无明显区别，如拾得诗云"我诗也是诗，有人唤作偈。诗偈总一般，读者须子细"。

[3] 侯门：此处指荆南节度使高季兴。

哭郑谷郎中[1]

朝衣闻典尽[2]，酒病觉难医。下世无遗恨，传家有大诗。新坟青嶂叠[3]，寒食白云垂。长忆招吟夜，前年风雪时。

【校勘】

"闻"，甲本作"闲"。

【注释】

[1] 郑谷：字守愚，袁州宜春（今属江西）人。据赵昌平《郑谷年谱》、傅义《郑谷年谱》，郑谷卒于家乡北岩别墅，时间约为后梁太祖开平三年（909）。故此诗当作于本年或稍后。

[2] 典：抵押。郑谷《故少师从翁隐岩别墅乱后榛芜感旧怆怀遂有追纪》："立朝鸣珮重，归宅典衣贫。"杜甫《曲江二首》之二："朝回日日典春衣，每日江头尽醉归。"

[3] 青嶂：似屏障的青绿色山峰。

卷 七

题东林十八贤贞（真）堂[1]

白藕花前旧影堂[2]，刘雷风骨画龙章[3]。共轻天子诸侯贵，同爱吾师一法长。陶令醉多招不得[4]，谢公心乱入无方[5]。何人到此思高躅，岚默苔痕满粉墙（谢灵运欲入社，远大师以其心乱，却之）。

【校勘】

"贞"，甲、乙、丙、丁本作"真"，当从。

"默"，甲、乙、丙、丁本作"点"。

"却之"，甲、丙本作"不纳"；乙本作"不为之纳"。

【注释】

[1] 东林：即庐山东林寺。十八贤：据《东林十八高贤传》（又作《莲社高贤传》）、《佛祖统纪》、《庐山莲宗宝鉴》诸书，"十八贤"即是以慧远为首的僧人、居士十八人——慧远、慧永、慧持、道生、僧睿、昙顺、昙恒、昙诜、道昺、道敬、觉明、佛驮跋陀、刘程之、张野、周续之、张诠、宗炳、雷次宗。贞（真）堂：即供奉人像的地方，此指东林寺的念佛堂（又称十八高贤影堂），它是当年慧远与雷次宗等十八高贤结白莲社共修念佛法门之地，内塑十八高贤像。

[2] 白藕花：开满白莲花的白莲池，此乃东林寺著名古迹。旧影堂：即供奉十八高贤塑像的地方，也称念佛堂。

[3] 刘雷：即刘遗民、雷次宗。二人名列"东林十八贤"中，二人塑

像也供奉于东林寺念佛堂中。刘遗民（352—410），彭城（江苏铜山）人。名程之，字仲思。汉楚元王交之后裔，初任府参军，历任宜昌、柴桑县令，后去职，与周续之、陶潜等皆不应征命，时称浔阳三隐。"遗民"之号，传系刘宋武帝表彰其不屈所敕。后入庐山师事慧远，于山中别筑一室，精修禅法，凡十五年，频感佛光。与慧远于东林寺结白莲社，誓愿往生净土，作《庐山白莲社誓文》，辞意典雅，至今传诵不已。义熙六年（410）冬，预知时至，焚香礼佛，面西端坐而化，享年五十九。遗有《玄谱》一卷。雷次宗（386—448），豫章南昌（江西南昌）人。字仲伦。少入庐山，师事慧远大师，从之学三礼、毛诗，并修净业。其后，立馆于东林寺之东，为东林十八贤之一。

[4]"陶令醉多"句："陶令"即陶渊明。他于义熙元年（405）辞职归隐于故里后，与周续之、刘遗民共应避命，世称浔阳三隐。他与庐山慧远交往，慧远曾以其清逸而招请之，然潜以无酒皱眉而去。《佛祖统纪》卷二六："时远法师与诸贤结莲社以书招渊明。渊明曰：'若许饮则往。'许之，遂造焉。忽攒眉而去。"《佛祖历代通载》卷七："渊明陶潜字符（元）亮，为彭泽令。解印去居柴桑，与庐山相近。时访远公。远爱其旷达，招之入社。陶性嗜酒，谓'许饮即来'。远许之。陶入山。久之，以无酒攒眉而去。"《乐邦文类》卷五："如晋远法师，蕲向西方，尝结莲社于庐山。以渊明则招之，贵其能达而断爱也。"《乐邦文类》卷三："谢灵运负才傲物，一与远接，肃然心服。为凿二池，引水栽白莲求入社。师以心杂止之。陶渊明、范宁，累招入社，终不能致。故齐己诗云：'元亮醉多难入社，谢公心乱入何妨。'"关于陶渊明与慧远过从事，汤用彤先生在其《汉魏两晋南北朝佛教史》认为"陶靖节与慧远先后同时。（按在远公立誓时，陶年三十九，远年六十九）但靖节诗有赠刘遗民、周续之篇什，而毫不及远公。即匡山诸寺及僧人，亦不齿及。则其与远公过从，送出虎溪之故事殊难信也（按世称之三笑图，苏东坡作赞，似不知三人为谁。黄山谷乃指为远与陶陆三人）"。

[5]"谢公心乱"句："谢公"即谢灵运。灵运幼归三宝，深入经藏。尝从竺道生游，服膺顿悟之义，并著《辩宗论》，阐释道生顿悟之义。东晋义熙年间至庐山参礼慧远，后慧远于道场前掘莲池，内植白莲花，与志同道合者结社，名为白莲社，灵运为作"净土咏"。世传谢灵运常种池莲

愿意加入白莲社，但慧远因其心乱而拒其入社。《佛祖统纪》卷二六：
"（谢灵运）至庐山一见远公，肃然心伏。乃即寺筑台，翻《涅槃经》。凿
池，植白莲。时远公诸贤同修净土之业，因号白莲社（或云为东西二池）。
灵运尝求入社。远公以其心杂而止之。"《庐山莲宗宝鉴》卷四："谢灵运
恃才傲物，一见师，肃然心服。凿池种莲求入社。师以心杂止之。"《乐邦
文类》卷五："如晋远法师，蕲向西方，尝结莲社于庐山。……于灵运则
拒之，为其心杂而念不能专也。"《乐邦文类》三："谢灵运负才傲物，一
与远接，肃然心服。为凿二池，引水栽白莲求入社。师以心杂止之。陶渊
明、范宁，累招入社，终不能致。故齐己诗云：'元亮醉多难入社，谢公
心乱入何妨。'"关于谢灵运想入社而被拒事，汤用彤先生在其《汉魏两晋
南北朝佛教史》云"至若谢灵运约于义熙七八年顷，始到匡山见慧远。则
又在立誓后十一年矣。而敦煌本唐·法照撰《净土五会观行仪》卷下云，
远大师与诸硕德及谢灵运、刘遗民一百二十三人结誓修念佛三昧，皆见西
方极乐世界，可见康乐原亦曾列入结誓者之数（唐·飞锡《念佛三昧宝王
论》、迦才《净土论序》、文谂、少康《净土瑞应传》均列谢氏于百二十三
人之中）。世传远因其心杂，不许入社，亦妄也"。

题南岳般若寺[1]

诸峰翠少中峰翠，五寺名高此寺名[2]。石路险盘岚霭滑[3]，僧窗高倚
沈寥明[4]。凌空殿阁由天设，遍地杉松是自生。更有上方难上处，紫苔红
藓远峥嵘[5]。

【校勘】

"松杉"，甲、乙、丙本作"杉松"。

"远"，甲、乙本作"绕"。

【注释】

[1] 南岳：即衡山，在今湖南衡阳市北。般若寺：衡山著名寺院之
一，许多著名僧人曾居住此寺。陈代光大二年（568），慧思（515—577）
入南岳讲般若经典、中论等，称为般若道场。唐代先天二年（713），怀让
（677—744）入南岳，住于般若寺观音台三十年，使南岳禅风高张。《南岳

总胜集》卷中〔福严禅寺〕载："陈太初中，惠思和尚自大苏山领众来此建立道场。师常化人，修法华、般若、念佛三昧、方等忏悔，因号般若寺。……有唐怀让禅师，结庵于思之故基。"裴说《般若寺》："南岳古般若，自来天下知。翠笼无价寺，光射有名诗。一水涌兽迹，五峰排凤仪。高僧引闲步，昼出夕阳归。"

　　[2] 五寺：指祝圣寺（初建于唐，原名弥陀寺，后改称胜业寺，清代改称祝圣寺）、南台寺（始建于南朝梁·天监年间（502—519）。唐·天宝年间（742—756），禅宗八祖石头希迁来此辟道场，今被日本曹洞宗尊为祖庭）、福严寺（即般若寺，为古般若道场，慧思禅师尝驻锡此地讲《般若经》、《中论》，后怀让来此传法，其弟子道一亦于此得法）、上封寺（隋·大业年间（605—617）改为寺，供奉岳神，隋末诗僧八指头陀曾任此寺住持）、湘南寺（唐代天然和尚曾入住于此）。齐己《酬答退上人》："嵩丘梦忆诸峰雪，衡岳禅依五寺云。"

　　[3] 岚霭：云气和雾气。

　　[4] 沉寥：空旷貌。

　　[5] 峥嵘：高峻深远。左思《蜀都赋》："经三峡之峥嵘，蹑五岯之寒浐。"

寄庐岳僧[1]

　　一闻飞锡别区中[2]，飞（深）入西南瀑布峰。天际雪埋千片石，洞门冰折几株松。烟霞明媚栖心地[3]，苔藓萦纡出世踪[4]。莫问江边旧居寺，火烧兵劫断秋钟。

【校勘】

"飞入"，甲、乙、丙、丁、戊、己、庚本作"深入"，当从。

"门"，甲本作"门（一作前）"；丁、戊、己、庚本作"前"。

"秋"，丁本作"斋"。

【注释】

[1] 庐岳：即庐山，位于今江西九江市南，鄱阳湖西岸。

[2] 飞锡：即僧侣行脚游历各处。锡，即锡杖，比丘十八物之一，为

僧侣外出时携带之物。《释氏要览》卷三："今僧游行，嘉称飞锡，此因高僧隐峰游五台，出淮西，掷锡飞空而往也。若西天得道僧，往来多是飞锡。"

[3] 明媚：鲜明美丽，光净美好悦目。鲍照《芙蓉赋》："烁彤辉之明媚，粲雕霞之繁悦。"温庭筠《春日野行》："野岸明媚山芍药，水田叫噪官虾蟆。"

[4] 萦纡：回旋曲折。

【汇评】

《贯华堂选批唐才子诗》：一声锡响，去得恁疾，雪埋冰折，入得恁深。一解诗分明便是"一自泥牛斗入海，直至于今无消息"句也（首四句下）。……此僧不知何人，辱己公写到如许。直大死后重更活人，诸佛不奈之何者也。写心地不用寂寞字，偏说"烟霞明媚"；写行履不用孤峭字，偏说"苔藓萦纡"。此是"雪埋"、"冰折"后自然无碍境界，非他人所得滥叨也。若夫世间未经冰雪之士，即有如士人所云矣（末四句下）。（见陈伯海《唐诗汇评》第三一二一页）

游谷山寺

城里寻常见碧棱[1]，水边朝莫送归僧。数峰云脚垂平地，一径松声彻上层。寒涧不生浮世物[2]，阴崖尤积去年冰。此生有底难抛事，时复携筇信步登[3]。

【校勘】

"莫"，甲、乙、丙本作"暮"，"莫"通"暮"。

"尤"，甲、乙、丙本作"犹"。

"生"，甲、乙、丙本作"身"。

【注释】

[1] 棱：物体的棱角。

[2] 浮世：人间，人世。世事虚浮无定，故称"浮世"。阮籍《大人先生传》："夫大人者，乃与造物同体，天地并生，逍遥浮世，与道俱成。"元稹《漫天岭赠僧》："漫天无尽日，浮世有穷年。"白居易《感逝寄远》：

"相思俱老大，浮世如流水。"

　　[3] 携筇：携带着筇竹做的拐杖。筇：竹名。因其可作杖，故杖也叫筇。信步：随意行走。许棠《登山》："信步上鸟道，不知身忽高。"李中《秋日途中》："信步腾腾野岩边，离家都为利名牵。"

楚寺寒夜作[1]

　　寒炉局促坐成劳[2]，暗淡灯光照二毛[3]。水寺闭来僧寂寂，雪风吹去雁嗷嗷[4]。江山积叠归程远，魂梦穿沿过处高。毕竟忘言是吾道[5]，袈裟不称揖萧曹[6]。

　　【校勘】
　　"闭"，甲、乙本作"闲"，丙本作"闻"。
　　【注释】
　　[1] 按《唐五代文学编年史·晚唐卷》第八六九页认为此诗中"二毛"用潘岳典，并云此诗作于齐己三十二岁时。又云诗题中的"楚寺""或即在道林寺"。此说有误。诗中云"寒炉局促坐成劳，暗淡灯光照二毛"，据诗意，"二毛"非三十二岁，实指年老头发斑白。又诗中云"江山积叠归程远，魂梦穿沿过处高"，齐己乃湖南长沙人，倘若"楚寺"指道林寺，则与"归程远"矛盾，故"楚寺"实指荆州龙兴寺。按，齐己晚年居荆南时郁郁不得志，思乡之心极切。如其《拟嵇康绝交寄湘中贯微》诗中云"岳寺逍遥梦，侯门勉强居"。此诗亦云及思乡。故此诗作于齐己晚年居荆州期间（921—938）。
　　[2] 局促：狭窄，窄小。正因炉子窄小，取暖之人踞曲久坐就会感到疲劳，故云"寒炉局促坐成劳"。
　　[3] 二毛：指老者头发黑白二色间杂。《左传》僖公二十二年："公曰：'君子不重伤，不禽（擒）二毛。'"杜预注："二毛，头白有二色。"庾信《哀江南赋序》："信年始二毛，即逢丧乱。"孟浩然《秦中苦雨思归，赠袁左丞、贺侍郎》："二毛催白发，百镒罄黄金。"
　　[4] 嗷嗷：声音众多嘈杂。《诗经·小雅·鸿雁》："鸿雁于飞，哀鸣嗷嗷。"韩愈《鸣雁》："嗷嗷鸣雁鸣且飞，穷秋南去春北归。"白居易《江

夜舟行》："叫曙嗷嗷雁，啼秋唧唧虫。"

　　[5] 忘言：原指目的达到凭借的手段可以丢掉。《庄子·外物》："言者所以在意，得意而忘言。"按，禅宗主张教外别传，不立文字，直指人心，见性成佛，"得意而忘言，悟理而遗教"，故亦提倡忘言得道。《六祖大师法宝坛经序》中云："妙道虚玄，不可思议，忘言得旨，端可悟明。"《宗镜录》卷八："五境既融，五观亦融，以俱融之智，契无碍之境，则心境无碍。心中有无尽之境，境上有无碍之心，故要忘言。"

　　[6] 袈裟：佛教僧众身上所着之法衣，有不正色、坏色、染色等意义，因为僧众所穿的法衣，都要染成浊色，故袈裟是依染色而立名的。又因其形状为许多长方形割截的小布块缝合而成，有如田畔，故又名割截衣或田相衣，亦称福田衣。不称：不合。萧曹：即萧何、曹参。《汉书·萧何曹参传》："萧何、曹参皆起秦刀笔吏……二人同心，遂安海内。淮阴、黥布等已灭，唯何、参擅功名，位冠群臣，声施后世，为一代之宗臣。"此处以"萧曹"代指王公大臣。

送太（泰）禅师归南岳[1]

　　石龛闲锁白猿边[2]，归去程途半在船。林簇晓霜离水寺[3]，路穿新烧入山泉。已寻岚壁临空尽[4]，却看星辰向地悬。有兴寄题红叶上，不妨收拾别为编。

【校勘】

　　"太"，丙本作"人"，误；甲、丁、戊、己、庚、辛本作"泰"，当从。

　　"猿"，庚本作"云"。

　　"程途"，甲本作"程途（一作途程）"，戊、己、庚、辛本作"途程"。

　　"不妨收拾别为编"，丁本作"不妨收拾为□编□"。

【注释】

　　[1] 太禅师：即泰禅师，谓僧玄泰，又谓泰布衲，生卒年里不详。嗣石霜庆诸禅师。所居兰若在衡山之东，号七宝台。平生不收门徒，逍遥求志。深于禅理，善歌诗，《宋高僧传》卷一七本传称其"于词笔，笔若有

神。四方后进，巡礼相见，皆用平怀之礼。尝以衡山之阳多被山民莫傜辈斩木烧山，损害滋甚。泰作《畲山谣》，远迩传播，达于九重，敕责衡州太守禁止。岳中兰若由是得存，不为延燎，泰之力也。……又为《象骨偈》、《诸禅祖塔铭》、《歌》、《颂》等，好事者编聚成集而行于代焉"，《祖堂集》卷九云其"平生所有歌行偈颂，遍于寰海道流耳目"，知其歌行偈颂曾编为集，可惜今不存。《全唐诗补编·续拾》卷三五收其歌偈三首。他曾为本寂、圆智、全豁等撰塔铭碑颂。光启四年（888），受嘱编录石霜庆诸言行。诗人齐己、栖蟾、修睦、李咸用等皆与之游。李咸用有《望仰山忆玄泰上人》、《冬夜与修睦上人宿远公亭，寄南岳玄泰禅师》。栖蟾有《赠南岳玄泰布衲》。修睦有《送玄泰禅师》。齐己另有《寄南岳泰禅师》诗。南岳：即衡山，在今湖南衡阳市北。

[2] 石龛：即掘凿岩崖以安置佛像的石室。

[3] 林簇：谓树林聚集成团或堆。

[4] 岚壁：谓雾气缭绕的岩壁。

山中寄凝密大师兄弟[1]

一炉薪尽室空然，万象何妨在眼前。时有兴来还觅句，已无心去即安禅[2]。山门影落秋风树，水国光凝夕照天。借问荀家兄弟内，八龙头角让谁先[3]。

【注释】

[1] 凝密大师：僧人，生卒年里不详。

[2] 安禅：佛家语，犹言入于禅定。

[3] "借问荀家"二句：《后汉书·荀淑传》："荀淑字季和，颍川颍阴人。……年六十七，建和三年卒，李膺时为尚书，自表师丧。二县皆为立祠。有子八人：俭、绲、靖、焘、汪、爽、肃、专，并有名称，时人谓之'八龙'。"后因以"八龙"喻才德出众之几兄弟。包何《相里使君第七男生日》："荀氏八龙唯欠一，桓山四凤已过三。"欧阳詹《酬裴十二秀才孩子咏》："王家千里后，荀氏八龙先。"

海棠花

繁于桃李盛于梅，寒食旬前社后归[1]。半月暄和留艳态[2]，两时风雨免伤摧。人怜格异诗重赋，蝶恋香多夜更来。犹得残红向春暮，牡丹相继发池台。

【校勘】

"归"，甲、乙、丙、丁本作"开"。

【注释】

[1] 寒食：节令名。在农历清明前一或二日。《初学记》卷四［寒食］："《荆楚岁时记》曰：去冬节一百五日，即有疾风甚雨，谓之寒食。禁火三日，造饧大麦粥。"社后：即春社后。春社一般在立春后第五个戊日举行。

[2] 暄和：和暖。白居易《花下对酒二首》之一："冷澹病心情，暄和好时节。"杜荀鹤《春日山居寄友人》："野吟何处最相宜，春景暄和好入诗。"

题赠湘西龙安寺利禅师[1]

头白已无行脚念[2]，自开荒寺住烟萝。门前路到潇湘尽[3]，石上云归岳麓多[4]。南祖衣盂曾礼谒[5]，东林泉月旧经过[6]。闲来松外看城郭，一片红尘隔逝波。

【校勘】

"寺"，丙本作"侍"。

【注释】

[1] 利禅师：生卒年里无考。早年曾游历曹溪宝林寺，礼瞻六祖慧能。后游历庐山东林寺。晚年寓居湘西龙安寺。与齐己关系较为密切。

[2] 行脚：谓出家人为修行之目的而四处求访名师，跋涉山川，参访各地。又称游行、游方。

[3] 潇湘：此指湘水。

[4] 岳麓：即岳麓山，在长沙市西南，隔湘江水六里。

[5] 南祖：谓禅宗六祖慧能。慧能以韶州（今广东曲江县东南）曹溪宝林寺为中心，开展教化活动，世人尊称为曹溪高祖，曹溪宝林寺亦成为禅宗著名祖庭。慧能卒后，肉身不坏，迄今仍存，归停曹溪。其遗物也一并入归曹溪。此诗云"南祖衣盂曾礼谒"，则知利禅师曾去曹溪参拜过慧能。

[6] 东林：谓庐山东林寺。

寄文浩百法[1]

当时六祖在黄梅[2]，五百人中眼独开。入室偶闻传绝唱[3]，昇堂客谩恃多才。铁牛无用成贞（真）角，石女能生是圣胎[4]。闻说欲抛经论去，莫教惆怅却空回。

【校勘】

甲、乙、丙本诗题后有"寄文浩百法（间欲拥毳参禅）"诸字，底本无。

"贞"，甲、乙、丙本作"真"，当从。

【注释】

[1] 文浩百法：不详。拥毳：谓穿着鸟毛所织之衣。

[2] 六祖：即禅宗第六代祖师慧能，南海新兴（广东新兴）人，俗姓卢。幼丧父，家贫，鬻薪事母。偶闻诵《金刚经》，萌出家之志，遂投五祖弘忍座下，并嗣其法，后于韶阳曹溪宝林寺树立法幢，大弘禅宗顿悟之旨，为达磨祖师入东土后之第六代祖师，世称六祖大师。黄梅：即今湖北省黄梅县。黄梅西北二十三公里处有黄梅山，以山中多梅树而得名。又，黄梅县有东、西二山，系禅宗四祖道信及五祖弘忍参禅得道处，五祖并以之为弘扬东山法门之根据地。其中道信住于黄梅西北十七公里之双峰山（西山）正觉寺，弘忍则振弘教化于黄梅东北十七公里处之冯茂山（东山）真惠寺，六祖慧能继承五祖弘忍之衣钵，弘法于黄梅西南城外之东渐寺。自此以后，黄梅遂丛林处处，而成为佛教胜地，史称黄梅佛国。最大者为

老祖寺、四祖寺、五祖寺三大禅林。清代圣祖曾颁赐"天下第一山"
匾额。

［3］入室偈：谓慧能之偈："菩提本无树，明镜亦非台。本来无一物
（此句敦煌本《坛经》作'佛性本清净'），何处惹尘埃！"

［4］"铁牛"二句：铁牛本无生气，不能生真角。石女也不能怀胎生
儿。禅宗常用此类悖谬问题劝人摆脱语言、观念及一切闻见的束缚，以便
直指人心，见性成佛。《古尊宿语录》卷二七《舒州龙门佛眼和尚语录》：
"五祖演和尚迁化，遗书至。上堂：'昨朝六月二十六，无角铁牛生四足。
哮吼一声人未知，撼动天关并地轴。"《会稽云门湛然澄禅师语录》卷五
《五位正编》："正中来，云何石女也怀胎。天明生个白头子，九月杨花遍
地开。"

谢人寄诗集

所闻新事即戈矛，欲去终疑是暗投[1]。远客寄言还有在，此□将谓总
无休。千篇著述诚难得，一字知音不易求。时入思量向何处，月圆孤凭水
边楼。

【校勘】

甲、乙、丙本诗题作"谢人寄新诗集"。

"此□"，甲、乙、丙本作"此门"。

【注释】

［1］暗投：用明珠暗投之典。《史记·邹阳传》："臣闻明月之珠，夜
光之璧，以暗投人于道路，人无不按剑相眄者。何则？无因而至前也。"
后多用以比喻怀才不遇。高适《送魏八》："此路无知己，明珠莫暗投。"
元稹《阳城驿》："飞章八九上，皆若珠暗投。"

谢元愿上人远〔寄〕《檀溪集》[1]

白首萧条居汉浦[2]，清吟编集号檀溪[3]。有人收拾应如玉，无主知音

只似泥。人理半筒黄叶句，遣怀多拟碧云题。犹能为我相思在，千里封来梦泽西[4]。

【校勘】

"远《檀溪集》"，甲、乙、丙本作"远寄《檀溪集》"，当从补一字"寄"。

"筒"，甲、乙、丙本作"同"。

【注释】

[1] 元愿：按齐己《答无愿上人书》诗中云"郑生驱骞岘山回，传得安公好信来。……必有南游山水兴，汉江平稳好浮杯"，知无愿为襄州僧。又此诗中云"元愿""白首萧条居汉浦"，则元愿亦乃襄州僧，二人当即一人，元愿当即无愿。无愿乃唐末至五代间僧。与齐己（864—938）年岁相仿，且为诗友。又此诗中云"犹能为我相思在，千里封来梦泽西"，则此时齐己居于荆州，故此诗作于齐己晚年居荆州期间（921—938）。

[2] 汉浦：谓汉江水滨。按，齐己有《寄岘山愿公三首》，则无愿居于岘山。又岘山在今湖北襄阳市南。李颀《送皇甫曾游襄阳山水兼谒韦太守》："岘山枕襄阳，滔滔江汉长。"李白《襄阳曲四首》之三："岘山临汉江，水绿沙如雪。"

[3] 檀溪：即无愿诗集《檀溪集》。

[4] 梦泽：即云梦泽，大致包括今湖南益阳、湘阴以北、湖北江陵、安陆以南、武汉以西地区。"梦泽西"谓荆州，时齐己居于此。

寄道林寺诸友[1]

吟兴终依异境长，旧游时入静思量。江声里过东西寺，树影中行上下方。春色湿僧巾屡腻[2]，松花沾鹤骨毛香。老来何计重归去，千里重湖浪渺茫。

【注释】

[1] 道林寺：在湖南长沙市西岳麓山下，濒临湘水。齐己早年曾于道林寺居住约十年。又，此诗中云"老来何计重归去，千里重湖浪渺茫"，据诗意，此诗当作于齐己晚年居荆州期间（921—938）。

[2] 巾屦：头巾和鞋。也作"巾履"。杜甫《题李尊师松树障子歌》："松下丈人巾屦同，偶坐似是商山翁。"柳宗元《赠江华长老》："室空无侍者，巾屦唯挂壁。"元结《宿丹崖翁宅》："往往随风作雾雨，湿人巾履满庭前。"

赠智满三藏[1]

灌顶清凉一滴通[2]，大毗卢藏遍虚空[3]。欲飞蒼葡（蔔）花无尽[4]，须待陀罗尼有功[5]。金杵力摧魔界黑[6]，水精光透夜灯红[7]。可堪东献明天子，命服新酢赞国风[8]。

【校勘】

"葡"，甲、乙、丙本作"蔔"，当从。

"酢"，甲、乙、丙本作"酬"。

【注释】

[1] 智满三藏：生卒年里不详。据此诗知其为密教僧人。三藏：即经藏、律藏、论藏，是印度佛教圣典之三种分类。另，三藏也是对精通经、律、论三藏者的尊称。又作三藏比丘、三藏圣师，或略称三藏。如称玄奘为大唐三藏。

[2] 灌顶：即以水灌于头顶，受灌者即获晋升一定地位之仪式。原为古代印度帝王即位及立太子之一种仪式，国师以四大海之水灌其头顶，表示祝福。佛教诸宗中，以密教特重灌顶，其作法系由上师以五瓶水（象征如来五智）灌弟子顶，显示继承佛位之意义。

[3] 大毗卢藏：毗卢即毗卢舍那之略。为佛之报身或法身。又作毗楼遮那。意译遍一切处、遍照、光明遍照。即密教之大日如来。大毗卢藏即谓密教经典。

[4] 蒼葡花：当作"蒼蔔花"，"蔔"即"卜"。蒼卜花，其香无比。《长阿含经》卷二十："其陆生花：解脱花、蒼卜花、婆罗陀花、须曼周那花、婆师花、童女花。……"《长阿含经》卷二二："或复有人，为念彼女，求利及饶益，求安隐快乐，以青莲华鬘，或蒼卜华鬘，或修摩那华鬘，或婆师华鬘，或阿提牟哆华鬘，持与彼女。彼女欢喜，两手受之，以严其头。"《念佛三昧宝王论》卷一："《净名经》中有嗅蒼卜不嗅余香，花

有着身不着身者，此是抑扬大乘也。"《西方合论》卷九："《因缘经》曰'譬如风性虽空，由旃檀林、蒼卜林吹香而来，风有妙香。若经粪秽臭尸而来，其风便臭。不如净衣置之香箧，出衣衣香。若置臭处，衣亦随臭。'"

［5］陀罗尼：梵语 dhāranī之音译。意译为总持、能持、能遮，即能令善法不散失，令恶法不起。一般指咒语。按，《妙法莲华经》卷七有《陀罗尼品》，如"尔时药王菩萨白佛言：'世尊，我今当与说法者陀罗尼咒以守护之。'即说咒曰：'安尔、曼尔、摩祢、摩摩祢……世尊，是陀罗尼神咒，六十二亿恒河沙等诸佛所说。若有侵毁此法师者，则为侵毁是诸佛已。'……尔时勇施菩萨白佛言：'世尊，我亦为拥护读诵受持《法华经》者说陀罗尼。若此法师得是陀罗尼，若夜叉，若罗刹，若富单那，若吉遮，若鸠盘茶，若饿鬼等伺求其短，无能得便。'即于佛前，而说咒曰：'痤、隶、摩诃、痤隶……世尊，是陀罗尼神咒，恒河沙等诸佛所说，亦皆随喜。若有侵毁此法师者，则为侵毁是诸佛已。'"

［6］金杵：即金刚杵。原为古代印度之武器。密教用作护法摧魔的法器，用金属或硬木制成。两端大，为刀头，中间细，便于握执。又称金刚智杵。密教以此杵象征如来金刚之智用，能破除愚痴妄想之内魔与外道诸魔障。

［7］水精：又作水晶、颇梨、颇胝迦。《翻译名义集》卷三："颇梨，或云塞颇胝迦，此云水玉，即苍玉也。或云水精，又云白珠。"《一切经音义》卷八："光明莹彻，净无瑕秽，有微青白色或红紫之别异也，亦神灵宝也。"《经律异相》卷四三："城中有七宝殿，名曰罗缦，以金、银、水精、瑠璃、珊瑚、虎珀、车磲为殿。……故得四宝城：金、银、水精、瑠璃。"

［8］命服：天子按照官爵的等级赐给的制服。《诗经·小雅·采芑》："服其命服，朱芾斯皇。"郑笺："命服者，命为将，受王命之服也。"周代官爵，自一命至于九命，分为九等，各等的衣服，均有一定之制。此处指天子敕赐的紫衣。

谢王先辈湘中回惠示卷轴[1]

少小即怀风雅情[2]，独能遗象琢淳精[3]。不教霜雪侵玄鬓[4]，便向云霄换好名。携去湘江闻鼓瑟，袖来缑岭伴吹笙[5]。多君百首贻衰飒[6]，留把吟行访竺卿[7]。

【注释】

[1] 王先辈：按，齐己另有《谢王先辈寄毡》、《谢王先辈昆弟游湘中回各见示新诗》二诗，则"王先辈"当为一人。又，《谢王先辈寄毡》诗中云"深谢高科客"，则王先辈曾经科举高第。而齐己《寄洛下王彝训先辈二首》之二亦云"高科旧少年"，知王彝训先辈亦曾高第，则王先辈当为王彝训先辈。另，《谢王先辈湘中回惠示卷轴》诗中云"携去湘江闻鼓瑟，袖来缑岭伴吹笙"，"缑岭"又名缑氏山，在今河南省偃师市，而偃师市正位于洛河下游，而《寄洛下王彝训先辈二首》诗题云"洛下王彝训先辈"，则王先辈亦即王彝训先辈可能为偃师人。卷轴：古代帛书或纸书，用轴卷束，故称卷轴。因诗写在卷轴上，故此"卷轴"借指诗集。

[2] "少小"句：按，齐己诗《孙支使来借诗集，因有谢》自云："冥搜从少小，随分得淳元。"《宋高僧传》本传云齐己："性耽吟咏，气调清淡。……己颈有瘤赘，时号诗囊。"《宣和书谱》云："戒律之外，颇好吟咏。"《五代史补》卷三云："僧齐己……七岁，与诸童子为寺司牧牛，然天性颖悟，于风雅之道，日有所得，往往以竹枝画牛背为篇什，众僧奇之，且欲壮其山门，遂劝令出家。"

[3] 遗象：谓忘却、舍弃表象。琢淳精：谓精雕细琢使诗作朴实完美。

[4] 玄鬓：谓黑发。白居易《自咏》："玄鬓化为雪，未闻休得官。"皇甫冉《送从弟豫贬远州》："忧来沽楚酒，玄鬓莫凝霜。"

[5] 缑岭：又名缑氏山，在今河南省偃师市。

[6] 贻：赠送。衰飒：枯萎、衰落。此处乃齐己谦称，犹言"老朽"。

[7] 竺卿：本是对天竺之僧人的尊称，后泛指僧人。

荆渚寄怀西蜀无染大师兄[1]

大沩心付白崖前[2]，宝月分辉照蜀天。圣主降情延北内，诸侯稽首问南禅[3]。清秋不动骊龙海，红日无私罔象川[4]。欲听吾宗旧山说，地边身老楚江边。

【注释】

[1] 荆渚：指荆州（今湖北江陵）。此诗当作于齐己晚年居荆州时（921—938）。无染：居于西蜀，沩仰宗弟子。

[2] 大沩：即沩山灵祐（771—853），沩仰宗初祖。福州长溪（福建霞浦县南）人，俗姓赵。法名灵祐。宪宗元和末年，栖止潭州大沩山，山民感德，群集共营梵宇，由李景让之奏请，敕号"同庆寺"。其后相国裴休亦来咨问玄旨，声誉更隆，禅侣辐辏，海众云集。师住山凡四十年，大扬宗风，世称沩山灵祐。齐己幼时即出家于大沩山同庆寺。

[3] 南禅：又作南宗、南宗禅。与"北宗"相对称。菩提达磨之法脉传至五祖弘忍后，分为慧能与神秀两支，神秀建法幢于北地，慧能扬宗风于南方，故有"南能北秀"之称。南宗之禅风完全摆脱教网，不堕于名相，不滞于言句，提倡顿悟，后世称为南顿，又称祖师禅。此宗至后世极盛，更有五家七宗之分派，故后人以南宗为禅之正宗，而以慧能为禅宗第六祖。

[4] 罔象：水怪。《史记·孔子世家》："水之怪，龙、罔象。"集解引韦昭曰："或云罔象食人，一名沐肿。"

谢武陵徐巡官远寄五七字诗集[1]

五字才将七字争[2]，为君聊敢试悬衡[3]。鼎湖菡萏摇金影[4]，蓬岛鸾凰舞翠声[5]。还是灵龟巢得稳，要须仙子驾方行。两编珍重遥相惠，何日灯前尽此情。

【校勘】

"凰"，甲本作"皇"。

"编"，甲本作"边"。

"日"，甲、乙、丙本作"夕"。

【注释】

[1] 武陵：县名，治所在今湖南常德。徐巡官：不详。巡官，幕职名。唐五代节度、观察使府各置一人，位次判官、推官下。有的掌管军

田，有的掌管防御，盖随使立名，迄无定制。此诗题云"远寄"，则齐己时在荆州，故此诗作于齐己晚年居荆州期间（921—938）。

[2] 五字：五言诗。七字：七言诗。

[3] 悬衡：悬称，即天平。也作"县衡"。引申为轻重相等，势均力敌。《战国策》卷五〔秦三〕："楚破，秦不能与齐县衡矣。……利有千里者二，富擅越隶，秦乌能与齐县衡？"

[4] 鼎湖：在今河南灵宝南。相传黄帝铸鼎于荆山下，鼎成，有龙垂胡髯迎黄帝上天。后世因名其处曰鼎湖。

[5] 蓬岛：即蓬莱。《史记·封禅书》："自威、宣、燕昭，使人入海，求蓬莱、方丈、瀛洲。此三神山者，其傅在勃海中，去人不远；患且至，则船风引而去。盖尝有至者，诸仙人及不死之药皆在焉。其物禽兽尽白，而黄金、白银为宫阙。未至，望之如云；及到，三神山反居水下。临之，风辄引去，终莫能至云。"

重宿旧房与愚上人静话[1]

曾此栖心过十冬，今来潇洒属生公[2]。檀栾旧植青添翠[3]，菡萏新栽白换红。北面城临灯影合，西邻壁近讲声通[4]。不知门下趋□〔筵〕士，何似当时石解空[5]。

【校勘】

"趋□"，甲、乙、丙、丁本作"趋筵"，据之补。

【注释】

[1] 旧房：谓道林寺之房，齐己曾于道林寺居住十年。齐己《怀潇湘即事寄友人》诗云："浸野淫空潢荡和，十年邻住听渔歌。城临远棹浮烟泊，寺近闲人泛月过。……可怜千古怀沙处，还有鱼龙弄白波。"此诗又云："曾此栖心过十冬，今年潇洒属生公。"愚上人：道林寺僧人。

[2] 生公：梁时高僧竺道生（355—434），又称道生，钜鹿（河北平乡）人，俗姓魏。后改姓竺。罗什门下四哲之一。此处借指愚上人。

[3] 檀栾：秀美貌。多用来形容竹。枚乘《梁王菟园赋》："修竹檀栾，夹池水，旋菟园，并驰道。"薛道衡《宴喜赋》："坐檀栾修竹之园，

水逶迤而绕砌，风清泠而入轩。"后用作竹的代称。王维《斤竹岭》："檀栾映空曲，青翠漾涟漪。"白居易《题卢秘书夏日新栽竹二十韵》："几声清淅沥，一簇绿檀栾。"吴融《玉堂种竹六韵》："当砌植檀栾，浓阴五月寒。"此处亦指竹。

[4] 讲声：谓讲经声。

[5] 石解空：相传竺道生曾于江苏虎丘山聚石为徒，阐述"阐提成佛"之说，感群石点头，后世遂有"生公说法，顽石点头"之美谈。《续灯正统》卷一："岂不见，生公台畔，空落雨华，顽石点头。"

谢南平王赐山鸡[1]

五色文章类彩鸾[2]，楚人罗得半摧残[3]。金笼莫恨伤冠帻[4]，玉粒须惭剪羽翰[5]。孤立影危丹槛里，双栖伴在白云端。上台爱育通幽细，却放溪山去不难。

【校勘】

"须"，甲、丙本作"颁"。

【注释】

[1] 南平王：即高季兴。按，《资治通鉴》同光二年（924）三月条云："丙午，加高季兴兼尚书令，进封南平王。"故此诗当作于同光二年三月后、高季兴（858—929）卒前，即 924—929 年间。山鸡：鸟名。形似雉。雄者全身红黄色有黑斑，尾长。雌者黑色，微赤，尾短。

[2] 五色：青、黄、赤、白、黑五种颜色。后泛指各种色彩。文章：错杂的色彩或花纹。古代以青与赤相配合为文，赤与白相配合为章。《庄子·胠箧》："灭文章，散五采，胶离朱之目，而天下始人含其明矣。"韦夏卿《送顾况归茅山》："鸾凤文章丽，烟霞翰墨新。"元稹《寄乐天二首》之二："论才赋命不相干，凤有文章雉有冠。"

[3] 罗得：张网捕得。

[4] 冠帻：帽子和头巾。

[5] 羽翰：羽毛。孟郊《出门行二首》之二："参辰出没不相待，我欲横天无羽翰。"宋齐丘《陪游凤凰台献诗》："安得生羽翰，雄飞上寥廓。"

荆门病中雨后书怀寄幕中知己[1]

病根翻作忆山劳，一雨聊堪浣郁陶[2]。心白未能忘水月，眼青独得见秋毫[3]。蝉声晚促枝枝急，云影晴分片片高。还忆赤松兄弟否[4]，别来应见鹤衣毛。

【校勘】

"促"，甲、丙本作"簇"。

【注释】

[1] 荆门：今湖北江陵。此诗当作于齐己晚年居荆州时（921—938）。

[2] 浣：洗涤。郁陶：忧思郁结。刘长卿《南楚怀古》："南国久芜没，我来空郁陶。"贾岛《送李戎扶侍往寿安》："临别不挥泪，谁知心郁陶。"

[3] 眼青：青眼。《晋书·阮籍传》："籍又能为青白眼，见礼俗之士，以白眼对之。及嵇喜来吊，籍作白眼，喜不怿而退。喜弟康闻之，乃赍酒携琴造焉。籍大悦，乃见青眼。"

[4] 赤松：赤松山，在今浙江金华境内。

宿江寺[1]

岛僧留宿慰衰颜，旧住何妨老未还。身共锡声离鸟外[2]，迹同云影过人间。曾无梦入朝天路，忆有诗题隔海山。珍重来晨渡江去，九华青里扣松关[3]。

【注释】

[1] 按，此诗题云"宿江寺"，诗中又云"衰颜"，知齐己时已衰老且在荆州，故此诗作于齐己居荆州期间（921—938）。

[2] 锡声：锡杖之声。

[3] 九华：即九华山，在今安徽省青阳县。

谢贯微上人寄示古风今体四轴[1]

　　四轴骚词书八行[2]，捧吟肌骨遍清凉。谩求龙树能医眼[3]，休问图澄学洗肠[4]。今体尽搜初剖判[5]，古风淳凿未玄黄[6]。不知谁肯降文阵，阅点旌旗敌子房[7]。

【校勘】

　　"阅"，甲、乙、丙本作"暗"。

【注释】

　　[1] 贯微：又作贯徽。韶阳（今广东曲江县）人。与齐己（864—938）年岁相仿，亦与齐己为诗友，齐己另有《拟嵇康绝交寄湘中贯微》、《荆门病中寄怀贯微上人》、《荆州寄贯微上人》、《寄武陵贯微上人二首》、《寄武陵微上人》、《酬微上人》、《韶阳微公》诸诗。古风：诗体的一种，即五七言之非绝非律者。如李白集中有《古风》五十七首。今体：即近体诗，唐代兴起的格律诗，唐人谓之"今体"，包括绝句、律诗，平仄、对仗等有一定的格律。

　　[2] 书八行：即八行书。按，旧时信笺每页八行，因称书信为八行、八行书。

　　[3] 谩求：随便胡乱地寻求。龙树（约 150—250）：印度大乘佛教史上最伟大的论师，也是中观学派（空宗）的奠基者。龙树出身于南天竺的婆罗门种姓，自幼颖悟，学四吠陀、天文、地理、图纬秘藏及诸道术等，无不通晓。出家后，广习三藏。其后，在南天竺，得国王之护持，而大弘佛法，并摧伏各种外道。著述有《中论》、《大智度论》、《十二门论》、《十住毗婆沙论》等数十部书，有"千部论主"之称。传说龙树擅长药术，能医治各种疾病，如《南海寄归内法传》卷一《朝嚼齿木》条云："每日旦朝，须嚼齿木，揩齿刮舌，务令如法。盥漱清净，方行敬礼。……少壮者任取嚼之，老宿者乃椎头使碎。其木条以苦涩辛辣者为佳，嚼头成絮者为最。粗胡叶根，极为精也。坚齿口香，消食去癊，用之半月，口气顿除。牙疼齿愈，三旬即愈。要须熟嚼净揩，令涎癊流出，多水净漱，斯其法也。次后若能鼻中饮水一抄，此是龙树长年之术。必其鼻中不串，口饮亦

佳，久而用之便少疾病。"故此诗云"龙树能医眼"。

[4] 图澄：即佛图澄（232—348），晋代高僧。西域人，本姓帛（以姓氏论，应是龟兹人）。具有神通力、咒术、预言等灵异能力。西晋怀帝永嘉四年（310）至洛阳，年已七十九，时值永嘉乱起，师不忍生灵涂炭，策杖入石勒军中，为说佛法，并现神变，石勒大为信服，稍敛其焰，并允许汉人出家为僧。石勒死后，石虎继位，尤加信重，奉为大和尚，凡事必先咨询而后行。三十八年间，建设寺院近九百所，受业之弟子几达一万，追随者常有数百，其中堪以代表晋代之高僧者，有道安、竺法首、竺法汰、竺法雅、僧朗、法和、法常等。永和四年（348）十二月八日，示寂于邺官寺，世寿一一七岁。师虽无述作传世，然持律严谨，其对当时之戒律，应有相当之改革。又对我国佛教先觉者道安之指导，于佛教思想史而言，实具极大之意义。按《晋书》卷九十五《佛图澄》："佛图澄，天竺人也。本姓帛氏。少学道，妙通玄术。永嘉四年，来适洛阳，自云百有余岁，常服气自养，能积日不食。善诵神咒，能役使鬼神。腹旁有一孔，常以絮塞之，每夜读书，则拔絮，孔中出光，照于一室。又尝斋时，平旦至流水侧，从腹旁孔中引出五脏六腑洗之，讫，还内腹中。又能听铃音以言吉凶，莫不悬验。"《高僧传》卷九《佛图澄传》："（佛图）澄左乳傍先有一孔，围四五寸，通彻腹内。有时肠从中出，或以絮塞孔。夜欲读书，辄拔絮，则一室洞明。又斋日辄至水边，引肠洗之，还复内中。"故此诗云"图澄学洗肠"。

[5] 剖判：辨别，分析。唐武宗《九天生神保命斋词》："剖判元黄，裁成品汇，幽明既辨，主宰有伦。"毋煚《撰集四部经籍序略》："夫经籍者，开物成务，垂教作程，圣哲之能事，帝王之达典。而去圣已久，开凿遂多，苟不剖判条源，甄明科部，则先贤遗事，有卒代而不闻。"

[6] 淳凿："淳"，尽。《汉书·食货志》（上）："若山林薮泽原陵淳卤之地。"后注引晋灼云："淳，尽也，乌卤之田不生五谷也。""淳凿"即尽力开凿、尽力挖掘、反复锤炼。玄黄：病貌。《诗经·卷耳》："陟彼高冈，我马玄黄。"王建《闻故人自征戍回》："亦知远行劳，人悴马玄黄。"未玄黄：谓贯微古风经反复锤炼后没有语病，极为允当精练。

[7] 子房：即张良，字子房，辅佐汉高祖刘邦缔造帝王之业。张良智谋过人，能运筹帷幄之中，决胜千里之外。《史记·留侯世家》载："沛公

拜良为厩将。良数以《太公兵法》说沛公。……张良多病，未尝特将也，常为画策臣，时时从汉王。……汉六年正月封功臣。良未尝有战斗功，高帝曰：'运筹策帷帐中，决胜千里之外，子房功也。自择齐三万户。'乃封张良为留侯，与萧何等俱对。"齐己认为僧贯微操纵诗文运用自如，有如张良运筹帷幄之中，故云"不知谁肯降文阵，阅点旌旗敌子房"。

荆州贯休大师旧房[1]

疏篁抽笋柳垂阴[2]，旧是休公种境（一作此）吟[3]。入贡文儒来请益[4]，出官卿相驻过寻。右军书画神传髓[5]，康乐文章梦授心[6]。消得青城千嶂下[7]，白莲标塔帝恩深[8]。

【校勘】

"境"，甲本作"境（一作此）"，丁、戊、己、庚、辛本作"此"。

"消"，甲、乙、丙本作"销"。

"恩"，辛本作"思"。

【注释】

[1] 贯休（832—912）：俗姓姜，字德隐，婺州兰溪（今属浙江）人。齐己与之交往密切，除此诗外，还有《荆州贯休大师旧房》、《闻贯休下世》诗。又，此诗题云"荆州贯休大师旧房"，此"旧房"当为贯休在江陵龙兴寺所居之房。

[2] 篁：竹的通称。柳宗元《清水驿丛竹天水赵云余手种一十二茎》："檐下疏篁十二茎，襄阳从事寄幽情。"雍陶《和刘补阙秋园寓兴六首》之四："疏篁抽晚笋，幽药吐寒芽。"

[3] 休公：即贯休。

[4] 请益：请教。朱湾《咏玉》："请益先求友，将行必择师。"周贺《赠姚合郎中》："两衙向后长无事，门馆多逢请益人。"

[5] 右军：王羲之（303—361）。按，王羲之曾为右军将军，故后人习称之为王右军。

[6] 康乐：谢灵运（385—433）。按，谢灵运于晋安帝元兴元年（402），袭封康乐公，时年十八，故后人又习称之为"谢康乐"。

[7] 青城：即青城山，在四川灌县西南。道家以此山为第五洞天，上有清泉，谓之潮泉。岷山连轴千里，青城山为第一峰。千嶂：形容山峰之多。

[8] "白莲标塔"句：按，昙域《禅月集后序》云："壬申岁（912）十二月，（贯休）召门人曰：……言讫奄然而绝息。……（王建）敕令四众，共助葬仪。特竖灵塔，敕谥曰白莲之塔。以癸酉年（913）三月七日于成都北门外十余里置塔之所，地号升迁。"《宝刻类编》卷八云："《白莲塔记》，庞延翰撰，（昙）域撰额，永平三年，成都。"知贯休卒后，前蜀高祖王建于永平三年（913）三月七日为贯休起白莲塔，庞延翰撰《白莲塔记》，昙域撰额，故此诗云"白莲标塔帝恩深"。

寄谷山长老[1]

游遍名山祖遍寻，却来尘世浑光阴[2]。肯将的的吾师意[3]，拟付茫茫弟子心[4]。岂有虚空遮道眼[5]，不妨文字问知音。沧浪万顷三更月，天上何如水底深。

【注释】

[1] 谷山长老：谷山指湖南省潭州之谷山。"长老"是指年龄长而法腊高，智德俱优的大比丘。《五灯会元》卷六有潭州谷山藏禅师、潭州谷山有缘禅师；卷八有潭州谷山和尚；卷十五有潭州谷山丰禅师。此诗中之谷山长老或即是潭州谷山和尚。

[2] 浑光阴：糊里糊涂、浑浑噩噩地混日子。

[3] 的的：分明貌。

[4] 茫茫：模糊不清，茫然无知。李颀《临别送张諲入蜀》："四海维一身，茫茫欲何去。"杜甫《怀锦水居止二首》之二："惜哉形胜地，回首一茫茫。"

[5] 道眼：指修道而得之眼力或观道之眼。《释氏要览》卷三："凡具道眼有可尊之德者，命为长老。"《楞严经》卷一："发妙明心，开我道眼。"注曰："真妄显现，决择分明，曰道眼。"敦煌变文《大目干连冥间救母变文》："罗卜三周礼毕，遂即投佛出家，丞（承）宿习因，闻法证得

阿罗汉果，即以道眼访觅慈亲。"

寄黄晖处士[1]

蒙氏艺传黄士子[2]，独闻相继得名高。锋铓妙夺金鸡距，纤利精分玉兔毫[3]。濡染只应亲赋咏，风流不称近弓刀。何妨寄我临池兴[4]，忍使江淹役梦劳[5]。

【校勘】

"士"，甲、乙、丙本作"氏"。

"弓"，甲、丙本作"方"。

【注释】

[1] 黄晖：据此诗，此人造笔。处士：谓有德才而隐居不愿做官的人。

[2] 蒙氏：指蒙恬（? —公元前210年），姬姓，蒙氏，名恬。祖籍齐国，山东人。秦始皇时期的著名将领。传说他曾改良过毛笔。《太平御览》卷六百五〔笔〕："《博物志》曰：'蒙恬造笔。'崔豹《古今注》曰：牛亨问曰：'古有书契已来便应有笔也，世称蒙恬造笔，何也?'答曰：'自蒙恬始作秦笔耳。以柘木为管，以鹿毛为柱，羊毛为皮，所谓鹿毫竹管也，非谓古笔也。'"清代大学者赵翼在《陔馀丛考》卷十九〔造笔不始蒙恬〕："笔不始于蒙恬明矣。或恬所造，精于前人，遂独擅其名耳。"黄士子：即黄晖。

[3] "锋铓妙夺"二句："金鸡距"，笔名。短锋，形如鸡距之笔，故名。因其形制似鸡爪后面突出的距，故称鸡距笔。其笔锋短小犀利。"玉兔毫"，毛笔。兔毛可制笔，因用兔毫作为毛笔的代称。《初学记》卷二一〔笔第六·事对〕引王羲之《笔经》曰："汉时诸郡献兔毫，出鸿都，唯有赵国毫中用。时人咸言，兔毫无优劣，管手有巧拙。"白居易《鸡距笔赋》曰："足之健兮有鸡足，毛之劲兮有兔毛。就足之中，奋发者利距；在毛之内，秀出者长毫。合为乎笔，正得其要。象彼足距，曲尽其妙。圆而直，始造意于蒙恬；利而铦，终骋能于逸少。始则创因智士，制在良工。拔毫为锋，截竹为筒。视其端若武安君之头锐，窥其管如元元氏之心空。……

故不得兔毫，无以成起草之用；不名鸡距，无以表入木之功。……斯距也，如剑如戟，可系可缚。将壮我之毫铦，必假尔之锋锷。遂使见之者书狂发，秉之者笔力作。"

[4] 临池：临池学书。《晋书·王羲之传》："张芝临池学书，池水尽黑。"刘禹锡《答后篇》："近来渐有临池兴，为报元常欲抗行。"

[5]"忍使江淹"句：诗用江淹梦笔之事。《南史》卷五九《江淹传》："淹少以文章显，晚节才思微退。云为宣城太守时罢归，始泊禅灵寺渚，夜梦一人自称张景阳，谓曰：'前以一匹锦相寄，今可见还。'淹探怀中得数尺与之，此人大恚曰：'那得割截都尽。'顾见丘迟谓曰：'余此数尺既无所用，以遗君。'自尔淹文章踬矣。又尝宿于冶亭，梦一丈夫自称郭璞，谓淹曰：'吾有笔在卿处多年，可以见还。'淹乃探怀中，得五色笔，一以授之。尔后为诗，绝无美句，时人谓之才尽。"方干《再题路支使南亭》："睡时分得江淹梦，五色毫端弄逸才。"黄滔《喜侯舍人蜀中新命三首》之三："内人未识江淹笔，竟问当时不早求。"此处"江淹"乃齐己自指。

荆门勉怀寄道林寺诸友[1]

荣枯得丧理昭然[2]，谁敩离骚更问天。生下便知真梦幻[3]，老来何必叹流年。清风不变诗应在，明月无踪道可传。珍重匡庐沃州主，披衣抛却好林泉[4]。

【校勘】

"丧"，甲本作"失"。

"州"，甲、乙、丙本作"洲"。

"披"，甲、乙、丙本作"拂"。

【注释】

[1] 荆门：指今湖北江陵。道林寺：在湖南长沙市西岳麓山下，濒临湘水。齐己早年曾于道林寺居住约十年。又，此诗题云"荆门勉怀寄道林寺诸友"，则此诗作于齐己晚年居荆州时（921—938）。

[2] 昭然：明白清楚。

[3]"生下"句：按，《金刚经》云："一切有为法，如梦幻泡影。如露亦如电，应作如是观。"王维《游李山人所居因题屋壁》："世上皆如梦，狂来止自歌。"清江《长安卧病》："已觉生如梦，堪嗟寿不知。"

[4]"珍重匡庐"二句：匡庐，庐山的别称。东晋名僧慧远曾居于此。沃州：亦作沃洲，在浙江新昌县东。晋代高僧支遁曾居于此。按，《高僧传》卷六《慧远传》："及届浔阳，见庐峰清静，足以息心，始住龙泉精舍。……桓乃为远复于山东更立房殿，即东林是也。远创造精舍，洞尽山美，却负香炉之峰，傍带瀑布之壑，仍石垒基，即松栽构，清泉环阶，白云满室。复于寺内别置禅林。……（桓）玄后以震主之威，苦相延致，乃贻书骋说，劝令登仕。远答辞坚正，确乎不拔，志瑜丹石，终莫能回。……自远卜居庐阜，三十余年影不出山，迹不入俗。每送客游履，常以虎溪为界焉。"《高僧传》卷四《支遁传》："俄又投迹剡山，于沃洲小岭立寺行道，僧众百余常随禀学。……至晋哀帝即位，频遣两使，征请出都。止东安寺讲道行波若，白黑钦崇，朝野悦服。……遁淹留京师涉将三载，乃还东山，上书告辞曰：'……贫道野逸东山，与世异荣，菜蔬长阜，漱流清壑，缊缕毕世，绝窥皇阶，不悟干光曲曜，猥被蓬荜，频奉明诏，使诣上京，进退维谷，不知所厝。……上愿陛下时蒙放遣，归之林薄，以鸟养鸟，所荷为优。谨露板以闻，申其愚管，裹粮望路，伏待慈诏。'诏即许焉。……既而收迹剡山毕命林泽。"慧远为庐山之主，支遁为沃洲之主，二人皆辞却帝王大臣的诏用，归隐山林，故云"珍重匡庐沃州主，披衣抛却好林泉"。

答崔校书[1]

雪色衫衣绝点尘，明知富贵是浮云。不随喧滑迷贞（真）性[2]，何用潺湲洗污闻[3]。北阙会抛红駊騀[4]，东林社忆白氛氲[5]。清吟有兴频相示，欲答多惭蠹蚀文[6]。

【校勘】

"贞"，甲、乙、丙本作"真"，当从。

"答"，甲本作"得"。

【注释】

[1] 崔校书：齐己另有《与崔校书静话言怀》，诗中云"同年生在咸通里"。按，齐己生于咸通五年（864），则崔校书亦生于咸通五年（864）。校书即校书郎。唐代秘书省及著作局、弘文馆、崇文馆皆置校书郎，掌校雠典籍，正九品上，皆为美职，而以秘书省校书郎为最。

[2] 喧滑：即"喧哗"，声大而嘈杂。此处指世俗社会的纷纷扰扰。贞性：当作"真性"，不假叫做真，不变叫做性。真性即不妄不变之真实本性，此乃吾人本具的清净心体。佛教主张吾人所具之真性与佛菩萨之真性本无二致。《楞严经》卷一曰："前尘虚妄相想，惑汝真性。"

[3] 潺湲：水流貌。此处指慢慢流的河水。孟浩然《经七里滩》："挥手弄潺湲，从兹洗尘虑。"

[4] 駊騀：马起伏奔腾，纵恣奔突。杜甫《扬旗》："庭空六马入，駊騀扬旗旌。"韩偓《多情》："酒荡襟怀微駊騀，春牵情绪更融怡。"

[5] 东林社：即慧远等人于庐山东林寺所结之白莲社。氤氲：盛貌。此处指东林寺白莲花开得极其茂盛。岑参《送蜀郡李掾》："江城菊花发，满道香氤氲。"刘禹锡《游桃源一百韵》："蕊检香氤氲，醮坛烟幂幂。"白居易《感白莲花》："初来苦憔悴，久乃芳氤氲。"

[6] 蠹蚀文：蠹即蛀虫。"蠹蚀文"即被蠹蚀的诗文。

乞樱桃

去年曾赋此花诗，几听南园烂熟时。嚼破红香堪换骨，摘残丹颗欲烧枝。流莺偷啄心应醉，行客潜窥眼亦痴。闻说张筵就珠树[1]，任从攀折半离披[2]。

【校勘】

"熟"，丙本作"热"。

【注释】

[1] 张筵：举办宴席。

[2] 离披：散乱貌。宋玉《九辩》："白露既下降百草兮，奄离披此梧楸。"韦应物《简恒璨》："空庭夜风雨，草木晓离披。"

寄南雅上人[1]

曾得音书慰暮年，相思多故信难传。清吟何处题红叶，旧社空怀堕白莲[2]。山水本同真趣向，侯门刚有薄因缘。他时不得君招隐[3]，会逐南归楚客船。

【注释】

[1] 南雅上人：生卒年里不详。此诗中云"曾得音书慰暮年"，知齐己时已年老，故此诗当作于齐己晚年居荆州期间（921—938）。

[2] 旧社：谓白莲社。

[3] 招隐：即招人归隐。晋代左思、陆机均有《招隐》诗，皆咏隐居之乐。

寄欧阳侍郎 (时在嘉州馈遗)[1]

又闻繁总在嘉州[2]，职重身闲倚市楼。大象影和山面落[3]，两江声合郡前流[4]。棋轻国手知难敌，诗是天才肯易酬。毕竟男儿自高达，从来心不是悠悠[5]。

【校勘】

"市"，甲、乙、丙本作"寺"。

【注释】

[1] 欧阳侍郎：即欧阳彬。按，齐己另有《谢欧阳侍郎寄示新集》、《酬蜀国欧阳学士》、《荆门病中寄怀乡人欧阳侍郎彬》诸诗，此"欧阳侍郎"、"欧阳学士"即欧阳彬（？—950），字齐美，衡州衡山（今湖南衡阳）人，与齐己乃同乡。前蜀时入成都，献《万里朝天赋》，后主览之大悦，擢居清要。乾德六年（924）担任兵部（一作户部）侍郎、翰林学士。故此诗与上述诸诗皆约作于本年前后，最迟至齐己卒前（938）。又，此诗中云"又闻繁总在嘉州，职重身闲倚寺楼"，且诗题下注"时在嘉州馈遗"，可知欧阳彬时在嘉州。按，欧阳彬于后蜀后主广政（938—965）初

为嘉州刺史，故此诗约作于 938 年。嘉州：唐剑南道嘉州犍为郡，领县八，治龙游县，即今四川省乐山市。下有龙游、平羌、峨眉、夹江、玉津、绥山、罗目、犍为等县。《旧唐书》卷四一 [剑南道]："嘉州中，隋眉山郡。武德元年，改为嘉州。……上元元年，以戎州之犍为来属。天宝元年，改为犍为郡。乾元元年，复为嘉州。"《通典》卷一七五 [犍为郡]："嘉州，今理龙游县。故夜郎国，汉武开之，置犍为郡，后汉、晋、宋、齐皆因之。西魏置眉州。后周改为青州，寻又改为嘉州，并置平羌郡。隋炀帝置眉山郡。大唐为嘉州，或为犍为郡。"

[2] 繁总：指一向繁忙，总是繁忙。薛能《赠苗端公二首》之一："繁总近何如，君才必有余。"

[3] 大象：指普贤菩萨之像。

[4] 两江：即衣江和青衣江。《通典》卷一七五 [犍为郡]："嘉州，今理龙游县。……龙游，汉曰青衣。地在衣江、青衣二衣之会。"

[5] 悠悠：此处指懒惰、松懈、庸俗。《诗经·小雅·车攻》："萧萧马鸣，悠悠旆旌。"朱熹集传："萧萧、悠悠，皆闲暇之貌。"《淮南子·修务训》："（魏）文侯曰：段干木不趋势利，怀君子之道，……吾日悠悠惭于影，子何以轻之哉?"《晋书·王导传》："悠悠之谈，宜绝智者之口。"陶渊明《饮酒》之十二："摆落悠悠谈，请从余所之。"高适《涟上别王秀才》："行矣当自爱，壮年莫悠悠。"

与崔校书静话言怀[1]

同年生在咸通里，事物（佛）为儒趣尽高[2]。我性已甘披祖（祖）衲[3]，君心犹待脱蓝袍[4]。霜髭晓几临铜镜，雪鬓寒疏落剃刀。出世朝天俱未得，不妨还往有风骚[5]。

【校勘】

"物"，甲、乙、丙本作"佛"，当从。

"祖"，甲、乙、丙本作"祖"，当从。

【注释】

[1] 崔校书：齐己另有《答崔校书》诗，知二人交往较为密切。此诗

中云"同年生在咸通里",按,齐己生于咸通五年(864),则崔校书亦生于咸通五年(864)。校书即校书郎。

[2] 事物(佛)为儒:"事物",据诸本当为"事佛",此指齐己,齐己是僧人,故云事佛。"为儒"指崔校书。

[3] 祖衲:据诸本当为"祖衲",指祖传的衲衣。此句言齐己已甘心做僧人。

[4] 蓝袍:蓝色的袍子,乃低级官员所穿。

[5] 风骚:本为诗经和楚辞的并称,后泛指诗文。

谢人惠拄杖

邛州灵境产修篁[1],九节材应表九阳[2]。造化已能分尺度,保持争合与寻常。幽林剪破清秋影,高手携来绿玉光。深谢鲁儒怜潦倒[3],欲教撑拄绕禅床。

【注释】

[1] 邛州:南朝梁置,隋废,唐复置。初治依政县,在今四川邛崃市东南,后移治临邛,即今邛崃市。《旧唐书》卷四一[剑南道]:"邛州上,隋临邛郡之依政县。武德元年,割雅州之依政、临邛、临溪、蒲江、火井五县,置邛州于依政县。三年,又置安仁县。显庆二年,移州治于临邛。天宝元年,改为临邛郡。乾元元年,复为邛州。"

[2] 九阳:《周易》以阳爻为九。《南岳总胜集》卷一:"其山形势,九向九背,应九阳之数。"九阳亦指天地的边沿。屈原《远游》:"朝濯发于汤谷兮,夕晞余身兮九阳。"注云:"九阳,谓天地之涯。"道家以纯阳为九阳。《云笈七籤》卷七十:"天地阳九,否泰动静,常数服金丹之人,逃出阴阳之外,九阳之表,故寿年无数也。"

[3] "深谢鲁儒"句:知拄杖乃鲁地文士所赠。

谢秦府推官寄《丹台集》[1]

秦王手笔序丹台[2]，不错褒扬最上才。凤阙几传为匠硕[3]，龙门曾用振风雷[4]。钱郎未竭精华去[5]，元白终存作者来[6]。两轴蚌胎骊颔耀，枉临禅室伴寒灰。

【注释】

[1] 秦府：指五代后唐秦王府李从荣的河南府。推官：唐代幕职名。唐时采访使、都团练使、观察使、经略使等使府皆置一员，掌推勾狱讼之事。位次判官、掌书记之下。五代因之。按，秦府推官即指高辇（？—933），青州益都（今属山东）人，五代后唐诗人。有诗集《丹台集》。天成四年（929）四月，秦王李从荣辟为河南府推官。《五代史补》卷二《秦王掇祸》条载："秦王从荣，明宗之爱子，好为诗，判河南府，辟高辇为推官。辇尤能为诗，宾主相遇甚欢。"长兴四年（933）李从荣败死，高辇亦被诛。故此诗作于齐己居荆南时，即作于921年至933年高辇被诛之间。

[2] 秦王：指五代后唐秦王李从荣（？—933），后唐明宗李嗣源第二子。长兴元年（930）八月，被封秦王。喜为诗，与从事高辇等更唱迭和，自称章句独步于一时。有诗千余首，编为《紫府集》，今不存。其诗无有传世者。此句言李从荣为高辇诗集《丹台集》作序。

[3] 凤阙：《史记·孝武本纪》："于是作建章宫，度为千门万户。……其东则凤阙，高二十余丈。"索隐："《三辅黄图》曰：'武帝营建章，起凤阙，高二十五丈。'……《三辅故事》云：'北有圆阙，高二十丈，上有铜凤皇，故曰凤阙也。'"后泛指帝王宫阙。

[4] 龙门：指李膺之门。《后汉书·党锢列传》："李膺字元礼，颍川襄城人也。……是时，朝廷日乱，纲纪颓弛，膺独持风裁，以声名自高。士有被其容接者，名为登龙门。"许棠《讲德陈情上淮南李仆射八首》之二："楚玉已曾分卞玉，膺门依旧是龙门。"

[5] 钱郎：钱起、郎士元。《新唐书·卢纶传后附录》："（钱）起，吴兴人。天宝中举进士，与郎士元齐名，诗语曰：'前有沈、宋，后有

钱、郎。'"

　　[6] 元白：元稹、白居易。

题画鹭鸶兼简孙郎中[1]

　　曾向沧江看不真[2]，却因图画见精神。何妨金粉资高格[3]，不用丹青点此身[4]。蒲叶岸长堪映带[5]，荻花丛晚好相亲[6]。思量画得胜笼得，野性由来不恋人。

　　【注释】

　　[1] 鹭鸶：即白鹭。白鹭头顶、胸肩、背皆生长毛，毛细如丝，故称。孙郎中：即孙光宪（？—968），字孟文，自号"葆光子"，陵州桂平（今四川仁寿）人。按，孙光宪于后唐天成元年（926）四月，自蜀至江陵，因梁震之荐，入荆南高季兴幕府为从事，检校郎中。此诗题云"孙郎中"，则当作于本年前后。

　　[2] 沧江：泛指江水。因江水呈青苍色，故称。真：清晰，明白。

　　[3] 金粉：金色的铅粉，可用作绘画。高格：高逸的品格。

　　[4] 丹青：丹砂和青䨼，可制作颜料用于绘画。

　　[5] 蒲叶：菖蒲之叶。菖蒲是一种水草，生于水边，有香气，根可入药。

　　[6] 荻花：荻草所开之花。荻与芦同为禾科而异种，叶较芦稍阔而韧。

贺行军太傅得《白氏东林集》[1]

　　乐天歌咏有遗编，留在东林伴白莲[2]。百氏典坟随丧乱[3]，一家风雅独完全。常闻荆渚通侯论[4]，果遂吴都使者传。仰贺斯文归朗鉴[5]，永资声政入薰弦。

　　【校勘】

　　"氏"，甲本作"尺"。

【注释】

[1] 行军：即行军司马，唐五代方镇幕职名。掌军符号令、军籍、兵械、粮廪衣赐之事。又元帅、都统等开府亦置此职，职掌同。太傅：训导之官，为天子所师法，实际无具体职掌。多为德高望重之元老大臣担任，如白居易，曾担任此职，人称白太傅。行军太傅：此指吴国德化王杨沇。《十国春秋》卷四："德化王沇，太祖第六子也。"杨沇曾于吴睿帝大和六年（934）得白居易文集，并遣人缮写。《全唐文》卷九一九录僧匡白《江州德化东林寺白氏文集记》，文中云："有吴之天下也，武以定乱，文以延英。……德化令公大王，……以风月为俦侣，骚雅为仇雠，虽姬旦之多才多艺，不足以同年语也。常于白集，是所留情。俄膺天命，秉旄钺出抚江城。……视事之暇，闲采图经，蹶然而悟。且曰：白傅尝谪为邦典午。及访之遗迹，又洗然忆东林等有其集焉。又询诸老僧，咸曰：'执事者不勤，颎无遗矣！'王咨嗟良久，顾谓诸辈：'何疏慢之若是？亡斯宝耶？'……白也冥蒙释子，述作非能，仰认奖录之深，讵可辄为陈让。……时太和六年岁次甲午八月己巳朔十二日庚辰，管内僧正讲论大德赐紫沙门匡白记。"时齐己在荆州，闻说此事，故作此诗贺其得白居易文集，此诗亦当作于吴睿帝大和六年（934）。

[2] "乐天歌咏"二句：白居易在世时就曾将其文集藏于庐山东林寺。白居易《东林寺白氏文集记》："昔余为江州司马时，常与庐山长老于东林寺经藏中披阅远大师与诸文士唱和集卷，时诸长老请余文集亦真经藏，唯然心许他日致之，迨兹余二十年矣。今余前后所著文大小合二千九百六十四首，勒成六十卷，编次既毕，纳于藏中。且欲与二林结他生之缘，复曩岁之志也，故自忘其鄙拙焉，仍请本寺长老及主藏僧，依远公文集例，不借外客，不出寺门，幸甚。太和九年夏，太子宾客晋阳县开国男太原白居易乐天记。"又《苏州南禅院白氏文集记》："唐冯翊县开国侯太原白居易字乐天，有文集七帙，合六十七卷，凡三千四百八十七首。……其集家藏之外，别录三本，一本真于东都圣善寺钵塔院律库中，一本真于庐山东林寺经藏中，一本真于苏州南禅字千佛堂内。"僧匡白《江州德化东林寺白氏文集记》："皇唐白傅之有文……匡集七十卷，一置东都圣善，一置苏州南禅，一置庐山东林。"

[3] 典坟：《三坟》、《五典》，泛指古代文化典籍。《左传》昭公十二

年：“是能读《三坟》、《五典》、《八索》、《九丘》。”注云：“皆古书名。”

[4] 荆渚：指荆州（今湖北江陵）。通侯：爵位名，即彻侯。《史记·李斯传》：“斯曰：‘斯，上蔡闾巷布衣也，上幸擢为丞相，封为通侯。’”

[5] 朗鉴：明亮的镜子。喻有明识之人。

韶阳微公[1]

曲江晴影石千株[2]，吾子思归梦断初[3]。有信北来山叠叠，无言南去雨疏疏[4]。祖师门接园林路[5]，丞相家同井邑居[6]。闲野老身留得否，相招多是秀才书。

【注释】

[1] 韶阳：即今广东省曲江县，唐代称韶州。《旧唐书》卷四一［岭南道］：“韶州，隋南海郡之曲江县。武德四年，平萧铣，置番州，领曲江、始兴、乐昌、临泷、良化五县。贞观元年，改为韶州，仍割洭州之翁源来属。八年，废临泷、良化二县。天宝元年，改为始兴郡。乾元元年，复为韶州。”微公：按，齐己有《寄武陵贯微上人二首》、《寄武陵微上人》、《酬微上人》等诗。“微上人”、“武陵微上人”即僧贯微。此诗中云“祖师门接园林路，丞相家同井邑居”，而《寄武陵微上人》亦云“善卷台边寺，松筠绕祖堂”，二诗均言及“祖师门”、“祖堂”，盖指一地，即六祖慧能韶州曹溪祖庭，则“微公”也即贯微。贯微，又作贯徽。韶阳（今广东曲江县）人。与齐己（864—938）年岁相仿。曾被赐紫。居武陵，曾入马希振幕府为客。与齐己为诗友，齐己另有《拟嵇康绝交寄湘中贯微》、《谢贯微上人寄示古风今体四轴》、《荆门病中寄怀贯微上人》、《荆州寄贯微上人》等诗。

[2] 曲江：县名，即今广东省曲江县。以浈水（即今广东北江的上游）回曲为名。汉置。旧治在今广东省韶关市南。《旧唐书》卷四一［岭南道］：“韶州，隋南海郡之曲江县。武德四年，平萧铣，置番州，领曲江、始兴、乐昌、临泷、良化五县。……曲江，汉县，属桂阳郡。在曲江川，州所治也。”

[3] “吾子思归”句：按，此诗题云“韶阳微公”，诗中又云“曲江晴

影石千株”，此句又云“思归梦”，则知贯微乃韶阳人，即广东曲江人。

[4]“有信北来”二句：据，齐己《寄武陵贯微上人二首》之二诗中云“两地别离身已老”。此诗云“有信北来”，即“有信来北”。又云“无言南去”，一北一南，则知齐己、贯微居于二地。考齐己一生履历，则知其此时居于荆州。故此诗当作于齐己居荆州期间（921—938）。按，齐己晚年欲入蜀，途经荆渚时被高季兴强留荆州。《宋高僧传》卷三〇本传：“梁革唐命，天下纷纭。于是高季昌禀梁帝之命，攻逐雷满出渚宫，己便为荆州留后，寻正受节度。迨乎均帝失御，河东庄宗自魏府入洛，高氏遂割据一方，搜聚四远名节之士，得齐之义丰、南岳之己，以为筑金之始验也。龙德元年辛巳中，礼己于龙兴寺净院安置，给其月俸，命作僧正，非所好也。”齐己《拟嵇康绝交寄湘中贯微》诗中云“岳寺逍遥梦，侯门勉强居”，亦言及自己居荆南的被强留和不得已。自921年起，齐己一直居住荆南。晚年在荆南郁郁不得志，作《渚宫莫问诗一十五首》述怀。其《渚宫莫问诗一十五首》序直抒这种抑郁心情：“予以辛巳（921）岁，蒙主人命居龙安寺。察其疏鄙，免以趋奉，爰降手翰，曰：‘盖知心在常礼也。’予不觉欣然而作，顾谓形影曰：‘尔本青山一衲，白石孤禅，今王侯构室安之，给俸食之，使之乐然，万事都外，游息自得，则云泉猿鸟，不必为狎，起放纵若是，夫何系乎？’自是龙门墙仞，历稔不复睹，况他家哉！因创莫问之题，凡一十五篇，皆以莫问为首焉。”其《荆州寄贯微上人》诗中亦云己身之烦恼“相思莫救烧心火，留滞难移压脑山”。既然居留荆州抑郁不乐，那么朋友“有信北来”问候，则当然“无言南去”相告，故云“有信北来山叠叠，无言南去雨疏疏”。

[5]祖师：本指开创一宗一派之人（开祖），或传承其教法之人（列祖）。此处指禅宗六祖慧能。祖师门：即六祖慧能韶州曹溪祖庭。慧能自仪凤二年（677）起，长期于曹溪双峰宝林寺弘法，故曹溪亦成为禅宗著名祖庭。如僧贯休有《题曹溪祖师堂》诗咏之。

[6]丞相家：谓马希振家。按，僧贯微曾入马希振幕府为客。马希振乃马殷长子。据《资治通鉴》卷二六三，马殷曾于昭宗天复二年（902）“加武安节度使马殷同平章事”，故云“丞相家”。

将之匡庐过浔阳[1]

帆过浔阳晚霁开，西风北雁似相催。大孤浪后青堆没，五老云中翠叠来[2]。此路便堪归水石，何门更合向尘埃。远公林下莲池畔，个个高人尽有才[3]。

【校勘】

"庐"，甲、乙、丙本作"岳"。

"浔阳"，甲、丙本皆作"寻阳"。

"孤"，甲本作"都"。

【注释】

[1] 匡庐：即庐山。浔阳：即寻阳，今江西九江市。

[2] 五老：即五老峰，是江西庐山南面峰名。

[3] "远公林下"二句：谓慧远及其莲社成员皆为高人才人。远公即慧远。莲池即白莲池。东晋太元九年（384），慧远入庐山，住虎溪东林寺，四方求道缁素望风云集。元兴元年（402）七月，集慧永、慧持、道生、刘遗民、宗炳、雷次宗等一百二十三人，于东林寺般若台无量寿佛像前建斋立誓，精修念佛三昧，以期往生西方。以寺之净池多植白莲，又为愿求莲邦之社团，故称白莲社。莲社成员多为高僧、隐士，且多才，故云。

寄湘幕王重书记[1]

抛掷浟江旧钓矶[2]，日参筹画废吟诗。可能有事关心后，得似无人识面时。官好近闻加茜服[3]，药灵曾说换霜髭。高才直气平生志，除却徒知即不知。

【注释】

[1] 湘幕：即湖南马楚幕府。王重：生卒年里不详，官于马楚。书记：即掌书记，掌书牍记录，为元帅府或节度使属官。

[2] 矶：水边石滩或突出的大石。

[3] 茜服：红色服装。中国自古以来，高官着红色朝服。此诗云"加茜服"，意谓王重升官。

宿沈彬进士书院[1]

相期只为话篇章[2]，踏雪曾来宿此房。喧滑尽消城满滴[3]，窗扉初掩岳茶香。旧山春暖生薇蕨[4]，大国尘昏惧杀伤。应有太平时节在，寒宵未卧共思量。

【校勘】

"满"，甲、乙、丙本作"漏"。

【注释】

[1] 沈彬：字子文，一作子美，洪州高安（今属江西）人。光化四年（即天复元年）三举下第后，南游到湖、湘一带，谒马殷，不遇，遂隐衡州云阳山十余年，与诗僧齐己、虚中为诗道之游。事见《唐才子传》卷十、《江南野史》卷六。齐己另有《寓居岳麓，谢进士沈彬再访》、《逢进士沈彬》。此三诗均称沈彬为进士，则当为敬称。又据诗意，三诗均当作于沈彬隐居衡州云阳山期间，亦即齐己居于长沙道林寺期间。

[2] 相期：相约。

[3] 喧滑："喧哗"，声大而嘈杂。

[4] 薇：野豌豆苗，可食。蕨：蕨菜，嫩叶亦可食。

静院

花院相重点破苔，谁心肯此话心灰[1]。好风时傍疏篁起，幽鸟晚从何处来。笔研兴狂诗沈谢[2]，香灯魂断忆宗雷[3]。浮生已问空王了[4]，急箭光阴一任催。

【校勘】

"研"，甲、乙、丙本作"砚"。

"诗"，甲、乙、丙本作"师"。

"了"，丙本作"子"。

"急箭"，甲、乙、丙本作"箭急"。

【注释】

[1] 心灰：谓心如死灰。《庄子·齐物论》："形固可使如槁木，而心固可使如死灰乎？"此处乃齐己自指。齐己诗中亦有称自己为"寒灰"者，如其《谢欧阳侍郎寄示新集》诗云："殷勤谢君子，迢递寄寒灰。"《谢秦府推官寄〈丹台集〉》诗云："两轴蚌胎骊颔耀，枉临禅室伴寒灰。"

[2] 沈谢：即齐梁永明体代表诗人沈约和谢朓。

[3] 宗雷：即莲社成员宗炳和雷次宗。

[4] 空王：佛之异名。《圆觉经》："佛为万法之王，又曰空王。"《楞严经》卷五："有佛出世，名曰空王。"白居易《郡斋暇日忆庐山草堂兼寄二林僧社三十韵多叙贬官已来出处之意》："不堪匡圣主，只合事空王。"司马扎《晓过伊水寄龙门僧》："山下禅庵老师在，愿将形役问空王。"

送白处士游峨嵋[1]

闲身谁道是羁游，西指峨嵋碧顶头。琴鹤几程随客棹，风霜何处宿龙湫[2]。寻僧石磴临天井[3]，研药秋崖倒瀑流[4]。莫为寰瀛多事在[5]，客星相逐不回休。

【校勘】

"研"，甲、乙、丙本作"斸"。

【注释】

[1] 白处士：生卒年里不详。齐己另有《赠白处士》。峨嵋：我国佛教四大名山之一，在四川省峨眉山市西南。又作峨眉山、蛾眉山。

[2] 龙湫：谓有龙的深潭。

[3] 石磴：石级、石阶。萧统《开善寺法会》："牵萝下石磴，攀桂陟松梁。"曹唐《送羽人王锡归罗浮》："石磴倚天行带月，铁桥通海入无尘。"

[4] 研：研磨。

[5] 寰瀛：犹寰海。常建《湖中晚霁》："言乘星汉明，又睹寰瀛势。"刘禹锡《八月十五日夜玩月》："天将今夜月，一遍洗寰瀛。"罗邺《春风》："每岁东来助发生，舞空悠飏遍寰瀛。"

寄顾蟾处士（好于山水）[1]

久闻为客过苍梧[2]，休说移家归镜湖[3]。山水颠狂应尽在，鬓毛凋落免贫无。和僧抢入云中峭，带鹤驱成涧底孤。春醉醒来有馀兴，因人乞与武陵图[4]。

【校勘】

"移"，甲、乙、丙本作"携"。

"鬓"，甲本作"〔鬓〕（鬓）"。

【注释】

[1] 顾蟾：生卒年里无考。据此诗知其曾游湖南，欲于武陵游居。处士：谓有德才而隐居不愿做官的人。

[2] 苍梧：即九疑山，又作九嶷山，地在今湖南宁远县境。《太平寰宇记》卷一一六〔道州宁远县〕："九疑山，在县南六十里，永、郴、连三州界山，有九峰，参差互相隐映。《湘中记》云：九峰状貌相似，行者疑之，故曰九疑，舜所葬，为永陵是也。"

[3] 镜湖：在今浙江绍兴。

[4] 武陵：县名，治所在今湖南常德。

怀金陵知旧[1]

海门相别住荆门[2]，六度秋光两鬓根。万象倒心难盖口，一生无事可伤魂。石头城外青山叠[3]，北固窗前白浪翻[4]。尽是共游题板处，有谁惆怅拂苔痕。

【校勘】

"倒"，丁本作"到"。

"板"，甲本作"版"。

【注释】

[1] 金陵：今江苏南京。

[2] 海门：指长江入海处，润州（今江苏镇江）附近长江中有海门山。荆门：今湖北江陵。

[3] 石头城：古城名，三国吴孙权筑。故址在今南京市。《建康实录》："（建安）十六年城楚金陵邑，地号石头，改秣陵为建业。"《元和郡县图志》卷二五［润州上元县］："石头城在县西四里，即楚之金陵城也，吴改为石头城，建安十六年，吴大帝修筑，以贮财宝军器，有城。《吴都赋》云'戎车盈于石城'是也。诸葛亮云'钟山龙盘，石城虎踞'，言其形之险固也。"

[4] 北固：即北固山，在今江苏镇江市北。

喜得自牧上人书[1]

吴都使者泛惊涛[2]，灵一传书慰毳袍[3]。别兴偶随云水远，知音本自国风高。身依闲淡中销日[4]，发向清凉处落刀。闻著括囊新集了[5]，拟教谁与序离骚。

【校勘】

乙本无此诗。

【注释】

[1] 自牧：唐末至五代初金陵诗僧。与齐己为友，己另有《访自牧上人不遇》、《寄自牧上人》、《怀金陵李推官僧自牧》诗。

[2] 吴都：即五代十国之吴国的首都金陵。自牧乃金陵僧（齐己有《怀金陵李推官僧自牧》），自牧托人从金陵捎信于齐己，故云。

[3] 灵一（727—762）：中唐著名诗僧。时人多称之为一公。俗姓吴，广陵（今江苏扬州）人。禅诵之余，喜为诗歌，与朱放、张继、皇甫冉、皇甫曾、张南史、严维、刘长卿、陆羽等为诗友。更唱迭和，盛于一时。高仲武《中兴间气集》评曰："自齐梁以来，道人工文者多矣。罕有入其流者。一公乃能刻意精妙；与士大夫更唱迭和，不其伟欤！"刘禹锡《澈

上人文集纪》云："世之言诗僧多出江左。灵一导其源，护国袭之……。"
毳袍：即以鸟毛所织之长衣。

[4] 销：谓消磨。

[5] 括囊新集：谓自牧新著的诗集《括囊集》。按，《宋史·艺文志》著录为《括囊集》十卷，又见于《崇文总目》，但未提集名，今不存。自牧之诗今无存者。

惊秋

晓窗惊觉向秋风，万里心凝淡荡中。池影碎翻红菡萏，井声干落绿梧桐。破除闲事浑归道，销耗劳生旋逐空[1]。妖杀尤（九）原狐兔意[2]，岂知邱垅是英雄。

【校勘】

"尤"，甲、乙、丙本作"九"，当从。

"邱垅"，甲、乙、丙本作"丘陇"。

【注释】

[1] 劳生：谓辛劳的一生。《庄子·大宗师》："夫大块载我以形，劳我以生，佚我以老，息我以死。"

[2] 尤原：据诸本当作"九原"，指墓地。《礼记·檀弓》："是全要领以从先大夫于九京也。"注云："晋卿大夫墓地在九原，京盖字之误，当为原。"沈约《冬节后至丞相第诣世子车中作》："谁当九原上，郁郁望佳城。"杜颜《故绛行》："一代繁华皆共绝，九原唯望冢累累。"韩愈《南山诗》："又如游九原，坟墓包椁柩。"

闻沈彬赴吴都请辟[1]

长讶高眠得稳无[2]，果随征辟起江湖。鸳鹭已列尊罍贵[3]，鸥鹤休怀钓渚孤[4]。白首不妨扶汉祚[5]，清才何让赋吴都。可能更忆相寻夜，雪满诸峰火一炉。

【校勘】

"尊"，甲、乙、丙、丁本作"樽"，"樽"同"尊"。

"首"，甲本作"日"。

【注释】

[1] 沈彬：字子文，一作子美，洪州高安（今属江西）人。据《唐才子传》卷十本传，沈彬少孤好学，亦好神仙事。唐末曾赴进士试，不第。属时乱离，遂南游湖湘，隐于云阳山。后归乡里，访名山洞府，学神仙虚无之道。李昇镇金陵，素闻其名，辟为秘书郎，入东宫辅世子。按，《江南野史》卷六："先主移镇金陵，旁罗隐逸，名儒宿老，命郡县起之。彬赴辟命，知其欲取杨氏，因献《观画山水图》诗：'须知手笔安排定，不怕山河整顿难。'先主夙闻其名，览之而喜，遂授秘书郎，入赞世子。"《资治通鉴》卷二七七载：长兴三年二月，"吴徐知诰作礼贤院于府舍，聚图书，延士大夫"。沈彬赴辟当在是时。故此诗当作于长兴三年（932）。本年齐己在荆南，闻说此事即作此诗。

[2] 高眠：高枕而眠，谓安闲无事。常以喻隐居不仕。又作起床晚，犹谓睡到日上三竿。

[3] 尊：同樽，古代的盛酒器具。罍：亦为盛酒的器具，形状像壶。

[4] 渚：水中小块陆地，或水边。

[5] 祚：皇位。

寄江夏仁公[1]

寺阁高连黄鹤楼[2]，簷前槛底大江流。几因秋霁澄空外，独为诗情到上头。白日有馀闲送客，紫衣何啻贵封侯[3]。别来多少新吟也，不寄南宗老比丘[4]。

【校勘】

"澄"，丁本作"登"。

【注释】

[1] 江夏：今湖北武昌。《旧唐书·地理志》："江南西道鄂州，天宝元年改为江夏郡。"仁公：齐己另有《送胎发笔寄仁公》，知仁公年纪小于

齐己，居于武昌某寺，寺邻黄鹤楼。

[2] 黄鹤楼：故址在今武汉市武昌蛇山（即黄鹤山）。相传始建于三国吴黄武二年（223），历代屡毁屡建。《元和郡县志》卷二七："（鄂）州城本夏口城，吴黄武二年，城江夏以安屯戍地也。城西临大江，西南角因矶（黄河矶，在黄鹤山上）为楼，名黄鹤楼。"

[3] 紫衣：即朝廷赐予高僧大德之紫色袈裟或法衣。

[4] 南宗：与"北宗"相对。菩提达磨到中国来传禅，到五祖弘忍的时候，有慧能神秀二位弟子，慧能在江南布化，叫做南宗；神秀在北方布化，叫做北宗。

中春林下偶作

净境无人可共携，闲眠未起日光低。浮生莫把还丹续[1]，万事须将至理齐[2]。花在月明蝴蝶梦[3]，雨馀山绿杜鹃啼[4]。何能向外求攀折，岩桂枝条拂石梯。

【注释】

[1] 还丹：道家的炼丹之术。《抱朴子内篇·金丹》："凡草木烧之即烬，而丹砂烧之成水银，积变又还成丹砂，其去凡草亦远矣，故能令人长生。"还丹之名盖本此。又云："第四之丹名曰还丹，服一刀圭百日仙也。"《云笈七籤》卷六六《丹论诀旨心照五篇·大还丹宗旨》："夫言还丹者，即神仙服食也。……夫论还丹皆至药而为之，即丹砂之玄珠，金汞之灵异。"李白《庐山谣，寄卢侍御虚舟》："早服还丹无世情，琴心三叠道初成。"白居易《寻王道士药堂，因有题赠》："白石先生小有洞，黄芽姹女大还丹。"

[2] 至理：至极之道理。《宗镜录》卷一："還丹一粒，点铁为金。至理一言，转凡为圣。"《抱朴子·明本》："其评论也，实原本于自然，其褒贬也，皆准的乎至理。"方干《哭江西处士陈陶》："南华至理须齐物，生死即应无异同。"

[3] 蝴蝶梦：《庄子·内篇·齐物论》："昔者庄周梦为胡蝶，栩栩然胡蝶也，自喻适志与！不知周也。俄然觉，则蘧蘧然周也。不知周之梦为

胡蝶与，胡蝶之梦为周与？周与胡蝶，则必有分矣。此之谓物化。"

[4] 杜鹃啼：杜鹃之鸣，初夏最甚，其声凄厉。

送刘秀才归桑水宁觐[1]

归和初喜戢戈矛[2]，乍捧乡书感去留。雁序分飞离汉口[3]，鸰原骞翥在鳌头[4]。家邻紫塞仍千里[5]，路过黄河更几州。应到高堂问安后[6]，却携文入帝京游[7]。

【注释】

[1] 刘秀才：按，齐己另有《送刘秀才往东洛》、《送刘秀才南游》，此"刘秀才"当为一人。桑水：即桑乾河，源出山西马邑县桑乾山，东入河北及北京市郊外，下流入大清河（即今永定河）。宁觐：探望并拜见父母。据诗题知"刘秀才"为桑水（今山西）人。

[2] 戢：收藏。戢戈矛：谓停止战争。

[3] 雁序：同"雁行"，比喻兄弟。按，《礼记·王制》："父之齿随行，兄之齿雁行，朋友不相逾。"言兄弟出行，弟在兄后，后因为兄弟之称。苏鹗《杜阳杂编》卷中："王沐者，（王）涯之再从弟也，家于江南，老而且穷。以涯执相权，遂跨蹇驴至京师，索米僦舍。经三十余月，始得一见涯于门屏，所望不过一簿尉耳。涯潦倒无雁序之情。"易重《寄宜阳兄弟》："六年雁序恨分离，诏下今朝遇已知。"

[4] 鸰原：按，《诗经·小雅·常棣》："鹡鸰在原，兄弟急难。"《笺》云："水鸟，而今在原，失其常处，则飞则鸣，求其类，天性也。犹兄弟之于急难。"后因以鸰原指兄弟友爱。李商隐《祭吕商州文》："鸰原雁序，昔日欢情；蛮圻瘴峤，今日哭声。愍支体遽亡于手足，况弟兄不如其友生。"赵不疑《对无鬼论判》："弟以鸰原义切，雁序情深，惜棣萼之无春，恨泉扃之不曙。"骞翥：展翅貌。张衡《西京赋》："凤骞翥于甍标，咸溯风而欲翔。"柳宗元《为韦京兆祭杜河中文》："假以羽翼，俾之骞翥。"鳌头：唐宋时皇帝殿前陛阶镌有巨鳌，翰林学士等官朝见皇帝时立于陛阶的正中，因称入翰林院为上鳌头。另，唐宋科举考试中状元为独占鳌头。此处"鸰原骞翥在鳌头"或谓刘秀才兄弟在翰林院，或谓其兄弟考中状元。

[5] 紫塞：北方边塞。晋代崔豹《古今注》卷上《都邑》载："秦所筑城，土色皆紫，汉塞亦然，故称紫塞者焉。"鲍照《芜城赋》："南驰苍梧涨海，北走紫塞雁门。"卢照邻《战城南》："将军出紫塞，冒顿在乌贪。"

[6] 高堂：谓父母。杜甫《送孟十二仓曹赴东京选》："朝夕高堂念，应宜彩服新。"王泠然《淮南寄舍弟》："愧见高堂上，朝朝独倚门。"

[7] 帝京：谓唐都长安。李世民有《帝京篇十首》描绘长安的富丽。白居易《琵琶行》："我从去年辞帝京，谪居卧病浔阳城。"

寄曹松[1]

旧制新题削复刊[2]，工夫过甚琢琅玕[3]。药中求见黄芽动（易）[4]，诗里思闻白雪难[5]。扣寂颇同心在定[6]，凿空何止发冲冠[7]。夜来月苦怀高论，数树霜边独傍栏。

【校勘】

"动"，甲、乙、丙本作"易"，当从。

【注释】

[1] 曹松（830？—902？）：字梦征，舒州（今安徽潜山）人。天复元年（901），礼部侍郎杜德祥知贡举，放松及王希羽、刘象、柯崇、郑希颜等及第，五人年皆老大，故时号"五老榜"，曹松亦被敕授秘书省校书郎。齐己《赠曹松先辈》诗中云"今岁赴春闱，达如夫子稀。山中把卷去，榜下注官归"，盖咏曹松及第得官事，当作于901年。此诗云"旧制新题削复刊，工夫过甚琢琅玕。药中求见黄芽动（易），诗里思闻白雪难。……夜来月苦怀高论，数树霜边独傍栏。"似作于此前曹松未及第时，即作于901年前。

[2] 旧制新题：谓旧诗与新诗。刊：雕刻，修改。此句指反复修改旧诗与新诗。

[3] 琅玕：像珠子的美石。《一切经音义》卷八三："孔注《尚书》琅玕皆石似珠者。《山海经》昆仑山有琅玕树。"《万松老人评唱天童觉和尚颂古从容庵录》卷四："《大荒经》昆仑丘上，有琅玕玉树，结子如珠而小

也。"

[4] 黄芽：亦作黄牙，丹术家炼出的铅华。《参同契》卷下："阴火白，黄芽铅。"俞琰发挥："土中产铅，铅中产银，银自铅中炼出，结成黄牙，名为真铅。《金碧龙虎经》云'炼铅以求黄色'是也。"《云笈七籤》卷六六引《金碧经》曰："炼银于铅，神物自生，灰池炎铄，铅沉银浮，洁白见宝，可造黄金牙。又隐言名黄轻，又曰黄牙，又名秋石……是长生之至药。牙是万物之初也，故号牙。缘因白被火变色黄，故名黄牙。"

[5] 白雪：阳春白雪，所谓曲高和寡者。刘长卿《送路少府使东京便应制举》："五言凌白雪，六翮向青云。"

[6] 定：禅定。

[7] 发冲冠：《史记》卷八六《刺客列传·荆轲》："太子及宾客知其事者，皆白衣冠以送之。至易水之上，既祖，取道，高渐离击筑，荆轲和而歌，为变徵之声，士皆垂泪涕泣。又前而为歌曰：'风萧萧兮易水寒，壮士一去兮不复还！'复为羽声慷慨，士皆瞋目，发尽上指冠。"骆宾王《于易水送人》："此地别燕丹，壮士发冲冠。"贾岛《听乐山人弹易水》："嬴氏归山陵已掘，声声犹带发冲冠。"

酬蜀国欧阳学士[1]

因缘刘表驻经行[2]，又听秋风堕叶声。鹤发不堪言此世[3]，峨嵋空约在他生[4]。已从禅祖参真性[5]，敢向诗家认好名。深愧故人怜潦倒，每传仙语下南荆[6]。

【校勘】

"秋"，甲、乙、丙本作"西"。

【注释】

[1] 欧阳学士：即欧阳彬。按，齐己另有《寄欧阳侍郎》、《谢欧阳侍郎寄示新集》、《荆门病中寄怀乡人欧阳侍郎彬》诸诗，此"欧阳侍郎"、"欧阳学士"即欧阳彬（？—950），字齐美，衡州衡山（今湖南衡阳）人，与齐己乃同乡。前蜀时入成都，献《万里朝天赋》，后主览之大悦，擢居清要。乾德六年（924）担任兵部（一作户部）侍郎、翰林学士。故此诗

与上述诸诗皆约作于本年前后，最迟至齐己卒前（938）。

[2]"因缘刘表"句：孙光宪《白莲集序》："（齐己）晚岁将之岷峨，假途渚宫，太师南平王筑净室以居之，舍净财以供之。"《宋高僧传》卷三十《齐己传》："梁革唐命，天下纷纭。于是高季昌禀梁帝之命，攻逐雷满出渚宫，己便为荆州留后，寻正受节度。迨乎均帝失御，河东庄宗自魏府入洛，高氏遂割据一方，搜聚四远名节之士，得齐之义丰、南岳之己，以为筑金之始验也。龙德元年辛巳中，礼己于龙兴寺净院安置，给其月俸，命作僧正，非所好也。"盖其时齐己声名远播，因此高季兴慕其名而遮留之。此处"刘表"指高季兴。

[3]鹤发：白发。庾信《竹杖赋》："鹤发鸡皮，蓬头历齿。"杜甫《遣闷奉呈严公二十韵》："白水鱼竿客，清秋鹤发翁。"白居易《老病相仍以诗自解》："虫臂鼠肝犹不怪，鸡肤鹤发复何伤。"

[4]"峨嵋空约"句：按，孙光宪《白莲集序》："（齐己）晚岁将之岷峨，假途渚宫，太师南平王筑净室以居之，舍净财以供之。"齐己《思游峨嵋寄林下诸友》："刚有峨嵋念，秋来锡欲飞。"《自湘中将入蜀留别诸友》："来年五月峨嵋雪，坐看消融满锦川。"《寄蜀国广济大师》："终思相约岷峨去，不得携筇一路行。"《荆州新秋寺居写怀诗五首上南平王》之三："虚负岷峨老僧约，年年雪水下汀洲。"

[5]真性：不假叫做真，不变叫做性。真性即不妄不变之真实本性，此乃吾人本具的清净心体。佛教主张吾人所具之真性与佛菩萨之真性本无二致。《楞严经》卷一："前尘虚妄相想，惑汝真性。"

[6]南荆：即荆南，此指今湖北江陵。

寄荆幕孙郎中[1]

珠履风流忆富春[2]，三千鹓鹭让精神[3]。诗工凿破清求妙，道论研通白见贞。四座共推操檄健[4]，一家谁信买书贫。别来乡国魂应断，剑阁东西尽战尘[5]。

【校勘】

"贞"，甲、乙、丙本作"真"。

【注释】

[1] 荆幕：即荆南高季兴幕府。孙郎中：即孙光宪（？—968），字孟文，自号"葆光子"，陵州桂平（今四川仁寿）人。按，孙光宪于后唐天成元年（926）四月，自蜀至江陵，因梁震之荐，入荆南高季兴幕府为从事，检校郎中。此诗中云"别来乡国魂应断，剑阁东西尽战尘。"揣诗意，似作于本年夏秋孙光宪初至荆幕时。

[2] 珠履：缀珠的鞋子。《史记·春申君传》云："春申君客三千余人，其上客皆蹑珠履以见赵使，赵使大惭。"李白《江上赠窦长史》："不同珠履三千客，别欲论交一片心。"张继《春申君祠》："当时珠履三千客，赵使怀惭不敢言。"富春：谓年富力强。

[3] 鹓鹭：鸟中品位高尚者。又，二鸟群飞有序，比喻朝官班行。《北齐书·文苑传序》："于是辞人才子，波骇云属，振鹓鹭之羽仪，纵雕龙之符采。"岑参《初至西虢官舍南池，呈左右省及南宫诸故人》："空积犬马恋，岂思鹓鹭行。"元稹《解秋》之三："同时骛名者，次第鹓鹭行。"

[4] "四座共推"句："檄"即官方文书。此句意在推崇孙光宪文笔之高。按，孙光宪能诗善文。后唐天成元年（926）四月，自蜀至江陵。因其文笔不错，梁震荐于荆南武信王高季兴。高季兴非常器重孙光宪，命为掌书记，检校郎中。

[5] "别来乡国"二句："乡国"谓孙光宪家乡蜀地。"剑阁"即今四川剑阁县。县东北大剑山小剑山之间有剑阁栈道，相传为诸葛亮所修筑，是川陕间的主要通道，军事戍守要地。揣诗意，知孙光宪初到荆南不久。

谢王詹事垂访[1]

鸟外孤峰未得归，人间触类是无机[2]。方悲鹿辇栖江寺[3]，忽讶轺车降竹扉[4]。王泽乍闻谭涣汗[5]，国风那得话玄微[6]。应惊老病炎天里，枯骨肩横一衲衣。

【注释】

[1] 王詹事：生卒年里不详。詹事：官名。秦汉时置，掌皇后、太子家事。东汉废除，魏晋复置。唐设詹事府，设太子詹事一人，少詹事一

人，总东宫内外庶务。历朝因之。按，此诗中云"应惊老病炎天里，枯骨肩横一衲衣"，知齐己时已老朽，故此诗当作于齐己晚年居荆州期间（921—938）。又，齐己居荆州期间，时值五代后唐期间，故王詹事当为秦王府李从荣之詹事。

[2] 无机：《庄子·天地》："子贡南游于楚，反于晋，见一丈人方将为圃畦，凿隧而入井，抱瓮而出灌，滑滑然用力甚多而见功寡。子贡曰：'有械于此，一日浸百畦，用力甚寡而见功多，夫子不欲乎？'为圃者仰而视之曰：'奈何？'曰：'凿木为机，后重前轻，挈水若抽，数如泆汤，其名为槔。'为圃者忿然作色而笑曰：'吾闻之吾师，有机械者必有机事，有机事者必有机心。机心存于胸中，则纯白不备，纯白不备，则神生不定，神生不定者，道之所不载也。吾非不知，羞而不为也。'"

[3] 鹿轸：鹿车。《法华经》卷二［譬喻品］所说三车之一。与羊车、牛车，合称三车。喻指声闻、缘觉、菩萨三乘中之缘觉乘，意谓常乐寂静，独居修道，如鹿之处山林，不近人众。

[4] 轺车：一马驾之轻便车。

[5] 涣汗：比喻帝王发布号令，如汗出于身，不能收回。《汉书·楚元王传附刘向》："涣汗其大号。"注云："言王者涣然大发号令，如汗之出也。"后指帝王的号令。《旧唐书·狄仁杰传》："朕好生恶杀，志在恤刑。涣汗已行，不可更返。"

[6] 玄微：深远微妙的义理。

题南平后园牡丹[1]

暖披烟艳照西园，翠幄朱栏护列仙[2]。玉帐笙歌留尽日，瑶台伴侣待归天。香多觉受风光剩，红重知含雨露偏。上客分明记开处，明年开更胜今年。

【注释】

[1] 南平：即南平王高季兴。按，《资治通鉴》同光二年（924）三月条云："丙午，加高季兴兼尚书令，进封南平王。"故此诗当作于同光二年三月后、高季兴（858—929）卒前，即 924—929 年间。

[2] 翠幄：绿色帐幕。陆机《招隐诗》："轻条象云构，绿叶成翠幄。"温庭筠《自有扈至京师已后朱樱之期》："空看翠幄成阴日，不见红珠满树时。"列仙：此处指牡丹。

和李书记[1]

繁极全分青帝功[2]，开时独占上春风。吴姬舞雪非贞艳[3]，汉后题诗是怨红[4]。远蝶恋香抛别苑，野莺衔得出深宫。君看万态当筵处，羞杀蔷薇点碎丛。

【校勘】

"贞"，甲、乙、丙本作"真"。

【注释】

[1] 李书记：生卒年里不详。此诗为齐己和诗，则李书记当有诗送齐己。

[2] 青帝：传说中东方天帝名，司春之神。储光羲《秦中守岁》："众星已穷次，青帝方行春。"李咸用《春风》："青帝使和气，吹嘘万国中。"罗隐《自湘川东下立春泊夏口阻风登孙权城》："只见风师长占路，不知青帝已行春。"

[3] 吴姬：吴地的美女。

[4] "汉后题诗"句：用班婕妤之典。班婕妤《怨歌行》："新裂齐纨素，鲜洁如霜雪。裁为合欢扇，团团似明月。出入君怀袖，动摇微风发。常恐秋节至。凉飚夺炎热。弃捐箧笥中。恩情中道绝。"严武《班婕妤》："贱妾如桃李，君王若岁时。秋风一已劲，摇落不胜悲。寂寂苍苔满，沈沈绿草滋。繁华非此日，指辇竟何辞。"李咸用《婕妤怨》："莫恃芙蓉开满面，更有身轻似飞燕。不得团圆长近君，珪月缺时泣秋扇。"

谢孙郎中寄示[1]

一念禅余味国风[2]，早因持论偶名公[3]。久伤琴丧人亡后，忽有云和雪唱同[4]。锤琢静闻罤象外[5]，是非闲见寂寥中。时来日往缘真趣，不觉秋江度塞鸿。

【校勘】

"锤"，甲、丙本作"绳"。

【注释】

[1] 孙郎中：即孙光宪（？—968），字孟文，自号"葆光子"，陵州桂平（今四川仁寿）人。按，孙光宪于后唐天成元年（926）四月，自蜀至江陵，因梁震之荐，入荆南高季兴幕府为从事，检校郎中。此诗中云"久伤琴丧人亡后，忽有云和雪唱同。……时来日往缘真趣，不觉秋江度塞鸿"，揣诗意，似作于本年夏秋孙光宪初至荆幕时。

[2] 禅余：习禅之余暇。国风：即十五《国风》，十五个地方的土风歌谣。此处借指诗歌。

[3] 偶名公：谓偶然名列公卿之列。

[4] "久伤"二句："琴丧人亡"取伯牙、钟子期之典。《吕氏春秋·本味》："伯牙鼓琴，钟子期听之。方鼓琴而志在太山，钟子期曰：'善哉乎鼓琴！巍巍乎若太山。'少选之间，而志在流水，钟子期又曰：'善哉乎鼓琴！汤汤乎若流水。'钟子期死，伯牙破琴绝弦，终身不复鼓琴，以为世无足复为鼓琴者。"云和雪唱：谓酬唱之高雅，有如阳春白雪。二句意谓久伤知音难觅，却忽遇有高情雅致的好友孙光宪。

[5] 罤象："罤"，同"蹄"，即兔罤，捕兔的工具。孟郊《石淙》之七："慸兽鲜猜惧，罗人巧置罤。"法藏《大乘起信论疏序》："夫真心寥廓，绝言象于筌罤；冲漠希夷，忘境智于能所。"《心经略疏序》："夫以真源素范，冲漠隔于筌罤；妙觉元猷，奥赜超于言象。""象"谓物象。"锤琢静闻罤象外"意即作诗苦思冥搜、精雕细琢，而且往往得兔忘蹄，得意忘象。

爱吟

正堪凝思掩禅扃[1]，又被诗魔恼竺卿[2]。偶凭窗扉从落照，不眠风雪到残更。皎然未必迷前习[3]，支遁宁非悟后生[4]。传写会逢精鉴者[5]，也应知是咏闲情。

【注释】

[1] 扃：门户。禅扃：即入禅之门。

[2] 竺卿：本是对天竺之僧人的尊称，后泛指僧人。此处"竺卿"乃齐己自指。

[3] 皎然（720？—？）：大历贞元间著名诗僧。俗姓谢，字清昼，湖州长城（今浙江长兴）人。爱吟，善诗，且颇负盛名。《宋高僧传·皎然传》云其"特所留心于篇什中，吟咏情性，所谓造其微矣。文章俊丽，当时号为释门伟器哉"。曾谒韦应物。赵璘《因话录》卷四："吴兴僧昼，字皎然，工律诗。尝谒韦苏州，恐诗体不合，乃于舟中抒思，作古体十数篇为贽。韦公全不称赏，昼极失望。明日写其旧制献之，韦公吟讽，大加叹咏。因语昼云：'师几失声名，何不但以所工见投，而猥希老夫之意。人名有所得，非卒能致。'昼大伏其鉴别之精。"

[4] 支遁（314—366）：东晋名僧。陈留（今河南开封南）人，或谓河东林虑（今河南林县）人。俗姓关，字道林，后从师改姓，世称支道人、支道林。《高僧传》卷四《竺法潜传》载："遁幼时尝与师共论物类，谓鸡卵生用，未足为杀，师不能屈。师寻亡，忽见形，投卵于地，壳破雏行，顷之俱灭，遁乃感悟，由是蔬食终身。……遁有同学法虔，精理入神，先遁亡，遁叹曰：'昔匠石废斤于郢人，牙生辍弦于钟子，推己求人，良不虚矣。宝契既潜，发言莫赏，中心蕴结，余其亡矣。'乃著《切悟章》，临亡成之，落笔而卒。凡遁所著文翰，集有十卷，盛行于世。"

[5] 精鉴：善于识别。刘得仁《山中舒怀寄上丁学士》："五字投精鉴，惭非大雅词。"郑谷《闲题》："举世何人肯自知，须逢精鉴定妍媸。"

寄怀东林寺匡白监事（寺）[1]

南岳别来无后约[2]，东林归住有前缘[3]。闲搜好句题红叶，静敛双眉对白莲[4]。雁塔影分疏桧月[5]，虎溪声合几峰泉[6]。修心若似伊耶舍[7]，传记须添十九贤[8]。

【校勘】

"事"，甲、乙、丙本作"寺"，当从。

"后约"，甲本作"约后"。

"双"，甲、乙、丙本作"霜"。

【注释】

[1] 东林寺：即庐山东林寺。匡白：五代吴时庐山东林寺僧正。其生卒年不详。据《全唐文》卷九一九，匡白于吴让帝大和六年（934）八月十二日作《江州德化东林寺白氏文集记》，署"管内僧正讲论大德赐紫沙门"，则可知此年前后匡白监寺，且曾被赐紫。又据宋·陈舜俞《庐山记》卷五知匡白被赐号文通大师。与齐己、左偃、李中有过往，左偃有《寄庐山白上人》，李中有《寄庐山白大师》。有《僧匡白诗集》十卷，已逸。《全唐诗补编·续拾》卷四三录存《题东林二首》，《全唐文》卷九一九存文一篇。监事：据诸本当为"监寺"，即总领众僧之职称，为一寺之监督（与寺主同）。俗称为当家。系禅宗六知事（都寺、监寺、副寺、维那、典座、直岁）之一，位置次于都寺。《释氏要览》卷下："监者总领之称，所以不称寺院主者，盖推尊长老。"《祖庭事苑》卷八："《僧史》曰：知事三纲者。若网罟之巨缕，提之则百目正矣，梵语摩摩帝，此云寺主，即今监寺也。详其寺主起于东汉白马也，寺既爱处，人必主之。于时虽无寺主之名，而有知事之者。至东晋以来，此职方盛。今吾禅门有内外知事，以监寺为首者，盖相沿袭而然也。"可知东晋以后寺主之职方盛，后世禅门中有内外知事以监寺为首者，即沿袭于此。按，此诗题为"寄怀"，诗中云"南岳别来无后约，东林归住有前缘"，既然"别来无后约"，则当指齐己晚年一直居荆南事。又，匡白于吴让帝大和六年（934）前后"监寺"，故此诗作于吴让帝大和六年（934）前后至齐己天福三年（938）卒之间。

[2] 南岳：即衡山，在今湖南衡阳市北。

[3] 东林：谓庐山东林寺。

[4] 白莲：白色莲花。按，东林寺多植白莲，现今仍有白莲池。《释氏要览》卷上："彼院多植白莲，又弥陀国以莲华分九品次第接之，故称莲社。有云：'嘉此社人，不为名利淤泥所污，喻如莲华，故名之。'"

[5] 雁塔：最早可追溯到古印度摩揭陀国帝释窟山东峰伽蓝前之雁塔。据《大唐西域记》卷九《雁窣堵波》："因陁罗势罗窭诃山东峰伽蓝前

有窣堵波，谓亘娑（唐言雁）。昔此伽蓝习玩小乘，小乘渐教也，故开三净之食，而此伽蓝遵而不坠。其后三净求不时获。有比丘经行，忽见群雁飞翔，戏言曰：'今日众僧中食不充，摩诃萨埵宜知是时。'言声未绝，一雁退飞，当其僧前，投身自殒。比丘见已，具白众僧，闻者悲感，咸相谓曰：'如来设法，导诱随机。我等守愚，遵行渐教。大乘者。正理也，宜改先执，务从圣旨。此雁垂诚，诚为明导，宜旌厚德，传记终古。'于是建窣堵波，式昭遗烈，以彼死雁瘗其下焉。"唐代永徽三年（652），玄奘于西安建大慈恩寺塔，样式即仿照雁塔，通称大雁塔。大雁塔在唐代及后世非常有名，以至于许多寺院仿其建造，亦称之为"雁塔"。此句中言"雁塔"，则知东林寺亦有仿制。桧：即桧柏，也叫圆柏。俗称子孙柏。常绿乔木，幼树的叶子像针，大树的叶子像鳞片，雌雄异株，果实球形。木材桃红色，有香气。

[6] 虎溪：在江西庐山东林寺前。寺前的虎溪桥（石拱桥），流传着慧远、陶渊明与陆修静三人之间的故事，著名的"虎溪三笑"即出于此。

[7] 耶舍：释尊入灭后百年之长老僧。出身为印度婆罗门种。夙通三藏，证阿罗汉果，得六神通。当时，住毗舍离之跋耆子等人主张"可以接受金银布施"等十事为出家人之可行之事，当时耶舍认为这十事违背戒律。于是，耶舍等保守派僧人乃与跋耆子等改革派僧人在毗舍离举行七百人结集大会，以讨论此事。结果大会判定十事非法。这件事被史家称为第二结集，或七百结集。

[8] "传记须添"句：按，东林寺"十八贤"甚为有名。据《东林十八高贤传》（又作《莲社高贤传》）、《佛祖统纪》、《庐山莲宗宝鉴》诸书，"十八贤"即是以慧远为首的僧人、居士十八人——慧远、慧永、慧持、道生、僧睿、昙顺、昙恒、昙诜、道昺、道敬、觉明、佛驮跋陀、刘程之、张野、周续之、张诠、宗炳、雷次宗。关于"十八贤"的故事，汤用彤先生在其《汉魏两晋南北朝佛教史》中已考证其乃后人杜撰。今之东林寺仍有念佛堂，又称十八高贤影堂。念佛堂为当年慧远与雷次宗等十八高贤结白莲社共修念佛法门之地，内塑十八高贤像。齐己此诗云"传记须添十九贤"，则是"十八贤"再加匡白，故云"十九贤"，实为对匡白的推崇。

谢人惠十色花笺并棋子[1]

陵州棋子浣花笺[2]，深愧携来自锦川[3]。海蚌琢成星落落[4]，吴绫隐出雁翩翩[5]。留防桂苑题诗客[6]，惜寄桃源敌手仙[7]。捧受不堪思出处，七千馀里剑门前[8]。

【注释】

[1] 十色花笺：唐代薛涛家居成都浣花溪旁，以溪水造十色笺，名薛涛笺，又名浣花笺。李商隐《送崔珏往西川》："浣花笺纸桃花色，好好题诗咏玉钩。"李洞《龙州送裴秀才》："人求新蜀赋，应贵浣花笺。"

[2] 陵州：属四川省。《通典》卷一七五〔州郡五〕之〔剑南道·仁寿郡〕："陵州，今理仁寿县。二汉属犍为、蜀二郡地，晋因之。宋、齐属犍为、宁蜀二郡地。梁置怀仁郡。西魏置陵州（因陵井为名）。隋置崇山郡。大唐为陵州，或为仁寿郡。"浣花笺：即十色花笺。

[3] 锦川：谓四川。按，成都别称锦城，又四川有锦江，故名"锦川"。姚合《送友人游蜀》："马上过秋色，舟中到锦川。"后唐明宗《赐孟知祥诏》："董璋果出妖巢，暴兴叛党，忽犯成都之境，骤逾汉郡之疆，蚁聚蜂屯，鸱张豕突，谓锦川而可取，谓天网而可逃。"

[4] 落落：稀疏、零落貌。储光羲《泊舟贻潘少府》："苍苍水雾起，落落疏星没。"司空图《听雨》："半夜思家睡里愁，雨声落落屋檐头。"

[5] 吴绫：吴地出产的丝织品，但唐时吴绫已非吴郡独有，只是绫之一种而已。《新唐书·地理志五》："明州余姚郡……土贡吴绫。"翩翩：鸟飞轻疾貌。高适《途中酬李少府赠别之作》："鸿鹄列霄汉，燕雀何翩翩。"杜牧《雁》："度日翩翩斜避影，临风一一直成行。"

[6] 桂苑：有桂之苑。左思《吴都赋》："数军实乎桂林之苑，飨戎旅乎落星之楼。"刘渊林注："吴有桂林苑。"谢庄《月赋》："乃清兰路，肃桂苑。"李善注："兰路，有兰之路。桂苑，有桂之苑。"

[7] 桃源：即陶渊明《桃花源记》中所写之桃花源。

[8] 剑门：指大剑山、小剑山，在今四川剑阁西北。二山之间，峭壁中断，两崖对峙，下有隘路如门，自古为川陕间主要通道和军事戍守要

地，唐于此置剑门关（即今剑阁东北之剑门关）。

夏日寓居寄友人[1]

北游兵阻复南还，因寄荆州病掩关[2]。日月坐销江上寺，清凉魂断剡中山[3]。披缁影迹堪藏拙[4]，出世身心合向闲。多谢扶风大君子[5]，相思时对寂寥间。

【校勘】

"对"，甲、乙、丙本作"到"。

【注释】

[1] 按，此诗中云"因寄荆州病掩关"，知齐己时在荆州，故此诗当作于齐己居荆州时（921—938）。

[2] 荆州：即今湖北江陵。掩关：关门。

[3] 剡中山：即剡县境内之山。按，越州剡县境内有天姥、沃洲、桐柏、太白等山，又有剡溪、临溪，历来视为游览避暑胜地。《太平寰宇记》卷九六［越州剡县］："谢灵运诗云：'暝投剡山中，明登天姥岑。高高入云霓，远奇何可寻！'即此也。"白居易《沃洲山禅院记》："东南山水，越为首，剡为面，沃洲天姥为眉目。"许多高僧如东晋著名僧人竺潜、支遁，南朝梁代僧僧护，唐僧寂然等都曾居于剡中山。以此，诗云"清凉魂断剡中山"。

[4] 缁：缁衣，僧侣所着的黑色法衣。

[5] 扶风：县名，乃凤翔府属县，今属陕西。《旧唐书》卷三十八［关内道］之［凤翔府］云："扶风，武德三年，分岐山县置围川县，取沣川为名，俗讹改为'围'。四年，以围川隶稷州。贞观元年，为扶风县，复属岐州。"

中秋十四日夜对月上南平主人[1]

今宵前夕皆堪玩[2]，何必圆时始竭才。空说轮中自天子[3]，不知何处有楼台。终忧明夜云遮却，且扫闲居坐看来。玉兔银蟾似多意[4]，乍临棠树影徘徊。

【校勘】

"自"，甲、乙、丙本作"有"。

"有"，甲、乙本作"是"。

"徘徊"，甲本作"裴回"。

【注释】

[1] 南平主人：即南平王高季兴。按，《资治通鉴》同光二年（924）三月条云："丙午，加高季兴兼尚书令，进封南平王。"故此诗当作于同光二年三月后、高季兴（858—929）卒前，即 924—929 年间。

[2] 玩：赏玩，欣赏。

[3] 轮中："轮"即月轮，月亮。"轮中"即月中。

[4] 玉兔银蟾：传说月中有玉兔、蟾蜍，后因称月为玉兔、银蟾。傅玄《拟天问》："月中何有？玉兔捣药。"《初学记》卷一引《春秋元命苞》："月之为言阙也，而设以蟾蜍与兔者，阴阳双居，明阳之制阴，阴之倚阳。"白居易《中秋月》："照他几许人肠断，玉兔银蟾远不知。"毛文锡《月宫春》："玉兔银蟾争守护，姮娥姹女戏相偎。"

谢人惠《十才子图》[1]

丹青妙写十才人[2]，玉峭冰棱姑射神[3]。醉舞离披真鸑鷟[4]，狂吟崩倒瑞麒麟[5]。翻腾造化山曾竭，采掇珠玑海几贫。犹得知音与图画，草堂闲挂似相亲[6]。

【注释】

[1]《十才子图》："十才子"或谓大历十才子。《旧唐书·李虞仲传》："父端，登进士第，工诗。大历中，与韩翃、钱起、卢纶等文咏唱和，驰名都下，号'大历十才子'。"《旧唐书·钱徽传》："父起……大历中，与韩翃、李端辈十人，俱以能诗，出入贵游之门，时号'十才子'，形于图画。"《唐才子传》卷四《卢纶》："（卢）纶与吉中孚、韩翃、耿湋、钱起、司空曙、苗发、崔峒、夏侯审、李端，联藻文林，银黄相望，且同臭味，

契分俱深，时号大历十才子。唐之文体，至此一变矣。"

　　[2] 丹青：画工。刘长卿《观李凑所画美人障子》："爱尔含天姿，丹青有殊智。"李白《于阗采花》："丹青能令丑者妍，无盐翻在深宫里。"

　　[3] 姑射神：《庄子·逍遥游》："藐姑射之山，有神人居焉，肌肤若冰雪，淖约若处子。不食五谷，吸风饮露，乘云气，御飞龙，而游乎四海之外。其神凝，使物不疵疠而年谷熟。"

　　[4] 离披：散乱貌。宋玉《九辩》："白露既下降百草兮，奄离披此梧楸。"韦应物《简恒璨》："空庭夜风雨，草木晓离披。"鸑鷟：鸟名。凤属。《国语·周语》："周之兴也，鸑鷟鸣于岐山。"韦昭解："鸑鷟，凤凰之别名。"陆玑《诗疏》："雄曰凤，雌曰凰，其雏为鸑鷟。"《说文解字》："鸑鷟，凤属，神鸟也。江中有鸑鷟，似凫而大，赤目。"张华《禽经》注："凤之小者曰鸑鷟，五彩之文，三岁始备。"

　　[5] 麒麟：传说中仁兽名。陆玑《诗疏》："麟，麕身牛尾马足，黄色，圆蹄，一角，角端有肉。音中钟吕，行中规矩，游必择地，详而后处，不履生虫，不践生草，不群居，不侣行，不入陷阱，不罹罗网，王者至仁则出。"《史记索隐》引张揖云："雄曰麒，雌曰麟，其状麇身牛尾狼蹄，一角。"

　　[6] 草堂：谓齐己于荆州龙兴寺内的居所，堂中悬挂着大历十才子图（此诗中云"草堂闲挂似相亲"）。齐己《灯》："幽光耿耿草堂空，窗隔飞蛾恨不通。……云藏水国城台里，雨闭松门殿塔中。"《闻雁》："何处人惊起，飞来过草堂。……万里念随阳。"苏辙《栾城集》卷四十《再言张颉状》："……臣又访闻颉昔知荆南，所为贪虐……勒部下……以修唐僧齐己草堂为名，令颉乡僧居止其中，此一事系私罪。……"此诗当作于齐己晚年居荆州期间（921—938）。

荆门病中寄怀乡人欧阳侍郎彬[1]

　　谁会荆州一老夫，梦劳神役忆匡庐[2]。碧云雁影纷纷去，黄叶蝉声渐渐无。口淡莫分餐气味，身羸但觉病肌肤。可怜馔玉烧兰者[3]，肯慰寒俭雪夜炉[4]。

【注释】

[1] 荆门：今湖北江陵。欧阳侍郎彬：按，齐己另有《寄欧阳侍郎》、《谢欧阳侍郎寄示新集》、《酬蜀国欧阳学士》诸诗，此"欧阳侍郎"、"欧阳学士"即欧阳彬（？—950），字齐美，衡州衡山（今湖南衡阳）人，与齐己乃同乡。前蜀时入成都，献《万里朝天赋》，后主览之大悦，擢居清要。乾德六年（924）担任兵部（一作户部）侍郎、翰林学士。故此诗与上述诸诗皆约作于本年前后，最迟至齐己卒前（938）。

[2] 匡庐：即庐山。按，齐己因"久栖东林，不忘胜事"，而且"六年沧海寺，一别白莲池"，曾在庐山东林寺居住六年，因而对其感情尤深，故离去后常常魂牵梦绕，故云"梦劳神役忆匡庐"。

[3] 馔玉：珍美如玉的食品。"可怜馔玉烧兰者"指欧阳彬，以饮食"馔玉"和居所"烧兰"借指欧阳彬身份之高贵。无可《冬晚与诸文士会太仆田卿宅》："从容启华馆，馔玉复烧兰。"

[4] "肯慰"句：指齐己自己。此句与上句"可怜馔玉烧兰者"形成对比，即希望得到欧阳彬之慰藉。

送谭三藏入京[1]

阿阇黎与佛身同[2]，灌顶难施利济功[3]。持咒力须资运祚[4]，度人心要似虚空。东周路踏红尘里[5]，北极门瞻紫气中。好进梵文沾帝泽[6]，却归天策继真风[7]。（三藏住楚国天策寺）

【校勘】

"黎"，甲、乙本作"梨"。

【注释】

[1] 谭三藏：生卒年里不详，居楚国天策寺。三藏：即经藏、律藏、论藏，是印度佛教圣典之三种分类。另，三藏也是对精通经、律、论三藏者的尊称。又作三藏比丘、三藏圣师，或略称三藏。如称玄奘为大唐三藏。

[2] 阿阇黎：又作阿阇梨、阿舍梨、阿祇利、阿遮利耶。略称阇梨。意译为轨范师、正行、教授。意即教授弟子，使之行为端正合宜，而自身

又堪为弟子楷模之师，故又称导师。

　　[3] 灌顶：即以水灌于头顶，受灌者即获晋升一定地位之仪式。原为古代印度帝王即位及立太子之一种仪式，国师以四大海之水灌其头顶，表示祝福。佛教诸宗中，以密教特重灌顶，其作法系由上师以五瓶水（象征如来五智）灌弟子顶，显示继承佛位之意义。

　　[4] 持咒：持念咒语。咒，梵语陀罗尼，华译为咒，即佛菩萨从禅定中所发出来的秘密语。资：资助、帮助。祚：福。

　　[5] 东周：朝代名，约公元前770—公元前256年，周自平王至赧王，建都洛邑（今河南洛阳市），在旧都镐京（今陕西西安西南）之东，故称东周。此处"东周"当谓东周首都洛阳，亦即五代后唐首都洛阳。

　　[6] 梵文：印度古文字。此处指用梵文书写的佛经。

　　[7] 天策：指谭三藏所居之处，即楚国天策寺。

寄酬秦府高推官辇[1]

　　天台衢（衡）岳旧曾寻[2]，闲忆留题白石林。岁月已残衰飒鬓，风骚犹壮寂寥心。猴山碧树遮藏密[3]，丹穴红霞掩映深。争得相逢一携手，拂衣同去听玄音。

　　【校勘】

　　"衢"，甲、乙、丙本作"衡"，当从。

　　【注释】

　　[1] 秦府：指五代后唐秦王府李从荣的河南府。推官：唐代幕职名。唐时采访使、都团练使、观察使、经略使等使府皆置一员，掌推勾狱讼之事。位次判官、掌书记之下。五代因之。高推官辇：即高辇（？—933），青州益都（今属山东）人，五代后唐诗人。有诗集《丹台集》。天成四年（929）四月，秦王李从荣辟为河南府推官。《五代史补》卷二《秦王掇祸》条载："秦王从荣，明宗之爱子，好为诗，判河南府，辟高辇为推官。辇尤能为诗，宾主相遇甚欢。"长兴四年（933）李从荣败死，高辇亦被诛。故此诗作于齐己居荆南时，即作于921年至933年高辇被诛之间。

　　[2] 天台：即天台山，位于今浙江省天台县城北。天台山是我国佛教

天台宗的发源地，天台宗祖庭国清寺即在此。衢岳：据诸本当作"衡岳"，即南岳衡山。因衡山为五岳之一的南岳，故称。

[3] 缑山：即缑氏山，在今河南偃师市南四十里。刘向《列仙传》卷上［王子乔］："王子乔者，周灵王太子晋也。好吹笙作凤凰鸣。游伊洛之间，道人浮邱公接以上嵩高山。三十余年后，求之于山上，见桓良曰：'告我家，七月七日待我于缑氏山之巅。'至时，果乘白鹤驻山头，望之不得到。举手谢时人，数日而去。"《元和郡县图志》卷五［河南道一］之［河南府］之［缑氏县］："缑氏山在县东南九里。王子晋得仙处。"

叙怀寄高推官[1]

搜新编旧与谁评，自向无声认有声。已觉爱来多废道，可堪传去更沽名。风松韵里忘形坐，霜月光中共影行。还胜御沟寒夜水[2]，狂吟冲尹甚伤情[3]。

【注释】

[1] 高推官：齐己另有《寄酬秦府高推官辇》、《寄酬高辇推官》、《寄谢高先辈见寄二首》、《谢秦府推官寄〈丹台集〉》、《寄还阙下高辇先辈卷》、《谢高辇先辈寄新唱和集》等诗，故"高先辈"、"秦府推官"当即高辇（？—933），青州益都（今属山东）人，五代后唐诗人。有诗集《丹台集》。天成四年（929）四月，秦王李从荣辟为河南府推官。《五代史补》卷二《秦王撰祸》条载："秦王从荣，明宗之爱子，好为诗，判河南府，辟高辇为推官。辇尤能为诗，宾主相遇甚欢。"长兴四年（933）李从荣败死，高辇亦被诛。故此诗作于齐己居荆南时，即作于921年至933年高辇被诛之间。

[2] 御沟：流经御苑的河沟。汉乐府《白头吟》："蹀躞御沟上，沟水东西流。"《古今注》卷上："长安御沟，谓之杨沟，谓植高杨于其上也。"《中华古今注》卷上："长安御沟……亦曰禁沟。引终南山水从宫内过，所谓御沟。"

[3] "狂吟冲尹"句：谓贾岛推敲之典。《唐才子传·贾岛》："岛，字阆仙，范阳人也。……当冥搜之际，前有王公贵人皆不觉，游心万仞，虑

入无穷。……虽行坐寝食，苦吟不辍。……后复乘闲策蹇访李余幽居，得句云：'鸟宿池中树，僧推月下门。'又欲作'僧敲'，炼之未定，吟哦引手作推敲之势，傍观亦讶。时韩退之尹京兆，车骑方出，不觉冲至第三节，左右拥到马前，岛具实对，未定推敲，神游象外，不知回避。韩驻久之曰：'敲字佳。'遂并辔归，共论诗道，结为布衣交，遂授以文法，去浮屠，举进士。"

送朱侍御自洛阳归阆州宁觐[1]

寻常西望故园时，几处魂随落照飞。客路旧萦秦甸出[2]，乡程今绕汉阳归[3]。已过巫峡沉青霭[4]，忽认峨嵋在翠微[5]。从此倚门休望断，交亲喜换老莱衣[6]。

【校勘】

"沉"，甲、乙本作"沈"，二字通。

【注释】

[1] 朱侍御：生卒不详。阆州（今四川阆中县）人。侍御即侍御史。掌纠弹百僚，推按狱讼。宁觐：探望并拜见父母。

[2] 秦甸：指长安郊外之地。古时称都城郊外为甸。

[3] 汉阳：今湖北武汉之汉阳。《旧唐书·地理志》：沔州汉阳郡治汉阳。大和七年（833）并入鄂州。

[4] 巫峡：长江三峡之一，在今重庆市巫山县东，湖北巴东县西。

[5] 峨嵋：我国佛教四大名山之一，在四川省峨眉山市西南。又作峨眉山、蛾眉山。

[6] 交亲：谓亲交，密友。老莱：老莱子，春秋时楚隐士。性至孝，年七十，父母犹存，常身着"五彩斑斓"之衣，仿效小儿的习性与动作，以娱其双亲。《初学记》卷十七："《列女传》曰：老莱子孝养二亲，行年七十，婴儿自娱，著五色采衣，尝取浆上堂，跌仆，因卧地为小儿啼，或弄乌鸟于亲侧。"

贻惠暹上人[1]

经论功馀更业诗[2]，又于难里纵天机[3]。吴朝客见投文去，楚国僧迎著紫归[4]。已得声名先振俗，不妨风雪更探微。金陵高忆恩门在[5]，终挂云帆重一飞。

【校勘】

"先振俗"，丁本作"振先俗"。

"探"，丁本作"深"。

【注释】

[1] 惠暹上人：生卒年里无考。据此诗，惠暹上人能诗，曾往金陵拜师学道。

[2] 业诗：以诗为业，即致力于诗歌创作。

[3] 天机：谓天赋的悟性、天性。

[4] 著紫：即穿着紫衣。"紫衣"乃朝廷赐予高僧大德之紫色袈裟或法衣。又作紫服、紫袈裟。于僧人而言，被赐紫衣或着紫衣是一种荣誉。

[5] 金陵：今江苏省南京市。

酬西蜀广济大师见寄[1]

犹得吾师继颂声[2]，百篇相爱寄南荆[3]。卷开锦水霞光烂[4]，吟入峨嵋雪气清[5]。楚外已甘推绝唱[6]，蜀中谁敢共悬衡[7]。应怀无可同无本，终向风骚作弟兄[8]。

【校勘】

"怀"，甲本作"怜"。

【注释】

[1] 西蜀：地名，指四川省。广济大师：成都僧，卒于齐己（864—938）之前。三朝受宠，工诗善文，有文集。其诗有百余篇，惜今不存。与齐己唱酬频繁，齐己另有《寄蜀国广济大师》、《寄哭西川坛长广济大

师》二诗。

[2] 颂声：谓《诗经》六义之"颂"声，即赞美祖先与统治者功德的乐歌。

[3] "百篇"句："百篇"则广济大师有诗百篇，惜今不存。"南荆"即荆南，由此知齐己时居荆州，故此诗作于齐己晚年居荆州时（921—938）。

[4] 锦水：即锦江之水。

[5] 峨嵋：我国佛教四大名山之一，在四川省峨眉山市西南。又作峨眉山、蛾眉山。

[6] 绝唱：此处谓广济大师之诗出类拔萃，无与伦比。

[7] 悬衡：悬称，即天平。也作"县衡"。引申为轻重相等，势均力敌。《战国策》卷五〔秦三〕云："楚破，秦不能与齐县衡矣。……利有千里者二，富擅越隶，秦乌能与齐县衡？"

[8] "应怀无可"二句：无可是贾岛从弟。少年出家，尝与贾岛同居青龙寺。工诗，多五言，与贾岛齐名。无本即贾岛。贾岛早岁为僧，名无本。贾岛《送无可上人》："麈尾同离寺，蛩鸣暂别亲。"无可《秋寄从兄贾岛》："亦是吾兄事，迟回共至今。"《唐才子传》卷六《无可传》："无可，长安人，高僧也。工诗，多为五言。初，贾岛弃俗时，同居青龙寺，呼岛为从兄。"风骚：本为诗经和楚辞的并称，后泛指诗文。

江寺春残寄幕中知己二首[1]

谁遣西来负岳云[2]，自由归去更何因。山龛薜荔应残雪，江寺玫瑰又度春。早岁便师无学士，临年却作有为人。何妨夜宴时相忆，伴醉伴狂笑老身。

【校勘】

"更"，甲、乙、丙本作"竟"。

"宴"，甲、丙本作"醮"。

【注释】

[1] 幕中：指湖南马楚幕府。按，此诗题云"江寺"，诗中又云"谁

遣西来"，知齐己时在荆州，故此诗当作于齐己晚年居荆州期间（921—938）。

[2] 岳：岳麓山。齐己早年曾寓居道林寺十年，而道林寺正在湖南长沙市西岳麓山下。亦泛指湖南。

社莲惭与幕莲同[1]，岳寺萧条俭府雄[2]。冷淡独开香火里，殷妍行列绮罗中[3]。秋加玉露何伤白，夜醉金缸不那红。闲忆遗民此心地[4]，一般无染喻真空[5]。

【注释】

[1] 社：谓莲社，即慧远等一百二十三人所建之白莲社。

[2] 岳寺：谓齐己曾居住的道林寺。

[3] 殷妍：艳丽。"殷"谓深红色。

[4] 遗民：刘遗民（352—410），彭城（江苏铜山）人。名程之，字仲恩。曾入庐山师事慧远，于山中别筑一室，精修禅法，凡十五年，频感佛光。后与慧远于东林寺结白莲社，誓愿往生净土，并作《庐山白莲社誓文》。

[5] 无染："染"即污染、不净。佛教之"染"指烦恼、执着之妄念，及所执之事物等。超越一切之烦恼、执着，而保持清净之心性，即称无染。

寄玉泉实仁上人[1]

往岁曾寻圣迹时，树边三绕礼吾师[2]。敢瞻护法将军记[3]，且喜焚香弟子知。后会未期心的的[4]，前峰欲下步迟迟。今来老劣难行甚，空寂无缘但寄诗。

【校勘】

"瞻"，甲、乙、丙本作"望"。

【注释】

[1] 玉泉实仁上人：按，齐己另有《苦热怀玉泉寺寄仁上人》，则"玉泉"实为"玉泉寺"，位于湖北当阳市玉泉山东南山麓。实仁上人：玉泉寺僧人，与齐己来往频繁，除上述二诗外，齐己还有《怀道林寺因寄仁

用二上人》一诗。又，此诗中云"今来老劣难行甚"，则知齐己时已衰老，故此诗作于齐己晚年居荆州时（921—938）。

　　[2]"往岁曾寻"二句：谓齐己曾游历过玉泉寺，并礼拜过神秀大师。按，齐己有《题玉泉寺》，诗中云："胜景饱于闲采拾，灵踪销得正思量。时移两板成尘迹，犹挂吾师旧影堂。"亦言及自己于玉泉寺游历和参拜之事。

　　[3]护法将军记："护法将军"谓关羽。"护法将军记"即唐代董侹《荆南节度使江陵尹裴公重修玉泉关庙记》。按，玉泉寺内祀奉关公神像，极为威武，称为伽蓝菩萨（护法神）。相传隋代天台宗创始者智者大师，曾在荆州玉泉山入定；定中曾见关帝显灵，率其鬼神眷属现出种种可怖景象，以扰乱智者。经过智者大师的度化之后，关帝乃向智者求授五戒，遂成为正式的佛弟子，并且誓愿作为佛教的护法。从此以后，这位千余年来极受国人敬重的英雄人物，乃成为佛教寺院的护法神。董侹《荆南节度使江陵尹裴公重修玉泉关庙记》云："玉泉寺覆船山，东去当阳三十里，叠嶂回拥，飞泉迤逦，信途人之净界，域中之绝景也。寺西北三百步，有蜀将军都督荆州事关公遗庙存焉。"《佛祖统纪》卷六《四祖天台智者法空宝觉灵慧大禅师》、《佛祖纲目》卷二八［智觊大师说法玉泉］亦有同样的记载。

　　[4]的的：明白，昭著。刘向《新序》之［杂事二］云："故（吴）阖闾用子胥以兴，夫差杀之而亡；（燕）昭王用乐毅以胜，惠王逐之而败；此的的然若白黑。"韦应物《三月三日寄诸弟兼怀崔都水》："对酒始依依，怀人还的的。"

荆渚怀寄僧达禅弟三首[1]

　　电击流年七十三，齿衰气沮竟何堪[2]。谁云有句传天下[3]，自愧无心寄岭南。晓漱气嫌通市井，晚烹香忆落云潭[4]。邻峰道者还弹指[5]，藓剥藤缠旧石龛。

　　【校勘】
　　"怀"，甲、乙、丙本作"感怀"。

"还"，甲、乙、丙本作"应"。

【注释】

[1] 荆渚：即荆州，今湖北江陵。僧达：与齐己同乡，俱为潭州长沙人，幼时一起聚沙嬉戏。年岁小于齐己，但相差不大。曾游历南岳衡山、广东罗浮山和浙江天台山。晚年居江西。齐己另有《寄怀江西僧达禅翁》诗。

[2] "电击流年"二句：按，齐己生于唐懿宗咸通五年（864），此诗云"七十三"，则当作于后晋高祖天福元年（936）。

[3] "谁云"句：按，齐己幼好吟咏，诗名颇著，时号"诗囊"。《宋高僧传》本传云："释齐己……性耽吟咏，……己颈有瘤赘，时号诗囊。"《五代史补》卷三"僧齐己"条记载更详："僧齐己，……七岁，与诸童子为寺司牧牛，然天性颖悟，于风雅之道，日有所得，往往以竹枝画牛背为篇什，众僧奇之，且欲壮其山门，遂劝令出家。……其后居于长沙道林寺。时湖南幕府中能诗者有如徐东野、廖凝、刘昭禹之徒，莫不声名藉甚，而徐东野尤好轻忽，虽王公不避也。每见齐己，必悚然不敢以众人待之。尝谓同列曰：'我辈所作皆拘于一途，非所谓通方之士。若齐己才高思远，无所不通，殆难及矣。'论者以徐东野为知言。东野亦常赠之曰：'我唐有僧号齐己，未出家时宰相器……'其为名士推重如此。"《十国春秋·荆南列传》："齐己……天性颖悟，常以竹枝画牛背为诗，诗句多出人意表，众僧奇之，劝令落发为浮图。……湖南幕府号能诗者，徐仲雅、廖匡图、刘昭禹辈，靡不声名藉甚，而仲雅尤傲忽，虽王公不避，独见齐己必悚然，不敢以众人相遇。齐己故赘疣，至是，爱其诗者或戏呼之曰'诗囊'。"

[4] "晓漱"二句：按，佛教乃出世之学，清静寡欲，淡泊名利，与俗人交，与市井通，则谓染指俗气，故要洗涤漱口。此诗云"晓漱"、"晚烹香"即谓清晨漱口，傍晚喝香茶以趋俗。

[5] 弹指：意即拇指与食指之指头强力摩擦，弹出声音；或以拇指与中指压覆食指，复以食指向外急弹。此诗中"弹指"当表欢喜问好之义。

十五年前会虎溪，白莲斋后便来西[1]。干戈时变信虽绝，吴楚路长魂不迷。黄叶喻曾同我悟[2]，碧云情近与谁携。春残相忆荆江岸[3]，一只杜鹃头上啼。

【注释】

[1]"十五年前"二句："虎溪"在江西庐山东林寺前。寺前的虎溪桥（石拱桥），流传着慧远、陶渊明与陆修静三人之间的故事，著名的"虎溪三笑"即出于此。"白莲斋"即齐己在庐山东林寺居住的斋房。按，此组诗之一中云："电击流年七十三，齿衰气沮竟何堪"；此诗云："十五年前会虎溪，白莲斋后便来西"，则知齐己73岁在荆州作此组诗时，已来到荆州15年了。由此可见，齐己初离虎溪至荆州时应58岁。又齐己《渚宫莫问诗一十五首》序："予以辛巳岁（921），蒙主人命居龙安寺。"即齐己初到江陵为龙德元年（921）。

[2]黄叶喻：谓佛家之"黄叶止啼"喻，即以杨树之黄叶为金，与小儿以止其啼。譬佛说天上之乐果以止人间之众恶也。北本《大般涅槃经》卷二十曰："如彼婴儿啼哭之时，父母即以杨树黄叶而语之言：'莫啼莫啼，我与汝金。'婴儿见已，生真金想，便止不啼。然此杨叶定非金也。"

[3]荆江岸：谓长江岸。

　

鹤岭僧来细语君，依然高尚迹难群[1]。自抛南岳三生石[2]，长傍西山数片云。丹访葛洪无旧灶，诗寻灵观有遗文[3]。莫将离别为相隔，心似虚空几处分。

【校勘】

"语"，甲、丙本作"话"。

"然"，甲、乙、丙本作"前"。

【注释】

[1]群：谓合群。

[2]南岳：即衡山，在今湖南衡阳市北。三生石：唐代袁郊《甘泽谣·圆观》载，唐李源与僧圆观友善，同游三峡。圆观指王姓孕妇为其托身之所，约十二年后中秋月夜，相会于杭州天竺寺外。至晚圆观殁，而孕妇产。及期，源赴约，闻牧童歌《竹枝词》："三生石上旧精魂，赏月吟风不要论。惭愧情人远相访，此身虽异性长存。"因知牧童即圆观后身。诗

文中常用作前因宿缘的典实。

[3]"丹访葛洪"二句：葛洪（283—363），字稚川，自号抱朴子，丹阳句容（今属江苏）人。好神仙导养术，著《抱朴子》。《晋书》卷七二《葛洪传》云："葛洪……尤好神仙导养之法。从祖玄，吴时学道得仙，号曰葛仙公，以其练丹秘术授弟子郑隐。洪就隐学，悉得其法焉。……洪见天下已乱，欲避地南土，乃参广州刺史嵇含军事。及含遇害，遂停南土多年。……以年老，欲练丹以祈遐寿，闻交阯出丹，求为句漏令。帝以洪资高，不许。洪曰：'非欲为荣，以有丹耳。'帝从之。洪遂将子侄俱行。至广州，刺史邓岳留不听去，洪乃止罗浮山炼丹。……在山积年，优游闲养，著述不辍。"按，葛洪到罗浮寻药炼丹，如曹唐《送羽人王锡归罗浮》："最爱葛洪寻药处，露苗烟蕊满山春。"又，相传葛洪曾在天台山上的桐柏金庭炼丹，金庭山洞因此成为道教七十二福地之一，葛洪井也因之而有名。薛逢《送刘客》："若到天台洞阳观，葛洪丹井在云涯。"陈陶《宿天竺寺》："西僧示我高隐心，月在中峰葛洪井。"许浑《天竺寺题葛洪井》："羽客炼丹井，井留人已无。"此句云"丹访葛洪无旧灶，诗寻灵观有遗文"，则僧达既游访过罗浮山，又游访过天台山葛洪所居道观。

寄孙鲂秀才[1]

郡楼东面市墙西，颜子生涯竹屋低[2]。书案飞飔风落絮[3]，地苔狼藉燕衔泥[4]。吟窗晚凭春篁密[5]，行径斜穿夏莱齐。别后相思频梦到，二年同此赋闲题[6]。

【校勘】

"市"，甲、乙、丙本作"寺"。

【注释】

[1]孙鲂：字伯鱼，南昌（今属江西）人。与齐己为诗友。齐己另有《酬孙鲂》、《乱后江西过孙鲂旧居因寄》、《寄江西幕中孙鲂员外》诸诗。

[2]颜子：颜回。好学，安贫乐道，一箪食，一瓢饮，不改其乐。不迁怒，不贰过，在孔门中以德行著称。孙鲂"家贫好学"，故齐己以"颜

子"喻之。

　　[3] 飞飏：同"飞扬"。

　　[4] 狼藉：也作"狼籍"，散乱不整貌。

　　[5] 筼：竹的通称。

　　[6] "二年同此"句：据《江南野史》卷七载："孙鲂，世南昌人。家贫好学。长会唐末丧乱，都官郎郑谷亦避乱归宜春，鲂往师之，颇为诱掖。后有诗名。尝与沈彬及桑门齐己、虚中之徒为唱和俦侣。属吴王行密据有江淮，遂归，射策授□郡从事。"按郑谷归隐宜春在唐天复四年（904），至梁开平三年（909）卒；鲂从谷学当在此数年间。又，齐己曾于天复四年（904）去袁州拜访郑谷，后梁太祖开平二年（908）已返回湘中（齐己《戊辰岁（908）湘中寄郑谷郎中》），则天复四年（904）至后梁太祖开平二年（908）间二人皆师郑谷，当有机会一同赋诗，故"二年同此赋闲题"指此期间之事。

送李评事往宜春[1]

　　兰舟西去是通津，名郡贤侯下礼频。山遍寺楼看仰岫[2]，台连城阁上宜春。鸿心夜过乡心乱[3]，雪韵朝飞句韵新。别有官荣身外趣，月江松径访禅人[4]。

　　【注释】

　　[1] 李评事：按，"评事"乃官名。汉置廷尉平，掌平决刑狱。隋炀帝乃置评事，属大理寺。唐代因之。另，齐己还有《和岷公送李评事往宜春》，当与此诗作于同时。又此诗中言"鸿心夜过乡心乱"，则"李评事"当为宜春人。宜春：在今江西宜春市。

　　[2] 岫：峰峦，山谷。

　　[3] "鸿心"句：按，《汉书·苏武传》载，汉武帝时苏武出使匈奴被拘不屈，徙居北海上牧羝。后匈奴与汉和亲，汉求苏武，匈奴诡言苏武已死。苏武属吏常惠夜见汉使，教其诡言帝射上林中，得北来雁，雁足有系帛书，言苏武等在某泽中。使者如常惠语以责单于，单于因谢汉使，苏武得归。后便谓鸿雁能传书信。故"李评事"看到鸿雁，遂"乡心乱"。

[4] 禅人：谓习禅之人。

中春感兴

春风日日雨时时，寒力潜从暖势衰。一气不言含有象，万灵何处谢无私。诗通物理行堪掇[1]，道合天机坐可窥[2]。应是正人持造化，尽驱幽细入炉锤[3]。

【校勘】

"炉"，甲本作"垆"，乙本作"镳"。

【注释】

[1] 物理：事物的常理。《晋书·明帝本纪》："帝聪明有机断，犹精物理。"掇：拾。

[2] 天机：谓天赋的悟性、天性。

[3] 炉锤：谓放入火炉中煅烧锤炼。此处借指锤炼诗句。

早莺

何处经年绝好音，暖风吹出啭乔林[1]。羽毛新刷陶潜菊[2]，喉舌初调叔夜琴[3]。藏雨并栖红杏密，避人双入绿杨深。晓来枝上千般语，应共桃花说旧心。

【校勘】

"早莺"，庚本作"蚤莺"。

"处"，甲、丁本作"处（一作事）"。

"绝"，甲本作"阒（一作绝）"，丁本作"阒（一作阒）"。

"吹"，甲、乙、丙、戊、己、庚、辛本作"催"。

"藏"，甲本作"藏（一作怕）"，辛本作"怕"。

"应"，甲本作"应（一作似）"。

"说"，甲本作"说（一作诉）"。

【注释】

[1] 啭：鸟鸣。此处谓早莺婉转动听的嗓音。

[2] 陶潜菊：陶潜爱菊，不仅爱采菊，也爱饮菊，如其诗中有"采菊东篱下，悠然见南山"、"秋菊有佳色，裛露掇其英。泛此忘忧物，远我遗世情。"《北堂书钞》卷一五五引《续晋阳秋》曰："陶渊明尝九月九日无酒，出宅边菊丛中摘菊盈把，坐其侧。久望见白衣人至，乃王弘送酒也。即便就酌，醉而后归。"

[3] 叔夜琴：《晋书·嵇康传》："嵇康，字叔夜，谯国铚人也。……常修养性服食之事，弹琴咏诗，自足于怀。……康将刑东市，太学生三千人请以为师，弗许。康顾视日影，索琴弹之，曰：'昔袁孝尼尝从吾学《广陵散》，吾每靳固之，《广陵散》于今绝矣！'时年四十。海内之士，莫不痛之。帝寻悟而恨焉。初，康尝游于洛西，暮宿华阳亭，引琴而弹。夜分，忽有客诣之，称是古人，与康共谈音律，辞致清辨，因索琴弹之，而为《广陵散》，声调绝伦，遂以授康，仍誓不传人，亦不言其姓字。"

【汇评】

《唐诗快》："旧心"二字生，妙，从无人用。然有吴（融）侍郎《还俗尼》之"旧身"，自有己公"桃花"、"莺"之"旧心"。程伊川所谓"天下之理，无独必有对"，岂不信然？（见陈伯海《唐诗汇评》第三一二二页）

酬尚颜上人[1]

紫绶苍髭百岁侵[2]，绿苔芳草绕阶深[3]。不妨好鸟喧高卧[4]，切忌闲人聒正吟[5]。鲁鼎寂寥休辨口[6]，劫灰销变莫宣心[7]。还怜我有冥搜癖[8]，时把新诗过竹寻。

【注释】

[1] 尚颜：字茂圣，俗姓薛，唐尚书薛能之宗人。与齐己交往密切，齐己另有《寄尚颜》、《闻尚颜上人创居有寄》、《酬尚颜》、《春寄尚颜》、《闻尚颜下世》诗。

　　[2] 紫绶：谓紫衣和紫色丝带。唐代僧人多有被赐紫衣之荣誉。按，我国古代朝廷敕赐臣下服章以朱紫为贵，及于唐朝，乃仿此制，由朝廷敕赐紫袈裟予有功德之僧，以表荣贵。据赞宁《大宋僧史略》卷下知赐紫始于武则天赐僧法朗等人紫袈裟。又，齐己《寄尚颜》："莫向孤峰道息机，有人偷眼羡吾师。满身光化年前宠，几轴开平岁里诗。"可知尚颜光化年间曾受昭宗宠幸，以至被赐紫衣。苍髭：灰白色的髭鬚。

　　[3] 苔：即苔藓。

　　[4] 喧：声大而繁闹。

　　[5] 聒：喧扰，声音嘈杂。

　　[6] 鲁鼎寂寥："鼎"谓国之重器，上面常常刻有铭文，后人难识难认，故曰"鲁鼎寂寥"。韩休《唐金紫光禄大夫礼部尚书上柱国赠尚书右丞相许国文宪公苏颋文集序》云："至若栒戈考篆，鲁鼎看铭，书有亡篋，文称坠简。"

　　[7] 劫灰：劫火时之灰也。佛教世界观认为，世界成立分为成、住、坏、空四劫，于坏劫之末必起火灾、水灾、风灾，火灾之时，天上出现七日轮，初禅天以下全为劫火所烧。《释门正统》卷四："汉武掘昆明池得黑灰，以问朔（东方朔），朔曰：'可问西域胡道人'。摩腾且住，或以问之，曰：'劫灰也。'"

　　[8] 冥搜：即苦思冥想、到处搜罗。此处谓齐己作诗苦吟之情态。

寄倪署郎中[1]

　　风雨冥冥春暗移，红残绿满海棠枝。帝乡久别江乡住，椿笋何如樱笋时[2]。海内擅名君作赋[3]，林间外学我为诗[4]。近闻南国升南省[5]，应笑无机老病师[6]。

【注释】

　　[1] 倪署：当为倪曙之误。字孟曦，福州侯官（今福建闽侯）人。后梁初仕南汉。《十国春秋》卷六二："倪曙……唐中和时及第，有赋名，官太学博士。黄巢之乱，避归故乡。会闽王从子延彬刺泉州，雅好宾客，曙

与徐寅、陈郓等赋诗饮酒为乐。未几，西游岭表，烈宗招礼之，辟置幕中。高祖即位，擢为工部侍郎，进尚书左丞。乾亨五年，诏同平章事。无何，以病卒。"按，南汉高祖于乾亨元年即均王贞明三年（917）八月即位，齐己此诗称郎中，当作于本年八月。

[2]"椿笋何如"句：椿笋即香椿和夏笋的合称。香椿夏季开花。樱笋即樱桃和春笋的合称，因樱、笋上市季节在春夏之交，故亦用以代指时令。此句即指夏笋不如春笋。

[3]"海内擅名"句：倪曙擅作赋，以赋知名于时。《唐摭言》卷二[置等第]载倪曙于乾符四年（877）试《火中寒暑退赋》、《残月如新月诗》入等第。《南部新书·丙》："倪曙有赋名，为太学博士制词，萤雪服勤，属词清妙。因广明庚子避乱番禺，刘氏借号，为翰林学士。"

[4]外学：又作外书、外典，意即佛学以外之教法、典籍等，或学习佛教以外之教法、典籍。佛教为降伏外道及知晓众生之根机乐欲等，以利教化，故准许比丘学习外教之典籍及世间法。作诗、"为诗"显然属于外学范畴，故云"林间外学我为诗"。

[5]南国：指岭南。南省：唐代尚书省的别名。因其官署位于皇帝所居宫城之正南方，故名。《南汉·高祖纪》乾亨元年八月癸巳载，"又以唐太学博士倪曙为工部侍郎，已又改尚书左丞"，故云"近闻南国升南省"。

[6]无机：《庄子·天地》："子贡南游于楚，反于晋，见一丈人方将为圃畦，凿隧而入井，抱瓮而出灌，滑滑然用力甚多而见功寡。子贡曰：'有械于此，一日浸百畦，用力甚寡而见功多，夫子不欲乎？'为圃者仰而视之曰：'奈何？'曰：'凿木为机，后重前轻，挈水若抽，数如泆汤，其名为槔。'为圃者忿然作色而笑曰：'吾闻之吾师，有机械者必有机事，有机事者必有机心。机心存于胸中，则纯白不备，纯白不备，则神生不定，神生不定者，道之所不载也。吾非不知，羞而不为也。'"

题郑郎中谷仰山居[1]

　　簹壁层层映水天，半乘冈垅半民田[2]。王维爱甚难抛画[3]，支遁怜多不惜钱[4]。巨石尽含金玉气，乱峰深锁栋梁烟。秦争汉夺虚劳力，却是巢由得稳眠[5]。

【校勘】

　　按，此诗底本无，据甲本补。又，此诗与齐己《江上望远山寄郑谷郎中》诗几同。齐己《江上望远山寄郑谷郎中》（公时退居仰山）："危碧层层映水天，半垂冈陇下民田。王维爱甚难抛画，支遁高多不惜钱。巨石尽含金玉气，乱峰闲锁栋梁烟。秦争汉夺空劳力，却是巢由得稳眠。"

【注释】

　　[1] 郑郎中谷：即郑谷，字守愚，袁州宜春（今属江西）人。按，郑谷于乾宁四年（897）任都官郎中，并终于此任，故称"郑郎中"。据赵昌平《郑谷年谱》、傅义《郑谷年谱》、傅璇琮等《唐才子传校笺》，末帝天祐二年（905），郑谷退居江西宜春，齐己自衡岳往袁州（宜春郡）拜谒郑谷。又齐己有《戊辰岁湘中寄郑谷郎中》诗，戊辰岁即后梁太祖开平二年（908），则齐己于开平二年已经回到湘中，则齐己去袁州拜访郑谷时间当为天祐二年（905）至后梁太祖开平二年（908）之间。此诗题云"题郑郎中谷仰山居"，则当作于此期间。仰山：在今江西省宜春市之南。由于山势绝高，须仰视方得见，故称仰山。

　　[2] 乘：计量单位。古代井田制九夫为井，十六井为丘，四丘为乘。

　　[3] "王维爱甚"句：按，王维善画，尤其擅长山水画，其画风雅致，深富诗意，苏轼曾说："维诗中有画，画中有诗。"他尝创破墨法，被尊为南宗画派之祖。《旧唐书》卷二百二《王维传》载："维工草隶，善画，名盛于开元、天宝间，豪英贵人虚左以迎，宁、薛诸王待若师友。画思入神，至山水平远，云势石色，绘工以为天机所到，学者不及也。"《封氏闻见记》卷五："王维特妙山水，幽深之致，近古未有。"

　　[4] "支遁怜多"句：据《高僧传》卷四《竺法潜传》载："（竺法）潜虽复从运东西，而素怀不乐，乃启还剡之仰山，遂其先志，于是逍遥林

阜，以毕余年。支遁遣使求买仰山之侧沃洲小岭，欲为幽栖之处。潜答云：'欲来辄给，岂闻巢、由买山而隐。'"可见支遁因喜爱仰山而不惜钱财遣使求买，故云。

　　[5] 巢由：巢父和许由。相传二人为尧时隐士，尧欲让位于二人，皆不受。后世诗文常用之为隐居不仕的典故。徐仲雅《赠齐己》："一簟松风冷如冰，长伴巢由伸脚睡。"韦庄《题颍源庙》："曾是巢由栖隐地，百川唯说颍源清。"

卷 八

湘中寓居春日感怀

江禽野兽两堪伤，避射惊弹合自忙。头角任多无獬豸[1]，羽毛虽众让鸳鸯。落苔红小樱桃熟，侵井青纤燕麦长[2]。吟把离骚忆前事，汨罗春恨撼残阳[3]。

【校勘】

"合"，甲、乙、丙、丁本作"各"。

"恨"，甲、乙、丙、丁本作"浪"。

【注释】

[1] 獬豸：传说中的兽名。能辨别是非，见人争斗，就用角撞没有道理的人。《后汉书·舆服志下》："獬豸，神羊，能别曲直，楚王尝获之，故以为冠。"《晋书·舆服志》："或谓獬豸，神羊，能触邪佞。《异物志》云：'北荒之中，有兽名獬豸，一角，性别曲直。见人斗，触不直者。闻人争，咋不正者。楚王尝获此兽，因象其形以制衣冠。'"故后世常借獬豸指执法官吏侍御史。岑参《送张秘书充刘相公通汴河判官，便赴江外觐省》："新登麒麟阁，适脱獬豸冠。"姚合《送李植侍御》："圣代无邪触，空林獬豸归。"

[2] 燕麦：植物名。野生，为燕雀所食，故名。《尔雅·释草》："蘥，雀麦。郭注：即燕麦也。王云：《本草》云：生故墟野林下，苗似小麦而弱，实似穬麦而细，在处有之。"《本草纲目》："燕麦，野麦也。燕雀所

食，故名。宗奭曰：苗与麦同，但穗细长而疏。唐刘梦得所谓兔葵燕麦摇荡春风者也。"李白《春日独坐，寄郑明府》："燕麦青青游子悲，河堤弱柳郁金枝。"

[3] 汨罗：汨罗江，为湘江支流，在湖南东北部，西流，注入洞庭湖。屈原于公元前278年投汨罗江而死。韩愈《湘中》："猿愁鱼踊水翻波，自古流传是汨罗。"

潇湘

寒清健碧远相含，珠媚根源在极南[1]。流古递今空作岛，逗山冲壁自为潭。迁来贾谊愁无限[2]，谪过灵均恨不堪[3]。毕竟输他老渔叟，绿蓑青竹钓浓蓝[4]。

【注释】

[1] "寒清健碧"二句：按，潇湘即潇水、湘水。潇水源出湖南省蓝山县九嶷山，湘水源出广西壮族自治区灵川县海阳山。二水在湖南省零陵县合流，称为潇湘，北入洞庭湖。

[2] "迁来贾谊"句：按，贾谊被贬为长沙王太傅，忧愁悲愤，途经汨罗时，作《吊屈原赋》自伤。《史记·屈原贾生列传》："于是天子后亦疏之，不用其议，乃以贾生为长沙王太傅。贾生既辞往行，闻长沙卑湿，自以寿不得长，又以谪去，意不自得。及渡湘水，为赋以吊屈原。……贾生为长沙王太傅三年，有鸮飞入贾生舍，止于坐隅。楚人命鸮曰'鵩'。贾生既以谪居长沙，长沙卑湿，自以为寿不得长，伤悼之，乃为赋以自广。"

[3] "谪过灵均"句：按，屈原字灵均。屈原于楚怀王、顷襄王时，信而见疑，忠而被谤，终被放逐，忧愤而作《离骚》，后投汨罗江而死。《史记·屈原贾生列传》："屈平疾王听之不聪也，谗谄之蔽明也，邪曲之害公也，方正之不容也，故忧愁幽思而作离骚。离骚者，犹离忧也。……令尹子兰闻之大怒，卒使上官大夫短屈原于顷襄王，顷襄王怒而迁之。屈原至于江滨，被发行吟泽畔。颜色憔悴，形容枯槁。……乃作怀沙之赋。……于是怀石遂自沈汨罗以死。"

[4]"毕竟输他"二句：按，屈原放逐在江湘之间，忧愁叹吟，仪容变易，而渔父避世隐身，钓鱼江滨，欣然自乐，时遇屈原川泽之域，怪而问之，遂相应答。屈原《渔父》："渔父曰：'夫圣人者，不凝滞于物而能与世推移。举世混浊，何不随其流而扬其波？众人皆醉，何不铺其糟而啜其醨？何故怀瑾握瑜而自令见放为？'……渔父莞尔而笑，鼓枻而去。歌曰：'沧浪之水清兮，可以濯吾缨；沧浪之水浊兮，可以濯吾足。'遂去，不复与言。"

寄友生

　　风骚情味近如何[1]，门底寒流屋里莎。曾摘园蔬留我宿，共吟江月看鸿过。时危苦恨无收拾，道妙深夸有琢磨[2]。凉夜欹眠应得梦[3]，平生心肺似君多。

【注释】

[1] 风骚：本为诗经和楚辞的并称，后泛指诗文。

[2] 琢磨：修饰诗文。卢纶《宴赵氏昆季书院因与会文并率尔投赠》："诗礼把余波，相欢在琢磨。"郑谷《予尝有雪景一绝为人所讽吟段赞善小笔精微忽为图画以诗谢之》："属兴同吟咏，成功更琢磨。"

[3] 欹：斜靠。

酬答退上人[1]

　　须鬓三分白二分[2]，一生踪迹出人群[3]。嵩丘梦忆诸峰雪[4]，衡岳禅依五寺云[5]。青衲几临高瀑濯，苦吟曾许断猿闻。荒村残腊相逢夜，月满鸿多楚水濆[6]。

【注释】

[1] 退上人：生卒年里无考。据此诗，退上人遍游南北，居游常远离人群。

[2] "须鬓"句：谓年老。白居易《对镜》："三分鬓发二分丝，晓镜

秋容相对时。"

[3] 踪迹：足迹。出：出离。此处指退上人远离人群。

[4] 嵩丘：指河南嵩山。

[5] 衡岳：即南岳衡山。五寺：指祝圣寺、南台寺、福严寺、上封寺、湘南寺。齐己《题南岳般若寺》："诸峰翠少中峰翠，五寺名高此寺名。"

[6] 渍：水边。贯休《别卢使君》："杜宇声声急，行行楚水渍。"

山中春怀

心魂役役不曾归[1]，万象相牵向极微。所得或忧逢郢刃[2]，凡言皆欲夺天机。游深晚谷香充鼻，坐苦春松粉满衣。何物不为狼藉境[3]，桃花和雨落霏霏[4]。

【校勘】

"落"，甲、丙本作"更"。

【注释】

[1] 役役：劳作不息貌。《庄子·齐物论》："终身役役，而不见其成功。"又："众人役役，圣人愚芚。"韦应物《龙门游眺》："日落望都城，人间何役役。"杜甫《寄薛三郎中》："与子俱白头，役役常苦辛。"

[2] 郢刃：用郢人运斤成风事。《庄子·徐无鬼》："庄子送葬，过惠子之墓，顾谓从者曰：'郢人垩慢其鼻端若蝇翼，使匠石斫之。匠石运斤成风，听而斫之，尽垩而鼻不伤，郢人立不失容。'"言匠石神技，得郢人而后显，后遂以郢人为知己。嵇康《赠秀才入军》之四："嘉彼钓叟，得鱼忘筌。郢人逝矣，谁与尽言？"刘禹锡《翰林白二十二学士见寄诗一百篇，因以答贶》："郢人斤斫无痕迹，仙人衣裳弃刀尺。"此处亦指知音。

[3] 狼藉：散乱不整貌。杜牧《见穆三十宅中庭海榴花谢》："堪恨王孙浪游去，落英狼藉始归来。"陆龟蒙《和袭美重题蔷薇》："更被夜来风雨恶，满阶狼藉没多红。"

[4] 霏霏：纷飞貌。《诗经·小雅·采薇》："今我来思，雨雪霏霏。"孟郊《清东曲》："樱桃花参差，香雨红霏霏。"韦庄《途中望雨怀归》：

"满空寒雨漫霏霏，去路云深锁翠微。"

寄郑谷郎中[1]

　　上国谁传消息过[2]，醉眠醒坐对嵯峨[3]。身离道士衣裳少，笔答禅师句偈多[4]。南岸郡钟凉度枕，西斋竹露冷沾莎。还应笑我降心外[5]，惹得诗魔助佛魔。

【注释】

　　[1] 郑谷：字守愚，袁州宜春（今属江西）人。按，郑谷乾宁四年（897）任都官郎中，并终于此任。又郑谷约卒于后梁太祖开平三年（909）。故此诗盖作于乾宁四年（897）至后梁太祖开平三年（909）间。据赵昌平《郑谷年谱》、傅义《郑谷年谱》、《唐才子传校笺》，末帝天祐二年（905），郑谷退居江西宜春，齐己自衡岳往袁州（宜春郡）拜谒郑谷。又齐己有《戊辰岁湘中寄郑谷郎中》诗，戊辰岁即后梁太祖开平二年（908），则齐己于开平二年已经回到湘中，则齐己去袁州拜访郑谷时间当为天祐二年（905）至后梁太祖开平二年（908）之间。此诗中云"上国谁传消息过，醉眠醒坐对嵯峨。身离道士衣裳少，笔答禅师句偈多。南岸郡钟凉度枕，西斋竹露冷沾莎"，知此时郑谷已退隐，故此诗当作于此期间。

　　[2] 上国：谓京师，即长安。

　　[3] 嵯峨：山势高峻。

　　[4] 偈：佛经文体之一。指颂佛功德之美辞。"偈"与诗之形式相同。在唐人看来，诗、偈已无明显区别，如拾得诗云"我诗也是诗，有人唤作偈。诗偈总一般，读者须子细"。

　　[5] 降心：抑制心志。《三国志·蜀后主传》载晋帝策命："降心回虑，应机豹变，履信思顺，以享左右无疆之休。"吕岩《百字碑》："养气忘言守，降心为不为。"白居易《因沐感发，寄朗上人二首》之二："掩镜望东寺，降心谢禅客。"

寄萍乡唐禀正字[1]

　　新书声价满皇都[2]，高卧林中更起无？春兴酒香熏肺腑，夜吟云气湿髭鬣。同登水阁僧皆别，共上鱼船鹤亦孤。长忆前年送行处[3]，洞门残日照菖蒲[4]。

【校勘】

"书"，庚本作"诗"。

"熏"，甲、乙、丙、戊、己、庚本作"薰"，"薰"同"熏"。

"鱼"，甲、乙、丙、丁、戊、己、庚、辛本作"渔"。

【注释】

[1] 唐禀：袁州萍乡（今属江西）人。乾宁元年（894）登进士第，尝任秘书省正字。与齐己交往较为密切。齐己另有《送唐禀正字归萍川》、《寄唐禀正字》二诗。

[2] "新书声价"句：谓唐禀之《贞观新书》。《新唐书》卷六十《艺文志四》云："唐禀《贞观新书》三十卷。"后注云："禀，袁州萍乡人。集贞观以前文章。"此书现已佚。

[3] "长忆前年"句：按，齐己有《送唐禀正字归萍川》，则知此诗作于前诗之后二年。

[4] 菖蒲：一种水草，生于水边，有香气，根可入药。

秋夕书怀

　　凉多夜永拥山袍，片石闲敧不觉劳[1]。蟋蟀绕床无梦寐，梧桐满地有萧骚[2]。平生乐道心常切，五字逢人价合高[3]。破落西窗向残月，露声如雨滴蓬蒿[4]。

【注释】

[1] 敧：斜靠。

[2] 萧骚：拟声词。薛能《寄河南郑侍郎》："寒窗不可寐，风地叶萧

骚。"孟宾于《题梅仙馆》："仙界路遥云缥缈，古坛风冷叶萧骚。"此处指风吹梧桐之声。

[3]　五字：五言诗。张籍《赠广宣师》："两朝侍从当时贵，五字声名远处传。"许浑《赠闲师》："东林共许三乘学，南国争传五字诗。"李频诗句"只将五字句，用破一生心"。

[4]　蓬蒿：蓬草与蒿草。

乱后经西山寺[1]

松烧寺破是刀兵，谷变陵迁事可惊。云里乍逢新住主，石边重认旧题名。闲临菡萏荒池坐[2]，乱踏鸳鸯破瓦行[3]。欲伴高僧重结社[4]，此身无计舍前程。

【注释】

[1]　按，此诗中云："松烧寺破是刀兵，谷变陵迁事可惊。""乱后"，盖指广明元年（880）黄巢攻入长安后数年间。西山，即今江西南昌属县新建西，即古散原山，齐己另有《过西山施肩吾旧居》。

[2]　菡萏：荷花的别称。

[3]　鸳鸯破瓦：即破碎的鸳鸯瓦。鸳鸯瓦指成对的瓦。一说屋瓦一俯一仰为鸳鸯瓦。《三国志·魏书·方技传》："文帝问周（宣）曰：'吾梦殿屋两瓦堕地，化为双鸳鸯，此何谓也？'"吴均《答萧新浦诗》："肘悬辟邪印，屋曜鸳鸯瓦。"白居易《长恨歌》："鸳鸯瓦冷霜华重，翡翠衾寒谁与共？"

[4]　结社：结成团体，此指佛教信徒结成的宗教团体。结社最早起自东晋庐山僧慧远与刘遗民等人结成的白莲社。

题梁贤巽公房[1]

吴王庙侧有高房，帘影南轩日正长。吹苑野风桃叶碧，压畦春露菜花黄。悬灯向后惟冥默[2]，凭案前头即渺茫。知有虎溪归梦切[3]，寺门松折社僧亡[4]。

【注释】

[1] 梁贤巽公：不详。

[2] 冥默：沉思静默。李群玉《湘中别成威阇黎》："游心杳何境，宴坐入冥默。"

[3] 虎溪：在江西庐山东林寺前。寺前的虎溪桥（石拱桥），流传着慧远、陶渊明与陆修静三人之间的故事，著名的"虎溪三笑"即出于此。

[4] 社：即慧远等人于庐山东林寺所结的白莲社。

塘上闲作

闲行闲坐藉莎烟，此兴堪思二古贤[1]。陶靖节居彭泽畔[2]，贺知章在镜湖边[3]。鸳鸯著对能飞绣，菡萏成群不语仙。形影腾腾夕阳里[4]，数峰危翠滴渔船。

【校勘】

"湖"，甲本作"池"。

"滴"，丙本作"阔"。

【注释】

[1] 二古贤：即下文所言的陶渊明、贺知章。

[2] "陶靖节"句：按，陶渊明曾为彭泽令，卒后，诸友好私谥靖节。《晋书·陶潜传》："陶潜……以亲老家贫，起为州祭酒，不堪吏职，少日自解归。州召主簿，不就，躬耕自资，遂抱羸疾。复为镇军、建威参军，谓亲朋曰：'聊欲弦歌，以为三径之资可乎？'执事者闻之，以为彭泽令。"

[3] "贺知章"句：按，贺知章乃会稽人，晚年曾隐居镜湖，其《回乡偶书》之二："离别家乡岁月多，近来人事半消磨。唯有门前镜湖水，春风不改旧时波。"《唐才子传·贺知章传》："知章，字季真，会稽人。……天宝三年，因病，梦游帝居，及寤，表请为道士，求还乡里，即舍住宅为千秋观，上许之。诏赐镜湖剡溪一曲，以给渔樵。"

[4] 腾腾：舒缓悠闲貌。寒山《隐士遁人间》："腾腾且安乐，悠悠自清闲。"

江上望远山寄郑谷郎中 (公时退居仰山)[1]

危碧层层映水天，半垂冈垅下民田[2]。王维爱甚难抛画[3]，支遁高多不惜钱[4]。巨石尽含金玉器，乱峰闲锁栋梁烟。秦争汉夺空劳力，却是巢由得稳眠[5]。

【校勘】

按，此诗与齐己《题郑郎中谷仰山居》诗几同。齐己《题郑郎中谷仰山居》(仰山在袁州)："檐壁层层映水天，半乘冈垒半民田。王维爱甚难抛画，支遁怜多不惜钱。巨石尽含金玉气，乱峰深锁栋梁烟。秦争汉夺虚劳力，却是巢由得稳眠。"

"垅"，甲、乙、丙本作"陇"。

"器"，甲、乙、丙本作"气"。

【注释】

[1] 郑谷：字守愚，袁州宜春（今属江西）人。按，郑谷于乾宁四年（897）任都官郎中，并终于此任，故称"郑谷郎中"。据赵昌平《郑谷年谱》、傅义《郑谷年谱》、傅璇琮等《唐才子传校笺》，末帝天祐二年（905），郑谷退居江西宜春，齐己自衡岳往袁州（宜春郡）拜谒郑谷。又齐己有《戊辰岁湘中寄郑谷郎中》诗，戊辰岁即后梁太祖开平二年（908），则齐己于开平二年已经回到湘中，则齐己去袁州拜访郑谷时间当为天祐二年（905）至后梁太祖开平二年（908）之间。此诗题下注云"公时退居仰山"，当作于此期间。仰山：在今江西省宜春市之南。由于山势绝高，须仰视方得见，故称仰山。

[2] 冈垅：即"冈垒"，山冈和土堆。

[3] "王维爱甚"句：按，王维善画，尤其擅长山水画，其画风雅致，深富诗意，苏轼曾说："维诗中有画，画中有诗。"他尝创破墨法，被尊为南宗画派之祖。《旧唐书》卷二百二《王维传》载："维工草隶，善画，名盛于开元、天宝间，豪英贵人虚左以迎，宁、薛诸王待若师友。画思入神，至山水平远，云势石色，绘工以为天机所到，学者不及也。"《封氏闻见记》卷五："王维特妙山水，幽深之致，近古未有。"

[4]"支遁高多"句：据《高僧传》卷四《竺法潜传》载："（竺法）潜虽复从运东西，而素怀不乐，乃启还剡之仰山，遂其先志，于是逍遥林阜，以毕余年。支遁遣使求买仰山之侧沃洲小岭，欲为幽栖之处。潜答云：'欲来辄给，岂闻巢、由买山而隐。'"可见支遁因喜爱仰山而不惜钱财遣使求买，故此诗云"支遁高多不惜钱"。

[5]巢由：巢父和许由。相传二人为尧时隐士，尧欲让位于二人，皆不受。后世诗文常用之为隐居不仕的典故。徐仲雅《赠齐己》："一簟松风冷如冰，长伴巢由伸脚睡。"韦庄《题颍源庙》："曾是巢由栖隐地，百川唯说颍源清。"

送人自蜀回南游[1]

锦水东浮情尚郁[2]，湘波南泛思何长[3]。蜀魂巴狖悲残夜[4]，越鸟燕鸿叫夕阳。烟月几般为客路，林泉四绝是吾乡[5]。寻幽必有僧相指，宋杜题诗近旧房[6]。

【注释】

[1]按，此诗题云"送人自蜀回南游"，诗中又云"湘波南泛思何长……烟月几般为客路，林泉四绝是吾乡。……宋杜题诗近旧房"，据诗意知齐己时不在湖湘，当在荆州，故此诗当作于齐己晚年居荆州时（921—938）。

[2]锦水：锦江之水。

[3]湘波：谓湘水、湘江。纵贯湖南省。

[4]狖：长尾猿。李洞《叙事寄荐福栖白》："北地闻巴狖，南山见碛鸿。"

[5]"林泉四绝"句：按，齐己有《游道林寺四绝亭，观宋杜诗版》、《怀道林寺道友》诗，其中后诗云："四绝堂前万木秋，碧参差影压湘流。闲思宋杜题诗板，一日凭栏到夜休。"可知"四绝"乃道林寺四绝亭。又，齐己为潭州长沙县人，早年曾于道林寺寓居约十年之久，而道林寺正在岳麓山下，且濒临湘水，故此诗云"林泉四绝是吾乡"。

[6]宋杜题诗：谓宋之问、杜甫之题诗。

寄无愿上人[1]

六十八去七十岁，与师年鬓不争多。谁言生死无消处[2]，还有修行那得何[3]。闲事（开士）安能穷好恶[4]，故人堪忆旧经过。会归原上焚身后[5]，一阵灰飞也任他。

【校勘】

"闲事"，甲、丙本作"开士"，当从。

"任他"，甲、丙本缺。

【注释】

[1] 无愿：唐末至五代间僧。又作元愿（齐己有《谢元愿上人远寄〈檀溪集〉》）。与齐己（864—938）年岁相仿，且为诗友。又，此诗云"六十八去七十岁，与师年鬓不争多"，则作于齐己晚年，即齐己居荆州期间（921—938）。

[2] "谁言生死"句：按，此处"生死"乃偏义复词，重在言"死"，此诗云"六十八去七十岁，与师年鬓不争多"，知齐己、无愿皆已衰老，皆有死之威胁。佛教苦谛四苦或八苦皆有"死苦"，言及五阴坏时或寿命尽时所受之苦，如《正法念处经》卷六七："人死之时，受大苦恼，无法可喻，一切世人皆当有死，决定无疑。"《瑜伽师地论》卷六一："云何死苦？当知此苦、亦由五相。一、离别所爱盛财宝故；二、离别所爱盛朋友故；三、离别所爱盛眷属故；四、离别所爱盛自身故；五、于命终时，备受种种极重忧苦故。"正因为有"死苦"，佛教主张通过修行以达到解脱，故此诗云"谁言生死无消处，还有修行那得何"。消：消解、排解、排遣。

[3] 修行：谓受持教法而躬行实践。就佛教徒而言，自身为实现佛陀体验之境界而专心精研修养，故特别重视修行，亦因而发展成各种详细之戒律条文、生活规范与精神之修养方法。如戒、定、慧等三学，正见、正思维、正语、正业、正命、正精进、正念、正定等八正道，苦、集、灭、道等四谛。那得何：无奈何，即"生死"对"修行"无奈何，意谓修行能帮助消解对生死的各种焦虑和痛苦。

[4] 闲事：据诸本当为"开士"。"开士"乃菩萨的异名。盖菩萨明解

一切真理，能自开觉，又可开导众生悟入佛之知见，故有此尊称。后作为对僧人的敬称。《释氏要览》卷上："经中多呼菩萨为开士，前秦符坚赐沙门有德解者，号开士。"岑参《寄青城龙谿奂道人》："愿闻开士说，庶以心相应。"綦毋潜《题招隐寺绚公房》："开士度人久，空岩花雾深。"

[5] 焚身：焚烧身体，即火化。按，僧人死后多火化。周贺《哭闲霄上人》："地燥焚身后，堂空著影初。"独孤及《唐故扬州庆云寺律师一公塔铭（并序）》："公讳灵一，俗姓吴，广陵人也。……宝应元年冬十月十六日，终于杭州龙兴寺，春秋三十有六。临灭顾命，以香木茶毗，为送终之节，门弟子虔奉遗旨。粤以是月某日，焚身于某山，起塔于某原，从拘尸城之制也。"

怀潇湘即事寄友人

浸野淫空淡荡和[1]，十年邻住听渔歌[2]。城临远棹浮烟泊，寺近闲人泛月过。岸引绿芜春雨细，汀连斑竹晚风多[3]。可怜千古怀沙处[4]，还有鱼龙弄白波。

【注释】

[1] 淫：浸淫，浸渍。淡荡：同"澹荡"，荡漾，水摇动貌。刘禹锡《历阳书事七十韵》："江春俄澹荡，楼月几亏盈。"白居易《西湖晚归，回望孤山寺，赠诸客》："烟波澹荡摇空碧，楼殿参差倚夕阳。"

[2] "十年邻住"句：按，齐己早年曾寓居道林寺十年。道林寺，在湖南长沙市西岳麓山下，濒临湘水。《五代史补》载己"后居于长沙道林寺"。《十国春秋》本传云："久之，居长沙道林寺。"又《诗话总龟》卷一一《雅什》门下所记有"僧乾康，零陵人。齐己在长沙居湘西道林寺，乾康往谒之"。

[3] 汀：水边平地或水中小洲。斑竹：即紫竹，竹身有紫色或灰褐色的斑纹。又称湘妃竹。相传舜南巡不返，葬于苍梧，舜的两个妃子娥皇、女英思帝不已，泪下沾竹，竹悉成斑。

[4] 怀沙：《史记·屈原贾生列传》："（屈原）乃作《怀沙》之赋。……于是怀石，遂自沈汨罗以死。"

谢橘洲人寄橘[1]

洞庭栽种似潇湘，绿绕人家带夕阳。霜裛露蒸千树熟[2]，浪回风撼一洲香。洪崖遣后名何远[3]，陆绩怀来事更长[4]。藏贮待供宾客好，石榴宜称映舟光[5]。

【校勘】

"回"，甲、乙、丙本作"围"。

【注释】

[1] 橘洲：又名橘子洲、水鹭洲。在湖南长沙市湘江中。自古以盛产橘子著名。

[2] 裛：沾湿。

[3] 洪崖：传说中的仙人名。张衡《西京赋》："洪崖立而指麾。"薛综注："洪崖，三皇时伎人，倡家讬作之。"郭璞《游仙诗》："左挹浮丘袖，右拍洪崖肩。"《文选》李善注："《神仙传》曰：卫叔卿与数人博，其子度曰：'向与博者为谁？'叔卿曰：'是洪崖先生。'"罗隐《出试后投所知》："桃须曼倩催方熟，橘待洪崖遣始行。"

[4] 陆绩：用陆绩怀橘典。《三国志·陆绩传》："陆绩字公纪，吴郡吴人也。……绩年六岁，于九江见袁术。术出橘，绩怀三枚，去，拜辞堕地，术谓曰：'陆郎作宾客而怀橘乎？'绩跪答曰：'欲归遗母。'"张祜《送卢弘本浙东觐省》："怀中陆绩橘，江上伍员涛。"李瀚《蒙求》："胡威推缣，陆绩怀橘。"后诗文中常以怀橘为爱亲、孝亲之典。

[5] 石榴宜称：橘红如石榴，故云。

自贻

心中身外更何猜，坐石看云养圣胎[1]。名在好诗谁逐去，迹依闲处自归来。时添瀑布新瓶水，旋换旃檀旧印灰[2]。晴出寺门惊往事，古松千尺半苍苔。

【注释】

[1] 圣胎：佛教用语。指菩萨修行阶位中之十住、十行、十回向等三贤位。因其以自种为因，善友为缘，听闻正法，修习长养，至于初地而见道，生于佛家，故称圣胎。《仁王经》卷中："是为菩萨初长养心，为圣胎故。"唐代沙门良贲疏曰："于三贤位俱名圣胎。所谓胎者，自种为因，善友为缘，闻净法界等流正法，修习长养，初地见道，诞佛家矣。"王维《大唐大安国寺故大德净觉师塔铭》："天资义性，半字敌于多闻；宿植圣胎，一瞬超于累劫。"岑勋《西京千福寺多宝佛塔感应碑》："定养圣胎，染生迷縠。"

[2] 旃檀：属檀香科之常绿乔木，是一种名贵的香木。有奇香，可作香（称为旃檀香或檀香），亦可制成香油。常用作寺院香料。此处即指旃檀香。

寄益上人[1]

长想寻君道路遥，乱山霜后火新烧。近闻移住邻衡岳[2]，几度题诗上石桥。古木传声连峭壁[3]，一灯悬影过中宵[4]。风骚味薄谁相爱[5]，欹枕常多梦鲍昭[6]。

【注释】

[1] 益上人：即僧从益。齐己另《寄三觉山从益上人》、《送益公归旧居》诗。按，僧从益咸通中于京讲经，极受懿宗宠幸，不仅赐其紫衣，还降辇迎之。杨夔《题宣州延庆寺益公院》诗中云"嘿坐能除万种情，腊高兼有赐衣荣。讲经旧说倾朝听，登殿曾闻降辇迎"，且诗题下注"咸通中入讲，极承恩泽"，盖咏此事。唐末战乱，"寻思乱峰顶"（齐己《寄三觉山从益上人》），从益归三觉山，乃至"多时不下山"，后移住衡岳（此诗中云"近闻移住邻衡岳"）。

[2] 衡岳：即南岳衡山。

[3] 峭壁：陡峭的山崖。张说《过蜀道山》："批林入峭壁，攀蹬陟崔嵬。"杜牧《山寺》："峭壁引行径，截溪开石门。"

[4] 中宵：半夜。孟浩然《夏日南亭怀辛大》："感此怀故人，中宵劳

梦想。"白居易《除夜》:"薄晚支颐坐,中宵枕臂眠。"

[5] 风骚:本为诗经和楚辞的并称,后泛指诗文。

[6] 欹:倾斜。白居易《病假中南亭闲望》:"欹枕不视事,两日门掩关。"元稹《晚秋》:"谁怜独欹枕,斜月透窗明。"鲍昭:即鲍照(? —466),又作鲍昭。字明远。

行次宜春寄湘西诸友[1]

幸无名利路相迷,双履寻山上柏梯。衣钵祖辞梅岭外[2],香灯社别橘洲西[3]。云中石壁青侵汉[4],树下苔钱绿绕溪[5]。我爱远游君爱住,此心他约与谁携。

【校勘】

"侵",甲本作"〔侵〕(浸)"。

【注释】

[1] 宜春:今江西宜春市。据《唐才子传校笺》,末帝天祐二年(905),郑谷退居江西宜春,齐己自衡岳往袁州(宜春郡)拜谒郑谷。又齐己有《戊辰岁湘中寄郑谷郎中》诗,戊辰岁即后梁太祖开平二年(908),则齐己于开平二年已经回到湘中,则齐己去袁州拜访郑谷时间当为天祐二年(905)至后梁太祖开平二年(908)之间。此诗当作于此期间。

[2] 衣钵祖:指禅宗六祖慧能。《六祖大师法宝坛经·行由》:"(五祖弘忍)谓慧能曰:'不识本心,学法无益。若识自本心,见自本性,即名丈夫、天人师、佛。'三更受法,人尽不知,便传顿教及衣钵,云:'汝为第六代祖,善自护念。广度有情,流布将来,无令断绝。'……祖复曰:'昔达磨大师初来此土,人未之信,故传此衣以为信体,代代相承,法则以心传心,皆令自悟自解。'"梅岭:即大庾岭。《史记·东越传》:"(上)令诸校屯豫章梅岭待命。"《元和郡县图志》卷三四《岭南道·韶州》:"始兴县:大庾岭,一名东峤山,即汉塞上也。在县东北一百七十二里。"古时岭上多梅,故又称梅岭。在广东、江西交界处。

[3] 香灯社:即莲社,此处借指东林寺。橘洲:又名橘子洲、水陆

洲。在湖南长沙市湘江中。自古以盛产橘子著名。

　　[4] 汉：即霄汉、云汉，极高的天空，天河。

　　[5] 苔钱：即青苔。青苔形圆如钱，故称苔钱。

送略禅者归南岳[1]

　　林下钟残又拂衣，锡声还独向南飞[2]。千峰冷截冥鸿处[3]，一径险通禅客归[4]。青石上行苔片片，古杉边宿雨霏霏[5]。劳生有愿应回首[6]，忍著无心与物违[7]。

　　【校勘】

　　"冷"，甲本作"〔冷〕（令）"。

　　【注释】

　　[1] 略禅者："禅者"即习禅法者。"略"乃禅者之号，无考。南岳：即衡山，在今湖南衡阳市北。

　　[2] 锡声：即锡杖之声。

　　[3] 冥鸿：高飞的鸿雁。后用以比喻避世隐居的人。陆龟蒙《奉和袭美寄题罗浮轩辕先生所居》："暂应青词为穴凤，却思丹徼伴冥鸿。"

　　[4] 禅客：即参禅者，并不限于禅僧，亦包括俗家参禅修行者。

　　[5] 霏霏：雨不止貌，亦状雨声。王维《送友人归山歌》之二："山中人兮欲归，云冥冥兮雨霏霏。"韩偓《元夜即席》："元宵清景亚元正，丝雨霏霏向晚倾。"

　　[6] 劳生：谓辛劳的一生。《庄子·大宗师》："夫大块载我以形，劳我以生，佚我以老，息我以死。"

　　[7] 无心：指离妄念之真心。非谓无心识，而系远离凡圣、粗妙、善恶、美丑、大小等之分别情识，处于不执著、不滞碍之自由境界。《宗镜录》卷八三："若不起妄心，则能顺觉。所以云，无心是道。"或谓一时休止一切意识作用之状态。

〔咏怀〕寄知己

已得浮生到老闲，且将新句拟玄关[1]。自知清兴来无尽，谁道淳风去不还[2]。三百正声传世后[3]，五千真理在人间。此心终待相逢说，时复登楼看莫山。

【校勘】

"寄知己"，甲、乙、丙本作"咏怀寄知己"，从之。

"莫"，甲、乙、丙本作"暮"，"莫"通"暮"。

【注释】

[1] 玄关：喻指入道之门。白居易《宿竹阁》："无劳别修道，即此是玄关。"《碧岩录》卷八八："当机敲点，击碎金锁玄关。"《嘉泰普灯录》卷十七："玄关大启，正眼流通。"

[2] 淳风：朴实敦厚的风气。孟郊《哀孟云卿嵩阳荒居》："薄俗易销歇，淳风难久舒。"朱庆馀《行路难》："德丧淳风尽，年荒蔓草盈。"

[3] 三百正声：指《诗经》。《论语·为政》："子曰：'诗三百，一言以蔽之，曰思无邪。'"

寄吴拾遗[1]

新作将谁推重轻，皎然评里见权衡[2]。非无苦到难搜处，合有清垂不朽名。疏雨晚冲莲叶响，乱蝉凉抱桧梢鸣。野桥闲背残阳立，翻忆苏卿送子卿[3]。

【校勘】

"作"，甲本作"竹"。

"推"，甲、乙、丙本作"摧"。

【注释】

[1] 吴拾遗：据陶敏《全唐诗人名考证》，此"吴拾遗"乃吴蜕。又《南部新书·庚》："吴融字子华，越州人。弟蜕，亦为拾遗。蜕子程，为

吴越丞相，尚武肃女。”

[2]“皎然评里”句：皎然（720？—？），大历贞元间著名诗僧。俗姓谢，字清昼，湖州长城（今浙江长兴）人。善诗，且颇负盛名。撰有论诗著作《诗式》，品评历代诗人诗作，开以禅理论诗之先河。《新唐书·艺文志》著录其有《诗式》五卷、《诗评》三卷。今存《诗式》五卷、《诗议》一卷。因皎然撰有论诗著作，故云“皎然评里见权衡”。

[3]“翻忆苏卿”句：用李陵送苏武之事。“苏卿”当为“少卿”。汉李陵，字少卿；苏武，字子卿。《汉书》卷五四《李广苏建传》载李陵与苏武曾同为侍中，交情素厚。苏武出使匈奴而被拘，此年，李陵与匈奴战而败降。苏武被流放到北海牧羊，李陵奉命前往劝降，苏武不降。昭帝即位后数年，苏武得以归汉，李陵置酒饯行，泪洒诀别。“于是李陵置酒贺武曰：‘今足下还归，扬名于匈奴，功显于汉室，虽古竹帛所载，丹青所画，何以过子卿！陵虽驽怯，令汉且贳陵罪，全其老母，使得奋大辱之积志，庶几乎曹柯之盟，此陵宿昔之所不忘也。收族陵家，为世大戮，陵尚复何顾乎？已矣！令子卿知吾心耳。异域之人，壹别长绝！’陵起舞，歌曰：‘径万里兮度沙幕，为君将兮奋匈奴。路穷绝兮矢刃摧，士众灭兮名已聩。老母已死，虽欲报恩将安归！’陵泣下数行，因与武决。”李端《昭君词》：“李陵初送子卿回，汉月明明照帐来。”王涣《惆怅诗十二首》之十一：“少卿降北子卿还，朔野离觞惨别颜。”韦庄《钟陵夜阑作》：“流落天涯谁见问，少卿应识子卿心。”

春晴感兴

连旬阴翳晓来晴[1]，水满圆塘照日明。岸草短长边过客，江花红白里啼莺。野无征战时堪望，山有楼台暖好行。桑柘依依禾黍绿[2]，可怜归去是张衡[3]。

【注释】

[1]阴翳：阴晦不明。陈子昂《感遇诗三十八首》之三二：“阳彩皆阴翳，亲友尽睽违。”李德裕《寒食日三殿侍宴，奉进诗一首》：“瑞景开阴翳，薰风散郁陶。”

［2］桑柘：桑树和柘树。柘树：桑属树木。落叶灌木，叶卵形，可喂蚕。果实球形。

［3］"可怜归去"句：张衡有《归田赋》，文中描写春景云："于是仲春令月，时和气清，原隰郁茂，百草滋荣。王雎鼓翼，鸧鹒哀鸣。交颈颉颃，关关嘤嘤。於焉逍遥，聊以娱情。"

谢道友拄杖[1]

翦自南岩瀑布边，寒光七尺乳珠连。持来未入尘埃路，乞与应怜老病年。敧影夜归青石涧[2]，卓痕秋过绿苔钱[3]。他时携上嵩峰顶[4]，把倚长松看洛川[5]。

【注释】

［1］道友：即修道之友。此"道"指佛教之道。又作道侣。

［2］敧：倾斜。

［3］卓痕：直立的痕迹。

［4］嵩峰：嵩山之峰。

［5］洛川：谓环洛阳一带地区。顾况《洛阳行送洛阳韦七明府》："始上龙门望洛川，洛阳桃李艳阳天。"韦应物《酬豆卢仓曹题库壁见示》："掾局劳才子，新诗动洛川。"

东林寄别修睦上人[1]

行心乞得见秋风，双履难留更住踪[2]。红叶正多离社客[3]，白云无限向嵩峰。囊中自欠诗千首，身外谁知事几重？此别不知为后约，年华相似逼衰容。

【校勘】

"更"，甲本作"去"。

"知"，甲、乙、丙本作"能"。

【注释】

[1] 东林：即庐山东林寺。按，齐己《送东林寺睦公往吴国》诗作于后梁贞明五年（919）或六年（920）秋，此时齐己尚在庐山东林寺。又，齐己有《思游峨嵋寄林下诸友》、《自湘中将入蜀留别诸友》、《过荆门》诸诗。另，齐己《渚宫莫问诗一十五首》序云："予以辛巳岁，蒙主人命居龙安寺。"辛巳岁即后梁末帝龙德元年（921），此年齐己在荆南。则齐己离开东林寺时间在龙德元年（921）。此诗中云"行心乞得见秋风，双履难留更住踪。……此别不知为后约，年华相似逼衰容"，不为"后约"，当为远行之别。由此可知齐己于后梁末帝龙德元年（921）秋离庐山归湖湘，将游蜀，途经荆州，为高季兴遮留，居龙安寺（亦即龙兴寺），此诗盖作于本年秋。

[2] 履：鞋。此处借指脚。

[3] 社：即"香社"、"莲社"。此处代指庐山东林寺。

夏日原西避暑寄吟友

热烟疏竹古原西，日日乘凉此杖藜[1]。闲处雨声随霹雳[2]，旱田人望隔虹霓[3]。蝉依独树干吟苦，鸟忆平川渴过齐。别有相招好泉石，瑞花瑶草尽堪携。

【注释】

[1] 杖藜：持藜茎为杖。泛指扶杖而行。

[2] 霹雳：雷之急击声。

[3] 虹霓：同"虹蜺"，即彩虹。相传彩虹有雌雄之分，色鲜盛者为雄，色暗淡者为雌；雄曰虹，雌曰蜺，亦作"霓"，合称虹蜺。

怀匡阜[1]

荆川连岁滞游方[2]，挂杖尘封六尺光。洗面有香思石溜，冥心无挠忆山床[3]。闲机但愧时机速，静论须惭世论长。昨夜分明梦归去，薜萝幽径绕禅房[4]。

【校勘】

"川"，甲、乙、丙、丁本作"州"。

【注释】

[1] 匡阜：指庐山。

[2] 荆川：此指湖北江陵。游方：谓云游四方。又作行脚。

[3] 冥心：潜心苦思。无挠：此处谓没有烦扰。

[4] 薜萝：即薜荔、女萝，皆为野生植物。此句指齐己在庐山东林寺的旧居。齐己《别东林后回寄修睦》："昨夜从香社，辞君出薜萝。"又《渚宫莫问诗一十五首》之八："梦外春桃李，心中旧薜萝。"

静坐

绳床欹坐任崩颓[1]，双眼醒醒闭复开。日月更无闲里过，风骚时有静中来[2]。天真自得生难舍，世幻论惊死不回。何处堪投此踪迹，水边□〔晴〕去上高台。

【校勘】

"论"，甲、乙、丙本作"谁"。

"□"，甲、乙、丙本作"晴"，据之补。

【注释】

[1] 绳床：比丘十八物之一。又作坐床、坐禅床、交椅、胡床、交床。即用绳穿织而成的坐具（椅子），比丘坐卧用之。欧阳詹《山中老僧》："笑向来人话古时，绳床竹杖自扶持。"张籍《题清彻上人院》："过斋长不出，坐卧一绳床。"白居易《赠僧五首·自远禅师》："自出家来长自在，缘身一衲一绳床。"

[2] 风骚：本为诗经和楚辞的并称，后泛指诗文。

寄湘中诸友

碧云诸友尽黄晖，石点花飞更说无。岚翠湿衣松接院，芙蓉薰面寺临湖。沃洲高卧心何僻[1]，匡社长禅兴亦孤[2]。争似楚王文物国，金镳紫绶让前途[3]。

【注释】

[1] 沃洲：山名。在浙江新昌县东。晋代高僧支遁曾居于此。《高僧传》卷四《支遁传》云："俄又投迹剡山，于沃洲小岭立寺行道，僧众百余常随禀学。"

[2] 匡社：即慧远等人于庐山东林寺所结之白莲社。

[3] "争似楚王"二句：谓马楚优待礼遇士大夫和僧人。按，在唐末动乱中建立的马楚政权，大量罗致文人才士，开天策府，以徐仲雅、何仲举、刘昭禹、廖匡图等天策府十八学士为主体，"炳炳琅琅，亦拔戟自成一队"。《五代史补》卷二《何仲举及第》云："先是湖南尤多诗人，其最显者，有沈彬、廖凝、刘昭禹、尚颜、齐己、虚中之徒。"《唐才子传》卷十[廖（匡）图]亦云："湖南马氏辟致幕下，奏授天策府学士。与同时刘昭禹、李宏皋、徐仲雅、蔡昆、韦鼎、释虚中，俱以文藻知名，赓唱迭和。齐己时寓渚宫，相去图千里，而每诗筒往来不绝，警策极多，必见高致。"镳：马嚼子，马口中所衔铁具露出在外的两头部分。金镳即镀金的马嚼子。代指乘骑的高贵。紫绶：紫色的绶带。此为高官的标志。《唐六典》卷四："凡绶，亲王缥朱绶，一品绿缤绶，二品、三品紫绶，四品表绶，五品黑绶。"

答无愿上人书[1]

郑生驱蹇岘山回[2]，传得安公好信来[3]。千里阻修俱老骨，八行重叠慰寒灰[4]。春残桃李犹开户，雪满杉松始上台。必有南游山水兴，汉江平稳好浮杯[5]。

【校勘】

丁本诗题作"答无愿上人"。

"杉松"，甲、乙、丙、丁本作"松杉"。

【注释】

[1] 无愿：唐末至五代间僧。又作元愿（齐己有《谢元愿上人远寄〈檀溪集〉》）。与齐己（864—938）年岁相仿，且为诗友。又，此诗中云"俱老骨"，则此诗作于齐己晚年居荆州期间（921—938）。

[2] 郑生：谓姓郑的书生。蹇：跛，行动迟缓。此处指走不快的驴、马。岘山：在今湖北襄阳市南，东临汉水。

[3] 安公：即僧道安（312—385），东晋杰出的佛教学者。常山扶柳（河北正定）人，俗姓卫。曾于襄阳讲说教化十五年。《高僧传》卷五《道安传》云："释道安……既达襄阳，复宣佛法。……安在樊沔十五载。"此处"安公"实乃齐己对无愿上人的尊称。

[4] 八行：即八行书。按，旧时信笺每页八行，因称书信为八行、八行书。寒灰：谓心如死灰。此处乃齐己自指。

[5] 汉江：一名汉水，源出陕西，东南流经陕西省南部、湖北省西北部和中部，至武汉入长江。

送胤公归闽[1]

西朝归去见高情[2]，应恋香灯近圣明[3]。关令莫疑非马辨[4]，道安还跨赤驴行[5]。充斋野店蔬无味，洒笠平原雪有声。忍惜文章便闲得，看他趋竞取时名[6]。

【校勘】

"送胤公归闽"，甲、乙、丙本作"送胤公归阙"，丁本作"送彻公归阙"。按，齐己另有《秋兴寄胤公》；又，此诗言"西朝归去见高情，应恋香灯近圣明"，若"胤公""归阙"，则不应"西朝"、"应恋香灯近圣明"，故诸本误，当从底本。

"辨"，甲、乙、丙本作"辩"。

"竞"，丙、丁本作"兢"。

【注释】

[1] 胤公：按，齐己另有《秋兴寄胤公》诗，则二诗中"胤公"为一人。又此诗题云"归闽"，则胤公为闽地僧。又，此诗中云"道安还跨赤驴行"，用道安骑驴往来于荆州、襄阳之事，则知是时齐己在荆州"送胤公归闽"，故此诗当作于齐己居荆州时（921—938）。

[2] 高情：高远、高逸的情致。顾况《寻僧二首》之二："弥天释子本高情，往往山中独自行。"司空图《雨中》："维摩居士陶居士，尽说高情未足夸。"

[3] 香灯：谓焚烧用的香和燃着的灯，皆为寺院常备之物。此处借指寺院。

[4] "关令莫疑"句：关令谓符坚。马辨谓马鸣（100—160），中印度人，是佛灭后六百年间出世的大乘论师，有马鸣比丘、马鸣大士、马鸣菩萨等尊称。马鸣为佛教史上卓越之论客。鸠摩罗什译《马鸣菩萨传》："马鸣菩萨，长老胁弟子也。本在中天竺出家为外道沙门，世智聪辩，善通论议。"《付法藏因缘传》卷五："有一大士，名马鸣，智慧渊鉴，有所难问，无不摧伏。"故此诗云"马辨"。

[5] "道安还跨"句：道安（312—385），东晋杰出的佛教学者。常山扶柳（河北正定）人，俗姓卫。曾跨赤驴往来于荆襄。按，《续高僧传》卷九《释罗云传》云："沙门道颙即（释罗）云之兄……于上明东寺起重阁，在安公驴庙北。传云'安公乘赤驴从上明往襄州檀溪，一夕返'。覆捡挍两寺并四层三所，人今重之名为驴庙，此庙即系驴处也。"唐代道宣律师《律相感通传》载："问：'弥天释氏、宇内式胆云乘赤驴荆襄，朝夕而见，未审如何？'答：'实也。今东寺见有驴台存矣，后人崇敬其处，于上植树，周砌石池莲华，庄严供养，此印手菩萨不思议之迹也。'又一本云：'乘驴事虚也。'问曰：'若尔传虚，何为河东寺尚有驴台，岘山南有驴村？据此缘由，则乘驴之有地也。'答曰：'非也。后人筑台于上，植树供养焉，有佛殿之侧，顿置驴耶。又中驴之名，本是间国郡国之故地也，后人不练，遂妄拟之。'此事两本所说各异，故备录之。"

[6] 趋竞：奔走争竞。

感时

忽忽枕前蝴蝶梦[1]，悠悠觉后利名尘[2]。无穷今日明朝事，有限生来死去人。终与狐狸为窟穴，谩师龟鹤养精神。可怜颜子能消息，虚室坐忘心最真[3]。

【注释】

[1] 忽忽：恍忽，迷惑。宋玉《高唐赋》：“悠悠忽忽，怊怅自失。”蝴蝶梦：《庄子·内篇·齐物论》：“昔者庄周梦为胡蝶，栩栩然胡蝶也，自喻适志与！不知周也。俄然觉，则蘧蘧然周也。不知周之梦为胡蝶与，胡蝶之梦为周与？”

[2] 悠悠：悠长，安闲。王维《送崔三往密州觐省》：“南陌去悠悠，东郊不少留。”刘长卿《寄龙山道士许法棱》：“悠悠白云里，独住青山客。”

[3]“可怜颜子”二句：颜子，颜回，孔门贤人。《庄子·大宗师》：“颜回曰：‘回益矣。’仲尼曰：‘何谓也？’曰：‘回忘仁义矣。’……他日，复见，曰：‘回益矣。’曰：‘何谓也？’曰：‘回坐忘矣。’仲尼蹴然曰：‘何谓坐忘？’颜回曰：‘堕肢体，黜聪明，离形去智，同于大通，此谓坐忘。’”

湖上逸人[1]

澹荡光中翡翠飞[2]，田田初出柳丝丝[3]。吟沿绿岛时逢鹤，醉泛清波或见龟。七泽钓师应识我[4]，中原逐鹿不知谁。秋风水寺僧相近，一径芦花到竹篱[5]。

【校勘】

“识”，乙本作“试”。

【注释】

[1] 逸人：谓隐士。

[2] 澹荡：水晃动、摇动貌。

[3] 田田：叶浮水上貌。《乐府诗集·相和歌辞·江南》：“江南可采莲，莲叶何田田。”权德舆《侍从游后湖宴坐》：“田田绿叶映，艳艳红姿舒。”

[4] 七泽：指古时楚地诸湖泊。其中尤以云梦泽最为著名。《史记·司马相如传》之《子虚赋》：“臣闻楚有七泽，尝见其一，未睹其余也。臣之所见，盖特其小小者耳，名曰云梦。云梦者，方九百里，其中有山焉。”

[5] 竹篱：竹子做的篱笆。

怀巴陵[1]

垂白堪思大乱前[2]，薄游曾驻洞庭边。寻僧古寺沿沙岸，倚杖残阳落水天。兰芷蔫菸骚客庙[3]，烟波晴阁钓师船。此时欲买君山住[4]，懒就商人乞个钱。

【校勘】

“芷”，甲本作“蕊”。

“阁”，甲、乙、丙本作“阔”。

【注释】

[1] 巴陵：今湖南岳阳市。

[2] 垂白：白发下垂，形容年老。《汉书·杜周传》：“诚哀老姊垂白，随无状子出关，愿勿复用前事相侵。”注云：“垂白者，言白发下垂也。”鲍照《拟古诗八首》之五：“结发起跃马，垂白对讲书。”白居易《初著绯戏赠元九》：“那知垂白日，始是著绯年。”

[3] 蔫菸：萎缩枯萎。“菸”即枯萎。

[4] 君山：在今湖南省岳阳市洞庭湖中。《博物志》卷六：“洞庭君山，帝之二女居之，曰湘夫人。又《荆州图经》曰：湘君所游，故曰君山。”

渚宫谢杨秀才自嵩山相访[1]

嵩峰有客远相寻，尘满麻衣袖苦吟[2]。花尽草长方闭户，道孤身老正伤心。红堆落日云千仞，碧撼凉风竹一林。惆怅雅声消歇去，喜君聊此暂披襟[3]。

【注释】

[1] 渚宫：春秋时楚成王所建，为楚王的别宫，故址在今湖北省江陵县城内。此诗云"渚宫"，知其作于齐己晚年居荆州期间（921—938）。

[2] 麻衣：布衣。

[3] 披襟：敞开衣襟。比喻心情舒畅。宋玉《风赋》："有风飒然而至，王乃披襟而当之曰：'快哉此风！'"

荆门寄沈彬[1]

罢趣明圣懒从知，鹤氅褵褷遂性披[2]。道有静君堪托迹，诗无贤子拟传谁？松声白石边行止，日影红霞里梦思。珍重两篇千里达，去年江上雪飞时。

【校勘】

"趣"，甲、乙、丙、丁本作"趋"。

"石"，甲本作"日"。

【注释】

[1] 荆门：指今湖北江陵。沈彬：字子文，一作子美，洪州高安（今属江西）人。考沈彬生平，后唐明宗长兴三年（932），李昪镇金陵时，辟沈彬为秘书郎，入东宫辅世子。此诗中云："道有静君堪托迹，诗无贤子拟传谁？"据诗意，时沈彬尚隐居，齐己已居荆州（921—938），故此诗当作于921—932年间。

[2] 鹤氅：鸟羽制裘，用作外套，美称鹤氅。《世说新语·企羡》："孟昶威达时，家在京口，尝见王恭乘高舆，被鹤氅裘，于时微雪，昶于

篱间窥之，叹曰：'此真神仙中人。'"白居易《雪夜喜李郎中见访兼酬所赠》："可怜今夜鹅毛雪，引得高情鹤氅人。"李中《寄赠致仕沈彬郎中》："鹤氅换朝服，逍遥云水乡。"襹褷：一作"褷襹"，毛羽初生貌。皮日休《奉和鲁望白鸥诗》："雪羽襹褷半惹泥，海云深处旧巢迷。"韩偓《访同年虞部李郎中》："门庭野水襹褷鹭，邻里短墙咿喔鸡。"

读《阴符经》[1]

绕窗风竹骨轻安，闲借阴符仰卧看[2]。绝利一源真有谓[3]，空劳万卷是无端[4]。清虚可保升云易[5]，嗜欲终知入圣难[6]。三要洞开何用闭[7]，高台时去凭栏杆。

【校勘】

"杆"，甲、乙、丙本作"干"。

【注释】

[1] 阴符经：全称《黄帝阴符经》或《轩辕黄帝阴符经》，也称《黄帝天机经》。旧题黄帝撰，有太公、范蠡、鬼谷子、张良、诸葛亮、李筌六家注，经文三百八十四字，一卷。经言虚无之道和修炼之术。据说《阴符经》是唐朝著名道士李筌在河南省境内的登封嵩山少室虎口岩石壁中发现的，此后才传抄流行于世。李筌《黄帝阴符经疏序》云："少室山达观子李筌，好神仙之道，常历名山，博采方术。至嵩山虎口岩，石壁中得《阴符》本，绢素书，朱漆轴，以绛缯缄之。封云：'魏真君二年七月七日，上清道士寇谦之藏诸名山，用传同好。'其本糜烂，应手灰灭。筌略抄记，虽诵在口，竟不能晓其义理。因入秦，至骊山下，逢一老母，鬈髻当顶，余发倒垂，弊衣扶杖。……筌所注《阴符》，并依骊山母所说，非筌自能，后来同好，敬尔天机，无妄传也。"

[2] 阴符：《阴符经》。

[3] "绝利一源"句：《黄帝阴符经·强兵战胜演术章》云："瞽者善听，聋者善视。绝利一源，用师十倍。"清·刘一明注："妄想贪求，乃利之源也，人能绝此利之一源，则万有皆空，诸虑俱息，胜于用师导引之功十倍。"有谓：有言。《庄子·齐物论》："今我则已有谓矣，而未知吾所谓

之其果有谓乎？其果无谓乎？"唐代成玄英《疏》云："谓，言也。"嵇康《养生论》："世或有谓神仙可以学得，不死可以力致者。"

　　[4]"空劳万卷"句："空劳"即徒劳。"无端"即无由，无因，无缘无故。此句紧接上句，意谓无来由地、徒劳地阅经万卷，还不如绝利一源，即断绝妄想贪求之念。

　　[5]"清虚可保"句："清虚"即清净虚无。《淮南子·主术》："故有道之主，灭想去意，清虚以待不伐之言，不夺之事。"嵇康《养生论》："清虚静泰，少私寡欲。"唐太宗《令道士在僧前诏》："老君垂范，义在清虚。""升云"犹谓"升天"。按，道家追求飞升成仙，欲望太多则难以升天，清净虚无之心则易于升天，故云。

　　[6]"嗜欲终知"句：按，道教和佛教之旨皆在于清静寡欲，欲望太多则有碍于成圣成佛，故云。

　　[7]三要：指道教内丹修炼的三大要点。分为外三要眼、耳、口和内三要精、气、神。

寄吴国知旧[1]

　　淮甸当年忆旅游[2]，衲衣棕笠外何求[3]。城中古巷寻诗客，桥上残阳背酒楼。晴色水云天合影，晚声名利市争头。可怜王化融融里[4]，惆怅无僧似惠休[5]。

【注释】

　　[1]吴国：即五代十国之一的吴（919—936）。知旧：相识的旧友。《三国志·魏田畴传》："畴尽将其家属及宗人三百余家居邺。太祖（曹操）赐畴车马谷帛，皆散之宗族知旧。"薛能《雨霁宿望喜驿》："闲想更逢知旧否，馆前杨柳种初成。"

　　[2]甸：古代称都城郊外的地方。

　　[3]棕笠：棕榈叶做的斗笠。李洞《送行脚僧》："毳衣沾雨重，棕笠看山敧。"

　　[4]王化：君王的德化。《诗经·周南·关雎序》："《周南》、《召南》，正始之道，王化之基。"融融：和乐貌。《左传》隐公元年："（郑庄）公入

而赋：大隧之中，其乐也融融。"

[5] 惠休：即汤惠休，南朝刘宋僧。字茂远。原名汤休，时人称为休上人。

移居

上台言任养疏愚[1]，乞与西城水满湖。吹楣好风终日有，趣凉闲客片时无。檀栾翠拥清蝉在[2]，菡萏红残白鸟孤。欲问存思搜抉妙，几联诗什敌三都[3]。

【校勘】

"趣"，甲、乙、丙、丁本作"趁"。

"什"，甲、乙、丙、丁本作"许"。

【注释】

[1] 疏愚：粗疏愚昧。此乃自谦之词。白居易《迁叟》："应须绳墨机关外，安置疏愚钝滞身。"姚合《省直书事》："孱懦难封诏，疏愚但掷觚。"

[2] 檀栾：秀美貌。多用来形容竹。后用作竹的代称。吴融《玉堂种竹六韵》："当砌植檀栾，浓阴五月寒。"此处亦指竹。

[3] 三都：谓魏都、蜀都、吴都。晋左思作《三都赋》，构思十年，撰成后时人争相传抄，致使洛阳纸为之涨价。

喜彬上人远见访[1]

高吟欲继沃洲师[2]，千里相寻问课虚[3]。残腊江山行尽处[4]，满衣风雪到闲居。携来律韵清何甚，趣入幽微旨不疏。莫惜天机细捶琢[5]，他时终可拟芙蕖。

【校勘】

"远"，甲本无。

"洲"，甲、丙本作"州"。

"腊"，乙、丙本作"臈"。

【注释】

[1] 彬上人：生卒年里无考。按，齐己有《送彬座主赴龙安请讲》诗，"彬座主"或即"彬上人"，能诗。考齐己一生履历，早年居于湘西道林寺，后到处游居，晚年定居荆州龙兴寺。彬上人"千里相寻""到闲居"，此"闲居"当为荆州龙兴寺。故此诗或即作于齐己居荆州时（921—938）。

[2] 沃洲：在浙江新昌县东。相传晋代高僧支遁曾居于此。山上有放鹤亭、养马坡，为支遁遗迹。沃洲师：即支遁（314—366）。能诗文。《高僧传》卷四《支遁传》云："凡遁所著文翰，集有十卷，盛行于世。"逯钦立《先秦汉魏晋南北朝诗》录其诗 18 首。

[3] 课：课诵。佛教寺院定时念持经咒、礼拜三宝和梵呗歌赞等法事，因其冀获功德于念诵准则之中，所以也叫功课。《金刚顶瑜伽中略出念诵经》卷四举出四种念诵之法，即：音声念诵（出声念）、金刚念诵（合口默念）、三摩地念诵（心念）及真实意念（如字义而修行）。而一般之课诵系指音声念诵而言。此句意谓彬上人千里来访，寒暄之中亦询问一下课诵的虚实情况。

[4] 残腊："腊"即腊月。岁终之义。我国凤以农历十二月为腊祭之月，故十二月习称腊月。"残腊"即十二月底。王建《维扬冬末寄幕中二从事》："那堪旅馆经残腊，只把空书寄故乡。"姚合《咏雪》："愁云残腊下阳台，混却乾坤六出开。"李频《湘口送友人》："零落梅花过残腊，故园归醉及新年。"

[5] 天机：天赋的悟性、天性。捶琢：犹谓锤炼琢磨。细捶琢：谓写诗反复推敲，细加琢磨。

荆州新秋寺居写怀诗五首上南平王[1]

竹如翡翠侵帘影，苔学琉璃布地纹[2]。高卧更应无此乐，远游何必爱他云。闲听谢朓吟为政[3]，静看萧何坐致君[4]。只恐老身衰朽速，他年不得颂鸿勋[5]。

【校勘】

"应无",甲本作"无如"。

【注释】

[1] 南平王:指高季兴。按,《资治通鉴》同光二年(924)三月条云:"丙午,加高季兴兼尚书令,进封南平王。"又,此组诗之四中云"汉江西岸蜀江东,六稔安禅教化中","六稔"谓齐己在荆州已居六年。另,齐己《渚宫莫问诗一十五首》序云:"予以辛巳岁(921),蒙主人命居龙安寺。"齐己自龙德元年(921)至荆州,已居"六稔",当为927年,故此组诗皆作于后唐明宗天成二年(927)秋。

[2] 苔:苔藓。琉璃:一种青色的宝石。本名璧流璃,后省称为琉璃、流离。《汉书》卷九六上《西域传》:"罽宾国……出……璧流离。"注引孟康:"流离青色如玉。"慧琳《一切经音义》卷一:"其宝青色,莹彻有光,凡物近之,皆同一色,帝释髻珠,云是此宝。"《翻译名义集》卷三:"瑠璃,或作琉,此云青色宝,亦翻不远。谓西域有山,去波罗奈城不远,山出此宝,因以名焉。……此宝青色,一切宝皆不可坏,亦非烟焰所能镕铸。"

[3] "闲听谢朓"句:《南齐书》卷四七《谢朓传》:"谢朓,字玄晖,陈郡阳夏人也。……朓少好学,有美名,文章清丽。解褐豫章王太尉行参军,历随王东中郎府,转王俭卫军东阁祭酒,太子舍人、随王镇西功曹,转文学。子隆在荆州,好辞赋,数集僚友,朓以文才,尤被赏爱,流连晤对,不舍日夕。……高宗辅政,以朓为骠骑谘议,领记室,掌霸府文笔。又掌中书诏诰,除秘书丞,未拜,仍转中书郎。出为宣城太守,以选复为中书郎。建武四年,出为晋安王镇北谘议、南东海太守,行南徐州事。"

[4] "静看萧何"句:《史记》卷五三《萧相国世家》:"萧相国何者,沛丰人也。……汉五年,既杀项羽,定天下,论功行封。群臣争功,岁余功不决。高祖以萧何功最盛,封为酂侯,所食邑多。功臣皆曰:'臣等身被坚执锐,多者百余战,少者数十合,攻城略地,大小各有差。今萧何未尝有汗马之劳,徒持文墨议论,不战,顾反居臣等上,何也?'高帝曰:'诸君知猎乎?'曰:'知之。''知猎狗乎?'曰:'知之。'高帝曰:'夫猎,追杀兽兔者狗也,而发踪指示兽处者人也。今诸君徒能得走兽耳,功狗也。至如萧何,发踪指示,功人也。且诸君独以身随我,多者两三人。今

萧何举宗数十人皆随我，功不可忘也。'群臣皆莫敢言。列侯毕已受封，及奏位次，皆曰：'平阳侯曹参身被七十创，攻城略地，功最多，宜第一。'上已桡功臣，多封萧何，至位次未有以复难之，然心欲何第一。关内侯鄂君进曰：'群臣议皆误。夫曹参虽有野战略地之功，此特一时之事。夫上与楚相距五岁，常失军亡众，逃身遁者数矣。然萧何常从关中遣军补其处，非上所诏令召，而数万众会上之乏绝者数矣。夫汉与楚相守荥阳数年，军无见粮，萧何转漕关中，给食不乏。陛下虽数亡山东，萧何常全关中以待陛下，此万世之功也。今虽亡曹参等百数，何缺于汉？汉得之不必待以全。奈何欲以一旦之功而加万世之功哉！萧何第一，曹参次之。'高祖曰：'善。'于是乃令萧何第一，赐带剑履上殿，入朝不趋。"

[5] 鸿勋：大功业。蔡伯喈《杨公碑》："于是门人学徒，相与刊石树碑，表勒鸿勋，赞懿德，传亿年。"魏征《大成舞》："铿锵钟石，载纪鸿勋。"高适《信安王幕府诗》："关塞鸿勋著，京华甲第全。"

井梧黄落暮蝉清，久驻金台但暗惊[1]。事佛未怜诸弟子，谈空争动上公卿。合归鸟外藏幽迹，敢向人前认好名。满印白檀灯一盏[2]，可能酬谢得聪明。

【注释】

[1] 金台：黄金台的省称。李白《古风五十九首》："燕昭延郭隗，遂筑黄金台。"此处借指高季兴为齐己所筑龙兴寺。齐己《渚宫自勉二首》之一："必谢金台去，还携铁锡将。"

[2] 白檀灯：指以白檀香油为燃料的灯盏。白檀即白栴檀香，其香无比。若以之涂身，顿觉清凉。白居易《赠韦处士六年夏大热旱》："脱无白栴檀，何以除热恼。"《大方广佛华严经》卷七八《入法界品》："如白栴檀若以涂身，悉能除灭一切热恼，令其身心普得清凉。"

金汤里面境何求[1]，宝殿东边院最幽。栽种已添新竹影，画图兼列远山秋。形容岂合亲公子[2]，章句争堪狎士流[3]。虚负岷峨老僧约[4]，年年雪水下汀洲[5]。

【注释】

[1] 金汤：金城汤池，比喻防守坚固之城邑。《汉书》卷四五《蒯通

传》：“边地之城……必将婴城固守，皆为金城汤池，不可攻也。”师古曰：“金以喻坚，汤喻沸热不可近。”

[2] 形容：形体和面容。

[3] 狎：轻侮，轻率对待。

[4] 虚负：白白地辜负。岷峨：指峨嵋山。岷山之南为峨嵋山，因称峨嵋为岷峨。杜甫《剑门》：“珠玉走中原，岷峨气凄怆。”皇甫冉《送夔州班使君》：“万岭岷峨雪，千家橘柚川。”按，孙光宪《白莲集序》：“（齐己）晚岁将之岷峨，假途渚宫，太师南平王筑净室以居之，舍净财以供之。”齐己《思游峨嵋寄林下诸友》：“刚有峨嵋念，秋来锡欲飞。”《自湘中将入蜀留别诸友》：“来年五月峨嵋雪，坐看消融满锦川。”《寄蜀国广济大师》：“终思相约岷峨去，不得携筇一路行。”《酬蜀国欧阳学士》：“鹤发不堪言此世，峨嵋空约在他生。”故云“虚负岷峨老僧约”。

[5] 汀洲：水中小洲。

汉江西岸蜀江东[1]，六稔安禅教化中[2]。托迹幸将王粲别[3]，归心宁与子山同[4]。尊罍岂识曹参酒[5]，宾坐还亲宋玉风[6]。又见去年三五夕，一轮寒魄破烟空。

【校勘】

“尊”，乙、丙本作“樽”，“樽”同“尊”。

“坐”，甲本作“客”。

【注释】

[1] “汉江”句：指荆州。荆州位于汉江西，蜀江东，故云。

[2] 六稔：六年。安禅：佛家语，犹言入于禅定。

[3] “托迹”句：谓齐己像王粲一样离别家乡寄居荆州。《三国志》卷二一《魏书·王粲传》云：“（王粲）年十七，司徒辟，诏除黄门侍郎，以西京扰乱，皆不就。乃之荆州依刘表。”

[4] “归心”句：谓齐己思归之心像庾信一样急迫。《周书》卷四一《庾信传》：“庾信，字子山，南阳新野人也。……侯景作乱，梁简文帝命信率宫中文武千余人，营于朱雀航。及景至，信以众先退。台城陷后，信奔于江陵。……属大军南讨，遂留长安。……时陈氏与朝廷通好，南北流寓之士，各许还其旧国。陈氏乃请王褒及信等十数人。高祖唯放王克、殷

不害等，信及褒并留而不遣。……信虽位望通显，常有乡关之思。乃作《哀江南赋》以致其意云。其辞曰：……信年始二毛，即逢丧乱，藐是流离，至于暮齿。《燕歌》远别，悲不自胜；楚老相逢，泣将何及。……追为此赋，聊以记言，不无危苦之辞，唯以悲哀为主。"

[5]"尊罍"句：《史记》卷五四《曹相国世家》："（曹）参代（萧）何为汉相国，举事无所变更，一遵萧何约束。……日夜饮醇酒。卿大夫已下吏及宾客见参不事事，来者皆欲有言。至者，参辄饮以醇酒，间之，欲有所言，复饮之，醉而后去，终莫得开说，以为常。相舍后园近吏舍，吏舍日饮歌呼。从吏恶之，无如之何，乃请参游园中，闻吏醉歌呼，从吏幸相国召按之。乃反取酒张坐饮，亦歌呼与相应和。……至朝时，惠帝让参曰：'与窋胡治乎？乃者我使谏君也。'参免冠谢曰：'陛下自察圣武孰与高帝？'上曰：'朕乃安敢望先帝乎！'曰：'陛下观臣能孰与萧何贤？'上曰：'君似不及也。'参曰：'陛下言之是也。且高帝与萧何定天下，法令既明，今陛下垂拱，参等守职，遵而勿失，不亦可乎？'惠帝曰：'善。君休矣！'参为汉相国，出入三年。卒，谥懿侯。……百姓歌之曰：'萧何为法，顜若画一；曹参代之，守而勿失。载其清净，民以宁一。'"

[6]"宾坐"句：此指宋玉的名篇《九辩》，文首"悲哉秋之为气也，萧瑟兮草木摇落而变衰"与文中"坎廪兮贫士失职而志不平"皆为名句，开后世词客悲秋、文人失志主题之先河。

石龛闲锁旧居峰，何事膺门岁月重[1]。五七诗中叨见过（遇）[2]，三千客外许疏慵[3]。迎凉蟋蟀喧闲思，积雨莓苔没展踪[4]。会待英雄启金口[5]，却教担锡入云松。

【校勘】

"过"，甲本作"遇"，当从。

【注释】

[1] 膺门：李膺之门。东汉李膺官至司隶校尉，负海内重名，不妄接待宾客，受其接待者，称为"登龙门"。后用以泛指有声望之大臣之门。李绅《和晋公三首》之一："愿假樽罍末，膺门自此依。"许棠《讲德陈情上淮南李仆射八首》之二："楚玉已曾分卞玉，膺门依旧是龙门。"方干《漳州阳亭言事寄于使君》："鲤鱼纵是凡鳞鬣，得在膺门合作龙。"此处借

指高季兴之门。

[2]"五七诗"句：谓齐己因诗才而受高季兴礼遇。《宋高僧传》卷三十《齐己传》："梁革唐命，天下纷纭。于是高季昌禀梁帝之命，攻逐雷满出渚宫，己便为荆州留后，寻正受节度。迨乎均帝失御，河东庄宗自魏府入洛，高氏遂割据一方，搜聚四远名节之士，得齐之义丰、南岳之己，以为筑金之始验也。龙德元年辛巳中，礼己于龙兴寺净院安置，给其月俸，命作僧正，非所好也。"盖其时齐己声名远播，因此高氏慕其名而遮留之，并礼遇之。

[3]疏慵：疏懒、懒散、怠慢。白居易《闲夜咏怀，因招周协律，刘、薛二秀才》："世名检束为朝士，心性疏慵是野夫。"罗隐《登宛陵条风楼寄窦常侍》："自笑疏慵似麋鹿，也教台上费黄金。"

[4]莓苔：青苔。孙兴绰《游天台山赋》："践莓苔之滑石，搏壁立之翠屏。"刘长卿《寻南溪常山道人隐居》："一路经行处，莓苔见履痕。"孟郊《寻言上人》："万里莓苔地，不见驱驰踪。"

[5]金口：尊称他人之所言。萧统《七契》："必枉话言，敬聆金口。"刘得仁诗句："犹祈启金口，一为动文权。"贯休《拟齐梁体寄冯使君三首》之三："伟哉桐江守，雌黄出金口。"此处指高季兴。

送李秀才归湘中[1]

词客携文访病夫[2]，因吟送别忆湘湖。寒消浦溆催鸿雁[3]，暖入溪山养鹧鸪。僧向月中寻岳麓[4]，云从城上去苍梧[5]。君归为问峰前寺，旧住松房锁在无。

【校勘】

"李秀才"，庚本作"李才"。

"松"，甲本作"僧"。

【注释】

[1]李秀才：齐己另有《书李秀才壁》诗。据二诗，李秀才为湖南人，曾去荆州访齐己，归时，齐己作此诗。此诗中云"病夫"、"忆湘湖"、"旧住松房锁在无"，知此诗作于齐己晚年居荆州期间（921—938）。

　　[2] 病夫：齐己自指。齐己晚年居荆州时，曾大病一场，有《荆渚病中，因思匡庐，遂成三百字，寄梁先辈》、《荆门病中寄怀贯微上人》、《荆州新秋病起杂题一十五首》、《荆门病中雨后书怀寄幕中知己》、《荆门病中寄怀乡人欧阳侍郎彬》等诗为证。

　　[3] 浦溆：浦即水滨。溆即水边。浦溆谓水边。

　　[4] 岳麓：岳麓山，在长沙市西南，隔湘江水六里。

　　[5] 苍梧：即九疑山，又作九嶷山，地在今湖南宁远县境。

寄吴国西供奉[1]

　　别来相忆梦多迷，君住东朝我楚西。瑶阙合陪龟（龙）象位[2]，春山休记鹧鸪啼[3]。承恩位与千官别，应制才将十子齐。几笑远公慵送客，殷勤只到寺前溪[4]。

【校勘】

　　"龟"，甲、乙、丙本作"龙"，当从。

　　"才"，丙本作"方"。

【注释】

　　[1] 吴国：即五代十国之一的吴（919—936）。西供奉："供奉"乃古代皇宫大内之僧职。即宫中举行斋会等法会之时，在内道场担任读师等职者。又称内供、内供奉。西供奉，一僧人，生卒年里无考。据此诗，"西供奉"居于吴国都城南京，深受国主礼遇，被赐为内供奉。与齐己有来往。

　　[2] 瑶阙：指宫廷。龟象：当作龙象。龙为水族之王，象为兽类之王；在水行中龙力最大，陆行中象力最大，佛教引申作美称，比喻诸阿罗汉中，修行勇猛、有最大力者。《大智度论》卷三《释初品》："那伽或名龙，或名象，是五千阿罗汉，诸阿罗汉中最大力，以是故言如龙如象。水行中龙力大，陆行中象力最大。"后秦僧肇《注维摩诘所说经》卷六《不思议品》："譬如龙象蹴踏，非驴所堪。"僧肇注云："能、不能为喻，象之上者名龙象。"此处用以誉称西供奉。

　　[3] 鹧鸪：鸟名。形似母鸡，头如鹑，胸前有白圆点，如真珠。背毛

有紫赤浪文。俗谓其鸣声曰"行不得也哥哥"。

[4]"几笑远公"二句:《高僧传》卷六《慧远传》:"自远卜居庐阜,三十余年影不出山,迹不入俗。每送客游履,常以虎溪为界焉。"《庐山记》卷二:"流泉匝寺,下入虎溪。昔远法师送客过此,虎辄号鸣,故名。"

谢人惠端溪砚[1]

端人凿断碧云(溪)浔[2],善价争教惜万金。砻琢已曾经敏手[3],研磨终见透坚心[4]。安排得主难移动,含贮随时任浅深。保重更求装钿匣[5],闲将濡染寄知音[6]。

【校勘】

"云",甲、丙本作"溪",当从。

【注释】

[1]端溪砚:即以广东德庆县端溪产石所制之砚。自唐以来,即为人重。唐朝李肇《唐国史补》卷下:"内邱白瓷瓯,端溪紫石砚,天下无贵贱通用之。"刘禹锡《唐秀才赠端州紫石砚,以诗答之》:"端州石砚人间重,赠我因知正草玄。"李贺《杨生青花紫石砚歌》:"端州石工巧如神,踏天磨刀割紫云。佣刓抱水含满唇,暗洒苌弘冷血痕。纱帷昼暖墨花春,轻沤漂沫松麝薰。干腻薄重立脚匀,数寸光秋无日昏。圆毫促点声静新,孔砚宽顽何足云。"到了宋代,端砚之名益盛。宋朝著名诗人张九成赋诗赞道:"端溪古砚天下奇,紫花夜半吐虹霓。"

[2]浔:水边地。

[3]砻琢:"砻"乃磨物的器具。"砻琢"谓用砻磨,即磨琢、雕琢。

[4]研磨:"磨"即磨石。"研磨"谓细磨使粉碎或光滑,意同"砻琢"。

[5]钿匣:即镶嵌金石的盒子。

[6]濡染:染湿。此处指写字或绘画。李商隐《韩碑》:"公退斋戒坐小阁,濡染大笔何淋漓。"文嵩《即墨侯传》:"上利其器用,嘉其谨默,诏命常侍御案之右,以备濡染。"皮光业《吴越国武肃王庙碑铭》:"就中濡染碑额,益见呈露锋芒。四方仰之神踪,一代称之墨宝。"

送吴先辈赴京[1]

烟霄已遂明经第[2]，江汉重来问苦吟。托兴偶凭风月远，忘机终在寂寥深。千篇未听常徒口，一字须防作者心。此日与君聊话后，老身难约更相寻。

【校勘】

"后"，甲、乙本作"别"。

【注释】

[1] 吴先辈：齐己另有《送吴守明先辈游蜀》，诗中云"既逐高科后"，知吴先辈乃吴守明先辈，明经及第，曾到荆州访齐己，后又游蜀。此诗中云"江汉重来问苦吟"，知齐己时在荆州，故此诗当作于齐己居荆州期间（921—938）。

[2] 明经：唐代考试科目之一。《唐摭言》卷一五："高祖武德四年四月十一日，敕诸州学士及白丁，有明经及秀才、俊士，明于理体，为乡曲所称者，委本县考试，州长重复，取上等人，每年十月随物入贡。至五年十月，诸州共贡明经一百四十三人。"《新唐书·选举制上》："凡明经，先帖文，然后口试，经问大义十条，答时务策三道，亦为四等。"

和西蜀可准大师远寄之什[1]

莫知何路去追攀，空想人间出世间[2]。杜口已同居士室[3]，传心休问祖师山[4]。禅中不住方为定[5]，说处无生始是闲[6]。珍重希音远相寄，乱峰西望叠屏颜[7]。

【校勘】

"大师"，丙本作"太师"。

【注释】

[1] 可准：唐末五代间诗僧。与齐己为诗友。齐己另有《谢西川可准上人远寄诗集》、《因览支使孙中丞看可准大师诗序有寄》、《寄普明大师可

准》诗。

　　[2] 出世：谓舍弃世俗之事，趋入佛门以修净行，即所谓出家或出尘。

　　[3] 杜口：闭口不言。居士：谓居家学佛之士。

　　[4] 传心：谓禅宗之以心传心。禅宗不立文字、不依经论，唯师徒直接面授，以心镜相照，传佛法大义，称为以心传心。据禅宗所传，释尊于灵鹫山说法，拈花示众，八万人中，唯迦叶领会其意而微笑。禅门历代祖师即依此故事，而以"不立文字，以心传心"为特有宗风。《禅源诸诠集都序》卷上："达磨受法天竺，躬至中华，见此方学人多未得法，唯以名数为解，事相为行，欲令知月不在指、法是我心故，但以心传心，不立文字，显宗破执，故有斯言，非离文字说解脱。"《达磨大师血脉论》："三界混起，同归一心。前佛后佛，以心传心，不立文字。"《六祖坛经》："昔达磨大师初来此土，人未之信，故传此衣，以为信体，代代相承；法则以心传心，皆令自悟自解。"祖师山：指广东韶州双峰山。按，禅宗六祖慧能自仪凤二年（677）起，长期于韶州曹溪双峰宝林寺弘法，故此处之山称"祖师山"，曹溪宝林寺称"祖堂"、"祖庭"。

　　[5] "禅中不住"句："禅"即禅定。"住"即停留、执著。"定"即禅定，汉译为静虑。"禅"与"定"皆为令心专注于某一对象，而达于不散乱之状态。按，坐禅之人为达到禅定境界，反复要求自己静虑，结果反而达不到静虑之境，此谓"住"于禅，反之，则为"定"。正如《金刚经》所云："须菩提，诸菩萨摩诃萨，应如是生清净心，不应住色生心，不应住声、香、味、触、法生心，应无所住而生其心。"

　　[6] 无生：不生不灭，也即涅槃。佛教为破生灭之烦恼，常教人观无生之理。《圆觉经》曰："一切众生于无生中，妄见生灭，是故说名转轮生死。"《最胜王经》卷一："无生是实，生是虚妄，愚痴之人，漂溺生死，如来体实，无有虚妄，名为涅槃。"《止观大意》："众教诸门，大各有四，乃至八万四千不同，莫不并以无生为首。今且从初于无生门遍破诸惑。"

　　[7] 屓颜：同"巉岩"，高峻貌。

荆门暮冬与节公话别[1]

漳河湘岸柳关头[2]，离别相逢四十秋。我忆黄梅梦南国[3]，君怀明主去东周[4]。几程霜雪经残腊，何处封疆过旧游[5]。好及春风承帝泽，莫忘衰朽卧林丘。

【注释】

[1] 荆门：指今湖北江陵。节公：即"节大德"（齐己另有《送节大德归阙》、《荆门夏日寄洞山节公》）。湖南人。此诗题云"荆门暮冬与节公话别"，则此诗作于齐己晚年居荆州期间（921—938）。

[2] 漳河：水名。源出湖北南漳县西南之蓬莱洞，东南流经钟祥、当阳县合沮水为沮漳河，复东经江陵入长江。

[3] 黄梅：今湖北省黄梅县。黄梅西北二十三公里处有黄梅山，以山中多梅树而得名。禅宗四祖道信及五祖弘忍皆于黄梅山参禅弘法。之后，黄梅遂丛林处处，而成为佛教胜地，史称黄梅佛国。

[4] 东周：朝代名，约公元前770—前256年，周自平王至赧王，建都洛邑（今河南洛阳市），在旧都镐京（今陕西西安西南）之东，故称东周。此处"东周"当谓东周首都洛阳，亦即五代后唐首都洛阳。

[5] 封疆：谓疆界。

贺孙支使郎中迁居[1]

别认公侯礼上才，筑金何翅（啻）旧燕台[2]。地连东阁横头买，门对西园正面开。不隔红尘趋棨戟[3]，只拖珠履赴尊罍[4]。应逢明月清霜夜，闲锁笙歌宴此来。

【校勘】

"翅"，甲、乙、丙本作"啻"，当从。

"尊"，乙、丙本作"罇"，"罇"同"尊"。

"锁"，甲本作"领"。

【注释】

[1] 孙支使：即孙光宪（？—968），字孟文，自号"葆光子"，陵州桂平（今四川仁寿）人。按，孙光宪于后唐天成元年（926）四月，自蜀至江陵。自本年起，孙光宪与齐己"周旋十年"，唱酬甚密。又，齐己《夏满日偶作寄孙支使》诗题下注云："其年闰五月。"据《二十史朔闰表》，后唐明宗长兴二年（931）闰五月。诗作于本年夏。另齐己还有《和孙支使惠示院中庭竹之什》、《孙支使来借诗集因有谢》。上引诸诗皆称支使或支使郎中，故皆作于后唐明宗长兴二年（931）前后。

[2] "筑金"句：盖用燕昭王筑黄金台招纳贤士之典。"燕台"即黄金台，故址在今河北易县东南。燕昭王筑台以接待贤士，故称贤士台，又叫招贤台。《文选》李善注引《上谷郡图经》云："黄金台，易水东南十八里。燕昭王置千金于台上，以延天下之士。"此句言孙光宪在荆南所受到的礼遇。

[3] 棨戟：有缯衣或油漆的木戟，用作官吏出行时前导的仪仗。唐制，官吏三品以上，得门列棨戟。王勃《秋日登洪府滕王阁饯别序》："都督阎公之雅望，棨戟遥临。"韦嗣立《酬崔光禄冬日述怀赠答》："庭聚歌钟丽，门罗棨戟荣。"

[4] 珠履：缀珠的鞋子。《史记·春申君传》："春申君客三千余人，其上客皆蹑珠履以见赵使，赵使大惭。"尊罍："尊"又作"樽"、"罇"。"尊罍"均为盛酒器。白居易《轻肥》："尊罍溢九酝，水陆罗八珍。"陆龟蒙《酒星》："降为稽阮徒，动与尊罍并。"

庭际新移松竹[1]

三茎瘦竹两株松，瑟瑟翛翛韵且同[2]。抱节乍离新涧雪，盘根远别旧林风。岁寒相倚无尘地，荫影分明有月中。更待阳和信催促，碧梢青杪看凌空[3]。

【注释】

[1] 庭际："际"即边际。庭际谓庭边。

[2] 瑟瑟：拟声词，风声。此处指风吹动竹子的声音。方干《孙氏林

亭》："瑟瑟林排全巷竹，猩猩血染半园花。"李建勋《竹》："最怜瑟瑟斜阳下，花影相和满客衣。"修修：拟声词，同"萧萧"，风声，此处指风吹动松树的声音。甄皇后《塘上行》："边地多悲风，树木何修修。"李绅《涉沅潇》："蛟龙长怒虎长啸，山木修修波浪深。"

[3] 杪：树梢。

荆门寄题禅月大师影堂[1]

泽国闻师泥日后[2]，蜀王全礼葬馀灰[3]。白莲塔向清泉锁[4]，禅月堂临锦水开[5]。西岳千篇传古律（大师著《西岳集》三十卷，盛传于世）[6]，南宗一卷印灵台[7]。不堪只履还西去，葱岭如今无使回[8]。

【校勘】

"锁"，丙本作"镇"。

"南宗一卷"，甲、乙本作"南宗一句"，丙本作"南宗一□"。

【注释】

[1] 荆门：指今湖北江陵。禅月大师：即僧贯休（832—912）：俗姓姜，字德隐，婺州兰溪（今属浙江）人。天复三年（903）入蜀，为前蜀高祖王建所重。后梁太祖开平元年（907）九月，王建开国，封贯休为待诏、内供奉、禅月大师等，并赐紫，且为建龙华院居之。后梁乾化二年（912）十二月卒，享年81岁。齐己有《闻贯休下世》诗悼之。永平三年（913）三月七日王建为贯休起白莲塔，庞延翰撰《白莲塔记》，昙域撰额。"禅月大师影堂"当在成都龙华院。故此诗当作于永平三年（913）后至齐己卒前（938）。

[2] 泽国：谓江陵。岑参《送王大昌龄赴江宁》："泽国从一官，沧波几千里。"元稹《后湖》："荆有泥泞水，在荆之邑郭。郭前水在后，谓之为后湖。环湖十余里，岁积潢与污。……答云潭及广，以至鄂与吴。万里尽泽国，居人皆垫濡。"吴融《秋日洊宫即事》："漠漠澹云烟，秋归泽国天。"泥日：当作"泥曰"，与"泥洹"、"涅槃"意同。僧肇《涅槃无名论》曰："泥曰、泥洹、涅槃，此三名前后异出，盖是楚夏不同耳。云涅槃，音正也。秦言无为，亦名灭度。"《四分律行事钞资持记上一上·释序

文》曰："泥曰，或云泥洹、涅槃等，西音之转。小远疏中翻之为灭。智论涅名为出，槃名为趣，言永出诸趣。"

[3]"蜀王"句：按，昙域《禅月集后序》云："壬申岁（912）十二月，（贯休）召门人曰：……言讫奄然而绝息。……（王建）敕令四众，共助葬仪。特竖灵塔，敕谥曰白莲之塔。以癸酉年（913）三月七日于成都北门外十余里置塔之所，地号升迁。"《宝刻类编》卷八云："《白莲塔记》，庞延翰撰，（昙）域撰额，永平三年，成都。"

[4]白莲塔：即贯休卒后，王建为之所建的灵塔。

[5]禅月堂：即禅月大师影堂。锦水：锦江之水。

[6]"西岳"句：谓贯休诗集《西岳集》。按，贯休曾于乾宁三年（896）编己诗为《西岳集》三十卷，并请吴融为之作序。吴融《西岳集序》云："丙辰岁（896），余蒙恩诏归，与上人别，袖出歌诗草一本，曰《西岳集》，以为赆矣。窃虑将来作者，或未深知，故题序于卷之首。时己未岁嘉平月之三日。"吴序作于899年十二月三日，可知《西岳集》乃贯休入蜀前的作品集。《鉴戒录》卷一亦云："唐有十僧诗选在诸集中。唯禅月大师贯休所吟千首，吴融侍郎序之，号曰《西岳集》，多为古体，穷尽物情，议者称白乐天为大教化主，禅月次焉。"又《文苑英华》卷七一四、《全唐文》卷八二〇皆题为《禅月集序》，均乃后人更改，应作《西岳集序》。《禅月集》乃贯休弟子昙域所编辑，《禅月集序》乃昙域所作。齐己此诗句后注云："大师著《西岳集》三十卷，盛传于世。"即指贯休自编之诗集《西岳集》。

[7]南宗：与"北宗"相对。菩提达磨到中国来传禅，到五祖弘忍的时候，有慧能神秀二位弟子，慧能在江南布化，叫做南宗；神秀在北方布化，叫做北宗。按，贯休乃南宗弟子。《五代诗话》卷八："齐己，潭州人，与贯休并有声，同师石霜。"《居士分灯录》卷上："时石霜庆诸置枯木堂，齐己、贯休、泰布衲（即玄泰）等以诗笔为佛事。"

[8]"不堪只履"二句：诗用菩提达磨"只履西归"之事。《景德传灯录》卷三《菩提达磨》："（菩提达磨）端居而逝，即后魏孝明帝太和十九年（495）丙辰岁十月五日也。其年十二月二十八日葬熊耳山，起塔于定林寺。后三岁，魏宋云奉使西域回，遇师于葱岭，见手携只履，翩翩独逝。云问：'师何往？'师曰：'西天去。'又谓云曰：'主已厌世。'云闻之

茫然，别师东迈。暨复命，即明帝已登遐矣，而孝庄即位。云具奏其事，帝令启圹，唯空棺，一只革履存焉。"

贺雪

上清凝结下乾坤，为瑞为祥表致君。日月影从光外过，山河影（形）向静中分。歌扬郢路谁同听[1]，声洒梁园客共闻[2]。堪想画堂帘卷次，轻随舞袖正纷纷。

【校勘】

"山河影"，甲、乙、丙本作"山河形"，当从。

【注释】

[1]"歌扬郢路"句：用阳春白雪之典。宋玉《对楚王问》："客有歌于郢中者。其始曰《下里》、《巴人》，国中属而和者数千人。其为《阳阿》、《薤露》，国中属而和者数百人。其为《阳春》、《白雪》，国中属而和者不过数十人；引商刻羽，杂以流徵，国中属而和者不过数人而已。是其曲弥高，其和弥寡。"

[2]"声洒梁园"句：用梁孝王兔园集会咏雪事。谢惠连《雪赋》："岁将暮，时既昏。寒风积，愁云繁。梁王不悦，游于兔园。乃置旨酒，命宾友，召邹生，延枚叟；相如未至，居客之右。俄而微霰零，密雪下。"白居易《雪中寄令狐相公，兼呈梦得》："兔园春雪梁王会，想对金罍咏玉尘。"

荆州寄贯微上人[1]

旧斋休忆对松关[2]，各在王侯顾遇间[3]。命服已沾天渥泽[4]，衲衣犹拥祖斓斑[5]。相思莫救烧心火[6]，留滞难移压脑山[7]。得失两途俱不是，笑他高卧碧屏颜[8]。

【注释】

[1] 荆州：今湖北江陵。贯微：又作贯徽。韶阳（今广东曲江县）

人。与齐己（864—938）年岁相仿，亦与齐己为诗友，齐己另有《拟嵇康绝交寄湘中贯微》、《荆门病中寄怀贯微上人》、《谢贯微上人寄示古风今体四轴》、《寄武陵贯微上人二首》、《寄武陵微上人》、《酬微上人》、《韶阳微公》诸诗。此诗题云"荆州寄贯微上人"，则当作于齐己晚年居荆州期间（921—938）。

[2] 斋：斋房。

[3] 顾遇：眷顾礼遇。按，僧贯微在马楚受到马希振的厚遇。齐己在荆南受到高季兴的礼遇，故云"各在王侯顾遇间"。

[4] 命服：本谓帝王按等级敕赐的制服，此处指帝王赏赐给僧人的紫衣。唐代僧人多有被赐紫衣之荣誉，而且僧人也极为重视紫衣。此诗云"命服已沾天渥泽"，则知僧贯微曾被赐紫。天渥泽：帝王的恩泽。南朝谢庄《皇太子妃哀策文》："离天渥兮就销沉，委白日兮即冥暮。"杜光庭《代人请归姓表》："臣目乖文律，识昧武经，获履戎行，早尘天渥。提戈击剑，惟倾报主之心；北伐南征，每誓勤王之节。"

[5] 衲衣：又作纳衣、粪扫衣、弊衲衣、五衲衣、百衲衣。即以世人所弃之朽坏破碎衣片修补缝缀所制成之法衣。比丘少欲知足，远离世间之荣显，故着此衣。祖：即祖师，指传持法藏或开创一宗一派的有德之师。斓斑：色彩错杂貌。按，僧人之衣即衲衣，因常以五色或多种颜色混合制成，故亦称五衲衣。故此诗亦云"祖斓斑"。

[6] 心火：喻指内心的烦恼、焦虑。元稹《和乐天赠云寂僧》："欲离烦恼三千界，不在禅门八万条。心火自生还自灭，云师无路与君销。"白居易《感春》："忧喜皆心火，荣枯是眼尘。"贯休《偶作五首》之一："谁信心火多，多能焚大国。"《宗镜录》卷六九："如人欲心炽盛，火烧天祠，皆从心火起。由心动摇，故有火起。但心不动，即不被烧。"

[7] 留滞：停留。压脑山：喻指烦恼多而重，像大山一样压着人的大脑。按，齐己晚年欲入蜀，途经荆渚时被高季兴强留荆州。《宋高僧传》卷三〇本传："梁革唐命，天下纷纭。于是高季昌禀梁帝之命，攻逐雷满出渚官，己便为荆州留后，寻正受节度。迨乎均帝失御，河东庄宗自魏府入洛，高氏遂割据一方，搜聚四远名节之士，得齐之义丰、南岳之己，以为筑金之始验也。龙德元年辛巳中，礼己于龙兴寺净院安置，给其月俸，命作僧正，非所好也。"齐己《拟嵇康绝交寄湘中贯微》诗中云"岳寺逍

遥梦，侯门勉强居"，亦言及自己居荆南的被强留和不得已。自921年起，齐己一直居住荆南。晚年在荆南郁郁不得志，作《渚宫莫问诗一十五首》述怀。其《渚宫莫问诗一十五首序》直抒这种抑郁心情："予以辛巳（921）岁，蒙主人命居龙安寺。察其疏鄙，免以趋奉，爰降手翰，曰：'盖知心在常礼也。'予不觉欣然而作，顾谓形影曰：'尔本青山一衲，白石孤禅，今王侯构室安之，给俸食之，使之乐然，万事都外，游息自得，则云泉猿鸟，不必为狎，起放纵若是，夫何系乎？'自是龙门墙仞，历稔不复睹，况他家哉！因创莫问之题，凡一十五篇，皆以莫问为首焉。"其《韶阳微公》诗中亦云己身的郁闷难言"有信北来山叠叠，无言南去雨疏疏"。故此诗亦云这种"烧心火"、"压脑山"的烦恼和焦虑。

[8] 高卧：高枕而卧，谓安闲无事。后以喻隐居不仕。王维《酌酒与裴迪》："世事浮云何足问，不如高卧且加餐。"白居易《中隐》："君若欲高卧，但自深掩关。"羼颜：同"巉岩"，高峻貌。

送休师归长沙宁觐[1]

高堂亲老本师存[2]，多难长悬两处魂[3]。已说战尘消汉口，便随征棹别荆门[4]。晴吟野阔无耕地，晚宿湾深有钓村。他日更思衰老否，七年相伴琢诗言。

【注释】

[1] 休师：即体休，长沙人，与齐己同乡。曾与齐己一起游历过襄阳岘首山，并与齐己在荆渚相伴七年之久，汉口兵乱结束后，便于荆门辞别齐己归长沙省亲。按，齐己有《送休师归长沙宁觐》五言诗，作于后唐明宗天成四年（929）夏。此诗当与之同时，即亦作于天成四年（929）夏。宁觐：探望并拜见父母。

[2] 高堂：谓父母。本师：佛教以释迦如来为根本之教师，故称本师。此外，弟子尊称其师，亦称为本师。此处则指体休学佛参拜的老师。

[3] 悬：谓牵挂。"多难"句：晚唐五代战乱频繁，体休身在荆南，而其父母和老师皆在湖南，再加上父母年迈，因而倍让体休牵挂，故云。

[4] 荆门：指今湖北江陵。

江上夏日[1]

无处清阴似剡溪[2]，火云奇崛倚空齐[3]。千山冷叠湖光外，一扇凉摇楚色西。碧树影疏风易断，绿芜平远日难低[4]。故园旧寺临湘水[5]，斑竹烟深越鸟啼[6]。

【注释】

[1] 按，此诗中云"火云奇崛倚空齐。……一扇凉摇楚色西"，诗写夏日酷热，揣诗意，此时齐己居于荆州，故此诗作于921—938年期间。齐己另有《城中晚夏思山》、《苦热中江上，怀炉峰旧居》、《苦热怀玉泉寺寄仁上人》等诗描写荆州夏日的苦热难耐，与此诗为同一题材。

[2] 剡溪：水名，在浙江嵊县南。李白《经乱后将避地剡中，留赠崔宣城》："忽思剡溪去，水石远清妙。"又《梦游天姥吟留别》："湖月照我影，送我至剡溪。谢公宿处今尚在，渌水荡漾清猿啼。"

[3] 奇崛：奇异高耸。

[4] 绿芜：绿草。白居易《东南行一百韵》："九派吞青草，孤城覆绿芜。"韩偓《船头》："两岸绿芜齐似翦，掩映云山相向晚。"徐夤《萤》："一一照通黄卷字，轻轻化出绿芜丛。"

[5] 湘水：即湘江，纵贯湖南省。

[6] 斑竹：即紫竹，竹身有紫色或灰褐色的斑纹。又称湘妃竹。相传舜南巡不返，葬于苍梧，舜的两个妃子娥皇、女英思帝不已，泪下沾竹，竹悉成斑。

渚宫春日因怀有作[1]

旧业树连湘树远，家山云与岳云平。僧来已说无耕钓，雁去那知有弟兄。客思莫牵蝴蝶梦，乡心自忆鹧鸪声[2]。沙头南望堪肠断，谁把归舟载我行。

【注释】

[1] 渚宫：春秋时楚成王所建，为楚王的别宫，故址在今湖北省江陵县城内。按，此诗题"渚宫"，则当作于齐己居荆渚时（921—938）。

[2] 鹧鸪：鸟名。形似母鸡，头如鹑，胸前有白圆点，如真珠。背毛有紫赤浪文。俗谓其鸣声曰"行不得也哥哥"。

松化为石 (近闻金华山古松化为石)[1]

盘根几耸翠岩前，却偃凌云化至坚[2]。乍结精华齐永劫[3]，不随凋变已千年。逢贤必用镌辞立，遇圣终将刻印传[4]。肯似荆山凿余者[5]，藓封顽滞卧岚烟[6]。

【校勘】

"岩"，甲、乙、丙本作"崖"。

【注释】

[1] 金华山：在今浙江省金华市北。《通典》卷一八二［州郡十二］之［东阳郡］云金华县"有长山、金华山、龙山、赤松涧"。鲍溶《秋暮送裴垍员外刺婺州》："婺女星边气不秋，金华山水似瀛洲。"

[2] 偃：卧，倒伏。凌云：高入云霄。此处谓高耸的金华山。

[3] 永劫：无限长的时间。又作旷劫。"劫"乃古代印度表示极大时限之时间单位。

[4] "逢贤"二句：诗用和氏璧的故事。《韩非子·和氏》："楚人和氏得玉璞楚山中，奉而献之厉王。厉王使玉人相之。玉人曰：'石也。'王以和为诳，而刖其左足。及厉王薨，武王即位，和又奉其璞而献之武王。武王使玉人相之。又曰：'石也。'王又以和为诳，而刖其右足。武王薨，文王即位，和乃抱其璞而哭于楚山之下。三日三夜，泣尽而继之以血。王闻之，使人问其故，曰：'天下之刖者多矣，子奚哭之悲也？'和曰：'吾非悲刖也，悲夫宝玉而题之以石，贞士而名之以诳，此吾所以悲也。'王乃使玉人理其璞而得宝焉，遂命曰'和氏之璧'。"

[5] 荆山：著名美玉和氏璧的产地，在今湖北南漳县西。李白《将游衡岳，过汉阳双松亭，留别族弟浮屠谈皓》："本是楚家玉，还来荆山

中。"韦应物《行路难》:"荆山之白玉兮,良工雕琢双环连,月蚀中央镜心穿。"

[6] 岚烟:山中的烟雾。

寄澧阳吴使君[1]

南客西来话使君,溇阳风雨变行春[2]。四邻耕钓趋仁政,千里烟花压路尘。去兽未胜除狡吏,还珠争似复逋民[3]。红兰浦暖携才子[4],烂醉连题赋白蘋[5]。

【注释】

[1] 澧阳:今湖南澧县,因有澧水流经,故名。王粲《赠士孙文始》:"悠悠澹澧,郁彼唐林。"《文选》李善注:"澧阳县盖即澧水为名也。在郡西南,接澧水。"《通典》卷一八三 [州郡十三] 之 [澧阳郡]:"澧州,今理澧阳县。春秋时楚地。秦属黔中郡。二汉属武陵郡,兼治荆州。吴分置天门郡,晋、宋、齐皆因之。隋平陈,置松州,寻改为澧州;炀帝初为澧阳郡。大唐为澧州,或为澧阳郡。领县四:澧阳,汉零阳县地。有澧水。"《旧唐书》卷四十 [地理志三] 之 [江南西道]:"澧州下,隋澧阳郡。……领县四……澧阳,汉零阳县,属武陵郡。吴分武陵西界置天门郡。晋末,以义阳流人集此,侨置南义阳郡。隋平陈,改南义阳为澧州。皆治此县。"

[2] 溇阳:乃澧阳的别称。屈原《九歌·湘君》:"望溇阳兮极浦,横大江兮扬灵。"刘长卿《湘中纪行十首·赤沙湖》:"秋水连天阔,溇阳何处归。"

[3] 逋:逋逃,逃亡。

[4] 浦:水边。

[5] 白蘋:水中浮草,春天开白花。柳恽《江南曲》:"汀洲采白蘋,日落江南春。"韩愈《和席八十二韵》:"傍砌看红药,巡池咏白蘋。"

湘江送客[1]

湘江秋色湛如冰[2]，楚客离怀暮不胜[3]。千里碧云闻塞雁，几程青草见巴陵[4]。寒涛响叠晨征橹[5]，岸苇丛明夜泊灯。鹦鹉洲边若回首[6]，为思前事一扪膺[7]。

【校勘】

"冰"，乙本作"水"。

【注释】

[1] 湘江：纵贯湖南省。

[2] 湛：厚重，浓厚。

[3] 不胜：不尽。张若虚《春江花月夜》："白云一片去悠悠，青枫浦上不胜愁。"刘长卿《更被奏留淮南，送从弟罢使江东》："青山将绿水，惆怅不胜情。"

[4] 巴陵：今湖南岳阳市。

[5] 晨征：晨行，早行。征：远行。橹：划船的工具。长大而纵者曰橹。

[6] 鹦鹉洲：在今湖北武汉长江中。《太平寰宇记》卷一一二[鄂州江夏县]："鹦鹉洲在大江东县西南二里。《后汉书》云，黄祖为江夏太守，时祖长子射大会宾客，有献鹦鹉于此洲，故为名。"《湖广通志》卷七[山川一]："鹦鹉洲，在城西大江中，黄祖杀祢衡处。尝作《鹦鹉赋》，故遇害之地得名。上有弥处士墓。按陆游《入蜀记》：'洲上有茂林神祠，远望如小山。'则宋时洲形颇高。后虽沦没，每秋冬水落，犹有洲形，今不可复识矣。"

[7] 扪膺：扪胸，扪心，即手摸胸口，反省之意。

暮游岳麓寺[1]

寺楼高出碧崖棱[2]，城里谁知在上层。初雪洒来乔木暝，远禽飞过大江澄^[3]。闲消不睡怜长夜，静照无言谢一灯。回首何边是空地，四村桑麦遍丘陵。

【注释】

[1] 岳麓寺：在湖南长沙市西岳麓山上。《方舆胜览》卷二二［潭州］："岳麓寺，在山上，百余级乃至，今名惠光寺。下有李邕麓山寺碑。"《太平寰宇记》卷一一四［潭州长沙县］："岳麓山，在县西南，隔江六里。盛弘之《荆州记》云：'长沙之西岸有麓山，其中有精舍，左右林岭环迴。'宗渊《麓山记》云：'山足曰麓，盖衡山之足也。'"按，齐己早年曾在道林寺居住约十年，而道林寺在岳麓山下，濒临湘水，刘长卿有《自道林寺西入石路至麓山寺，过法崇禅师故居》，可知二寺相隔不远，故齐己能"暮游岳麓寺"，则此诗亦当作于齐己早年居道林寺时。

[2] 崖棱：谓山尖。

[3] 大江：指湘江。

林下留别道友^[1]

住亦无依去是闲，何心终恋此林间。片云孤鹤东西路，四海九州多少山。静坐趁凉移树影，兴随题处著苔斑^[2]。秋来洗浣行衣了^[3]，还尔邻僧旧竹关^[4]。

【注释】

[1] 道友：即修道之友。此"道"指佛教之道。又作道侣。

[2] 苔斑：苔藓生长星星点点，或呈块状结构，故曰"苔斑"。

[3] 浣：洗。行衣：在外行走、奔走所穿之衣。

[4] 尔：第二人称，你。

道林寺居寄岳麓禅师二首^[1]

门前石路彻中峰，树影泉声在半空。寻去未应劳上下，往来殊已倦西东。髭根尽白孤雪并^[2]，心迹全忘片月同^[3]。长忆高窗夏天里，古松青桧午时风[4]。

【校勘】

"雪"，甲、乙、丙本作"云"。

【注释】

[1] 道林寺：在湖南长沙市西岳麓山下，濒临湘水。齐己早年曾于道林寺居住约十年。又，此诗中云"髭根尽白"、"长忆高窗"，据诗意，此诗当作于齐己晚年居荆州期间（921—938）。按，岳麓寺在岳麓山上，道林寺在岳麓山下，二寺相隔不远，故此诗中"岳麓禅师"或即为岳麓寺的禅师。

[2] 髭根："髭"谓唇上边的胡子。唇上曰髭，唇下曰鬓。此处"髭根"泛指髭鬓根部。

[3] 心迹：心在内而迹现于外，即内心的真实情况。杜甫《屏迹三首》之一："杖藜从白首，心迹喜双清。"罗隐《春中湘中题岳麓寺僧舍》："欲共高僧话心迹，野花芳草奈相尤。"皎然《兵后馀不亭重送卢孟明游江西》："予思鹿门隐，心迹贵冥灭。"

[4] 桧：即桧柏，也叫圆柏。俗称子孙柏。常绿乔木，幼树的叶子像针，大树的叶子像鳞片，雌雄异株，果实球形。木材桃红色，有香气。

山袍不称下红尘[1]，各是闲居岛外身。两处烟霞门寂寂[2]，一般苔藓石磷磷[3]。禅关悟后宁疑物[4]，诗格玄来不傍人。月照经行更谁见，露华松粉点衣巾。

【注释】

[1] 山袍：谓僧衣之一种。"袍"本指祇支（左右衣）与覆肩衣二者，后合此二者另加衫袖，称为褊衫，亦即所谓之"袍"。不称：不合适。

[2] 两处：谓道林寺、岳麓寺二处。

[3] 磷磷：色泽明净。刘长卿《别李氏女子》："汉川若可涉，水清石磷磷。"许浑《早发寿安次永寿渡》："树凉风皓皓，滩浅石磷磷。"

[4] 禅关：禅法之门关。《释门正统》卷三："然启禅关者，虽分宗不同，把流寻源，亦不越乎经论之禅定，一度与今家之定圣一行也。"戴叔伦《送道虔上人游方》："律仪通外学，诗思入禅关。"或谓坐禅之道场，即禅林。赵嘏《僧舍二首》之二："溪上禅关水木间，水南山色与僧闲。"

徐夤《题福州天王阁》："江拗碧湾盘洞府，石排青壁护禅关。"贯休《江陵寄翰林韩偓学士》："久住荆溪北，禅关挂绿萝。"

乱后江西遇孙鲂旧居因寄[1]

旧游重到倍悲凉，吟忆同人倚寺墙。何处莫蝉喧逆旅[2]，此中山鸟噪垂杨。寰区有主权兵器[3]，风月无人掌桂香。欲寄此心空北望，塞鸿天末失归行。

【校勘】

"遇"，甲、乙本作"过"。

"莫"，甲、乙、丙本作"暮"，"莫"通"暮"。

【注释】

[1] 孙鲂：字伯鱼，南昌（今属江西）人。与齐己为诗友。齐己另有《寄孙鲂秀才》、《酬孙鲂》、《寄江西幕中孙鲂员外》诸诗。

[2] 逆旅：谓客舍，迎止宾客之处。

[3] 寰区：犹寰宇，指国家全境。杜甫《奉送王信州崟北归》："军旅应都息，寰区要尽收。"李中《览友人卷》："自此寰区内，喧腾二雅名。"

宜春江上寄仰山长老二首[1]

水隔孤城城隔山，水边时望忆师闲。清泉白石中峰上，落日半空栖鸟还。云影触衣分朵朵，雨声吹磬散潺潺[2]。传心莫学罗浮去[3]，后辈思量待扣关[4]。

【校勘】

"石"，甲本作"日"。

【注释】

[1] 宜春：今江西宜春市。仰山：在今江西省宜春市之南。由于山势绝高，须仰视方得见，故称仰山。

[2] 磬：佛寺中的打击乐器，是早晚课诵、法会读经或作法时不可或

缺的法器。潺潺：拟声词，雨声。柳宗元《雨中赠仙人山贾山人》："寒江夜雨声潺潺，晓云遮尽仙人山。"李煜《浪淘沙》："帘外雨潺潺，春意阑珊。"

[3] 传心：即禅宗的以心传心。《传心法要》卷上："自达磨大师到中国，唯说一心，唯传一法。以佛传佛，不说余佛；以法传法，不说余法。"罗浮：山名。在广东东江北岸，长达百余公里，峰峦四百余，风景秀丽，为岭南名胜，寺院道观颇多。相传罗山之西有浮山，为蓬莱之一阜，浮海而至，与罗山并体，故曰罗浮。晋代葛洪曾在此修道，山上有洞，道教列为第七洞天。

[4] 扣关：敲门，来访。《肇论》卷一［涅槃无名论第四］："扣关之傅。蔚登玄室。"韦应物《移疾会诗客元生与释子法朗，因贻诸祠曹》："释子来问讯，诗人亦扣关。"

雨晴天半碧光流，影倒残阳湿郡楼。绝顶有人经劫在[1]，浮生无客暂时游。窗开万壑春泉乱，塔锁孤灯万木稠[2]。欲为吾师拂衣去[3]，白云红叶又新秋。

【注释】

[1] 经劫："劫"指极长的时间。在印度，通常以之为梵天的一日，即人间的四亿三千二百万年。佛教则视之为不可计算的极长时间。"经劫"即经过无限长的时间。

[2] 稠：稠密，繁多。

[3] 拂衣：提衣。以表示敬重。白居易《能无愧》："婢仆遣他尝药草，儿孙与我拂衣巾。"

萤

透窗穿竹住还移，万类俱闲始见伊[1]。难把寸光藏暗室，自持孤影助明时。空庭散逐金风起[2]，乱叶争投玉露垂。后代儒生懒收拾，夜深飞过读书帏。

【注释】

[1] 伊：第二人称，你。此指萤。

[2] 金风：秋风。古代以阴阳五行解释季节的变化，秋属金，故称秋风为金风。唐太宗《秋日二首》之一："菊散金风起，荷疏玉露圆。"戎昱《宿湘江》："金风浦上吹黄叶，一夜纷纷满客舟。"

湘中送翁员外归阙（闽）[1]

船满琴书与酒杯，清湘影里片帆开。人归南国乡园去，雁逐西风日夜来。天势渐低分海树，山程欲尽见城台。此身未别江边寺，犹看星郎奉诏回[2]。

【校勘】

"阙"，甲、乙、丙本作"闽"，当从。

【注释】

[1] 翁员外：齐己另有《和翁员外题马太傅宅贾相公井》诗，二诗中"翁员外"即翁承赞，字文尧，自号"狎鸥翁"，福唐（今属福建）人。《十国春秋》本传云其"累官右拾遗、户部员外郎"。《唐才子传校笺》本传笺云：翁承赞曾两次奉使福州，其一在唐昭宗天祐元年（904），以右拾遗奉命册封王审知为琅琊王；其二是在后梁太祖开平三年（909），以户部员外郎充闽王册礼副使。齐己二诗中称翁承赞为"翁员外"，当指承赞第二次奉使归闽之事。盖承赞在赴闽途中，经过湘中有短暂停留，时齐己尚寓居湘中，故有诗作相赠，时间是在后梁太祖开平三年（909）。

[2] 星郎：郎官的别称。《后汉书·明帝纪》："馆陶公主为子求郎，不许，而赐钱千万。谓群臣曰：'郎官上应列宿，出宰百里，有非其人，则民受其殃，是以难之。'"后遂称郎官为星郎。翁承赞于后梁太祖开平三年（909）拜户部员外郎，故称星郎。

寄居道林寺作[1]

岚湿南朝殿塔寒[2]，此中因得谢尘寰[3]。已同庭树千株老，未负溪云一片闲。石镜旧游临皎洁，岳莲曾上彻孱颜[4]。如今衰飒成多病[5]，黄叶风前昼掩关[6]。

【注释】

[1] 道林寺：在湖南长沙市西岳麓山下，濒临湘水。齐己早年曾于道林寺居住约十年之久。此诗中云"石镜旧游"、"岳莲曾上"、"如今衰飒成多病"，则当作于齐己晚年居荆州期间（921—938）。

[2] 岚：山里的雾气。

[3] 尘寰：人世间。李群玉《送隐者归罗浮》："自此尘寰音信断，山川风月永相思。"吕岩《朝帝》："餐饵了，别尘寰，足蹑青云突上天。"

[4] 屏颜：同"巉岩"，高峻貌。

[5] 衰飒：衰落、枯萎。此处谓衰老，年迈。李益《罢镜》："衰飒一如此，清光难复持。"白居易《寄王质夫》："年颜渐衰飒，生计仍萧索。"司空图《新岁对写真》："自伤衰飒慵开镜，拟与儿童别写真。"

[6] 掩关：谓关门。

沙鸥

暖傍渔船睡不惊，可怜孤洁似华亭[1]。晚来湾浦冲平碧，晴过汀洲拂浅青[2]。翡翠静中修羽翼[3]，鸳鸯闲处事仪形。何如飞入深宫去，留与兴亡作典经。

【校勘】

"形"，乙本作"型"。

"深宫去"，甲本作"汉宫里"，丙本作"汉宫去"。

【注释】

[1] 华亭：县名，有鹤。三国吴陆逊封邑，其地在今上海市松江县，以其地有华亭谷而得名。《太平御览》卷一七〇［苏州］引《图经》："华亭县，本嘉兴县地，天宝十年置，因华亭谷为名。"《世说新语·尤悔》："陆平原（机）河桥败，为卢志所谮，被诛。临刑叹曰：'欲闻华亭鹤唳，可复得乎！'"按，陆机入洛前，尝与弟弟陆云游于华亭墅中。《元和郡县图志》卷二五［苏州华亭县］："华亭谷，在县西三十五里。……陆机云'华亭鹤唳'，此地是也。"陶弘景《瘗鹤铭》："鹤寿不知其纪也。壬辰

岁，得于华亭。"此处指华亭鹤。刘禹锡《和裴相公寄白侍郎求双鹤》：
"皎皎华亭鹤，来随太守船。"白居易《寄庾侍郎》："一双华亭鹤，数片
太湖石。"

　　[2] 汀洲：水中小洲。

　　[3] 翡翠：鸟名，也叫翠雀。羽毛有蓝、绿、赤、棕等色，可用作饰
品。雄赤曰翡，雌青曰翠。宋玉《招魂》："翡翠珠被，烂齐光些。"陈子
昂《感遇诗三十八首》之二三："翡翠巢南海，雄雌珠树林。"

和翁员外题马太师（傅）宅贾相公井[1]

　　飞尘不敢下相干，暗脉傍应润牡丹。心任短长投玉绠[2]，底须三五映
金盘[3]。神工旧制泓澄在[4]，天泽时加潋滟寒[5]。太傅欲旌前古事[6]，星
郎属思久凭栏[7]。

【校勘】

"师"，甲、乙、丙本作"傅"，当从。

【注释】

　　[1] 翁员外：齐己另有《湘中送翁员外归闽》诗，二诗中"翁员外"
即翁承赞，字文尧，自号"狎鸥翁"，福唐（今属福建）人。据《唐才子
传校笺》本传笺，知翁承赞曾于后梁太祖开平三年（909），以户部员外郎
充闽王册礼副使。齐己二诗中称翁承赞为"翁员外"，当指承赞此次奉使
归闽之事。盖承赞在赴闽途中，经过湘中有短暂停留，时齐己尚寓居湘
中，故有诗作相唱和，时间是在后梁太祖开平三年（909）。

　　[2] 绠：汲水用的绳索。

　　[3] 三五：农历十五日的夜晚。《古诗十九首》之十八："三五明月
满，四五蟾兔缺。"孟郊《感怀八首》之六："火云流素月，三五何明明。"
金盘：指月亮。月亮圆如盘，故云。白居易《游悟真寺诗一百三十韵》：
"东南月上时，夜气青漫漫。百丈碧潭底，写出黄金盘。"

　　[4] 泓澄：水深而清澈。

　　[5] 潋滟：水波荡漾貌。白居易《开元寺东池早春》："池水暖温暾，
水清波潋滟。"陆龟蒙《移石盆》："移得龙泓潋滟寒，月轮初下白云端。"

[6] 太傅：指马太傅。旌：表彰。

[7] 星郎：郎官的别称。按，翁承赞于后梁太祖开平三年（909）拜户部员外郎，故称星郎。

看云

何峰触石湿苔钱[1]，便逐高风离瀑泉。深处卧来真隐逸，上头行去是神仙。千寻有影沧江底，万里无踪碧落边。长忆旧山青壁里，绕庵闲伴老僧禅[2]。

【校勘】

"看云"，乙本作"看雪"，据题意，误。

"何"，丁本作"倚"。

【注释】

[1] 苔钱：青苔。苔点形圆如钱，故称。

[2] 禅：佛教的重要修持法。"禅"为"禅那"的简称，意译静虑、思惟修。《大智度论》卷十七："诸定功德都是思惟修。禅，秦言思惟修。"《法界次第》卷上之（下）："禅是西土之音，此翻弃恶，能弃欲界五盖等一切诸恶，故云弃恶。或翻功德丛林，或翻思惟修。"慧苑《一切经音义》卷二一："禅那，此云静虑，谓静心思虑也。旧翻为思惟修者，略也。"

对雪寄荆幕知己[1]

猛势微开万里清，月中看似日中明。此时鸥鹭无人见，何处关山有客行。郢唱转高谁敢和，巴歌相顾自销声[2]。江斋卷箔含毫久[3]，应想梁王礼□〔不〕经[4]。

【校勘】

"□"，甲、乙、丙本作"不"，据之补。

【注释】

[1] 荆幕：即荆南高季兴幕府。据诗意，此诗当作于齐己晚年居荆州

期间（921—938）。

[2]"郢唱"二句："郢唱"喻指雅曲，"巴歌"喻指俗曲。宋玉《对楚王问》："客有歌于郢中者。其始曰《下里》、《巴人》，国中属而和者数千人。其为《阳阿》、《薤露》，国中属而和者数百人。其为《阳春》、《白雪》，国中属而和者不过数十人；引商刻羽，杂以流徵，国中属而和者不过数人而已。是其曲弥高，其和弥寡。"

[3]江斋：指齐己在荆州龙兴寺的斋房。卷箔："箔"乃用苇子、竹篾或秫秸等编成的帘子。"卷箔"即卷帘。含毫：谓提笔赋诗。"毫"，笔毫。陆机《文赋》："或操觚以率尔，或含毫而邈然。"刘禹锡《和宣武令狐相公郡斋对新竹》："欹枕闲看知自适，含毫朗咏与谁同。"

[4]梁王：西汉梁孝王刘武，汉文帝次子，封梁王，初都大梁，后以其地卑湿，东徙睢阳（今河南商丘）。《史记·梁孝王世家》："孝王，窦太后少子也，爱之，赏赐不可胜道。于是孝王筑东苑，方三百余里。广睢阳城七十里。大治宫室，为复道，自宫连属于平台三十余里。得赐天子旌旗，出从千乘万骑。东西驰猎，拟于天子。……招延四方豪桀，自山以东游说之士，莫不毕至。"邹阳、枚乘、司马相如皆为其座上客。此句用梁孝王兔园集会咏雪事。谢惠连《雪赋》："岁将暮，时既昏。寒风积，愁云繁。梁王不悦，游于兔园。乃置旨酒，命宾友，召邹生，延枚叟；相如末至，居客之右。俄而微霰零，密雪下。"白居易《雪中寄令狐相公，兼呈梦得》："兔园春雪梁王会，想对金罍咏玉尘。"

送相里秀才赴举[1]

两上东堂不见春[2]，文明重去有谁亲[3]。曾逢少海尊前客[4]，旧是神仙会里人。已遂风云催化羽[5]，却将雷电助烧鳞。明年自此登龙后[6]，回首京（荆）门一路尘[7]。

【校勘】

"尊"，乙、丙本作"樽"，"樽"同"尊"。

"京"，甲、乙、丙本作"荆"，当从。

【注释】

[1] 相里秀才：齐己另有《送相里秀才自京至却回》、《荆门疾中喜谢尊师自南岳来、相里秀才自京至》二诗，知其为开封人，曾南游至江陵访齐己。此诗中云"京（荆）门"，则作于齐己晚年居荆州期间（921—938）。

[2] 东堂：本指晋宫正殿。晋文士郤诜于东堂对策，上中第，自称"桂林第一枝"。《晋书·郤诜传》："武帝于东堂会送，问诜曰：'卿自以为何如？'诜对曰：'臣举贤良对策，为天下第一，犹桂林之一枝，昆山之片玉。'帝笑。"后因称试院为东堂。杜甫《八哀诗·故秘书少监武功苏公源明》："射君东堂策，宗匠集精选。"钱起《送张参及第还家》："大学三年闻琢玉，东堂一举早成名。"此处指赴举考试。"两上东堂不见春"谓两次科考皆未考中。

[3] 文明：文采光明。隋代柳顾言《天台国清寺智者禅师碑文》："内文明而外柔顺，知微知彰。"储光羲《苏十三瞻登玉泉寺峰入寺中见赠作》："贞信发天姿，文明叶邦选。"

[4] 少海：渤海。《韩非子·外储说左上》："齐景公游少海。"后以大海喻皇帝，以少海喻太子。常衮《代宗让皇太子表》："取法于地，视少海之朝宗。"刘长卿《瓜洲驿奉饯张侍御公拜膳部郎中却复宪台充贺兰大夫留后使之岭南时侍御先在淮南幕府》："随川归少海，就日背长安。"尊：同"樽"，酒杯。

[5] 化羽：即"羽化"，飞升成仙。

[6] 登龙：谓科考及第。《后汉书·李膺传》："膺独持风裁，以声名自高。士有被其容接者，名为登龙门。"注云："以鱼为喻也。龙门，河水所下之口，在今绛州龙门县。辛氏《三秦记》曰：'河津一名龙门，水险不通，鱼鳖之属莫能上，江海大鱼薄集龙门下数千，不得上，上则为龙也。'"《封氏闻见记》卷三[贡举]："故当代以进士登科为登龙门，解褐多拜清要，十数年间，拟迹庙堂。"

[7] 京门：据诸本当为"荆门"，指今湖北江陵。

荆门疾中喜谢尊师自南岳来、
相里秀才自京至[1]

闲堂昼卧眼初开，强起徐行绕砌苔[2]。鹤氅人从衡岳至[3]，鹑衣客自洛阳来[4]。坐闻邻树栖幽鸟，吟见江云发早雷。西笑东游此相别，两途消息待谁回。

【校勘】

"见"，甲、乙、丙本作"觉"。

【注释】

[1] 谢尊师："尊师"是对道士的敬称。"谢尊师"即姓谢的道士。齐己另有《依韵酬谢尊师见赠二首》（师欲调举）、《送谢尊师自南岳出入京》二诗，知谢尊师隐居衡山，欲去洛阳参加道举（唐代科举科目之一），途经荆州，与齐己赋诗唱酬。南岳：即衡山，在今湖南衡阳市北。相里秀才：齐己另有《送相里秀才赴举》、《送相里秀才自京至却回》二诗，知其为开封人，曾南游至江陵访齐己。按，此诗题中云"荆门"，则当作于齐己晚年居荆州期间（921—938）。

[2] 徐行：缓行，慢走。白居易《春末夏初闲游江郭二首》之一："闲出乘轻屐，徐行蹋软沙。"

[3] 鹤氅人：《世说新语·企羡》："孟昶未达时，家在京口，尝见王恭乘高舆，被鹤氅裘，于时微雪，昶于篱间窥之，叹曰：'此真神仙中人。'"白居易《雪夜喜李郎中见访兼酬所赠》："可怜今夜鹅毛雪，引得高情鹤氅人。"此处谓谢尊师。衡岳：南岳衡山。因衡山为五岳之一的南岳，故称。

[4] 鹑衣：破衣。《荀子·大略》："子夏贫，衣若县鹑。"刘长卿《行营酬吕侍御时尚书问罪襄阳军次汉东境上侍御以州邻寇贼复有水火迫于征税诗以见谕》："井税鹑衣乐，壶浆鹤发迎。"杜甫《风疾舟中伏枕书怀三十六韵，奉呈湖南亲友》："乌几重重缚，鹑衣寸寸针。"权德舆《酬别蔡十二见赠》："严霜被鹑衣，不知狐白温。"鹑衣客谓相里秀才。

吟兴自述

前习都由未尽空[1]，生知顽学妙难穷。一千首出悲哀外，五十年销雪月中[2]。兴去不妨归静虑，情来何止发真风。曾无一字干声利，岂愧操心负至公。

【校勘】

"顽"，甲、乙、丙本作"雅"。

【注释】

[1] 前习：此处谓酷好吟诗之习。

[2] 销：消磨，度过。

送谢尊师自南岳出入京[1]

曾听鹿鸣逢世乱[2]，因披羽服隐衡阳[3]。几多事隔丹霄兴[4]，三十年成两鬓霜。艺术未甘消勇气[5]，风骚无那激刚肠[6]。中朝旧有知音在，可是悠悠入帝乡。

【校勘】

"消"，甲、乙、丙本作"销"。

【注释】

[1] 谢尊师："尊师"是对道士的敬称。"谢尊师"即姓谢的道士。齐己另有《荆门疾中喜谢尊师自南岳来、相里秀才自京至》、《依韵酬谢尊师见赠二首》二诗，知谢尊师隐居衡山，欲去洛阳参加道举（唐代科举科目之一），途经荆州，与齐己赋诗唱酬。此诗亦当作于齐己晚年居荆州期间（921—938）。南岳：即衡山，在今湖南衡阳市北。入京：齐己《荆门疾中喜谢尊师自南岳来、相里秀才自京至》诗中云"鹤氅人从衡岳至，鹑衣客自洛阳来"，故"入京"即为入洛阳。

[2] 鹿鸣：《诗经·小雅·鹿鸣》序："《鹿鸣》，燕群臣嘉宾也。"《仪礼·乡饮酒礼》："工歌《鹿鸣》、《四牡》、《皇皇者华》。"

[3] 羽服：即羽衣，用羽毛编织成的衣服。《史记·孝武本纪》："于是天子又刻玉印曰'天道将军'，使使衣羽衣，夜立白茅上，五利将军亦衣羽衣。"注云："羽衣，以鸟羽为衣，取其神仙飞翔之意也。"常用来指道士所着衣服。衡阳：今湖南衡阳。

[4] 丹霄：天空，代指朝廷。梁武帝《十喻诗》："青城接丹霄，金楼带紫烟。"刘长卿《送沈少府之任淮南》："相期丹霄路，遥听清风颂。"刘禹锡《和郴州杨侍郎玩郡斋紫薇花十四韵》："几年丹霄上，出入金华省。"

[5] 芝术：道家食芝草之术。毛杰《与卢藏用书》："赖公神色自若，心行不逾，饵芝术以养闲，坐烟篁而收思。"宋之问《宴龙泓诗序》："于是藉织草，挹清樽，咀芝术，浮兰桂，同谢客之山行，类渊明之野酌。"

[6] 风骚：本为诗经和楚辞的并称，后泛指诗文。

送司空学士赴京[1]

弘文初命下江边[2]，难恋沙鸥与钓船[3]。蓝绶乍称新学士[4]，白衫初脱旧神仙[5]。龙山送别风生路[6]，鸡树从容雪点筵[7]。重谒往年金榜主[8]，便将才术佐陶甄[9]。

【校勘】

"点"，甲、乙、丙本作"照"。

【注释】

[1] 司空学士：齐己有《寄监利司空学士》，此"司空学士"当为司空熏，曾官于监利。按，司空熏为荆南幕府宾客。《十国春秋》本传："唐知制诰图之族子也。武信王镇荆南，熏与梁震、王保义等偕居幕府，遇事时多所匡正。梁亡……熏固劝武信王朝京师。"又《北梦琐言》卷七："唐荆南节判司空董（熏）与京兆杜无隐……洎蜀人梁震，俱称进士，谒成中令，欲希荐送。"齐己自921年至938年卒一直居荆南，二人交往当在此期间。

[2] 弘文：即弘文馆，唐门下省官署名。汉置东观，魏有崇文馆，至唐武德初置修文馆，后改弘文。太宗秦府有十八学士，后弘文、崇文二馆皆有学士，盖即后翰林之职。《旧唐书》卷四三［志第二十三］之［门下

省]："弘文馆：后汉有东观，魏有崇文馆，宋有玄、史二馆，南齐有总明馆，梁有士林馆，北齐有文林馆，后周有崇文馆，皆著撰文史，鸠聚学徒之所也。武德初置修文馆，后改为弘文馆。后避太子讳，改曰昭文馆。开元七年，复为弘文馆，隶门下省。学士。学士无员数，自武德已来，皆妙简贤良为学士。故事，五品已上称学士，六品已下为直学士，又有文学直馆学士，不定员数。……弘文馆学士掌详正图籍，教授生徒。凡朝廷有制度沿革，礼仪轻重，得参议焉。"司空薰赴京当为弘文馆学士。

[3] 沙鸥、钓船：喻指隐士生活。

[4] 蓝绶：蓝色丝带。古代常用不同颜色的丝带，标识官吏的身份和等级。

[5] 白衫：平民所服。于濆《恨从军》："不嫁白衫儿，爱君新紫衣。"

[6] 龙山：山名，在今湖北江陵县西北。亦即晋桓温九日登高，孟嘉落帽处。戎昱《九日贾明府见访》："却笑孟嘉吹帽落，登高何必上龙山。"

[7] 鸡树：《急就篇》卷四颜师古注："皂荚树，一名鸡栖。"《三国志·魏书·刘放传》注引《世说新语》："放、（孙）资久典机任，（夏侯）献、（曹）肇心内不平。殿中有鸡栖树，二人相谓：'此亦久矣，其复能几！'"后人遂云中书省官署为鸡树。刘禹锡《酬郑州权舍人见寄二十韵》："鲤庭传事业，鸡树遂翱翔。"白居易《和春深二十首》之三："凤池添砚水，鸡树落衣花。"王贞白《宫池产瑞莲》："香飘鸡树近，荣占凤池先。"

[8] 金榜：即科举应试考中者的名单。白居易《劝酒》："一朝逸翮乘风势，金榜高张登上第。"郑谷《赠杨虞夔二首》之二："看取年年金榜上，几人才气似扬雄。"《唐摭言》卷三 [今年及第明年登科]："何扶，太和九年及第；明年，捷三篇，因以一绝寄旧同年曰：'金榜题名墨上新，今年依旧去年春。花间每被红妆问：何事重来只一人？'"

[9] 陶甄：犹陶铸，造就，治理。甄，陶工制器所用转轮。《文选》李善注引如淳曰："陶人作瓦器谓之甄。"常用来比喻化育万物或治理国家。张华《正德舞歌》："祚命于晋，世有哲王。弘济区夏，陶甄万方。"刘禹锡《奉和中书崔舍人八月十五日夜玩月二十韵》："从星变风雨，顺日助陶甄。"

卷　九

春寄尚颜[1]

　　含桃花谢杏花开[2]，杜宇新啼燕子来[3]。好事可能无分得，名山长似有人催。檐声未断前旬雨，电影还连后夜雷[4]。心迹共师争几许[5]，似人嫌处自迟回。

【校勘】

"似"，乙本作"俗"。

【注释】

[1] 尚颜：字茂圣，俗姓薛，唐尚书薛能之宗人。与齐己交往密切，齐己另有《寄尚颜》、《闻尚颜上人创居有寄》、《酬尚颜》、《酬尚颜上人》、《闻尚颜下世》诗。

[2] 含桃：樱桃的别名。《礼记·月令》："仲夏之月，天子羞以含桃，先荐寝庙。"郑玄注曰："含桃，今之樱桃也。"《吕氏春秋·仲夏》："是月也，天子以雏尝黍，羞以含桃，先荐寝庙。"注云："羞，进。含桃，莺桃，莺鸟所食，故言含桃。"

[3] 杜宇：本为古蜀帝名，后化为杜鹃。后人因称杜鹃为杜宇。《水经注》卷三三〔江水〕："望帝者，杜宇也。"《十三州志》："当七国称王，独杜宇称帝于蜀……望帝使鳖冷凿巫山治水有功，望帝自以德薄，遂自亡去，化为子规。"

[4] 电影：电光。沈佺期《巫山高二首》之二："电影江前落，雷声

峡外长。"李华《咏史十一首》之十一:"电影开莲脸,雷声飞蕙心。"

[5] 心迹:谓心在内而迹现于外,即内心的真实情况。皎然《兵后馀不亭重送卢孟明游江西》:"予思鹿门隐,心迹贵冥灭。"

寄梁先辈[1]

慈恩塔下曲江边[2],别后多应梦到仙。时去与谁论此事,乱来何处觅同年[3]。陈琳笔砚甘前席[4],甪里烟霞待共眠[5]。爱惜麻衣好颜色,未教朱紫污天然[6]。

【注释】

[1] 梁先辈:齐己另有《荆渚病中,因思匡庐,遂成三百字,寄梁先辈》诗,此"梁先辈"即梁震,初名霭,后改名震,邛州依政(今四川邛崃)人。有才略,登第后寓江陵。为荆南幕府宾客,事高季兴、高从诲等。好篇咏,有《梁震集》一卷。齐己自921年至938年居荆南,其间二人过往酬唱甚密。《五代史补》卷四《梁震神赞》云:"末年,尤好篇咏,与僧齐己友善,贻之诗曰:'陈琳笔砚甘前席,甪里烟霞忆共眠。'盖以写其高尚之趣也。"此诗当亦作于921—938年期间。

[2] 慈恩塔:慈恩寺塔。《长安志》卷八:"慈恩寺,隋无漏寺之地,武德初废。贞观二十二年十二月二十四日,高宗在春官,为文德皇后立为寺,故以慈恩为名。"曲江:即曲江池,故址在今陕西西安市东南曲江镇。本天然池沼,汉武帝造宜春苑于此,以池水曲折,遂名曲江。隋初开黄渠导浐水入池,改池为芙蓉池,苑曰芙蓉园。唐复名曲江,开元中重加疏凿,筑紫云楼等殿宇楼阁亭榭于池岸。唐末黄渠断流,池遂涸竭。唐康骈《剧谈录》卷下[曲江]:"曲江池,本秦隑洲。开元中疏凿,遂为胜境。其南有紫云楼、芙蓉苑,其西有杏园、慈恩寺。花卉环周,烟水明媚,都人游玩,盛于中和(二月初一)、上巳(三月初三)之节。彩幄翠帱,匝于堤岸,鲜车健马,比肩击毂。上巳即赐宴臣僚,京兆府大陈筵席,长安、万年两县,以雄盛相较,锦绣珍玩,无所不施,百辟会于山亭,恩赐太常及教坊声乐,池中备彩舟数只,惟宰相、三使、北省官与翰林学士登焉。每岁倾动皇州,以为盛观。"此句忆梁震昔年及第于慈恩寺题名、曲

江亭宴会之事。按，唐代举子及第后多喜在慈恩题名、曲江宴会。《刘宾客嘉话录》正编："慈恩题名，起自张莒，本于寺中闲游而题其同年人，因为故事。"《唐国史补》卷上："进士为时所尚久矣……既捷，列书其姓名于慈恩寺塔，谓之题名会。会大宴于曲江亭子，谓之曲江会。"

[3] 同年：科举考试同年被录取者，即同榜之人。刘禹锡《送张盥赴举诗并引》："古人以偕受学为同门友，今人以偕升名为同年友。"《唐摭言》卷一《述进士下篇》："进士为时所尚久矣……俱捷谓之'同年'。"

[4] 陈琳（156—217）：东汉末诗人、散文家，建安七子之一。字孔璋，广陵射阳（今江苏宝应）人。《三国志·魏志·王粲传》："广陵陈琳字孔璋……袁绍使典文章。袁氏败，琳归太祖。太祖谓曰：'卿昔为本初移书，但可罪状孤而已，恶恶止其身，何乃上及父祖邪？'琳谢罪，太祖爱其才而不咎……并以琳、（阮）瑀为司空军谋祭酒，管记室，军国书檄，多琳、瑀所作也。"陈琳文名早著，在袁绍幕时曾与张纮书，自称"此间率少于文章，易为雄伯"，既是自谦也是自喜。曹丕《典论·论文》称陈琳"表掌书记，今之隽也"。又《与吴质书》称"孔璋章表殊健，微为繁富"。刘长卿《行营酬吕侍御时尚书问罪襄阳军次汉东境上侍御以州邻寇贼复有水火迫于征税诗以见谕》："孔璋才素健，早晚檄书成。"武元衡《河东赠别炼师》："孔璋才素健，羽檄定纷纷。"

[5] 甪里：即甪里先生，商山四皓之一。甪里，复姓。《史记·留侯世家》："四人从太子，年皆八十有余，须眉皓白，衣冠甚伟。上怪之，问曰：'彼何为者？'四人前对，各言名姓，曰东园公、甪里先生、绮里季、夏黄公。"《史记索隐》："甪里先生，河内轵人，太伯之后，姓周名术，字元道，京师号曰霸上先生，一曰甪里先生。又孔安国《秘记》作禄里。"

[6] "爱惜麻衣"二句："麻衣"犹谓布衣；"朱紫"指高官显贵之衣。按，中国自古以来，即许高官着红、紫色之朝服，又设朱、紫、绿、皂、黄等绶条，以区别官位之高低。《资治通鉴》卷一九三载：贞观四年（630）八月，丙午，诏以"常服未有差等，自今三品以上服紫，四品、五品服绯，六品、七品服绿，八品、九品服青；妇人从其夫色"。《旧唐书》卷四五《舆服》亦载：上元元年（674）八月又制："文武三品已上服紫，金玉带。四品服深绯，五品服浅绯，并金带。六品服深绿，七品服浅绿，并银带。八品服深青，九品服浅青，并鍮石带。庶人并铜铁带。"此种影

响也深入到佛门，尤其是朝廷赐僧紫衣。唐代载初元年（690），则天武后以紫衣赐予重译《大云经》有功之僧法朗等，为赐紫衣之嚆矢。自此，赐紫衣渐成风气，以至历代均有赐紫衣之例。"紫衣明主赠"（杜荀鹤《送紫阳僧归庐岳旧寺》）、"紫袈裟是禁中裁"（吴融《送僧上峡归东蜀》）、"著紫袈裟名已贵"（齐己《寄怀曾口寺文英大师》），身着紫衣，既是一种荣耀，也是地位和身份的象征，以至"满城谁不重，见著紫衣初"（刘昭禹《赠惠律大师》）。为此许多僧人为追求紫衣，实际上是追求名和利，四处奔走，八方干谒，全然失掉僧人本色，甚而有面乞赐紫的，还有因赐紫不成而忧郁而死的，这些追求名利的僧人不仅受到士大夫的鄙视，如狄归昌"爱僧不爱紫衣僧"，也遭到僧界的唾弃。故齐己此诗云"爱惜麻衣好颜色，未教朱紫污天然"。

荆渚偶作[1]

　　无味吟诗即把经[2]，竟将疏野访谁行[3]。身依江寺庭无树，山绕天涯路有兵。竹瓦雨声漂永日，纸窗灯焰照残更。从容一觉清凉梦，归到龙潭扫石枰。

【注释】

　　[1] 荆渚：此处谓荆州（今湖北江陵）。此诗当作于齐己晚年居荆州期间（921—938）。

　　[2] 经：佛经。

　　[3] 疏野：旷达不拘礼法。白居易《答裴相公乞鹤》："不知疏野性，解爱凤池无？"孟贯《山中答友人》："自惭疏野甚，多失故人期。"萧颖士《与从弟评事书》："吾素志疏野，平时尚不求仕进，况今岂徼荣禄哉？"

城中晚夏思山[1]

　　葛衣沾汗功虽健[2]，纸扇摇风力甚卑[3]。苦热恨无行脚处[4]，微凉喜到立秋时[5]。竹轩静看蜘蛛挂，莎径闲听蟋蟀移。天外有山归即是，岂同游子暮何之。

【注释】

[1] 按，诗题中之"城中"，指齐己所居的荆州城。齐己另有《夏日城中作二首》、《苦热中江上，怀炉峰旧居》、《苦热怀玉泉寺寄仁上人》诸诗描写荆州城夏日的苦热难耐，皆作于其晚年居荆州期间（921—938）。

[2] 葛衣：以葛布制作的衣衫。健：有力。

[3] 卑：此处谓扇风之微弱，弱小。

[4] 行脚：指出家人为修行之目的而四处求访名师，跋涉山川，参访各地。又称游行、游方。

[5] 立秋：节气名，在阳历八月八日、九日。

忆旧山[1]

谁请衰羸住北州[2]，七年魂断旧山丘。心清槛底潇湘月[3]，骨冷禅中太华秋[4]。高节未闻驯虎豹，片言何以傲王侯。应须脱洒孤峰去[5]，始是分明个剃头[6]。

【校勘】

"断"，甲本作"梦"。

【注释】

[1] 按，诗题云"忆旧山"，诗中又云"衰羸"，则此诗作于齐己晚年居荆州时（921—938）。又诗中云"七年魂断旧山丘"，则其时齐己已居于荆州七年。考齐己一生履历，他于龙德元年（921）离庐山至荆州，后推七年，则此诗作于928年。

[2] 衰羸：年迈羸弱。

[3] 潇湘：此谓湘水。

[4] 太华：指西岳华山，在今陕西省华阴市南。《山海经·西山经》云："（华山）又西六十里，曰太华之山，削成而四方，其高五千仞，其广十里。"远望华山，其形如华（花），故称华山。因其西有少华山，故又称太华。

[5] 脱洒：即洒脱。

[6] 剃头：剃除头发，此为出家之相。

【汇评】

明·高濂《遵生八笺》卷一：齐己诗云："心清槛底潇湘月，骨冷禅中太华秋。"陈陶诗云："高僧示我真隐心，月在中峰葛洪井。"二诗读之，令人气格爽拔。

寄体休[1]

南州君去为寻医，病色应除是旧时。久别莫忘庐阜约[2]，却来须有洞庭诗。金陵往岁同窥井，岘首前秋共读碑[3]。两处山河见兴废，相思更切卧云期。

【校勘】

"是"，甲、乙、丙作"似"。

【注释】

[1] 体休：亦即休师，长沙人，与齐己同乡。曾与齐己一起游历过襄阳岘首山，并与齐己在荆渚相伴七年之久，汉口兵乱结束后，便于荆门辞别齐己归长沙省亲。据齐己《送休师归长沙宁觐》，二人于后唐明宗天成四年（929）夏在荆州分别。此诗中云"南州君去为寻医，……却来须有洞庭诗"，则体休已返长沙，故此诗当作于后唐明宗天成四年（929）夏之后，齐己卒（938）前。

[2] 庐阜：即庐山。

[3] 岘首：山名，即岘山，在今湖北襄阳市南，东临汉水。杜甫《赠别郑炼赴襄阳》："地阔峨眉晚，天高岘首春。"诗下注："岘首山在襄阳。"西晋羊祜任襄阳太守时，有政绩。后人感怀其德，在岘山立碑纪念之。事见《晋书·羊祜传》。白居易《裴侍中晋公以集贤林亭即事诗三十六韵见赠猥蒙征和才拙词繁辄广为五百言以伸酬献》："羊祜在汉南，空留岘首碑。"

过陆鸿渐旧居[1]（陆生自有传于井石。

又云，行坐诵佛书，故有此句）

楚客西来过旧居，读碑寻传见终初。佯狂未必轻儒业，高尚何妨诵佛书[2]。种竹岸香连菡萏，煮茶泉影落蟾蜍。如今若更生来此，知有何人赠白驴（时太守赠白驴）[3]。

【注释】

[1] 陆鸿渐：陆羽（733—?），字鸿渐，复州竟陵（今湖北天门）人。唐代中叶著名的隐士。于茶道尤精。著《茶经》三卷，后人奉为茶仙。"陆鸿渐旧居"在竟陵西塔寺。裴迪《西塔寺陆羽茶泉》："竟陵西塔寺，踪迹尚空虚。不独支公住，曾经陆羽居。草堂荒产蛤，茶井冷生鱼。一汲清泠水，高风味有余。"周愿《牧守竟陵因游西塔著三感说》："我州之左，有覆釜之地，圆似顶状，中立塔庙，篁大如臂，碧笼遗影，盖鸿渐之本师像也。悲欤！似顶之地，楚篁绕塔。塔中之僧，羽事之僧；塔前之竹，羽种之竹。视天僧影泥破竹，枝筇老而羽亦终。"

[2] "佯狂未必"二句：陆羽《陆文学自传》："陆子名羽，字鸿渐……上元初，结庐于苕溪之滨，闭关对书，不杂非类，名僧高士，谈宴永日。常扁舟往来山寺，随身惟纱巾藤鞋短褐犊鼻，往往独行野中。诵佛经，吟古诗，杖击林木，手弄流水，夷犹徘徊，自曙达暮，至日黑兴尽，号泣而归。故楚人相谓，陆子盖今之接舆也。始三岁惸露，育乎竟陵大师积公之禅院。自幼学属文，积公示以佛书出世之业。……公执释典不屈，子执儒典不屈。"《新唐书·陆羽传》："貌侻陋，口吃而辩。闻人善，若在己，见有过者，规切至忤人。朋友燕处，意有所行辄去，人疑其多嗔。与人期，雨雪虎狼不避也。上元初，更隐苕溪，自称桑苎翁，阖门著书。或独行野中，诵诗击木，裴回不得意，或恸哭而归，故时谓今接舆也。久之，诏拜羽太子文学，徙太常寺太祝，不就职。"又，诗题中云："行坐诵佛书。"按，陆羽与僧灵一为尘外之友，与皎然为莫逆之交。

[3] 赠白驴：诗后注云："时太守赠白驴。"陆羽《陆文学自传》："后负书于火门山邹夫子别墅，属礼部郎中崔公国辅出守竟陵郡，与之游处凡

三年，赠白驴、乌帮牛一头，文槐书函一枚。白驴、帮牛襄阳太守李憕见遗，文槐函故卢黄门侍郎所与，此物皆已之所惜也。宜野人乘蓄，故特以相赠。”

寄怀钟陵旧游因寄知己[1]

洪井僧来说旧游，西江东岸是城楼。昔年淹迹因王化，长日凭栏看水流。贞观上人栖树石[2]，陈陶处士在林丘[3]。终拖老病重寻去，得到匡庐死便休[4]。

【校勘】

“洪”，甲、乙、丙本作“洗”。

“贞”，甲、丙本作“真”。

【注释】

[1] 钟陵：县名，治所在今江西南昌市。

[2] 贞观上人：生卒年里不详，栖居于钟陵。

[3] 陈陶（803？—879？）：字嵩伯。大中三年（849），隐居洪州西山，与贯休、尚颜等往还。令山童卖柑以为山资，以读书种兰吟诗饮酒为事。齐己另有《过陈陶处士旧居》。

[4] 匡庐：即庐山。

遣怀

病肠休洗老休医，七十能饶百岁期[1]。不死任还蓬岛客[2]，无生自有雪山师[3]。浮云聚散堪关虑，明月相逢好展眉。既兆未萌闲酌度[4]，不知中抱自寻思[5]。

【校勘】

“堪”，甲本作“俱”。

“知”，甲、乙、丙本作“如”。

“自”，甲本作“是”。

【注释】

[1] 饶：丰足，多。此处谓七十岁离一百岁还很远，亦即自己还不算太老。

[2] 蓬岛：即蓬莱。

[3] 无生：不生不灭，也即涅槃。佛教为破生灭之烦恼，常教人观无生之理。《最胜王经》卷一："无生是实，生是虚妄，愚痴之人，漂溺生死，如来体实，无有虚妄，名为涅槃。"雪山师：即佛祖释迦牟尼。佛祖在过去世修菩萨道时，于雪山苦行，谓之雪山大士，或曰雪山童子。《涅槃经》卷十四："善男子！过去之世，佛日未出。我于尔时作婆罗门，修菩萨行。……我于尔时住于雪山。其山清净，流泉浴池，树林药木，充满其地。……我于尔时独处其中，唯食诸果。食已，系心思惟坐禅，经无量岁。"

[4] 酌度：忖度，思量。敦煌变文《捉季布传文》："顺命受恩无酌度，合见高皇严敕文。"

[5] 中抱：犹谓怀抱，心中。

怀武陵因寄幕中韩先辈、何从事[1]

武陵嘉致迹多幽，每见图经恨白头。溪浪碧通何处去，桃花红过郡前流。常闻相幕鸳鸿□，日向神仙洞府游。凿井耕田人在否，如今天子正征搜。

【校勘】

"□"，甲、乙、丙本均作"兴"。

【注释】

[1] 武陵：县名，治所在今湖南常德。韩先辈：不详，当为湖南马楚幕府中一员。何从事：齐己另有《寄答武陵幕中何支使二首》（诗中有"闲杀何从事……门外沧浪水，风波杂雨声"）、《寄何崇丘员外》（诗中有"门底桃源水"，可知何崇丘在武陵），"何从事"、"何支使"即何崇丘。按，何崇丘为武陵幕府宾客。齐己在湘中时屡与之来往，后居住荆州，仍与其有诗歌酬赠。另，此诗题直云"怀武陵"，当知齐己已离湘在荆州，

故该诗作于 921 年至 938 年。

赠樊处士[1]

　　小子声名天下知，满簪霜雪白麻衣[2]。谁将一著争先后，共向长安定是非。有路未曾谋日用，无贪终不乱天机[3]。闲寻道士过仙观[4]，赌得黄庭两卷归[5]。

【校勘】

"著"，丙本作"着"。

"谋"，甲、乙、丙本均作"迷"。

【注释】

[1] 处士：谓有德才而隐居不愿做官的人。

[2] 霜雪：谓白发，即头发白如霜雪。白麻：一种植物，即苘麻，皮韧，沤之可织布。白麻衣：谓用白麻做的衣服。此处犹谓"布衣"，即平民。

[3] 天机：谓天赋的悟性、天性。

[4] 观：道教的庙宇。仙观：形容道观景色极美，有如神仙之境。又，道教追求长生不老，得道成仙，故常称道士为"仙客"，而其所居为"仙观"。张籍《九华观看花》："街西无数闲游处，不似九华仙观中。"令狐楚《中元日赠张尊师》："寂寂焚香在仙观，知师遥礼玉京山。"贯休《秋怀赤松道士》："仙观在云端，相思星斗寒。"

[5] 黄庭：即道教经书《黄庭经》，主要讲述道家养生修炼之道。韩偓《使风》："茶烟睡觉心无事，一卷黄庭在手中。"吕岩《绝句》之一："肘传丹篆千年术，口诵黄庭两卷经。"

荆渚逢禅友[1]

　　泽国相逢话一宵，云山偶别隔前朝。社思匡岳无宗炳[2]，诗忆扬州有鲍昭[3]。晨野黍离春漠漠[4]，水天星粲夜迢迢。闲吟莫忘传心祖，曾立阶前雪到腰[5]。

【校勘】

"迢迢"，甲、乙、丙本均作"遥遥"。

【注释】

[1] 荆渚：即渚宫，今湖北江陵。按，诗题云"荆渚"，则齐己时在荆州，故此诗当作于齐己居荆州期间（921—938）。

[2] 匡岳：即庐山。宗炳（375—443）：字少文。居荆州。晋安帝义熙八年（412），刘裕破刘毅，入江陵，辟宗炳为主簿，对以"栖丘饮谷，三十余年"不就。游庐山，与名僧慧远游。太元中，入莲社。慧远卒，宗炳为之立碑于寺门。后返江陵，闲居。

[3] 鲍昭：即鲍照（？—466），又作鲍昭。字明远。生于今江苏镇江一带。家世寒微。宋孝武帝大明中，临海王刘子顼为荆州刺史，以鲍照为前军参军，掌书记之任，鲍照遂随刘子顼至江陵，后死于江陵兵乱中。鲍照诗俊逸活泼，李白尤为推崇。

[4] 黍离：《诗经·王风》有《黍离》篇，序谓西周亡后，周大夫过故宗庙官室，尽为禾黍，彷徨不忍去，乃作此诗。后遂用作感慨亡国触景生情之词。漠漠：密布，广布貌。此处谓黍麦密布，到处都是。

[5] "闲吟莫忘"二句：用禅宗二祖慧可立雪求法之事。《景德传灯录》卷三："时有僧神光者，旷达之士也。……近闻达磨大士，住止少林。……乃往彼晨夕参承。师常端坐面墙，莫闻诲励。光自惟曰：'昔人求道，敲骨取髓，刺血济饥，布发淹泥，投崖饲虎。古尚若此，我又何人！'其年十二月九日夜，天大雨雪。光坚立不动，迟明积雪过膝，师悯而问曰：'汝久立雪中，当求何事？'光悲泪曰：'惟愿和尚慈悲，开甘露门，广度群品。'……遂因易名曰慧可。"

送僧归洛中[1]

赤日彤霞照晚坡，东州道路兴如何[2]。蝉离楚柳鸣犹少，叶到嵩云落渐多[3]。海内自为闲去住，关头谁问旧经过[4]。丁宁与访春山寺，白乐天真在也么[5]？

【校勘】

"丁宁"，甲、丙本作"叮咛"，二者意同。

【注释】

［1］按，此诗中云"楚柳"，知齐己时在荆楚，故此诗当作于齐己晚年居荆州期间（921—938）某年秋季。洛中：指洛阳。

［2］东州：荆州以东地区。

［3］嵩云：嵩山之云。

［4］关头：指函谷关。

［5］白乐天：白居易，字乐天。栖心梵释，晚年定居洛阳，遍游洛中寺院，广交寺僧，还出资重修香山寺。《旧唐书》卷一六六《白居易传》云："以刑部尚书致仕。与香山僧如满结香火社，每肩舆往来，白衣鸠杖，自称香山居士。"

道林寓居[1]

秋泉一片树千株，暮汲寒烧外有馀[2]。青嶂者边来已熟[3]，红尘那畔去应疏。风骚未肯忘雕琢[4]，潇洒无妨更剃除。即问沃州开士僻[5]，爱禽怜骏意如何？[6]

【校勘】

"秋"，丁本作"林"。

"者"，甲、丁本作"这"。

"如何"，甲、乙、丙、丁本作"何如"。

【注释】

［1］道林：即道林寺，在湖南长沙市西岳麓山下，濒临湘水。齐己早年曾于道林寺居住约十年。此诗题云"道林寓居"，则当作于齐己早年居道林寺时。

［2］汲：取水，引水。按，齐己《湘西道林寺陶太尉井》诗中云："太尉遗孤井，寒澄七百年。……林僧晓来此，满汲洒金田。"故此处"暮汲"即于道林寺陶太尉井汲水。

［3］青嶂：谓似屏障的青绿色山峰。

[4] 风骚：本为诗经和楚辞的并称，后泛指诗文。

[5] 沃州：亦作"沃洲"。山名。在浙江新昌县东。相传晋代高僧支遁曾居于此。山上有放鹤亭、养马坡，为支遁遗迹。开士：菩萨的异名。盖菩萨明解一切真理，能自开觉，又可开导众生悟入佛之知见，故有此尊称。后作为对僧人的敬称。此处"开士"谓支遁。

[6]"爱禽怜骏"句：按，支遁养马重其神骏，放鹤令其自由。《高僧传》卷四《支遁传》载："人尝有遗（支）遁马者，遁爱而养之，时或有讥之者，遁曰：'爱其神骏，聊复畜耳。'后有饷鹤者，遁谓鹤曰：'尔冲天之物，宁为耳目之翫乎？'遂放之。"

仙掌[1]

峭形寒倚夕阳天，毛女莲花翠影连[2]。云外自为高出手，人间谁合斗挥拳。鹤抛青汉来岩桧，僧隔黄河望顶烟。晴露红霞长满掌，只应栖托是神仙。

【注释】

[1] 仙掌：即华山仙掌峰，因其上有五崖比壁破岩而立，自下远望，略作掌形，相传河神巨灵开山所留，因以名峰。张衡《西京赋》："缀以二华，巨灵赑屃，高掌远蹠，以流河曲。"薛综注："华，山名也。巨灵，河神也。巨，大也。古语云：此本一山，当河水过之而曲行，河之神以手擘开其上，足蹋离其下，中分为二，以通河流。手足之迹，于今尚在。"此乃神话传说。王涯《太华山仙掌辩》："西岳太华，华之首峰，有五崖比壁破岩而列，自下远望，偶为掌形。旧俗土记之传者皆曰：昔河自积石出而东流，既越龙门，遂南驰者千数百里。折波左旋，将走东溟，连山塞之，壅不得去。有巨灵于此，力擘而剖其中，跱而北者为首阳，绝而南者为太华，河自此泄，茫洋下驰。故其掌迹犹存，巨灵之迹也。"《古今图书集成·山川典》卷六七引《三才图会·华山图考》："仙掌岩，岩壁黑色，石膏从罅中流出，随膏凝结，黄白相间。远望之，见其大者五歧如指。后人好奇，遂传为巨灵擘山，掌迹犹存。"

[2] 毛女：《太平广记》卷五九引《列仙传》云："毛女，字玉姜，在

华阴山中。山客猎师，世世见之。形体生毛，自言秦始皇宫人也。秦亡，流亡入山，道士教食松叶，遂不饥寒，身轻如此。至西汉时，已百七十余年矣。"莲花：即华山莲花峰。按，华山顶中峰名莲花峰，传生千叶莲花，故称莲花峰。又《华山记》："山顶有池，生千叶莲花，服之羽化，因名华山。"

中秋月[1]

空碧无云露湿衣，群星光外涌清规[2]。东楼莫碍渐高影[3]，四海待看当午时[4]。还许分明吟皓魄，肯教幽暗取丹枝。可怜半夜婵娟影[5]，正对五侯残酒池[6]。

【校勘】

"群"，丁本作"众"。

"楼"，甲本作"楼（一作林）"。

"影"，甲、丁本作"势"。

"待"，甲本作"待（一作正）"，丁本作"正"。

"午"，甲本作"午（一作路）"。

"池"，甲本作"池（一作厄）"，丁本作"厄"。

【注释】

[1] 按，《唐诗纪事》卷七五《僧齐己》载："后唐明宗太子从荣，好作歌诗，高辇辈多依附之。……齐己《中秋》诗云：'东林莫碍渐高势，四海正看当路时。'从荣果谋不轨，唱和者言陟嫌疑，皆就诛，惟齐己得荆帅高令公匿而获免。"又，太子从荣（？—933）乃后唐明宗李嗣源第二子。长兴元年（930）八月，被封秦王。长兴四年（933）十一月兵败被杀。此诗当作于930—933年间。

[2] 清规：月圆如规而明，故称月为"清规"。骆宾王《上兖州刺史启》："若乃清规远镜，皎月色于灵台。"李商隐《赋得月照冰池》："高低连素色，上下接清规。"

[3] 碍：阻碍，妨碍。

[4] 当午：本指日中，正午，此处指月正当空时。韩愈《和崔舍人咏

月二十韵》："过隅惊桂侧，当午觉轮停。"吴融《中秋陪熙用学士禁中玩月》："未高知海阔，当午见宫深。"李中《钟陵春思》："沉沉楼影月当午，冉冉风香花正开。"

[5] 婵娟：形态美好。陈羽《中秋夜临镜湖望月》："潀动光还碎，婵娟影不沉。"曹松《七夕》："彤云缥缈回金辂，明月婵娟挂玉钩。"

[6] 五侯：泛指权贵。汉代同时封侯的有五人，分别是西汉成帝舅王谭等五人；东汉大将军梁冀及其子梁胤等五人；桓帝时宦者单超等五人，皆同日封侯，世谓之五侯。

送禅者游南岳[1]

忽随南棹去浔（衡）阳，谁住江边树下房。尘梦是非都觉了[2]，野云心地更何妨[3]。渐临瀑布听猿思，却背岣嵝看雁行[4]。想到中峰上层寺，石窗秋霁见潇湘[5]。

【校勘】

"浔"，甲、乙、丙本均作"衡"，当从。

"看"，甲、丙本作"有"。

【注释】

[1] 禅者：即习禅法者。南岳：即衡山，在今湖南衡阳市北。

[2] 尘梦：谓尘世中的梦想，或尘世如梦。《金刚经》云："一切有为法，如梦幻泡影。如露亦如电，应作如是观。"

[3] 野云心地：按，野云空飞，无所羁绊，自由自在，常用来比喻心之自由自在。姚合《寄旧山隐者》："未改当时居，心事如野云。"

[4] 岣嵝：山名，在湖南省衡阳市北，是衡山七十二峰之一，亦是衡山的主峰，故衡山也叫岣嵝山。刘禹锡《唐故衡岳律大师湘潭唐兴寺俨公碑》："公号智俨，曹氏子，世为柳之右姓。……生九年，乐为僧，父不能夺其志。抱经笥入岣嵝山，从名师执业。"

[5] 霁：雨后天晴。

闻道林诸友尝茶因有寄[1]

旗枪冉冉绿丛园[2]，谷雨初晴叫杜鹃[3]。摘带岳华蒸晓露，碾和松粉煮春泉。高人梦惜藏岩里，白碾封题寄火前[4]。应念苦吟耽睡起[5]，不堪无过夕阳天。

【校勘】

"旗枪"，甲、乙本作"枪旗"，丙本作"棋枪"。

【注释】

[1] 道林：即道林寺，在湖南长沙市西岳麓山下，濒临湘水。

[2] 旗枪：茶叶名。也作"枪旗"。因其嫩芽挺立似枪，新叶初展如旗，故称。元稹《酬乐天闻幕中诸公征乐会饮，因有戏呈三十韵》："枪旗如在手，那复敢咸裹？"冉冉：谓渐进的样子，或谓柔软下垂的样子。

[3] 谷雨：节气名。在公历4月19、20或21日。我国大部分地区雨量渐多。

[4] 碾：通"捶"，舂、捣。火前：茶名，即火前茶。宋·王观国《学林新编·茶诗》："茶之佳品，摘造在社前。其次则火前，谓寒食前也。其下则雨前，谓谷雨前也。……齐己《茶》诗曰：'甘传天下口，贵占火前名。'又曰：'高人爱惜藏岩里，白瓯封题寄火前。'……凡此皆言火前，盖未知社前之品为佳也。"

[5] 耽：耽误。

将归旧山留别错公[1]

旧峰前昨下来时，白石丛丛问紫薇[2]。章句不堪歌有道，溪山只合退无机[3]。云含暖态晴犹在[4]，鹤养闲神昼不飞。欲去更思过丈室，二年频此挹清晖。

【校勘】

"问"，甲、乙、丙本均作"间"。

"暖"，乙本作"暖"。

"挹"，甲、乙、丙本作"揖"。

【注释】

[1] 错公：生卒年里无考，为僧人。齐己另有《送错公、栖公南游》诗，"栖公"为僧栖隐，知错公与齐己、栖隐为诗友。

[2] 紫薇：即薇菜，野豌豆苗，可食。

[3] 无机：《庄子·天地》："子贡南游于楚，反于晋，见一丈人方将为圃畦，凿隧而入井，抱瓮而出灌，滑滑然用力甚多而见功寡。子贡曰：'有械于此，一日浸百畦，用力甚寡而见功多，夫子不欲乎？'为圃者仰而视之曰：'奈何？'曰：'凿木为机，后重前轻，挈水若抽，数如泆汤，其名为槔。'为圃者忿然作色而笑曰：'吾闻之吾师，有机械者必有机事，有机事者必有机心。机心存于胸中，则纯白不备，纯白不备，则神生不定，神生不定者，道之所不载也。吾非不知，羞而不为也。'"

[4] 暧态：昏暗，不明。

闻尚颜上人创居有寄[1]

麓山南面橘洲西[2]，别构新斋与竹齐[3]。野客已闻将鹤赠，江僧未说有诗题。窗临杳霭寒千嶂[4]，枕遍潺湲月一溪[5]。可想乍移吟榻处，松阴冷湿壁新泥。

【校勘】

"杳"，庚本作"香"。

"寒"，己、庚、辛本作"云"。

"吟"，甲本作"禅（一作吟）"，丙本作"禅"。

【注释】

[1] 尚颜：字茂圣，俗姓薛，唐尚书薛能之宗人。与齐己交往密切，齐己另有《寄尚颜》、《酬尚颜》、《酬尚颜上人》、《春寄尚颜》、《闻尚颜下世》诗。创居：建造居所。此处指尚颜建造斋房。

[2] 麓山：即今湖南长沙市西岳麓山。橘洲：又名橘子洲、水鹭洲。在湖南长沙市湘江中。自古以盛产橘子著名。"麓山南面橘洲西"，谓

衡阳。

　　[3] 构：构造、建造。

　　[4] 杳霭：谓深远幽暗的云气。千嶂：形容山峰之多。

　　[5] 潺湲：水流貌。屈原《九歌·湘夫人》："荒忽兮远望，观流水兮潺湲。"李白《秋登巴陵望洞庭》："北渚既荡漾，东流自潺湲。"

　　【汇评】

　　《贯华堂选批唐才子诗》：一句分明是写"创"，三四分明是写"新"，只有二句之"与竹齐"三字，却是写景。甚矣，律诗之不肯写景也（首四句下）。……前解写新居之新，此解写新居之受用也，易解。末句只写得"壁泥新"三字耳。上四字只如一人问云：松阴何故冷湿？因答之云：非冷湿也，乃壁新泥耳（末四句下）。

　　《小清华园诗谈》：何谓超然？……僧齐己之"麓山南面橘洲西，别构新斋与竹齐……"等作是也。（以上俱见陈伯海《唐诗汇评》第三一二二页）

庚午岁九日作[1]

　　门底秋苔嫩似蓝[2]，此中消息兴何堪[3]。乱离偷过九月九，头尾算来三月三。云影半晴开梦泽，菊花微暖傍江潭。故人今日在不在，胡雁背风飞向南。

　　【校勘】
　　"三月"，甲、丁本作"三十"。

　　【注释】
　　[1] 庚午岁：即后梁太祖开平四年（910）。此诗中云"九月九"，知此诗作于开平四年九月九日，有伤国事。
　　[2] 蓝：蓼蓝。其叶可制蓝色染料，即靛青。《诗经·小雅·采绿》："终朝采蓝，不盈一襜。"
　　[3] 何堪：不能忍受。

逢进士沈彬[1]

欲话趋时首重骚[2]，因君倍惜剃头刀。千般贵在能过达，一片心闲不那高。山叠好云藏玉鸟，海翻狂浪隔金鳌[3]。时应记得长安事，曾向文场属思劳[4]。

【注释】

[1] 沈彬：字子文，一作子美，洪州高安（今属江西）人，光化四年（即天复元年）三举下第后，南游到湖、湘一带，谒马殷，不遇，遂隐衡州云阳山十余年，与诗僧齐己、虚中为诗道之游。事见《唐才子传》卷十、《江南野史》卷六。齐己另有《寓居岳麓，谢进士沈彬再访》、《宿沈彬进士书院》。此三诗均称沈彬为进士，则当为敬称。又据诗意，三诗均当作于沈彬隐居衡州云阳山期间，亦即齐己居于长沙道林寺期间。

[2] 骚：本指"骚体"，此处谓"诗"。按，唐人进士科必考诗赋，所以文士往往专修歌诗，以冀博得一第，跻身仕途。这股风气也影响到佛门。晚唐五代佛教进一步世俗化，许多僧人嗜好作诗，视诗"经天纬地物"（贯休《诗》），"力进凭诗业"（尚颜《送刘必先》），故"努力成诗业，无谋谒至公"（齐己《送朱秀才归闽》），以诗为敲门砖，四处逢迎干谒，广交士大夫，以期跻身上层统治阶级。明人胡震亨在其《唐音癸签》卷八就说过："（释子）嗜吟憨态，几夺禅诵。嗣后转噉膻名，竟营供奉，集讲内殿，献颂寿辰，如广宣、栖白、子兰、可止之流，栖止京国，交结重臣，品格斯非，诗教何取？"故齐己此诗云"欲话趋时首重骚"。

[3] 金鳌：传说海中的金色大鼇。如王建《宫词》之一："蓬莱正殿压金鳌，红日初生碧海涛。"曹唐《小游仙诗九十八首》之六八："金鳌头上蓬莱殿，唯有人间炼骨人。"

[4] "时应记得"二句：据《唐才子传校笺》，沈彬于光化中曾三举不第，此诗云"长安事"、"文场"，当谓此事。

闻王员外新恩有寄[1]

　　欲退无因贵逼来，少仪官美右丞才[2]。青袍早访淹花幕，霜简方闻谢柏台[3]。金诺静宜资讲诵[4]，玉山寒称奉罇罍。西峰有客思相贺，门隔潇湘雪未开。

【校勘】

"访"，甲、乙、丁、丙本均作"许"。

"罇"，甲本作"尊"，"罇"同"尊"。

【注释】

　　[1] 员外：指正员以外的官员，一般不理事务。唐永徽时始置，神龙以后其员大增，开元时多已革去，唯皇亲及有战功者或有除授。后贬谪官员或以员外处之。王员外：不详。诗中云"门隔潇湘"，则王员外居于湖南。

　　[2] 右丞：王维，曾做过尚书右丞，世称"王右丞"。

　　[3] 柏台：指御史府。《汉书·朱博传》："是时，御史府吏舍百余区井水皆竭；又其府中列柏树，常有野乌数千栖宿其上，晨去暮来，号曰'朝夕乌'。"

　　[4] 金诺：谓守信不渝的诺言，珍贵如金。《史记·季布传》："楚人谚曰：'得黄金百（斤），不如得季布一诺。'"许浑《寄献三川守刘公》："长闻季氏千金诺，更望刘公一纸书。"高适《和崔二少府登楚丘城作》："何意千里心，仍求百金诺。"

秋夕言怀寄所知[1]

　　休问蒙庄材不材[2]，孤灯影共傍寒灰。忘诠（筌）话道心甘死[3]，候体论诗口懒开。窗外风涛连建业[4]，梦中云木忆天台[5]。相疏却是相知分，谁讶经年一度来。

【校勘】

"诠"，甲、乙、丙本均作"筌"，当从。

"木"，甲、乙本作"水"。

【注释】

[1] 按，此诗中云"孤灯影共傍寒灰"，齐己晚年居荆州时多自称为"寒灰"，如其《寄答武陵幕中何支使二首》："争知江雪寺，老病向寒灰。"《谢王先辈昆弟游湘中回各见示新诗》："只应求妙唱，何以示寒灰。"《谢欧阳侍郎寄示新集》："殷勤谢君子，迢递寄寒灰。"《谢秦府推官寄〈丹台集〉》："两轴蚌胎骊颔耀，枉临禅室伴寒灰。"《答无愿上人书》："千里阻修俱老骨，八行重叠慰寒灰。"此诗当作于此期间，即921—938年期间。

[2] 蒙庄：即庄子。庄子为蒙人，故称。《庄子·山木》："庄子行于山中，见大木，枝叶盛茂，伐木者止其旁而不敢也。问其故，曰：'无所可用。'庄子曰：'此木以不材得终其天年。'夫子出于山，舍子故人之家。故人喜，命竖子杀雁而烹之。竖子请曰：'其一能鸣，其一不能鸣，请奚杀？'主人曰：'杀不能鸣者。'明日，弟子问于庄子曰：'昨日山中之木，以不材得终其天年；今主人之雁，以不材死；先生将何处？'庄子笑曰：'周将处乎材与不材之间。材与不材之间，似之而非也，故未免乎累。'"

[3] 忘诠（筌）：即"得鱼忘筌"。"筌"乃捕鱼的竹器。"忘筌"比喻达到目的后就忘记了原来的凭藉。《庄子·外物》："筌者所以在鱼，得鱼而忘筌"。"筌"也作"筌"。

[4] 建业：今南京市。此句谓长江水。江水东流，经过南京，故云。

[5] 天台：即天台山，位于今浙江省天台县城北。天台山是我国佛教天台宗的发源地，天台宗祖庭国清寺即在此。

答禅者[1]

五老峰前相遇时[2]，两无言语只扬眉[3]。南宗北祖皆如此[4]，天上人间更问谁。山衲静披云片片，铁刀凉削鬓丝丝。闲吟莫学汤从事，抛却袈裟负本师[5]。

【注释】

[1] 禅者：即习禅法者。

[2] 五老峰：是江西庐山南面峰名。李白《登庐山五老峰》："庐山东

南五老峰，青天削出金芙蓉。九江秀色可揽结，吾将此地巢云松。"

[3] 扬眉：即扬起眉毛，后用作禅宗常用术语，同"棒喝"、"弹指"、"抵掌"、"动目"等同，僧徒常以"扬眉"示法。

[4] "南宗北祖"句：按，禅宗以不立文字、不依经典，直传佛之心印为宗旨，故又称佛心宗。传说创始人为菩提达磨，下传慧可、僧璨、道信，至五祖弘忍下分为南宗慧能，北宗神秀，时称"南能北秀"。无论南宗、北宗，皆强调"以心传心"、"教外别传"，直指人心，见性成佛，故常以棒喝、拳指、扬眉、瞬目、拈椎、竖拂示法，故云"南宗北祖皆如此"。

[5] "闲吟莫学"二句：按，"汤从事"即汤惠休，南朝刘宋僧，字茂远。原名汤休，时人称为休上人。早年出家为僧，后还俗，历官扬州从事史，宛朐令。颇富文才，所作诗文辞藻华丽，与鲍照齐名。汤惠休因善诗而受赏识，乃至还俗历官扬州从事史，抛却袈裟，违背佛教之旨，故云"闲吟莫学汤从事，抛却袈裟负本师"。

寄尚颜 (公受徐州薛尚书见知)[1]

莫向孤峰道息机[2]，有人偷眼羡吾师。满身光化年前宠[3]，几轴开平岁里诗[4]。北阙故人随丧乱[5]，南山旧寺在参差[6]。清吟但忆徐方政[7]，应恨当时不见时[8]。

【注释】

[1] 尚颜：字茂圣，俗姓薛，唐尚书薛能之宗人。与齐己交往密切，齐己另有《闻尚颜上人创居有寄》、《酬尚颜》、《酬尚颜上人》、《春寄尚颜》、《闻尚颜下世》诗。

[2] 息机：止息机心。刘长卿《夜宴洛阳程九主簿宅》："满腹万余卷，息机三十年。"韩偓《欲明》："忍苦可能遭鬼笑，息机应免致鸥猜。"

[3] 光化：唐昭宗年号，即公元898—901年。

[4] 开平：五代后梁太祖年号，即公元907—911年。

[5] 北阙：古代宫殿北面的门楼，是大臣们等候朝见或上书奏事的地方。后通称帝王宫殿为"北阙"。也作朝廷的别称。孟浩然《岁暮归南山》："北阙休上书，南山归敝庐。"李白《忆旧游，寄谯郡元参军》："北

阙青云不可期，东山白首还归去。"

[6] 参差：不齐貌。

[7] 徐方政：即徐州节度使薛能。据《唐方镇年表》卷三，咸通十四年（873）至乾符五年（878），薛能节度徐州。颜荛《颜上人集序》云："颜公姓薛氏，字茂圣。少工为五言诗，天赋其才，迥超名辈。荛同年文人故许州节度使尚书薛公字大拙，以文人不言其名，擅诗名于天下，无所与让。唯于颜公，许待优异。每吟其警句，常曰：'吾不喜颜为僧，嘉有诗僧为吾枝派，以增薛氏之荣耳。'"

[8] 时：时机、时运、机会。

梓栗杖送人

禅家何物赠分襟[1]，只有天台杖一寻[2]。拄去客归青洛远[3]，采来僧入白云深。游山曾把探龙穴，出世期将指佛心。此日江边赠君后，却携筇竹向东林[4]。

【校勘】

"竹"，甲本作"杖"。

【注释】

[1] 分襟：别离。王维《赠裴迪》："携手本同心，复叹忽分襟。"杜甫《夏日杨长宁宅送崔侍御、常正字入京》："不堪垂老鬓，还对欲分襟。"刘禹锡《赠同年陈长史员外》："一自分襟多岁月，相逢满眼是凄凉。"

[2] 一寻：八尺为一寻。《诗经·鲁颂·閟宫》："是断是度，是寻是尺。"注云："八尺曰寻。"

[3] 青洛：指洛阳。

[4] 筇竹：竹杖。东林：指庐山东林寺。

寄朗陵二禅友[1]

潇湘曾宿话诗评，荆楚连秋阻野情。金锡罢游双鬓白[2]，铁盂终守一斋清[3]。篇章老欲齐高手，风月闲思到极精。南望山门石何处，沧浪云梦浸天横[4]。

【注释】

[1] 朗陵：汉县名，唐为郎山县。故址在今河南确山县西南。《元和郡县图志》卷九："朗陵山在蔡州朗山县西北三十里。"《太平寰宇记》卷一一[蔡州朗山县]："朗陵故城汉为县所治，在今蔡州朗山县西南三十五里。晋武帝封何曾为朗陵公，即此城也。"按，此诗中云"荆楚连秋阻野情"，知齐己时在荆州，故此诗作于齐己居荆州期间（921—938）。

[2] 金锡：即锡杖。锡呈银白色，有光泽，故又称金锡，为比丘行路时所应携带的道具，属比丘十八物之一。

[3] 铁盂：铁制的钵盂。钵盂为僧尼所常持道具（比丘十八物）之一，一般作为食器。

[4] 云梦：即云梦泽，大致包括今湖南益阳、湘阴以北、湖北江陵、安陆以南、武汉以西地区。

灯

幽光耿耿草堂空[1]，窗隔飞蛾恨不通。红烬自凝清夜朵[2]，赤心长谢碧纱笼[3]。云藏水国城台里，雨闭松门殿塔中。金屋玉堂开照睡，岂知萤雪有深功[4]。

【注释】

[1] 耿耿：微光闪照。谢朓《暂使下都夜发新林至京邑赠西府同僚诗》："秋河曙耿耿，寒渚夜苍苍。"顾况《游子吟》："夜静星河出，耿耿辰与参。"白居易《上阳白发人》："耿耿残灯背壁影，萧萧暗雨打窗声。"草堂：谓齐己于荆州龙兴寺内的居所，堂中悬挂着大历十才子图。齐己《夏日草堂》："沙泉带草堂，纸帐卷空床。"《闻雁》："何处人惊起，飞来过草堂。……万里念随阳。"《谢人惠〈十才子图〉》："丹青妙写十才人，玉峭冰棱姑射神。……犹得知音与图画，草堂闲挂似相亲。"苏辙《栾城集》卷四十《再言张颉状》："……臣又访闻颉昔知荆南，所为贪虐……勒部下……以修唐僧齐己草堂为名，令颉乡僧居止其中，此一事系私

罪。……"此诗当作于齐己晚年居荆州期间（921—938）。

［2］朵：指火焰。

［3］赤心：此指灯芯。纱笼：纱灯。

［4］萤雪：晋车胤以囊盛萤，孙康冬夜映雪，取光照以读书。后常喻贫士苦读。《晋书·车胤传》："车胤，字武子，南平人也。……胤恭勤不倦，博学多通。家贫不常得油，夏月则练囊盛数十萤火以照书，以夜继日焉。"《艺文类聚》卷二［天部下·雪］："孙康家贫，常映雪读书，清介，交游不杂。"

寄金陵幕中李郎中[1]

龙门支派富才能[2]，年少飞翔便大鹏[3]。久待尊罍临铁瓮[4]，又从幢节镇金陵[5]。精神一只秋空鹤，骚雅千寻夏井冰。长忆相招宿华馆，数宵忘寝尽寒灯。

【校勘】

"待"，乙、丙本作"侍"。

"尊"，乙、丙本作"罇"，"罇"同"尊"。

【注释】

［1］金陵：今江苏省南京市。李郎中：不详。

［2］龙门：指李膺之门。《后汉书·党锢列传》："李膺字元礼，颍川襄城人也。……是时，朝廷日乱，纲纪颓阤，膺独持风裁，以声名自高。士有被其容接者，名为登龙门。"

［3］大鹏：《庄子·逍遥游》："有鸟焉，其名为鹏，背若太山，翼若垂天之云，抟扶摇羊角而上者九万里，绝云气，负青天，然后图南，且适南冥也。"

［4］尊罍：酒杯。铁瓮：铁制的酒瓮。瓮是一种盛水、酒等的陶器，腹部较大。

［5］幢节：旗帜仪仗。许浑《和河南杨少尹奉陪薛司空石笋诗》："闲留幢节低春水，醉拥笙歌出暮烟。"方干《贼退后赠刘将军》："功业更多身转贵，伫看幢节引戎车。"

寄韩蜕秀才[1]

松门高不似侯门，藓径鞋踪触处分。远事即为无害鸟，多闲便是有情云。那忧宠辱来惊我，且寄风骚去敌君。知伴李膺琴酒外[2]，绛纱闲卷共论文。

【校勘】

"知"，甲本作"〔知〕（和）"。

【注释】

[1] 韩蜕：与齐己交往较密，齐己另有《送韩蜕秀才赴举》、《送刘（韩）蜕秀才赴举》诸诗。

[2] 李膺：东汉名臣，事见《后汉书·李膺传》。李膺名重天下，受其交接者，有登龙门之称。后用以泛指名高望重的门第或大臣。孟浩然《荆门上张丞相》："坐登徐孺榻，频接李膺杯。"杜牧《行次白沙馆，先寄上河南王侍郎》："此意无人识，明朝见李膺。"此处称赞韩蜕的才识，认为其堪伴李膺那样的名臣。

湘中春兴

雨歇江明苑树干，物妍时泰恣游盘[1]。更无轻翠胜杨柳，尽觉浓华在牡丹。终日去还抛寂寞，绕池回却凭栏杆。红芳片片由青帝[2]，忍向西园看落残。

【校勘】

"杆"，甲、乙、丙本均作"干"。

"落残"，丁本缺。

【注释】

[1] 游盘：一作盘游，谓游乐而流连忘返。孟浩然《题云门山，寄越府包户曹、徐起居》："久负独往愿，今来恣游盘。"李白《登敬亭山南望怀古，赠窦主簿》："仙者五六人，常闻此游盘。"

［2］青帝：传说中东方天帝名，司春之神。

送错公、栖公南游[1]

洪偃汤休道不殊[2]，高帆共载兴何俱。北京丧乱离丹凤，南国烟花入鹧鸪[3]。明月团圆临桂水[4]，白云重叠起苍梧[5]。威仪本是朝天士，暂向辽荒住得无[6]。

【注释】

［1］错公：无考，僧人，与齐己、栖隐为诗友。栖公：即僧栖隐，俗姓徐，字巨征。据《宋高僧传》卷三十《栖隐传》载："（栖隐）广明（880—881）中避巢寇入庐山折桂峰。……后寇盗稍平，入荆楚，登祝融（今湖南衡山县西北），踪迹啸傲。光化三年（900）游番禺（今广东广州市），受知于太尉徐彦若。同光二年（924）于洪井巨鹿魏仲甫邂逅，以文道相善。后唐天成（926—930）中卒。"此诗中云"南游"、"南国"、"桂水"、"苍梧"，则此诗当作于光化三年（900）栖隐南游番禺等地之时。

［2］洪偃（504—564）：南朝陈代僧。会稽山阴（浙江绍兴）人，俗姓谢。自幼风神颖秀，好读书，神悟绝伦。少小出尘，从龙光寺绰法师学法，深究奥义。后开筵聚众讲《成实论》，声誉大扬。又善诗画，所作隶书，亦复文采洒落，一时无比，故时人称其貌、义、诗、书为四绝。梁简文帝劝其返俗入仕，然师执志未从。后避乱，入缙云，止于若耶云门精舍。陈武帝定天下后，天嘉（560—566）初年，师于建康宣武寺敷席讲经，学徒云集，盛冠一时。撰有《成实论疏》数十卷、文集二十余卷。于天嘉五年示寂，世寿六十一，葬于钟山开善寺东冈。事见《续高僧传》卷七本传。汤休：即汤惠休，南朝刘宋僧。字茂远。原名汤休，时人称为休上人。宋文帝元嘉二十四年（447），徐湛之出为南兖州刺史，于广陵修筑风亭、月观、吹台、琴室，招集文士。时惠休出家为僧，善属文，辞采绮艳，湛之与之甚厚。孝武帝即位，命还俗，历官扬州从事史，宛朐令。颇富文才，所作诗文辞藻华丽，与鲍照齐名。洪偃、汤休二人皆为出家僧人，皆能文善诗，然而二人出家之志却异，故云。

［3］鹧鸪：鸟名。形似母鸡，头如鹑，胸前有白圆点，如真珠。背毛

有紫赤浪文。俗谓其鸣声曰"行不得也哥哥"。

[4]桂水：即广西桂江，为西江上源之一。

[5]苍梧：县名，在今广西梧州。

[6]辽荒：谓遥远荒凉的地方。

寄南岳诸道友[1]

南望衡阳积瘴开[2]，去年曾踏雪游回。谩为楚客蹉跎过[3]，却是边鸿的当来[4]。乳窦孤明含海日[5]，石桥危滑长春苔。终寻十八高人去[6]，共坐苍崖养圣胎[7]。

【注释】

[1]南岳：即衡山，在今湖南衡阳市北。道友：同道好友。此处指僧中之友。

[2]衡阳：今湖南衡阳。瘴：瘴气。

[3]蹉跎：虚度光阴。张华《轻浮篇》："人生若浮寄，年时忽蹉跎。"孟浩然《宴张记室宅》："宁知书剑者，岁月独蹉跎。"

[4]的当：确实。吕岩《七言》之二十一："的当南游归甚处，莫交鹤去上天寻。"

[5]乳窦：石钟乳洞。鲍照《过铜山掘黄精》："铜溪昼森沉，乳窦夜涓滴。"沈佺期《自昌乐郡溯流至白石岭下行入郴州》："乳窦何淋漓，苔藓更彩错。"元结《说洄溪招退者》："长松亭亭满四山，山间乳窦流清泉。"

[6]十八高人：即东林十八贤。慧远所创白莲社中，缁素之翘楚有十八人，称为十八贤，即慧远、慧永、慧持、道生、僧睿、昙顺、昙恒、昙诜、道昺、道敬、觉明、佛驮跋陀、刘程之、张野、周续之、张诠、宗炳、雷次宗。

[7]圣胎：佛教用语。指菩萨修行阶位中之十住、十行、十回向等三贤位。因其以自种为因，善友为缘，听闻正法，修习长养，至于初地而见道，生于佛家，故称圣胎。王维《大唐大安国寺故大德净觉师塔铭》："天资义性，半字敌于多闻；宿植圣胎，一瞬超于累劫。"

送韩蜕秀才赴举[1]

槐花馆驿莫尘昏，此去分明吏部孙。才气合居科第首，风流幸是荐绅门。春和洛水清无浪，雪洗高峰碧断根。堪想都人齐指点，列仙相次上昆仑[2]。

【校勘】

"莫"，甲、乙、丙本均作"暮"，"莫"通"暮"。

"气"，甲、乙、丙本均作"器"。

"荐"，甲、乙、丙本均作"缙"。

【注释】

[1] 韩蜕：与齐己交往较密，齐己另有《寄韩蜕秀才》、《送刘（韩）蜕秀才赴举》诸诗。

[2] 昆仑：昆仑山，在今新疆、西藏之间，势极高峻。古代神话和道教都以昆仑山为仙境，上有瑶池、醴泉、县圃等仙人居处。见《山海经》。《淮南子·墬形训》："昆仑之丘，或上倍之，是谓凉风之山，登之而不死。或上倍之，是谓悬圃，登之乃灵，能使风雨。或上倍之，乃维上天，登之乃神，是谓太帝之居。"

溪居寓言

秋蔬数垄傍潺湲[1]，颇觉生涯异俗缘。诗兴难穷花草外，野情何限水云边。虫声绕屋无人语，月影当松有鹤眠。寄向东溪老樵道，莫催丹桂博青钱[2]。

【校勘】

"溪居"，甲本作"〔溪〕（渓）居"。

【注释】

[1] 潺湲：水流貌。此处指慢慢流的河水。孟浩然《经七里滩》："挥手弄潺湲，从兹洗尘虑。"

[2] 催：同"摧"，摧折，折断。丹桂：桂树的一种。叶如桂，皮赤。左思《吴都赋》："洪桃屈盘，丹桂灌丛。"晋代嵇含《南方草木状》卷中："桂有三种：叶如柏叶，皮赤者为丹桂。"博：取得，博取。青钱：青铜所铸之钱，即铜钱。杜甫《北邻》："青钱买野竹，白帻岸江皋。"李贺《相劝酒》："青钱白璧买无端，丈夫快意方为欢。"皮日休《五泻舟》："何事有青钱，因人买钓船。"

遣怀

诗病相兼老病深[1]，世医徒更费千金。馀生岂必虚抛掷，未死何妨乐咏吟。流水不回休叹息，白云无迹莫追寻。闲身自有闲消处，黄叶清风蝉一林。

【校勘】

"遣"，丁本作"遗"。

"消"，戊、己本作"沙"。

"清"，甲本作"清（一作秋）"。

【注释】

[1] 诗病：按，齐己好吟咏。《宋高僧传》卷三十本传："释齐己……性耽吟咏，气调清淡。……己颈有瘤赘，时号诗囊。"齐己《永夜感怀寄郑谷郎中》："生来苦章句，早遇至公言。"《自勉》："分受诗魔役，宁容俗态牵。"《喜乾昼上人远相访》："余生消息外，只合听诗魔。"《寄郑谷郎中》："还应笑我降心外，惹得诗魔助佛魔。"《寄吴拾遗》："非无苦到难搜处，合有清垂不朽名。"

自湘中将入蜀留别诸友[1]

巾舃初随入蜀船[2]，风帆吼过洞庭烟。七千里路到何处，十二峰云更那边[3]。巫女暮归林淅沥[4]，巴猿吟断月婵娟[5]。来年五月峨嵋雪[6]，坐看消融满锦川[7]。

【注释】

[1] 按，齐己晚年欲入蜀，孙光宪《白莲集序》云："晚岁将之岷峨。"齐己另有《思游峨嵋寄林下诸友》云："刚有峨嵋念，秋来锡欲飞。会抛湘寺去，便逐蜀帆归。"诗作于龙德元年（921）。此诗题云"自湘中将入蜀留别诸友"，当与上诗作于同时。

[2] 巾舄：衣巾和鞋子。

[3] 十二峰：即巫山十二峰。巫山群峰陡峭，著名的有十二峰，峰名说法不一。《四川省志》云十二峰为：望霞、翠屏、朝云、松峦、集仙、聚鹤、净坛、上昇、起云、栖凤、登龙、望圣。李端《巫山高》："巫山十二峰，皆在碧虚中。"李德裕《巫山石》："十二峰前月，三声猿夜愁。"

[4] 巫女：巫山神女。宋玉《高唐赋》："昔者，先王尝游高唐，怠而昼寝，梦见一妇人，曰：'妾，巫山之女也，为高唐之客，闻君游高唐，愿荐枕席。'王因幸之。去而辞曰：'妾在巫山之阳，高丘之阻，旦为朝云，暮为行雨，朝朝暮暮，阳台之下。'"后人附会，为之塑像立庙，称为巫山神女。淅沥：象声词，形容轻微的风声、雨声等。

[5] 巴猿：谓大巴山之猿，其哀声尤为凄厉。郦道元《水经注·江水》载渔者歌："巴东三峡巫峡长，猿啼三声泪沾裳。"元稹《哭女樊》："秋天净绿月分明，何事巴猿不滕鸣。应是一声肠断去，不容啼到第三声。"张九龄《巫山高》："唯有巴猿啸，哀音不可听。"婵娟：姿态美好。孟郊《婵娟篇》："花婵娟，泛春泉。竹婵娟，笼晓烟。妓婵娟，不长妍。月婵娟，真可怜。"

[6] 峨嵋：我国佛教四大名山之一，在四川省峨眉山市西南。又作峨眉山、蛾眉山。

[7] 锦川：谓四川。按，成都别称锦城，又四川有锦江，故名"锦川"。

寄匡阜诸公二首[1]

松头柏顶碧森森[2]，虚槛寒吹夏景深。静社可追长往迹[3]，白莲难问久修心。山围四面才容寺，月到中宵始满林。争学忘言住幽胜，吾师遗集尽清吟。

【注释】

[1] 匡阜：即庐山。

[2] 森森：高耸貌。李峤《松》："郁郁高岩表，森森幽涧陲。"杜甫《蜀相》："丞相祠堂何处寻，锦官城外柏森森。"

[3] 静社：谓莲社，即慧远等人于庐山东林寺所结之白莲社。

峰前林下东西寺[1]，地角天涯来往僧。泉月净流闲世界，杉松深锁尽香灯。争无大士重修社，合有诸贤更服膺[2]。曾寄邻房挂瓶锡[3]，雨闻檐溜解春冰。

【校勘】

宋·陈舜俞《庐山记》卷四录此诗为：《题东林寺》："峰前林下东西寺，地角天涯来往僧。泉石静流闲世界，云松寒湿昼香灯。争如大士重修社，合有诸贤更服膺。曾寄邻房挂瓶锡，喧闻岩溜解春冰。"

"檐"，甲、乙、丙本作"岩"。

【注释】

[1] 东西寺：谓庐山东、西二林寺。东林寺位于庐山西北麓，为我国佛教净土宗（莲宗）发源地。东晋太元六年（381），慧远于此建寺讲学，并创莲社（白莲社），倡导弥陀净土法门，国内外名僧雅士多来此结社念佛。西林寺位于庐山南麓，与东林寺相对。晋太元年中，道安门人慧永住于此。其同学慧远由长安南游罗浮山，途中闻慧永在西林寺，遂亦止居于此。

[2] "争无大士"二句："大士"指德行高尚之人。"社"谓结社。"服膺"即衷心信服。按，慧远在庐山东林寺与刘遗民、宗炳、雷次宗等一百二十三人所结之白莲社对后世影响极大，其流风余韵，大为唐代诗人所企羡："会当来结社，长日为僧吟"（张祜《题苏州思益寺》）；"他年白莲社，犹许重相期"（裴说《寄贯休》）；"杨刑部汝士、高左丞元裕、长安杨鲁士咸造（僧知玄）门拟结莲社"（《宋高僧传》卷六《知玄传》）。而且僧人结社意识更为强烈：匡白"到此祇除重结社，自余闲事莫思量"（《题东林二首》）；贯休"终须结西社，此县似柴桑"（《题方公院寄夏侯明府》）；齐己"欲伴高僧重结社，此身无计舍前程"（齐己《乱后经西山寺》）。"争无大

士重修社，合有诸贤更服膺"即是希望有高僧大德带领众贤重建白莲社。

[3] 瓶锡："瓶"即盛水之容器。又称水瓶、澡瓶。"锡"即锡杖。又称声杖、禅杖、鸣杖。二者皆为比丘经常随身携带十八物之一。

送人入蜀[1]

何必闲吟蜀道难[2]，知君心出崄巇间[3]。寻常秋泛江陵去，容易春浮锦水还[4]。两面碧悬神女峡[5]，几重青入丈人山[6]。文君酒市逢初雪[7]，满贯新沽洗旅颜[8]。

【校勘】

"闲"，丁本作"重"。

"两面碧悬神女峡"，丁本此句作"只碧到天神女峡"。

"入"，甲、乙、丙、戊、己、庚、辛本均作"出"。

"几重青入丈人山"，丁本此句作"空青无地丈人山"。

"贯"，戊、己本作"贯"。

【注释】

[1] 按，此诗中云"江陵"，知此诗当作于齐己晚年居荆州期间（921—938）。

[2] 蜀道难：即李白《蜀道难》："噫吁戏危乎高哉，蜀道之难难于上青天。……蜀道之难难于上青天，侧身西望长咨嗟。"

[3] 崄巇：形容山路危险。李群玉《浔阳观水》："莫见九江平稳去，还从三峡崄巇来。"高骈《过天威径》："归路崄巇今坦荡，一条千里直如弦。"

[4] 锦水：锦江之水。

[5] 神女峡：即巫峡。宋玉《高唐赋序》："昔者，先王尝游高唐，怠而昼寝，梦见一妇人，曰：妾，巫山之女也，为高唐之客，闻君游高唐，愿荐枕席。"

[6] 丈人山：在四川青城山。杜甫《丈人山》序云："山在青城县北，黄帝封青城山为五岳丈人。"诗云："自为青城客，不唾青城地。为爱丈人山，丹梯近幽意。丈人祠西佳气浓，缘云拟住最高峰。扫除白发黄精在，

君看他时冰雪容。"

［7］文君酒：《史记》卷一百一十七《司马相如传》："文君夜亡奔相如，相如乃与驰归成都。家居徒四壁立。……相如与俱之临邛，尽卖其车骑，买一酒舍酤酒，而令文君当炉。"

［8］赍：借贷。沽：买。

酬庐山张处士[1]

发枯身老任浮沈，懒泥秋风更役吟。新事向人堪结舌[2]，旧诗开卷但伤心。苔床卧忆泉声绕，麻履行思树影深[3]。终谢柴桑与彭泽[4]，醉游□访入东林[5]。

【校勘】

"沈"，甲、丙本均作"沉"，二字通。

"□"，甲、乙、丙本均作"闲"。

【注释】

［1］庐山：在今江西九江市南，鄱阳湖西岸。处士：谓有德才而隐居不愿做官的人。

［2］结舌：不敢说话。《汉书》卷七五《李寻传》："及京兆尹王章坐言事诛灭，智者结舌，邪伪并兴，外戚颛命，君臣隔塞，至绝继嗣，女官作乱。"杜甫《秋日荆南述怀三十韵》："结舌防谗柄，探肠有祸胎。"刘商《姑苏怀古送秀才下第归江南》："伍员结舌长嘘欷，忠谏无因到君耳。"

［3］麻履：麻编的鞋子。姚合《送无可上人游越》："清晨相访立门前，麻履方袍一少年。"贾岛《宿赟上人房》："朱点草书疏，雪平麻履踪。"

［4］柴桑：汉县名，在今江西九江市西南。彭泽：汉县名，以地有彭蠡泽而得名。故城在今江西湖口县东。陶渊明曾为彭泽令。

［5］东林：即庐山东林寺。

寄岘山道人[1]

凤门高对鹿门青[2]，往岁经过恨未平。辩鼎上人方话道[3]，卧龙丞相忽追兵[4]。炉峰已负重回计[5]，华岳终悬未去情[6]。闻说东周天子圣[7]，会摇金锡却西行。

【注释】

[1] 岘山：在今湖北襄阳市南，东临汉水。道人：修行佛道者。又称道者。

[2] 鹿门：即鹿门山。在今湖北襄阳市东南。

[3] 辩鼎上人：指道安。《高僧传》卷五《道安传》："（道）安外涉群书，善为文章。长安中衣冠子弟为诗赋者皆依附致誉。时蓝田县得一大鼎，容二十七斛，边有篆铭，人莫能识，乃以示安。安云：'此古篆书，云鲁襄公所铸。'乃写为隶文。又有人持一铜斛于市卖之。其形正圆，下向为斗，横梁昂者为斗，低者为合，梁一头为钥，钥同锺容半合，边有篆铭。坚以问安。安云：'此王莽自言出自舜，皇龙集戊辰改正即真，以同律量布之四方，欲小大器钧，令天下取平焉。'其多闻广识如此。坚勅学士内外有疑皆师于安，故京兆为之语曰：'学不师安，义不中难。'"

[4] 卧龙丞相：即诸葛亮。《文选》卷三七《出师表》后引《蜀志》云："诸葛亮，字孔明，琅邪人也。时先主屯新野，徐庶谓先主曰：'诸葛孔明乃卧龙也，将军岂欲见之乎？'先主遂诣见之。及即帝位，拜为丞相。"

[5] 炉峰：即庐山香炉峰。

[6] 华岳：即西岳华山。王维《华岳》："西岳出浮云，积雪在太清。"孟郊《游华山云台观》："华岳独灵异，草木恒新鲜。"吴融《出潼关》："华岳眼前尽，黄河脚底来。"

[7] 东周：朝代名，约公元前770—前256年，周自平王至赧王，建都洛邑（今河南洛阳市），在旧都镐京（今陕西西安西南）之东，故称东周。此处"东周"当谓东周首都洛阳，亦即五代后唐首都洛阳。

送王处士游蜀[1]

又挂寒帆向锦川[2]，木兰舟里过残年[3]。自修姹姹炉中物[4]，拟作飘飘水上仙。三峡浪喧明月夜[5]，万州山到夕阳天[6]。来年的有荆南信[7]，回札应缄十色笺[8]。

【注释】

[1] 处士：谓有德才而隐居不愿做官的人。

[2] 锦川：即四川。按，成都别称锦城，又四川有锦江，故名"锦川"。

[3] 木兰：木名。状如楠树，质似柏而微疏，可造船。皮辛香似桂。叶大。晚春先叶开花。皮、花可入药。木兰舟：即以木兰所造之船。任昉《述异记》卷下："木兰洲在浔阳江中，多木兰树。昔吴王阖闾植木兰于此，用构宫殿也。七里洲中，有鲁班刻木兰为舟，舟至今在洲。诗家之木兰舟，出于此。"后遂用作船的美称。

[4] 姹姹：道家炼丹，称水银为姹姹，亦作妊妊。贯休《怀武夷红石子二首》之一："窗外猩猩语，炉中姹姹娇。"又《寄李道士》："倘修阴姹姹，一望寄余焉。"

[5] 三峡：长江三峡，一般指瞿塘峡、巫峡、西陵峡。《水经注》卷三三[江水一]："江水又东经广溪峡，斯乃三峡之首也。其间三十里，颓岩倚木，厥势殆交。……峡中有瞿塘、黄龙二滩，夏水回复，沿溯所忌。"又卷三四[江水二]："江水又东经巫峡，其间首尾一百六十里，谓之巫峡，盖因山为名也。自三峡七百里中，两岸连山，略无阙处，重岩叠嶂，隐天蔽日，自非停午夜分，不见曦月。……江水又东经西陵峡，《宜都记》曰：自黄牛滩东入西陵界，至峡口一百许里，山水纡曲，而两岸高山重嶂，非日中夜半，不见日月，绝壁或千许丈，其石彩色形容，多所像类，林木高茂，略尽冬春。猿鸣至清，山谷传响，泠泠不绝。所谓三峡，此其一也。"

[6] 万州：今四川省万县。《旧唐书》卷三九[山南东道]："万州，隋巴东郡之南浦县。……贞观八年，改为万州。天宝元年，改为南浦郡。

乾元元年，复为万州。"万州在三峡西。

[7] 的有：确实有，的确有。王建《过赵居士拟置草堂处所》："的有深耕处，春初须早还。"薛能《西县道中有短亭，岩穴飞泉隔江洒至，因成二首》之二："谁能夜向山根宿，凉月初生的有仙。"

[8] 回札：回信。缄：封闭，密封。十色笺：唐代薛涛家居成都浣花溪旁，以溪水造十色笺，名薛涛笺，又名浣花笺。《唐国史补》卷下："纸则有越之刿藤苔笺，蜀之麻面、屑末、滑石、金花、长麻、鱼子、十色笺……。"李商隐《送崔珏往西川》："浣花笺纸桃花色，好好题诗咏玉钩。"李洞《龙州送裴秀才》："人求新蜀赋，应贵浣花笺。"

怀金陵李推官僧自牧[1]

秣陵长忆共吟游[2]，儒释风骚尽上流[3]。莲幕少年轻谢眺（朓）[4]，雪山真子郦汤休[5]。也应有作怀清苦，莫谓无心过白头。欲附别来千万意，病身初起向残秋。

【校勘】

"尽"，甲本作"道"。

"眺"，甲、乙本作"朓"，当从。

【注释】

[1] 李推官：齐己另有《赠浙西李推官》、《得李推官近寄怀》诗，此"李推官"即李咸用。据《唐才子传校笺》卷十载，李咸用生卒年不详，袁州（今属江西）人，于唐僖宗、昭宗时屡应进士不第。曾为某幕府推官。后于唐末梁初时居住庐山，与僧修睦、齐己、玄泰等唱和甚多。有《披沙集》传世。另，齐己《得李推官近寄怀》诗中云"荆门前岁使乎回，求得星郎近制来"，又，此诗中云"病身初起"，则此诗作于齐己晚年居荆州期间（921—938）。僧自牧：唐末至五代初金陵诗僧。与齐己为友，己另有《访自牧上人不遇》、《寄自牧上人》、《喜得自牧上人书》诗。

[2] 秣陵：地名，金陵之古名，在今江苏省江宁县。《通典》卷一八二："江宁，本名金陵，秦始皇改为秣陵。汉丹阳县在此。建安十六年，吴改为建业。晋武平吴，还为秣陵，又分秣陵立临江县。二年，改临江为

江宁。三年，分秣陵水北立建业，避愍帝讳，改为建康。后又分置同夏县。隋平陈，并三县，置江宁县，又置蒋州，后废。大唐初，复为蒋州，寻废为江宁县。有锺山、蒋山、石头城、玄武湖、石头镇。"

[3] 风骚：本为诗经和楚辞的并称，后泛指诗文。

[4] 莲幕：幕府之喻。《南史·庾杲之传》："（王俭）乃用杲之为卫将军长史。安陆侯萧缅与俭书曰：'盛府元僚，实难其选。庾景行泛渌水，依芙蓉，何其丽也。'时人以入俭府为莲花池，故缅书美之。"鲍溶《送罗侍御归西台》："劝酒莲幕贵，望尘骢马高。"方干《赠郑仁规》："莲幕未来须更聘，桂枝才去即先攀。"此处以"莲幕少年"誉指李咸用。谢朓（464—499）：南朝齐诗人、骈文家，字玄晖。"永明体"的创始人之一。其名句"大江流日夜"、"澄江静如练"历来为读者传诵。唐人颇为称赞谢朓，李白尤为服膺，有"解道'澄江静如练'，令人长忆谢玄晖"；"玄晖难再得，洒酒气填膺"诸句赞之。

[5] 雪山真子：释迦牟尼在过去世修菩萨道时，于雪山苦行，谓之雪山大士，或曰雪山童子。真子：即诸菩萨。诸菩萨为如来之真子，因彼等于佛法信顺，堪绍佛业。此处以"雪山真子"誉指僧自牧。汤休：即汤惠休，南朝刘宋僧。字茂远。原名汤休，时人称为休上人。颇富文才，所作诗文辞藻华丽，与鲍照齐名。早年出家为僧，后还俗，历官扬州从事史，宛朐令。

寄寻萍公[1]

闻在溢城多寄住[2]，随时谈笑混尘埃。孤峰忽忆便归去，浮世要看还下来[3]。万顷野烟春雨断，九条寒浪晚窗开。虎溪桥上龙潭寺[4]，曾此相寻踏雪回。

【校勘】

"混"，甲、乙、丙本均作"浑"。

"忽"，甲、丙本作"恐"。

【注释】

[1] 萍公：按，齐己另有《寄楚萍上人》，诗中云"北面香炉秀，南

边瀑布寒。自来还独去，夏满又秋残"，知"楚萍上人"居于庐山某寺院。此诗中云"虎溪桥上龙潭寺，曾此相寻踏雪回"，则萍公即楚萍上人，居于庐山龙潭寺。

　　[2]溢城：县名，隋改彭蠡县置，唐改为浔阳县，即今江西省九江市。

　　[3]浮世：俗世。元稹《赠别杨员外巨源》："朱紫衣裳浮世重，苍黄岁序长年悲。"李商隐《七月二十九日崇让宅宴作》："浮世本来多聚散，红蕖何事亦离披。"

　　[4]虎溪：在江西庐山东林寺前。寺前的虎溪桥（石拱桥），流传着慧远、陶渊明与陆修静三人之间的故事，著名的"虎溪三笑"即出于此。

得李推官近寄怀[1]

　　荆门前岁使乎回，求得星郎近制来[2]。连日借吟终不已[3]，一灯忘寝又重开。秋风漫作牵情赋[4]，春草真为入梦才[5]。堪笑陈宫诸狎客，当时空有个追陪[6]。

　　【注释】

　　[1]李推官：齐己另有《赠浙西李推官》、《怀金陵李推官僧自牧》诗，此"李推官"即李咸用。据《唐才子传校笺》卷十载，李咸用生卒年不详，袁州（今属江西）人，于唐僖宗、昭宗时屡应进士不第。曾为某幕府推官。后于唐末梁初时居住庐山，与僧修睦、齐己、玄泰等唱和甚多。有《披沙集》传世。此诗中云"荆门前岁使乎回，求得星郎近制来"，则此诗作于齐己晚年居荆州期间（921—938）。

　　[2]星郎：《后汉书·明帝纪》："馆陶公主为子求郎，不许，而赐钱千万。谓群臣曰：'郎官上应列宿，出宰百里，有非其人，则民受其殃，是以难之。'"后遂称郎官为星郎。按，"推官"乃唐代幕职名。唐时采访使、都团练使、观察使、经略使等使府皆置一员，掌推勾狱讼之事。位次判官、掌书记之下。五代因之。李咸用曾为某幕府推官，故称其为"星郎"。近制：谓近作之诗。

　　[3]已：停止。

　　[4]牵情：牵动感情。朱庆余《中秋月》："孤高稀此遇，吟赏倍牵情。"韩偓《病忆》："信知尤物必牵情，一顾难酬觉命轻。"

　　[5]春草：谓谢灵运名句"池塘生春草，园柳变鸣禽"。据《南史》卷一九《谢方明》传后载："子惠连，年十岁能属文，族兄灵运加赏之，云'每有篇章，对惠连辄得佳语'。尝于永嘉西堂思诗，竟日不就，忽梦见惠连，即得'池塘生春草'，大以为工。常云'此语有神功，非吾语也'。"

　　[6]"堪笑陈宫"二句：《南史·陈本纪下》："后主愈骄，不虞外难，荒于酒色，不恤政事。左右嬖佞珥貂者五十人，妇人美貌丽服巧态以从者千余人。常使张贵妃、孔贵人等八人夹坐，江总、孔范等十人预宴，号曰'狎客'。先令八妇人襞采笺，制五言诗，十客一时继和，迟则罚酒。君臣酣饮，从夕达旦，以此为常。"《陈书·江总传》："后主之世，总当权宰，不持政务，但日与后主游宴后庭，共陈暄、孔范、王瑗等十余人，当时谓之狎客。由是国政日颓，纲纪不立，有言之者，辄以罪斥之，君臣昏乱，以至于灭。"

对菊

　　蝶醉风狂半折时，冷烟清露压离披[1]。欲倾琥珀杯浮尔[2]，好把茱萸朵配伊[3]。孔雀毛衣应者是，凤凰金翠更无之。何因栽向僧园里，门外重阳过不知[4]。

【校勘】

"者"，丁本作"这"。

【注释】

　　[1]离披：散乱貌。宋玉《九辩》："白露既下降百草兮，奄离披此梧楸。"韦应物《简恒璨》："空庭夜风雨，草木晓离披。"

　　[2]琥珀：松脂化石。《太平御览》卷八〇八引晋张华《博物志》曰："松脂沦入地中，千年化为茯苓，茯苓千年化为琥珀。琥珀一名红珠。"此处指色如琥珀的酒。尔：指菊花。

　　[3]茱萸：乔木名，有山茱萸、吴茱萸、食茱萸之分。《太平御览》

卷三二［时序部十七］之［九月九日］："《风土记》曰：九月九日，律中无射而数九，俗于此日，以茱萸气烈成熟，尚此日，折茱萸房以插头，言辟恶气而御初寒。《西京杂记》曰：汉武帝宫人贾佩兰，九月九日佩茱萸，食饵，饮菊花酒，云令人长寿。盖相传自古，莫知其由。"吴均《续齐谐记》曰："汝南桓景随，费长房游学累年，长房谓之曰：'九月九日，汝家当有灾厄，宜急去，令家人各作绛囊，盛茱萸以系臂，登高饮菊花酒，此祸可消。'景如言，举家登山。夕还，见鸡犬牛羊一时暴死。长房闻之曰：'此可以代矣。'今世人每至九月九日登高饮酒，妇人带茱萸囊，因此也。"伊：指菊花。

［4］重阳：重阳节，即九月九日。

忆东林因送二生归[1]

好向东林度此生，半天山脚寺门平。红霞嶂底潺潺色[2]，清夜房前瑟瑟声[3]。偶别十年成瞬息，欲来千里阻刀兵。可怜二子同归去，南国烟花路好行。

【校勘】

"去"，甲、乙、丙本均作"兴"。

【注释】

［1］东林：即庐山东林寺。

［2］潺潺：水流貌。王维《自大散以往深林密竹磴道盘曲四五十里至黄牛岭见黄花川》："飒飒松上雨，潺潺石中流。"白居易《寄王质夫》："楼观水潺潺，龙潭花漠漠。"

［3］瑟瑟：风声。刘希夷《从军行》："秋来风瑟瑟，群马胡行疾。"

渚宫西城池上居[1]

城东移锡住城西[2]，绿绕春波引杖藜[3]。翡翠满身衣有异，鹭鸶通体格非低。风摇柳眼开烟小，暖逼兰芽出土齐。犹有幽深不相似，剡溪乘櫂入耶溪^[4]。

【注释】

[1] 渚宫：春秋时楚成王所建，为楚王的别宫，故址在今湖北省江陵县城内。诗题云"渚宫西城池上居"，则齐己时在荆州，故此诗作于齐己晚年居荆州期间（921—938）。

[2] 锡：锡杖，为比丘行路时所应携带的道具，属比丘十八物之一。

[3] 杖藜：持藜茎为杖。泛指扶杖而行。

[4] 剡溪：水名，在浙江嵊县南。耶溪：若耶溪，源出今浙江绍兴市南若耶山，北流入运河。《太平寰宇记》卷九六［越州会稽县］："若耶溪在县东南二十八里。"

中秋夕怆怀寄荆幕孙郎中^[1]

白莲香散沼痕干，绿筱阴浓藓地寒^[2]。年老寄居思隐切，夜凉留客话时难。行僧尽去云山远，宾雁同来泽国宽。时谢孔璋操檄外^[3]，每将空病问衰残。

【注释】

[1] 怆：悲伤。荆幕：即荆南高季兴幕府。孙郎中：即孙光宪（？—968），字孟文，自号"葆光子"，陵州桂平（今四川仁寿）人。按，孙光宪于后唐天成元年（926）四月，自蜀至江陵，因梁震之荐，入荆南高季兴幕府为从事，检校郎中。此诗中云"行僧尽去云山远，宾雁同来泽国宽。时谢孔璋操檄外，每将空病问衰残"，揣诗意，似作于孙光宪初至荆幕不久，也即本年中秋之夕。

[2] 绿筱：绿色的竹子。

[3] 孔璋：陈琳字孔璋，尝为袁绍作檄，数落曹操罪状。绍败归操，为记室。事迹附见《三国志·魏·王粲传》。刘长卿《行营酬吕侍御时尚书问罪襄阳军次汉东境上侍御以州邻寇贼复有水火迫于征税诗以见谕》："孔璋才素健，早晚檄书成。"武元衡《河东赠别炼师》："孔璋才素健，羽檄定纷纷。"此处以陈琳誉指孙光宪。

酬湘幕徐员外见寄[1]

　　东海儒宗事业全，冰稜孤峭类神仙。诗同李贺精通鬼[2]，文拟刘轲妙入禅[3]。珠履早曾从相府[4]，玳簪今又别宾筵[5]。篇章几谢传西楚，空想雄风度十年。

【校勘】

“宾”，甲本作“官”。

【注释】

　　[1] 湘幕：即湖南马楚幕府。徐员外：不详。按，此诗中言“篇章几谢传西楚”，知齐己时在荆州，故此诗作于齐己晚年居荆州期间（921—938）。

　　[2]“诗同李贺”句：杜牧《太常寺奉礼郎李贺歌诗集序》：“（李）贺，唐皇诸孙，字长吉。元和中，韩吏部亦颇道其歌诗。……荒国陊殿，梗莽邱垅，不足为其恨怨悲愁也；鲸呿鳌掷，牛鬼蛇神，不足为其虚荒诞幻也。”钱易《南部新书》：“李白为天才绝，白居易为人才绝，李贺为鬼才绝。”宋祁《朝野遗事》：“太白仙才，长吉鬼才。”

　　[3]“文拟刘轲”句：刘轲，字希仁，沛（今江苏沛县）人。早年曾至曹溪习佛典。一度为僧，后还俗。其文甚为有名。《唐摭言》卷十一[反初及第]：“刘轲，慕孟轲为文，故以名焉。少为僧，止于豫章高安县南果园；复求黄老之术，隐于庐山；既而进士登第。文章与韩、柳齐名。”

　　[4] 珠履：缀珠的鞋子。《史记·春申君列传》：“春申君客三千余人，其上客皆蹑珠履以见赵使，赵使大惭。”

　　[5] 玳簪：以玳瑁作装饰的簪子。《史记·春申君列传》：“赵平原君使人于春申君，春申君舍之于上舍。赵使欲夸楚，为玳瑁簪，刀剑室以珠玉饰之，请命春申君客。春申君客三千余人，其上客皆蹑珠履以见赵使，赵使大惭。”

寄蜀国广济大师[1]

冰压霜坛律格清，三千传授尽门生。禅心尽入空无迹[2]，诗句闲搜寂有声。满国繁华徒自乐，两朝更变未曾惊。终思相约岷峨去[3]，不得携筇一路行[4]。

【注释】

[1] 广济大师：成都僧，卒于齐己（864—938）之前。三朝受宠，工诗善文，有文集。其诗有百余篇，惜今不存。与齐己唱酬频繁，齐己另有《酬西蜀广济大师见寄》、《寄哭西川坛长广济大师》二诗。

[2] 禅心：禅定之心。白居易《偶于维扬牛相公处觅得筝筝未到先寄诗来走笔戏答》："会教魔女弄，不动是禅心。"

[3] 岷峨：指峨眉山。岷山之南为峨眉山，因称峨眉为岷峨。

[4] 筇：竹名。因其可作杖，故杖也叫筇。王周《早春西园》："引步携筇竹，西园小径通。"

答献上人卷[1]

衲衣禅客袖篇章，江上相寻共感伤。秦甸乱来栖白没[2]，苎（杼）山空后皎然亡[3]。清留岛月秋凝露，苦寄巴猿夜叫霜。珍重南宗好才子[4]，灰心冥目外无妨[5]。

【校勘】

"苎"，甲、乙、丙本均作"杼"，当从。

【注释】

[1] 献上人：一诗僧，生卒年里不详。卷：指诗卷。

[2] 栖白：江南僧，生卒年不详。大中年间住长安荐福寺，为内供奉，赐紫袈裟。工诗，且颇有诗名。与当时诗人来往频繁，李频、李昌符、李洞、许棠、曹松、贯休、齐己、张蠙、罗邺等，皆有诗酬赠。

[3] 苎山：当做"杼山"，山名。在乌程县（今浙江湖州市）西南，

皎然居住的妙喜寺坐落于此。皎然（720？—？）：大历贞元间著名诗僧。俗姓谢，字清昼，湖州长城（今浙江长兴）人。曾居于杼山妙喜寺。善诗，诗名颇著。唐·福琳《唐湖州杼山皎然传》云其："凡所游历，京师则公相敦重，诸郡则邦伯所钦"，"陆鸿渐为莫逆之交"，"颜鲁公（真卿）为刺郡，早事交游，而加崇重"，相国于公颀也与之结好，又"常与韦应物、卢幼平、吴季德、李萼、皇甫曾、梁肃、崔子向、薛逢、吕渭、杨逵，或簪组，或布衣，与之交结"，"其遗德后贤所慕者，相继有焉"。卒于贞元八年后数年间。

[4] 南宗：与"北宗"相对。菩提达磨到中国来传禅，到五祖弘忍的时候，有慧能神秀二位弟子，慧能在江南布化，叫做南宗；神秀在北方布化，叫做北宗。

[5] 灰心：谓心意寂静如死灰不为外界所动。《庄子·齐物论》："形固可使如槁木，而心固可使如死灰乎？"方干《重寄金山寺僧》："已见如如理，灰心应不然。"杨衡《山斋独宿赠晏上人》："何以禅栖客，灰心在沃州。"

寄武陵贯微上人二首[1]

知泛沧浪櫂未还[2]，西峰房锁夜潺潺[3]。春陪相府游仙洞，雪共宾寮对柱山。诗里几添新菡萏[4]，衲痕应换旧斓斑[5]。莫忘一句曹溪妙[6]，堪塞孙孙骋度关。

【校勘】

"柱"，甲、乙、丙本均作"玉"。

【注释】

[1] 武陵：县名，治所在今湖南常德。贯微：又作贯徽。韶阳（今广东曲江县）人。与齐己（864—938）年岁相仿，亦与齐己为诗友，齐己另有《拟嵇康绝交寄湘中贯微》、《荆门病中寄怀贯微上人》、《谢贯微上人寄示古风今体四轴》、《荆州寄贯微上人》、《寄武陵微上人》、《酬微上人》、《韶阳微公》诸诗。又，此诗之二中有"吴头东面楚西边，云接苍梧水浸天。两地别离身已老，一言相合道休传"，知此时齐己居荆州，故二诗皆

作于齐己晚年居荆州期间（921—938）。

[2] 櫂：同"棹"，船。

[3] 潺潺：谓流水声。

[4] 菡萏：荷花的别称。

[5] 衲：即僧衣。又作衲衣、衲袈裟、弊衲衣、坏衲。是以世人所弃之朽坏破碎衣片修补缝缀所制成之法衣。比丘少欲知足，远离世间之荣显，故着此衣。斓斑：色彩错杂貌。按，僧人之衣即衲衣，因常以五色（青、黄、赤、白、黑）或多种颜色混合制成，故亦称五衲衣、百衲衣。"旧斓斑"谓旧的杂色的衲衣。

[6] 曹溪：本是河名，位于韶州（今广东曲江县东南）之河。发源于狗耳岭，西流与湳水合，以经曹侯冢故，又称曹侯溪。梁天监元年（502）天竺婆罗门三藏智药到曹溪口，饮其水而知此源为胜地，乃劝村人建寺，复因其地似西国之宝林山，故称宝林寺。智药预言，170 年后有肉身菩萨于此开演无上法门，得道者如林。至唐仪凤二年（677）春，六祖慧能从弘忍得法后，从印宗剃发、受具足戒而归宝林寺，大弘法化，人称曹溪法门。以此，后人或把曹溪代表六祖，或以曹溪为禅宗南宗别号。

吴头东面楚西边[1]，云接苍梧水浸天[2]。两地别离身已老[3]，一言相合道休传。风骚妙欲凌春草[4]，踪迹闲思绕岳莲。不是傲他名利世[5]，吾师本在雪山巅[6]。

【注释】

[1]"吴头东面"句：按，贯微居住的武陵，即今湖南常德。武陵在五代之马楚境内之西，五代吴国之东（以古代帝王坐北朝南而言），故云"吴头东面楚西边"。

[2] 苍梧：即九疑山，又作九嶷山，地在今湖南宁远县境。

[3]"两地别离"句：按，贯微居住在武陵，齐己居住在荆南，又齐己《荆门病中寄怀贯微上人》诗中云"我衰君亦老"，可见二人年岁相差无几，均已衰老，故云"两地别离身已老"。

[4] 风骚：本为诗经和楚辞的并称，后泛指诗文。凌：逾越、高出、超过。春草：谓谢灵运名句"池塘生春草，园柳变鸣禽"。

[5] 傲：轻视。

[6] 雪山：即喜马拉雅山。又称大雪山。以四时皆为雪所覆盖，故称。印度视此山为神圣山脉。佛典中亦屡见其名。相传释尊曾于过去世住雪山修行，因而被称为雪山童子、雪山大士。

怀体休上人[1]

仲宣楼上望重湖[2]，君到潇湘得健无。病遇何人分药饵，诗逢谁子论功夫。杉萝寺里寻秋早[3]，橘柚洲边度日晡[4]。许送自身归华岳[5]，待来朝暮拂瓶盂。

【注释】

[1] 体休上人：亦即休师，长沙人，与齐己同乡。曾与齐己一起游历过襄阳岘首山，并与齐己在荆渚相伴七年之久，汉口兵乱结束后，便于荆门辞别齐己归长沙省亲。据齐己《送休师归长沙宁觐》，二人于后唐明宗天成四年（929）夏在荆州分别。此诗中云"君到潇湘得健无……橘柚洲边度日晡"，则体休已返长沙，故此诗当作于后唐明宗天成四年（929）夏之后，齐己卒（938）前。

[2] 仲宣楼：王粲字仲宣，山阳高平（今山东微山县西北）人。汉末著名诗人，辞赋家，"建安七子"之一，避乱荆州时作《登楼赋》。"仲宣楼"在江陵府当阳县（今湖北当阳市）。缪荃孙《元和郡县图志阙卷逸文》卷一［江陵府当阳县］："麦城，在县东五十里。……王粲于此登楼而赋。"杜甫《将赴荆南，寄别李剑州》："戎马相逢更何日，春风回首仲宣楼。"韦庄《江边吟》："若有片帆归去好，可堪重倚仲宣楼。"

[3] 萝：即女萝，野生植物。屈原《九歌·山鬼》："若有人兮山之阿，被薜荔兮带女萝。"

[4] 日晡："晡"，申时，即下午三点至五点。"日晡"谓傍晚。贯休《寄天台道友》："大是清虚地，高吟到日晡。"吕岩《绝句》之二七："闭门清昼读书罢，扫地焚香到日晡。"

[5] 华岳：即西岳华山。

招湖上兄弟[1]

去岁得君消息在，两凭人信过重湖[2]。忍贪风月当年少，不寄音书慰老夫。药鼎近闻传秘诀，诗门曾说拥寒炉。汉江江路西来便[3]，好傍扁舟访我无。

【注释】

[1] 按，此诗中云"不寄音书慰老夫"、"汉江江路西来便，好傍扁舟访我无"，知齐己时在荆州，故此诗当作于齐己晚年居荆州期间（921—938）。

[2] 重湖：即青草湖，在今湖南洞庭湖东南部。唐时湖周二百六十五里，北有沙洲与洞庭湖相隔，水涨时与洞庭湖相连，故曰重湖。

[3] 汉江：一名汉水，源出陕西，东南流经陕西省南部、湖北省西北部和中部，至武汉入长江。

江居寄关中知己[1]

多病多慵汉水边，流年不觉已皤然[2]。旧栽花地添黄竹，新□盆池换白莲。雪月未忘招远客，云山终待去安禅[3]。八行书札君休问[4]，不似风骚寄一篇[5]。

【校勘】

"□"，甲、乙、丙本均作"陷"。

【注释】

[1] 关中：即今陕西省地区。按，此诗中云"多病多慵汉水边"，知齐己时在荆州，故此诗当作于齐己晚年居荆州期间（921—938）。

[2] 皤然：发白貌。《南史·范云传附范缜》："年二十九，发白皤然，乃作《伤暮诗》、《白发咏》以自嗟。"白居易《酬别微之》："且喜筋骸俱健在，勿嫌须鬓各皤然。"韦庄《边上逢薛秀才话旧》："今日皤然对芳草，不胜东望涕交横。"

[3] 安禅：佛家语，犹言入于禅定。

[4] 八行：即八行书。按，旧时信笺每页八行，因称书信为八行、八行书。

[5] 风骚：本为诗经和楚辞的并称，后泛指诗文。

中秋十五夜寄人

高河瑟瑟转金盘[1]，喷露吹光逆凭栏。四海鱼龙精魄冷，五山鸾鹤骨毛寒[2]。今宵尽向圆时望，后夜谁当缺处看。何事清光与蟾兔[3]，却教才子少留难。

【校勘】

"子"，甲本作"小"。

【注释】

[1] 瑟瑟：风声。刘希夷《从军行》："秋来风瑟瑟，群马胡行疾。"

[2] 五山：《列子·汤问》："其中有五山焉：一曰岱舆，二曰员峤，三曰方壶，四曰瀛洲，五曰蓬莱。其山高下周旋三万里，其顶平处九千里。山之中间相去七万里，以为邻居焉。其上台观皆金玉，其上禽兽皆纯缟。珠玕之树皆丛生，华实皆有滋味；食之皆不老不死。所居之人皆仙圣之种；一日一夕飞相往来者，不可数焉。"《史记·孝武帝本纪》："天下名山八，而三在蛮夷，五在中国。中国华山、首山、太室、泰山、东莱，此五山黄帝之所常游，与神会。"又，五岳——泰山、华山、恒山、衡山、嵩山也称五山。此处五山或指五岳。

[3] 蟾兔：传说月中有蟾蜍和兔，后借指月亮。

谢人自钟陵寄纸笔[1]

故人犹忆苦吟劳，所惠何殊金错刀[2]。霜雪剪裁新剡硾[3]，锋铓管束本宣毫[4]。知君倒箧情何厚，借我临池价斗高[5]。词客分张看欲尽[6]，不堪来处隔秋涛。

【校勘】

"裁"，甲本作"栽"。

【注释】

[1] 钟陵：今江西省南昌市。

[2] 金错刀：刀名，因刀身镶嵌黄金而得名。亦为钱名。《汉书·食货志下》："王莽居摄，变汉制，以周钱有子母相权，于是更造大钱，径寸二分，重十二铢，文曰'大钱五十'。又造契刀、错刀。……错刀，以黄金错其文，曰'一刀直五千'。"此处指刀。张衡《四愁诗》："美人赠我金错刀，何以报之英琼瑶。"贯休《上裴大夫二首》之一："佳人金错刀，何以裁此文。"

[3] 剡硾：指剡溪所造之纸。"硾"通"捶"，舂，捣。硾乃加工纸的一道工序。

[4] 宣毫：即安徽宣城所产之笔。《元和郡县志》卷二八 [宣州溧水县]："中山在县东南一十五里，为笔精妙。"《太平寰宇记》卷一百三 [昇州溧水县]："中山又名独山，在县东南一十五里，不与群山连结，古老相传中山有白兔，世称为笔最精。"据《新唐书·地理志五》，宣州宣城郡贡笔。耿沣《咏宣州笔》："寒竹惭虚受，纤毫任几重。影端缘守直，心劲懒藏锋。落纸惊风起，摇空见露浓。丹青与文事，舍此复何从。"皮日休《二游诗·徐诗》："宣毫利若风，剡纸光与月。"薛涛《十离诗·笔离手》："越管宣毫始称情，红笺纸上撒花琼。"

[5] 临池：临池学书。《晋书·王羲之传》："张芝临池学书，池水尽黑。"

[6] 分张：分开。钟会《檄蜀文》："而巴蜀一州之众，分张守备，难以御天下之师。"庾信《伤心赋》："兄弟则五郡分张，夫子则三州离散。"

移居西湖作二首[1]

火云阳焰欲烧空，小槛幽窗想旧峰。白汗此时流枕簟[2]，清风何处动杉松。残更正好眠凉月，远寺俄闻报晓钟。只待秋声涤心地，衲衣新洗健形容[3]。

【注释】

[1] 按，此诗中云"火云阳焰欲烧空，小槛幽窗想旧峰。白汗此时流枕簟，清风何处动杉松"，描写夏日酷热，揣诗意，当因荆州城内酷热，移居西湖而作，与齐己《江上夏日》、《城中晚夏思山》、《苦热中江上，怀炉峰旧居》、《苦热怀玉泉寺寄仁上人》等诗为同一题材，当亦作于齐己晚年居荆州期间（921—938）。

[2] 簟：竹席。

[3] 形容：形体和面容。

官园树影昼阴阴，咫尺清凉莫浣心。桃李别教人主掌，烟花不称我□寻。蜩蟧晚噪风枝稳[1]，翡翠闲眠宿处深。争似出尘地行止，东林苔径入西林[2]。

【校勘】

"□"，甲、乙、丙本均作"追"。

"蟧"，乙、丙本作"螗"，甲本作"〔蟧〕（螗）"。

【注释】

[1] 蜩蟧：蝉的别名。枚乘《柳赋》："蜩蟧厉响，蜘蛛吐丝。"元稹《春蝉》："风松不成韵，蜩蟧沸如羹。"又《表夏十首》："莫厌夏虫多，蜩蟧定相扰。"

[2] 东林：庐山东林寺。西林：庐山西林寺。

题玉泉寺[1]

高韵双悬张曲江[2]，联题兼是孟襄阳[3]。后人才地谁称短，前辈经天尽负长。胜景饱于闲采拾，灵踪销得正思量。时移两板成尘迹，犹挂吾师旧影堂[4]。

【校勘】

此首底本无，据甲本补。

【注释】

[1] 玉泉寺：位于湖北当阳市玉泉山东南山麓。

[2] "高韵双悬"句：曲江即曲江池，在今陕西西安市东南。按，禅宗北祖神秀（606—706）曾于玉泉寺大开禅法二十余年，缁徒靡然归其德风，道誉大扬。则天武后闻之，召入内道场，特加敬重。中宗即位亦厚重之。时人称之为"两京法主，三帝门师"，两京之间几皆宗神秀。此句以"曲江"借指长安，意谓神秀之法流被于玉泉寺和长安一带，故云"高韵双悬张曲江"。

[3] "联题兼是"句：谓开元二十五年（737）冬孟浩然陪张九龄游玉泉寺联题之事，时张九龄有《祠紫盖山经玉泉山寺》、《冬中至玉泉山寺属穷阴冰闭崖谷无色及仲春行县复往焉故有此作》诗，孟浩然有《陪张丞相祠紫盖山，途经玉泉寺》诗。

[4] 吾师：谓大通禅师神秀。

看金陵图[1]

六朝图画战争多，最是陈宫计数讹[2]。若爱苍生似歌舞，隋皇自合耻干戈[3]。

【校勘】

"爱"，丁本作"受"。

【注释】

[1] 金陵：今江苏南京市。

[2] 陈宫：南朝陈之陈后主之宫廷。讹：错误。

[3] "若爱苍生"二句：按，陈后主叔宝少有才艺，然生深宫之中，长妇人之手，唯寄情于文酒，昵近群小，皆委之以重任。为太子时，即好为长夜之饮。及即位，宠贵妃张丽华及孔贵嫔等。起临春、结绮、望仙三阁，穷极奢丽，服玩珍丽，为当时所少见。叔宝制《玉树后庭花》、《临春乐》等曲词，其略曰"璧月夜夜满，琼树朝朝新"，大指所归，皆美张贵妃、孔贵嫔之容色。及隋灭陈，叔宝入长安，仍日日昏饮。《南史·陈本纪下》："既见宥，隋文帝给赐甚厚，数得引见，班同三品。……后监守者奏言：'叔宝云"既无秩位，每预朝集，愿得一官号"。'隋文帝曰：'叔宝全无心肝。'监者又言：'叔宝常耽醉，罕有醒时。'隋文帝使节其酒，既

而曰：'任其性；不尔，何以过日。'未几，帝又问监者叔宝所嗜。对曰：'嗜驴肉。'问饮酒多少？对曰：'与其子弟日饮一石。'隋文帝大惊。及从东巡，登芒山，侍饮，赋诗曰：'日月光天德，山川壮帝居，太平无以报，愿上东封书。'并表请封禅，隋文帝优诏谦让不许。后从至仁寿宫，常侍宴，及出，隋文帝目之曰：'此败岂不由酒？将作诗功夫，何如思安时事？'"

寄南岳岳泰禅师[1]

江头默想坐禅峰[2]，白石山前万丈空。山下猎人应不到，雪深花鹿在庵中[3]。

【校勘】

"岳泰禅师"，甲、乙、丙、丁、戊、己、庚本作"泰禅师"，当从。

【注释】

[1] 南岳：即衡山，在今湖南衡阳市北。岳泰禅师：当作"泰禅师"，即僧玄泰，又谓泰布衲，生卒年里不详。嗣石霜庆诸禅师。所居兰若在衡山之东，号七宝台。平生不收门徒，逍遥求志。深于禅理，善歌诗。与齐己交游较密。齐己另有《送泰禅师归南岳》。

[2] 坐禅：又称"打坐"，即以打坐来修习禅定的方法。本来，行、住、坐、卧皆可修禅，但在四者之中，以坐姿最为适宜，故多云"坐禅"。

[3] 庵：出家或隐遁者所居之房舍。又作草庵、茅庵、蓬庵、庐庵或庵室。盖用草木覆盖而成的简陋小屋。僧俗多居庵以修行。据《释氏要览》卷上："草为圆屋曰庵，庵庵也。以自覆庵也，西天僧俗修行多居庵（此方君子亦有居庵者咸荣绪。《晋书》云'陶琰年十五便绝粒居草庵，戈可容身'；《逸士传》云'陶潜居蓬庵'；《神仙传》云'焦光居草庵'）。"后世特称比丘尼之住所为"庵"。然"庵"一词，原本通指僧或尼之寺，并不限于比丘尼所住之寺。此诗之"庵"就属于此类。

片云

水底分明天上云，可怜形影似我身。何妨舒作从龙势[1]，一雨吹消万里尘。

【校勘】

"我"，甲、乙、丙、丁本均作"吾"。

"消"，甲、乙、丙本均作"销"。

【注释】

[1] 何妨：不妨。舒：舒展，伸展。

寄清溪道者[1]

万重千叠红霞嶂，夜烛朝香白石龛。常寄（记）溪窗凭危槛，看经影落古龙潭。

【校勘】

"常寄"，戊、己、庚本作"常记"，当从。

【注释】

[1] 道者：修行佛道者。

病中勉送小师往清凉山礼大圣[1]

丰衣足食处莫住，圣迹灵踪好遍寻。忽遇文殊开慧眼[2]，他年应记老师心。

【注释】

[1] 清凉山：山西五台山之别称。此山岁积坚冰，夏仍飞雪，无炎暑，故称清凉山。《文殊师利法宝藏陀罗尼经》："尔时世尊复告金刚密迹主菩萨言：我灭度后，于此赡部洲东北方有国名大振那，其国中有山，号

曰五顶。文殊师利童子游行居住，为诸众生于中说法。"《华严经·菩萨住处品》也说文殊菩萨住于东北方的清凉山，故本山自古即被视为文殊菩萨显圣的道场，历代来山者络绎不绝，或巡礼、参学，或建寺、弘法。山中寺刹云集，殿宇相望。大圣：谓文殊菩萨。

　　[2] 文殊：即文殊师利菩萨，与普贤菩萨同为释迦佛之胁侍，分别表示佛智、佛慧之别德。所乘之狮子，象征其威猛。

谢人惠拄杖[1]

　　何处云根采得来，黑龙狂欲作风雷。知师念我形骸老[2]，教把经行拄绿苔。

【注释】

　　[1] 拄杖：手杖。张籍《答僧拄杖》："灵藤为拄杖，白净色如银。"卢仝《寄赠含曦上人》："高僧有拄杖，愿得数觏止。"

　　[2] 形骸：人的形体，躯壳。《庄子·德充符》："今子与我游于形骸之内，而子索我于形骸之外，不亦过乎！"杜甫《续得观书，迎就当阳居止，正月中旬定出三峡》："舟楫因人动，形骸用杖扶。"

送楚云上人往南岳刺血写《法华经》[1]

　　剥皮刺血诚何苦[2]，欲写灵山九会文[3]。十指沥干终七轴[4]，后来求法更无君[5]。

【校勘】

　　此诗也见于贯休名下，参《全唐诗》卷八三七，录作《赠写经僧楚云》："剔皮刺血诚何苦，为写灵山九会文。十指沥干终七轴，后来求法更无君。"

【注释】

　　[1] 楚云上人：南岳衡山某寺僧人。与贯休、齐己、温庭筠有交往。温庭筠《赠楚云上人》："岳寺蕙兰晚，几时幽鸟还。"宋·释惠洪《林间

录》卷下：“衡岳楚雲上人，生唐末，有至行。尝刺血写《妙法莲华经》一部，长七寸，广四寸而厚半之，作㳺檀匣藏于福嚴三生藏。……贯休有诗赠之曰……”南岳：即衡山，在今湖南衡阳市北。法华经：乃《妙法莲华经》之简称。“妙法”意谓佛所说教法微妙无上。“莲华经”比喻经典之洁白完美。此经乃大乘佛教要典之一。《妙法莲华经·安乐行品》云“此《法华经》，诸佛如来秘密之藏，于诸经中最在其上”。该经主旨在于弘扬“三乘归一”，即声闻、缘觉、菩萨之三乘归于一佛乘，并认为一切众生皆能成佛。《妙法莲华经·如来神力品》：“以要言之，如来一切所有之法，如来一切自在神力，如来一切秘要之藏，如来一切甚深之事，皆于此经宣示显说。”据说受持、读诵、解说、书写、供奉、如法修行皆能得无上功德、智慧和神力。《妙法莲华经·分别功德品》：“若教人闻，若自持，若教人持，若自书，若教人书，若以华香、璎珞、幢幡、缯盖、香油、酥灯供养经卷，是人功德无量无边，能生一切种智。”《妙法莲华经·法师功德品》：“若善男子，善女人，受持是《法华经》，若读若诵，若解说，若书写，是人当得八百眼功德，千二百耳功德，八百鼻功德，千二百舌功德，八百身功德，千二百意功德。以是功德庄严，六根皆令清净。”以故受持、读诵、解说、书写、供奉此经和按照此经修行的人数最多。如皎然有《听素法师讲〈法华经〉》；修雅有《闻诵〈法华经〉歌》；朱湾有《同清江师月夜听坚正二上人为怀州转〈法华经〉歌》；李中有《赠念〈法华经〉绶上人》。又如《酉阳杂俎》续集卷一《支诺皋上》：“临濑（一作湍）西北有寺，寺僧智通，常持《法华经》入禅。”同书续集卷五《寺塔记上》：“（靖善坊大兴善寺）素公不出院，转《法华经》三万七千部。夜尝有貉子听经，斋时鸟鹊就掌取食。长庆初，庭前牡丹一朵合欢。……安邑坊玄（一作玄）法寺，初居人张频宅也。尝供养一僧，僧以念《法华经》为业。”《妙法莲华经弘传序》：“自汉至唐六百余载，总历群籍，四千余轴，受持盛者，无出此经。”

　　[2] 剥皮：早期佛教为宣传其教义，常常讲述一些释迦牟尼前生为求佛法而不惜牺牲自己的血淋淋的故事，如尸毗王割肉救鸽、月光王施头、慈力王刺血施五夜叉、毗楞羯梨王身钉千钉本生、萨埵太子饲虎等故事。其影响极大。许多僧人为了表示自己对佛法的虔诚，不惜割肉、剜眼、断臂、啮指等各种苦行。唐·苏鹗《杜阳杂编》卷下：“（宣宗朝）时有军卒

断左臂于佛前，以手执之，一步一礼，血流满地。至于肘行、膝步、啮指、截发，不可算数。又有僧以艾覆顶上，谓之炼顶。火发痛作，即掉其首呼叫，坊市少年擒之，不令动摇。而痛不可忍，乃号哭卧于道上，头顶焦烂，举止苍迫，凡见者无不大哂焉。"剥皮、刺血皆是其中故事之一。《大方广佛华严经》卷四十："善男子，言常随佛学者，如此娑婆世界，毗卢遮那如来，从初发心，精进不退，以不可说不可说身命而为布施，剥皮为纸，折骨为笔，刺血为墨，书写经典，积如须弥，为重法故，不惜身命，何况王位？"剥皮：《大智度论》卷十六："如爱法梵志，十二岁遍阎浮提求知圣法而不能得。时世无佛，佛法亦尽，有一婆罗门言：'我有圣法一偈，若实爱法，当以与汝。'答言：'实爱法。'婆罗门言：'若实爱法，当以汝皮为纸，以身骨为笔，以血书之，当以与汝。'即如其言，破骨剥皮，以血书偈。"刺血：《法苑珠林》卷一八："唐陇西李虔观，今居郑州。至显庆五年丁父忧，乃刺血写《金刚般若经》及《般若心经》各一卷，《随愿往生经》一卷，出外将入，即一浴身，后忽闻院中有异香，非常郁烈。邻侧并就观之，无不称叹。"此诗中的楚云上人刺血写经既是为了表达自己对佛法的虔诚，也是为了求得各种福德。

[3] 灵山：印度佛教圣地灵鹫山的简称。因山形似鹫，而且山上鹫鸟又多，故名。位于摩揭陀国王舍城东北。九会文：指《华严经》。按，佛说《华严经》，依旧译（东晋佛陀跋陀罗译）六十卷经则为七处八会，依新译（唐实叉难陀译）八十卷经则为七处九会。"九会"谓如来与菩萨四众、天龙八部，于菩提场、普光明殿、兜率天宫等七处，九番聚会而广说此法。

[4] "十指沥干"句：此句云楚云上人刺破手指写经，十个手指之血流尽，终于写成七轴经文。七轴：七卷。按，《妙法莲华经》汉译本现存三种，其中尤以鸠摩罗什所译七卷《妙法莲华经》本为最流行，一般所抄所诵者即为此本。又，由于佛经最初多抄写在卷轴上，一般一卷为一轴，故后世多以七轴代指七卷《妙法莲华经》。《佛祖历代通载》卷一八："（宋）（壬戌）诏每年试童行通莲经七轴者，给祠部牒披剃。"《释氏稽古略》卷四："（宋）景佑元年，勅试经通者度为僧。宋宣献公绶、夏英公竦在政府，同试童行。有行者诵《法华经》不通。问其'习学几年'？曰'十年'。二公笑且悯之，各取《法华经》七轴诵之。宋公十日，夏公七日，不遗一字，人性相远也如此。"

[5]"后来求法"句：此句极力赞美楚云上人写经之虔诚，后来求法者无人过之。

送胎发笔寄仁公[1]

内唯胎发外秋毫[2]，绿玉新裁管束牢。老病手疼无那尔[3]，却资年少写风骚[4]。

【校勘】

"内"，丁本作"此"。

"唯"，丁本作"惟"。

"外"，甲本作"外（一作内）"，丁本作"内"。

"毫"，丁本作"豪"。

"裁"，甲本作"栽"。

【注释】

[1] 胎发笔：即用胎发做的笔。段成式《酉阳杂俎》卷六［艺绝］："南朝有姥，善作笔，萧子云常书用。笔心用胎发。"仁公：齐己另有《寄江夏仁公》，知仁公年纪小于齐己，居于武昌某寺，寺邻黄鹤楼。

[2] 秋毫：鸟兽之毛，至秋更生，细而末锐，谓之秋毫，可做毛笔。

[3] 无那：无奈。王维《游李山人所居因题屋壁》："翻嫌枕席上，无那白云何。"王昌龄《从军行七首》之一："更吹羌笛关山月，无那金闺万里愁。"尔：此处指胎发笔。

[4] 风骚：本为诗经和楚辞的并称，后泛指诗文。

谢西川昙域大师玉箸篆书[1]

玉箸真文久不兴[2]，李斯传到李阳冰[3]。正愁千载无来者，果见僧中有个僧。

【校勘】

"愁"，甲、乙、丙本均作"悲"。

【注释】

[1] 西川：泛指蜀地。昙域：扬州（今属江苏）人。通内外学，戒行精微。师从禅月大师贯休。善书。昙域幼精六书，学李阳冰篆法，笔力雄健，为时所称。与齐己相知。齐己居荆南（921—938）时，二人唱酬颇为频繁，如齐己另有《寄西川惠光大师昙域》、《和昙域上人寄赠之什》诗；昙域有《怀齐己》诗，但二人未及晤面。玉箸：书体名，指李斯所作的小篆。舒元舆《题李阳冰玉箸篆词》："斯去千年，冰生唐时。冰复去矣，后来者谁？后千年有人，谁能待之。后千年无人，篆止于斯。呜呼主人，为吾宝之。"舒元舆《玉箸篆志》："秦丞相斯变仓颉籀文为玉箸篆，体尚太古，谓古若无人，当时议书者皆输伏之，故拔乎能成一家法式。历两汉三国至隋氏，更八姓，无有出其右者。呜呼！天意谓篆之道不可以终绝，故受之以赵郡李氏子阳冰。阳冰生皇唐开元天子时，不闻外奖，躬入篆室，独能隔一千年而与秦斯相见，可谓能不孤天意矣！当时得议书者亦皆输伏之。且谓之其格峻，其力猛，其功备，光大于秦斯有倍矣。"

[2] 真文：书画者的手笔，此处指李斯的手书。

[3] 李斯（？—公元前208）：秦代政治家、散文家、书法家。楚国上蔡（今属河南）人，后到秦国游说，劝秦王（即后来的秦始皇）统一天下，受到秦王的重用，官至丞相，他为始皇定郡县制，下禁书令，以小篆为标准统一文书。始皇死时，李斯听信赵高的阴谋，矫诏杀太子扶苏。二世立，赵高用事，诬李斯谋反，李斯被腰斩于咸阳。李斯善小篆。秦始皇多次出游，纪功刻石，其文与书，多出自李斯之手。《史记》记始皇帝立国后四次出巡，刻石七处，分别是：《泰山刻石》、《峄山刻石》、《琅琊台刻石》、《芝罘刻石》、《芝罘东观刻石》、《会稽刻石》和《碣石刻石》，通常认为这些刻石的书写者为李斯。唐·张彦远《法书要录》卷七 [小篆]："案小篆者，秦始皇丞相李斯所作也。增损大篆，异同籀文，谓之'小篆'，亦曰'秦篆'。始皇二十年，始并六国，斯时为廷尉，乃奏罢不合秦文者，于是天下行之。画如铁石，字若飞动，作楷、隶之祖，为不易之法。其铭题钟鼎，乃作符印，至今用焉。……斯虽草创，遂造其极矣。李斯，即小篆之祖也。"又卷八 [神品二十五人]："小篆一人：李斯。"李阳冰：字少温，京兆云阳（今陕西泾阳）人。工篆书。李阳冰《上李大夫论古篆书》："阳冰志在古篆，殆三十年。"贾耽《说文字源序》："惟赵郡李

阳冰，神假篆法，上邻李斯，时人获之，悉藏箧笥。"唐·窦泉《述书赋上（有序）》："李阳冰……工于小篆。初师李斯《峄山碑》，后见仲尼吴季札墓志，便变化开阖，如虎如龙，劲利豪爽，风行雨集，文字之本，悉在心胸，识者谓之仓颉后身。"笔法妙天下。《宣和书谱》卷二："议者以虫蚀鸟迹语其形，风行雨集语其势，太阿龙泉语其利，嵩高华岳语其峻。"

偶作寄王秘书[1]

七丝湘水秋深夜[2]，五字河桥日暮时[3]。借问秘书郎此意，静弹高咏有谁知。

【校勘】

"桥"，辛本作"边"。

【注释】

[1] 王秘书：生卒年里不详。秘书：即秘书郎，隶秘书省，掌四部图书之事。据此诗，王秘书居于湖南。

[2] 七丝：七弦琴。古琴有七根弦，故云七丝。刘长卿《听弹琴》："泠泠七丝上，静听松风寒。"孟郊《去妇》："君听去鹤言，哀哀七丝弦。"韩偓《赠湖南李思齐处士》："两板船头浊酒壶，七丝琴畔白髭须。"

[3] 五字：即五言诗。

谢人惠纸

烘焙几工成晓雪[1]，轻明百幅叠春冰。何消才子题诗外，分与能书贝叶僧[2]。

【校勘】

"谢人惠纸"，丁本作"谢惠纸"。

【注释】

[1] 烘焙："烘"即烤。"焙"即用微火烘烤。烘焙皆为制纸之工序。晓雪：指纸洁白如晨雪。

　　[2] 贝叶：贝多罗叶的简称，此叶经冬不凋，印度人多拿来书写经文，叫做贝叶经，或贝文。

答文胜大师清柱书[1]

　　才把文章干圣主[2]，便承恩泽换禅衣。应嫌六祖传空衲[3]，只向曹溪永息机[4]。

　　【校勘】

　　"答文胜大师清柱书"，丁本作"答文胜大师"。

　　"传空"，甲本作"传空（一作空传）"。

　　"永"，甲本作"求（一作永）"，丙本作"求"。

　　【注释】

　　[1] 文胜大师：其名姓无可考证。据诗意，文胜大师能诗善文，故因文章而获得皇帝之赏赐。

　　[2] 干：干谒，拜见。

　　[3] "应嫌六祖"句：按，禅宗为表传法之信，故自释尊以来各祖师均有传承其法衣（袈裟）之传统。后世禅林亦承袭之，在门下选出优秀之弟子，而将教法传之，为表征记，亦授予僧衣，故又称此种僧衣或袈裟为信衣。《景德传灯录》卷三载，弘忍传法于慧能时曰："昔达磨初至，人未知信，故传衣以明得法，今信心已熟，衣乃争端，止于汝身，不复传也。"《传法正宗记》卷六："（六祖慧能大师）至先天元年，一日忽谓众曰：'吾忝于忍大师处受其法要，并之衣钵。今虽说法而不传衣钵者，盖以汝等信心成熟，无有疑者，故不传之。'"后遂不再传衣，但仍沿此习称。又，慧能主张舍离一切文字义解，而直澈心源。他说这种境界是"如人饮水，冷暖自知"。又说："我此法门，从上以来，顿渐皆以无念为宗，无相为体，无住为本。"还说："心量广大，遍周法界，去来自由，心体无滞，即是般若。一切般若智，皆从自性而生，不从外入。若识自性，一悟即至佛地。"既然主张"即心即佛"、"教外别传"等，则六祖"传空衲"即不传衣也是多余的，故云"应嫌六祖传空衲"。

　　[4] 曹溪：本是河名，位于韶州（今广东曲江县东南）之河。发源于

狗耳岭，西流与溱水合，以经曹侯冢故，又称曹侯溪。六祖慧能曾于此地之宝林寺大弘法化，人称曹溪法门，后人亦遂把曹溪代表六祖。此处"曹溪"谓六祖慧能。息机：谓熄灭机心。

寄怀曾口寺文英大师[1]

著紫袈裟名已贵[2]，吟红菡萏价兼高。秋风曾忆西游处，门对平湖满白涛。

【校勘】

"寄怀曾口寺文英大师"，甲本作"寄怀曾口寺文英大师（一本无曾口寺三字）"，丁本作"寄怀文英大师"。

"西游"，丁本作"相留"。

【注释】

[1] 文英大师：按，唐代刘兼有《送文英大师》，诗中云"摇鞭相送嘉陵岸"，又，此诗中云"西游处"，则二人即为一人。

[2] "著紫袈裟"句："紫袈裟"即紫衣，即朝廷赐予高僧大德之紫色袈裟或法衣。又作紫服。按，我国古代朝廷敕赐臣下服章以朱紫为贵，及于唐朝，乃仿此制，由朝廷敕赐紫袈裟予有功德之僧，以表荣贵，故云。

怀道林寺道友[1]

四绝堂前万木秋[2]，碧参差影压江流[3]。闲思宋杜题诗板[4]，一月凭栏到夜休。

【校勘】

"怀道林寺道友"，甲本作"怀道林寺道友（一本无道友二字）"，丁本作"怀道林"。

"江"，甲、乙、丙、丁本均作"湘"。

"月"，甲本作"日（一作上）"，乙、丙本均作"日"，丁本作"上"。

【注释】

[1] 道林寺：在湖南长沙市西岳麓山下，濒临湘水。齐己曾于道林寺居住约十年，对之有深厚的感情。晚年寓居荆州，常常赋诗以表思念。此诗题云"怀道林寺道友"，或即作于齐己晚年居荆州期间（921—938）。道友：即修道之友。此"道"指佛教之道。又作道侣。

[2] 四绝堂：乃唐僖宗乾符（874—879）年间袁浩所建。"四绝"是指沈传师、裴休的笔札和宋之问、杜甫的诗章。

[3] 参差：谓长短、高低、大小不齐。

[4] 宋杜题诗：谓宋之问、杜甫之题诗。宋之问题诗为《湖中别鉴上人》。杜甫题诗为《岳麓山道林二寺行》。

辞主人绝句四首[1]
放鹤[2]

华亭来复去芝田[3]，丹顶霜毛性可怜[4]。纵与乘轩终误主，不如还放却辽天[5]。

【校勘】

底本诗题作"放鹤放猿绝句四首上辞主人"，甲、乙本作"辞主人绝句四首"，丁本作"辞主人四首"，从甲、乙本。

"来"，甲本作"来（一作又）"，丁本作"又"。

"却"，甲本作"却（一作去）"，丁本作"去"。

【注释】

[1] 主人：按，齐己《渚宫莫问诗一十五首》序云："予以辛巳岁（921年），蒙主人命居龙安寺。"此"主人"即荆南节度使高季兴（858—929）。齐己晚年居荆南时，多有诗送高季兴，如《中秋十四日夜对月上南平主人》、《庭际晚菊上主人》、《辞主人绝句四首》等。故此诗当作于齐己居荆南至高季兴卒间，即作于921—929年间。

[2] 放鹤：《世说新语·言语》："支公（道林）好鹤，有人遗其双鹤，少时，翅长欲飞，乃铩其翮。鹤轩翥不复能飞，乃反。顾翅垂头，视之如有懊丧意。林曰：'既有凌霄之姿，何肯为人作耳目近玩？'养令翮成，置

使飞去。"《高僧传》卷四《支遁传》亦载:"后有饷鹤者,遁谓鹤曰:'尔冲天之物,宁为耳目之玩乎?'遂放之。"

[3] 华亭:县名。三国吴陆逊封邑,其地在今上海市松江县,以其地有华亭谷而得名。《元和郡县图志》卷二五〔苏州华亭县〕:"华亭谷,在县西三十五里。……陆机云'华亭鹤唳',此地是也。"芝田:仙人种芝草的地方。曹植《洛神赋》:"尔乃税驾乎蘅皋,秣驷乎芝田。"后注云:"《嵩高山记》曰:'山上神芝。'《十洲记》曰:'钟山(即昆仑山)仙家耕田种芝草。'"施肩吾《天柱山赠峨嵋田道士》:"近闻教得玄鹤舞,试凭驱出青芝田。"天峤游人《题邓仙客墓》:"鹤老芝田鸡在笼,上清那与俗尘同。"僧元淳诗句:"赤城峭壁无人到,丹灶芝田有鹤来。"

[4] 丹顶霜毛:即丹顶鹤,头顶红色,羽毛如霜雪一样白。

[5] 辽天:辽阔的天空。

放猿

堪忆春云十二峰[1],野桃山杏摘香红。王孙可念愁金锁[2],从放断肠明月中。

【校勘】

"从",甲本作"从(一作纵)",丁本作"纵"。

【注释】

[1] 十二峰:即巫山十二峰。巫山群峰陡峭,著名的有十二峰,峰名说法不一。

[2] 王孙:王侯子孙,泛指贵家子弟。

放鹭鸶[1]

白萍红蓼碧江涯[2],日暖双双立睡时。顾揭金笼放归去,却随沙鹤斗轻丝。

【注释】

[1] 鹭鸶：即白鹭。白鹭头顶、胸、肩、背皆生长毛，毛细如丝，故称。

[2] 白萍：开白色花的浮萍。红蓼："蓼"乃植物名。草本，叶味辛香，花淡红色或白色。品类甚多，有水蓼、马蓼、辣蓼等。"红蓼"即开红色花的蓼草。江涯：江边。

放鹦鹉[1]

陇西苍巘结巢高[2]，本为无人识翠毛。今日笼中强言语，乞归天外啄含桃[3]。

【校勘】

"苍"，辛本作"花"。

"啄"，乙本作"琢"。

"含"，辛本作"金"。

【注释】

[1] 鹦鹉：鸟名。羽毛色彩美丽，头圆，嘴大而短，上嘴呈钩状，舌柔软，经训练能学人言语。《山海经·西山经》："黄山有鸟焉，其状如鸮，青羽赤喙，人舌能言，名曰鹦鹉。"

[2] 陇西：郡名，战国秦昭襄王二十七年置，治所在今甘肃临洮南。三国魏移至今甘肃陇西南。苍巘：苍翠的山峰。

[3] 含桃：樱桃的别名。

卷　十

猛虎行

　　磨尔牙[1]，错尔爪。狐莫威，兔莫狡，饥来吞噬取肠饱。横行不怕日月星，皇天产尔为生狞[2]。前村半夜闻吼声，何人按剑灯荧荧[3]。

【校勘】

　　"取"，甲本作"〔取〕（助）"。

　　"星"，甲、丁本作"明"。

【注释】

　　[1] 尔：第二人称，你。此处指虎。

　　[2] 生狞：恶貌。韩愈《赴江陵途中寄赠王二十补阙李十一拾遗李二十六员外翰林三学士》："生狞多忿很，辞舌纷嘲啁。"李贺《猛虎行》："乳孙哺子，教得生狞。"

　　[3] 荧荧：微光闪烁貌。潘岳《悼亡赋》："灯荧荧兮如故，帷飘飘兮若存。"

西山叟[1]

　　西山中，多狼虎，去岁伤儿复伤妇。官家不问孤老身，还在前山山下住。

【注释】

[1] 叟：老年人。

君子行

圣人不生，麟龟何瑞。梧桐不高，凤凰何止。吾闻古之有君子，行藏以时[1]，进退求己[2]。荣必为天下荣，耻必为天下耻。苟进不如此，退不如此，亦何必用虚伪之文章，取荣名而自美？

【校勘】

"人"，丁本作"王"。

"龟"，甲、丙、丁、戊、己本作"龙"。

甲本"退不如此"后注"《乐府诗集》无此四字"。

【注释】

[1] 行藏以时：《论语·述而》："子谓颜渊曰：'用之则行，舍之则藏，唯我与尔有是夫！'"

[2] 进退求己：《孟子·尽心上》："古之人，得志，泽加于民；不得志，修身见于世。穷则独善其身，达则兼善天下。"

善哉行

大鹏刷翮谢溟渤[1]，青云万层高突出。下视秋涛空渺涨（漭）[2]，旧处鱼龙皆细物。人生在世何容易，眼浊心昏信生死[3]。愿除嗜欲待身轻，携手同寻列仙事。

【校勘】

"涨"，甲本作"漭"，乙、丁、丙本均作"弥"，"漭"同"弥"，当从甲本。

【注释】

[1] 刷翮：梳理羽翅。谢：辞别。溟渤：溟海和渤海。泛指大海。鲍照《代陆平原君子有所思行》："筑山拟蓬壶，穿池类溟渤。"刘长卿《奉

送从兄罢官之淮南》："何事浮溟渤，元戎弃莫邪。"李白《同族弟金城尉叔卿烛照山水壁画歌》："却顾海客扬云帆，便欲因之向溟渤。"

　　[2] 渺涨：当作"渺渁"，水旷远之貌。孟浩然《洞庭湖寄阎九》："渺渁江树没，合沓海潮连。"白居易《代书诗一百韵寄微之》："林晚青萧索，江平绿渺渁。"

　　[3] 信：任凭，任由。李白《赠宣城宇文太守兼呈崔侍御》："或弄宛溪月，虚舟信洄沿。"白居易《和元少尹新授官》："官稳身应泰，春风信马行。"

日日曲

　　日日日东上，日日日西没。任是神仙客，也须成朽骨[1]。浮云灭复生，芳草死还出。不知千古万古人，葬向青山为底物。

【校勘】

　　"客"，甲、乙、丙本均作"容"。

　　"知"，丁本作"如"。

【注释】

　　[1] "任是神仙"二句：任：任凭。二句言容颜易老，年华易去。寒山《玉堂挂珠帘》："玉堂挂珠帘，中有婵娟子。其貌胜神仙，容华若桃李。东家春雾合，西舍秋风起。更过三十年，还成苷蔗滓。"

耕叟

　　春风吹蓑衣，暮雨滴箬笠[1]。夫妇耕共劳，儿孙饥对泣。田园高且瘦，赋税重复急。官仓鼠雀群[2]，只待新租入。

【校勘】

　　"共"，甲本作"共（一作且）"。

　　"只"，甲本作"共（一作只）"。

【注释】

　　[1] 箬笠：用箬竹叶或篾编结成的宽边帽。张志和《渔父歌》："青箬

笠，绿蓑衣，斜风细雨不须归。"

　　[2] 官仓鼠雀：《诗经·魏风·硕鼠》："硕鼠硕鼠，无食我黍！……硕鼠硕鼠，无食我麦！……硕鼠硕鼠，无食我苗！"曹邺《官仓鼠》："官仓老鼠大如斗，见人开仓亦不走。健儿无粮百姓饥，谁遣朝朝入君口。"聂夷中《空城雀》："一雀入官仓，所食能损几。所虑往损频，官仓乃害尔。"

苦热行

　　离宫划开赤帝怒[1]，喝起六龙奔日驭[2]。下土熬熬若煎煮[3]，苍生煌煌（惶惶）无处避[4]。火云峥嵘焚沇瀭[5]，东皋老农肠欲焦[6]。何当一雨苏我苗，为君击壤歌帝尧[7]。

【校勘】

　　"起"，甲本作"出"。

　　"若"，甲本作"若（一作苦）"。

　　"煌煌"，甲、乙、丙、丁本均作"惶惶"，当从。

　　"避"，甲、乙、丙、丁本均作"处"。

　　"瀭"，甲、乙、丙、丁本均作"廖"。

【注释】

　　[1] 离宫：天子出游之宫。古代帝王于正式宫殿之外别筑宫室，以便随时游处，谓之离宫，言与正式宫殿分离。赤帝：日神。《乐府诗集·歌赤帝》："龙精初见大火中，朱光北至圭景同。帝在在离实司衡，水雨方降木槿荣。庶物盛长咸殷阜，恩覃四冥被九有。"李贺《六月》："炎炎红镜东方开，晕如车轮上徘徊，啾啾赤帝骑龙来。"

　　[2] 六龙：传说日神乘车，驾以六龙。刘向《远游》："贯颎濛以东揭兮，维六龙于扶桑。"

　　[3] 熬熬：愁怨声。《汉书·陈汤传》："国家罢敝，府藏空虚，下至众庶，熬熬苦之。"张籍《山头鹿》："旱日熬熬蒸野岗，禾黍不收无狱粮。"

　　[4] 煌煌：当作"惶惶"，惊恐不安貌。孟郊《谢李辀再到》："血字

耿不灭，我心惶惶惶。"白居易《卯时酒》："宠辱忧喜间，惶惶二十载。"

[5] 峥嵘：高峻深远。《楚辞·远游》："下峥嵘而无地兮，上寥廓而无天。"

[6] 东皋：田野或高地的泛称。陶渊明《归去来兮辞》："登东皋以舒啸，临清流而赋诗。"王维《归辋川作》："东皋春草色，惆怅掩柴扉。"

[7] 击壤：王充《论衡·感虚》："尧时，五十之民，击壤於涂。观者曰：'大哉，尧之德也！'击壤者曰：'吾日出而作，日入而息，凿井而饮，耕田而食。尧何等力？'"后"击壤"成为歌颂盛世太平的典故。谢灵运《初去郡诗》："即是羲唐化，获我击壤情。"王维《晦日游大理韦卿城南别业四声依次用各六韵》："幸同击壤乐，心荷尧为君。"

苦寒行

冰峰撑空寒蠹蠹[1]，云凝水冻埋海陆。杀物之性，伤人之欲。既不能□蒺藜荆棘之根株[2]，又不能展凤凰麒麟之拳跼[3]。如此，则何如为和煦[4]，为膏为雨，自然天下之荣枯，融融于万户[5]。

【校勘】

"冰"，丁本作"水"。

"□"，甲、丁本作"断绝"，乙本作"断"。

"凰"，甲本作"皇"。

"为膏为雨"，甲、丁本作"为膏雨"。

【注释】

[1] 蠹蠹：高峻貌。《汉书·司马相如传》："于是乎崇山蠹蠹，龙嵸崔巍，深林巨木，崭岩参差。"

[2] 蒺藜：草名。生于沙地，布地蔓生，果实表面突起如针状。

[3] 拳跼：同"拳局"，局促不得伸展。陈子昂《感遇诗三十八首》之二九："拳跼竟万仞，崩危走九冥。"李白《答王十二寒夜独酌有怀》："骅骝拳跼不能食，蹇驴得志鸣春风。"

[4] 和煦：温暖。韦应物《寄柳州韩司户郎中》："春风吹百卉，和煦变闾井。"

[5] 融融：和乐貌。《左传》隐公元年："（郑庄）公入而赋：大隧之中，其乐也融融。"

春风曲

春风有何情，旦暮来林园。不问桃李主，吹落红无言。

城中怀山友[1]

春城来往桃李碧，艳暖红香断消息。吾徒自有山中邻，白昼冥心坐岚壁[2]。

【校勘】

"艳暖"，甲、乙、丁本均作"暖艳"，丙本作"煖艳"。

【注释】

[1] 按，此诗题云"城中"，当即荆州城中，故此诗当作于齐己晚年居荆州期间（921—938）。

[2] 冥心：潜心苦思。岚壁：雾气缭绕的山壁。

读李贺歌集[1]

赤水无精华[2]，荆山亦枯槁[3]。玄珠与虹玉，灿灿李贺抱[4]。清晨醉起临春台，吴绫蜀锦胸襟开[5]。狂多两手掀蓬莱[6]，珊瑚掇尽空土堆。

【校勘】

"灿灿"，甲、乙、丙本均作"璨璨"，二者意同。

【注释】

[1] 李贺（790—816）：字长吉。关于其诗歌集，《新唐书·艺文志》著录《李贺集》五卷；《郡斋读书志》著录《李贺集》四卷、外集一卷；《直斋书录解题》著录《李长吉集》一卷；《宋史·艺文志》著录《李贺

集》一卷、《外集》一卷；《全唐诗》编录李贺诗五卷。

[2] 赤水：神话中的水名。在昆仑山东南。传说赤水产珠。

[3] 荆山：著名美玉和氏璧的产地，在今湖北南漳县西。

[4] 灿灿：同"璨璨"，明亮貌。无名氏《杂曲歌辞·入破第一》："璨璨繁星驾秋色，棱棱霜气韵钟声。"

[5] 吴绫：吴地出产的丝织品。蜀锦：蜀地出产的丝织物，极其有名。杜甫《白丝行》："缲丝须长不须白，越罗蜀锦金粟尺。"后注云："越罗蜀锦，天下之奇纹也。"后秦州、湖州等地也产蜀锦，但织法皆源自蜀地。

[6] 蓬莱：传说为仙人所居的山名。《史记·秦始皇本纪》："（秦始皇二十八年）齐人徐市等上书，言海中有三神山，名曰蓬莱、方丈、瀛洲，仙人居之。"《史记·封禅书》："自（齐）威（王）、宣（王）、燕昭（王）使人入海求蓬莱、方丈、瀛洲，此三神山者，其传在渤海中，去人不远。患且至，则船风引而去。盖尝有至者，诸仙人及不死药皆在焉。其物禽兽皆白，而黄金银为宫阙。未至，望之如云；及到，三神山反居水下；临之，风辄引去，终莫能至云。"

风琴引[1]

拨吴丝[2]，雕楚竹[3]，高托天风拂为曲。——宫商在素空，鸾鸣凤语翘梧桐[4]。夜深天碧松风多，孤窗寒梦惊流波。愁魂傍枕不肯去，翻疑住处邻湘娥[5]。金风声尽薰风发，冷泛虚堂韵难歇。常恐听多耳渐烦，清音不绝知音绝。

【校勘】

"拨"，甲、乙、丙、丁、戊、己、庚、辛本均作"捋"。

"金风"，甲本作"金（一作薰）风"。

"薰"，甲本作"薰（一作金）"。

"金风声尽薰风发"，丁本此句作"薰风声尽金风发"。

"冷泛"，辛本作"冷泛（一作泠泠）"。

"烦"，戊、己、庚、辛本作"繁"。

【注释】

[1] 风琴：即风铃，风吹则响。

[2] 吴丝：吴地出产的丝织品，纤细如丝，可制琴瑟琵琶等弦乐器。李贺《李凭箜篌引》："吴丝蜀桐张高秋，空白凝云颓不流。"

[3] 楚竹：指湘妃竹，亦称斑竹。一种有褐斑的竹子。可制竹管乐器。孟郊《楚竹吟酬卢虔端公见和湘弦怨》："握中有新声，楚竹人未闻。"王韫秀《喻夫阻客》："楚竹燕歌动画梁，春兰重换舞衣裳。"

[4] 梧桐：此处指用梧桐所制的琴。

[5] 湘娥：即舜妃娥皇、女英。李贺《黄头郎》："水弄湘娥佩，竹啼山露月。"皮日休《石榴歌》："玉刻冰壶含露湿，斓斑似带湘娥泣。"

【汇评】

清·郑方坤撰《五代诗话》卷八引《丹铅总录》：古人殿阁檐稜间，有风琴、风筝，皆因风动成音，自谐宫商。元微之诗："鸟啄风筝碎珠玉。"高骈有《夜听风筝》诗云："夜静弦声响碧空，宫商信任往来风。依稀似曲总堪听，又被风吹别调中。"僧齐己有《风琴引》……今名纸鸢曰风筝，亦非也。

夏云曲

红嵯峨[1]，烁晚波，乖龙慵卧旱鬼多。爥爥万□压天堑[2]，飔雷电光空闪闪[3]。好雨不雨风不风，徙倚穹苍作岩险[4]。男巫女觋更走魂，焚香祝天天不闻。天若闻，必能使尔为润泽，洗埃氛。而又变之成五色，捧日轮，将以表唐尧虞舜之明君。

【校勘】

"□"，甲、乙、丙、丁、戊、己、庚本均作"里"。

"电光"，戊、己、庚本作"驱电"。

"徙"，甲、丙、戊、己、庚本作"徒"。

"穹苍"，戊、庚本作"苍穹"。

"天若闻"，丁本无此句。

【注释】

[1] 嵯峨：高峻貌。

[2] 爞爞：旱热熏人。《尔雅·释天》："爞爞、炎炎，薰也。"郭璞注："皆旱热熏炙人。"白居易《贺雨》："自冬及春暮，不雨旱爞爞。"

[3] 飑：飞扬，高飞。

[4] 穹苍：天空。岩险：即险岩，险峻之山岩。

读李白集[1]

竭云涛，刳巨鳌[2]，搜掊造化空牢牢。冥心入海海神怖，骊龙不敢为珠主。人间物象不供取，饱食游神向悬圃。锵金铿玉千馀篇[3]，脍吞炙嚼人口传[4]。须知一一丈夫气，不是绮罗男（儿）女言。

【校勘】

"掊"，甲、乙、丙、戊、己、庚、辛本均作"括"，丁本作"刮"。

"食"，甲本作"饮（一作饭）"，乙、丙、戊、己、辛本均作"饮"，丁、庚本作"饭"。

"悬"，乙、丁、戊、己、庚、辛本作"玄"。

"吞"，己本作"蚕"。

"男"，甲、乙、丙、丁、戊、己、庚、辛本均作"儿"，当从。

【注释】

[1] 李白（701—762）：盛唐著名诗人，被誉为"诗仙"。据魏万《李翰林集序》、李阳冰《草堂集序》，李白生前曾嘱咐魏万、李阳冰编辑其诗文。《旧唐书·李白传》云"有文集二十卷，行于时"。《新唐书·艺文志》著录《李白草堂集》二十卷。《宋史·艺文志》著录《李白集》三十卷。《全唐诗》编录李白诗二十五卷。

[2] 刳：剖开，挖空。

[3] 锵金铿玉：金玉声。此处喻李白诗文声韵优美。

[4] "脍吞炙嚼"句：此处指李白诗文脍炙人口，流传甚广。韩愈《调张籍》："李杜文章在，光焰万丈长。"白居易《读李杜诗集，因题卷后》："吟咏留千古，声名动四夷。"曹松《吊李翰林》："李白虽然成异物，

逸名犹与万方传。"

【汇评】

清·郑方坤撰《五代诗话》卷八引《留青日札》：太白甯放弃而不作眷恋之态，甯狂荡而不作规矩之语，子美不能不让此两者。元微之谓太白不能窥杜甫之藩篱，况堂奥乎！此非公论。退之云："李杜文章在，光焰万丈长。不知群儿愚，那用故谤伤。"齐己云："须知一一丈夫气，不是绮罗儿女言。"此真知太白者。

祈贞（真）坛[1]

玉甃瑶坛二三级，学仙弟子参差入。霓旌队仗下不下，松桧森森天露湿。殿前寒气束香云，朝祈暮祷玄元君[2]。茫茫俗骨醉更昏，楼台十二遥昆仑[3]。昆仑纵广一万二千里，中有五色云霞五色水。何当断欲便飞去，不要九转神丹换精髓[4]。

【校勘】

"贞"，甲、乙、丙、丁、戊、庚、辛本均作"真"，当从。

"甃"，甲本作"甕"。

"遥昆仑"，戊、辛本作"遥"。

"二千里"，戊、己、辛本作"三千里"。

"当"，丁本作"尝"。

"精"，丁本作"骨"。

【注释】

[1] 祈贞（真）坛：道家为得道成仙所立之坛。《太平广记》卷三九七〔山〕之〔玉笥山〕："汉武帝好仙，于玉笥山顶上置降真坛大还丹灶，道士昼夜祈祷。"

[2] 玄元君：即老子。李唐王朝尊老子李耳为始祖。唐高宗乾丰元年，追尊老子为太上玄元皇帝。唐玄宗天宝元年，陈王府参军田同秀言"玄元皇帝降见于丹凤门之通衢"；二年，追上尊号为大圣祖玄元皇帝。

[3] 楼台十二：即十二楼台，仙人所居之地。《汉书·郊祀志下》："方士有言：黄帝时为五城十二楼，以候神人于执期，名曰迎年。"应劭

注："昆仑山玄圃五城十二楼，仙人之所常居。"刘复《游仙》："俯视昆仑宫，五城十二楼。"鲍溶《怀仙二首》之一："十二楼上人，笙歌沸天引。"昆仑：昆仑山，在今新疆、西藏之间，势极高峻。古代神话和道教都以昆仑山为仙境，上有瑶池、醴泉、县圃等仙人居处。

[4] 九转神丹：道家所谓服之可以长生升仙的丹药。道家炼丹，以九转为贵。"转"即循环变化，如把丹砂烧成水银，将水银又炼成丹砂。炼烧时间越长，则转数愈多，效能愈高。

黄雀行

双双野田雀，上下同饮啄。暖去栖蓬蒿[1]，寒归傍篱落。殷勤避罗网[2]，乍可遇雕鹗[3]。雕鹗虽不仁，分明在寥廓[4]。

【注释】

[1] 蓬蒿：蓬草与蒿草。

[2] 殷勤：小心谨慎。

[3] 雕鹗：一种猛禽，似鹰而大，黑褐色。鹗：俗称鱼鹰。

[4] 寥廓：广阔，旷远。此处指阔远的天空。

石竹花

石竹花开照庭石，红藓自禀离宫色[1]。一枝两枝初笑风，猩猩血泼低低丛[2]。常嗟世眼无真鉴，却被丹青苦相陷。谁为根寻造化功，为君吐出平原（淳元）胆[3]。白日当午方盛开，彤霞灼灼临池台。繁香浓艳如未已，粉蝶游蜂狂欲死。

【校勘】

"平原"，甲、乙、丙本均作"淳元"，当从。

【注释】

[1] 离宫：天子出游之宫。古代帝王于正式宫殿之外别筑宫室，以便随时游处，谓之离宫，言与正式宫殿分离。此处谓石竹花之色如离宫之

红色。

  [2] 猩猩：猩红色。指石竹花色红如猩猩之血。

  [3] 平原：当作"淳元"，深玄，深远。

寄南岳白莲道士能于长啸[1]

  猿猱休啼月皎皎[2]，蟋蟀不吟山悄悄。大耳仙人满颔髭[3]，醉倚长松一声啸。

  【注释】

  [1] 南岳：即衡山，在今湖南衡阳市北。啸：撮口出声。

  [2] 皎皎：光明貌。嵇康《杂诗》："皎皎亮月，丽于高隅。"

  [3] 颔：下巴。

古剑歌

  古人手中铸神物，百炼百淬始提出。今人不要强硎磨[1]，莲锷星文未曾没[2]。一弹一抚闻铮铮[3]，老龙影夺秋灯明。何时得遇英雄主，用尔平治天下去。

  【注释】

  [1] 硎磨：在磨刀石上磨。"硎"即磨刀石。

  [2] 莲锷星文：器物上刻铸的莲花形的凸纹。

  [3] 铮铮：指金属、玉器等相撞击声。

湘妃庙[1]

  湘烟濛濛湘水急[2]，汀露凝红裛莲湿[3]。苍梧云叠九嶷深[4]，二女魂飞江上立。相携泣，凤盖龙□追不及。庙荒松朽啼飞猩，筠鞭进出阶基倾。黄昏一岸阴风起，新月如眉生阔水。

【校勘】

"巇"，丁本作"疑"。

"□"，甲、乙、丙、丁、戊、己、庚、辛本作"舆"。

"岸"，丁、戊、己、庚、辛本作"片"。

"阆"，丁本作"阙"。

【注释】

[1] 湘妃庙：一名二妃庙，世称黄陵庙。《水经注》卷三八［湘水］："湘水又北经黄陵亭西，右合黄陵水口，其水上承大湖，湖水西流，经二妃庙南，世谓之黄陵庙也。言大舜之陟方也。二妃从征，溺于湘江。神游洞庭之渊，出入潇湘之浦。"故址在今湖南湘阴县北。清《一统志》［长沙府］引《通典》："湘阴县北，地名黄陵，即二妃所葬。"

[2] 湘水：即湘江，纵贯湖南省。

[3] 裛：沾湿。

[4] 苍梧：即九疑山，又作九嶷山，地在今湖南宁远县境。

巫山高[1]

巫山高，巫女妖，雨为暮兮云为朝，楚王憔悴魂欲消[2]。秋猿嗷嗷日将夕[3]，红霞紫烟凝老壁。千岩万壑花皆坼[4]，但恐芳菲无正色。不知今古行人行，几人经此无秋情。云深庙远不可觅，十二峰头插天碧[5]。

【校勘】

"消"，甲、乙、丙本均作"销"。

【注释】

[1] 巫山：在今重庆市巫山县东。

[2] "巫山高"四句：宋玉《高唐赋》："昔者，楚襄王与宋玉游于云梦之台，望高唐之观。其上独有云气……王问玉曰：'此何气也？'玉对曰：'所谓朝云者也。'王曰：'何谓朝云？'玉曰：'昔者，先王尝游高唐，怠而昼寝，梦见一妇人，曰：妾，巫山之女也，为高唐之客，闻君游高唐，原荐枕席。王因幸之。去而辞曰：妾在巫山之阳，高丘之阻，旦为朝云，暮为行雨，朝朝暮暮，阳台之下。'"

[3] 噪噪：噪叫声。

[4] 坼：裂开、分开。

[5] 十二峰：即巫山十二峰。巫山群峰陡峭，著名的有十二峰，峰名说法不一。

赠持《法华经》僧[1]

众人有口，不说是，即说非[2]。吾师有口何所为，莲经七轴六万九千字[3]，日日夜夜终复始。乍吟乍讽何悠扬，风篁古松含秋霜。但恐天龙夜义（叉）乾闼众[4]，匐塞虚空耳皆耸[5]。我闻念经功德缘[6]，舌根可等金刚坚[7]。他时劫火洞燃后[8]，神光灿灿如红莲[9]。受持身心苟精洁[10]，尚能使烦恼大海水枯竭[11]，魔王轮幢自摧折，何况更如理行如理说[12]。

【校勘】

"义"，甲本作"叉"，当从。

"等"，甲本作"算（一作等）"，丙本作"算"。

"洞"，丁本无。

"灿灿"，甲、乙、丙、丁本作"璨璨"，二者意同。

【注释】

[1] 持《法华经》僧：即念持《法华经》的僧人。《法华经》乃《妙法莲华经》之简称。此经乃大乘佛教要典之一。主旨在于弘扬"三乘归一"，即声闻、缘觉、菩萨之三乘归于一佛乘，并认为一切众生皆能成佛。此经亦最能饶益众生，以故受持、读诵、解说、书写、供奉此经和按照此经修行的人数最多。《妙法莲华经弘传序》："自汉至唐六百余载，总历群籍，四千余轴，受持盛者，无出此经。"此诗中的"持《法华经》僧"就是其中之一例。

[2] "众人有口"三句：谓世俗之人因有种种欲望，故是非长存于心，是非常出于口，而佛门中人由于心静，心中口中无是无非。《古尊宿语录》卷四三《住庐山归宗语录》："世俗谛中，有秋有夏，有解有结。佛法门中，无是无非，无得无失，莫非妙用。"

[3] 莲经：即《妙法莲华经》。李中《赠念〈法华经〉缓上人》："念

彻莲经谁得见，千峰岩外晓苍苍。"修雅《闻诵〈法华经〉歌》："石上有僧，结跏横膝。诵白莲经，从旦至夕。"七轴：七卷。按，《妙法莲华经》汉译本现存三种，其中尤以鸠摩罗什所译七卷《妙法莲华经》本为最流行，一般所抄所诵者即为此本。此处即是。

[4] 天龙：即诸天与龙神，为八部众之二众。八部者：一天、二龙、三夜叉、四乾闼婆、五阿修罗、六迦楼罗、七紧那罗、八摩睺迦。八部为守护佛法而有大力之诸神。八部众中，以天、龙二众为上首，故标举其名，统称天龙八部。夜义：当作"夜叉"，佛教八部众之一。又作药叉、野叉。意即止住地上或空中，以威势恼害人类或守护正法之鬼类。乾闼：乾闼婆之略。又作犍闼婆、健达缚等。指与紧那罗同侍奉帝释天而司奏雅乐之神。又作寻香神、乐神、执乐天。八部众之一。传说不食酒肉，唯以香气为食。其状貌说法不一，或谓身上多毛，半人半兽，或谓丰姿极美。印度古神话谓，吠陀时代之乾闼婆奉侍帝释天之宴席，专事歌唱奏乐。《大智度论》卷十："犍闼婆王至佛所弹琴赞佛，三千世界皆为震动，乃至摩诃迦叶不安其坐。"按，此句"天龙夜义（叉）乾闼众"是以三部众代指八部众。

[5] "罶塞虚空"句：谓佛教八部众闻说念持《法华经》，皆来赴听，以至塞满天空，且人人竖耳聆听。《妙法莲华经》卷六《法师功德品》："若以舌根于大众中有所演说，出深妙声，能入其心，皆令欢喜快乐。又诸天子天女、释梵诸天闻是深妙音声，有所演说，言论次第，皆悉来听。及诸龙龙女、夜叉夜叉女、乾闼婆乾闼婆女、阿修罗阿修罗女、迦楼罗迦楼罗女、紧那罗紧那罗女、摩睺罗伽摩睺罗伽女，为听法故，皆来亲近，恭敬供养。及比丘、比丘尼、优婆塞、优婆夷、国王、王子、群臣、眷属、小转轮王、转轮王、七宝千子、内外眷属，乘其宫殿，俱来听法。"

[6] "我闻念经"句：谓念持《法华经》有种种功德。《妙法莲华经》卷六《法师功德品》："若善男子善女人，受持是《法华经》，若读若诵，若解说，若书写，是人当得八百眼功德；千二百耳功德；八百鼻功德；千二百舌功德；八百身功德；千二百意功德。以是功德庄严，六根皆令清净。"

[7] "舌根可等"句：谓虔诚念持《法华经》者，命终舌根不坏，有如金刚。《法苑珠林》卷八五："雍州有僧亦诵《法华》，隐于白鹿山，感

一童子常供给。至终，置尸岩下，余骸枯朽，唯舌多年不坏。又齐武成世，并州东看山侧有人掘地，见一处土，其色黄白，与傍有异。寻见一物，状人两唇。其内有舌，鲜红赤色。以事奏闻，问诸道人，无能知者。沙门大统法师上奏曰：'此持《法华》者，令六根不坏。殷诵千遍，定感此征。'"

[8]"他时劫火"句："劫火"，又作劫尽火、劫烧，指坏劫时所起之火灾。佛教认为世界之成立分为成、住、坏、空四劫，于坏劫之末必起火灾、水灾、风灾，火灾之时，天上出现七日轮，初禅天以下全为劫火所烧，一切都变成灰烬。《妙法莲华经玄义》卷四："如劫火烧木，无复炭灰。"《仁王护国般若波罗蜜多经》卷下《护国品》："劫火洞然，大千俱坏。须弥巨海，磨灭无余。""劫火洞燃"是指火灾中烧尽一切物之情况。禅林中，常以劫火中是否尚有残余未被燃烧之物，作为禅话提示之一。《景德传灯录》卷十一："益州大随法真禅师，僧问：'劫火洞然，大千俱坏，未审此个还坏也无？'师云：'坏！'"《正法华经》卷六《七宝塔品》："不如于来世，须臾读此经。假使劫烧时，人践火中行。乃担草不烧，不足以为奇。"

[9]"神光灿灿"句："灿灿"谓鲜明发光。此句谓舌根鲜灿如红色的莲花花瓣。《宣室志·悟真寺僧》："唐贞观中，有王顺山悟真寺僧，夜如蓝溪，忽闻有诵《法华经》者，其声纤远。时星月回临，四望数十里，阒然无睹，其僧惨然有惧。及至寺，且白其事于群僧。明夕，俱于蓝溪听之，乃闻经声自地中发，于是以标表其所。明日，穷表下，得一颅骨在积壤中。其骨槁然，独唇吻与舌鲜而且润。"《五灯会元》卷十《报恩永安禅师》："阇维舌根不坏，柔软如红莲花，藏于普贤道场。"

[10]"受持身心"句：谓念持《妙法莲华经》能使身心清明洁净，也即身功德和意功德。《妙法莲华经》卷六《法师功德品》谓念持《法华经》能得八百身功德："得清净身，如净琉璃，众生喜见。"千二百意功德："以是清净意根，乃至闻一偈一句，通达无量无边之义。解是义已，能演说一句一偈，至于一月四月乃至一岁，诸所说法，随其义趣，皆与实相不相违背。若说俗间经书，治世语言资生业等，皆顺正法。三千大千世界六趣众生，心之所行，心所动作，心所戏论，皆悉知之。虽未得无漏智慧，而其意根清净如此。"

[11]"尚能使烦恼"句：谓念持《妙法莲华经》能使如大海一样深广的烦恼消失殆尽。佛教言众生烦恼之多之深广，常用烦恼海、烦恼河、烦恼水来形容。《华严经》卷一："众生没在烦恼海，愚痴邪浊甚可怖。"《阿毗昙毗婆沙论》卷二五《使捷度不善品》："何能拔此八十八烦恼之树，度八十八烦恼大河，干竭八十八烦恼大海，摧破八十八烦恼之山？"《宝星陀罗尼经》卷四《魔王归伏品》："众生病寂灭，烦恼水枯涸。"

[12]"何况更如"句：谓受持、读诵、解说、书写、供奉《法华经》和按照此经修行会得无上福德、智慧和法力。《妙法莲华经》卷六《如来神力品》："是故汝等于如来灭后，应一心受持、读、诵、解说、书写、如说修行……于此命终，即往安乐世界。"卷七《陀罗尼品》："若善男子，善女人，能于是经，乃至受持一四句偈，读、诵、解义、如说修行，功德甚多。"

刳肠龟[1]

尔既能于灵，应久存其生。尔既能于瑞，胡得迷其死。刳肠徒自屠，曳尾复何累。可怜濮水流，一叶泛庄子[2]。

【注释】

[1]刳：剖开，挖空。

[2]"曳尾"三句："曳尾"即拖着尾巴。《庄子·秋水》："庄子钓于濮水，楚王使大夫二人往先焉，曰：'愿以境内累矣！'庄子持竿不顾，曰：'吾闻楚有神龟，死已三千岁矣，王巾笥而藏之庙堂之上。此龟者，宁其死为留骨而贵乎？宁其生而曳尾于途中乎？'二大夫曰：'宁生而曳尾途中。'庄子曰：'往矣！吾将曳尾于途中。'"后"曳尾于途中"用来比喻自由自在的生活。《三国志·邴正传》："宁曳尾于途中，秽浊世之休誉。"胡曾《濮水》："青春行役思悠悠，一曲汀蒲濮水流。正见涂中龟曳尾，令人特地感庄周。"

赠岩居僧

石如麒麟岩作室[1]，秋坛（苔）漫坛净于漆[2]。袈裟盖头心在无，黄猿白猿啼日日。

【校勘】

"麒麟"，甲、乙、丙、丁本均作"骐驎"，"骐驎"，古同"麒麟"。

"秋坛"，甲、乙本均作"秋苔"，当从。

【注释】

[1] 麒麟：传说中的祥兽，形似鹿，独角，全身有鳞甲，尾像牛尾。

[2] 漫：遍布，布满。

观李璃（琼）处士画海涛

巨鳌转侧长鳅翻[1]，狂涛颠浪高漫漫。李琼夺得造化本，都卢缩在秋毫端[2]。一挥一画皆筋骨，溠漾崩腾大鲸□[3]。瓦仙槎摆□欲沉[4]，下头应是骊龙窟。昔年曾梦涉蓬瀛[5]，唯闻撼动珊瑚声。今来正叹陆沉久[6]，见君此画思前程。千寻万派功难测，海门山小涛头白[7]。今人错认钱塘城，罗刹石底奔雷霆[8]。

【校勘】

"璃"，甲、乙、丙、丁、戊、己、庚本均作"琼"，当从。

"□"，甲、乙、丁、戊、己、庚本均作"桌"。

"瓦仙槎摆□欲沉"，甲、乙本此句作"叶扑仙槎摆欲沉"，丁、戊、己、庚本此句作"叶样仙槎摆欲沉"。

"梦"，甲、丙本作"要"。

"唯"，戊、己本作"惟"。

"今人"，甲、乙、丁、戊、己、庚本作"令人"。

【注释】

[1] 鳅：即泥鳅，形似鳝。此处指海鳅，生海中，极大。

[2] 都卢：统统，全部，总是。卢仝《守岁二首》之二："不及儿童日，都卢不解愁。"

[3] 滉漾：浮动貌。刘禹锡《客有为余话登天坛遇雨之状，因以赋之》："滉漾雪海翻，槎牙玉山碎。"鲸：鲸鱼。雄曰鲸，雌曰鲵。

[4] 槎：竹、木筏。

[5] 蓬瀛：蓬莱和瀛洲，传说仙人所居山名。《史记·秦始皇本纪》："（秦始皇二十八年）齐人徐市等上书，言海中有三神山，名曰蓬莱、方丈、瀛洲，仙人居之。"《史记·封禅书》："自（齐）威（王）、宣（王）、燕昭（王）使人入海求蓬莱、方丈、瀛洲，此三神山者，其传在渤海中，去人不远。患且至，则船风引而去。盖尝有至者，诸仙人及不死药皆在焉。其物禽兽皆白，而黄金银为宫阙。未至，望之如云；及到，三神山反居水下；临之，风辄引去，终莫能至云。"

[6] 陆沉：比喻埋伏、退隐。白居易《送张南简入蜀》："昨日诏书下，求贤访陆沉。"薛能《下第后春日长安寓居三首》："一榜尽精选，此身犹陆沉。"

[7] 海门：《辍耕录》云："浙江之口有两山焉，其南曰龛山，其北曰赭山，盖峙于江海之会，谓之海门。"

[8] 罗刹：恶鬼的总名，男的叫罗刹娑，女的叫罗刹私，或飞空，或地行，喜欢食人的血肉。

昇天行

身不沉，骨不重。驱青鸾，驾白凤。幢盖飘飙入冷空，天风瑟瑟星河动。瑶阙参差阿母家[1]，楼台戏闭凝彤霞。五三仙子乘龙车，堂前碾烂蟠桃花。回首却顾蓬山顶[2]，一点浓岚在深井[3]。

【校勘】

"沉"，乙、戊、己本作"沈"，二字通。

"飙"，甲本作"摇（一作飙）"。

"戏"，丁、戊、己、庚、辛本作"虚"。

"五三"，甲、庚本作"三五"。

"首"，甲、乙、丙、丁、戊、己、庚、辛本均作"头"。

"蓬山"，甲、丙本作"蓬莱"。

"岚"，丁本作"风"。

【注释】

[1] 瑶阙：神仙宫阙。阿母：指王母娘娘。

[2] 蓬山：即蓬莱，传说为仙人所居的山名。

[3] 岚：雾气。

还人卷

李白李贺遗机杼[1]，散在人间不知处。闻君收在芙蓉江，日斗鲛人织秋浦[2]。金梭轧轧文离离[3]。吴姬越女羞上机[4]。鸳鸯浴烟鸾凤飞，澄江晓映馀霞辉。仙人手持玉刀尺，寸寸酬君珠与璧。裁作霞裳何处披，紫皇殿里深难觅。

【校勘】

"蓉"，丁本作"容"。

"轧轧"，甲、丙本作"札札"。

"姬"，丁本作"娃"。

"难"，甲本作"难（一作相）"。

【注释】

[1] 机杼：本指织布机。此处喻诗文创作中构思和布局的新技巧。《魏书·祖莹传》："（祖）莹以文学见重，常语人云：'文章须自出机杼，成一家风骨。何能共人同生活也？'"

[2] 鲛人：传说中居于海底的怪人。张华《博物志》："南海水有鲛人，水居如鱼，不废织绩，其眼能泣珠。"又云："鲛人从水中出，曾寄寓人家，积日卖绡。鲛人临去，从主人索器，泣而出珠满盘，以与主人。"任昉《述异记》："鲛人即泉先也，又名泉客。南海出鲛绡纱，泉先潜织，一名龙纱。其价百余金，以为服，入水不濡。"

[3] 轧轧：象声词，机织声。离离：历历分明。

[4] 吴姬越女：吴越之地的美女。此句以吴姬越女羞于上机织布称赞

友人诗文的精美。

轻薄行

玉鞭金镫骅骝蹄[1]，横眉吐气如虹霓。五陵春暖芳草齐[2]，笙歌到处花成泥。日沉月上且斗鸡，醉来莫问天高低。伯阳道德何唾咦[3]，仲尼礼乐徒卑栖[4]。

【校勘】

"五"，甲本作"五（一作玉）"。

"唾咦"，甲本作"唾咦（一作涕唾）"。

【注释】

[1] 镫：骑马登脚的用具。骅骝：赤色的骏马。

[2] 五陵：指汉高帝长陵、惠帝安陵、景帝阳陵、武帝茂陵、昭帝平陵，在渭水北岸，今陕西咸阳市附近。《水经注》卷一九［渭水］："秦名天子冢曰山，汉曰陵，故通曰山陵矣。《风俗通》曰：陵者，天生自然者也，今王公坟垅称陵。"汉元帝之前，皇帝陵墓各置一县供奉园陵，称"奉陵邑"。五陵地近长安，富家贵戚多迁居于此，风俗豪纵。班固《西都赋》："若乃观其四郊，浮游近县，则南望杜霸，北眺五陵，名都对郭，邑居相承。英俊之域，绂冕所兴，冠盖如云，七相五公。"李白《少年行》："五陵年少金陵东，银鞍白马度春风。"

[3] 伯阳：即老子，字伯阳，又字聃。《史记·老庄申韩列传》："老子修道德，其学以自隐无名为务。居周久之，见周之衰，乃遂去。至关，关令尹喜曰：'子将隐矣，彊为我著书。'于是老子乃著书上下篇，言道德之意五千余言而去，莫知其所终。"五千言后人习称《道德经》。此句言贵公子对老子道德的蔑视。

[4] 仲尼：《史记·孔子世家传》："孔子之时，周室微而礼乐废，诗书缺。追迹三代之礼，序书传，上纪唐虞之际，下至秦缪，编次其事。……故书传、礼记自孔氏。……礼乐自此可得而述，以备王道，成六艺。……孔子以诗书礼乐教，弟子盖三千焉，身通六艺者七十有二人。"此句言贵公子对孔子礼乐的鄙弃。

浮云行

　　大野有贤人，大朝有圣君。如何彼浮云，掩闭白日轮[1]。安得东南风，吹散八表外[2]。使之天下人，共见尧眉彩。

【校勘】

　　"闭"，甲、乙、丙本均作"蔽"。

　　"使之天下人"，甲本作"使之天下人（一本无之字）"，丁本此句作"使天下人"。

【注释】

　　[1] 日轮：太阳。日形如轮，故名。庾信《镜赋》："天河渐没，日轮将起。"

　　[2] 八表：八方之外，指极远的地方。陶渊明《停云》："八表同昏，平路伊阻。"

煌煌京洛行[1]

　　圣君垂衣裳，荡荡若朝旭[2]。大观无遗物，四夷来率服[3]。清晨回北极，紫气盖黄屋。双阙耸双鳌[4]，九门如川渎[5]。梯山航海至，昼夜车相续。我恐红尘深，变为黄河曲。

【注释】

　　[1] 煌煌：盛大貌。京洛：长安和洛阳。

　　[2] 荡荡：广大，广远。《尚书·洪范》："无偏无党，王道荡荡。"韦庄《和郑拾遗秋日感事一百韵》："皇恩思荡荡，睿泽转洋洋。"朝旭：早晨的太阳。

　　[3] 四夷：东夷、西戎、南蛮、北狄旧时统称四夷，是古代统治者对华夏族以外各族的蔑称。率服：依次臣服。

　　[4] 双阙：阙皆有二，夹峙宫门两旁，故云。

　　[5] 九门：《礼记·月令》："时雨将降，下水上腾，循行国邑，周视

原野，修利堤防，道达沟渎，开通道路，毋有障塞。田猎罝罘、罗网、毕翳、餧兽之药，毋出九门。"郑玄注："天子九门者，路门也，应门也，雉门也，库门也，皋门也（按，以上皆天子宫室之门），城门也，近郊门也，远郊门也，关门也。"此处泛指皇宫之门。

吊汨罗[1]

落日倚阑干，徘徊汨罗曲。冤魂如可吊，烟浪声似哭。我欲考鼋鼍之心[2]，烹鱼龙之腹。尔既啖大夫之血，食大夫之肉。千载之后，犹斯暗伏。将谓唐尧之尊，还如荒悴之君[3]。更有逐臣[4]，于焉葬魂。得以纵其噬，恣其吞。

【校勘】

"暗"，甲本作"暗（一作藏）"，戊、己、庚、辛本作"藏"。

"悴"，甲本作"悴（一作醉）"，戊、己、庚、辛本作"醉"。

"恣"，甲本作"〔恣〕（咨）"，庚本作"咨"。

【注释】

[1] 汨罗：汨罗江，为湘江支流，在湖南东北部，西流，注入洞庭湖。屈原于公元前278年投汨罗江而死。"吊汨罗"实即伤悼屈原。

[2] 鼋鼍："鼋"，即鳖，俗称王八。"鼍"，鳄鱼的一种，俗称猪婆龙。

[3] 荒悴：因贪念酒色而衰靡不振。

[4] 逐臣：谓屈原。《史记·屈原贾生列传》："令尹子兰闻之大怒，卒使上官大夫短屈原于顷襄王，顷襄王怒而迁之。屈原至于江滨，被发行吟泽畔。"钱起《江行无题一百首》之二十："憔悴异灵均，非谗作逐臣。"杜荀鹤《赠友人罢举赴交趾辟命》："纵经商岭非驰驿，须过长沙吊逐臣。"

赠念《法华经》僧[1]

念念念兮入恶易，念念念兮入善难。念经念佛能一般[2]，爱河竭处生波澜[3]。言公少年真法器[4]，白昼不出夜不睡。心心缘经口缘字[5]，一空（室）寥寥灯照地[6]。沉檀卷轴宝函盛[7]，蒨萄香薰水精记[8]。空山木落古寺闲，松枝鹤眠霜霰干[9]。牙根舌根冰滴寒[10]，珊瑚搥打红琅玕[11]。但恐莲花七朵一时坼，朵朵似君心地白。又恐天风吹天花，缤纷如雨飘袈裟[12]。况闻此经甚微妙，百千诸佛真秘要[13]。灵山说后始传来[14]，闻者虽多持者少。更堪诵入陀罗尼[15]，唐音梵音相杂时[16]。舜弦和雅薰风吹，文王武王弦更悲。如此争不遣碧空中有龟（龙）来听，有鬼来听[17]。亦使人间人闻者敬，见者敬[18]。自然心虚空，性清净[19]。此经真体即毗卢[20]，雪岭白牛君识无[21]？

【校勘】

"竭"，戊、己、庚、辛本作"无"。

"空"，甲、乙、丁、戊、己、庚、辛本均作"室"，当从。

"沉"，甲、乙、己本作"沈"。

"薰"，甲本作"熏"，"薰"同"熏"。

"闲"，丁本作"间"，"间"通"闲"。

"枝"，庚本作"顶"。

"冰"，甲、乙、己本均作"水"。

"搥"，戊、己、庚、辛本作"枝"。

"时"，戊、辛本作"十"。

"坼"，甲、戊、己、庚、辛本作"折"。

"地白"，甲本作"地白（一作簇攒）"，戊、己、庚、辛本作"簇横"。

"天风"，甲本作"天风（一作风紧）"，戊、己、庚、辛本作"风紧"。

"陀罗尼"，甲、庚本后有"此云总持"四字。

"薰风"，甲本作"熏风"。

"碧空"，乙、戊、己、庚本作"空碧"。

"龟"，甲、乙、戊、己、庚、辛本均作"龙"，当从。

"如此争不遣碧空中有龟来听"，丁本此句作"如此争不遣空一碧中有龙来听"。

"人间人"，甲、乙、丁、戊、己、庚、辛本均作"人间"。

"心虚空"，丁、戊、己、庚、辛本无"心"字。

"性清"，乙本作"性情"。

"毗卢"，己本作"此卢"，甲、庚本后有"此云种种光"。

【注释】

[1] 法华经：乃《妙法莲华经》之简称。此经乃大乘佛教要典之一。主旨在于弘扬"三乘归一"，即声闻、缘觉、菩萨之三乘归于一佛乘，并认为一切众生皆能成佛。此经亦最能饶益众生，以故受持、读诵、解说、书写、供奉此经和按照此经修行的人数最多。《妙法莲华经弘传序》："自汉至唐六百余载，总历群籍，四千余轴，受持盛者，无出此经。"又，据下文"言公少年真法器"，则此"念《法华经》僧"即为言公。按郑谷有《宜春再访芳公、言公幽斋，写怀叙事，因赋长言》诗，此言公居住于宜春。另，齐己与郑谷往来频繁，郑谷隐居宜春时，齐己曾去拜访，故二诗中"言公"或即为一人。

[2] 一般：此处实谓"不一般"，即念诵《妙法莲华经》能获得非同寻常的福德、智慧和神力。

[3] 爱河：佛教认为人有多种欲望，如欲有三欲、五欲、六欲等多种，又有贪欲、爱欲、睡眠欲、财欲等名目。而各种欲又带给人无穷之烦恼。《杂阿含经》卷四八："欲生诸烦恼，欲为生苦本。调伏烦恼者，众苦则调伏。调伏众苦者，烦恼亦调伏。"爱欲溺人，譬之为河，故曰"爱河"。《首楞严义疏注经》卷四："爱河枯干，令汝解脱。"王勃《释迦如来成道记》："莫不为爱河之长溺，缘痴乐之所盲。"敦煌变文《难陀出家缘起》："勤心念佛舍娑婆，努力修行出爱河，一串数珠长在手，声声相续念弥陀。"

[4] 法器：谓能修习佛法的人。《宋高僧传》卷一一《无业传》："（无业）诞生之夕，异光满室。及至成童，不为戏弄，行必直视，坐即加趺。商于缁徒，见皆惊叹：'此无上法器，速令出家，绍隆三宝。'"《景德传灯录》卷三："（二祖慧可）闻师诲励，潜取利刀，自断左臂，置于师前。师知是法器，乃曰：'诸佛最初求道为法忘形，汝今断臂吾前，求亦可在。'"

[5] 缘：按照，依照。

[6] 寥寥：寂静、虚静。

[7] 沉檀：沉香与旃檀香。沉香：为沉水香之略称。又称黑沉香、蜜香。系采自沉香树之天然香料。沉香树属瑞香科常绿乔木，因木心坚实，入水即沉，故有此称。其种类繁多，盛产于印度、波斯、暹罗、柬埔寨、

安南及中国广东南部、海南岛等地。其材质甚重，呈青白色，味芳香。当腐朽或遭砍伐时，中心木质会渗出黑色树脂，此即所谓的"沉香"。其香浓郁，优于诸香，且可供药用，治疗风水肿毒。其价值甚高，古来即甚受重视。《法苑珠林》卷三六："沉香……南州《异物志》曰：'木香出日南，欲取当先斫坏树，着地积久，外白朽烂，其心中坚者，置水则沈香。其次在心白之间，不甚坚精，置之水中，不沈不浮。与水平者，名曰筏香。其最小羸白者，名曰栈香。'顾微《广州记》：'新兴县悉是沈香，如同心草。土人斫之经年，肉烂尽，心则为沈香。'飔益期笺曰：'众香共是一木，木心为沈香。'"旃檀香：也叫檀香。旃檀是一种名贵香木，属檀香科之常绿乔木。有奇香，可作香，亦可制成香油。常用作寺院香料。卷轴：即《妙法莲华经》经轴。宝函：盛装经卷的匣子或柜子，因《妙法莲华经》乃众经之最之宝，故称盛装此经的匣子或柜子为"宝函"。

[8] 薝蔔：即薝卜花，其香无比。水精：又作水晶、颇梨、颇胝迦。

[9] 霰：下雪前后天空中降落的白色小冰粒。

[10]"牙根舌根"句：谓念持《妙法莲华经》使得口舌清净。

[11] 珊瑚：《一切经音义》卷一八："宝名也。出外国，生大海中，赤色莹彻，形如鹿角，有枝距，大者高尺，余小者高数寸，名曰珊瑚树，或裁以为珠也。"《翻译名义集》卷三："《外国传》曰：'大秦西南涨海中，可七八百里，到珊瑚洲。洲底盘石，珊瑚生其上，人以铁网取之。'任昉《述异记》：'珊瑚树碧色，生海底。一株数十枝，枝间无叶，大者高五六尺，小者尺余。'应法师云：'初一年青色，次年黄色，三年虫食败也。'大论云：'珊瑚出海中石树。'"琅玕：像珠子的美石。

[12]"又恐天风"二句：谓言公念持《妙法莲华经》感动得天散天花、天雨法雨。按，佛经中常有佛陀现身或说法，或高僧大德说法使天感动得散天花、雨法雨的故事。《正法念处经》卷三二："尔时初生天子，威德殊胜，一切皆集。天女见之，速疾驰奔至天子所，犹如众蜂驰奔莲花。诸天女众，驰奔天子，亦复如是。……是诸天女，花鬘庄严，散以末香，手执花鬘，复有天女散花供养。"《菩萨本行经》卷三："其佛欲入城之时，五百天人先放香风吹于道路，及诸里巷，悉令清净……五百天人雨于香汁，道路街巷悉令润泽而散天花。"《月灯三昧经》卷十："(世尊)说此法时，无量众生悉发阿耨多罗三藐三菩提心……复于此三千大千世界，六种

震动。雨天妙香，洒散天花。击作百千万种诸天音乐。于虚空中雨诸天衣，旋转而下。"

[13] "况闻此经"二句：此句谓《妙法莲华经》微妙无上，且为众经之最。《御制大乘妙法莲华经序》："是经乃诸佛如来秘密之藏，神妙叵测，广大难名。"《妙法莲华经后序》："《法华经》者，诸佛之秘藏，众经之实体也。"《妙法莲华经·安乐行品》："此《法华经》，诸佛如来秘密之藏，于诸经中最在其上。"《妙法莲华经·如来神力品》："以要言之，如来一切所有之法，如来一切自在神力，如来一切秘要之藏，如来一切甚深之事，皆于此经宣示显说。"《妙法莲华经·药王菩萨本事品》："如佛为诸法王，此经亦复如是，诸经中王。"

[14] "灵山说后"句：《妙法莲华经文句》卷六："灵山八载说《法华经》。"《御制大乘妙法莲华经序》："昔如来于耆阇崛山（即灵山）中，与大阿罗汉、阿若憍陈如、摩诃迦叶无量等众，演说大乘真经，名无量义。是时天雨宝华，布濩充满，慧光现瑞，洞烛幽显，普佛世界六种震动，一切人天得未曾有，咸皆欢喜赞叹，以为是经乃诸佛如来秘密之藏，神妙叵测，广大难名，所以拔滞溺之沈流，拯昏迷之失性，功德弘远，莫可涯涘。泝求其源，肇彼竺乾，流于震旦。"《妙法莲华经弘传序》："《妙法莲华经》者，统诸佛降灵之本致也。蕴结大夏，出彼千龄，东传震旦，三百余载。"

[15] 陀罗尼：即咒语。陀罗尼乃梵语 dhāraṇ í 之音译。意译为总持、能持、能遮，即能令善法不散失，令恶法不起。

[16] 唐音：谓唐代语言。梵音：谓印度语。"唐音梵音相杂时"指念诵《妙法莲华经》时而用唐代语言，时而用印度语言，二者相互交叉。朱湾《同清江师月夜听坚正二上人为怀州转〈法华经〉歌》云"梵音妙音柔软音"。

[17] "如此争不"二句：谓言公念经声吸引着众多龙鬼来听。《妙法莲华经》卷六《法师功德品》："若以舌根于大众中有所演说，出深妙声，能入其心，皆令欢喜快乐。又诸天子天女、释梵诸天闻是深妙音声，有所演说，言论次第，皆悉来听。及诸龙龙女、夜叉夜叉女、乾闼婆乾闼婆女、阿修罗阿修罗女、迦楼罗迦楼罗女、紧那罗紧那罗女、摩睺罗伽摩睺罗伽女，为听法故，皆来亲近，恭敬供养。"或谓言公念诵《妙法莲华经》

的声音感动佛陀，于是佛陀驱遣龙鬼等来听。《妙法莲华经》卷四《法师品》佛告药王菩萨等云："若有善男子，善女人，如来灭后，欲为四众说是《法华经》者。……若说法者在空闲处，我时广遣天、龙、鬼神、乾闼婆、阿修罗等听其说法。"

[18]"亦使人间"二句：谓言公受到人们崇敬和赞叹。《妙法莲华经》卷四《法师品》："其有读诵《法华经》者，当知是人，以佛庄严而自庄严，则为如来肩所荷担。其所至方，应随向礼。一心合掌，恭敬供养，尊重赞叹。华香、璎珞、末香、涂香、烧香、缯盖、幢幡、衣服、肴馔，作诸伎乐，人中上供而供养之。"《妙法莲华经》卷五《安乐行品》佛告文殊师利菩萨摩诃萨："于后末世法欲灭时，有持是《法华经》者……常为比丘、比丘尼、优婆塞、优婆夷、国王、王子、大臣、人民、婆罗门、居士等供养恭敬，尊重赞叹。虚空诸天为听法故亦常随侍。"修雅《闻诵〈法华经〉歌》："石上有僧，结跏横膝。诵白莲经，从旦至夕。……如是则非但天恭敬，人恭敬，亦合龙赞咏，鬼赞咏，佛赞咏。"

[19]"自然心虚空"二句：谓念诵、听闻《妙法莲华经》皆能使心清净。《妙法莲华经》卷六《法师功德品》："若善男子，善女人，受持是《法华经》，若读若诵，若解说，若书写，是人当得八百眼功德；千二百耳功德；八百鼻功德；千二百舌功德；八百身功德；千二百意功德。以是功德庄严，六根皆令清净。"朱湾《同清江师月夜听坚正二上人为怀州转〈法华经〉歌》云"一念才生百虑息"，即是此意。

[20]毗卢：即法身佛。又作毗卢遮那、毗卢舍那。意谓光明遍照，即此句之注："此云种种光。"《一切经音义》卷二一："毗卢遮那，云光明遍照也；言佛于身智，以种种光明，照众生也。或曰毗，遍也；卢遮那，光照也；谓佛以身智无碍光明，遍照理事无碍法界也。""毗卢遮那"原为太阳之意，象征佛智之广大无边，乃历经无量劫海之修习功德而得到之正觉。按，《妙法莲华经》微妙深远，于众经中最为其尊。《妙法莲华经·如来神力品》："以要言之，如来一切所有之法，如来一切自在神力，如来一切秘要之藏，如来一切甚深之事，皆于此经宣示显说。"其主旨最接近佛陀教说之真思想，其地位之重要犹如太阳普照，处处光明，故云"此经真体即毗卢"。

[21]雪岭：即雪山。按，佛陀于过去世住雪山为大士时，帝释天变

身为罗刹，为彼说过去佛所说偈之前半"诸行无常，是生灭法"，大士闻后，心生欢喜，为求得后半偈"生灭灭已，寂灭为乐"，遂应允帝释所求，闻此偈已，即投身岩下施舍罗刹，佛以此功德，超越十二劫，先于弥勒之前成佛。此处"雪岭"盖指雪岭投身所求之正法。白牛：即大白牛车，法华经譬喻品所说四车之一。意谓一佛乘。据《妙法莲华经·譬喻品》载，有一长者，财富无量，某日，宅舍起火，其诸子于火宅内嬉戏，不觉危险将至。长者为救诸子出于火宅，乃设方便，谓屋外有羊车、鹿车、牛车，欲赐诸子。诸子闻之，争相出宅，至门外，向长者索车。尔时，长者赐诸子等一大白牛车。天台宗、贤首宗诸师以羊车、鹿车、牛车分别比喻界内声闻、缘觉、菩萨三乘之方便权教，而以大白牛车比喻界外一乘真实之法门，来阐释所谓"会三归一"之旨。经云："尔时长者，各赐诸子等一大车。其车高广，众宝庄校……驾以白牛，肤色充洁，形体姝好，有大筋力，行步平正，其疾如风。……如彼长者，初以三车诱引诸子，然后但与大车宝物，庄严安隐第一。……如来亦复如是，无有虚妄。初说三乘引导众生，然后但以大乘而度脱之。"此处"白牛"即指一乘真正之大法。

短歌寄鼓山长老[1]

雪峰雪峰高且雄，峨峨堆积青冥中。六月赤日烧不熔，飞禽瞥过人难通[2]。尝闻中有白象王[3]，五百象子皆威光[4]。行围坐绕同一色，森森影动旃檀香[5]。于中一子最雄猛，称尊独踞虎（鼓）山顶。百千眷属阴影，身照曜，吞我景。我闻岷国民归依，前王后王皆师资[6]。宁同梁武遇达摩[7]，过后弹指空伤悲[8]。

【校勘】

"过"，甲本作"见"。

"尝"，甲、乙、丙本均作"常"。

"虎"，甲、乙、丙本均作"鼓"，当从。

"阴影"，甲、乙、丙本均作"阴□影"。

"我景"，甲、乙、丙本作"秋景"。

"我闻"，甲本作"〔我〕（裁）闻"，乙、丙本作"裁闻"。

"摩"，甲、乙本均作"磨"。

【注释】

[1] 鼓山：位于福建福州东郊、闽江北岸。海拔 969 米。据传山上有巨石如鼓，每当风雨大作之际，即簸荡有声，故名。山由数峰组成，其最高者称大顶峰（又称屴崱峰）。山上原有华严寺，相传系唐建中四年（783）灵峤禅师降伏毒龙之地。会昌法难后，即告荒废。后梁开平二年（908），闽主王审知重建，并请雪峰义存之法嗣神晏驻锡。鼓山长老：即僧神晏（869—945），唐末五代僧。俗姓李，大梁（今河南开封）人。初出家于卫州白鹿山。中和二年（882）于嵩山受戒。后入闽，嗣雪峰义存。梁太祖开平初，闽王王审知请其住福州鼓山。后闽帅王延彬常往询法要，并为之造鼓山涌泉禅院，请其入住，举扬宗旨，历三十余年。世称鼓山和尚。从其学者甚众，"我闻岷国民归依，前王后王皆师资"，不仅受帝王大臣尊崇，而且广受民众敬重。后晋乙巳（945）示寂，世寿七十七。谥号"兴圣国师"。能诗。《全唐诗补编·续拾》卷四七录其诗偈八首。

[2] "雪峰雪峰"四句："雪峰"即雪峰山，在福建闽侯县。雪峰山原名象骨山（象骨峰），唐代义存禅师（822—908）曾入此山，遇雪而宿山巅。闽王问师"住象骨山有何奇异"，师答以"山顶暑月犹有积雪"，王即命名为雪峰山，师亦以之为号。僧神晏初在雪峰山师事僧义存，后义存归寂，遂迁住鼓山涌泉禅院。雪峰山、鼓山二山相距不远。"雪峰雪峰"四句即描写神晏所居雪峰山之景。

[3] 白象王：象中之王。佛经中常用来比喻佛和菩萨。《涅槃经》卷二三："是大涅槃，唯大象王能尽其底。大象王谓诸佛也。"《无量寿经》卷下："犹如象王，善调伏故。"此处誉指鼓山长老神晏。

[4] 象子：此处指神晏的弟子。称神晏为象王，故称其弟子为象子。

[5] 旃檀香：也叫檀香。"旃檀"是一种名贵香木，有奇香，可作香（称为旃檀香或檀香），亦可制成香油。常用作寺院香料。

[6] "我闻岷国"二句："岷国"，误，当为"闽国"。按，《佛祖纲目》卷三四《鼓山神晏禅师入寂》："神晏住鼓山三十余年，学徒云集。"《五灯会元》卷七《福州鼓山神晏兴圣国师》："后闽帅常询法要，创鼓山禅苑，请举扬宗旨。"《古尊宿语录》卷三七《鼓山先兴圣国师（神晏）和尚法堂玄要广集》之《前后帝王问询语》载："忠懿王（王审知）入万岁寺，见

佛像，指问师……惠宗（王延钧）问……少帝遣内臣送书上山……"

[7] 梁武遇达摩：用梁武帝初遇达摩之事。达摩（？—535），亦作达磨，为我国禅宗初祖，西天第二十八祖。南天竺香至国国王之第三子。《景德传灯录》卷三《菩提达磨》："师泛重溟，凡三周寒暑，达于南海，实梁普通八年丁未岁九月二十一日也。广州刺史萧昂具主礼迎接，表闻武帝。帝览奏，遣使赍诏迎请，十月一日至金陵。帝问曰：'朕即位已来，造寺写经，度僧不可胜纪，有何功德？'师曰：'并无功德。'帝曰：'何以无功德？'师曰：'此但人天小果，有漏之因，如影随形，虽有非实。'帝曰：'如何是真功德？'答曰：'净智妙圆，体自空寂，如是功德，不以世求。'帝又问：'如何是圣谛第一义？'师曰：'廓然无圣。'帝曰：'对朕者谁？'师曰：'不识。'帝不领悟。师知机不契，是月十九日潜回江北，十一月二十三日届于洛阳，当后魏孝明太和十年也。寓止于嵩山少林寺，面壁而坐，终日默然，人莫之测，谓之壁观婆罗门。"

[8] 弹指：意即拇指与食指之指头强力摩擦，弹出声音；或以拇指与中指压覆食指，复以食指向外急弹。此诗中"弹指"谓因虔敬而感叹之义。

渔父

夜钓洞庭月，朝醉巴陵寺（市）[1]。却归君山下[2]，鱼龙窟边睡。生涯在何处，白浪千万里。曾笑楚臣迷[3]，苍黄汨罗水[4]。

【校勘】

"渔父"，丁本作"鱼父"。

"寺"，甲、乙、丙、丁本均作"市"，当从。

"却归君山下"，丁本此句作"却还归君山下"。

【注释】

[1] 巴陵：今湖南岳阳市。

[2] 君山：在今湖南省岳阳市洞庭湖中。

[3] 楚臣：指屈原。屈原《渔父》："屈原既放，游于江潭。行吟泽畔，颜色憔悴，形容枯槁。渔父见而问之曰：'子非三闾大夫与？何故至

于斯?'……渔父曰:'圣人不凝滞于物,而能与世推移。世人皆浊,何不
淈其泥而扬其波?众人皆醉,何不餔其糟而歠其醨?何故深思高举,自令
放为?'……渔父莞尔而笑,鼓枻而去。歌曰:'沧浪之水清兮,可以濯吾
缨;沧浪之水浊兮,可以濯吾足。'遂去,不复与言。"

[4] 汨罗水:汨罗江水。汨罗江为湘江支流,在湖南东北部,西流,
注入洞庭湖。屈原于公元前 278 年投汨罗江而死。

采莲曲

越溪越女江莲。齐菡萏,双婵娟[1]。嬉游向何处,采摘且同船。浩唱
发容与[2],清波生漪涟[3]。时蓬(逢)岛屿泊,几共鸳鸯眠。襟袖既盈
溢,馨香亦相传。薄暮归去来,苧萝生碧烟[4]。

【校勘】

"越溪越女江莲",甲、乙、丁本作"越溪女,越江莲"。

"唱",甲本作"唱(一作歌)",丁本作"歌"。

"涟",甲本作"连"。

"蓬",甲、乙、丙、丁本均作"逢",当从。

【注释】

[1] 婵娟:美好貌。孟郊《婵娟篇》:"花婵娟,泛春泉。竹婵娟,笼
晓烟。妓婵娟,不长妍。月婵娟,真可怜。"

[2] 容与:徐缓貌。屈原《涉江》:"船容与而不进兮,淹回水而疑
滞。"柳宗元《弘农公以硕德伟材屈于诬枉左官三岁复为大僚天监昭明人
心感悦宗元窜伏湘浦拜贺末由谨献诗五十韵以毕微志》:"留欢唱容与,要
醉对清凉。"

[3] 漪涟:也作"漪连",微波。《晋书·卫恒传》:"是故远而望之,
若翔风厉水,清波漪连。"

[4] 苧萝:即苧萝山,在今浙江诸暨市南。相传为西施的出生地。
《吴越春秋·勾践阴谋外传》:"乃使相工索国中,得苧萝山鬻薪之女,曰
西施郑旦。饰以罗縠,教以容步,习于土城,临于都巷。三年学服而献于
吴。……吴王大悦。"《会稽志》:"苧萝山在诸暨县南五里。"《舆地志》:

"诸暨县苧罗山，西施郑旦所居。"

啄木[1]

啄木啄木，鸣林响窾。贪心既缘，利嘴斯凿。有朽百尺，微虫斯宅。以啄去害，啄更弥剧[2]。层崖豫章[3]，耸干苍苍。毋纵尔啄，残我栋梁。

【校勘】

"啄木啄木"，甲、乙、丙、丁本作"啄木啄啄"。

"毋"，甲、乙、丙、丁本作"无"。

"残"，甲、乙、丙、丁本均作"摧"。

【注释】

[1] 啄木：啄木鸟。元稹《有鸟二十章》之八："有鸟有鸟名啄木，木中求食常不足。偏啄邓林求一虫，虫孔未穿长觜秃。木皮已穴虫在心，虫蚀木心根柢覆。可怜树上百鸟儿，有时飞向新林宿。"朱庆馀《啄木谣》："丁丁向晚急还稀，啄遍庭槐未肯归。终日与君除蠹害，莫嫌无事不频飞。"

[2] 弥剧：更加厉害。

[3] 豫章：木名。樟类。《淮南子·修务》："豫章之生也，七年而后知，故可以为棺舟。"枚乘《七发》："苗松、豫章，条上造天。"

灵松歌

灵松灵松，是何根株。盘擗枝干[1]，与群木殊。世眼争知苍翠容，薜萝遮体深朦胧。先秋瑟瑟生谷风[2]，青阴倒卓寒潭中[3]。八月天威行肃杀，万木凋零向霜雪。唯有此松高下枝，一枝枝在无摧折。痴冻顽冰如铁坚，重重锁到槎牙颠[4]。老鳞枯节相把捉，踉锵立在青崖前[5]。有时深洞兴雷霆，飞电绕身光闪烁。乍似苍龙惊起时，攫雾穿云欲腾跃。夜深山月照高枝，疏影细落莓苔矶。千年朽栟罔两（魍魉）出[6]，一株寒韵锵琉璃。安得良工妙图腾[7]，写将偃蹇埋烟阁[8]。飞瀑声中战岁寒，红霞影里擎萧索。

【校勘】

"踉锵"，甲本作"踉跄"。

"罔两"，甲、乙本均作"魍魉"，当从。

"埋"，甲、乙本均作"悬"。

【注释】

[1] 盘掰：盘曲旋绕。

[2] 瑟瑟：风声。刘希夷《从军行》："秋来风瑟瑟，群马胡行疾。"

[3] 卓：直立。

[4] 槎牙：错杂不齐貌。刘禹锡《客有为余话登天坛遇雨之状，因以赋之》："滉漾雪海翻，槎牙玉山碎。"

[5] 踉锵：同"踉跄"，歪斜不正貌。

[6] 罔两：即魍魉，怪物，传说山川中的精怪。张衡《南都赋》："追水豹兮鞭魍魉，惮夔龙兮怖蛟螭。"元结《演兴四首·讼木魅》："犹恐众妖兮木魅，魍魉兮山精，上误惑于灵心。"

[7] 膔：赤石脂之类。可作颜料，以饰宫室。

[8] 偃蹇：高耸。白居易《泛太湖书事，寄微之》："洞雪压多松偃蹇，岩泉滴久石玲珑。"杜牧《朱坡》："偃蹇松公老，森严竹阵齐。"

蠹[1]

蠹不自蠹，而蠹于木。蠹极木心，以丰尔腹。偶或成之，胡为勖人[2]。人而不贞（真），由尔乱神。蠹兮蠹兮，何全其生。无托尔形，霜松雪柽。

【校勘】

"贞"，甲、乙本均作"真"，当从。

【注释】

[1] 蠹：蛀虫。

[2] 勖：勉励。

行路难

行路难，君好看，惊波不在黤黮间[1]，小人心里藏崩湍[2]。七盘九折寒嶒崒[3]，翻车倒盖尤堪出。未似是非唇舌危，暗中潜毁平人骨。君不见楚灵均，千古沉冤湘水滨[4]。又不见李太白，一朝却作江南客[5]。

【校勘】

"尤"，甲、乙、丙、丁、戊、己、庚、辛本均作"犹"。

"沉"，戊本作"沈"，二字通。

【注释】

[1] 黤黮：黑暗、阴暗。刘伶《北芒客舍诗》："泱漭望舒隐，黤黮玄夜阴。"韩愈《上留守郑相公启》："必诸从事与诸将吏未能去朋党心，盖覆黤黮，不以真情状白露左右。"

[2] 崩湍：指山洪。此喻人心之险恶。

[3] 嶒崒：同"嶒崒"，形容山岩高峻。

[4] "君不见楚灵均"二句：谓屈原因小人谗毁而遭流放江南终至自沉汨罗之事。灵均，屈原之字。《史记·屈原贾生列传》："上官大夫与之同列，争宠而心害其能。怀王使屈原造为宪令，屈平属草稿未定。上官大夫见而欲夺之，屈平不与，因谗之曰：'王使屈平为令，众莫不知，每一令出，平伐其功，以为"非我莫能为"也。'王怒而疏屈平。……令尹子兰闻之大怒，卒使上官大夫短屈原于顷襄王，顷襄王怒而迁之。屈原至于江滨……于是怀石遂自沈汨罗以死。"

[5] "又不见李太白"二句：谓李白因权贵谗毁而被玄宗"赐金放还"之事。李白《上安州裴长史书》曾自言遭无端谗毁："谤詈忽生，众口攒毁。"《新唐书·李白传》："白尝侍帝，醉，使高力士脱靴。力士素贵，耻之，擿其诗以激杨贵妃，帝欲官白，妃辄沮止。"李阳冰《草堂集序》："丑正同列，害能成谤，格言不入，帝用疏之。"刘全白《唐故翰林学士李君碣记》："上重之，欲以纶诰之任委之。为同列者所谤，诏令归山。遂浪迹天下，以诗酒自适。"

谢徽上人见惠二龙障子，以短歌酬之[1]

我见苏州昆山金城中[2]，金城柱上有二龙。老僧相传道是僧繇手[3]，寻常入海共龙斗。又闻蜀国玉局观有孙逼（遇）迹[4]，盘屈身长八十尺。游人争看不敢近，头觑寒泉万丈碧。近有五羊徽上人[5]，闲工小笔得意新。画龙不夸头角及鬣鳞，只求筋骨与精神。徽上人，真艺者。惠我双龙不言价，等闲不敢将悬挂。恐是叶公好假龙，及见真龙却惊怕[6]。

【校勘】

《全唐诗》卷八三七录贯休《题成都玉局观孙位画龙》："我见苏州昆山佛殿中，金城柱上有二龙。老僧相传道是僧繇手，寻常入海共龙斗。又闻蜀国玉局观有孙遇迹，蟠屈身长八十尺。游人争看不敢近，头觑寒泉万丈碧。"据佟培基先生《唐代僧诗重出甄辨》（参见《中华文史论丛》，1985 年第 3 辑）考证，此诗实为齐己所作。

戊、己、庚本诗题中无"以短歌酬之"。

"金城中"，丁、戊、己本作"佛殿中"。

"逼"，甲、乙、丙、丁、己、庚本均作"遇"，当从。

"盘屈身长八十尺"，丁本此句作"盘屈身长八十五尺"。

"觑"，甲、丙、戊、己、庚本作"觑"。

"鳞"，戊、己本作"鲜"，误。

"是"，戊、庚本作"似"。

【注释】

[1] 徽上人：五羊（今广州市）人。工小笔，善画龙，注重"神似"，且画艺较高。障子：题有文字或绘有图画的整幅绸布。

[2] 昆山：即今江苏昆山市，唐代属苏州。

[3] 僧繇：张僧繇，吴中（今江苏苏州）人。天监中历官至右将军、吴兴太守。以丹青驰誉于时，世谓其画骨气奇伟，规模宏逸，而六法精备，当与顾（恺之）、陆（探微）并驰争先。僧繇画释氏为多。盖梁武帝崇尚释氏，故僧繇之画往往从一时之好。

[4] 玉局观：在成都。孙逼：当作"孙遇"，初名位，自称会稽山人，

广明中避乱入蜀,居成都玉局观,善画人物龙水,笔力狂怪。《太平广记》卷二一四〔应天三绝〕:"唐僖宗皇帝翠华西幸之年,有会稽山处士孙位随驾止蜀。位有道术,兼攻书画,皆妙得笔精。曾于应天寺门左壁上画天王一座,部从鬼神。奇怪斯存,笔势狂纵,莫之与京,三十余年无有敌者。景焕其先亦专书画,尝与翰林欧阳学士炯乃忘形之交。一日连骑同游兹寺,偶画右壁天王以对之。渤海在旁观其逸势,复书歌行一篇以纪之。续有草书僧梦龟后至,又请书之于廊壁上。故书、画、歌行,一日而就。倾城人看,阗咽寺中,成都之人,故号为'应天三绝'。"

〔5〕五羊:广州的别名。五羊的传说不一。《太平御览》卷一八五〔厅事〕:"《郡国志》曰:广州,吴孙皓时以滕修为刺史,未至州,有五仙人骑五色羊负五穀来,迎而去。今州厅事梁上画五仙人骑五色羊为瑞。"又云:"裴渊《广州记》曰:州厅事梁上画五羊像,又作五穀囊,随像悬之,云昔高固为楚相,五羊衔穀茎于楚庭,于是图其像。广州则楚分野,故因图像其瑞焉。"

〔6〕"恐是叶公"二句:用叶公好龙典故。汉刘向《新序·杂事》:"叶公子高好龙,钩以写龙,凿以写龙,屋室雕文以写龙。于是天龙闻而下之,窥头于牖,拖尾于堂。叶公见之,弃而还走,失其魂魄,五色无主。是叶公非好龙也,好夫似龙而非龙者也。"

送人往长沙[1]

荆门归路指湖南[2],千里风帆兴可谙[3]。好听鹧鸪啼雨处[4],木兰舟晚泊春潭。

【注释】

[1] 长沙:今湖南长沙市。

[2] 荆门:指今湖北江陵。

[3] 谙:熟悉,知道。

[4] 鹧鸪:鸟名。形似母鸡,头如鹑,胸前有白圆点,如真珠。背毛有紫赤浪文。俗谓其鸣声曰"行不得也哥哥"。

偶题

时事懒言多忌讳[1]，野吟无主若纵横[2]。君看三百篇章首，何处分明著姓名[3]。

【注释】

[1] 忌讳：避忌某些言语或举动。贾谊《过秦论》："然所以不敢尽忠拂过者，秦俗多忌讳之禁，忠言未卒于口，而身为戮没矣。"白居易《伤唐衢二首》之二："但伤民病痛，不识时忌讳。"李咸用《临川逢陈百年》："教我无为礼乐拘，利路名场多忌讳。"

[2] 野吟：野外吟诗，亦谓不受约束地吟诗。纵横：无拘束，自由自在。韦应物《朝请后还邑，寄诸友生》："樽酒且欢乐，文翰亦纵横。"杨巨源《送人过卫州》："纵横联句长侵晓，次第看花直到秋。"

[3] "君看三百"二句：二句言《诗经》的三百零五篇作品皆没有标明作者。其原因有二：一是《诗经》的作品多为集体的创作，例如十五"国风"；二是少数的作品虽是个人的创作，如"小雅"，但一方面有些作品是怨刺诗，担心留下姓名而遭受政治权势的打击，另一方面他们以文章留名的意识尚不浓厚。此处言吟诗因忌讳时事而不署名。

寄山中叟

清泉碧树夏风凉，紫蕨红粳午爨香[1]。应笑晨持一盂苦[2]，腥膻市里叫家常[3]。

【校勘】

"清"，甲、丙本作"青"。

【注释】

[1] 蕨：蕨菜，嫩叶亦可食。粳：粳稻，不黏之稻，其米谓之粳米。爨：炊。

[2] 盂：钵盂。

[3] 腥膻："腥"谓生肉的腥气。"膻"通"羶"，即羊臊臭。家常：谓居家常见的事物。此处言持钵乞讨。

赠琴客

曾携五老峰前过[1]，几向双松石上弹。此境此身谁更爱，掀天羯鼓满长安[2]。

【注释】

[1] 五老：即五老峰，是江西庐山南面峰名。

[2] 羯鼓：古羯族乐器。形如漆桶，下以小牙床承之。击用二杖，音声急促高烈。《旧唐书》卷二九 [音乐志二]："羯鼓，正如漆桶，两手具击，以其出羯中，故号羯鼓，亦谓之两杖鼓。"《新唐书》卷二二 [礼乐志十二]："帝（玄宗）又好羯鼓。……帝尝称：'羯鼓，八音之领袖，诸乐不可方也。'盖本戎羯之乐，其音太蔟一均，龟兹、高昌、疏勒、天竺部皆用之，其声焦杀，特异众乐。"

勉吟僧

千途万辙乱真源[1]，白昼劳形夜断魂[2]。忍著袈裟把名纸，学他低折五侯门[3]。

【校勘】

"千"，甲本作"千（一作万）"。

【注释】

[1] 辙：车轮的行迹。真源：真正的本源。韦应物《酬李儋》："迈世超高蹈，寻流得真源。"寒山《可畏三界轮》："争似识真源，一得即永得。"

[2] "白昼劳形"句：此句谓苦吟情态。

[3] "忍著袈裟"二句：此句勉励吟僧作诗要不耻下问，四处拜师求学。

送人归华下[1]

莲华峰翠湿凝秋[2]，旧业园林在下头。好束诗书且归去[3]，而今不爱事风流。

【校勘】

"莲华峰"，甲、乙、丙本作"莲花峰"。

【注释】

[1] 华：即西岳华山，在今陕西省华阴市南。

[2] 莲华峰：即华山莲花峰。按，华山顶中峰名莲花峰，传生千叶莲花，故称莲花峰。

[3] 束：捆，缚。

夏日城中作二首[1]

三面僧邻一面墙，更无风露可吹凉[2]。他年舍此归何处，青壁红霞裹石房[3]。

【校勘】

"露"，甲、乙、丙、丁本均作"路"，当从。

【注释】

[1] 按，此诗题中云"城中"，当即齐己居于荆州城时作。齐己另有《城中晚夏思山》、《苦热中江上，怀炉峰旧居》、《苦热怀玉泉寺寄仁上人》诸诗描写荆州夏日的苦热难耐。

[2] 风露：当作"风路"，风来之路，即通风之路。

[3] 裹：此谓包围，缠绕。

竹低莎浅雨濛濛[1]，小槛幽窗暑月中。有境牵怀人不会[2]，东林门外翠横空[3]。

【校勘】

"小"，甲、丙本作"水"。

【注释】

［1］莎：即莎草。多年生草本植物，多生在潮湿的地方。濛濛：迷濛，迷茫。

［2］牵：牵动，牵引，牵惹。

［4］东林：谓庐山东林寺。

默坐

灯引飞蛾拂焰迷^[1]，露淋栖鹤压枝低^[2]。冥心坐满蒲团稳^[3]，梦到天台过剡溪^[4]。

【注释】

［1］拂：掠过。

［2］栖：栖息。

［3］冥心：谓潜心苦思。蒲团：以蒲草编织而成的圆形扁平坐具。又称圆座。是僧人坐禅及跪拜时所用之物。顾况《宿山中僧》："不爇香炉烟，蒲团坐如铁。"僧归仁《酬沈先辈卷》："桂魄吟来满，蒲团坐得凹。"

［4］天台：即天台山，位于今浙江省天台县城北。天台山是我国佛教天台宗的发源地，天台宗祖庭国清寺即在此。剡溪：水名，在浙江嵊县南。

水边行

身著袈裟手杖藤^[1]，水边行止不妨僧^[2]。禽栖日落犹孤立，隔浪秋山千万层。

【校勘】

诗题"水边行"，丁本作"水边竹"。

【注释】

［1］杖藤：执持藤杖。藤杖，即以藤所作之拐杖。张籍《和李仆射秋

日病中作》："独倚红藤杖，时时阶上行。"白居易《晚亭逐凉》："松窗倚藤杖，人道似僧居。"

[2] 不妨：没有妨碍。

寄郑谷郎中[1]

人间近遇风骚匠[2]，鸟外曾逢心印师[3]。除此二门无别妙[4]，水边松下独寻思。

【注释】

[1] 郑谷：字守愚，袁州宜春（今属江西）人。按，郑谷乾宁四年（897）任都官郎中，并终于此任（郑谷卒于909年）。故此诗作于乾宁四年（897）至后梁太祖开平三年（909）间。又此诗中云"人间近遇风骚匠"，则当作于二人交往之初。

[2] 风骚：本为诗经和楚辞的并称，后泛指诗文。按，郑谷诗名甚著。《唐才子传》卷九《郑谷传》："谷幼颖悟绝伦，七岁能诗。司空侍郎图与史同院，见而奇之，问曰：'予诗有病否？'曰：'大夫《曲江晚望》云："村南斜日闲回首，一对鸳鸯落渡头。"此意深矣。'图拊谷背曰：'当为一代风骚主也。'……乾宁四年，为都官郎中，诗家称'郑都官'。又尝赋《鹧鸪》警绝，复称'郑鹧鸪'云。……谷诗清婉明白，不俚而切，为薛能、李频所赏，与许棠、任涛、张蠙、李栖远、张乔、喻坦之、周繇、温宪、李昌符唱答往还，号'芳林十哲'。"故此诗称"人间近遇风骚匠"。

[3] 心印：又作佛心印。"心"者佛心，"印"者印可或印定之义。禅宗不立文字，不依言语，直以心为印，故曰心印。《祖庭事苑》卷八："心印，达磨西来，不立文字，单传心印，直指人心，见性成佛。"

[4] 二门：谓作诗与参禅。

翡翠[1]

水边飞去青难辨，竹里归来色一般。磨吻鹰鹯莫相害[2]，白鸥鸿鹤满沙滩[3]。

【注释】

[1] 翡翠：鸟名，也叫翠雀。羽毛有蓝、绿、赤、棕等色，可用作饰品。雄赤曰翡，雌青曰翠。

[2] 磨吻：犹谓磨牙。鹫：猛禽。

[3] 白鸥：白色的鸥鸟。"鸥"，水鸟名。一名鹥，水鸮。似鸧鹒而小。随着潮水上下而飞翔。在海者为海鸥，在江者为江鸥。

与节供奉大德游京口寺留题[1]

柳岸晴缘十里来，水边精舍绝尘埃[2]。煮茶尝橘兴何极，直到残阳未欲回。

【校勘】

"橘"，甲、丙本作"摘"。

"到"，甲、乙本作"至"。

【注释】

[1] 节供奉大德："供奉"乃古代皇宫大内之僧职。即宫中举行斋会等法会之时，在内道场担任读师等职者。又称内供、内供奉。"大德"是对高僧的敬称。另，统领僧尼的僧官，也称大德，如临坛大德、引驾大德、供奉大德、讲论大德等。按，齐己又有《荆门夏日寄洞山节公》、《荆门暮冬与节公话别》，且后诗中云"君怀明主去东周。……好及春风承帝泽"，知"节公"将去东洛"承帝泽"。另齐己《送节大德归阙》诗中云"西京曾入内，东洛又朝天。圣上方虚席，僧中正乏贤。……新恩异往年"。此诗题中又云"节供奉大德"，则三人实乃一人，"节供奉大德"即"节公"、"节大德"，湖南人。与齐己关系密切，曾去荆门访齐己。此诗题云"与节供奉大德游京口寺留题"，则当与齐己《荆门暮冬与节公话别》作于同时，即亦作于齐己晚年居荆州期间（921—938）。

[2] 精舍：寺院的别名。

谢荆幕孙郎中见示《乐府歌集》二十八字[1]

长吉才狂太白颠[2]，二公文阵势横前。谁言后代无高手，夺得秦皇鞭鬼鞭[3]。

【注释】

[1] 荆幕：即荆南高季兴幕府。孙郎中：即孙光宪（？—968），字孟文，自号"葆光子"，陵州桂平（今四川仁寿）人。按，孙光宪于后唐天成元年（926）四月，自蜀至江陵，因梁震之荐，入荆南高季兴幕府为从事，检校郎中。此诗题云"孙郎中"，则当作于本年前后。

[2] "长吉才狂"句：李贺字长吉，李白字太白。宋·钱易《南部新书》："李白为天才绝，白居易为人才绝，李贺为鬼才绝。"宋祁《朝野遗事》："太白仙才，长吉鬼才。"清·王琦《李长吉歌诗汇解序》："夫太白之诗，世以为飘逸；长吉之诗，世以为奇险。是以宋人有仙才、鬼才之目。"

[3] "谁言后代"二句：意谓孙光宪为诗文坛之高手，此乃齐己对孙光宪之推誉。"秦皇"即秦始皇。

谢《阴符经》勉送藏休上人二首[1]

事遂鼎湖遗剑履[2]，时来渭水掷鱼竿[3]。欲知贤圣存亡道，自向心机反覆看[4]。

【校勘】

丁本诗题作"送藏休上人二首"。

【注释】

[1] 阴符经：全称《黄帝阴符经》或《轩辕黄帝阴符经》，也称《黄帝天机经》。旧题黄帝撰，有太公、范蠡、鬼谷子、张良、诸葛亮、李筌六家注，经文三百八十四字，一卷。经言虚无之道和修炼之术。藏休上人：一僧人，生卒年里无考。

　　[2]鼎湖：在今河南灵宝南。相传黄帝铸鼎于荆山下，鼎成，有龙垂胡髯迎黄帝上天。后世因名其处曰鼎湖。此句言黄帝升天之事。

　　[3]渭水：黄河的支流，在今陕西中部。源出甘肃渭源县鸟鼠山，东流横贯陕西渭河平原，至潼关注入黄河。北岸泾河，河水混浊，与南岸渭水的清澈形成对比，所以有"泾渭分明"之说。正因渭水清澈，故有"时来渭水掷鱼竿"。

　　[4]心机：心思，谋虑。

　　一林霜雪未沾头，争遣藏休肯便休[1]。学尽世间难学事，始堪随处任虚舟[2]。

【校勘】

　　"林"，丁本作"枝"。

【注释】

　　[1]藏休：藏休上人。肯便休：此谓不肯休止。

　　[2]虚舟：任其漂流的轻便的船。《庄子集解》卷八《列御寇》："饱食而敖游，泛若不系之舟，虚而敖游者也。"陶渊明《五月旦作和戴主簿》："虚舟纵逸棹，回复遂无穷。"孟浩然《岁暮海上作》："虚舟任所适，垂钓非有待。"

幽斋偶作[1]

　　幽院才容个小庭[2]，疏篁低短不堪情[3]。春来犹赖邻僧树，时引流莺送好声。

【校勘】

　　乙本诗题作"幽斋"。

【注释】

　　[1]幽斋：幽静的斋房。

　　[2]容：容纳。

　　[3]疏篁：稀稀疏疏的竹子。不堪：此谓不能。不堪情：即不能引发人的情致。

赠念《法华经》僧[1]

万境心随一念平[2]，红芙蓉折爱河清[3]。持经功力能如是[4]，任驾白牛安稳行[5]。

【校勘】

"折"，丁本作"圻"。

【注释】

[1] 法华经：乃《妙法莲华经》之简称。此经乃大乘佛教要典之一。主旨在于弘扬"三乘归一"，即声闻、缘觉、菩萨之三乘归于一佛乘，并认为一切众生皆能成佛。此经亦最能饶益众生，以故受持、读诵、解说、书写、供奉此经和按照此经修行的人数最多。《妙法莲华经弘传序》："自汉至唐六百余载，总历群籍，四千余轴，受持盛者，无出此经。"此诗中的"念《法华经》僧"就是其中之一例。

[2] "万境心随"句：谓念持《妙法莲华经》能使意根清净，能使万千杂念顿消，心情平静。《妙法莲华经·法师功德品》："若善男子，善女人，如来灭后，受持是经，若读若诵，若解说，若书写，得千二百意功德，以是清净意根。""万境"即一切之境界。佛教认为，人的六根（眼、耳、鼻、舌、身、意）对应六尘（色、声、香、味、触、法）而生六识（见、闻、嗅、味、触、知），从而了知万物万境。心随万境转，《宗镜录》卷二一："一尘一识，万境万心矣。"万境又随心起，《宗镜录》卷二："若有心起时，万境皆有；若空心起处，万境皆空。"卷四三："万境万缘，皆从此起。若心不动，诸事寂然。"卷九一："万境虽多，皆一心而起。心亡境灭，万境皆虚。如净水中众影也，水亡影灭。"心随万境转，万境又因心而起，故云"万境心"。

[3] "红芙蓉折"句：谓念持《妙法莲华经》能使爱河里盛开的红莲花折断，爱欲顿消，爱河也因之而变得清净。爱河：犹言情天欲海。爱欲溺人，譬之为河，故曰"爱河"。

[4] 持经：谓尊奉、诵读佛经。如是：像这样。此句谓诵持《妙法莲华经》能有"万境心随一念平，红芙蓉折爱河清"之类的功德、智慧和

神力。

[5] "任驾白牛"句：此句化用《妙法莲华经·譬喻品》之大白牛车喻。《妙法莲华经·譬喻品》："尔时长者，各赐诸子等一大车。其车高广，众宝庄校……驾以白牛，肤色充洁，形体姝好，有大筋力，行步平正，其疾如风。……如彼长者，初以三车诱引诸子，然后但与大车宝物，庄严安隐第一。……如来亦复如是，无有虚妄。初说三乘引导众生，然后但以大乘而度脱之。"其中的三车——羊车、鹿车、牛车对应界内三乘（声闻乘、缘觉乘、菩萨乘）之方便权教，大白牛车对应界外一乘真实之法门，此即所谓"会三归一"之旨。"任驾白牛安稳行"意谓念持《妙法莲华经》所获得的功德、智慧、神力是如此之大，乃至于可以像佛陀那样任意驱遣驾驭佛法，方便说教，会三归一，以超度众生。

对菊

无艳无妖别有香，栽多不为待重阳[1]。莫嫌醒眼相看过，却是真心爱澹黄[2]。

【注释】

[1] 重阳：重阳节九月九日。

[2] 澹黄：同"淡黄"。

闭门

正是闭门争合闭，大家开处不须开。还防朗月清风夜[1]，有个诗人相访来。

【注释】

[1] 防：防备，预备。朗月：明月。"朗"即明亮。

勉送吴国三五新戒归[1]

法王遗制付仁王[2]，难得难持劫数长。努力只须坚守护，三千八万是垣墙[3]。

【注释】

[1] 吴国：指五代十国之一的吴（919—936）。新戒：指新近受戒之僧，亦指受沙弥戒为日尚浅之幼年僧。

[2] 法王：佛之尊称。佛为法门之主，能自在教化众生，故称法王。《无量寿经》卷下："佛为法王，尊超众圣，普为一切天人之师。"仁王：指仁王经中所载印度十六大国之国王。

[3] 三千八万：即三千威仪、八万细行。此乃比丘行、住、坐、卧四威仪中，所应注意的细行。比丘所应持守之二百五十戒，配以行住坐卧四威仪，合为一千戒，循转三世，即成三千威仪。再配以身口七支（杀、盗、淫、两舌、恶口、妄言、绮语）、贪嗔痴三毒及等分等四种烦恼，共成八万四千。诸经举其大数，但称八万细行。《楞严经》卷五："三千威仪，八万微细，性业遮业，悉皆清净，身心寂灭成阿罗汉。"《楞严经文句》卷五："言三千威仪者，行住坐卧各二百五十戒，共成一千，以对三聚，即成三千。言八万微细者，以三千威仪历身口七支，共成二万一千，约贪分嗔分痴分等分烦恼以论对治，故有八万四千，今特举大数耳。"

夏日寄清溪道者[1]

老病不能求药饵[2]，朝昏只是但焚烧。不知谁为收灰骨，垒石栽松傍寺桥。

【校勘】

"垒"，甲本作"〔壘〕（纍）"。

【注释】

[1] 道者：修行佛道者。

　[2] 老病：谓人年老，则筋力衰弱，或起居食息，不能中节，即成一切病也。

送惠空北游[1]

　　君向岘山游圣境[2]，我将何以记多才。丁宁堕泪碑前过[3]，写取斯文寄我来。

【校勘】

"岘山"，甲本作"岘山（一作阳）"，丁本作"岘阳"。

"何以记"，丁本作"何事托"。

"丁宁"，甲本作"叮咛"，二者意同。

"寄"，丁本作"奇"，误。

【注释】

　[1] 惠空：生卒年里不详，曾游历襄阳。齐己另有《送惠空上人归》，知二人有交往。

　[2] 岘山：又名岘首山，在今湖北襄阳市南，东临汉水，为襄阳南面要塞。

　[3] 堕泪碑：即岘山碑。晋羊祜镇襄阳，抚士卒，惠及百姓，而立身清俭，家无余财。羊祜卒后，襄阳百姓为之建碑立庙，岁时飨祭。望其碑者莫不流涕，杜预因名为堕泪碑。李白《襄阳曲四首》之三："上有堕泪碑，青苔久磨灭。"

寄怀归州马判官[1]

　　三年为倅兴何长[2]，归计应多事少忙。又见秋风霜裛树[3]，满山椒熟水云香[4]。

【校勘】

"归计"，丁本作"高卧"。

【注释】

[1] 归州：治所在今湖北秭归县。判官：乃地方长官的僚属，佐理政事。唐代节度使、观察使、防御诸使都设有判官。"马判官"无考，居归州三年。齐己另有《寄归州马判官》诗，知二人来往颇密。

[2] 倅：副。古时地方佐贰副官叫"倅"。

[3] 裛：沾湿。

[4] 椒：花椒，一种香木。《诗经·唐风·椒聊》："椒聊之实，蕃衍盈升。"三国吴陆玑《毛诗草木鸟兽虫鱼疏》卷上："椒聊，聊，语助也。椒树似茱萸，有针刺，茎叶尖而滑泽。蜀人作茶，吴人作茗，皆合煮其叶以为香。"屈原《离骚》："杂申椒与菌桂兮。"王逸注曰："申，重也。椒，香木也。其芳小，重之乃香。"马戴《寄金州姚使君员外》："进泉疏石窦，残雨发椒香。"许棠《送防州邬员外》："椒香近满郭，漆货远通京。"

观荷叶露珠

霏微晓露成珠颗[1]，宛转田田未有风[2]。任器方圆性终在，不妨翻覆落池中。

【注释】

[1] 霏微：朦胧貌。

[2] 宛转：曲折。韦应物《鼋头山神女歌》："精灵变态状无方，游龙宛转惊鸿翔。"杜甫《上白帝城二首》之二："江山城宛转，栋宇客裴回。"田田：叶浮水上貌。《乐府诗集·相和歌辞·江南》："江南可采莲，莲叶何田田。"

苦热怀玉泉寺寄仁上人[1]

火云如烧接苍梧[2]，原野烟连大泽枯。谩费葛衫葵扇力[3]，争禁泉石润肌肤。

【注释】

[1] 玉泉寺：位于湖北当阳市玉泉山东南山麓。仁上人：按，齐己另有《寄玉泉实仁上人》诗，则"仁上人"即"实仁上人"，乃玉泉寺僧人，与齐己来往频繁。又《寄玉泉实仁上人》诗中云"今来老劣难行甚"，知其作于齐己晚年居荆州时（921—938），此诗亦当作于同一时期。

[2] 苍梧：即九疑山，又作九嶷山，地在今湖南宁远县境。此处泛指湖南地区。

[3] 谩费：徒费，白白地耗费。葛衫：以葛布制作的衣衫。葵扇：蒲葵叶制的扇，即蒲葵扇。《晋书·谢安传》："（乡人）答曰：'有蒲葵扇五万。'安乃取其中者捉之，京师士庶竞市，价增数倍。"李嘉祐《寄王舍人竹楼》："南风不用蒲葵扇，纱帽闲眠对水鸥。"白居易《早夏游宴》："未收木绵褥，已动蒲葵扇。"

观盆池白莲

素萼金英喷露开[1]，倚风凝立独徘徊。应思激滟秋池底[2]，更有归天伴侣来。

【注释】

[1] 素萼：谓白色的花萼。

[2] 激滟：水波荡漾貌。白居易《开元寺东池早春》："池水暖温暾，水清波激滟。"

折杨柳词四首

凤楼高映绿阴阴，凝重多含雨露深。莫谓一枝柔软力，几层牵破别离心[1]。

【校勘】

"层"，甲、乙、丙、丁本均作"曾"。

【注释】

[1] 牵破：因牵挂而使人心碎。

馆娃宫畔响廊前[1]，依托吴王养翠烟[2]。剑去国亡台殿毁，却随红树
噪秋蝉。

【校勘】

"殿"，甲本作"殿（一作榭）"，丁本作"榭"。

【注释】

[1] 馆娃宫：春秋吴宫名。吴王夫差作宫于砚石山以馆西施，吴人谓
美女为娃，故曰馆娃宫。遗址在江苏省苏州市西灵岩山。《吴越春秋》、
《吴地记》皆云：阖闾城西有山，号砚石山，山在吴县西三十里，上有馆
娃宫。刘逵注《吴都赋》引扬雄《方言》云："吴有馆娃宫，吴人呼美女
为娃。故《三都赋》云：幸乎馆娃之宫。"响廊：即响屧廊，春秋时吴王
宫中廊名。遗址在今江苏省苏州市西灵岩山。范成大《吴郡志》卷八：
"响屧廊，在灵岩山寺。相传吴王令西施辈步屧，廊虚而响，故名。今寺
中以圆照塔前小斜廊为之，白乐天亦名鸣屧廊。"皮日休《馆娃宫怀古五
绝》之五："响屧廊中金玉步，采苹山上绮罗身。"

[2] 吴王：即夫差。

秾低似中陶潜酒[1]，软极如伤宋玉风[2]。多谢将军绕营种[3]，翠中闲
草战旗红。

【校勘】

"草"，甲、乙、丁本均作"卓"。

【注释】

[1] 中陶潜酒：谓如陶潜醉酒一样。按，中酒，《史记·樊哙传》：
"项羽既飨军士，中酒，亚父谋欲杀沛公。"《汉书·樊哙传》注"中酒"
云："张晏曰：'酒酣也。'师古曰：'饮酒之中也，不醉不醒，故谓之中。
中音竹仲反。'"宋·王楙《野客丛书》卷二五《齐己诗》云："今言中酒
之中，多以为平声，祖《三国志》中圣人、中贤人之语。然齐己《柳》诗
曰：'秾低似中陶潜酒，软极如伤宋玉风。'乃作仄声。或者谓平仄一意。
仆谓中酒之中从仄声，自有出处，按《前汉·樊哙传》：军士中酒，注：

竹仲反。齐己祖此。"后多以中酒称醉酒。张华《博物志》："人中酒不解，治之以汤，自渍即愈。"杜牧《郑瓘协律》："自说江湖不归事，阻风中酒过年年。"韩偓《伤春》："中酒向阳成美睡，惜花冲雨觉伤寒。"又，陶潜嗜酒。《晋书·陶潜传》："在县，公田悉令种秫谷，曰：'令吾常醉于酒足矣。'妻子固请种粳。乃使一顷五十亩种秫，五十亩种粳。"陶渊明《五柳先生传》："性嗜酒，而家贫不能恒得，亲旧知其如此，或置酒而招之。造饮辄尽，期在必醉。"《饮酒二十首》序云："余闲居寡欢，兼比夜已长，偶有名酒，无夕不饮。顾影独尽，忽焉复醉。"

[2] 伤宋玉风：谓如宋玉悲秋伤风一样。《九辩》："悲哉秋之为气也！萧瑟兮草木摇落而变衰。"

[3] "多谢将军"句：谓周亚夫之细柳营。按，长安附近昆明池南有细柳聚，又名柳市。因汉代名将周亚夫的军营在此，故称细柳营。《通典》卷一七三："长安……有……细柳原，周亚夫所屯处。"

高僧爱惜遮江寺，游子伤残露野桥[1]。争似著行垂上苑[2]，碧桃红杏对摇摇。

【校勘】

"惜"，丁本作"比"。

【注释】

[1] "游子伤残"句：按，《乐府诗集》之《折杨柳》后注云："《唐书·乐志》曰：梁乐府有胡吹歌云：'上马不捉鞭，反拗杨柳枝。下马吹横笛，愁杀行客儿。'此歌辞元出北国，即鼓角横吹曲《折杨柳枝》是也。"

[2] 上苑：天子之园囿。《新唐书·苏良嗣传》："帝遣宦者采怪竹江南，将莳上苑。"

答长沙丁秀才书[1]

月月便车奔帝阙[2]，年年贡士过荆台[3]。如何三度槐花落[4]，未见故人携卷来。

【校勘】

丁本诗题作"答长沙丁秀才"。

"便"，甲本作"便（一作使）"，丁本作"使"。

"阙"，丁本作"关"。

【注释】

[1] 丁秀才：齐己另有《谢丁秀才见示赋卷》，二人当为一人。丁秀才为长沙人，能诗善文，屡考不第。与齐己交往较密。赴京科考途中多次经过荆州拜访齐己，二诗皆作于齐己晚年居荆州期间（921—938）。

[2] 帝阙：皇阙。此指长安。

[3] 荆台：此指荆州。

[4] 三度：三年。

戒小师[1]

不肯吟诗不听经，禅宗异岳懒游行。他年白首当人问，□（将）底言谈对后生[2]。

【校勘】

"□"，甲、乙、丙本均作"将"，据之补。

【注释】

[1] 小师：又作小僧、雏僧。指受具足戒未满十年之僧人。又指弟子。

[2] □（将）底：将何，拿什么、用什么。顾况《别江南》："将底求名宦，平生但任真。"陈羽《长安早春言志》："汉主未曾亲羽猎，不知将底谏君王。"杜荀鹤《和刘评事送海禅和归山》："问禅将底说，传印得何心。"

题旧拄杖

亲采匡庐瀑布西[1]，层崖悬壁更安梯[2]。携行三十年吟伴，未有诗人□□□。

【注释】

［1］匡庐：即庐山。

［2］安梯：安放梯子。此句谓拄杖长在悬崖峭壁处，须安梯采摘。

酬欧阳秀才卷[1]

三十篇多十九章，□声风力撼疏篁[2]。不堪更有精搜处，谁见潇潇雨夜堂[3]。

【校勘】

"潇潇"，甲、乙、丙本均作"萧萧"。

【注释】

［1］欧阳秀才：生卒年里无考。按，齐己另有《送欧阳秀才赴举》，知欧阳秀才善诗，且有诗卷，与齐己交往较密。

［2］疏篁："篁"是竹子的通称。"疏篁"即稀稀疏疏的竹子。

［3］潇潇：象声词。此指雨声。白居易《长相思》："暮雨潇潇郎不归，空房独守时。"温庭筠《送襄州李中丞赴从事》："江雨潇潇帆一片，此行谁道为鲈鱼。"

闻雁

潇湘浦暖全迷鹤[1]，还迻（逻逤）川寒只有雕[2]。谁向孤舟忆兄弟，坐看莲影度河桥。

【校勘】

"闻雁"，甲本作"闻（一作咏）雁"，丁本作"咏雁"。

"浦"，甲本作"浦（一作水）"，丁本作"水"。

"还迻"，甲、乙、丙本均作"逻逤"，当从。

"莲影"，甲、丙、丁本作"连雁"，乙本作"连影"。

"度"，丁本作"渡"。

"河"，甲、丙本作"横"。

【注释】

［1］潇湘：此处指湘水。浦：水滨、水边。

［2］还逤：当作"逻逤"，唐时吐蕃都城，今西藏自治区拉萨市。

送高丽二僧南游[1]

日边乡井别年深，中国灵踪欲遍寻。何处名山逢长老，分明认取祖师心[2]。

【校勘】

"名"，甲、丙本作"碧"。

【注释】

［1］高丽：古国名，亦作高句丽，后为朝鲜所并。《旧唐书·东夷列传》："高丽者，出自扶余之别种也。其国都于平壤城，即汉乐浪郡之故地，在京师东五千一百里。东渡海至于新罗，西北渡辽水至于营州，南渡海至于百济，北至靺鞨。东西三千一百里，南北二千里。"

［2］祖师：指传承教法或开创一宗一派的有德之师，此处指六祖慧能。

谢猿皮

贵向猎师家买得，携来乞与坐禅床[1]。不知摘月秋潭畔，曾对何人啼断肠。

【校勘】

"摘"，庚本作"啸"。

【注释】

［1］坐禅：略称打坐，即端身正坐而入禅定。本来，行、住、坐、卧皆可修禅，但在四者之中，以坐姿最为适宜，故多云坐禅。

酬光上人[1]

禅言难后到诗言，坐石心同立月魂[2]。应记前秋会吟处，五更犹在老松根。

【校勘】

"在"，戊、己本作"立"。

【注释】

[1] 光上人：生卒年里不详。

[2] 坐石：皮日休《雨中游包山精舍》："坐石忽忘起，扪萝不知倦。"可止《赠樊川长老》："坐石鸟疑死，出门人谓痴。"

送僧归日本[1]

日东来向日西游，一钵闲寻遍九州[2]。却忆鸡林本师寺[3]，欲归还待海风秋。

【注释】

[1] 日本：唐东夷国名，今日本。《旧唐书·东夷列传》："日本国者，倭国之别种也。以其国在日边，故以日本为名。或曰：倭国自恶其名不雅，改为日本。或云：日本旧小国，并倭国之地。"

[2] 九州：古代中国设置有九州，后遂以九州指代中国。

[3] 鸡林：即新罗。《旧唐书·新罗传》："（龙朔）三年，诏以其国为鸡林州都督府，授法敏为鸡林州都督。"本师：佛教以释迦牟尼佛为根本的教师，其余为受业之师。此外，弟子尊称其师，亦称为本师。

庚午岁十五夜对月[1]

海澄空碧正团团（圆），吟想玄宗此夜寒[2]。玉兔有情应记得[3]，西边不见旧长安。

【校勘】

"团团"，甲、丙本作"团圆"，当从。

【注释】

[1] 庚午岁：即后梁太祖开平四年（910）。此诗题中云"十五夜"，诗中云"正团团（圆）"，知此诗作于开平四年八月十五日夜。

[2] 玄宗：唐玄宗。此诗乃有感于唐玄宗亡国破家而作。

[3] 玉兔：传说月中有白兔，后遂称月为玉兔。

【汇评】

《四库全书总目》：惓惓故君，尤非他释子所及。（见陈伯海《唐诗汇评》第三一二二页）

红蔷薇花[1]

晴日当楼晓香歇，锦带盘空欲成结[2]。莺声渐老柳飞时，狂风吹落猩猩血[3]。

【校勘】

此首底本无，据甲、乙等本补。

【注释】

[1] 蔷薇：一种落叶灌木，茎上多刺，花开时连春接夏，有红、黄、白等色，有芳香，果实可入药。陶渊明《问来使》："蔷薇叶已抽，秋兰气当馥。"

[2] 锦带：锦制之带。此处指蔷薇花茎条。

[3] 猩猩血：似猩血之红色。此处指红色的蔷薇花。

贻九华上人[1]

一法传闻继老能[2]，九华闲卧最高层。秋钟尽后残阳暝[3]，门掩松边雨夜灯。

【校勘】

此首底本无，据甲、戊、己本补。

"上人"，丁本作"山人"。

"夜"，辛本作"后"。

【注释】

[1]九华：即九华山，在今安徽省青阳县。

[2]老能：即慧能（638—713）。慧能本与神秀同为五祖弘忍门下的大弟子。但因对禅的看法不同，后来遂分为南北二宗。后北宗的势力逐渐衰退，南宗则影响盛大，并最终成为禅宗正统。慧能亦被尊称为我国禅宗六祖。

[3]暝：昏暗。

寄赓（廖）匡图兄弟[1]

僧外闲吟乐最清，年登八十丧南荆[2]。风骚作者为商榷[3]，道去碧云争几程？

【校勘】

此首底本无，据甲、乙、丁等本补。另，丁本后注有"《雅言杂录》：己公寓渚官，与赓兄弟相去千里，每书题继来不绝，临终寄此"。

【注释】

[1]赓（廖）匡图："赓"当作"廖"。廖匡图，生卒年不详。字赞禹，虔州虔化（今江西赣州）人。本为虔州豪族，后梁太祖时，钟章为虔州刺史，打击豪强，廖匡图遂举族奔湖南。楚王马殷辟之为江南观察判官。后楚开天策府，廖匡图兄弟与徐仲雅、李宏皋、韦鼎、齐己、虚中诸人俱以文藻知名，更迭唱和，为时人所推服。《十国春秋·廖匡图传》："匡图故年少，善文辞，授江南观察判官。文昭王时，选为天策府学士，与徐仲雅、李宏皋等同在十八人之列。居数年，卒于官。有集一卷。匡图弟匡齐，以功署决胜指挥使。"廖匡图兄弟与齐己尤善，常有诗书往还。齐己晚年居荆州（921—938）时，廖匡图兄弟仍与之酬赠频繁。《诗话总龟》前集卷四引《雅言杂载》："僧齐己寓渚官，与（廖匡）图相去千里，而每有书往来。

临终有绝句寄图兄弟云：'僧外闲吟乐最清，年登八十丧南荆。风骚作者为商榷，道去碧云争几程？'"按此条所记颇可疑。《白莲集序》加以干支纪年，不可轻易怀疑有误。《白莲集序》称"师平生诗稿，未遑删汰，俄惊迁化"，齐己一生。最重吟咏之业，卒前竟未及编集诗稿，可知其卒较为仓促意外，如《序》所云"俄惊迁化"，恐无暇于临终前悠然作诗赠廖氏兄弟。又"年登八十丧南荆"句，亦不似自述之语。故颇疑此诗乃齐己卒后廖氏悼之之作，《雅言杂载》误以为齐己之作。

　　[2] 八十：此乃概数。孙光宪《白莲集序》称"师（齐己）……俄惊迁化"，齐己实则活到 75 岁。南荆：谓荆南，唐方镇名，治所在今湖北江陵。

　　[3] 风骚：本为诗经和楚辞的并称，后泛指诗文。商确："确"即"確"，"商确"同"商榷"，商量，讨论。左思《吴都赋》："剖判庶士，商榷万俗。"刘渊林注："《广雅》曰：商，度也；榷，粗略也。言商度其粗略。"韩愈诗句："儒庠恣游息，圣籍饱商榷。"裴孝源《贞观公私画史序》："每燕时暇日，多与其流商确精奥。"

句

春晴游寺客，花落闭门僧。（见《西清诗话》）

【校勘】

此句底本无，据甲本补。

香传天下口，□贵火前名[1]。角开香满室，炉动绿凝铛[2]。（《咏茶》）

【校勘】

此四句底本无，据甲本补。按，此四句当为齐己《咏茶十二韵》中之诗句。原诗为："百草让为灵，功先百草成。甘传天下口，贵占火前名。出处春无雁，收时谷有莺。封题从泽国，贡献入秦京。嗅觉精新极，尝知骨自轻。研通天柱响，摘绕蜀山明。赋客秋吟起，禅师昼卧惊。角开香满室，炉动绿凝铛。"

【注释】

　　[1] 火前：茶名，即火前茶。宋·王观国《学林新编·茶诗》："茶之

佳品，摘造在社前。其次则火前，谓寒食前也。其下则雨前，谓谷雨前也。……齐己《茶》诗曰：'甘传天下口，贵占火前名。'又曰：'高人爱惜藏岩里，白甄封题寄火前。'……凡此皆言火前，盖未知社前之品为佳也。"

〔2〕铛：温酒、茶等的器皿。

园林将向夕，风雨更吹花。（以下见《吟窗杂录》）

【校勘】

此句底本无，据甲本补。

相思坐溪石，□□□山风。

【校勘】

此句底本无，据甲本补。又，"□□□山风"：《吟窗杂录》卷十五作"微雨下山岚"。

夕照背高台，残钟残角催。（《落照》）

【校勘】

此句底本无，据甲本补。

五老峰前相见时[1]，两无言语各扬眉[2]。

【校勘】

此句底本无，据甲本补。

【注释】

〔1〕五老：即五老峰，是江西庐山南面峰名。

〔2〕扬眉：即扬起眉毛，后用作禅宗常用术语，同"棒喝"、"弹指"、"抵掌"、"动目"等同，僧徒常以"扬眉"示法。

高人爱惜藏岩里，白甄封题寄火前。（《咏茶》，见《三山老人语录》）

【校勘】

此句底本无，据甲本补。按，此二句当为齐己《闻道林诸友尝茶因有寄》中之诗句，原诗为："枪旗冉冉绿丛园，谷雨初晴叫杜鹃。摘带岳华蒸晓露，碾和松粉煮春泉。高人梦惜藏岩里，白硾封题寄火前。应念苦吟耽睡起，不堪无过夕阳天。"

落星寺

此星何事下穹苍，独为僧居化渺茫。楼阁两回青嶂冷，轩窗风度白蘋香[1]。经秋远雁横高汉，飓风寒涛响夜堂。尽日凭栏聊寫望[2]，顿疑身忽在潇湘。

【校勘】

此首底本无，据《全唐诗补编·续拾》卷五○补。

【注释】

[1] 白蘋：水中浮草，春天开白花。

[2] 寫：即"写"。

西林水阁[1]

松楸连塔古，窗槛任闲开。水绕清阴里，人从热初来。噪风蝉带鹤，敧树石兼苔[2]。向晓东林下[3]，迟迟舍此回。（以上二首均见《吉石庵丛书》本《庐山记》卷四）

【校勘】

此首底本无，据《全唐诗补编·续拾》卷五○补。

【注释】

[1] 西林：即庐山西林寺。

[2] 敧：斜靠。

[3] 东林：即庐山东林寺。

题天门山[1]

可怜宋玉多才思，不见天门十六峰。（见《舆地纪胜》卷七十〔澧

州]）

【校勘】

此首底本无，据《全唐诗补编·续拾》卷五〇补。

【注释】

[1] 天门山：在今安徽省当涂县西南的长江两岸，在江西的称西梁山，江东的称东梁山（又名博望山），两山夹江对峙，形似天门，故名。

句

翠楼春酒蝦蟆陵[1]，长安少年皆共矜[2]。（《升庵诗话》卷十三）

【校勘】

此句底本无，据《全唐诗补编·续拾》卷五〇补。

【注释】

[1] 蝦蟆陵：地名，在长安城东南曲江的附近，是当时歌姬舞伎聚居之地。相传为汉董仲舒墓，门人过此皆下马致敬，故称"下马陵"，后人音误为"蝦蟆陵"，详见《唐国史补》卷下。白居易《琵琶引》："自言本是京城女，家在蝦蟆陵下住。"

[2] 矜：夸耀。

附　录

一　齐己之文

粥疏

粥名良药，佛所赞扬。义冠三檀，功标十利。更祈英哲，各遂愿心。既备清晨，永资白业。（见《全唐文》卷九二一）

凌云峰永昌禅院记

五老东西，有凌云峰，巉崒耸峭，上插空碧，下吞江湖，飞湍激濑，连接绝壑，孰究其本？古老相传曰：“昭德源也。”中有秦公，遍扣南宗。既决心要，周由圣迹，过于山前，倚锡而望，疑为栖宴之场。俄有一叟，自源而出。乃问曰：“君不当此山之主乎？”叟曰：“斯国家名山，某王者百姓。然樵于上，耕于下，取诸利，输诸官尔。”师曰：“予欲庐于其间，可乎？”叟曰：“天下大岳大川，唯释氏庙之，元元祠之，固亦多矣！士有抱浩然之气，韫清净之德，浑于麋鹿，狎于禽猨，绝圣弃智，大忘世间，何有不可哉？”师曰：“予虽匪其人，窃慕久矣！”叟于是引师蹑屩拥锡，拨草而进。则左睞右视，怡然莞尔。谓其叟曰：“予其终焉于斯矣！”

时则芟芜伐莽，夷石疏泉。初自一邱一庵，一榻一席，韬光味道，影不出谷。累积岁时，野俗相响，始觉鸟径，渐通人烟。云游上流，来往或拥，避之不可，复广其堂。隐之既难，乃居其额，则天祐五年（908），前使陇西公所给，用旌其名。况乎树植芳贞，掩映岩岫，梨橘既实，松桂欲偃，所谓荆棘殒而珍卉华，萧艾除而忍草茂。矧夫处如是之方，作如是之事，又安可坚守自得之趣，无有利他之望哉？

予历于二林，达于幽致，耳饮天籁，神融山光，忘归之心，邈矣尘外。因询其始，乃见诸末，遂命笔砚，不俟请而纪之，曰光化己未岁（899），迄于天祐丁丑年（917），一十八载矣。（见《全唐文》卷九二一）

二　齐己《风骚旨格》

六诗

一曰大雅。诗曰："一气不言含有象，万灵何处谢无私。"

二曰小雅。诗曰："天流皓月色，池散芰荷香。"

三曰正风。诗曰："都来销帝力，全不用兵防。"

四曰变风。诗曰："当道冷云和不得，满郊芳草即成空。"

五曰变大雅。诗曰："蝉离楚树鸣犹少，叶到嵩山落更多。"

六曰变小雅。诗曰："寒禽黏古树，积雪占苍苔。"

诗有六义

一曰风。诗曰："高齐日月方为道，动合乾坤始是心。"

二曰赋。诗曰："风和日暖方开眼，雨润烟浓不举头。"

三曰比。诗曰："丹顶西施颊，霜毛四皓鬓。"

四曰兴。诗曰："水谙彭泽阔，山忆武陵深。"

五曰雅。诗曰："卷帘当白昼，移榻对青山。"又诗："远道擎空钵，深山踏落花。"

六曰颂。诗曰："君恩到铜柱，蛮款入交州。"

诗有十体

一曰高古。诗曰："千般贵在无过达，一片心闲不奈高。"

二曰清奇。诗曰："未曾将一字，容易谒诸侯。"

三曰远近。诗曰："已知前古事，更结后人看。"

四曰双分。诗曰："船中江上景，晚泊早行时。"

五曰背非。诗曰："山河终决胜，楚汉且横行。"
六曰无虚。诗曰："山寺钟楼月，江城鼓角风。"
七曰是非。诗曰："须知项籍剑，不及鲁阳戈。"
八曰清洁。诗曰："大雪路亦宿，深山水也斋。"
九曰覆粧。诗曰："叠巘供秋望，无云到夕阳。"
十曰阖门。诗曰："卷帘黄叶落，锁印子规啼。"

诗有十势

狮子返掷势。诗曰："离情遍芳草，无处不萋萋。"
猛虎踞林势。诗曰："窗前闲咏鸳鸯句，壁下时观獬豸图。"
丹凤衔珠势。诗曰："正思浮世事，又到古城边。"
毒龙顾尾势。诗曰："可能有事关心后，得似无人识面时。"
孤雁失群势。诗曰："既不经离别，安知慕远心。"
洪河侧掌势。诗曰："游人微动水，高岸更生风。"
龙凤交吟势。诗曰："昆玉已成廊庙器，涧松犹是薜萝身。"
猛虎投涧势。诗曰："仙掌月明孤影过，长门灯暗数声来。"
龙潜巨浸势。诗曰："养猿寒嶂叠，攀鹤密林疎。"
鲸吞巨海势。诗曰："袖中藏日月，掌上握乾坤。"

诗有二十式

一曰出入。诗曰："雨涨花争出，云空月半生。"
二曰高逸。诗曰："夜过秋竹寺，醉打老僧门。"
三曰出尘。诗曰："逍遥非俗趣，杨柳谩春风。"
四曰回避。诗曰："鸟正啼隋柳，人须入楚山。"
五曰并行。诗曰："终夜冥心坐，诸峰叫月猿。"
六曰艰难。诗曰："觅句如探虎，逢知似得仙。"
七曰达时。诗曰："高松飘雨雪，一室掩香灯。"
八曰度量。诗曰："应有冥心者，还寻此境来。"
九曰失时。诗曰："高秋初雨后，夜半乱山中。"
十曰静兴。诗曰："古屋无人到，残阳满地时。"
十一曰知时。诗曰："前村深雪里，昨夜一枝开。"

十二曰暗会。诗曰："重城不锁梦，每夜自归山。"

十三曰直拟。诗曰："禹力不到处，河声流向西。"

十四曰返本。诗曰："又因风雨夜，重到古松门。"

十五曰功勋。诗曰："马曾金镞中，身有宝刀痕。"

十六曰抛掷。诗曰："琴书留上国，风雨出秦关。"

十七曰腹悱。诗曰："越人自贡珊瑚树，汉使今劳獬豸冠。"

十八曰进退。诗曰："日午游都市，天寒住华山。"

十九曰礼义。诗曰："送我杯中酒，与君身上衣。"

二十曰兀坐。诗曰："自从青草出，便不下阶行。"

诗有四十门

一曰皇道。诗曰："明堂坐天子，月朔朝诸侯。"

二曰始终。诗曰："养雏成大鹤，种子作高松。"

三曰悲喜。诗曰："两行灯下泪，一纸岭南书。"

四曰隐显。诗曰："道晦金鸡伏，时来木马鸣。"

五曰惆怅。诗曰："此别又千里，少年能几时。"

六曰道情。诗曰："谁来看山寺，自是扫松门。"

七曰得意。诗曰："此生还自喜，余事不相侵。"

八曰背时。诗曰："白发无心镊，青山去意多。"

九曰正风。诗曰："一春能几日，无雨亦多风。"

十曰返顾。诗曰："远忆诸峰顶，曾栖此性灵。"

十一曰乱道。诗曰："苦雨涨秋涛，狂风翻野烧。"

十二曰抱直。诗曰："须知三尺剑，只为不平人。"

十三曰世情。诗曰："要路争先进，闲门肯暂过。"

十四曰匡救。诗曰："傍人皆默语，当路好隄防。"

十五曰贞孝。诗曰："无家空托墓，主祭不从人。"

十六曰薄情。诗曰："君恩秋后薄，日夕向人疏。"

十七曰忠正。诗曰："敢将心为主，岂惧语从人。"

十八曰相成。诗曰："怪得登科晚，须逢圣主知。"

十九曰嗟叹。诗曰："泪流襟上血，发变镜中丝。"

二十曰俟时。诗曰："明主未巡狩，白头犹钓鱼。"

二十一日清苦。诗曰："在处人投卷，移居雨着衣。"

二十二日骚愁。诗曰："已难消永夜，况复听秋霖。"

二十三日睠恋。诗曰："欲起游方兴，重来绕塔行。"

二十四日想象。诗曰："溪霞流火色，松月照炉光。"

二十五日志气。诗曰："未抛先达路，难作便归人。"

二十六日双拟。诗曰："冥目冥心坐，花开花落时。"

二十七日向时。诗曰："黑壤生红术，黄猿领白儿。"

二十八日伤心。诗曰："六国空流血，孤祠掩落花。"

二十九日鉴戒。诗曰："因思《后庭曲》，懒下景阳楼。"

三十日神仙。诗曰："一为嵩岳客，几丧洛阳人。"

三十一日破除。诗曰："大都时到此，不是世无情。"

三十二日蹇塞。诗曰："气蒸垂柳重，寒勒牡丹迟。"

三十三日鬼怪。诗曰："山魅隔窗舞，鹏鸟入帘飞。"

三十四日纰缪。诗曰："日落月未上，鸟栖人独行。"

三十五日世变。诗曰："如何人少重，都为带寒开。"

三十六日正气。诗曰："日落无行客，天寒有去鸿。"

三十七日扼腕。诗曰："拭泪沾襟血，梳头满面丝。"

三十八日隐悼。诗曰："冯唐犹在汉，乐毅不归燕。"

三十九日道交。诗曰："桃花潭水深千尺，不及汪伦送客情。"

四十日清洁。诗曰："大雪路亦宿，深山水也斋。"

诗有六断

一曰合题。诗曰："可怜半夜婵娟月，正对五侯残酒卮。"

二曰背题。诗曰："寻常风雨夜，应有鬼神看。"

三曰即事。诗曰："翻嫌易水上，细碎动离魂。"

四曰因起。诗曰："闲寻古廊画，记得列仙名。"

五曰不尽意。诗曰："此心只待相逢说，时复登楼看远山。"

六曰取时。诗曰："西风起边雁，一一向潇湘。"

诗有三格

一曰上格用意。诗曰："那堪怀远道，犹自上高楼。"又诗："九江有浪船难济，三峡无猿客自愁。"

　　二曰中格用气。诗曰："直饶人买去，还向柳边栽。"又诗："四海鱼龙精魄冷，五山鸾凤骨毛寒。"

　　三曰下格用事。诗曰："片石犹临水，无人把钓竿。"又诗："一轮湘渚月，万古独醒人。"

三　时人酬赠

李山甫　赋得寒月寄齐己

　　松下清风吹我襟，上方钟磬夜沈沈。已知庐岳尘埃绝，更忆寒山雪月深。高谢万缘消祖意，朗吟千首亦师心。岂知名出遍诸夏，石上栖禅竹影侵。（《全唐诗》卷六四三）

徐仲雅　赠齐己

　　我唐有僧号齐己，未出家时宰相器。爱见梦中逢五丁，毁形自学无生理。骨瘦神清风一襟，松老霜天鹤病深。一言悟得生死海，芙蓉吐出琉璃心。闷见有唐风雅缺，敲破冰天飞白雪。清塞清江却有灵，遗魂泣对荒郊月。格何古，天工未生谁知主。混沌凿开鸡子黄，散作纯风如胆苦。意何新，织女星机挑白云。真宰夜来调暖律，声声吹出嫩青春。调何雅，涧底孤松秋雨洒。嫦娥月里学步虚，桂风吹落玉山下。语何奇，血泼乾坤龙战时。祖龙跨海日方出，一鞭风雨万山飞。己公己公道如此，浩浩寰中如独自。一簟松风冷如冰，长伴巢由伸脚睡。（《全唐诗》卷七六二）

虚中　赠齐己　残句

　　老负峨眉月，闲看云水心。（《全唐诗》卷八四八）

栖蟾　读齐己上人集

　　诗为儒者禅，此格的惟仙。古雅如周颂，清和甚舜弦。冰生听瀑句，香发早梅篇。想得吟成夜，文星照楚天。（《全唐诗》卷八四八）

昙域　怀齐己

鬓髯秋景两苍苍，静对茅斋一炷香。病后身心俱澹泊，老来朋友半凋伤。峨眉山色侵云直，巫峡滩声入夜长。犹喜深交有支遁，时时音信到松房。（《全唐诗》卷八四九）

修睦　思齐己上人

同人与流俗，相谓好襟灵。有口不他说，长年自诵经。水声秋后石，山色晚来庭。客问修何法，指松千岁青。（《全唐诗》卷八四九）

乾康　投谒齐己

隔岸红尘忙似火，当轩青嶂冷如冰。烹茶童子休相问，报道门前是衲僧。（《全唐诗》卷八四九）

可朋　寄齐己

虽（《全唐诗》卷八四九作"唯"）陪北楚三千客，多话东林十八贤。（《全唐诗话》卷六《僧可朋》）

梁震　贻齐己（据《五代史补》文义拟）

陈琳笔砚甘前席，用里烟霞忆共眠。（《五代史补》卷四《梁震裨赞》）

四　评论资料

（齐己）诗趣尚孤洁，词韵清润，平淡而意远，冷峭而（下阙十三字）。

——五代·孙光宪《白莲集序》

齐己《送迁客》："若似承恩好，争如佞主休。"此刺滥世失忠直之臣也。……

齐己《晚望》："残阳催百鸟，各自著栖群。"此比时欲明也。……

齐己《棋》："几时终一局，万木老千岑。"此比贤人筹策也。……

齐己《盆池》："平稳承天泽，依稀泛暑烟。"此比于身事也。……

齐己《莺诗》："晓来枝上千般语，似向桃花语旧情。"此得时之意也。……

体格闲放曰逸。齐己《寄陆龟蒙》："闲敲三太湖石，醉听洞庭秋。"此逸字体也。……

临危不变曰忠。齐己《送迁客》："天涯即象州，谪去莫多愁。"此忠字格也。……

辞理凄切曰怨。齐己《闻吴拾遗与郑谷下世》："国犹多聚盗，天似不容贤。"此怨字格也。

——五代·王玄《诗中旨格》

释宗渊……僻好吟诗，于荆楚间尝师学于齐己之体。

——宋·释赞宁《宋高僧传》卷三〇《宋宜阳柏阁小宗渊传》

齐己，诗人，不以书称，在唐季二道既衰，然此诗脱洒不俗，笔札亦善。信乎名称于人，必有可尚者。子容题。

——宋·苏颂撰《苏魏公文集》卷七二《题名茶记》

仆尝观贯休、齐己诗，尤多凡陋，而遇知得名，赫奕如此。盖时文凋弊，故使此二僧为雄强。

——《苏轼文集》卷六一《答蜀僧几演一首》

今太白集中，有《归来乎》、《笑矣乎》及《赠怀素草书》数诗，决非太白作。盖唐末五代间贯休、齐己辈诗也。余旧在富阳，见国清院太白诗，绝凡。近过彭泽唐兴院，又见太白诗，亦非是。良由太白豪俊，语不甚择，集中往往有临时率然之句，故使妄庸辈敢尔。若杜子美，世岂复有伪撰者耶？

——《苏轼文集》卷六七《书李白集》

唐末五代，文章衰尽，诗有贯休、齐己，书有亚栖，村俗之气，大率相似。如苏子美家收张长史书云："隔帘歌已俊，对坐貌弥精。"语既凡恶，而字无法，真亚栖之流。近见曾子固编《太白集》，自谓颇获遗亡，而有《赠怀素草书歌》及《笑矣乎》数首，皆贯休、齐己词格。二人皆号有识知者，故深可怪。如白乐天赠徐凝、退之赠贾岛之类，皆世俗无知者所托，尤不足多怪。

——《苏轼文集》卷六七《书诸集伪谬》

　　唐僧诗，除皎然、灵澈三两辈外，余者率皆衰败不可救，盖气宇不宏而见闻不广也。今择其稍胜者数联于后。清塞云："丛桑山店迥，孤烛海船深。""寒扉关雨气，风叶隐钟音。""饥鼠缘危壁，寒狸出坏坟。"齐己云："只有照壁月，更无吹叶风。"（《听泉》）"湘水□秋碧，古风吹太清。"（《听琴》）贯休云："好山行恐尽，流水语相随。""蛮风吹磬断，杉露滴花开。"子兰云："疏钟摇雨脚，积水漫云容。"怀浦云："月没栖禽动，霜晴冻叶飞。"亦足以见其清苦之致。

——宋·范晞文《对床夜语》卷五

　　郑谷与僧齐己、黄损等共定今体诗格，云：凡诗用韵有数格：一曰葫芦，一曰辘轳，一曰进退。葫芦韵者，先二后四；辘轳韵者，双出双入；进退韵者，一进一退：失此则缪矣。余按《倦游杂录》载唐介为台官，廷疏宰相之失，仁庙怒，谪英州别驾，朝中士大夫以诗送行者颇众，独李师中待制一篇为人传诵。诗曰："孤忠自许众不与，独立敢言人所难。去国一身轻似叶，高名千古重于山。并游英俊颜何厚，未死奸谀骨已寒。天为吾君扶社稷，肯教夫子不生还！"此正所谓进退韵格也。按《韵略》："难"字第二十五，"山"字第二十七，"寒"字又在二十五，而"还"〔字〕又在二十七。一进一退，诚合体格，岂率尔而为之哉！近阅《冷斋夜话》载当时唐、李对答话言，乃以此诗为落韵诗，盖渠伊不见郑谷所定诗格有进退之说而妄为云云也。（《缃素杂记》）

——宋·阮阅《诗话总龟》后集卷二〔忠义门〕

　　昨日言诗，颇为开益。苦手疮，殊无情绪，不能款款议论，归来甚阙然，意谓尚未深得师之妙耳。昔齐己号诗僧也，不过风花雪月巧句，而于格又颇俗。今之参寥亦以诗名，虽豪逸可爱，人不及道。吾师数篇，已能过之。清思妙句，飘然如孤鹄翔云；又能作古体，淡淡造静理。学之不已，古人不难到也。知禅众中好静，甚不欲时时往聒噪，辄得小诗奉寄，能以问答之余见和否？伏暑，愿弥尽珍重理，渴仰渴仰。

——宋·周行巳《浮沚集》卷五《与佛月大师书》

贯休齐己唐诗人，当时逸气凌簪绅。声名藾藾逼甫白，幽兰直与梅争春。谁知北面石霜老，服勤杖屦皆终身。二公所得当盖世，英词杰句风中尘。至今传者以诗重，妙处反为诗所湮。弄翰戏墨虽佛事，炊沙作糒成饥喷。不欲诗工与字巧，绪余能夺道之真。心宗一了万法具，辩才飞转陶家轮。君不见，阿难多闻及辩慧，咒语要敌摩伽神。

——宋·郑清之《安晚堂诗集》卷一一《灵隐慧上人惠诗为古风以赠》

唐诗僧中叶以后，其名字班班为时所称者甚多，然诗皆不传。如"经来白马寺，僧到赤乌年"数联，仅见文士所录而已。陵迟至贯休、齐己之徒，其诗虽存，然无足言矣。中间惟皎然最为杰出，故其诗十卷独全，亦无甚过人处。近世僧学诗者极多，皆无超然自得之气。往往反拾掇模仿士大夫所残弃，又自作一种体，格律尤凡俗，世谓之酸馅气。子瞻《赠惠通诗》云："语带烟霞从古少，气含蔬笋到公无。"尝语人曰："颇解蔬笋语否？为无酸馅气也。"闻者无不皆笑。（《石林诗话》）

——宋·魏庆之《诗人玉屑》卷二十〔酸馅气〕

东坡言僧诗要无蔬笋气，固诗人龟鉴。今时误解，便作世网中语，殊不知本分家风，水边林下气象，盖不可无。若尽洗去清拔之韵，使与俗同科，又何足尚！齐己云"春深游寺客，花落闭门僧"，惠崇云"晓风飘磬远，暮雪入廊深"之句，华实相副，顾非佳句邪！天圣间，闽僧可士，有《送僧诗》云："一钵即生涯，随缘度岁华。是山皆有寺，何处不为家！笠重吴天雪，鞋香楚地花。他年访禅室，宁惮路岐赊！"亦非肉食者能到也。（《西清诗话》）

——宋·魏庆之《诗人玉屑》卷二十〔无蔬笋气〕

蔡宽夫《诗话》云："唐末五代，僧流以诗自名者，多好妄立格法，取前人诗句为例，议论锋出，甚有'狮子跳掷'、'毒龙顾尾'等势，览之，每使人拊掌不已。"

——宋·胡仔《苕溪渔隐丛话》前集卷五五〔宋朝杂记下〕

《冷斋夜话》云："参寥子言：'林下人好言诗，才见诵齐己、贯休诗，便不必问。'"苕溪渔隐曰："余观《后山居士集》，有《送参寥序》，略云：'余与之别余二十年，复见于此，爱其诗，读不舍手；属其谈，挽不听去，交相语及唐诗僧，参寥子曰贯休、齐己，世薄其语，然以旷荡逸群之气，高世之志，天下之誉，王侯将相之奉，而为石霜老师之役，终其身不去，此岂用意于诗者，工拙不足病也。'则参寥前后之论，何相反如此？疑《冷斋》妄为云云耳。"

——宋·胡仔《苕溪渔隐丛话》前集卷五六〔参寥〕

诗僧莫盛于唐、宋。唐、宋才百余人，求其传世大家，数不过如皎然、灵澈、贯休、齐己、惠崇、参寥、洪觉范，余则一咏一联而已。

——元·张之翰《西岩集》卷十八《跋林野叟诗续藁》

古今诗僧至齐己、无本之流非不工，而超然特见，高出物表，径与道合，未有若寒山子之诗，云顶敷之，颂得其旨者，惟昭文馆大学士雪庵大宗师乎？师以澹泊为宗，虚空为友，以坚苦之行为头陀之首，盖数十年矣。适然遇会，濡毫伸纸，发而为诗，有寒山云顶之高，无齐己、无本之靡。不假徽钤，宫商自谐，得之目前，深入理趣，谓不足以流芳声于四海，振遗响于千禩可乎？

——元·程文海《雪楼集》卷一五《李雪庵诗序》

《参寥集》十二卷……后山序曰："妙总师参寥……元符之冬，去鲁还吴，道徐而来见，余与之别余二十年，复见于此。爱其诗，读不舍手；属其谈，挽不听去。夜相语及唐诗僧，参寥子曰：'贯休、齐己，世薄其语，然以旷荡逸羣之气，高世之志，天下之誉，王侯将相之奉，而为石霜老师之役，终其身不去，此岂用意于诗者，工拙不足病也。'由是而知余之所

贵，乃其弃遗，所谓浅为丈夫者乎？于其行，叙以谢之。"……《希白诗》
三卷。晁氏曰："僧希白撰。张逸序之曰：'希白能诗，与宋白、梁周翰、
张咏而下十数公友善，其格律不减齐己云。'"

——元·马端临《文献通考》卷二四五

　　论曰：自齐、梁以来，方外工文者，如支遁、道道、惠休、宝月之
俦，驰骤文苑，沉淫藻思，奇章伟什，绮错星陈，不为寡矣。厥后丧乱，
兵革相寻，缃素亦已狼藉，罕有复入其流者。至唐累朝，雅道大振，古风
再作，率皆崇衷像教，驻念津梁，龙象相望，金碧交映。虽寂寥之山河，
实威仪之渊薮。宠光优渥，无逾此时。……其乔松于灌莽，野鹤于鸡群
者，有灵一、灵彻、皎然、清塞、无可、虚中、齐己、贯休八人，皆东南
产秀，共出一时，已为录实。

——元·辛文房《唐才子传》卷三《道人灵一》

　　钟云：齐己诗有一种高浑灵妙之气，翼其心手。

——明·钟惺、谭元春《唐诗归》

　　齐己诗清润平淡，亦复高远冷峭，一经都官点化，《白莲》一集驾出
《云台》之上，可谓智过其师。

——明·胡震亨《唐音癸签》卷八

　　灵澈一游都下，飞语被贬。广宣两入红楼，得罪遣归。贯休在荆州
幕，为成汭递放黔中。修睦赴伪吴之辟，与朱瑾同及于祸。齐己附明宗东
宫谈诗，与官僚高辇善，东宫败，几不保首领。毕竟诗为教乘中外学，向
把茅底只影苦吟，犹恐为梵网所未许，可挟之涉世，同俗人俱尽乎？

——明·胡震亨《唐音癸签》卷二九

　　僧最宜诗，然僧诗故鲜佳句，宋九僧诗，有曰"县古槐根出，官清马
骨高"。差强人意。齐己、湛然辈，略有唐调。其真有所得者，惟无本为
多。岂不以读书故邪？

——明·李东阳《怀麓堂诗话》第一三二则

齐己才名自不群，远公禅学更无伦。曾同寺里看明月，忍向山中哭白云。法相本空心自悟，去来无碍道长存。谁知一滴曹溪水，洗尽人间万劫尘。

——明·邓雅《玉笥集》卷四《挽绍兰长老》

古人之诗作者不少，而僧诗率多务致清逸，窃意方外之士，其居其游云岩风壑之间，烟蓑雨棹之外，景之所接者，多情之所发者，正其匠意幽深，炼辞精切，有非泛然留连光景者所易及也。若齐己、贯休、灵一辈，皆在唐诸作者列。……今观闲极靖师之诗，律严而不刻，语实而不陈，殆有得前数公三昧者，岂余所谓匠意炼辞幽深精切者耶？

——明·林弼《林登州集》卷二三《书靖上人随住吟稿后》

宗泐：《喜清远兄至用齐己韵四首》（录三首）——"前年湔僧来，稍稍闻去就。持斧住越山，移幢入吴岫。高居既邻支，朗咏亦依书。应世自无心，麻衣澹如旧。""良友平生亲，风尘散何许。草莽或零落，云霄亦骞举。天地日凄凉，折芳欲谁与。所嗟芙蓉花，白露下秋浦。""少年同居日，闻君拂丝桐。高斋月照席，两耳生松风。当时青云士，奇文咏空同。往事春花歇，江水今自东。"

——《御选宋金元明四朝诗·御选明诗》卷三五

唐人之诗，大略多为僧咏……岂不以诗为至清之物，僧中之诗，人境俱夺，能得其至清者，故可与言诗多在僧也。齐己曰："五七字中苦，百千年后清。"此之谓也。

——清·黄宗羲《平阳铁夫诗题辞》，《南雷文定》三集卷一

释氏之为诗也，有诗人之诗焉，有禅人之诗焉。唐之皎然、灵澈，诗人之诗也；贯休、齐己，禅人之诗也。诗人之诗，所长尽于诗，而其诗皆工；禅人之诗，不必其皆工也，而所长亦不尽于诗。所长尽于诗者，以其诗传；不尽于诗者，则以其道与其诗并传。故皎然、灵澈、贯休、齐己之作，声闻相颉颃于后世，莫之能优劣也。镫公，本儒家子，

少读书知名，长而遯之释氏，遍参尊宿，遂受记，荷为曹洞家大师，退休洞庭之颠，把茅盖头，日与其徒以灌园种竹为务，间尝弄笔赋诗，句琢字削，不极于工不止，以是出语皆标新采隽，入唐人阃奥。盖能以贯休、齐己之道而兼皎然、灵彻之长者也，夫固超唐诸僧而上之矣。吾谓诗与禅，非有二也。昔之言诗者，贵乎妙悟，且举大历以后作者，比诸曹洞一宗，信斯言也！读公之诗，知其得于道者，至矣□矣，吾岂易窥而测之哉？

——清·汪琬《尧峯文钞》卷三十《洞庭诗稿序》

《东坡志林》云：唐末五代，文章衰尽。诗有贯休、齐己，书有亚栖，村俗之气，大略相似。此论固然，然齐己《白莲集》，至今尚传，余尝见海虞冯氏写本，有荆南孙光宪序，篇帙完好，略无阙佚，文章流传，信有命乎！

——清·王士禛《香祖笔记》卷九

齐己有《风骚旨格》……齐己"十势"之说，仿于皎然……文或"十势"又仿于齐己，大抵皆穿凿浅稚，互相剽窃。……徐寅多出齐己。……齐己诗于晚唐最下。

——清·许学夷《诗源辩体》卷三五

释齐己诗，蹑迹云边，落想天外，烟火绝尽，服食自如，妙在一不犹人，而掉尾回龙，亡不适当。其余如《剑客》、《原上》等篇，此岂可与区区缁品同日语者？篇多佳，收不可尽，三唐虽多多金钵，吾于齐师又何以加诸！

——清·谭宗《近体秋阳》

己公精神力量，细大不捐，无所不有。

——清·陆次云《五朝诗善鸣集》

唐释齐己作《风骚旨格》，六诗、六义、十体、十势、二十式、四十门、六断、三格，皆系以诗，不减司空表圣。独是十势，立名最恶，宛然少林棍谱，暇日当为易去，乃妙。

——清·薛雪《一瓢诗话》第一七一则

齐己能作雄壮语，如"拔剑绕残尊，歌终便出门"是也。

——清·沈德潜《清诗别裁集》卷三二《僧残》

郑谷与僧齐己等共定今体诗格，一曰葫芦，一曰辘轳，一曰进退。所谓葫芦韵者，先二后四；辘轳韵者，双出双入；进退韵者，一进一退。《湘素杂记》谓郑谷进退格，两韵押某韵，两韵又押某韵，如先押十四寒两韵，再押十五删两韵也。然此体是双出双入，而非一进一退。今按黄山谷《谢送宣城笔》诗云："宣城变样蹲鸡距，诸葛名家捋鼠鬚。一束喜从公处得，千金求买市中无，漫投墨客摹科斗，胜与朱门饱蠹鱼。愧我初无草玄手，不将闲写吏文书。"此诗前二韵押七虞，后二韵押六鱼，所谓双出双入也。东坡《题南康寺重湖轩》诗曰："八月渡重湖，萧条万象疏。秋风片帆急，暮霭一山孤。许国心犹在，康时术已虚。岷峨千万里，投老得归无。"此诗以鱼、虞二韵相间而押，所谓一进一退也。《清波杂志》谓坡自跋律诗可用两韵，而引李诚之《送唐子方》两押山难字为证，不知诚之本用进退格耳。

——清·赵翼《陔馀丛考》卷二三〔律诗兼用两韵〕

《杼山集》十卷（内府藏本），唐僧皎然撰。……皎然及贯休、齐己皆以诗名。今观所作，弱于齐己而雅于贯休。在中唐作者之间，可厕末席。

——清·纪昀等《四库全书总目》卷一四九

唐代缁流能诗者众。其有集传于今者，唯皎然、贯休及齐己。皎然清而弱，贯休豪而粗。齐己七言律诗不出当时之习。其七言古诗以卢仝、马异之体缩为短章，诘屈聱牙，尤不足取。唯五言律诗居全集十分之六，虽颇沿武功一派，而风格独道，如《剑客》、《听琴》、《祝融峰》诸篇，犹有大历以还遗意。其绝句中《庚午岁十五夜对月》诗曰："海澄空碧正团圞，吟想元宗此夜寒。玉兔有情应记得，西边不见归长安。"惓惓故君，尤非他释子所及，宜其与司空图相契矣。

——清·永瑢等《四库全书总目》卷一五一《白莲集》

《唐僧弘秀集》十卷（内府藏本），宋李龏编。……唐释能诗者众，其最著者莫过皎然、齐己、贯休。然皎然稍弱，贯休稍粗，要当以齐己为第一人。今观龏所录，如集中《听琴》、《剑客》、《登南岳祝融峰》诸篇，皆不见收，则别裁去取，亦未必尽诸僧所长。

　　　　　　　　　　　　——清·纪昀等《四库全书总目》卷一八七

五　传记资料

　　禅师齐己，本胡氏子，实长沙人。家迩沩，慕大禅伯，入顿门落发，拥毳游方，宴坐宿念，未忘存□□□。师趣尚孤洁，词韵清润。平淡而意远，冷峭而□□□□□□□□□□□□。郑谷郎中与师□□□□□□。"敲门谁访□，□客即□师。应是逢新雪，高吟得好诗。格清无俗字，思苦有苍髭。讽味都忘倦，抛琴复舍棋。"其为诗家流之之称许也如此。晚岁将之岷峨，假途渚宫，太师南平王筑净室以居之，舍净财以供之。虽出入朱门而不移素履。……鄙以旅宦荆台，最承款狎。较风人之情致，颐大士之旨归。周旋十年，互见闻域。师平生诗藁，未遑删汰。俄惊迁化，门人西文并以所集见授，因得编就八百一十篇，勒成一十卷，题曰《白莲集》。盖以久栖东林，不忘胜事。余既缮写，归于庐岳，附远大师文集之末。□□□□□递为辉光，其佳句全篇或偶对，开卷辄得，无烦指摘。濡毫梗概，良深悲慕。天福三年戊戌三月一日序。

　　　　——五代·孙光宪《白莲集序》，见清·董诰等《全唐文》卷九百

　　湘江北流至岳阳，达蜀江。夏潦后，蜀涨势高，遏住湘波，让而退溢为洞庭湖，凡阔数百里。而君山宛在水中，秋水归壑，此山复居于陆，唯一条湘川而已。海为桑田，于斯验也。前辈许棠《过洞庭》诗，最为首出，尔后无继斯作。诗僧齐己驻锡巴陵，欲吟一诗，竟未得意。有都押衙者，蔡姓而忘其名，戏谓己公曰："题洞庭者，某诗绝矣，诸人幸勿措词。"己公坚请口剗，押衙抑扬朗吟曰："可怜洞庭湖，恰到三冬无髭鬚。"

以其不成湖也。诸僧大笑之。

——五代·孙光宪《北梦琐言》卷七〔洞庭湖诗〕

诗僧齐己于沩山松下，亲遇一僧，于头指甲下抽出两口剑，跳跃凌空而去。

——五代·孙光宪《北梦琐言·逸文》卷二《许寂遇剑侠》

释齐己，姓胡，益阳人也。秉节高亮，气貌劣陋。幼而捐俗于大沩山寺，聪敏逸伦，纳圆品法，习学律仪。而性耽吟咏，气调清淡。有禅客自德山来，述其理趣，己不觉神游寥廓之场。乃躬往礼讯，既发解悟，都亡眹迹矣。如是药山、鹿门、护国，凡百禅林，孰不参请。视其名利，悉若浮云矣。于石霜法会，请知僧务。

梁革唐命，天下纷纭。于时高季昌禀梁帝之命，攻逐雷满出渚宫，已便为荆州留后，寻正受节度。迨乎均帝失御，河东庄宗自魏府入洛，高氏遂割据一方，搜聚四远名节之士，得齐之义丰、南岳之己，以为筑金之始验也。龙德元年辛巳中，礼己于龙兴寺净院安置，给其月俸，命作僧正，非所好也。其如闲辰静夜，多事篇章，乃作《渚宫莫问篇十五章》以见意，且徇高之命耳。己颈有瘤赘，时号诗囊。栖约自安，破纳拥身，枲麻缠膝。爱乐山水，懒谒王侯，至有"未曾将一字，容易谒诸侯"句。为狎华山隐士郑谷诗相酬唱。卒有《白莲集》行于世，自号衡岳沙门焉。

——宋·释赞宁《宋高僧传》卷三〇《梁江陵府龙兴寺齐己传》

何仲举……先是，湖南尤多诗人，其最显者有沈彬、廖凝、刘昭禹、尚颜、齐己、虚中之徒，而仲举在诸公间尤为轻浅，惟李皋独推许之。

——宋·陶岳《五代史补》卷二《何仲举及第》

僧齐己，长沙人。长沙有大沩同庆寺，僧多而地广，佃户仅千余家。齐己则佃户胡氏之子也，七岁，与诸童子为寺司牧牛。然天性颖悟，于风雅之道，日有所得，往往以竹枝画牛背为篇什。众僧奇之，且欲壮其山门，遂劝令出家。时郑谷在袁州，齐己因携所为诗往谒焉。有《早梅诗》曰："前村深雪里，昨夜数枝开。"谷笑谓曰："数枝非早，不若一枝则佳。"齐己瞿然，不觉兼三衣叩地膜拜。自是士林以谷为齐己一字之师。
其后居于长沙道林寺。时湖南幕府中能诗者有如徐东野、廖凝、刘昭禹之
徒，莫不声名藉甚，而徐东野尤好轻忽，虽王公不避也。每见齐己，必悚
然，不敢以众人待之。尝谓同列曰："我辈所作，皆拘于一途，非所谓通
方之士。若齐己才高思远，无所不通，殆难及矣。"论者以徐东野为知言。
东野亦常赠之诗曰："我唐有僧号齐己，未出家时宰相器。爱见梦中逢武
（五）丁，毁形自学无生理。骨瘦神清风一襟，松老霜天鹤病深。一言悟
得生死海，芙蓉吐出琉璃心。闷见唐风雅容缺，敲破冰天飞白雪。清塞、
清江却有灵，遗魂泣对荒郊月。格何古，天工未生谁知主。混沌凿开鸡子
黄，散作纯风如胆苦。意何新，织女星机挑白云。真宰衣来调暖律，声声
吹出嫩青春。词何雅，涧底孤松秋雨洒。嫦娥月里学《步虚》，桂风吹落
玉山下。语何奇，血泼乾坤龙战时。祖龙跨海日方出，一鞭风雨万山飞。
己公己公道如此，浩浩寰中如独自。一簟松风冷如水，长伴巢山（由）伸
脚睡。"其为名士推重如此。及将游蜀，至江陵，高从诲慕其名遮留之，
命为管内僧正。齐己不获已而受，自是常怏怏。故其友虚中示之诗云：
"老负蛾眉月，闲看云水心。"盖伤其不得志也。竟卒于江陵，有诗八百
首，孙光宪序之，号曰《白莲集》，行于世。

——宋·陶岳《五代史补》卷三《僧齐己》

梁震，蜀郡人，有才略。登第后，寓江陵，高季兴素闻其名，欲任为
判官。……末年，尤好篇咏，与僧齐己友善，贻之诗曰："陈琳笔砚甘前
席，用里烟霞忆共眠。"盖以写其高尚之趣也。

——宋·陶岳《五代史补》卷四《梁震禅赞》

沈彬者，筠阳高安人，少好学读书，有能诗之誉。属唐末乱离，随计
不捷，南游湖湘，隐居云阳山十年许，与浮屠辈虚中、齐己以诗名亘相吹
嘘，为流辈所慕寻。

——宋·龙衮《江南野史》卷六

孙鲂，世为南昌人。家贫好学，及长，会唐末丧乱，都官郎郑谷亦避
乱归宜春，鲂往师之，颇得其诱掖，后有能诗之名。向与沈彬及桑门齐

己、虚中之徒为唱和俦侣。

——宋·龙衮《江南野史》卷七

贯休，本兰溪人，善诗，与齐己齐名，有《西岳集》十卷。

——宋·张唐英《蜀梼杌》卷上

《再言张颉状》（十一日）：右臣近言张颉除户部侍郎不允公议……臣又访闻颉昔知荆南，所为贪虐，提举官张琬按发七事。……又一事：勒部下玉泉寺僧修治诸官园亭，费用常住人、牛、钱、物不少，以修唐僧齐己草堂为名，令颉乡僧居止其中，此一事系私罪。……

——宋·苏辙《栾城集》卷四十

齐己，胡氏子，本益阳人。高氏据有荆州，延己居龙兴寺，给月俸，遂作《渚宫莫问》十五篇以自见。盖己初舍俗，入大沩山，参禅猛利，持律清苦。晚岁牵情于诗，遂作荆州僧正以老，故有"未谢侯门去"之句尔。十二郎见过，定是高家郎君。此绝句高胜，翰墨亦可爱。

——宋·黄庭坚《山谷全书·正集》卷二六《跋僧齐己诗》

释齐己，姓胡，潭州益阳人。少为浮图氏，学戒律之外，颇好吟咏。亦留心书翰，传布四方，人以其诗并传，逮今多有存者。尝住江陵之龙兴寺，与郑谷酬唱，积以成编，号《白莲集》，行于世。笔迹洒落，得行字法，望之知其非寻常释子所书也。颈有瘤，人号"诗囊"也。然操行自高，未始妄谒侯门以冀知遇，人颇称之。以是无今昔远近，人知齐己名，是亦墨名而儒行者耶！故世之所传，多诗什薰草。今御府所藏九：行书：《拟嵇康绝交书》、《谢人惠笔诗》、《怀楚人诗》、《渚宫书怀等诗》、《送冰禅侄诗》、《寄冰禅德诗》、《冰禅帖》。正书：《庐岳诗》、《寄明上人诗》。

——宋·佚名《宣和书谱》卷一一

廖〔匡〕图，字赞禹，虔州人。文学博赡，为时辈人所服。湖南马氏辟幕下，奏天策府学士，与刘〔昭〕禹、李宏皋、徐仲雅、蔡昆、韦鼎、释虚中、齐己俱以文藻知名，更唱迭和。……僧齐己寓渚宫，与图相去千里，而每有书往来。临终有绝句寄图兄弟云："僧外闲吟乐最清，年登八十丧南荆。《风骚》作者为商榷，道去《碧云》争几程？"（《雅言杂录》）

——宋·阮阅《诗话总龟》前集卷四〔称赏门〕

张迥少年苦吟，未有所得；梦五色云自天而下，取一团吞之，遂精雅道。有《寄远》诗云："锦字凭谁达，闲庭草又枯。夜长灯影灭，天远雁声孤。蝉鬓凋将尽，虬髯白也无？几回愁不语，因看《朔方图》。"携卷谒齐己，点头吟讽无斁，为改"虬髯黑在无"，迥遂拜作一字师。（《郡阁雅谈》）

——宋·阮阅《诗话总龟》前集卷六〔评论门〕

僧齐己往袁州谒郑谷，献诗曰："高名喧省闼，雅颂出吾唐。叠巘供秋望，飞云到夕阳。自封修药院，别下著僧床。几话中朝事，久离鸳鹭行。"谷览之云："请改一字，方得相见。"经数日再谒，称已改得诗，云："别扫著僧床。"谷嘉赏，结为诗友。（《郡阁雅谈》）

——宋·阮阅《诗话总龟》前集卷一一〔苦吟门〕

僧乾康，零陵人。齐己在长沙，居湘西道林寺。乾康往谒之。齐己知其为人，使谓曰："我师门仞，非诗人不游。大德来非诗人耶？请为一绝，以代门刺。"乾康诗曰："隔岸红尘忙似火，当轩青嶂冷入冰。烹茶童子休相问，报道门前是衲僧。"齐己大喜，日与款接。及别，以诗送之。乾康有《经方干旧居》诗云："镜湖中有月，处士后无人。荻笋抽高节，鲈鱼跃老鳞。"为齐己所称。（《零陵总记》）

——宋·阮阅《诗话总龟》前集卷一一〔雅什门〕

仰山小释迦住豫章观音，僧齐己为总辖庶务，有《粥疏》曰："粥名良药，佛所赞扬。义冠三檀，功标十利。更祈英哲，各遂愿心。既备清晨，永资白业。"昔刊于石，既经建炎兵火，无复存矣。《豫章职方乘》但云：诗僧齐己《粥疏》，己之所书，文墨可观，不收其词，今禅林晨粥唯唱前四句，且不知谁作也。己，世姓胡，潭之益阳人。幼捐俗于大沩，依佑公，盖与寂公为同门友。其后居西山金鼓而示寂，塔尚存。龙盘乃其书堂。元祐间，马都运醇有小诗题院壁曰："支遁逍遥不我逢，等闲下马憩莲宫。欲询齐己幽栖事，七十山僧两耳聋。"

——宋·僧仲温、晓莹《云卧纪谭》卷一

秀才张公拙往石霜访禅月、齐己、太（泰）布衲。石霜相接，公但略相顾而已，即与三人终日剧谈。公忽问："三人中何不推一人作长老？"禅月知公轻于霜，乃云："公宜谒堂头和尚，此是肉身菩萨，堂中五百学徒，胜某甲者二百五十人。"公遂钦奉，即造方丈参礼。

——宋·晦翁悟明《联灯会要》卷二二

僧贯休，姓姜氏，字德隐，婺州兰溪人。……休与齐己齐名，有《西岳集》十卷，吴融为之序。卒死于蜀。

——宋·尤袤《全唐诗话》卷六《僧贯休》

僧齐己，有诗名。《住襄州谒郑谷献诗》云："高名喧省闼，雅颂出吾唐。叠巘供秋望，无云到夕阳。自封修药院，别下著僧床。几梦中朝事，久离鸳鹭行。"谷览之云："请改一字，方可相见。"经数日再谒，称已改得诗云："别扫著僧床。"谷嘉赏，结为诗友。……后唐明宗太子从荣，好作歌诗，高辇辈多依附之。《观棋》诗云："看他终一局，白却少年头。"齐己《中秋》诗云："东林莫碍渐高势，四海正看当路时。"从荣果谋不轨，唱和者言陟嫌疑，皆就诛，惟齐己得荆帅高令公匿而获免。……齐己本姓胡，名得生。诗名多湖湘间，与郑谷为诗友。

——宋·计有功《唐诗纪事》卷七五《僧齐己》

南岳玄泰禅师，沉静寡言，未尝衣帛，时谓之泰布衲。始见德山，胞于堂矣。后谒石霜，遂入室焉。掌翰二十年，与贯休、齐己为友。……

——宋·普济《五灯会元》卷六《南岳玄泰禅师》

高僧齐己，蜀人也。幼捐俗，依沩山佑禅师。时慧寂禅师（仰山也）住豫章观音院，己总辖庶务，有《粥疏》曰："粥名良药，佛所赞扬。义冠三檀，功标十利。更祈英哲，各遂愿心。既备清晨，永资白业。"其后居西山金鼓示寂，塔存焉。龙盘乃其书堂也（《云外纪谈》）。

——元·释觉岸《释氏稽古略》卷三

　　虚中，袁州人。少脱俗从佛，虽然读书，工吟不缀。居玉笥山二十寒暑，后来游潇湘，与齐己、顾栖蟾为诗友。……

——元·辛文房《唐才子传》卷八《僧虚中传》

　　谷，字守愚，袁州宜春人。……齐己携诗卷来袁谒谷，《早梅》云："前村深雪里，昨夜数枝开。"谷曰："数枝非早也，未若一枝佳。"己不觉投拜，曰："我一字师也。"

——元·辛文房《唐才子传》卷九《郑谷传》

　　齐己，长沙人。姓胡氏，早失怙恃。七岁颖悟，为大沩山寺司牧，往往抒思，取竹枝画牛背为小诗。耆凤异之，遂共推挽入戒。风度日改，声价益隆。游江海名山，登岳阳，望洞庭，时秋高水落，君山如黛，唯湘川一条而已。欲吟杳不可得，徘徊久之。来长安数载，遍览终南、条、华之胜。归过豫章，时陈陶近仙去，己留题有云："夜过修竹寺，醉打老僧门。"至宜春，投诗郑都官云："自封修药院，别下著僧床。"谷曰："善则善矣，一字未安。"经数日，来曰："别扫如何？"谷嘉赏，结为诗友。曹松、方干，皆己良契。性放逸，不滞土木形骸，颇任琴樽之好。尝撰《玄机分别要览》一卷，摭古人诗联，以类分次，仍别风、赋、比、兴、雅、颂。又撰《诗格》一卷。又与郑谷、黄损等共定用韵，为葫芦、辘轳、进退等格，并其诗《白莲集》十卷，今传。

——元·辛文房《唐才子传》卷九《齐己传》

　　图，字赞禹，虔州虔化人。文学博赡，为时辈所服。湖南马氏辟致幕下，奏授天策府学士。与同时刘昭禹、李宏皋、徐仲雅、蔡昆、韦鼎、释虚中，俱以文藻知名，赓唱迭和。齐己时寓渚宫，相去图千里，而每诗筒往来不绝，警策极多，必见高致。集二卷，今行于世。时有荆南从事郑淮，亦工诗，与僧尚颜多所酬赠，诗亦传。

——元·辛文房《唐才子传》卷十《廖〔匡〕图传》

　　齐己，潭之益阳人，俗姓胡氏，与仰山宗师为同门友，后居西山，与郑谷同时。有《白莲集》十卷，又外编十卷。

　　　　　　　　——明·高棅《唐诗品彚·姓氏爵里详节》

　　释齐己，俗姓胡氏，潭州益阳人。颇好吟咏，留心书翰，笔迹洒落，得行书法，望之知其非寻常释子书也。

　　　　　　　　——明·陶宗仪《书史会要》卷五

　　齐己，俗姓胡，名得生，潭之益阳人。出家大沩山同庆寺，复栖庐岳东林，后欲入蜀，经江陵，高从诲慕其名，留为僧正，居之龙兴寺，不获已受其供养，卒于管内。有《白莲集》十卷，今编十一卷。

　　　　　　　　——明·胡震亨《唐音统籤》卷八一九《齐己传》

　　庆诸住石霜，会下一千五百人。时齐己、贯休、泰布衲等以诗笔为佛事，惟泰悟心。秀才张拙尝与三僧道话。

　　　　　　　　——明·朱时恩《佛祖纲目》卷三三〔岩头全豁禅师入寂〕

　　（石霜庆）诸嗣道吾智，不出霜华二十年，学众多有常坐不卧，屹若株杌，天下谓之枯木众。齐己、贯休、泰布衲等俱在座下，皆以吟咏为佛事，而泰更力于禅。秀才张拙尝与泰等道话。一日谓泰曰："三师中何不选一人为长老？"意少己、休等以诗笔见长。泰曰："先辈何失言也！堂头和尚肉身菩萨，会下一千五百人，如我辈者七百余人，胜我辈者七百余人。"拙愧服，乃同上拜谒。

　　　　　　　　——清·纪荫《宗统编年》卷十六

　　丁酉（晋天福二、南唐烈祖徐诰升元元）年。……沙门衡岳齐己寂。己，益阳胡氏子。出家大沩，持律，耽吟咏。谒德门发悟，药峤石霜，皆参请遍及。后游荆渚，为节度高季兴留居龙兴寺，非其志也。己颈有瘤赘，时号诗囊。爱山水，懒干谒，有"未曾将一字，容易谒诸侯"之句。与华山隐士郑谷相酬唱。其后居西山金鼓寂。有《白莲集》行世。自号衡岳沙门（明季海虞隐湖毛晋刻己及清昼、贯休《杼山》、《禅月》、《白莲集》，题曰《唐三高僧诗集》，行世）。

——清·纪荫《宗统编年》卷十八

齐己，名得生，姓胡氏，潭之益阳人。出家大沩山同庆寺，复栖衡岳东林。后欲入蜀，经江陵，高从诲留为僧正，居之龙兴寺，自号衡岳沙门。《白莲集》十卷，外编一卷。今编诗十卷。

——清·彭定求等《全唐诗》卷八三八《齐己小传》

齐己，名得生，俗姓胡氏，潭州益阳人。出家大沩山同庆寺，复住衡岳东林寺。荆南高从诲迎置龙兴寺，署为僧正。自号衡岳沙门。卒于豫章西山金鼓寺。著有《白莲集》十卷。

——清·董诰等《全唐文》卷九二一《齐己小传》

（黄）损常与都官员外郎郑谷、僧齐己定近体诗诸格，为湖海骚人所宗。

——清·吴任臣《十国春秋》卷六二《黄损传》

先是楚地多诗人，最著者有沈彬、廖凝、刘昭禹、尚颜、齐己、虚中之徒，而仲举实伯仲诸子间。

——清·吴任臣《十国春秋》卷七三《何仲举传》

僧虚中，宜春人。游潇湘山（一作居玉笥山），同沙门齐己、尚颜、栖蟾之徒为诗友。

——清·吴任臣《十国春秋》卷七六《僧虚中传》

是岁（龙德元年）以僧齐己为僧正，给其月俸，礼待于龙兴寺禅院。……王（高季兴）虽武人，颇折节好宾客，游士缁流至者无不倾怀结纳，诗僧贯休、齐己，皆在所延揽。

——清·吴任臣《十国春秋》卷一百《武信王世家》

　　僧齐己，益阳人，本佃户胡氏子也（俗名胡得生）。七岁，居大沩山寺，与诸童子牧牛。天性颖悟，常以竹枝画牛背为诗，诗句多出人意表，众僧奇之，劝令落发为浮图。时都官郑谷在袁州，以诗名。齐己携所诗往谒，有云："自封修药院，别下著僧床。"谷览之曰："将改一字，方可相见。"经数日，再过，称已改得，云："别扫著僧床。"谷嘉赏焉，结为诗友。又齐己有《早梅》诗，中云"昨夜数枝开"，谷为点定曰："数枝非早，不若一枝佳耳。"人以谷为齐己一字师。

　　久之，居长沙道林寺。湖南幕府号能诗者，徐仲雅、廖匡图、刘昭禹辈，靡不声名藉甚，而仲雅尤傲忽，虽王公不避，独见齐己必悚然，不敢以众人相遇。齐己故赘疣，至是，爱其诗者或戏呼之曰"诗囊"。无何，将游蜀，武信王习齐己名，遮留之。龙德元年，礼齐己于龙兴寺，署为僧正，时降手牍，慰藉良厚。然居恒多郁郁不乐。僧虚中贻诗云："老负峨嵋月，闲看云水心。"盖伤其志也。

　　齐己既托迹江陵，惟事笔墨自娱，乃作《渚宫莫问篇》十五章以述怀。顷之，唐秦王从荣召入侍，中秋大宴，齐己窥从荣藏异志，有"东林莫碍渐高势，四海正□当路时"之句，几以讽刺得罪。已而脱归荆南，赖武信王匿之获免，其不屈节侯王，类如此。梁震晚年酷好吟咏，尤与齐己善，互相酬答。齐己竟终于江陵，自号衡岳沙门（一云齐己于豫章西山金鼓寺寂，有塔存焉。龙盘，其书堂也）。有诗八百首。孙光宪序之，命曰《白莲集》。

　　齐己常于沩山林下遇一僧，于指甲下出二剑，凌空跃去，盖剑侠也。时时为人道之。又同僧仰山住豫章观音院，作《粥疏》曰："粥名良药，佛所赞扬。义冠三檀，功标十利。更祈英哲，各遂愿心。既备清晨，永资白业。"禅流称其辞，谓当与《食时五观》并传。

——清·吴任臣《十国春秋》卷一〇三《齐己传》

六　著录序跋

　　《白莲集》十卷，僧齐己撰。……《白莲外编》十卷。……《诗格》一卷。

　　　　　　　　　——宋·王尧臣等《崇文总目》卷五

《白莲集》三十卷。

　　　　　——宋·佚名《宋绍兴秘书省续编到四库阙书目》卷一

法华资圣院牌，僧齐己书。

　　　　　　　　——宋·陈舜俞《庐山记》卷二〔叙山北篇第二〕

　　昭德源在观北，源上有凌云峰，峰下有净慧院。去昭德观一里，唐名永昌院，祥符中改今名。《院记》云：秦弘始中德安上人自西凉来居焉，光化中希奉上人重修，江州刺史成纪侯李奉宗奏为永昌院，天佑五年戊辰岁僧齐己撰。

　　　　　　　　——宋·陈舜俞《庐山记》卷二〔叙山南篇第三〕

《白莲集》十卷，唐僧齐己撰，长沙胡氏。

　　　　　　　　　——宋·陈振孙《直斋书录解题》卷一九

《风骚指（旨）格》一卷，唐僧齐己撰。

　　　　　　　　　——宋·陈振孙《直斋书录解题》卷二二

《白莲集》，十卷（齐己）。又《外编》，十卷。

　　　　　　　　　——宋·郑樵《通志二十略·艺文略第八》

《长生粥疏》，齐己书，（在）洪州。

　　　　　　　　　——宋·郑樵《通志二十略·金石略》

唐释恩益答澈禅师碑，齐己书。

　　　　　　　　——宋·朱长文《墨池编》卷六〔传模五十一〕

　　润州苏氏家书画甚多。书之绝异者，有……齐己题赠，并皆真迹。……皆希世之宝，皆散逸，或有归御府者，今不知流落何处。

———宋·张邦基《墨庄漫录》卷一〔润州苏氏家书画〕

《僧齐己集》十卷，又《白莲华（或无华字）编外集》十卷。

———元·脱脱等《宋史》卷二〇八〔艺文七〕

僧齐己《玄机分明要览》一卷，又《诗格》一卷。

———元·脱脱等《宋史》卷二〇九〔艺文八〕

《白莲集》一卷。陈氏曰：唐僧齐己撰，长沙胡氏。

———元·马端临《文献通考》卷二四三

《风骚指（旨）格》一卷。陈氏曰：唐僧齐己撰。

———元·马端临《文献通考》卷二四九

齐己《白莲集》十卷，外编十卷。

———明·胡震亨《唐音癸签》卷三十

《玄机分明要览》一卷，《风骚指（旨）格》一卷，并僧齐己撰。

———明·胡震亨《唐音癸签》卷三二

僧齐己《白莲集》十卷，《风骚旨格》一卷，有荆南节度副使朝议郎检校秘书少监试御史赐紫金鱼袋孙光宪序，嘉靖己丑柳金跋云：元书北宋刻，传世既久，湮灭首卷数字，当俟善本补完，与皎然、贯休三集并传之，常熟冯班钞本。

———清·王士禛《居易录》卷十五

僧齐己《白莲集》十一卷。

———清·李调元《全五代诗》

《僧齐己集》十卷、《莲社集》一卷、《白莲编外集》十卷。

———清·顾怀三《补五代史艺文志》

宋中兴馆阁储藏：齐己启状一，谢状一。……淳熙秘阁续法帖十卷……第一卷魏锺繇、晋王羲之书……第九卷高闲、亚栖、齐己书……以上石刻，在西廊史库之南碑石库。

——《御定佩文斋书画谱》卷九三〔历代鉴藏三·书三〕

《白莲集》十卷（两江总督采进本），唐释齐己撰。齐己，益阳人。自号衡岳沙门。宋人注杜甫《己上人茅斋》诗，谓齐己与杜甫同时，其谬不待辨。旧本题为梁人，亦殊舛讹。考齐己尝依高季兴为龙兴寺僧正。季兴虽尝受梁官，然齐己为僧正时，当龙德元年辛巳，在唐庄宗入洛之后矣。集中己称季兴为南平王，而陶岳《五代史补》载徐东野在湖南幕中赠齐己诗，称"我唐有僧号齐己"，安得谓为梁人耶？是集为其门人西文所编，首有天福三年孙光宪序。前九卷为近体，后一卷为古体。古体之后又有绝句四十二首，疑后人采辑附入也。唐代缁流能诗者众。其有集传于今者，惟皎然、贯休及齐己。皎然清而弱，贯休豪而粗。齐己七言律诗不出当时之习。其七言古诗以卢仝、马异之体缩为短章，诘屈聱牙，尤不足取。惟五言律诗居全集十分之六，虽颇沿武功一派，而风格独遒，如《剑客》、《听琴》、《祝融峰》诸篇，犹有大历以还遗意。其绝句中《庚午年十五夜对月》诗曰："海澄空碧正团圞，吟想玄宗此夜寒。玉兔有情应记得，西边不见旧长安。"惓惓故君，尤非他释子所及，宜其与司空图相契矣。

——清·纪昀等《四库全书总目》卷一五一

《诗人玉屑》二十卷（内府藏本），宋魏庆之撰。……其兼采齐己《风骚旨格》伪本，诡立句律之名，颇失简择。

——清·纪昀等《四库全书总目》卷一九五

《雅论》二十六卷（安徽巡抚采进本），明费经虞撰。……是书详论历代之诗，分源本、体调、格式、制作、合论、工力、时代、针砭、品衡、盛事、题引、琐语、音韵十三门。……格式类中每一体选录数篇，既非该举其源流，又非简择其精粹，殊为挂漏。又因齐己《风骚旨格》，益为推衍，多立名目，而漫无根据。……

　　　　　——清·纪昀等《四库全书总目》卷一九七

　　陈氏直斋书解云：唐僧齐己《白莲集》十卷，《风骚旨格》一卷，今兼得之，为合璧矣。元书北宋刻，传世久，湮灭首卷数字，尚俟善本补完，与皎然、贯休三集并传，嘉靖八年岁己丑金阊后学柳佥志。

　　　　　　　　　　——《四部丛刊》集部《白莲集》尾附

　　齐己，俗名胡得生。性喜吟，颈有瘤，人戏呼为诗囊。迹不入王侯门，惟醉心于郑都官，投诗谒之云："高名喧省闼，雅颂出吾唐。送蠟供秋望，无云到夕阳。自封修药院，别下著僧床。几梦中朝事，久离鹓鹭行。"谷览之云："请改一字，方可相见。"经数日再谒，称已改得，云"别扫著僧床"。谷嘉赏，结为诗友。既因后唐明宗太子从荣招入中秋大宴，己公窥从荣怀不轨，有"东林莫碍渐高势，四海正看当午时"之句，几被戮辱，赖荆帅高公匿而获免，其不屈节王公，诗寓讽刺，往往如此。后同慧寂仰山禅师住豫章观音院，总辖庶务，作《粥疏》曰："粥名良药，佛所赞扬。义冠三檀，功标十利。更祈英哲，各遂愿心。既备清晨，永资白业。"此疏堪与《食时五观》并传，惜未有揭示学人者。其后居西山，金鼓示寂塔存焉。龙盘乃其书堂云。虞山毛晋识。

　　赞宁作《唐三高僧传》，未甚详覈，余各就其诗句拈出数字，如休公云"得句先呈佛，无人知此心"；昼公云"不因寻长者，无事到人间"；己公云"未曾将一字，容易谒诸侯"，道价诗声，和盘托出，可作三公自传。余先得《杼山》、《禅月》，未遘《白莲》，丙寅春杪，再过云间，康孟修内父东梵川，值藤花初放，缠络松杉间，如入山谷，皆内父少年手植也，不胜人琴之感。既登阁礼佛，阁为紫柏尊者休夏之地，破窗风雨，散帙狼藉，搜得紫柏手书梵川纪畧一幅，末赘一绝云："只因地僻无人到，更为池清有月来。恼杀藤花能抱树，枝枝都向半天开。"俨然拈出眼前景相示。又搜得《白莲集》六卷，惜其未全。忽从架上堕一破簏，复得四卷，咄咄奇哉！余梦想十年，何意凭吊之余，忽从废纸堆中现出，岂内父有灵，遗余未曾有耶？既知为紫柏手授遗编，早向未来际寻契，余小子有深幸焉！晋又识。

　　　　　　　——《文津阁四库全书》集部《白莲集》卷十末附

后　记

　　十年前，吾师从陈允吉先生研治佛教与中国文学，撰成《晚唐五代诗僧群体研究》（中华书局 2008 年版）一书后，拟注齐己之诗，然思学殖疏浅，遂屡次搁笔，望而兴叹。笺注校勘，倘无广博之学问，深厚之积累，独到之识见，以我等小辈后学，只能贻笑大方！而况齐己现存诗作 10 卷 815 首又 8 句，数量之多，卷帙之繁，且无取资借鉴，注或无甚发明，岂不空费时日！以是却步之心常有，但亦时存觊觎之心，故教学科研之余，每每拾掇，细细品读，一一索解，日积月累，遂成此书。校注期间，多蒙陈允吉师、郝春文师、柴剑虹师释疑解惑，指点迷津。但限于水平，书中定有不少纰漏和错误，敬请读者诸君批评指正。书稿甫成，蒙陈允锋教授之关爱帮助、张林编辑之辛勤劳动、中央民族大学自主科研计划项目（0910KYQN35）和中国语言文学校级重点培育学科建设经费及中央高校基本科研业务费专项资金（supported by the Fundamental Research Funds for the Central Universities）之资助，得以尽早付梓。感激之言，难于尽述，惟思一如既往之努力！

王秀林谨识

2011 年初夏